Island, Mitte des 13. Jahrhunderts, in einer der kriegerischsten Zeiten, die das Land je erlebt hat. Zwei rivalisierende Familienclans kämpfen um die Vorherrschaft im Land. Blutige Gemetzel und politische Intrigen sind an der Tagesordnung. Einar Kárason setzt dem großen Zeitalter der Sturlungen mit seiner imposanten Isländer-Saga ein einzigartiges Denkmal: mit schillernden Charakteren und atmosphärisch dicht erzählten, hochspannenden Geschichten zeichnet er das faszinierende Porträt einer Epoche, die zu einer der größten Islands gehört. Die international hochgelobten und vom Autor überarbeiteten Romane »Feindesland« und »Versöhnung und Groll« sowie die zwei neu übertragenen Romane »Zeit der Schwerter« und »Skalde« erscheinen gemeinsam in diesem Band – übersetzt von Bestseller-Autor Kristof Magnusson. Ein einzigartiges Projekt, dem sich der vielfach ausgezeichnete, größte isländische Gegenwartsautor über ein Jahrzehnt gewidmet hat.

Einar Kárason, geboren 1955, ist einer der wichtigsten Autoren der skandinavischen Gegenwart. Berühmt wurde er durch seine Trilogie »Die Teufelsinsel«, »Die Goldinsel« sowie »Das Gelobte Land«. Sein Roman »Sturmerprobt« stand auf der Shortlist des Nordischen sowie des Isländischen Literaturpreises. Für »Versöhnung und Groll« erhielt er den Isländischen Literaturpreis. Kárason lebt in Reykjavík.

Einar Kárason bei btb:

Feindesland. Roman (73482)
Versöhnung und Groll. Roman (75252)
Das gelobte Land. Roman (74236)
Die Goldinsel. Roman (74235)
Die Teufelsinsel. Roman (74234)

Einar Kárason

Die Sturlungen

Die große Isländer-Saga

Roman

Aus dem Isländischen
von Kristof Magnusson

btb

Die isländische Originalausgabe von »Zeit der Schwerter« erschien 2014 unter dem Titel »Skálmöld«. Die isländische Originalausgabe von »Feindesland« erschien 2001 unter dem Titel » Óvinafagnaður«. Die isländische Originalausgabe von »Versöhnung und Groll« erschien 2008 unter dem Titel »Ofsi«. Die isländische Originalausgabe von »Skalde« erschien 2012 unter dem Titel » Skáld«. Alle vier Ausgaben erschienen bei Mál og menning, Reykjavík.

Die Übersetzung wurde vom Icelandic Literature Center unterstützt. Der Verlag bedankt sich hierfür.

MIÐSTÖÐ ÍSLENSKRA BÓKMENNTA
ICELANDIC LITERATURE CENTER

Die Zitate in »Zeit der Schwerter« aus »Germania« von Tacitus stammen aus der Übersetzung von Gerhard Perl. Das Zitat in »Skalde« aus der »Saga von den Leuten auf Eyr« stammt aus der Übersetzung von Klaus Böldl. Das Zitat in »Skald« aus der »Saga von den Schwurbrüdern« stammt aus der Übersetzung von Wolfgang Butt.

1. Auflage
Genehmigte Taschenbuchausgabe Februar 2019
btb Verlag in der Verlagsgruppe Random House GmbH,
Neumarkter Straße 28, 81673 München

Covergestaltung: semper smile, München
Covermotiv: © Eva Frischling/Getty Images
Druck und Einband: GGP Media GmbH, Pößneck
mr · Herstellung: sc
Printed in Germany
ISBN 978-3-442-71753-8

www.btb-verlag.de
www.facebook.com/btbverlag

INHALT

Vorwort zur deutschen Ausgabe

9

BUCH EINS — Zeit der Schwerter

17

BUCH ZWEI — Feindesland

181

BUCH DREI — Versöhnung und Groll

417

BUCH VIER — Skalde

597

i migliori fabbri.
William Faulkner, Ásgeir Jakobsson

VORWORT ZUR DEUTSCHEN AUSGABE

Dieses Buch spielt im isländischen Mittelalter, genauer gesagt im dreizehnten Jahrhundert. Es mag vielleicht etwas marktschreierisch klingen, aber ich halte diese Zeit in der isländischen Geschichte – und sogar in der Geschichte von ganz Nordeuropa – für absolut einzigartig. Warum das so ist, möchte ich im Folgenden mit einigen Worten begründen.

Im dreizehnten Jahrhundert wurden in Island mehr als dreihundert Bücher geschrieben. Das mag an sich noch nicht so bemerkenswert erscheinen, Bücher wurden schließlich im Mittelalter an vielen Orten geschrieben. Aber die Isländer schrieben schon damals nicht in Latein, sondern in der Sprache, die sie auch sprachen: Altnordisch. Altnordisch wurde damals von allen skandinavischen Völkern gesprochen, es hatte sich im Laufe der Wikingerzeit in großen Teilen von Nordeuropa verbreitet, und doch wurde in dieser Sprache kaum geschrieben. Es gab zwar eine große Tradition der Skaldenlyrik, doch diese Dichtkunst wurde nur mündlich von Generation zu Generation weitergetragen. Es gab nicht einmal eine richtige Schriftsprache, mit der man die Gedichte hätte aufschreiben können, es gab nur die sogenannten Runen, eine primitive Imitation des lateinischen Alphabets, die zu wenig mehr taugte als zur Beschriftung von Grabsteinen. Nachdem die nordischen Länder um das Jahr 1000 christianisiert wurden, verfassten die dortigen Priester und Mönche zwar bald die ersten Bücher, doch sie schrieben nur auf Latein. Außerdem verfassten sie fast nur geistliche Texte. Doch auch die wenigen Bücher weltlichen Inhalts, die überhaupt geschrieben wurden, waren auf Latein verfasst, wie zum Beispiel die bis heute bekannte *Gesta Danorum* von Saxo Grammaticus über die Geschichte der Dänen. Die Isländer schlugen hier einen Sonderweg ein. Sie entwickelten im zwölften Jahrhundert eine Schrift, in der sie in ihrer altnordischen Muttersprache schreiben konnten, und schufen damit einzigartige Werke der mittelalterlichen Literatur.

Im Island des dreizehnten Jahrhunderts wurden viele Arten von Büchern geschrieben. Eine große Rolle spielten hierbei die Werke der Geschichtsschreibung, in denen es bei Weitem nicht nur um Island ging, sondern auch um Ereignisse in Dänemark und Schweden, in Grönland, auf den Orkney- und den Färöer-Inseln. Auch von dem Land, das die Wikinger noch weiter im Westen entdeckten und Vinland nannten, wird erzählt – heute kennen wir es als Amerika. Doch am berühmtesten sind zweifellos die Isländer-Sagas, die bis heute in der literarischen Welt geschätzt, gelesen und übersetzt werden und zu den bedeutendsten Werken der Weltliteratur gehören.

Allein die Bücher, die in diesem dünn besiedelten, abgelegenen, rückständigen Island des dreizehnten Jahrhunderts entstanden sind, wären also bemerkenswert genug. Was diese Zeit jedoch vollkommen einzigartig macht, ist die Tatsache, dass genau in diesem »goldenen Zeitalter« der mittelalterlichen Literatur in Island ein regelrechter Bürgerkrieg tobte und dass die Autoren, denen wir viele wichtige Bücher aus dieser Zeit verdanken, in diesem Bürgerkrieg ordentlich mitgemischt haben! Es handelt sich bei ihnen um wichtige Oberhäupter der Sturlungen, der damals mächtigsten Familie Islands, nach der diese Epoche auch benannt ist: die Sturlungen-Zeit.

Vor dem Jahr 870 war Island gänzlich unbewohnt gewesen, vielleicht einmal abgesehen von gelegentlichen Schiffbrüchigen, verirrten Seeleuten und einigen irischen Einsiedlermönchen. Dann segelten einige mächtige Wikinger-Anführer mit ihren Schiffen auf den Atlanktik hinaus und entdeckten diese große, damals noch bewaldete Insel, die sie Island nannten und innerhalb weniger Jahrzehnte komplett besiedelten. Viele der ersten Siedler waren nach Konflikten mit den skandinavischen Königen aus ihrer Heimat geflohen und bauten nun in Island ein Gemeinwesen auf, das ohne jegliche Form von adeliger Obrigkeit auskam. Jeder Anführer herrschte in seinem Bezirk. 930 gründeten diese Anführer das Althing, eine Versammlung, zu der die Isländer einmal im Jahr zusammenkamen, Gesetze beschlossen und Gerichtsprozesse führten. Wenn auf diesem Althing ein Urteil gefällt wurde, gab es allerdings keine zentrale Staatsmacht, um dieses durchzusetzen, keinen König, keine Armee oder Polizei. So funktionierte das Land ungefähr 300 Jahre lang, doch in der Zeit der Sturlungen im dreizehnten Jahrhundert löste sich die Ordnung des Wikingerzeitalters auf. Die mächtigsten Familien des Landes lieferten sich immer heftigere Kämpfe um die Vorherrschaft, bis schließlich fast im ganzen Land ein Bürgerkrieg tobte – der einzige (und hoffentlich auch letzte) in der isländischen Geschichte. Kurz zusammengefasst kann man sagen, dass die Familie der Sturlungen hierbei gegen eine Koalition aus zwei anderen mächtigen Großfamilien kämpfte, bevor sich dann auch noch die katholische Kirche und der norwegische König, der Island unter seine Herrschaft bringen wollte, einmischten.

Dabei waren die Isländer in der Sturlungen-Zeit eigentlich vergleichsweise wohlhabend gewesen. Die mächtigsten Familien hatten Reichtümer angesammelt, es gab ein beträchtliches kulturelles Leben und regen Austausch mit dem Ausland. Trotz seiner abgeschiedenen Lage mitten im Meer, war Island nicht vollkommen isoliert. Immerhin hatten die Wikinger auch in Grönland und Vinland gesiedelt, und vieles weist darauf hin, dass die Sturlungen gerade durch den Handel mit Grönland gutes Geld verdient hatten. Jeden Sommer kamen Schiffe mit Walross- und Narwalzähnen, Seehundhäuten, Schneehasen- und Eisbärfellen, und die Sturlungen hatte das Glück gehabt, dass ihr Machtbereich im Westen von Island lag – also dort, wo die Schiffe aus Grönland zuerst anlegten. Die Sturlungen wurden zum wichtigsten Zwischenhändler für den Verkauf dieser Waren nach Europa und stiegen innerhalb kurzer Zeit zur reichsten Familie von ganz Island auf, was sich zum Beispiel daran zeigt, wie viele Sturlungen ins Ausland fuhren, dort weite Reisen unternahmen und viel Geld ausgaben. Dieser Reichtum legte den Grundstein für ihre Macht.

Viele Quellen und Bücher der damaligen Zeit sind glücklicherweise bis heute erhalten: Chroniken, Lebensgeschichten von Heiligen, Bischöfen, Priestern und anderen bedeutenden Persönlichkeiten oder auch die Lebensgeschichten der norwegischen Könige, die sich in den isländischen Bürgerkrieg eingemischt haben. Doch das größte Werk dieser Zeit ist die *Saga von den Sturlungen.* Streng genommen handelt es sich dabei nicht um eine einzige Saga, sondern um verschiedene mehr oder weniger zusammenhängende Geschichten oder Bücher, die später zu einer großen Saga zusammengesetzt worden sind. Der umfangreichste Teil der *Saga von den Sturlungen* ist ein Buch des Skalden Sturla Thórdarson, einem bedeutenden Autor aus der Familie der Sturlungen, der in diesem Buch als Skalden-Sturla eine wichtige Rolle spielt. Der Teil der *Saga von den Sturlungen*, der Skalden-Sturla zugeschrieben wird, erinnert in seiner literarischen Qualität manchmal an die berühmten Sagas, was vielleicht nicht überrascht, denn es gibt viele Hinweise darauf, dass Skalden-Sturla selbst einige der berühmtesten Sagas geschrieben hat. Eine besondere Qualität bekommt die *Saga von den Sturlungen* dadurch, dass Skalden-Sturla in den Bürgerkriegsereignissen und Kämpfen, von denen er erzählt, selbst tief verstrickt war.

Doch Skalden-Sturlas Beitrag zur *Saga von den Sturlungen* ist nicht nur gute Literatur, sondern auch Geschichtsschreibung. An vielen Stellen ist ihm das Aufzählen von Fakten offenbar wichtiger gewesen als ein eleganter Erzählfluss. Viele vermuten, dass Skalden-Sturla seinen Teil der *Saga von den Sturlungen* aus verschiedenen anderen Berichten und Quellen zusammengesetzt hat, ähnlich einer Gerichtsakte. Es finden sich darin endlose Aufzählungen von Namen, wobei sowohl Schlüsselfiguren der Ereignisse in Island genannt werden, als auch Figuren, die kaum mehr als Beobachter oder Statisten waren. Hinzu kommen akribische Aufzählungen und Beschreibungen der Wunden, die die Männer während der Kämpfe damals erlitten hatten, die oft kaum über anatomische Beschreibungen hinausgehen. Mit geradezu dokumentarischer Genauigkeit wird aufgezählt, wer wem in welchem Kampf welchen Schaden zugefügt hatte, egal, wie groß oder klein dieser gewesen sein mag.

Kurz gesagt ist die *Saga von den Sturlungen* insgesamt eher anstrengend zu lesen, gerade im Vergleich zu den gut geschriebenen Isländer-Sagas. Nur wenige Leute machen sich die Mühe, in dieses lange, schwer lesbare und vielschichtige Werk einzusteigen.

Ich selbst habe mich vor ungefähr fünfundzwanzig Jahren daran gemacht. Ich nahm mir viel Zeit, und je besser ich die Figuren dieser Saga kennenlernte, desto mehr bekam ich das Gefühl, dass sich darin ein wunderbarer Stoff für einen Roman verbarg: Männer und Frauen wie Kakali, seine Schwester Steinvör und sein Bruder Sturla erinnerten mich an Menschen, die ich in meinem eigenen Leben kennengelernt und spannend gefunden hatte. Dennoch wollte ich nie die *Saga von den Sturlungen* nacherzählen. Ich wollte vielmehr zeitgenössische Romane über die Figuren und Ereignissen dieser unglaublichen Zeit schreiben. In der *Saga von den Sturlungen* werden zum Beispiel alle Figuren von einem sachlich beobachtenden Erzähler beschrieben. Wir erfahren, welche Ereignisse stattfinden, erfahren aber nichts über das Innenleben der Figuren, wir erleben nicht, was sie denken, was sie fühlen. Um den Leserinnen und Lesern genau diese Perspektive zu zeigen, beschreibe ich in meinen Romanen alles aus der Sicht der handelnden Figuren. Dazu habe ich eine Form gewählt, die mir zum ersten Mal begegnete, als ich den 1930 erschienenen Roman *Als ich im Sterben lag* des amerikanischen Literaturnobelpreisträgers William Faulkner las – in diesem Buch sieht der Erzähler alles durch die Augen seiner Charaktere, er teilt mit ihnen Leid und Freude und erzählt die ganze Geschichte aus ihrer persönlichen Perspektive.

Die Figuren der *Saga von den Sturlungen* aus dem dreizehnten Jahrhundert lernen wir nur durch ihre Worte und Taten kennen. Auf dieser Grundlage musste ich versuchen, mir vorzustellen, was das eigentlich für Menschen waren, was sie fühlten, wie sie dachten, was sie antrieb. Dabei bekam ich schnell das Gefühl, dass sie eigentlich genauso waren wie wir. Je länger ich mich mit ihnen beschäftigte, desto mehr erschien es mir als reiner Zufall, dass sie im dreizehnten Jahrhundert geboren waren und nicht, wie ich, ungefähr fünfundzwanzig Generationen später. Und obwohl die Gesellschaft, in die sie hineingeboren wurden, natürlich eine andere war als unsere, war doch im Grundsatz vieles ganz ähnlich. Die Menschen wohnten mit ihren Familien in Häusern, schliefen dort, aßen dort und verließen es, um zur Arbeit zu gehen oder ihre Nachbarn und Freunde zu treffen. Wie wir machten sie sich auf Reisen, nur dass sie eben mit Pferden und Schiffen unterwegs waren, und nicht mit Autos und Flugzeugen. Sie lachten und erzählten sich Geschichten, gaben Verse und Sprichwörter zum Besten, hatten ihre Freuden und Sorgen, liebten und hassten.

Beim Schreiben erinnerten sie mich immer wieder an Menschen aus meiner Gegenwart. So habe ich zum Beispiel bei der Beschreibung der berühmten Skaldendichter aus der damaligen Zeit oft an heutige Autoren gedacht, die ich selber kenne.

Eine andere Figur, die hier eine wichtige Rolle spielt, ist ein großer Manipulierer und Verräter namens Hrafn Oddsson. Skrupellos bricht er sein Wort, wechselt die Seiten, wann immer es ihm passt und wird doch nie dafür zur Verantwortung gezogen. Nach jedem Wortbruch schafft er es irgendwie, dass seine Zeitgenossen ihm doch wieder glauben und vertrauen – und das in einer Zeit, in der viele Männer aus weitaus geringeren Anlässen erschlagen wurden. Als ich mich daran machte, diesen Hrafn Oddsson zu beschreiben, sah ich zuerst einen Mann mit verschlagener Miene vor mir, der mit flüsternder Stimme sprach und immer dem Blick seines Gegenübers auswich. Dann wurde mir jedoch klar, dass das nicht funktionieren konnte. So einem Mann würden schließlich alle misstrauen. Jemand, der über so lange Zeit immer wieder alle hintergehen konnte, musste vielmehr ein besonders gewinnendes Wesen haben, eine Art psychopathischen Charme.

Eine andere Schlüsselfigur namens Eyjólfur Ofsi stellte mich beim Schreiben vor besondere Probleme, weil er sich vollkommen irrational verhielt. Er legte eine solche extreme, grundlose Grausamkeit an den Tag, dass ich seine Handlungen einfach nicht nachvollziehen konnte, denn ich hatte noch nie einen solchen Menschen kennengelernt. Lange Zeit wollte es mir nicht gelingen, mich schreibend in diesen Eyjólfur Ofsi einzufühlen, dann las ich durch Zufall einen langen Artikel über die Tagebücher von Joseph Goebbels, und diese führten mich an die Figur heran.

Das sind nur einige Beispiele von vielen.

Anfangs wollte ich nur ein Buch über die Zeit der Sturlungen im dreizehnten Jahrhundert schreiben: das Buch, das in dieser Gesamtausgabe an zweiter Stelle steht, *Feindesland*. Nun sind es vier Bücher geworden, eine Tetralogie. So habe ich insgesamt fast fünfzehn Jahre mit den Ereignissen dieser lange vergangenen Zeit gelebt, habe nachgeforscht und mitgefühlt. Es war eine lohnende, ebenso schöne wie erkenntnisreiche Zeit.

Einar Kárason, Reykjavík, im Frühjahr 2017

BUCH EINS

Zeit der Schwerter

SIGHVATUR

Als mein Sohn Sturla geboren wurde, wussten wir sofort, dass kein gewöhnlicher Mensch auf die Welt gekommen war. Denn genau in der Nacht, als meine Frau Halldóra niederkam, war meiner Mutter, die sich in einem ganz anderen Teil des Landes aufhielt, im Traum ein Bote der höheren Mächte erschienen. Und dieser Bote hatte ihr gesagt, sie habe gerade einen Enkel bekommen, der den Namen Kampfstark tragen würde. Meine Mutter war zu dieser Zeit bei meinem Bruder Snorri im Borgarfjord. Snorri schickte sofort einen Mann los, der uns von ihrem Traum berichtete, und als ich diese Nachricht hörte, besah ich mir noch einmal meinen neugeborenen Sohn. Normalerweise hielt ich mich von kleinen Kindern lieber fern – doch bei ihm war das anders. Ich spürte sofort, dass diesem Jungen eine glanzvolle Zukunft bevorstand. Ich sah es ihm einfach an, sein Gesicht strahlte eine Gelassenheit und innere Ruhe aus, wie ich sie bei einem Neugeborenen noch nie gesehen hatte. Je klarer der Blick seiner himmelblauen Augen in den nächsten Wochen und Monaten wurde, desto mehr verstärkte sich dieser Eindruck, und als er anfing zu sprechen, überraschte mich sofort, wie wortgewandt mein Junge war und wie schnell er lernte.

Meine Frau Halldóra freute sich, dass mir so viel an meinem Sohn lag – schließlich hatte sie sich oft genug darüber beschwert, dass ich mich zu wenig um Tumi kümmerte, unseren Erstgeborenen, der vor einem Jahr zur Welt gekommen war.

In den nächsten Jahren sollten den beiden noch einige Söhne und Töchter folgen. Eine Kinderschar, die vor meinen Augen manchmal zu einer einzigen lärmenden Horde verschwamm – auch wenn ich natürlich genau wusste, wer von ihnen wer war: Da waren Kolbeinn und Kakali, doch vor allem war da meine Tochter Steinvör, aus der bestimmt einmal eine starke, durchsetzungsfähige Frau werden würde – für Steinvör konnte ich mich fast ebenso sehr begeistern wie für Sturla. Meine Frau Halldóra fand das ehrlich gesagt nicht immer gut. Sie warf mir vor, ständig auf Sturlas Seite zu sein, wenn es Streit zwischen den Kindern gab. Sie sagte, für mich gebe es immer nur Sturla, Sturla, Sturla, während ich Tumi, den Erstgeborenen, derart ignorierte, dass er immer verstockter und aufsässiger wurde. Ich hatte Halldóra nicht widersprochen, das hätte sowieso nichts gebracht. Doch im Stillen fragte ich mich, wie man zu einem so unzugänglichen Kind wie Tumi bitte schön eine vernünftige Beziehung aufbauen sollte. Mein lieber Sturla, der war ganz anders, das hatte ich von Anfang an gesehen, und es zeigte sich mit jedem Jahr deutlicher. Er hatte das Zeug dazu, einer der mächtigsten Männer unseres Bezirks zu werden, wenn nicht sogar des ganzen Landes. Er war geboren, um zu führen. Sturla würde wichtige Ämter von meinem Bruder Snorri übernehmen und das Familienoberhaupt aller Sturlungen werden. Mit einem Nachkommen wie Sturla würde ich nicht mehr länger im Schatten von Snorri stehen, obwohl er so ein einflussreicher Mann, so ein berühmter Dichter und Skalde war.

Deswegen kann ich einfach nicht begreifen, warum es einen derartigen Flächenbrand ausgelöst hat, als mein Sohn Sturla schließlich nach dieser Macht gegriffen hat. Warum ausgerechnet auf seine Taten ein solches Blutvergießen gefolgt ist, dass ich heute befürchte, uns droht bald ein Bürgerkrieg, der das ganze Land verwüsten wird.

STURLA SIGHVATSSON

Soweit ich mich erinnern kann, haben mein Vater und ich uns nur einmal gestritten. Das war vor einigen Jahren gewesen, kurz nachdem wir in den Eyjafjord gezogen waren, weil Vater dort Gode werden sollte, also der mächtigste Mann im ganzen Bezirk. Es gab einige einheimische Großbauern, die nicht akzeptieren wollten, dass jetzt ein Zugezogener hier das Sagen haben sollte, und meinem Vater die kalte Schulter zeigten, doch die beruhigten sich bald. Schon kurze Zeit später zweifelte niemand mehr daran, wer der mächtigste Mann des Eyjafjords war.

Ich hatte kurz nach unserem Umzug erfahren, dass in unserer neuen Heimat ein Bauer namens Thorvardur lebte, der ein sehr kostbares Schwert besaß. Es wurde ganz unbescheiden *Panzerbeißer* genannt. Die Leute erzählten sich, wie oft mit diesem Schwert schon gekämpft und getötet worden sei, es habe ursprünglich einem Söldner gehört, der Teil der berühmten Warägergarde gewesen sei, in Konstantinopel, dieser riesigen Stadt im Süden aller Länder. Wieso sich dieses Schwert jetzt auf einem Bauernhof im Eyjafjord befand, wusste jedoch niemand. Bauer Thorvardur galt nicht gerade als großer Held – er war eher dafür bekannt, auf Schwächeren herumzutrampeln und gegenüber Höhergestellten zu buckeln. Wie dem auch sei, ich brauchte dieses Schwert! Das war eindeutig die Waffe eines Anführers. Also hatte ich Thorvardur gefragt, ob er mir das Schwert nicht verkaufen oder zumindest einmal leihen würde. Ich war gerade mit meinem Vater unterwegs gewesen, und Thorvardur hatte sich während unseres Gesprächs dementsprechend unterwürfig gezeigt, hatte mein Anliegen freundlich aufgenommen und mit sanfter Stimme gesagt, ich solle einfach kommen und das Schwert in Empfang nehmen, wann immer es mir passe.

Das ließ ich mir nicht zweimal sagen. Gleich am ersten Sommertag des Jahres ritt ich mit zwei meiner jüngeren Brüder, Kolbeinn und Kakali, zu Thorvardurs Hof. Wir erreichten den Hofplatz, doch als wir an die Tür klopften, machte niemand auf. Also öffnete ich sie vorsichtig. Wir traten über die Schwelle, während ich immer wieder nach Thorvardur rief. Doch obwohl wir im Haus Stimmen hörten, kam niemand, um uns zu empfangen, wir standen da wie bestellt und nicht abgeholt. Langsam wurde mir die Sache vor meinen jüngeren Brüdern peinlich, also ging ich weiter in das Haus hinein und stand bald mitten in der Wohnstube, genau vor dem Schlafplatz des Hausherren. Darüber hing das Schwert. Ich nahm es von der Wand herunter, trug es hinaus auf den Hofplatz und zeigte es meinen Brüdern, die es bewundernd betrachteten. Die Sommersonne glänzte auf der Klinge. Ich nahm das Schwert in beide Hände und tat einige Hiebe gegen einen unsichtbaren Gegner, um das Heulen zu hören, mit dem die Klinge die Luft durchschnitt. Plötzlich hörte ich eilige Schritte hinter mir, lautes Schimpfen und Gebrüll. Ich erkannte die Stimme von Thorvardur, doch bevor ich reagieren konnte, hatte der Hausherr mich auch schon von hinten angesprungen und auf den Hofplatz geworfen. Das Schwert fiel mir aus der Hand, der Hausherr griff es und baute sich mit drohendem Blick über mir auf. Inzwischen waren andere Leute hinzugekommen, sie wollten mich am Aufstehen hindern, schafften es aber nicht. Als ich wieder stand, klopfte ich mir zuerst den Dreck von meiner Kleidung. Meine Brüder, die ja fast noch Kinder waren, standen mit erschrockenen Gesichtern neben mir, und Thorvardur überschüttete uns mit Beschimpfungen, das meiste bekam ich ab: Was mir denn einfiele, einfach in sein Heim einzudringen, nur weil ich der Sohn des Mannes sei, der hier zufällig an die Macht gekommen war, obwohl er nicht einmal aus der Gegend kam? In seinen Augen sei ich nur ein nassforscher Emporkömmling, meine Brüder elende Feiglinge und so weiter und so weiter. Ich versuchte seine Tiraden zu stoppen, um ihm zu erklären, dass ich keinesfalls ungeladen gekommen sei, sondern dass er mich selbst eingeladen hatte. Und dass ich geklopft und gerufen habe, um mich bemerkbar zu machen! Als er keine Ruhe gab, packte ich ihn, damit er mir endlich zuhörte, doch das machte Thorvardur nur noch wütender, er schlug nach mir, erhob das Schwert und schrie: »Willst du mich etwa angreifen?«

Ich bekam Angst, dass er mit dem berüchtigten Schwert nach mir schlagen würde, zog in Windeseile meine Axt und dann war ich wohl einfach schneller gewesen als er, auf jeden Fall traf meine Axt ihn zuerst. Er fiel leblos zu Boden.

Um uns herum brach Geschrei aus. Meine Brüder und ich sprangen so schnell wir konnten auf die Pferde und ritten hastig davon, ritten immer weiter und sprachen kein einziges Wort. Wir waren schon fast zu Hause, da wollte ich plötzlich nicht mehr weiter. Irgendwie traute ich mich nicht auf unseren Hof, also schickte ich meine Brüder voraus – ritt allein auf eine unserer Außenweiden und schaute nach den Pferden. Dort stand eine Stute, die bald gebären würde, doch es war noch nichts geschehen, also machte ich mich nach einer Weile wohl oder übel doch auf den Heimweg.

Schon von Weitem sah ich, dass mein Vater auf unserem Hofplatz stand und umringt war von aufgebrachten Männern, die auf ihn einredeten. Einer von ihnen hatte einen Wundverband um den Kopf – es war Thorvardur! Offenbar hatte ich die Axt so gezogen, dass ich ihn nur mit der stumpfen Rückseite getroffen hatte, nicht mit der scharfen Schneide, die ihm auf jeden Fall den Schädel gespalten hätte.

Als mein Vater mich sah, rief er mich zu sich und fasste die Vorwürfe der Gekommenen kurz zusammen: Ich sei unangekündigt in den Hof eingedrungen, hätte dreist und ohne Erlaubnis das Schwert genommen und dann auch noch einen der besten Bauern des Bezirks bewusstlos geschlagen. Bevor ich auch nur zwei Worte zu meiner Verteidigung sagen konnte, brüllte er, ich sei eine Schande für die ganze Sturlungen-Familie, ein verzogenes Söhnchen, das nichts könne, außer Unruhe zu stiften, doch damit sei es nun aus und vorbei, er würde mir schon Zucht und Ordnung beibringen und das nicht zu knapp. Ich wich erschrocken zurück und bekam kein Wort heraus. Ich hatte Vater noch nie so schlimme Worte über mich sagen hören, und dann auch noch vor all diesen Fremden, die im Laufe seiner Schimpftirade offenbar immer zufriedener geworden waren, sich bald darauf mit höflichsten Grußformeln verabschiedeten und besänftigt davonritten.

Ich blieb zurück, gedemütigt wie ein geprügelter Knecht – sogar meine jüngeren Brüder, die immer zu mir aufgesehen hatten und mir gefolgt waren wie einem echten Anführer, hatten alles mitbekommen. Auch Tumi, mein älterer Bruder, stand draußen auf dem Hof, er hatte zugehört und grinste hämisch. Das alles anzusehen, musste ihm ein reines Vergnügen sein, schließlich hatte er sich oft genug darüber beschwert, dass mein Vater mich immer bevorzugte, nun war ich zu allen anderen in den Dreck gestoßen worden.

Ich dachte, ich könnte nie wieder glücklich werden. Überlegte, meine Sachen zu packen und fortzugehen, um nie wieder ein Wort mit meinem Vater sprechen zu müssen. Zum Abendessen ging ich nicht.

Als ich mich später am Abend auf den Gang schlich, hörte ich auf einmal die Stimme meines Vaters. Er hatte auf mich gewartet: »Komm mal kurz her, mein Lieber. Ich will mit dir reden.«

Eigentlich hatte ich mir fest vorgenommen, wortlos an ihm vorbeizugehen, doch seine Stimme klang auf einmal so freundlich, dass mein Zorn von einer Sekunde auf die andere verpuffte, und im nächsten Moment führten wir bereits ein vertrautes Gespräch. Oder besser gesagt, mein Vater sprach: Er bat mich inständig darum, diese ganze Geschichte einfach zu vergessen. Er habe mich beschimpfen müssen, um dieses aufdringliche Pack mit seinen lächerlichen Anschuldigungen so schnell wie möglich loszuwerden. Dabei sei er sich sicher, dass dieser Streit mit Thorvardur nicht meine Schuld gewesen sei.

»Wir lassen uns doch nicht von diesem aufgeblasenen Sackgesicht unsere Freundschaft verderben, oder?! Gut, dass du diesen Kuhfladen umgehauen hast, was anderes hat der gar nicht verdient. Was fällt dem eigentlich ein, meine Söhne Feiglinge zu nennen?!«

Das hatte mein Vater gesagt. Und wir waren wieder Freunde gewesen. So wie wir es immer gewesen waren.

SIGHVATUR

Viele Leute meinen, die Zwietracht, die seit einiger Zeit in unserer großen Familie herrschte, käme daher, dass ich Sturla Zeit seines Lebens gegenüber seinem älteren Bruder Tumi bevorzugt hätte. Doch das glaube ich nicht.

Ich hatte jedenfalls entschieden, dass Sturla das Amt des Goden in den westlichen Tälern übernehmen sollte. Dieses Amt wurde seit langer Zeit von uns Sturlungen besetzt, und als ich einen neuen Goden ernennen musste, ist Sturla bereits ein erwachsener Mann gewesen. Ich hielt das für sinnvoll, für zwingend notwendig sogar – und doch hatte nichts in unserer Familie so viel Zwietracht gesät wie diese von mir für so selbstverständlich gehaltene Entscheidung. Danach lief alles aus dem Ruder. Als mein ältester Sohn davon erfuhr, stürmte er wutentbrannt aus der Tür und sprach kein Wort mehr mit mir. Und nicht nur bei mir zu Hause gab es Ärger, auch meine Brüder schäumten vor Wut. Mein Bruder Snorri stieß die wüstesten Drohungen aus und zog unseren Bruder Thórdur auf seine Seite, den Goden von Snæfellsnes, der eigentlich weithin für seine Friedfertigkeit bekannt war. Wie wir Brüder eigentlich alle.

Ich möchte betonen, dass es mein gutes Recht war, den neuen Goden in den westlichen Tälern zu ernennen. So hatte unser Vater es bestimmt. Thórdur, der älteste von uns Brüdern, hatte die fruchtbaren Ländereien sowie das Godenamt auf Snæfellsnes bekommen und herrschte dort über viele Menschen. Und über die Reichtümer und ehrenvollen Ämter, die mein jüngerer Bruder Snorri, der Dichter und Skalde, bekommen hatte, braucht man gar nicht zu reden. Das Gebiet, das ich hingegen bekommen hatte, tja, das waren die westlichen Täler, über die irgendjemand mal gesagt hat, es seien »darbende Landstriche«. Deshalb konnte ich natürlich nicht Nein sagen, als ich einige Jahre später von den Bauern in Nordisland gebeten wurde, in den Eyjafjord zu ziehen und Oberhaupt ihres reichen Bezirks zu werden. Wir zogen also um. Das hatte allerdings zur Folge, dass ich meinem Godenamt in den westlichen Tälern bald nicht mehr wirklich gerecht werden konnte. Anfangs lief es noch ganz gut, weil meine Stellvertreter vor Ort mir viele Entscheidungen abnahmen, aber letztendlich musste ich doch zu oft zwischen den beiden nicht gerade nahe beieinander liegenden Bezirken hin- und herreisen. Als ich langsam älter wurde, das beschwerliche Reiten nicht mehr gut vertrug und auch der Elan meiner Stellvertreter nachließ, war es mein gutes Recht gewesen, das Godenamt für die westlichen Täler demjenigen meiner Söhne zu übertragen, den ich für den Geeignetsten hielt – das war sogar meine Pflicht gewesen.

Doch nun sprach mein Erstgeborener nicht mehr mit mir, meine Brüder schäumten vor Wut und meine Frau Halldóra las mir ordentlich die Leviten. Ich könne Sturla nicht alles geben und die anderen völlig übergehen, schon gar nicht unseren Erstgeborenen Tumi. Damit, dass ich auch für Tumis Zukunft einen Plan hatte, rechnete offenbar keiner. Ich konnte noch nichts Konkretes dazu sagen, doch schon bald würden alle sehen, dass ich für ihn vielleicht sogar etwas viel Besseres im Sinn hatte als die »darbenden Landstriche«, in denen ich Sturla als Goden eingesetzt hatte.

Und es gab noch etwas anderes, das ich nicht laut sagen durfte. Dass Sturla nämlich wirklich viel besser als Tumi geeignet war, das ehrenvolle Godenamt in den westlichen Tälern, das wir Sturlungen seit der Generation meines Großvaters innehatten, zu besetzen. Sturla war geboren, um zu führen, das konnte niemand bestreiten. Tumi hatte nie Leute für sich gewinnen können, dazu war er zu verschlossen und zu launisch. Sturla hingegen wurde in den westlichen Tälern sofort geliebt, er zog Hilfsbereitschaft und Wohlwollen geradezu an – ganz wie ich es erwartet hatte.

STEINVÖR SIGHVATSDÓTTIR

Seit ich denken kann, hat mein großer Bruder Tumi immer irgendwie armselig und unglücklich ausgesehen. Wir ältesten drei Geschwister, Tumi, Sturla und ich, waren oft zusammen gewesen. Wir hatten gemeinsam gespielt, was manchmal schwierig war, weil Tumi immer so aufbrausend und schnell beleidigt war, ganz im Gegensatz zu dem immer ausgeglichenen Sturla. In dessen freundlichem Gesicht, in seinen blauen Augen, schien ein unendliches Selbstvertrauen zu liegen, die unerschütterliche Gewissheit, dass er in allem der Beste war – eine Gewissheit, die er Tumi manchmal unangenehm deutlich spüren ließ. Dabei war doch Tumi eigentlich der große Bruder.

Sturla konnte sich bei uns zu Hause alles erlauben. Am Esstisch hatte er zum Beispiel als Einziger seinen festen Platz, ganz in der Mitte der langen Bank, die direkt an der Wand stand, sodass eine Menge Leute aufstehen mussten, um ihn rauszulassen. Man könnte vielleicht denken, dass es unbequem war, so eingeklemmt zu sitzen, doch nicht für Sturla. Denn er musste sich keineswegs andauernd raus- und reindrängen – er ließ sich einfach bedienen! Sturla hatte seinen Platz selbst zum Ehrenplatz gemacht; denn es konnte nun wirklich keiner erwarten, dass er etwas holte, das auf dem Tisch fehlte, oder nach dem Essen beim Abräumen half. Er könne nicht mithelfen, er komme hier einfach nicht raus, hatte er immer wieder gesagt und dazu dieses Lächeln aufgesetzt, das uns andere Kinder rasend machte. Tumi trieb das manchmal zur Weißglut – er war schließlich derjenige, der auf diesem Ehrenplatz sitzen sollte, doch es gelang ihm beim besten Willen nicht,

Sturla zu vertreiben. Tumi war der Erstgeborene, hatte aber nie gelernt, sich wie einer zu verhalten. Wenn er es doch einmal versuchte, ließ Sturla ihn mit humorvollen Sticheleien auflaufen und die jüngeren Geschwister hielten zu Sturla und lachten, wenn er Witze auf Tumis Kosten machte. Wenn Tumi daraufhin beleidigt war, blickte Sturla ihn nur fragend aus seinen blauen Augen an: Was hatte der nur? Ich unternahm nichts. Mutter wies Sturla manchmal zurecht, sagte, er solle seine Geschwister nicht ärgern, woraufhin dieser uns einen Blick zuwarf, den wir sofort verstanden und ganz verdutzt taten: Sturla hatte doch gar nichts gemacht. Mutter fügte dann meistens hinzu, sie habe gemeint, er solle seinen älteren Bruder nicht ärgern, doch das klang oft nur noch halbherzig mahnend und verlief letztlich im Sande. Manchmal sagte Mutter dann noch, Sturla solle helfen, den Tisch zu decken, wie die anderen Kinder auch. Sie versuchte, dabei möglichst streng zu klingen, doch Sturla half einfach nicht, außer die wenigen Male, als er es selbst beschlossen hatte.

Vater schimpfte nie mit Sturla, er versuchte es höchstens mal mit freundlichen Ermahnungen, die eher wie Witze klangen, sodass sie nicht selten beide darüber lachen mussten. Sturla brachte Vater oft zum Lachen. Vater konnte sich nicht einmal ein Grinsen verkneifen, wenn Sturla Tumi beim Essen ärgerte, und uns Geschwistern ging es ehrlich gesagt ähnlich.

Aber auch wenn Sturla diese unglaubliche Selbstsicherheit – um nicht zu sagen Selbstzufriedenheit – ausstrahlte, hatte er doch seine Schwächen. Er gab zum Beispiel überraschend schnell auf, wenn er in Schwierigkeiten oder Gefahr geriet. Einmal liefen wir Kinder auf der Hochebene in dichten Nebel hinein und wussten plötzlich nicht mehr, wo wir waren. Sturla und ich hatten zwei der kleinen Brüder dabei, Kolbeinn und Kakali, und wir mussten uns bald eingestehen, dass wir im Kreis liefen. Als wir zum dritten Mal an ein und derselben Stelle vorbeikamen, wurde es langsam dunkel, es fing an zu regnen und uns wurde kalt. Wir waren müde und hatten Hunger, wir mussten so schnell wie möglich nach Hause finden, keine Frage. Doch was tat Sturla? Er ließ sich einfach auf den Boden fallen. Setzte sich hin, legte seinen Umhang ab. Als ich fragte, ob wir nicht weitermüssten, sagte er nur: »Das bringt doch nichts. Wir gehen im Kreis. Das bringt doch alles nichts.« Er sah mich an und sprach mit einer Stimme, die ich sonst nur von unserem Vater kannte, wenn er diese Momente durchlebte, in denen ihm alles hoffnungslos erschien, sinnlos und ohne Wert. Ich dachte schon, Sturla würde nie wieder aufstehen, sondern einfach darauf warten, dass … Ja, worauf eigentlich? Dass uns jemand fand? Dass es noch kälter und dunkler wurde? Dass wir erfroren? Ich versuchte mich zu orientieren, irgendeinen Trampelpfad zu finden oder etwas, das mir bekannt vorkam. Schließlich war es Kakali, er konnte damals kaum älter als neun Jahre alt gewesen sein, der einen Bach entdeckte. Wir waren gerettet, schließlich musste dieser Bach ja hinunter ins Tal fließen, wir brauchten ihm also nur zu folgen und fanden auch wirklich bald nach Hause. Ein anderes Mal hatten wir in einem abgelegenen, halb verfallenen Schuppen mit Feuer gespielt und plötzlich stand alles um uns herum in Flammen. Sobald etwas gefährlich erschien, verlor Sturla den Mut. Ich war viel mutiger als er und manche der jüngeren Brüder auch, Kakali zum Beispiel, der hatte vor gar nichts Angst.

Doch auch aus dieser Schwäche Sturlas konnte Tumi keinen Nutzen ziehen. Er kam an seinem kleinen Bruder einfach nicht vorbei. Als Vater dann auch noch erlaubte, dass Sturla die schöne Solveig aus dem südisländischen Oddi heiratete – ich sollte später ihren Bruder Hálfdan zum Mann bekommen – ging endgültig etwas in Tumi kaputt. Er war nämlich selbst in die schöne Solveig verliebt gewesen. Er hatte sie kennengelernt, als Vater ihn und Sturla zum ersten Mal auf eine Thing-Versammlung mitgenommen hatte, und konnte seitdem an kein anderes Mädchen mehr denken.

Dann bekam Sturla von Vater auch noch das Godenamt in den westlichen Tälern zugesprochen. Nicht Tumi. Das Maß war voll.

In letzter Zeit höre ich manchmal, wie Vater zu Mutter sagt, er müsse das Tumi gegenüber irgendwie ausgleichen. Und was ist mit mir? Ich bin auch nirgendwo Gode geworden. Frauen werden so etwas nie. Und es ist auch nie die Rede davon, dass man mir gegenüber etwas ausgleichen müsste.

SKALDEN-STURLA

Ich war damals noch sehr jung gewesen, erst acht Jahre alt. Die Männer hatten über Dinge gesprochen, die nicht für meine Ohren bestimmt waren. Dinge, die ich nicht verstand und die mich eigentlich auch gar nicht interessierten. Und doch werde ich diesen Tag in der Schreibstube von Snorri Sturluson auf Reykholt niemals vergessen. Ich erinnere mich an jeden Gesichtsausdruck und jedes Wort, das gesprochen wurde. Ich weiß noch wie heute, wo wer gesessen oder gestanden hat.

Man hatte mir erlaubt, in der Schreibstube ein wenig vor mich hin zu basteln, solange ich nichts anfasste und die Erwachsenen nicht bei der Arbeit störte. Snorri selbst arbeitete gerade mit zwei Gehilfen an einem Buch, als plötzlich ein Mann hereinkam, der in der Gegend zu tun hatte. Und offenbar wollte er nicht nur die üblichen Neuigkeiten von den Nachbarhöfen weitertratschen, sondern hatte Snorri eine wichtige Mitteilung zu machen. Er drückte sich sehr umständlich aus, und doch stellte sich irgendwann heraus, dass mein Cousin Sturla Sighvatsson sich mit einer Frau verlobt hatte, und zwar mit keiner Geringeren als der schönen Solveig aus dem südisländischen Oddi. Ich erinnere mich noch ganz genau daran, wie alle Anwesenden plötzlich erstarrten, als sie das hörten. Niemand traute sich, etwas zu sagen, alle warfen Snorri nervöse Blicke zu, denn sie wussten, dass diese Nachricht dem großen Skalden und Anführer nicht gefallen konnte. Später erfuhr ich, dass außer mir alle im Raum gewusst hatten, dass Snorri selbst ein Auge auf die schöne Solveig geworfen hatte. Er hatte in letzter Zeit immer häufiger und mit immer fadenscheinigeren Begründungen ihren Hof besucht, und es war allen aufgefallen, wie gerne er mit ihr sprach. Und über sie. Doch nun musste er hören, dass Sturla Sighvatsson sie heiraten würde. Sein eigener Neffe! Ich weiß noch genau, wie blass Snorri wurde, wie sonderbar angespannt und hart seine Gesichtszüge auf einmal wirkten, als müsste er alle Kraft aufwenden, um die Fassung nicht zu verlieren.

Als der Besucher dann auch noch erzählte, dass Sighvatur seinem Sohn Sturla das Amt des Goden in den westlichen Tälern übertragen hatte, platzte Snorri vor Wut. Ich hatte ihn noch nie zuvor richtig wütend gesehen, und es war auch danach nie wieder vorgekommen. Deshalb ist mir dieser Tag wahrscheinlich so gut im Gedächtnis geblieben – den geliebten Onkel so dermaßen aus der Haut fahren zu sehen, war für einen achtjährigen Jungen ein ziemliches Ereignis. Ich beobachtete ihn mit einer Mischung aus Spannung und Furcht. Er schlug mit der Hand so kräftig auf sein Pult, dass die Tintenfässchen durcheinanderflogen, fegte Pergamentbögen zu Boden, warf einen Stuhl durch den Raum und schrie, bis er blau wurde. Er brüllte so laut, dass seine Stimme sich in einem schrillen Kreischen überschlug, das ich noch nie von ihm gehört hatte. Von überhaupt niemandem jemals gehört hatte. Er schimpfte über seinen Neffen Sturla, diesen verhätschelten, hochnäsigen Aufschneider und Tunichtgut – eine ganze Flutwelle von Schmähungen brach aus ihm heraus, an die sich nahtlos eine Abrechnung mit seinem Bruder Sighvatur anschloss, diesem alten Trottel, der seine Söhne so vergöttere, dass er sie hoffnungslos überschätze –, diesen Sturla am allermeisten. Schon immer habe Sighvatur, dieser Versager von einem Vater, seinen erstgeborenen Sohn Tumi auf das Schändlichste übergangen – nun habe er ihn sogar um das betrogen, was ihm von Rechts wegen zustehe, und das nur, weil er diesen hochnäsigen Gockel namens Sturla so blind vergöttere. Sicher, Sturla mochte im Vergleich zu seinen verwarzten Hofgenossen hübsch anzusehen sein, aber hatte er jemals irgendwo auch nur einen Funken Männlichkeit gezeigt? Nein. Snorri erinnerte sich noch genau daran, wie Sighvatur diesen Sturla einmal mit auf eine Thing-Versammlung gebracht hatte. Entsetzlich! Die Gesetzesangelegenheiten, die dort besprochen worden waren, hatten Sturla einen Dreck interessiert, nicht ein einziges Mal hatte er das Wort ergriffen, um seinen Vater oder die anderen Sturlungen zu unterstützen, stattdessen sei er die ganze Zeit in bunt gefärbten Kleidern herumstolziert und allem hinterhergestiegen, das weiblichen Geschlechtes war.

Snorris Wutanfall war wie ein Sturm über uns gekommen. Ich war wie gelähmt vor Schreck, und mit diesem Gefühl war ich nicht allein – alle anderen, die in der Schreibstube dabei gewesen waren, waren bald leichenblass. Als das letzte Wort noch nicht verklungen war, stürmte Snorri türenschlagend aus der Stube und ward nicht mehr gesehen. Erst viel später erfuhr ich, dass er offenbar sofort seinem Sohn Óraekja, diesem herzensguten, aber im Suff leider komplett unberechenbaren Kerl, befohlen hatte, in die westlichen Täler zu reiten, um Sturla aufs Übelste zu verleumden und möglichst viel Einfluss zu gewinnen, bevor er dort Fuß fassen konnte.

Wenig später kam Sighvatur zu Besuch. Snorri und er hatten sich eigentlich immer gemocht, aber dieses Mal sah Snorri keinen Anlass, mit seinem Bruder zu reden. Doch Sighvatur ließ sich nicht irritieren. Snorri mochte noch so wortkarg und beleidigt sein, Sighvatur tat einfach so, als ob alles wäre wie immer, er erkundigte sich zum Beispiel nach einem prächtigen Hengst, der ihm auf dem Hofplatz aufgefallen war, denn über Pferde hatten die Brüder immer gerne geredet. Nun wollte Snorri auf der einen Seite seinem Bruder die kalte Schulter zeigen, auf der anderen Seite wollte er aber auf keinen Fall die Gelegenheit versäumen, mit seinen Pferden zu prahlen. Am nächsten Tag bat Sighvatur seinen Bruder dann darum, dass sie gemeinsam in die Schreibstube gingen, und ließ sich dort die Bücher zeigen, die Snorri und seine Gehilfen in letzter Zeit geschrieben hatten. Sighvatur gab einige Verse zum Besten, die er selbst gedichtet hatte und kam damit nicht schlecht an. Er konnte gut dichten, doch die seltene Gabe, mit Tinte auf Kalbshaut Geschichten zu erzählen, die war ihm nicht gegeben.

Dann war es so weit. Snorri las aus einem seiner eigenen Bücher vor. Er las aus seiner *Edda* die Geschichten über die alten Götter, erzählte von Odin, Thor, Freya, Frigg und Loki, und als Snorri bemerkte, wie gebannt Sighvatur diese Lesung verfolgte und wie begeistert er reagierte – »Haha, das ist mit Geld nicht zu bezahlen, Snorri. Herrlich!« –, konnte Snorri seinem Bruder nicht länger böse sein. Die Gespräche zwischen den beiden nahmen einen zunehmend gelösten und freundlichen Ton an, und so blieb es, bis Sighvatur abreiste.

Doch eine richtige Versöhnung dieser beiden Teile unserer großen Familie war das nicht gewesen. Das sollte sich schon bald auf furchtbare Weise zeigen.

SIGHVATUR

Als der Streit mit meinem Erstgeborenen Tumi gerade seinen Höhepunkt erreicht hatte, erhielt ich die Nachricht, dass mein Schwager Arnór, der Gode des Skagafjords, sich mit mir beraten wolle. Ich machte mich sofort reisefertig, nahm einen Knecht mit, der mich über die Hochebene von Öxnadalur begleiten sollte, und stand bald bei Arnór vor der Tür – ich war ehrlich gesagt ganz froh, für eine Weile von zu Hause fort zu sein. Arnór war zwar nicht so unterhaltsam und wortgewandt wie sein verstorbener Bruder Kolbeinn, doch wer konnte das schon von sich behaupten? Und Kolbeinn war nun einmal tot, erschlagen von einem Stein, den einer der Bettler oder Verrückten aus dem Gefolge Gudmundurs geworfen hatte – diesem Bischof, den die Leute *den Guten* nannten, weil er das Lumpenpack aus allen Landesteilen bei sich aufnahm, sodass es eine echte Plage geworden war, in der Nähe des Bischofssitzes Hólar zu wohnen. Ich nahm an, dass es das war, worüber mein Schwager Arnór mit mir reden wollte. Ich fand die Vorstellung nicht gerade verlockend, mich schon wieder mit dem Bischof anzulegen, zumal ich meine Brüder nicht noch mehr gegen mich aufbringen wollte – beide, Snorri ebenso wie Thórdur, waren gute Freunde von ihm. Thórdur hielt diesen fußlahmen Stellvertreter Gottes sogar für einen Heiligen, obwohl er sowohl uns Anführern als auch dem einfachen Volk in Nordisland das Leben ziemlich schwer machte.

Wir setzten uns also in Arnórs Wohnstube, und plötzlich kam ein hochgewachsener junger Mann auf mich zu, um mich zu begrüßen, als würden wir uns seit Ewigkeiten kennen. Als Arnór meine Verwirrung bemerkte, lachte er und sagte: »Da siehst du mal, wie lange du nicht hier gewesen bist, wenn du ihn nicht erkennst. Das ist mein Sohn, Kolbeinn der Junge. Ist ganz schön groß und stark geworden, oder?!« Nun erkannte ich ihn natürlich sofort. Er war wirklich groß und stark geworden, hatte breite Schultern und dicke Oberarme bekommen, sein Blick war jetzt erwachsen und sehr wach.

»Ach, du bist das, kleiner Mann«, sagte ich und klopfte ihm auf den Rücken. Arnór lachte, doch der Junge lachte nicht. Er verließ einfach wieder den Raum.

»Ich bin wirklich froh, dass Kolbeinn so prächtig gewachsen ist«, sagte Arnór. »Mich verlassen langsam die Kräfte, und es gibt immer öfter Streit bei uns in der Gegend, ach was, im ganzen Land. Aber darum muss sich jetzt Kolbeinn kümmern. Ist er nicht ein vielversprechender junger Mann?«

»Ja, unsere Söhne übertreffen uns bei Weitem«, sagte ich und bekam etwas zu trinken gereicht.

Dann kam alles wie erwartet: Arnór wollte über Bischof Gudmundur reden und über das Gesindel, das dieser bei sich aufgenommen hatte. Inzwischen kamen fast täglich Leute zu Arnór, die unter der Obhut des Bischofs standen, manchmal sogar mehrere an einem Tag, darunter Tobsüchtige, Leprakranke, Huren mit Kindern und Landstreicher, die nicht selten in anderen Teilen des Landes gesucht wurden, weil sie in irgendwelche Verbrechen verwickelt waren. Diese Leute suchten nun alle Höfe in der Umgebung von Hólar heim, bettelten oder stahlen, wenn auf dem Bischofssitz die Vorräte mal knapp wurden. Keiner von ihnen arbeitete, sie zogen einfach nur dem Bischof hinterher wie die Jünger unserem Herrn Jesus Christus, nur dass sie nicht fasteten und entbehrungsreich ihr Dasein fristeten, sondern in Völlerei und Sünde lebten. Arnór sagte, er habe oft versucht, mit dem Bischof zu reden. Sie seien ja schließlich alte Bekannte aus der Zeit, als der Bischof noch ganz normaler

Priester auf Vídimýri gewesen war. Doch der Bischof gebe ihm nichts als ausweichende Antworten. Wenn Arnór sich beschwerte, dass diese Leute nicht arbeiteten, spreche der Bischof von den Lilien auf dem Felde, die auch nicht arbeiteten und doch vom Herrgott ernähret wurden, er sinniere über die Nachfolge Christi, den Heiligen Franz von Assisi oder den Heiligen Thomas von Canterbury.

»Ich sage dir, ich habe es so satt, mit diesem Mann zu reden«, sagte Arnór seufzend. »Ich bin es einfach leid.«

»Was willst du tun?«, fragte ich.

Arnór antwortete mit einem erneuten Seufzer: »Ich weiß, dass wir das schon einmal ohne Erfolg versucht haben, und es uns auch dieses Mal wieder in Schwierigkeiten bringen kann, aber ich finde, wir nordisländischen Anführer sollten unsere Männer bewaffnen und dieses Pack vertreiben. Sollen die doch alle dahin zurückgehen, wo sie hergekommen sind, dann soll jeder Bezirk die eigenen armen Schlucker versorgen. Es geht doch nicht, dass wir die alle an der Backe haben.«

»Aber kommen die nicht sofort wieder hierher zurück?«, fragte ich. »Zurück zu ihrem *guten* Bischof?«

»Na ja«, sagte Arnór. »Nicht, wenn wir den Bischof auch vertreiben. Wir haben nun wirklich lange genug versucht, uns damit zu arrangieren, dass er hier auf Hólar lebt. Er müsste halt irgendwohin, wo er keine große Landwirtschaft hat und nicht so viele Leute ernähren kann. Am besten auf eine Insel.«

»Das klingt gar nicht so schlecht. Aber dann müssten wir einen fähigen Mann finden, der den Bischofssitz besetzt, oder?«, fragte ich. »Für den Fall, dass das Pack trotzdem zurückkommt …«

»Gewiss«, sagte Arnór, der sichtlich froh war, dass ich die Sache nicht sofort für Schwachsinn erklärt hatte. Wobei er offenbar tatsächlich noch nicht bedacht hatte, dass wir ja an Stelle des Guten Bischofs jemand anderen auf Hólar einsetzen mussten. In diesem Augenblick wurde mir klar, dass ich vielleicht gerade die Lösung für meinen Streit mit Tumi gefunden hatte. Eine Möglichkeit, meinen Erstgeborenen dafür zu entschädigen, dass ich Sturla die westlichen Täler gegeben hatte, hatte sich aufgetan. Vielleicht hatte ich für Tumi gerade einen Hof und eine Stellung gefunden, die jedem Anführer zur Ehre gereichen würde.

BISCHOF GUDMUNDUR DER GUTE

Was muss ich elender Erdenwurm, ich bescheidener Arbeiter im Weinberg des Herrn, nicht alles erleiden. Seit ich lebe, lebe ich in Pein. In Leid und in Schmerz, den mir die ignoranten Menschenkinder ebenso bereiten wie die Gewalten der Natur. Nie werde ich vergessen, wie ich an der westlichen Küste mit meinem Mündel Ingimund einmal in schwere Seenot geraten. Die wütenden Wogen hatten unser Schiff an Land geworfen, wo es derart zerbarst, dass ein zersplittertes Dollbord mir das rechte Bein so zertrümmert, dass der Knochen wie zu Sand zermahlen und die Zehen so verdreht waren, dass sie dorthin wiesen, wo sonst die Ferse war. Und da sich in der Gegend kein heilkundiger Mensch gefunden, ward das Bein mit nur wenig Kunstfertigkeit geschient, und niemand vermochte etwas dagegen zu tun, dass Teile des zersplitterten Knochens aus dem Bein herausgeragt und die Ferse weiterhin nach vorne gestanden. Und doch wuchs alles so gut zusammen, dass meine Pein im nächsten Frühjahr unbeschreiblich ward, als kunstfertigere Männer sich daran gemacht, den Fuß in die richtige Richtung zu drehen, und mir dazu abermals alle Knochen brechen mussten. Seitdem kann ich sie nachfühlen, die Pein, die unser Erlöser unter der Geißel, den Backenstreichen und der Dornenkrone erlitten, unter dem schweren Kreuz, das er selbst getragen, bis er endlich daran geschlagen ward. Die Schläge der Menschen habe ich in all den Jahren, in denen ich meinem Herrgott und Schöpfer als Bischof diene, nur zu gut kennengelernt. Die Unwissenheit und Boshaftigkeit der Menschen ist ein ständiger Begleiter auf meinem steilen, steinigen Weg. Einmal bin ich an einen Hof gekommen, um dort einen Brunnen zu weihen, und als ich Unwürdiger die Zeremonie vorgenommen, haben sich einige Spaßvögel entblößt und ihr Wasser abgeschlagen. In den Brunnen! Dazu riefen sie, die göttlichen Kräfte dieser Weihe würden doch wohl stark genug sein, um den Brunnen vor ihrer frevelhaften Tat zu schützen, sonst hätte man ihn ja nicht weihen müssen. Und als ich ein anderes Mal zur Fastenzeit dem Beispiel unseres Erlösers und vieler Heiliger gefolgt und Hunger und Entbehrungen aller Art auf mich genommen, bewunderten die Leute mich nicht etwa für meinen heiß empfundenen Glauben, nein, sie ergötzten sich daran und flüsterten sich zu, ich habe schon immer zur Übertreibung geneigt.

Die schwerste aller Prüfungen ward mir jedoch von unserem Herrgott auferlegt, als ich die Ausgestoßenen und Aussätzigen bei mir aufgenommen, anstatt sie zu vertreiben. Wir sind doch alle Kinder Gottes, auch die Gefallenen, die in Sünde lebenden Frauen, die Alten, Tobenden, Lahmen, Siechenden. Die Vorhersehung hat es so gewollt, dass diese Menschen mich aufsuchten und mir folgen wollen wie dem Erlöser selbst. Die Anführer dieses Landes sind mit weltlichen Gaben so reich gesegnet, ihre Kinder ergehen sich in Trägheit und Müßiggang, und doch haben sie es für ziemlich gehalten, einen Kriegszug gegen mich anzustrengen. Nur weil die Menschenkinder, die mir folgten, nicht im Schweiße ihres Angesichts gearbeitet, sondern von Almosen gelebt, darunter viele gichtgebeugte Krüppel oder solche, die von schwachem oder rasendem Geiste sind. *Wer von euch ohne Sünde ist*, sagt die Bibel. Darüber zu sinnieren stünde den Mächtigen dieses Landes gut zu Gesicht.

SOLVEIG

Ich bin nicht gern von zu Hause fortgegangen, weggezogen in die Eintönigkeit der westlichen Täler. Wir haben zu Hause nie besonders gut über die Leute, die dort leben, gesprochen. Seit ich denken kann, habe ich bei uns im Süden immer nur gehört, die Leute in den westlichen Tälern seien ruppig und ungehobelt, ähnlich wie die Leute aus dem Breiten Fjord, ja, eigentlich wie überhaupt alle Westisländer. Egal, ob das nun stimmt oder nicht, die Leute in Südisland haben das immer behauptet, und sie sind nun einmal meine Leute. In den westlichen Tälern, den »darbenden Landstrichen«, wie manche sie nennen, gibt es kein besonderes geistiges Leben, soweit ich weiß. Zumindest nicht so wie bei uns zu Hause auf Oddi. In meiner Familie gibt es viele gelehrte, höfliche Leute, schließlich sind wir eng mit der norwegischen Königsfamilie verwandt. Bei uns in Südisland waren immer alle wohlhabend, alles war weitläufig und hell. Und obwohl wir natürlich wussten, dass die Menschen in den anderen Landesteilen sich gegenseitig überfielen und töteten, hatte bei uns immer Frieden geherrscht, über viele Menschenalter hinweg – ich hatte immer gehofft, ich müsste nie von zu Hause fortgehen.

Dementsprechend schwer war mir ums Herz, als ich dann doch Abschied nehmen musste. Von meinen liebsten Menschen, den Wegen, die ich all die Jahre gegangen war, den Vögeln, die in den Wiesen sangen, den Bergen und dem Meer, das ich in der Ferne sah. Jetzt wohne ich auf Saudafell in den westlichen Tälern. Doch Sturla ist gut zu mir. Wir haben unser erstes Kind bekommen. Und dort, wo mein Kind ist, da bin auch ich zu Hause.

STURLA SIGHVATSSON

Mein Vater Sighvatur kam uns auf Saudafell besuchen. Er traf zwar auch einige seiner Freunde hier in der Gegend, die meiste Zeit jedoch verbrachte er bei uns zu Hause. Er alberte mit seinem Enkelkind herum, plauderte mit Solveig und mir und schien alle Zeit der Welt zu haben. Bald bekam ich das Gefühl, dass ihm etwas auf dem Herzen lag, über das er sich nicht recht zu sprechen traute. Ich kannte doch meinen Vater! Also wartete ich in aller Ruhe ab, bis er mir schließlich eröffnete, dass er zusammen mit Mutters Bruder, Onkel Arnór, einen Kriegszug gegen Bischof Gudmundur den Guten und seine Leute plante. Ich sicherte ihm natürlich sofort meine Unterstützung zu, doch wurde Vater auf einmal sehr zögerlich. Irgendetwas schien ihm daran nicht zu passen.

Aber was sollte das bloß sein? Es war doch selbstverständlich, dass wir zusammenstanden, vor allem dann, wenn es um einen Kriegszug ging, wir waren doch Vater und Sohn! Was gab es da überhaupt zu bereden?

Und dann gestand mein Vater mir, dass er mich nicht dabeihaben wollte.

Ich vergaß mich. Sprang auf. Wurde laut. Ich fragte, ob wir uns fortan gar nicht mehr gegenseitig helfen würden. Ob ich dann auch nicht mehr auf ihn zählen könne, müsste ich eines Tages zu den Waffen greifen. Aber er seufzte nur und begann zu nuscheln und zu stottern und sagte nein, darum gehe es nicht.

Ich fragte, ob denn Kolbeinn der Junge bei dem Kriegszug dabei sein werde und Papa antwortete, ja, doch, gewissermaßen schon, und plötzlich wurde mir schwarz vor Augen vor lauter Wut. Onkel Arnór kämpfte Seite an Seite mit seinem Sohn, und ich sollte meinen Vater nicht unterstützen – wie sah das denn aus?

Vater schnaufte und prustete und sagte dann, mein Bruder Tumi werde mit ihm in den Kampf ziehen. Er werde sogar einer der Anführer sein, denn es sei abgesprochen, dass Tumi sich auf Hólar niederließ, sobald der Bischof vertrieben war.

Nun konnte ich nicht einmal mehr wütend sein – mir kamen fast die Tränen. Ich hatte zwar damit gerechnet, dass auch Tumi irgendwann seinen Teil abbekommen würde, aber dass es so sehr auf meine Kosten gehen würde – das hätte ich nicht gedacht.

In Hólar standen die größten und schönsten Häuser von ganz Nordisland, und auch im Rest des Landes fiel mir kaum ein imposanterer Wohnort ein als dieser. Der Anführer, der sich dort niederließ, wurde zum mächtigsten Mann im ganzen Skagafjord, diesem bedeutenden Bezirk. Wenn mein Bruder Hólar bekam, würde er zwangsläufig die Macht meines Vaters erben, wenn es einmal so weit war. Tumi würde also ganz Nordisland beherrschen und damit der mächtigste Mann im ganzen Land sein. Ich wäre im Vergleich zu ihm nicht mehr als ein gewöhnlicher Bauer, ein Stiefelknecht.

Für mich brach eine Welt zusammen. Meine Welt!

Mein Vater konnte mir nicht einmal in die Augen schauen, während er mit mir sprach. Er strich sich über die Wangen, schnaufte und sah zu Boden, er hatte eindeutig ein schlechtes Gewissen. Zu Recht! Nach langem Schweigen sagte er, ich müsse das doch verstehen, und begann, eine große Rede zu halten, die so konfus war, dass ich mich einfach zurücklehnte und aus dem Fenster sah; das hereinscheinende Tageslicht nahm in meinen Augen alle Farben des Regenbogens an. Vater sagte wieder und wieder, er hoffe, dass alles gut verlaufen würde, er wolle doch nur das Beste für seine Söhne. Meine Sorge, dass Tumi zum mächtigsten Mann im

Skagafjord würde, bezeichnete er als grundlos. Schließlich hatten dort Arnór und seine Familie seit Generationen das Sagen, und Kolbeinn der Junge, der bald von seinem Vater Arnór die Macht übernahm, würde es nie erlauben, dass ein Zugezogener sich in seinem Machtbereich breitmachte, auch wenn der zehnmal einen so imposanten Ort wie Hólar bewohnte. So gesehen könnte Tumi sich sogar in eine ziemlich knifflige Situation bringen, wenn er sich in Hólar niederließ, schließlich musste er dann bei jedem Fehltritt die Rachlust der reizbaren Einheimischen fürchten, ganz abgesehen von einem drohenden Kirchenbann für die Vertreibung des Bischofs.

Vater schloss seine Rede mit den Worten: »Aber wir beten natürlich zu Gott, dass alles gut gehen wird.« Dann hatte er aufgehört zu schnaufen und zu prusten und sah mich endlich direkt an, als wollte er herausfinden, ob ich verstand, was er da eben gesagt hatte.

Mir fiel es wie Schuppen von den Augen. In Wahrheit brachte er Tumi in eine fast aussichtslose Lage. Eine Lage, in die er mich nie hatte bringen wollen. Mein Vater war mir so wohlgesonnen wie immer, jetzt begriff ich es! Ich tat weiterhin etwas beleidigt und so, als fühlte ich mich übergangen, was in dieser Situation vermutlich auch das Richtige war. Dann sprachen wir nicht weiter über die ganze Sache. Mein Vater widmete sich weiter seinem Enkelkind, er war einfach nur zu Gast auf unserem Hof, wie eine Hauskatze, ließ sich umsorgen und redete mit allen über Gott und die Welt, doch nur halbernst, wie im Scherz. Und als er sich drei Tage später auf den Heimweg machte, waren wir vollkommen versöhnt. Wir küssten uns zum Abschied. Wie immer.

Erst nachdem er fort war, bekam ich ein schlechtes Gewissen. Schließlich wusste ich jetzt, in welche Schwierigkeiten Tumi wahrscheinlich geraten würde, so reizbar und rüpelhaft wie er nun einmal war.

SIGHVATUR

Der Morgen brach gerade erst an, als ich schon mit meinen Leuten auf den Hofplatz von Arnór, dem Goden im Skagafjord, ritt. So hatten wir es verabredet. Von meinen Söhnen war nur Tumi dabei. Nach all den Jahren, in denen ich mich mit ihm mehr gestritten hatte als mit jedem anderen meiner Söhne, hatte ich ihm nun eröffnet, dass ich ihn dafür vorgesehen hatte, den großartigen Bischofssitz Hólar zu beziehen. Ich hatte das auch meiner Frau gesagt, damit Tumi mir überhaupt glaubte, dass ich es ernst meinte. Falls diese Leute, die sich dort zusammengerottet hatten, nicht widerstandslos fortzogen, wäre endgültig bewiesen, dass man den Bischof hier nicht mehr dulden konnte. Dann würden wir dieses zwielichtige Gesindel einfach vertreiben und den Bischof gleich mit. Tumi würde den Hof übernehmen, um ihn verteidigen zu können, falls jemand zurückkäme. Tumi war hoffnungsvoll und freute sich, zeigte das mir gegenüber aber nicht. Er war aufsässig und schroff wie eh und je. Er hatte sich nicht einmal bedankt, aber das war in Ordnung. Wir waren insgesamt bestimmt einhundert Mann, meine treuesten Freunde aus dem Eyjafjord waren dabei, und auch Tumi hatte »seine Leute« mitgebracht, seine Freunde und Trinkkumpanen, unter denen nicht wenige in der ganzen Gegend als Unruhestifter und Schläger bekannt waren. Arnórs Männer, die uns ebenfalls begleiteten, waren auch nicht gerade harmlos, allen voran sein Sohn Kolbeinn der Junge, der unser Vorhaben wirklich sehr ernst nahm; er saß groß und aufrecht auf seinem Pferd, mit Streitaxt und Schwert ausgerüstet, den Schild an den Knauf seines Sattels gebunden, und blickte konzentriert und verbissen in die Gegend. Vielleicht war er auch nur wütend – auf jeden Fall war es ein bisschen albern, wie er versuchte, mit seinem Jungengesicht diese Feldherrenmiene aufzusetzen.

Wir ritten in ruhigem Tempo Richtung Hólar. Arnór und ich ganz vorne. Ich bestreite nicht, dass ich ein mulmiges Gefühl hatte, schließlich griffen wir einen heiligen Ort an und geweihte Diener der Kirche. Doch konnte es so nicht weitergehen, das war auch klar. Andererseits wusste ich auch, was ich mir von meinen Brüdern Snorri und Thórdur anhören müsste, falls diese Aktion außer Kontrolle geriet und es Verletzte oder gar Tote gab. Meine Brüder würden sagen, dass Gott mich dafür strafen werde, dachte ich, und sagte Arnór, dass wir auf keinen Fall mehr Gewalt anwenden durften, als unbedingt nötig war. Arnór war derselben Meinung.

»Wir sollten behutsam vorgehen«, sagte er, woraufhin wir unseren Männern einschärften, äußerst vorsichtig zu sein. Danach war ich ein wenig beruhigt. Ich wollte auch meinem Sohn Tumi noch einmal sagen, dass absolute Vorsicht geboten war, doch er ritt weiter hinten, war umgeben von seinen Männern, und der Ausdruck auf seinem Gesicht ließ mich daran zweifeln, dass er offen für Ratschläge oder gar Befehle von seinem Vater war. Schießlich war er doch selbst ein Anführer hier. Oder hielt sich zumindest für einen.

Also blieb mir nichts anderes übrig, als auf das Beste zu hoffen.

Als wir uns dem Bischofssitz näherten, hörten wir immer lauteres Rufen und Geschrei. Fußlahme fuchtelten mit ihren Krücken in der Luft herum und brüllten uns an. Wir machten am Rande des Hofplatzes Halt und hatten alle Hände voll zu tun, uns das Gesindel aus dem Gefolge des Bischofs vom Hals zu halten, unzählige Männer, Frauen und Kinder, die uns drohten und versuchten, uns anzuspucken und mit dem Inhalt ihrer Nachttöpfe zu begießen. Endlich kamen ein paar Männer aus der offiziellen

Leibgarde des Bischofs, Aron, Einar und andere, die ich kannte. Ich rief ihnen zu, sie sollen ihre Leute im Zaum halten, wir seien gekommen, um mit dem Bischof zu verhandeln und nicht um Streit anzufangen. Tumi sah mich mit einem Gesichtsausdruck an, der alles andere als Zustimmung signalisierte, er hatte offenbar etwas anderes erwartet. Die bischöflichen Leibwächter hoben die Hände und brachten die Leute endlich zur Ruhe, sodass ich etwas Hoffnung schöpfte, dass die Sache einigermaßen glimpflich ablaufen würde.

Doch ich täuschte mich.

Denn bald darauf wurde der Bischof von seinen Leuten aus dem Hof getragen und als er fast bei uns war, begann er mit hoher, fester Stimme einen liturgischen Gesang auf Latein zu singen. Daraufhin erhob sich um uns herum ein ohrenbetäubendes Heulen und Kreischen und Brüllen. Immer mehr Leute aus dem Gefolge des Bischofs hatten inzwischen ihre Nachttöpfe geholt und bespritzten uns damit, sie spuckten und kamen uns so nah, dass einige unserer Männer mit Peitschen und Waffen nach ihnen schlugen, woraufhin die Menge umso wilder wurde, bis es Pferdemist und Torf auf uns regnete und man nichts mehr hörte außer Geschrei, in das sich jetzt Schlaggeräusche von Waffen mischten. Wenig später hatten viele der Leute des Bischofs blutige Wunden. Man bewarf uns mit Steinen. Sie schienen aus allen Richtungen auf uns niederzuprasseln. Auf einmal bekam ausgerechnet mein Schwager Arnór einen derart riesigen Brocken auf den Brustpanzer, dass er vom Pferd fiel. Ich befürchtete schon, dass ihn dasselbe Schicksal ereilt hatte wie seinen Bruder, der an genau diesem Ort einige Jahre zuvor einen Stein an den Kopf bekommen hatte und daran gestorben war. Als Kolbeinn der Junge sah, wie sein Vater vom Pferd fiel, geriet er so sehr in Rage, dass er sein Schwert in beide Hände nahm und hasserfüllt auf das Bischofspack losging – dass sein Vater sofort nach dem Sturz aufgestanden war und sich nicht einmal verletzt hatte, änderte daran nichts.

Als Kolbeinn der Junge noch ganz klein gewesen war, hatte jemand vorausgesagt, dass aus diesem Kind einmal ein großer Hitzkopf werden würde. Nun wurden wir alle Zeuge davon, wie sich diese Prophezeiung bewahrheitete. Seine Männer taten es ihm gleich. Ich versuchte, sie zurückzuhalten, ermahnte sie durch den Schlachtenlärm hindurch zur Ruhe, doch ohne Erfolg. Keiner hörte auf mich. Nicht einmal Tumi, mein eigener Sohn, der wohl von Anfang an gehofft hatte, er könne hier endlich zeigen, dass er diesem Kolbeinn dem Jungen, über den schon damals alle sprachen, kriegerisch in nichts nachstand. Tumi und seine Leute stürmten mit gezogenen Schwertern in die Menschenmenge, sie schlugen nach Köpfen und Körpern, sodass das Blut nur so spritzte und Hirnmasse aus Ohren quoll.

Das Gesindel des Bischofs stob auseinander. Wer konnte, lief in Richtung der Berge, andere schleppten sich über die Wiesen ins Tal hinaus. Die Leibgarde des Bischofs zählte sehr viel weniger Männer als wir. Sie versuchten dennoch, ihre Stellung zu halten, doch wir drängten sie so weit zurück, bis sie dicht um den Bischof herumstanden, bereit ihn zu verteidigen, koste es, was es wolle. Nun hörten unsere Söhne und deren Gefolgsleute endlich auf Arnórs und meine mäßigenden Befehle, sodass die bischöfliche Leibgarde ihren Hirten auf ein Pferd heben und sich eiligst mit ihm davonmachen konnte. Offenbar war ihnen klar geworden, dass wir erst lockerließen, wenn sie von hier verschwunden waren. Ich vermochte in diesem Moment nicht zu sagen, ob diese Aktion nun ein großer Erfolg oder verheerender Misserfolg gewesen war, doch auf jeden Fall hatten sie alle Hólar verlassen, mit Ausnahme einiger Aussätziger und Fußlahmer, die schwer verletzt auf dem Hofplatz lagen.

Doch um diese kümmerten mein Sohn und seine Männer sich nicht. Sie brachen die Tür zum Haus auf, und die Freudenschreie, die bald zu vernehmen waren, ließen darauf schließen, dass sie die Vorratskammern und den Bierkeller gefunden hatten.

EINAR, BISCHÖFLICHER LEIBWÄCHTER

Sie verfolgen mich bis in diesen Fieberwahn, den unser Herrgott mich durchleiden lässt, die Bilder dessen, was ich nicht richtig erinnern und doch erst recht nicht vergessen kann: Ich habe meinen Bischof im Stich gelassen, meinen Bischof, den zu ehren und zu verteidigen ich geschworen hatte. Seitdem empfinde ich nichts als schlimmste Qualen, die sich anfühlen, als seien sie nicht von dieser Welt. Und auch nicht aus einer besseren.

Sighvatur und Arnór hatten uns mit ihren Schergen auf Hólar angegriffen und ein Blutbad angerichtet. Wir konnten von Glück reden, dass es uns gelungen war, den Bischof nach Málmey zu evakuieren, eine Insel im Skagafjord. Dank des Verlaufs der Gezeiten konnten wir die Insel fast trockenen Fußes erreichen, dann setzte die Flut ein, und wir waren erst einmal in Sicherheit. Doch es war ein stürmischer Herbst damals, mit frühem, hartem Frost. Bald war klar, dass wir dort mit so vielen Männern nicht lange bleiben konnten, obwohl die wenigen Menschen, die diese Insel in ihren einfachen Hütten bewohnten, ihrem heiligen Bischof alles, was sie besaßen, zu geben bereit waren. Sie brachten ihn kreuz und quer über die Insel, um Brunnen zu weihen oder Vogelfelsen, an denen zuvor Menschen beim Eiersammeln abgestürzt und ums Leben gekommen waren. Doch gab es ja noch die anderen, uns demütige Diener und Leibwächter des Bischofs – viele Dutzend Leute, für die kaum Essen da war. Obwohl einige von uns sich mit Muscheln begnügten und die Knochen kaum essbarer Vögel abnagten, litten wir Hunger und Kälte. Die ständigen Unwetter machten es schwer fortzukommen, und außerdem wusste sowieso niemand, wohin. Die nordisländischen Anführer wollten uns nicht in ihrem Landesteil haben, sie taten so, als wüssten sie nicht, dass wir auf dieser Insel lebten. Es passte ihnen offenbar ganz gut, dass wir hier vor uns hin vegetierten.

Bischof Gudmundur klagte nie. Unter heiligen Männern war es schließlich Brauch, mit Entbehrungen zu leben, doch viele aus unserer Gruppe waren im Gegensatz zu ihm sehr verzweifelt. Mir fielen nach und nach die Zähne aus, ich bekam Wunden an Armen und Beinen, ohne dass ich mich irgendwo verletzt hatte. Einige von uns hatten sich einmal an Land gewagt, und bei ihrer Rückkehr erzählten sie, dass Tumi Sighvatsson und seine Leute nun in Saus und Braus auf Hólar lebten. Sich an Speis und Trank labten, mit denen wir immer äußerst sparsam umgegangen waren, auf dass uns die Vorräte in den mageren Jahren erhalten sollten, von denen manchmal sieben hintereinander kamen, wie der Bischof uns aus der Heiligen Schrift vorgelesen hatte. Von Tumi Sighvatsson und seinen Leuten zu hören tat deshalb vielen sehr weh, ebenso wie die Kunde davon, dass Tumi trinkfreudige Landstreicher und unzüchtige Frauen auf Hólar eingeladen hatte, um mit ihnen Weihnachten zu feiern. Nicht wenige fragten sich, ob das für die Bauern in der Umgebung von Hólar nun wirklich eine so deutliche Verbesserung war gegenüber den Unglückseligen und Beladenen, die der Bischof in seiner unermesslichen Güte bei sich aufgenommen hatte, so wie Gott ihm befohlen.

Einige unserer Leute fingen langsam an zu murren. Es gehe doch nicht, dass wir hier auf Málmey fast verhungerten, während Eindringlinge sich an den Vorräten von Hólar gütlich taten! Während eines furchtbaren Unwetters kurz nach Weihnachten fiel der Entschluss. Einige unserer Leute, darunter Aron und ich, sollten die Überfahrt an Land wagen, heimlich auf Hólar gehen, um Vorräte zu holen. Den Bischof hatten wir nicht um Erlaubnis gefragt, doch als er sah, dass wir uns reisefertig machten, befahl er uns, jegliche Gewalt zu vermeiden – Schwierigkeiten hatten wir so schon genug.

Irgendwie schafften wir es durch den tosenden Sturm an Land, kämpften uns durch hohen Schnee und erreichten Hólar mitten in der Nacht. Der Sturm hatte sich inzwischen gelegt, und der Mond schien hell auf das verschneite Land und den prächtigen Hof. Wir rechneten nicht damit, dass um diese Zeit noch jemand auf den Beinen war, abgesehen von ein paar Wachen vielleicht. Die wollten wir überwältigen, fesseln und dann die Vorratskammer ausräumen, so leise es irgend ging.

Doch zu unserer Verwunderung war keine einzige Wache zu sehen. Es war ganz still, wir hörten keinen Laut außer das Heulen des Windes. Mit einigem Geschick schafften wir es, die Tür leise zu öffnen, und ein paar von uns schlichen hinein, ich und zwei andere passten draußen auf. Bald kamen sie mit einem Fässchen Leberwurst, einem Sack Quark und anderen Vorräten wieder heraus. Kopfschüttelnd erzählten sie, dass viele Lebensmittel verschüttet oder verdorben waren. Auf einmal jedoch hörten wir Schritte und Stimmen. Offenbar war doch noch jemand wach gewesen, oder wir hatten Tumi und seine Leute aufgeweckt, auf jeden Fall hatten sie bemerkt, dass etwas nicht stimmte. Im nächsten Moment flogen auch schon die Türen auf. Einige Männer kamen heraus, unter ihnen Tumi Sighvatsson selbst. Er war kaum bekleidet, trug nichts als ein wallendes Nachthemd – und eine Waffe, eine Hellebarde oder eine Axt, das konnte ich im Dunkeln nicht richtig erkennen. Als er und seine Männer uns sahen, liefen oder vielmehr torkelten sie durch den Schnee mit erhobenen Waffen genau auf uns zu. Einer von ihnen fiel, andere liefen Schlangenlinien, sie waren alle betrunken. Wir konnten ihre Hiebe problemlos abwehren, wichen ihnen einfach aus und warfen die Männer in den Schnee.

Was dann passierte, liegt in meiner Erinnerung verschlossen wie unter einer Nebeldecke. Es kam zum Kampf im Schnee. Bischof Gudmundur hatte uns ermahnt, niemanden zu verletzen oder gar zu töten, doch ich musste mich ja verteidigen, denn so betrunken Tumi und seine Leute auch waren – sie griffen immer wieder an. Ich meine mich daran zu erinnern, dass ich immer wieder versucht habe, Tumi zu überwältigen, doch halb nackt wie er war, bekam ich ihn nie richtig zu fassen. Meine Gefährten hatten alle Hände voll mit seinen Trinkkumpanen zu tun, die mit ihren Waffen wild um sich schlugen, und als sie sie schließlich überwältigt hatten, wälzten Tumi und ich uns noch immer im Schnee. Ich weiß noch, wie wir um die Axt rangen oder was es auch für eine Waffe gewesen sein mag, mit der er aus dem Haus gekommen war. Und plötzlich lag Tumi enthauptet im Schnee. Und ich hielt die Waffe in der Hand.

Einer meiner Gefährten hatte später gesagt, Tumi habe mich geradezu aufgefordert, endlich zuzuschlagen, so kalt war ihm geworden, in seinem Nachthemd, mitten im Schnee. Doch auch wenn ich in meinen schlimmsten Träumen noch manchmal seine Stimme höre, die mir seine flehenden Worte zuruft, kann ich einfach nicht glauben, dass es wirklich so gewesen sein soll. Ich hatte den Bischof bitter enttäuscht. Das hätte nie, niemals, passieren dürfen.

Tumis Gefährten flohen zurück ins Haus. Wir schulterten die Säcke mit dem Essen, kämpften uns gegen den Wind zu unserem Schiff zurück und segelten nach Málmey. Die Daheimgebliebenen freuten sich, als sie das Essen sahen, doch als sie begannen, sich über das Fleisch herzumachen, merkte ich, dass viele dasselbe Problem hatten wie ich: blutendes Zahnfleisch und lose Zähne. Der Bischof fragte, wie unser Beutezug verlaufen war. Und den Blick, den er mir zuwarf, als er hörte, dass ich Tumi Sighvatsson enthauptet hatte, werde ich nie vergessen. Ich warf mich ihm zu Füßen und flehte, er möge mir glauben, dass es ein Unfall gewesen war, keine Absicht, doch er machte nur eine abweisende Bewegung, sodass meine Gefährten mich von ihm fortzogen. Seitdem spricht der Bischof kaum mehr ein Wort mit mir. Und erst jetzt, da ich sozusagen verstoßen wurde, in die beißende Kälte der dunklen Nacht, wird mir klar, wie wärmend die Gnadensonne des Bischofs gewesen ist.

Der Bischof meint, wir müssten fort von der Insel, weil Sighvatur versuchen wird sich mit einer Vergeltungsaktion zu rächen. Ohne mein Beisein wurde beschlossen, dass wir nach Grímsey rudern, auf eine Insel, die weit vom Festland entfernt liegt und als schwer einnehmbar gilt, wenn man die Landungsstelle richtig verteidigt.

Doch ich kann mich kaum noch bewegen, so sehr quält mich das Gewissen. Als würden Maden mich von innen auffressen. Meine Wunden bluten, und in jedem Knochen spüre ich Eiseskälte, auch wenn ich in der Stube direkt am Feuer sitze. Ich habe gebeten, der Bischof möge mich salben, denn bald werde ich nicht mehr atmen können.

STEINVÖR SIGHVATSDÓTTIR

Als wir hier im Eyjafjord erfuhren, dass die Männer des Bischofs meinen Bruder Tumi erschlagen hatten, versank mein Vater zum ersten Mal in dieser abgrundtiefen Hoffnungs- und Hilflosigkeit, die ich von nun an immer öfter an ihm beobachten sollte. Das waren natürlich traurige Nachrichten für uns alle, Mutter wich alle Farbe aus dem Gesicht und ihre Züge wurden ganz hart, Tumi war nun mal ihr erstes Kind gewesen, benannt nach ihrem Vater. Doch machte dieser Verlust sie letztlich nur noch entschlossener. Sie stürzte sich in die Arbeit, saß bis spät in die Nacht hinein verbissen und still an irgendwelchen Handarbeiten, und tagsüber beobachtete sie alles und jeden, sie wollte auf unangenehme Weise alles bestimmen, was in der Haus- und auch in der Landwirtschaft passierte, in diesen letzten Winterwochen, in denen das Vieh nirgendwo mehr Nahrung fand.

Vater hingegen saß die meiste Zeit in seinem Bett und tat nichts. Dieser fröhliche Mann, der am liebsten immer alle, die ihn umgaben, zum Lachen gebracht hatte, und eigentlich kaum ein paar ernste Worte hintereinander hatte sagen können, saß nun einfach da, mit einer alten hässlichen Mütze, schief auf dem Kopf hängend, und starrte vor sich hin. An niemanden richtete er ein Wort, und wenn man ihn etwas fragte, antwortete er nur unter größtem Zögern und Grübeln, wusste nichts zu sagen, konnte nichts entscheiden, sagte nur Dinge wie: »Ja, vielleicht. Ach, ich weiß nicht, meinst du denn, das bringt was?«

Manch einer fragte sich, wie es erst sein müsste, falls er einmal seinen Lieblingssohn Sturla verlieren sollte, wenn ihn schon der

Tod von Tumi, dem er nie viel Aufmerksamkeit geschenkt hatte, dermaßen traf – doch ich spürte bald, dass es gerade das war, was ihn so plagte. Er machte sich Vorwürfe und fühlte sich schuldig. Das mag sonderbar klingen, schließlich war es ja Tumi gewesen, der diesen eigentlich schwer einzunehmenden Hof einfach nicht hatte bewachen lassen, und allein deshalb mitten in der Nacht so überrumpelt werden konnte. Und dann waren er und seine Leute auch noch richtig betrunken gewesen, wie ich später erfuhr. Doch so war es nun einmal: Vater hatte einen Sohn verloren und beschlossen, dass er schuld daran war. Er fühlte sich wie ein Kindsmörder. Selbst Mutter, die immer gut mit ihm hatte umgehen können und ihm vieles hatte durchgehen lassen, verlor allmählich den Zugang zu ihm. Ich spürte es ganz deutlich: Wenn sie in seine Nähe kam, wurde sie noch wortkarger und verbissener. Sie wechselten kaum ein Wort miteinander, und das war es, was uns anderen letztendlich die größte Angst machte.

Gegen Ende des Winters brachte Mutter noch ein Kind zur Welt, obwohl sie schon vierzig Jahre alt war. Und siehe da, sie lag kaum im Kindbett, und Vater kam wieder in Gang. Man sah mittlerweile zwar deutlich, dass er die fünfzig überschritten hatte, doch er kümmerte sich rührend um seine Frau, die eine schwierige Geburt hinter sich hatte. Das Kind, ein Sohn, sah ziemlich kümmerlich aus, doch Vater saß Tag und Nacht bei ihm, bei ihnen beiden. Das Kind wurde auf den Namen Tumi getauft. Ein zweiter Tumi. Anstelle des ersten. Danach, und wohl auch weil der Winter langsam seinen Griff lockerte und es täglich heller wurde, wurde mein Vater wieder ganz der Alte. Er sandte einen berittenen Boten über die Hochebene zu seinem Lieblingssohn in die westlichen Täler, der klare Anweisungen überbrachte: Sturla solle seine Männer bewaffnen und in den Norden reiten. Es galt, Tumis Tod zu rächen! Anschließend rief mein Vater auch die Bauern im Bezirk auf, mit allen waffenfähigen Männern zu uns nach Grund zu kommen. Bald waren viele hervorragende Kämpfer zusammengekommen, die – und deren Pferde – Mutter nach Kräften verpflegte. Wenig später war auch Sturla mit unzähligen Männern aus den westlichen Tälern hinzugekommen. Auch er blickte grimmiger drein als gewöhnlich. Wir unterhielten uns lange, und ich spürte, dass auch er ein schlechtes Gewissen gegenüber dem armen Tumi hatte und dass er fest entschlossen war, seinem Bruder Gerechtigkeit widerfahren zu lassen, besser spät als nie. Wenn Sturla über den Bischof und seine Männer sprach, sah er regelrecht hässlich aus, und dazu gehörte nun wirklich einiges. Wir waren inzwischen sicher, dass der Bischof von Málmey nach Grímsey geflohen war. Manche hielten Grímsey für ähnlich schwer einzunehmen wie die Insel Drangey, auf die sich einst der berühmte Gesetzlose Grettir der Starke zurückgezogen hatte, der – wie man sich erzähte – nur mit Hexerei überwältigt werden konnte. Doch wenn jemand diesen Vergleich anbrachte, schnaubte Vater nur und meinte, Grímsey sei mit Drangey überhaupt nicht zu vergleichen. Den Bischof und seine Männer zu überwältigen sei gar kein Problem, man brauche nur genügend Kämpfer.

Alle verfügbaren Boote aus dem Eyjafjord wurden gebracht, genug, um das ganze Heer und seine Waffen zu tragen. An der Landungsbrücke beteten alle noch einmal gemeinsam, unser Priester gab dem Kriegszug seinen Segen, obwohl ich weiß, dass er Vater geradezu angefleht hatte, dem Bischof nichts zuleide zu tun, wenn er nicht lange Zeit im Fegefeuer schmoren wollte. Vater übertrug meinem Bruder Sturla das Oberkommando. Alle sollten auf seinen Befehl hören. Sobald der Tag angebrochen war, segelten sie los. Einige von uns jüngeren Geschwistern sahen ihnen beim Auslaufen zu, Kakali fragte immer wieder, warum er nicht dabei sein dürfe, doch er war erst zwölf. Ich hingegen wäre alt genug gewesen und zu gerne mitgefahren. Sturla durfte ja schließlich auch mit, warum dann nicht ich? Doch das kam nun einmal nicht infrage. Ich blieb also am Strand zurück und sah zu, wie die Flotte losruderte, Segel setzte und auf den Fjord hinausfuhr.

SOLVEIG

In den ersten Jahren nach meinem Umzug in die westlichen Täler vermisste ich meine Heimat sehr, doch langsam gewöhnte ich mich an das Leben mit Sturla auf Saudafell, so wie man sich eben an alles gewöhnt. Ich fühlte mich leidlich wohl, aber ich hatte gemerkt, dass es auch hier recht ruhig war und es keinen besonderen Grund gab, Unfrieden oder Angriffe zu fürchten. Bald machte ich mir kaum noch Sorgen und konzentrierte mich darauf, unseren riesigen Haushalt zu führen. Sturla und ich hatten gemeinsam versucht, die Haupträume möglichst wohnlich zu gestalten und viele Wandteppiche besorgt, sodass es jetzt richtig gemütlich geworden war. Wir schmückten die Wände mit Schilden, alten Rüstungen und Waffen, gute Handwerker zimmerten uns Schlafkojen und Schränke, Tische und Bänke, geschickte Frauen woben Decken, sodass sich unser Haushalt bald nicht mehr vor denen der südisländischen Anführer verstecken musste. Ich legte so viele Vorräte an, wie ich konnte. Schlechte Zeiten kamen bestimmt, bei uns wohnten viele Menschen, und Sturla musste als Anführer immer wieder große Feste ausrichten, einmal ganz abgesehen davon, dass es manchmal passieren konnte, dass ich ganz plötzlich ein ganzes Heer zu verpflegen hatte. Sturla sagte mir, sein Vater Sighvatur habe immer Wert darauf gelegt, ein Heer, das er selbst zusammengerufen hatte, auch selbst zu verpflegen, im Gegensatz zu manchen anderen Anführern, die das den ortsansässigen Bauern überließen. Das schien Sturla und mir schlecht für unseren Ruf.

Natürlich hatte ich noch immer Heimweh. Im Süden war alles

so weit und licht, alles und jeder war mir vertraut, hier in den westlichen Tälern war alles viel enger und rauer – doch auf den Hügeln wuchs saftiges Gras und auch hier gab es gute Menschen.

Wir hatten natürlich Verwalter und Köchinnen, doch die Oberaufsicht über die Vorräte übernahm ich selbst. Wir hatten Rindvieh in Hülle und Fülle, sowohl Ochsen als auch Milchvieh und immer ein Kalb im richtigen Alter, um es schlachten zu können. Und dann die ganzen Schweine und Schafe. Und die Ziegen, auch sie gaben Milch. Die Schafe wurden im Herbst geschlachtet und das, was nicht sofort gegessen wurde, machten wir zusammen mit den Innereien in Würsten haltbar oder legten es sauer ein, es wurde geräuchert oder im Wind getrocknet. Auch wenn ein Rind geschlachtet wurde, verwerteten wir alles. Wir hatten einen guten Vorrat an Trockenfisch, fingen Lachse und Forellen in den Flüssen. Schneehühner und andere Vögel fingen wir auch, meistens in Fallen. Auch in Sachen Jagd behielt ich lieber alles selbst im Blick, denn mir schien, dass die Einheimischen hier weniger Erfahrung damit hatten als wir im Süden. In den kühlen Vorratshäusern gab es immer genug Quark und Milch in großen Bottichen und Fässern. Wir machten Butter, Sahne, Käse, Skyr und Molke. Am Ende des Sommers und im frühen Herbst, wenn das Heu eingebracht worden war, schickte ich alle verfügbaren Leute zum Rahmschlagen. Die so verarbeitete Milch half uns gut über den ganzen Winter. Außerdem schickte ich unsere Männer auf die Hochebene, während die Schwäne in der Mauser waren, und ließ sie dort Gatter aufstellen, in die sie dann die jungen Vögel hineintrieben. Ein Schwan hatte besonders viel Fleisch und konnte ein echtes Festtagsessen sein, auch wenn er meistens eingekocht und den einfachen Leuten vorgesetzt wurde. Eier wurden an den Vogelfelsen gesammelt, wir hatten Geflügel, Enten und Gänse.

Wir aßen zwei Hauptmahlzeiten am Tag. Zusätzlich bekamen die Leute nach dem Aufstehen, noch vor der Arbeit, Quarkspeise oder Grütze, dazu manchmal Brotfladen und Käse, an manchen

Tagen sogar Eier. Tagsüber gab es meistens Trockenfisch mit Butter. Oder frischen Fisch, wenn wir welchen hatten. Manchmal gab es auch Grützwürste oder Walfleisch, wenn gerade einer angetrieben worden war, oder auch Seehundfleisch, wenn wir welche erjagt hatten. Trockenfisch konnte man nicht nur tagsüber als kalte Mahlzeit servieren, man konnte ihn auch in Wasser einlegen und kochen. Zusammen mit geschmolzenem Talg oder Schmalz war das ein gutes Essen für das Gesinde und auch für uns selbst.

Abends gab es meistens Fleisch. Rindfleisch, das in kleine Stücke geschnitten oder gekocht wurde, oft mit Gerste und Kräutern, mit Engelwurz oder Islandmoos. Das Gesinde aß aus großen Schüsseln, jeder mit seinem eigenen Messer, manchmal gab es auch Brotfladen, auf die sich alle ihr Essen legten. Für die Herrschaft wurde immer ein richtiger Tisch gedeckt und jeder aß von seinem Teller. Hammelfleisch wurde bei uns ähnlich zubereitet wie Rind, Schweinefleisch hingegen in großen Stücken im Feuer gebacken. An Feiertagen wurde oft Geräuchertes aufgetragen und manchmal aus Fleisch eine Brühe gekocht. Oder es wurden flache Steine in ein Loch gelegt, sodass sie eine Art viereckige Wanne bildeten. Dann wurden sie heiß gemacht, bis sie glühten, anschließend wurde das Feuer gelöscht und Fleisch auf die Steine gelegt, oft mit Gewürzen bestreut, die wir von ausländischen Kaufleuten erstanden hatten, dazu gab es Wein oder Met.

Jeden Winter feierten wir hier auf Saudafell mindestens zwei große Feste, für die Bier aus Gerste oder Gerstenmalz gebraut wurde. Es musste drei Wochen in großen Wannen gären, hielt sich dann aber nicht lange – nach spätestens zwei Wochen wurde es sauer. Deshalb durfte kein Fest enden, bis nicht der letzte Tropfen Bier ausgetrunken worden war, auch wenn das manchmal sieben, acht oder gar neun Nächte dauerte. Während dieser Feste standen dann Tische in allen Haupträumen und es wurden ständig neue Speisen aufgetragen, warme wie kalte. Rinder, Schafe und Schweine wurden geschlachtet, die Köchinnen und Mägde hatten alle Hände voll zu tun, Rauch, Dampf und Essensdüfte zogen durch alle Räume, und die Tische bogen sich unter Käse, Brühwürsten, Grützwürsten, Sauerfleisch, Seehundfleisch und Seehundflossen, Fisch, Wal, Grütze. Alle konnten essen, solange die Getränkelager und die Gesundheit es zuließen. Manchmal machte jemand Ärger, das passierte hier in den westlichen Tälern öfter als in meiner Heimat, doch Sturla unterband so etwas immer sofort. Außer wenn es sich um Ringkämpfe oder ähnliche Späße handelte, denen die Gäste nach Belieben nachgehen durften – aber nur draußen. Manchmal kamen Geschichtenerzähler, Dichter oder Skalden, und wenn diese von Sturlas Onkel Snorri aus Reykholt geschickt worden waren, waren unsere Feste immer besonders schön.

HILFSPRIESTER VON BISCHOF GUDMUNDUR DEM GUTEN

Was wir erwartet hatten, trat tatsächlich ein, wir hatten es schwer auf Grímsey. Wir konnten uns zwar von Fisch aus dem Meer ernähren, auch die Einheimischen teilten mit uns, was sie hatten, aber der Winter war hart und die Stimmung war schlecht, denn alle wussten, dass der mächtige Gode Sighvatur aus dem Eyjafjord den Tod seines Erstgeborenen nicht ungesühnt lassen konnte. Und auch den Zorn von Sighvaturs Sohn Sturla auf uns gezogen zu haben, machte die Sache nicht besser, denn Sturla galt als ebenso aufbrausend wie geschickt im Kampf, viele sagten ihm eine große Zukunft voraus. Sie versammelten schon ihre Männer, daran bestand kein Zweifel. Sie warteten nur auf ihre Gelegenheit. Sie würden mit vielen Schiffen kommen und uns angreifen, ohne Rücksicht auf Verluste. Die tapfere bischöfliche Leibgarde schien jedoch nichts zu fürchten, sie schärfte ihre Waffen und baute Verteidigungsstellungen, und der Bischof segnete sie dafür. Nur mit einem sprach er kaum ein Wort: mit demjenigen, der Tumi Sighvatsson auf dem Gewissen hatte. Er hieß Einar, und es war mir ein unglaubliches Zeichen göttlichen Wirkens, wie dieser starke Mann im Verlauf des Winters immer blasser wurde und in sich zusammensank, als ob ihm alle Lebenskraft entzogen wurde. An einem besonders harten Wintertag legte er sich einfach nieder, und bald strömte Blut aus seiner Nase. Niemand konnte es aufhalten. Ein gewöhnliches Nasenbluten hört meistens von alleine wieder auf, aber nicht bei Einar, es floss und floss, bis er in einer großen Blutlache lag. Und wenngleich es nachließ, als der Bischof endlich kam, um seinen Leibwächter zu segnen, war es doch zu spät. Einar war tot. Er wurde hier auf der Insel von zwei Priestern bestattet. Die Leibgarde wollte ein Grab ausheben, doch das war unmöglich, denn auf dieser Insel lag unter einer dünnen Schicht Erde gleich der Felsen, zudem war die Erde gefroren, sodass Einar schließlich in einer Art Hügelgrab beigesetzt wurde, mit einem Kruzifix obenauf.

Eines Tages im Frühjahr herrschte plötzlich Tumult. Überall auf dem Meer waren Schiffe zu sehen, die unter vollen Segeln auf die Insel zukamen. Es waren so viele, dass das Meer aussah wie ein dichter Wald aus Segeln. Sie kamen. Kein Zweifel. Sighvatur und Sturla kamen mit Hunderten schwer bewaffneter, blutdurstiger Männer. Die kräftigsten Kämpfer der bischöflichen Leibgarde liefen zur Landungsstelle, ein Mann namens Eyjólfur führte einen Trupp an, ein gewisser Aron einen anderen.

Sturla Sighvatsson trug eine rote Robe über dem Kettenhemd und kam sofort mit unzähligen Männern an Land. Die Leibgarde verteidigte sich tapfer, doch die Übermacht der Feinde war einfach zu groß. Aron war bald tot, obwohl er noch aufrecht stand – es steckten so viele Speere in seinem Körper, dass er nicht umfallen konnte. Auch Eyjólfur war bald getötet worden und mit ihm viele andere treue Bischofsanhänger. Der Tag hatte kaum richtig begonnen, und der Widerstand der Verteidiger war schon gebrochen; die Sturlungen hatten die Insel in ihrer Gewalt. Die meisten bischöflichen Leibwächter waren tot, einige waren aufs Meer hinaus geflohen, zurückgeblieben waren nur wir Geistlichen und die anderen Diener des Bischofs. Wir drängten uns eng um ihn. Plötzlich kam Sturla Sighvatsson auf uns zu, hielt mir einen blutigen Speer unter die Nase und schrie: »Wo ist Einar, dieser verdammte Dreckskerl?«

Ich dachte, meine letzte Stunde habe geschlagen. Sturla tobte vor Wut. Ich brachte kein Wort heraus, stöhnte nur, und einige andere bestätigten mich darin, dass Einar tot sei. Das wollten

Sturla und sein Vater natürlich nicht glauben. Nun brüllten sie mich an und forderten Erklärungen von mir, als ob ich arme Menschenseele der Sprecher der ganzen Gruppe wäre, nur weil ich mich gezwungen gesehen hatte, als Erstes zu antworten. Ich sagte, Einar sei vor einigen Wochen gestorben. An Nasenbluten. Sie lachten höhnisch. Sturla packte mich und ließ nicht von mir ab, bis ich ihn zum Hügelgrab des unseligen Einars geführt hatte. Er und seine Männer warfen das Kruzifix fort, als wäre es Abfall, rissen das Grab mit bloßen Händen auf, bis sie Einars Leichnam vor sich hatten, der etwas gräulich geworden, aber ansonsten noch fast unversehrt war. Sie schändeten und zerstückelten ihn, wobei Sturla Sighvatsson am härtesten vorging, dann wurden die sterblichen Überreste den Seevögeln zum Fraß vorgeworfen. Ich dachte, damit wäre endlich alles vorbei, doch auf einmal fragten sie, noch immer rasend und brüllend, wer »diesem verfluchten Mörder« ein christliches Begräbnis gegeben hatte. Die Priester Símon und Knútur traten vor, sie hatten es getan. Sturla Sighvatsson schrie, man solle sie entmannen.

Manche meinen sich daran zu erinnern, dass Sighvatur Bedenken geäußert hatte, doch fand er kein Gehör. Die Priester wurden gepackt, ihre Hosen wurden heruntergezogen, und dann wurde auf die bereits angekündigte Weise mit scharfen Waffen mit ihnen verfahren. Das Bewusstsein verloren sie nicht, doch sie bluteten sehr. Anschließend wurden wir anderen geschlagen und bespuckt, nicht einmal vor ihrer bischöflichen Gnaden höchstselbst, der einen lauten, durchdringenden lateinischen Psalmengesang angestimmt hatte, machten sie halt. Und als die Eindringlinge endlich fortsegelten, sang Gudmundur der Gute noch immer mit schriller und doch fester Stimme.

STURLA SIGHVATSSON

Ich ließ auf Saudafell alles aus- und umbauen. Hier sollte ein Hof entstehen, der den Vergleich mit dem, was Onkel Snorri in Reykholt hatte, nicht zu scheuen brauchte – schließlich werde ich irgendwann ein mächtigerer Mann sein als er, der mächtigste Mann in ganz Westisland!

Also ließ ich das beste Bauholz und die besten Wandbehänge beschaffen, die man auftreiben konnte, und heuerte die besten Arbeiter an. Etwas anderes wäre meiner Frau Solveig nicht würdig gewesen. Solveig hatte alles, was die Frau eines großen Anführers brauchte, ich musste sie nur ansehen, dann glaubte ich sofort, was so viele Leute über sie sagten: In ihren Adern floss königliches Blut. Von ihrer Schönheit und ihrer milden, aber unwiderstehlichen Durchsetzungskraft brauchte man gar nicht erst zu reden. Von letzterer hatte sie sogar manchmal ein bisschen zu viel für meinen Geschmack. Ich hatte ja einige Frauen hier in den westlichen Tälern gehabt, darunter Vigdís, die mir mein erstes Kind geschenkt hatte. Solveig hatte darauf bestanden, dass Vigdís aus dem Bezirk fortzog, sonst würde sie sich hier gar nicht erst niederlassen. Meine Mutter musste also dafür sorgen, dass Vigdís und ihre kleine Tochter irgendwo im Norden unterkamen. Manchmal bereute ich es, in diesem Fall so leicht nachgegeben zu haben, doch so können die Frauen uns Männer eben manchmal um den Finger wickeln. Solveig durfte unter keinen Umständen den Namen hören, den man mir hier spaßeshalber gegeben hatte: Herr der Täler.

Ich will der mächtigste Mann im ganzen Westen werden. Das ist mein gutes Recht, Onkel Snorri wird mich nicht mehr lange aufhalten können, auch wenn dieser alte Sturkopf da drüben in Reykholt immer noch glaubt, er könne über alle und alles bestimmen. Mit meinem Vater und meinen jüngeren Brüdern, die den größten Teil von Nordisland unter Kontrolle haben, an meiner Seite, werde ich bald der mächtigste Mann von ganz Island sein. Dann hätten wir Sturlungen endlich das erreicht, was uns zusteht.

Dann sähe es nämlich so aus: In Südisland hatte die Familie von Gissur Thorvaldsson die Oberhand, die lange Zeit der mächtigste Clan in ganz Island gewesen war. Gissur war etwas jünger als ich. Ich kannte ihn schon lange, ein anständiger Junge, redete nicht viel, doch was er sagte, ergab Sinn. Mein Vater und Gissurs Vater waren seit Langem gute Freunde. Ich hatte die Geschichte gehört – von meinem Vater natürlich –, dass ihre Freundschaft nur einmal auf eine echte Probe gestellt worden war, und zwar als mein Vater Gissurs Vater einmal in Südisland besucht hatte und der ihm seinen Sohn zeigen wollte, damals war Gissur noch ein Kind gewesen. Und da Väter nun mal sehr stolz auf ihre Söhne sein können – davon hatte ich ja genug profitiert –, erwartete Gissurs Vater natürlich, dass mein Vater etwas Lobendes über den kleinen Gissur sagte, der da direkt vor ihm stand und dem Gast direkt in die Augen sah. Doch auf einmal, meinte Vater, sei ihm irgendwie unwohl geworden. Der Junge habe einen so erbarmungslos durchdringenden Blick gehabt, dass ihm angst und bange geworden war. Also hatte mein Vater nur so etwas sagen können wie: »Der macht aber ein komisches Gesicht.«

Und das war nicht gerade das gewesen, was Gissurs Vater hören wollte.

Doch Vater schaffte es irgendwie, sich mit seinem alten Freund wieder zu versöhnen, und bevor er vom Hof ritt, waren sie schon wieder beste Freunde gewesen. Vater sagte beim Abschied, dass auf ihre Freundschaft nie ein Schatten fallen würde, und Gissurs Vater antwortete, das werde bestimmt so sein – zumindest solange sie beide am Leben waren.

Manchmal konnten die wirklich sonderbar sein, diese Alten …

Gissur und seine Verwandten hatten also die Macht im Süden, daran konnte niemand etwas ändern. Kolbeinn der Junge übernahm den Skagafjord im Norden und stand damit genau zwischen meinem Machtbereich und dem Reich meines Vaters im Eyjafjord. Doch wenn man die Machtbereiche von meinem Vater, Onkel Snorri und mir zusammenzählte, waren wir Sturlungen mächtiger als alle anderen. Unsere Macht musste nur in einer Hand vereint werden – in meiner, natürlich. Ich musste Onkel Snorri und den anderen zeigen, dass es sinnlos war, mir Steine in den Weg zu legen. Snorri konnte ja seinen Ehrenstatus behalten, mit den Büchern und der ganzen Gelehrsamkeit, er konnte gerne mein Hof-Skalde sein.

Tja, und dann gab es noch die Westfjorde. Dort hatten zwei Familien um die Macht gekämpft. Ich ließ sie kämpfen und beobachtete die Lage. Bald zeichnete sich ab, dass ein gewisser Thorvaldur die Oberhand behalten würde, ein ziemlich draufgängerischer Typ. Also sorgte ich dafür, dass mich eine meiner Reisen bei ihm vorbeiführte, und ich trug ihm meine Freundschaft an. Wenn ich ihm half, seine Konkurrenten endgültig aus dem Weg zu räumen, würde er mir ein Leben lang aus der Hand fressen. Ich mache ihn zu meinem Verbündeten – und dann zu meinem Stellvertreter …

Nichts wird mich aufhalten.

GISSUR

Mir war nicht entgangen, dass Sturla Sighvatsson im Westen des Landes für ziemlichen Aufruhr sorgte und niemand ihn in die Schranken weisen konnte, nicht einmal sein Onkel Snorri, der berühmte Skalde von Reykholt, und natürlich erst recht nicht dessen Sohn Óraekja, dieser versoffene Raufbold. Manche meinten sogar, Sturla lege einen solchen Eifer an den Tag, dass selbst ich mich in Acht nehmen müsste vor dem *Herren der Täler*, wie Sturla jetzt genannt werden wollte. Doch ich schlief ruhig. Gegen uns hier im Süden würde er nichts ausrichten können, ich machte mir keine Sorgen. Sollte er sich doch aufblasen und große Töne spucken, in unserer Familie gab es genug kampferprobte Männer, gegen die Sturla nie einen Fuß auf den Boden bekäme. Dabei hatte ich Sturla eigentlich immer gemocht. Er hatte Humor und war höflich. Ein bisschen einfältig ist er vielleicht, wie blasierte Menschen es eben häufig sind – man musste schon ein bisschen dumm oder zumindest leichtgläubig sein, um so überzeugt von sich selbst zu sein, wie er es war. Sturla kam ja nicht einmal auf die Idee, dass andere Leute ihn vielleicht nicht für allmächtig hielten. Oder gar für lächerlich.

Sollte der sich doch da im Westen austoben und ausbreiten und seinem Onkel Snorri ins Handwerk pfuschen. Wobei ich mir nicht einmal sicher war, ob Sturla das gelingen würde. Snorri Sturluson war ein sonderbarer, schwer einzuschätzender Mann. Er war nicht besonders kriegerisch eingestellt, so viel war klar. Wenn ein Kriegszug bevorstand, schien er es immer ein bisschen weniger eilig zu haben, in die Schlacht zu ziehen, als alle anderen, versuchte zu vermitteln, zu verhindern, und viele legten ihm das als Zögerlichkeit oder sogar Feigheit aus. Und doch gab es niemanden, der gerissener war als dieser Skalde von Reykholt. Wie oft hatten alle gedacht, er würde zögern und zaudern, und dann stellte sich heraus, dass er einen geheimen Plan ausgeheckt hatte, der die Sache letztlich zu seinen Gunsten wendete!

Ich glaube, er wollte Sturla mit List begegnen. Ihn ins Leere laufen lassen. Thorvaldur hatte Snorri bereits auf seine Seite gezogen, immerhin den mächtigsten Mann in den Westfjorden. Ich wusste aus sicherer Quelle, dass Sturla unbedingt Thorvaldurs Wohlwollen gewinnen und ihn zu seinem Verbündeten machen wollte. Schließlich wäre es für Sturla Gold wert, die Westfjorde auf seiner Seite zu haben, falls es wirklich einmal zu einem Streit innerhalb der Sturlungen-Familie käme, einem Zerwürfnis zwischen Sturla und Snorri. Also schmierte Sturla Thorvaldur Honig um den Bart, übergoss ihn mit Schmeicheleien und Freundlichkeiten und siehe da, bald waren sie unzertrennliche Freunde. Damit schien die Sachen eigentlich entschieden, doch man durfte einen Snorri eben nicht unterschätzen! Er dachte in Ruhe über alles nach, zerlegte die Situation in ihre Einzelteile, setzte sie wieder zusammen und machte Thorvaldur dann ein Angebot, das selbst dieser mächtige Mann aus den Westfjorden nicht ausschlagen konnte: Snorri bot ihm die Hand seiner Lieblingstochter an, der atemberaubend schönen Thórdís. Natürlich inklusive einer reichlichen Mitgift, wie es sich für eine Tochter Snorris gehörte.

Vielleicht war es sogar ganz gut, dass Sturla für Streit unter den Sturlungen sorgte, denn waren die erst einmal mit sich selbst beschäftigt, konnten sie nicht mehr für so viel Unordnung in den anderen Landesteilen sorgen wie in der letzten Zeit. Diese Sturlungen waren eigentlich nie eine Familie von hochkarätigen Anführern gewesen, zumindest nicht bis vor einigen Jahren. Gut, der Urahn der Sturlungen, Hvamm-Sturla, war eine Art Klein-König in diesen armen westlichen Tälern gewesen, ein dreister Kerl und offenbar auch sehr wortgewandt. Vielleicht hatte er auch einfach nur viel geredet. Doch er kam eben nicht aus einer guten Familie, so wie wir im Süden. In unserem Bezirk stand die wichtigste Kirche von ganz Island, der Bischofssitz von Skálholt, und auch die meisten Bischöfe, die dort residiert hatten, waren Vorfahren von mir. Und diese Sturlungen? Die waren doch erst vor kurzer Zeit durch den Handel mit irgendwelchen Waren aus Grönland und andere windige Geschäfte zu Geld gekommen.

Selbst der berühmte Snorri von Reykholt hatte, streng genommen, seinen Aufstieg, sein ganzes Vermögen und seinen Ruhm uns Südisländern zu verdanken. Unsere Leute hatten Snorri im Kindesalter zu sich genommen und ihm alles beigebracht, was er heute konnte. Das sollten diese neureichen Sturlungen nicht vergessen. Und ich denke, das haben sie auch nicht. Sie werden einen Teufel tun, sich mit Männern wie mir anzulegen. Denn das würde sie teuer zu stehen kommen.

Nein, die Drohgebärden von Sturla Sighvatsson machten mir keine Sorgen. Damit konnte er vielleicht die Frauen beeindrucken, denen er hinterherstieg, doch ich durchschaute diese Kraftprotzerei. Man musste wohl eher Männer wie Kolbeinn den Jungen fürchten, der die Macht im Skagafjord übernommen hatte. Der kam aus einer Familie, die viele ruhmreiche Anführer hervorgebracht hatte. Kolbeinn wird ein großer Anführer werden, das merkte man sofort, wenn man ihn traf, ein grimmiger Kerl mit einem verkniffenen Gesicht, komplett ohne Humor. Sich mit ihm zu überwerfen, das war bestimmt keine gute Idee. Aber das würde auch nicht passieren, schließlich hatte er alle Hände voll damit zu tun, die Sturlungen in die Schranken zu weisen, die ihn aus allen Richtungen bedrängten, Sturla und Snorri im Westen und Sighvatur aus dem Eyjafjord im Osten. Doch ich glaube nicht, dass die Sturlungen ihn kleinkriegen werden, so sehr sie sich im Augenblick auch aufblasen. Ich glaube, sie wissen, dass es für sie kein gutes Ende nehmen würde, wenn sie sich ernsthaft mit einer altehrwürdigen Familie anlegten, noch dazu, wenn deren Oberhaupt so ein Besessener ist wie Kolbeinn der Junge. Ich denke, die Sturlungen werden nie die Kraft oder den Mut zu mehr besitzen als zu irgendwelchen albernen Kraftproben innerhalb der eigenen Familie. Wie zu diesem lächerlichen Wettrennen, das sich Snorri und Sturla geliefert hatten, wer es nun schaffte, der Verbündete von Thorvaldur zu werden, diesem Unglücksraben aus den Westfjorden.

DER BAUER AUF FLJÓTSTUNGA

Manche behaupten, sie könnten Zeichen deuten, den Flug der Vögel, die Rufe des Raben, ein Flirren der Luft. Sie glauben, sie könnten daran erkennen, ob Friede herrschen wird oder Unfriede. Andere deuten unsere Träume und erkennen daran, was uns angeblich bevorsteht. Doch um dieser Tage in die Zukunft zu sehen brauchte es keinen Aberglauben. Auf meinem Besitz kreuzten sich viele Wege zwischen den Landesteilen, sodass ich ziemlich gut erkennen konnte, wer gerade einen Kriegszug oder andere große Dinge plante. Das galt sowohl für die, die durch das kalte Tal im Süden hierherkamen, als auch für die aus dem Norden, die über die Hochebenen am Arnarvatn und über die Tvídaegra zogen – hier kamen sie alle vorbei. Die Freundlicheren unter ihnen baten uns um Pferdefutter oder Schlafplätze für die Nacht, die weniger Freundlichen forderten es einfach ein.

Lange Zeit war mir gar nicht klar gewesen, dass zwischen den mächtigen Familien plötzlich so viel Streit herrschte, doch nun war es eindeutig. Unfriede lag in der Luft. Immer öfter zogen sie hier vorbei, ohne dass man wusste, warum, und wenn man sie ansprach, machten sie grimmige Gesichter. Sie ritten in immer größeren Gruppen und trugen neuerdings ihre Waffen sichtbar. Und alle fragten sie, wer zuletzt hier vorbeigezogen war, woher und wohin, doch ich antwortete nur, ich würde nicht einmal mehr versuchen, mir die Namen dieser ganzen Anführer zu merken. Das glaubt mir zwar keiner, doch es ist die Wahrheit. Für mich sind sie alle gleich, und je länger es mir gelingt, mich aus ihren

Kämpfen herauszuhalten, desto besser. Ich wünschte, die Anführer ließen es dabei bewenden, sich gegenseitig die Köpfe einzuschlagen, ohne uns einfache Leute in die Sache mit hineinzuziehen. Doch das wird uns wohl auch dieses Mal nicht vergönnt sein …

Neulich habe ich auf einer Pferdeversteigerung einen Nachbarn getroffen, seinen Namen will ich nicht nennen, der tut nichts zur Sache. Sagen wir einfach, er war ein rechtschaffener Bauer wie ich, nicht mehr und nicht weniger. Er sagte mir, dass ihm dieser junge Anführer so gut gefalle, der in letzter Zeit so viel von sich reden machte: Sturla Sighvatsson. Es handelte sich, wie gesagt, um einen Nachbarn von mir, einen der vielen Durchschnittsbauern, die zu keiner der ehrenwerten Großfamilien gehören. Und doch lag in seiner Stimme eine regelrechte Begeisterung, wenn er über Sturla sprach. Dann fragte er mich, ob ich diesen Sturla nicht auch bewundere.

Ganz gegen meine Gewohnheit fehlten mir erst einmal die Worte. Doch dann platzte es aus mir heraus: »Möge Gott dir Weisheit geben, mein Lieber. Möge Gott dir Weisheit geben! Denkst du etwa, dieser Sturla Sighvatsson ist besser als die anderen? Dann will ich dir eins sagen: Er ist es nicht. Diese Anführer, die gleichen sich doch wie ein Arsch dem anderen! Das Einzige, was die interessiert, ist ihr eigener Vorteil! Wenn sie Hilfe von uns kleinen Fischen brauchen, versprechen sie uns das Blaue vom Himmel und sind stinkfreundlich und haben nur das Wohlergehen der kleinen Leute im Sinn. Aber wehe, sie haben erreicht, was sie wollen. Dann weht nämlich ein ganz anderer Wind! Dann sind die alle gleich, ob das nun Gissur aus dem Süden ist. Oder Snorri aus Reykholt und sein Neffe Sturla. Das Einzige, was sie wirklich interessiert, ist, den eigenen Kohl fett zu machen, für sich und ihre Sippschaft!«

Mein Nachbar sah mich mit aufgerissenen Augen an. Offenbar hatte ihm das alles noch nie jemand so geradeheraus ins Gesicht gesagt, aber es war nun mal die Wahrheit. Er stotterte sogar ein wenig, als er versuchte, mir zu widersprechen: »Nun rede doch nicht so, das sind doch … nun ja, gottesfürchtige Leute, zumindest die meisten.«

»Gottesfürchtig! GOTTESFÜRCHTIG?« Ich hatte angefangen zu schreien, ich gebe es zu. »Jetzt hör mal gut zu, mein Lieber. Deren Gott, das ist der Geldbeutel! Die sind doch alle gleich, dieses Lumpenpack. Ob sie sich nun Goden schimpfen, Oberhäupter von Bezirken oder Kirchen sind, sobald sie sich bereichern können, tun sie es auch! Hast du denn keine Augen im Kopf?«

Mein Nachbar stammelte weiter: »Über unsere Kirchenmänner darfst du so nun wirklich nicht reden«, sagte er. »Was ist denn mit Bischof Gudmundur, den sie Gudmundur den Guten nennen? Von dem sagen alle, dass er ein Freund der kleinen Leute sei. Und das hat er bitter bezahlen müssen, er wurde dafür verspottet, verprügelt, und das nur, weil er an andere Menschen denkt und nicht nur an sich selbst …«

Ich musste ihm einfach ins Wort fallen, dieses Gewäsch war nicht zu ertragen! »Gudmundur der Gute?«, fragte ich. »Der ist doch auch nicht besser. Freund der kleinen Leute, dass ich nicht lache! Die, die sich am meisten bei den kleinen Leuten anbiedern, sind doch die Allerschlimmsten. Gudmundur der Gute! Pah! Wenn der so tut, als stünde er nicht sich selbst und seinem Geldbeutel am nächsten, ist er einfach nur noch verlogener als die anderen. Möge Gott dir Weisheit geben. Denn ich sage es dir noch einmal: Die gleichen sich wie ein Arsch dem anderen. Nun leb wohl und versuch bloß nicht noch einmal, mir solchen Bockmist aufzutischen!«

Vielleicht hatte ich etwas übertrieben. Eigentlich mochte ich meinen Nachbarn nämlich ganz gerne. Aber ich konnte nicht anders. Ich fürchtete die Mächtigen, und zwar besonders, wenn sie untereinander um noch mehr Macht kämpften, denn ich wusste nur zu gut, was ihre Kämpfe für uns kleinere Leute bedeuteten. Gut, vielleicht sollte man so nicht über die Männer Gottes sprechen, zumindest nicht über Gudmundur den Guten. Er hatte zumindest versucht, mit der Allgemeinheit zu teilen. Aber ich hatte eben einfach Angst.

THÓRDÍS SNORRADÓTTIR

Alle sagten, dass man mich hinter meinem Rücken mit Thorvaldur aus den Westfjorden verheiratet hätte, eine Art Geschenk sei ich gewesen, doch das stimmte nicht. Ich hatte mich selbst für Thorvaldur entschieden, ich lasse mich doch nicht an jemanden verhökern wie ein Pferd. Thorvaldur war nicht nur der mächtigste Mann in den Westfjorden, er sah auch gut aus, obwohl er schon mittleren Alters war. Außerdem war er auch noch reich, deshalb beschloss ich, dass wir gut zusammenpassten. Mein Vater Snorri hatte mich in meiner Entscheidung bestärkt, weil ihm das gelegen kam, doch den Ausschlag gegeben hatte er nicht. Ich bin immer meine eigenen Wege gegangen. Als Kind hatte es lange Zeit niemand auf Reykholt geschafft, mir lesen und schreiben beizubringen, obwohl mein Vater der größte Skalde und Gelehrte in ganz Island war. Ich lernte diese Künste erst, als ich Lust dazu hatte, und dann suchte ich mir selbst aus, wer sie mir beibringen durfte: der junge Skalden-Sturla. Und siehe da, auf einmal lernte ich ganz leicht und kann heute Briefe schreiben und alles lesen, was mir in die Hände fällt.

Nun wohnte ich also in den Westfjorden, in diesem wohlhabenden Landstrich mit seinen fruchtbaren Wiesen und Weiden und all den Reichtümern, die die See und die Strände uns bescherten. Ich adoptierte die Söhne, die mein Mann Thorvaldur vor unserer Hochzeit mit einer anderen Frau gezeugt hatte, und wir bekamen zwei eigene Kinder, Einar und Kolfinna. Ich hatte so gehofft, ich könnte in Frieden leben … Wie ich diese Machtkämpfe leid war! In jungen Jahren hatte mein Mann Thorvaldur oft um sein Leben kämpfen müssen und sich dabei natürlich einige Feinde gemacht. Einer von ihnen war ein Großbauer namens Hrafn, von dem man sagte, er sei einst ein großer Heiler gewesen. Mein Mann tötete Hrafn, einer musste schließlich sterben, wenn zwei starke Männer einander nach dem Leben trachteten. Doch nun waren Hrafns Söhne erwachsen geworden, und alle redeten davon, dass sie sich an meinem Thorvaldur rächen wollten, auch wenn er sagte, er habe keine Angst vor diesen Kindern.

Und noch eine andere Sache machte uns Ärger: Mein Cousin Sturla war absolut nicht einverstanden damit, dass ich Thorvaldur heiratete. Sturla lieferte sich einen Machtkampf mit meinem Vater Snorri und hatte versucht, sich mit Thorvaldur zu verbünden, doch ein solches Bündnis kam nach unserer Hochzeit natürlich nicht mehr infrage. Sturla war nicht zu unserer Hochzeitsfeier gekommen und auch keiner von seinen Leuten, obwohl sie alle eingeladen gewesen waren. Und was tat Sturla stattdessen? Nun, da eine Allianz mit meinem Mann Thorvaldur nicht mehr möglich war? Er freundete sich mit den Söhnen unseres Todfeindes Hrafn an! Was dann passierte, ist allgemein bekannt: Die Söhne von Hrafn griffen uns an und ermordeten meinen Thorvaldur, diesen wunderbaren Mann! Ich entkam nur knapp aus dem brennenden Gehöft.

Viele waren sich sicher, dass Sturla Sighvatsson von dieser Aktion gewusst hatte, doch ich konnte das nicht glauben. Sturla und ich waren doch Cousin und Cousine ersten Grades, wir kannten uns seit Kindesbeinen und hatten uns immer lieb gehabt. Sturla war immer mein Lieblingscousin gewesen, deshalb konnte er einfach nicht davon gewusst haben, dass Hrafns Söhne eine so grausame Tat gegen mich und meine Familie geplant hatten. Sturla selbst hatte das auch immer bestritten, und ich glaube ihm. Doch meine Stiefsöhne, die wuchsen mit einem unbändigen Hass auf Sturla auf. Er stand hinter der Ermordung ihres Vaters. Daran bestand für meine Stiefsöhne kein Zweifel.

Ich hatte immer versucht, sie von überstürzten Taten abzuhalten. Schließlich kamen Hass und Rache am Ende immer zu denen zurück, die sie in die Welt trugen, das hatte ich selbst erleben müssen, als Hrafns Söhne unser Gehöft umstellten, in dem Thorvaldur und ich und viele unserer Leute sich aufhielten – ich werde ewig dankbar sein, dass die Kinder gerade nicht zuhause gewesen waren. Als sie Feuer an die Häuser gelegt hatten und alles aufloderte, als wir den Rauch bemerkten, dann die unerträgliche Hitze spürten, wurde Thorvaldur klar, dass er keine Chance mehr hatte sein Leben zu retten, und er warf sich in die Flammen, dorthin, wo es am heißesten war, und streckte die Hände von sich wie zum Zeichen des Kreuzes. Wie man mir später erzählte. Denn als es passierte, konnte ich im Rauch nichts mehr sehen. Doch ich weiß, dass Thorvaldur immer an einen barmherzigen Gott geglaubt hatte, der ihn weder in dieser noch in der nächsten Welt verbrennen lassen würde. Und als ich dachte, auch mir würde nichts anderes übrig bleiben als zu sterben, rissen die Männer von außen ein Loch in die Wand und zogen mich ins Freie. Hätten sie das nicht getan, hätte mein Vater sie inzwischen in einem Rachefeldzug getötet. Auch wenn es immer mein höchstes Ziel gewesen war, Frieden zu stiften.

SOLVEIG

Nie hätte ich gedacht, dass so etwas geschehen könnte. Ich hatte gerade mein drittes Kind zur Welt gebracht. Die Schwangerschaft war lang und schwierig gewesen und ebenso die Geburt, doch nun war endlich alles überstanden, mein kleines Mädchen war auf der Welt und alle Sorgen wie fortgespült. Die Kleine war so hübsch und friedlich, und ich war glücklich und erschöpft. Unsere Amme passte auf das Neugeborene auf, die älteren Kinder spielten auf dem Boden zu meinen Füßen. Meine Mutter war gekommen, um mir zu helfen, wir saßen in der gemütlichen Stube mit den dicken Wänden, das Wetter war so mild, dass man nicht einmal das Heulen des Windes hörte. Doch auf einmal drang von irgendwoher ein leises Poltern an unsere Ohren. Wir dachten zuerst an einen Windstoß oder einen Hagelschauer, der auf das Dach prasselte, doch dann flog plötzlich die Tür auf, eine Magd stürmte mit furchterfüllten Augen hinein und rief, dass wir angegriffen wurden, man wolle uns alle töten. Jetzt hörten wir draußen auch schon die Schlachtrufe und Schreckensschreie. Als ich kurz durch die Tür nach draußen blickte, sah ich, wie auf dem Hofplatz ein Mann schwer verwundet zusammenbrach, er war fast noch ein Junge. Ich schickte jemanden los, der herausfinden sollte, was vor sich ging, doch er kam nicht weit. Kaum hatte er das Haus verlassen, bekam er eine Axt oder ein Schwert in den Bauch gerammt und fiel zu Boden. Blut spritzte in hohem Bogen aus ihm heraus. Ich schaffte es irgendwie, nach draußen zu kommen, und befahl allen, die auf dem Hofplatz umherliefen, sie sollten den Hausherren suchen, doch plötzlich hörte ich, dass er nicht zu Hause sei, er sei früh am Morgen fortgeritten. Das hatte ich ganz vergessen. Also ging ich als Hausherrin selbst zum Hauptgebäude, denn von dort kam der ohrenbetäubendste Lärm. Ich sah hinein. Allein dort drinnen waren mindestens ein Dutzend, wenn nicht mehr bewaffnete Männer mit Eisenhelmen und Nasenschutz. Sie trugen Fackeln und forderten unter furchtbarsten Flüchen und Drohungen, Sturla solle sich endlich zeigen. Sie schlugen auf die Betten und durchstießen sie mit ihren Speeren, in manchen waren Leute, die dort Schutz gesucht hatten, oder Alte oder Kranke, doch darauf nahmen die Angreifer keine Rücksicht. Blut spritzte an die Wände und floss über den Fußboden. Die Männer hatten jede Beherrschung verloren, zerschlugen alles, was man zerschlagen konnte, Wandbehänge und Möbel, alles war kaputt. Sie zertrümmerten unsere Vorratsgefäße oder kippten sie aus, sodass die Lebensmittel sich auf dem Boden mit Blut vermischten. Dann hörte ich vom Dach jemanden rufen, dass die Hausherrin im Eingang stehe. Ich rannte zurück zu meiner Mutter und den Kindern. Die Amme hatte sich mit dem Kind in einem Bett verkrochen, drückte es an sich und murmelte ein Gebet nach dem anderen – dieses Bett war eines der wenigen, die verschont worden waren. Ich hörte immer mehr Angreifer zwischen den Häusern umherlaufen, hörte die Schreckens- und die Schmerzensschreie, immer lauter, immer mehr. Dann stürmten Männer herein. Sie stießen meine Mutter zu Boden, obwohl ich protestierte, dann ging jemand auf mich los. Sein Gesicht konnte ich nicht sehen, nur die blinde Raserei in seinen Augen. Er erkannte mich, rief meinen Namen, hielt mir ein langes blutiges Messer unter die Augen und sagte mit heiserer Stimme, mit dieser Waffe werde er das Haar des Herren der Täler rot färben. Ich hielt die weinenden Kinder auf dem Arm und versuchte meine Angst zu verstecken, doch das gelang mir kaum. Es kamen immer mehr Männer und zerschlugen auch hier alles, was ihnen unterkam, dann fanden sie Sturlas Waffenkiste. Sie wollten sie aufbrechen, doch die Kiste war so stabil gebaut, dass sie nicht nachgab, ganz gleich wie oft sie mit ihren schweren Äxten darauf einschlugen. Schließlich kippten sie die schwere Kiste unter großen Mühen um und brachen ihren Boden auf. Am meisten Angst hatte ich davor, dass sie das Haus anzünden würden, wenn auch vielleicht nur aus Versehen, so wie sie mit ihren Fackeln durch die Luft fuchtelten. Ich drückte die Kinder an mich, hielt ihnen die Ohren zu und betete, all das möge bald ein Ende haben.

Irgendwann wurden die Angreifer unruhig, vielleicht fürchteten sie, dass uns bald jemand zu Hilfe kam. Einer von ihnen packte mich und sagte, zwei Dinge würden ihn am meisten ärgern: dass er Sturla nicht habe töten und dass er mich nicht habe mitnehmen können. Dann beluden sie alle Pferde, die sie finden konnten, mit Beutegut und ritten fort. Neben vielem anderen hatten sie meinen Goldschmuck mitgenommen, doch an den dachte ich in diesem Augenblick zuallerletzt.

Ich wusste nicht, wer es gewesen war. Der Mann, der gesagt hatte, er hätte mich am liebsten mitgenommen – ich weiß nicht, wohin, wahrscheinlich zu sich nach Hause.

Doch schon wenig später sollte ich den Leuten begegnen, die diesen Angriff angezettelt hatten. Sturla und ich waren in den Westfjorden unterwegs gewesen. Er hatte dort mit einigen Freunden etwas zu besprechen, ich wollte nicht wissen, worum es ging, ich hatte unsere Kinder dabei. Plötzlich hörte ich laute Stimmen aus einem Nebengebäude, an dem ich gerade vorbeiging. Ich blieb stehen, auf einmal flog die Tür auf und ein hübscher junger Mann sah mich an. Als er mich erkannte, wich er meinem Blick sofort aus, und doch spürte ich, dass es diese Augen gewesen waren, die mich damals unter dem Stahlhelm so hasserfüllt angestarrt hatten, nur dass sie nun ängstlich, geradezu unschuldig erschienen, was dieser Mann natürlich nicht war, nach alldem, was er uns angetan hatte. Bald bekam ich es bestätigt. Dies war der ältere der zwei Stiefsöhne gewesen, die Snorris Tochter Thordís adoptiert hatte, nachdem sie Thorvaldur aus den Westfjorden geheiratet hatte. An seiner Seite sah ich einen noch jüngeren Mann sitzen, er war fast noch ein Kind. Er war der jüngere Bruder. Auch er war bei dem Angriff dabei gewesen. Dann schloss sich die Tür.

Bis heute frage ich mich, warum Sturla nicht bei uns war, als wir angegriffen wurden. Er hatte mir nie richtig erklären können, wo er zu diesem Zeitpunkt gesteckt hatte und warum er nicht auf dem Hof gewesen war. Es kam das Gerücht auf, Sturla habe von diesem Angriff gewusst und sei deshalb fortgeritten, doch das kann ich nicht glauben. Sonst müsste ich jetzt sofort aufstehen, die Kinder nehmen und ihn verlassen. Zurück in meine Heimat gehen. Er hatte damals immerhin versprochen, ab sofort immer genügend Männer hier bei uns zu lassen, die uns verteidigen könnten, das hatte er hoch und heilig versprochen …

Alles war kaputt gewesen. Sie hatten die gesamte Einrichtung zerstört und die Vorräte, die sie nicht mitgenommen hatten, hatten sie ungenießbar gemacht. Blutlachen hatten in allen Häusern gestanden, fünfzehn Leute waren verletzt gewesen, Männer und Frauen, Alte und Gesinde, sogar ein Priester. Drei waren ihren Verletzungen erlegen, einige mussten fortan als Krüppel leben.

Ich will hier nicht mehr sein …

THÓRDÍS SNORRADÓTTIR

Ich hatte immer gedacht, wir Sturlungen seien im Großen und Ganzen eine friedliche Familie. Vater hatte immer Wert darauf gelegt, in allem behutsam und taktvoll vorzugehen, auszugleichen und Kompromisse zu suchen, wo es ging. Auf diese Art war er der mächtigste Mann von ganz Island geworden. Seine Brüder hatten sich nicht so sehr zurückgehalten, zumindest Onkel Sighvatur nicht, der hatte sich manchmal mit Waffengewalt in die Machtkämpfe in Nordisland eingemischt und zum Beispiel Bischof Gudmundur den Guten angegriffen. Und doch erschien mir auch Onkel Sighvatur im Großen und Ganzen als friedfertig, so wirkte er zumindest, er war immer gut gelaunt, wenngleich ich hinter seiner fröhlichen Fassade auch immer etwas Wehmut zu spüren glaubte.

Die Frauen in unserer Verwandtschaft galten als sehr durchsetzungsfähig. Meine Cousine Steinvör Sighvatsdóttir zum Beispiel, die ließ sich nichts bieten. Auf ihrem Hof hörten alle auf ihre Befehle, sogar ihr Ehemann Hálfdan, der regelrecht schüchtern wurde, wenn sie in der Nähe war. Doch auch Frauen wie Steinvör würden niemals von sich aus Streit anfangen.

Gut, Óraekja war ein ziemlicher Streithammel, besonders wenn er betrunken war, doch nüchtern war er sanft wie ein Lamm, wer wüsste das besser als ich, war er doch schließlich mein Bruder. Auch Kakali, einer der jüngeren Söhne von Onkel Sighvatur, galt als ziemlicher Hitzkopf, aber es war ja wohl andererseits auch nicht gleich ein kriegerischer Akt, wenn sich ein paar junge Männer mal prügelten. Dafür gab es ja auch viele Sturlungen, die noch nie jemand bezichtigt hatte, feindselig oder verlogen zu sein, Skalden, die im ganzen Land für ihre Dichtkunst berühmt waren, wie Skalden-Sturla und sein Bruder Ólafur Hvítaskáld.

Doch je mehr ich darüber nachdenke, was gerade in der letzten Zeit passiert ist, desto überzeugter bin ich davon, dass die Menschen letztendlich alle unberechenbar sind. Dass niemand so ist, wie er scheint, und dass Grausamkeit, Hass und Blutdurst in allen Herzen wohnen und es nur eine Frage der Umstände ist, ob sie zum Ausbruch kommen oder nicht.

Den Anfang hatten wohl die Söhne meines verstorbenen Mannes Thorvaldur gemacht, meine Stiefsöhne. Sie wirkten noch fast wie Kinder, obwohl sie eigentlich nicht viel jünger waren als ich, fünfzehn und siebzehn Winter alt, und doch fassten sie diesen Plan, von dem ich sofort ahnte, dass sie sich selbst und andere damit in große Gefahr bringen würden. Wie kamen sie nur auf die Idee, einen derart mächtigen Mann wie Sturla Sighvatsson anzugreifen? Und das nur aufgrund eines Gerüchts? Ich versuchte, sie zur Vernunft zu bringen, konnte ihnen sogar etwas Wind aus den Segeln nehmen, aber es dauerte nicht lange, dann hetzten sie sich mit ihren Reden wieder gegenseitig auf und schmiedeten ihre verhängnisvollen Pläne. Ich schrieb Sturla, er solle auf der Hut sein, schließlich hatte niemand Interesse an weiterem Blutvergießen. Ich weiß nicht, ob Sturla meinen Brief ernst genommen hat. Aber ich weiß, dass ihm auch viele andere Leute später warnende Botschaften schickten, nämlich dann, als sie bemerkt hatten, dass meine Stiefsöhne eines Morgens losgeritten waren, um Männer zu sammeln: Freunde und Verwandte hier aus den Westfjorden, aber auch Herumtreiber und Landstreicher, darunter gesuchte Mörder und ähnliches Pack. Wenig später machte sich dieser illustre Trupp dann auch wirklich auf den Weg über die Hochebene nach Süden, um Sturlas Hof Saudafell anzugreifen – und Sturla hatte davon gewusst.

Und welche Konsequenz hatte er aus diesem Wissen gezogen?

Es tut mir leid, ich kann die Männer einfach nicht verstehen. Er hat den Hof verlassen! Allein. Manche sagen, er habe seine Familie und die anderen, die auf dem Hof lebten, nicht einmal gewarnt und sich einfach davongeschlichen, nach Húnathing.

Was hatte er dort gewollt?

Meine Jungs und ihre Leute hatten sich gegenseitig aufgestachelt und wild gemacht. Den Ausgestoßenen und Mördern unter ihnen waren große Belohnungen versprochen worden, sie sollten nur nicht zimperlich sein. Sie stürmten in die Häuser mit Gebrüll. »Wo ist Sturla? Zeig dich, du Mistkerl!« Als sie ihn nicht fanden, stachen sie mit ihren Waffen durch die Betten, schließlich konnte Sturla sich ja darunter versteckt halten, doch in manchen dieser Betten lagen Alte oder Kranke, man sagt, in einem habe die Hausherrin Solveig mit ihrem neugeborenen Kind gelegen. Ich mag mir kaum vorstellen, welche Angst sie ausgestanden haben muss, als dieses Pack mit erhobenen Waffen einfach in ihr Haus stürmte und blind um sich schlug. Der ganze Haushalt wurde zerstört, die Wandbehänge zerrissen, alle Vorräte verschüttet, zertrampelt, alle Gefäße zertrümmert, auf dem Boden vermischte sich Met mit Blut.

Schlimmer hätten meine Stiefsöhne und ihre Männer kaum wüten können.

Zehn oder zwölf Leute trugen schwere Verletzungen davon, drei davon starben, andere sollten sich nie wieder vollkommen erholen.

Woher nahmen diese hübschen Jungen diesen Hass, diese furchtbare Wut?

Und dann die Rache von Sturla Sighvatsson, den ich, wie gesagt, immer für einen der friedlicheren Männer in unserer Familie gehalten hatte – daran hatte auch der Rachefeldzug nach der Ermordung von Tumi gegen Bischof Gudmundur den Guten und seine Leute auf Grímsey nichts geändert. Sicher, Sturla und sein Vater Sighvatur hatten dort ziemlich gewütet, doch ich kannte

Sturla seit wir Kinder waren, er war immer ein guter Kerl gewesen, als Junge und auch als Erwachsener – zumindest bis jetzt.

Natürlich konnte ich verstehen, dass Sturla wütend gewesen war, so wie meine Stiefsöhne sich auf Saudafell aufgeführt hatten. Deswegen hatte ich mich ja so bemüht zu vermitteln und für Frieden zu sorgen. Ich wollte meine Jungs retten, die Söhne meines verstorbenen Mannes, meine Stiefsöhne, für die ich doch jetzt verantwortlich war. Also schickte ich Sturla eine Nachricht, dass ich Frieden schließen wolle, und versprach ihm eine Entschädigung für den Angriff – Thorvaldur hatte mir genug Geld hinterlassen. Mein Vater versuchte ebenfalls zu vermitteln und hatte Sturla bereits eine Entschädigung für das getötete Gesinde in Aussicht gestellt. Auch viele andere wichtige Männer befürworteten diese Lösung. Schließlich wurde Sturla ziemlich viel Geld versprochen, wenn er sich bereit erklärte, Frieden zu schließen. Sturla akzeptierte. Er hatte per Handschlag besiegelt, dass meine Stiefsöhne von nun an unbehelligt durch sein Machtgebiet reisen durften – ein Versprechen, das er auf hinterhältigste Weise brechen sollte.

Wir dachten wirklich, der Frieden würde halten. Es vergingen auch zwei Jahre, ohne dass etwas passierte. Dann wollten meine Stiefsöhne in den Süden reiten. Mein Vater Snorri hatte sie nach Reykholt eingeladen, und um aus den Westfjorden nach Reykholt zu kommen, mussten sie natürlich Sturlas westliche Täler durchqueren. Das war ihnen ja auch eindeutig erlaubt, und dennoch war mir mulmig zumute, als ich meine hübschen Jungs verabschiedete, die so viele Pläne für die Zukunft hatten. Irgendwie konnte man schon damals niemandem trauen, obwohl die Zeit der Schwerter gerade erst begonnen hatte. Wie die Sache ausging, wissen alle. Die Jungs hatten kaum die westlichen Täler erreicht, schon hatten Sturla und seine Leute sie umringt. Die Jungs flehten um Gnade, versprachen, ihren gesamten Besitz zurückzulassen, außer Landes zu gehen und nie wieder zurückzukommen. Man sagt, Sturla habe sie lange reden lassen, dann habe er, ohne ihnen zu antworten, seinen Männern befohlen, sie mit Steinen zu bewerfen. Sturla hatte zielsichere Werfer dabei, die Steine waren groß. Meine Jungs versuchten, sich mit ihren Schilden zu schützen, doch das nützte wenig, und als sie schon blutüberströmt und ganz benommen waren, befahl Sturla, mit Waffen nach ihnen zu schlagen. Mir wurde gesagt, dass der Jüngere einen schweren Axthieb gegen das Knie bekommen habe, die Axt sei direkt unterhalb der Kniescheibe einmal durch sein Bein hindurchgegangen, sodass er fiel. Er hatte noch versucht aufzustehen, obwohl er das natürlich nicht mehr konnte, dann soll er an sich heruntergeblickt und gesagt haben: »Wo ist mein Fuß?«

Man erzählt, Sturla habe gelächelt, als er seinen Leuten den Befehl gab, meine Stiefsöhne zu töten.

Woher nahm er diesen Hass? Dieser schöne, fröhliche Mann, der Herr der Täler, den alle Frauen liebten?

Nach diesem Schock hatte ich eines entschieden: Ich würde nie wieder dem trauen, was Leute versprachen, schon gar nicht, wenn sie so taten, als wollten sie Frieden schließen. Ich beschloss, mich nur noch auf mich selbst zu verlassen, das zu tun, was ich für richtig hielt und was mir den größten Vorteil brachte. Und auch meinen Kindern, der kleinen Kolfinna und ihrem älteren Bruder Einar, schärfte ich ein, wie wichtig es war, sich zu verteidigen und den eigenen Besitz zu bewahren – Einar würde schließlich einmal die Macht und das Godenamt seines verstorbenen Vaters übernehmen. Doch bis er alt genug war, war ich fest entschlossen, alle Entscheidungen so zu treffen, dass unser Leben und Besitz niemals mehr von den Schwüren oder dem Wohlwollen anderer abhing. Auch wenn es Freunde oder Verwandte sein mochten. Denn ein Verwandter war Sturla Sighvatsson schließlich auch.

Wenig später, als Sturla zu seiner langen Pilgerreise nach Rom aufgebrochen war, wurde mein Bruder Óraekja von unserem

Vater Snorri hier auf meinen Hof in die Westfjorde geschickt, und er hatte ziemlich viele Männer bei sich. Óraekja brachte einen Brief von Vater mit, in dem dieser mich einlud, zusammen mit meinen Kindern fortan bei ihm auf Reykholt zu wohnen. Offenbar erschien das meinem Vater und meinem Bruder als geschickter Zug in den Machtkämpfen, die das Land inzwischen heimsuchten. Keinem der beiden war eingefallen, mich nach meiner Meinung zu fragen! Mir wurde nur höflich mitgeteilt, dass ich mich von hier fortscheren solle. Erst weigerte ich mich, doch letztlich war ich gezwungen gewesen zu gehen, denn Óraekja hatte ziemlich unangenehme Leute bei sich. Aber das bedeutete noch lange nicht, dass ich wie eine gehorsame Tochter einfach nach Reykholt gezogen wäre. Ich blieb bei Freunden in den Westfjorden und wartete auf meine Gelegenheit, nach Hause zurückzukehren, um die Macht zurückzuholen, die mir und meinen Kindern zustand. Und das ist mir letztlich ja glücklicherweise auch gelungen.

Man kann sich ja nicht die ganze Zeit herumschubsen lassen. Schon gar nicht von diesen wankelmütigen Männern.

SIGHVATUR

Wir bekamen Besuch von einer priesterlichen Gesandtschaft, die von dem südisländischen Bischofssitz Skálholt bis zu uns in den hohen Norden gereist war. Sie müssten mit mir sprechen. Ich empfing sie mit allen Würden und bat sie in unsere beste Stube, sagte, ihr Besuch sei mir eine Ehre, und fragte, was sie denn aus dem fernen Skálholt hierher führte, schließlich seien wir doch Gemeindemitglieder des nordisländischen Bischofs von Hólar, auch wenn wir uns nicht immer so ausgezeichnet mit ihm verstehen würden. Das war dann auch schon der einzige Moment während ihres ganzen Besuchs, in dem die würdevollen Kirchenmänner sich ein Lächeln verkneifen mussten. Das waren sehr ernsthafte Männer. Sie hielten sich sehr gerade und waren so steif, dass sie an Vogelscheuchen erinnerten. Räusperten sich in einem fort. Und trugen Kleidung aus gefärbten Stoffen, an der überall Troddeln hingen. Um die Stimmung ein wenig aufzulockern, fiel mir nichts anderes ein, als sie abzufüllen, doch sie tranken nichts außer einer winzigen Pfütze von einem Messwein, den ich noch irgendwo hatte auftreiben können. Sie nippten daran, als täten sie es nur aus Höflichkeit, danach rührten sie den Wein nicht mehr an. Mit großartigen Trinksprüchen versuchte ich es gar nicht erst – ich hatte nie Spaß daran gehabt, kleine Mengen von irgendetwas zu trinken. Stattdessen beschloss ich, möglichst schnell herauszufinden, was die eigentlich von mir wollten, denn dieser Besuch würde um so langweiliger werden, je länger er dauerte. Auf einmal wurden sie noch steifer und ernster, kramten in ihrem Gepäck herum und zogen ein beeindruckendes Dokument hervor. Mit prächtigen Siegeln und Stempeln.

»Wir erhielten dieses Dokument von seiner Exzellenz, dem Hochwürdigsten Herren Erzbischof aus Trondheim«, sagten sie und behandelten das Dokument, als ob sie fürchteten, es könne zu Staub zerfallen, wenn sie eine falsche Bewegung machten.

»Nanu?«, sagte ich nur. Da es mir nicht gegeben war, geschriebene Sprachen zu lesen, erklärten sie, es betreffe meinen Sohn Sturla und mich. Ich fühlte mich noch geehrter und verlieh meiner Freude darüber auch sofort Ausdruck. Welche Ehre, dass solch aufwendig gekleidete, hochgestellte Männer diese lange Reise zu mir einfachem Bauern im Eyjafjord auf sich nahmen und dann auch noch eine prächtige Schrift von noch höherer Stelle mitbrachten! Doch wurden sie jetzt noch einmal steifer, auch wenn das eigentlich fast schon unmöglich war. Mit Gesichtern wie in Stein gemeißelt sahen sie mich an und sagten, das hier sei eine sehr ernste Sache. Der Erzbischof erhebe in dieser Schrift schwere Anschuldigungen gegen meinen Sohn und gegen mich. Und zwar aufgrund der unchristlichen Behandlung, die wir vor einigen Jahren auf der Insel Grímsey dem Bischof von Hólar und seinen Geistlichen hatten angedeihen lassen. Und dass der Erzbischof es damit nicht bewenden lasse, sondern meinen Sohn und mich hiermit exkommuniziere. Er spreche sogar den Großen Kirchenbann über uns aus, nach dem es uns ab sofort verboten sei, ein Gotteshaus zu betreten oder überhaupt mit Christenmenschen Umgang zu haben!

»Versündigt Ihr Euch dann nicht, wenn Ihr hier bei mir in der Stube sitzt?«, fragte ich, um uns etwas aufzuheitern, doch sie nahmen das wörtlich und sagten, ja, damit habe ich allerdings recht. Sie packten ihre Sachen zusammen, ließen mir noch ein Dokument da, das offenbar eine Abschrift der Bannbulle des Erzbischofs war, und verabschiedeten sich zwar höflich, doch äußerst kühl.

Anfangs machte ich mir über diese Begegnung nicht allzu viele Sorgen, erzählte allerdings irgendwann meiner Frau Halldóra davon, und sie riet mir, in dieser Sache einen Gelehrten zurate zu ziehen. Wenig später erfuhr ich von einem Mann auf der Durchreise, dass mein Sohn Sturla einen ähnlichen Besuch bekommen hatte und ihm diese Sache deutlich mehr Unbehagen bereitete als mir. Ich überlegte schon, mich auf die lange Reise nach Reykholt zu machen, um alles mit meinem Bruder Snorri und den ganzen anderen klugen Männern, die dort lebten, zu besprechen. Doch dann fiel mir ein, dass das Schriftstück in lateinischer Sprache verfasst war, was ja Priester besonders gut lesen konnten, und ich ritt erst einmal zu unserem Priester hier im Eyjafjord, einem guten Bekannten von mir. Er las das Schriftstück erst einmal in Latein vor und endete mit »Valete!« – das war das einzige Wort, das ich verstand, abgesehen von »pater noster«. Dann übersetzte er alles in die nordische Sprache, und es war wirklich so, wie die bischöflichen Gesandten gesagt hatten. Ich fragte unseren Priester, ob das etwas sei, über das ich mir Sorgen machen sollte, schließlich exkommunizierten unsere isländischen Bischöfe, besonders der arme Gudmundur auf Hólar, dauernd irgendwelche Leute, ohne dass dem jemand große Beachtung schenkte. Wir hielten das einfach für eine seiner vielen Marotten. Doch der Priester sagte, dass dies hier deutlich schlimmer sei. Die Strafen unserer hiesigen Bischöfe könne man vielleicht erst einmal irgnorieren und dann später, wenn unbedingt nötig, von höherer Stelle aufheben lassen, zum Beispiel vom Erzbischof in Trondheim. Doch dieser Kirchenbann komme ja nun genau von dort! Und ließe sich deshalb nur von einem einzigen Menschen aufheben, dem Papst in Rom. Außerdem sei eben der Große Kirchenbann ausgesprochen worden. Es sei uns deshalb fortan weder erlaubt, in die Kirche zu gehen, noch die Sakramente zu empfangen, und wenn es uns nicht gelang, diesen Großen Kirchenbann aufheben zu lassen, bekämen wir auch kein kirchliches Begräbnis und es erwartete uns ewige Verdammnis und Höllenpein.

Ich gebe es gern zu, mir war das Lachen vergangen. Ich hatte das zu lange auf die leichte Schulter genommen, also schickte ich nun sofort einen Mann los, ließ ihn gut mit Proviant ausstatten und gab ihm zwei Pferde mit. Er sollte meinen Sohn schnellstmöglich ausfindig machen und zu mir bringen.

Mein Sohn, dieser gute Junge, kam natürlich sofort. Er war noch reifer und würdevoller geworden; die Machtstellung in seinem Bezirk und das Godenamt hatten ihm eindeutig gutgetan, er war an seinen Aufgaben gewachsen, so wie gute Männer das eben taten. Er hatte ein deutlich entschlosseneres, strengeres Gesicht bekommen und redete und dachte wie ein echter Anführer.

Wir hatten uns zusammengesetzt, meine Frau und ich, mein Sohn und der Priester, der mir den Brief vorgelesen hatte. Es gab offenbar wirklich keinen anderen Ausweg, als eine Reise zum Papst nach Rom zu unternehmen. Das war schrecklich weit, jeder wusste, wie viele Leute eine solche Pilgerfahrt schon das Leben gekostet hatte und die, die zurückkehrten, waren auf dieser Reise nicht selten zu anderen Menschen geworden, manche waren weiser geworden, andere zu Krüppeln. Ich selbst war schon in die Jahre gekommen, und wie meine Frau Halldóra richtig sagte, sei eine solche Reise nur etwas für kräftige junge Männer. Da sagte mein Sohn Sturla, dieser Prachtkerl, er werde im Namen von uns beiden fahren und die Bestrafung für uns beide auf sich nehmen.

Er wollte sofort im nächsten Frühjahr aufbrechen. Er bat darum, dass wir seine Frau Solveig mit den drei Kindern unterstützen würden und, wenn nötig, bei uns wohnen ließen. Das war selbstverständlich. Außerdem versprach ich, ein wachsames Auge auf seinen Bezirk und sein Godenamt zu haben, während er unterwegs war. Versprach, zusammen mit seinen jüngeren Brüdern darauf zu achten, dass Unruhestifter wie Snorris Sohn Óraekja in den westlichen Tälern nicht alles durcheinanderbrachten.

Das wäre ja noch schöner!

HÅKON, KÖNIG VON NORWEGEN

Unlängst ist ein Mann aus Island hier angekommen, der genau wie der berühmte Skalde Snorri Sturluson aus der Familie der Sturlungen stammt, die offenbar in Island derzeit am mächtigsten ist. Meine Ratgeber hier am Hofe hörten ihn an und hielten es für nützlich, dass ich diesen Mann empfing. Es hatte schließlich schon oft meinen Zorn erregt, dass die Isländer keines Königs oder Kaisers Untertanen waren, so wie alle anderen Menschen des Erdkreises.

An diesen Insulanern aus dem hohen Norden ist viel Sonderbares. Die ältesten Leute in Norwegen wussten noch, dass die meisten dieser Isländer ursprünglich aus unserem Land gekommen waren, sodass man sie mit Fug und Recht norwegische Untertanen nennen sollte, auch wenn die selbst ernannten »Siedler«, die damals unser Land verlassen hatten, zum größten Teil nichts anderes gewesen waren als gemeine Verbrecher, Aufständische, Verräter oder sogar Mörder, die nicht mehr unter anständigen Leuten leben durften. Umso mehr nimmt es Wunder, dass auf den Gesichtern der hierherkommenden Isländer immer ein gewisser Dünkel und Hochmut zu liegen scheint – so merkwürdig sie in ihrem manchmal kaum zu verstehenden Tonfall sprechen und so, gelinde gesagt, anders die Gepflogenheiten dieser Isländer in puncto Kleidung und Körperpflege auch sein mögen. Sie blicken drein, als ob sie sich anderen überlegen wähnten und den Grund dafür sehen sie offenbar in ihrer vornehmen Herkunft! Man muss sie nur nach ihrem Namen fragen, dann erzählen sie einem stundenlang von ihren Vätern und Großvätern und deren Vätern und

Großvätern und Vorvätern, bis sie sich, ohne irgendwelche störenden Einflüsse mütterlicherseits, direkt zu den größten Herrschern zurückgeführt haben, zu dem großen dänischen Wikingerkönig Ragnar Lodbrok, zu Siegfried dem Drachentöter oder gar zu Karl dem Großen. Von Thor und Odin ganz zu schweigen. Keiner der wichtigen Könige der Norweger und Dänen darf in diesen Erzählungen fehlen, darunter geht es nicht.

Ebenfalls nimmt mich wunder, dass mehr oder weniger alle Isländer unglaubliche Begabungen auf dem Gebiet der Dichtkunst und in anderen Formen der Gelehrsamkeit zeitigen, und damit meine ich nicht nur die Priestergelehrten und Hochwohlgeborenen, von denen es dort ohnehin kaum welche gibt. Sie sind nie um einen treffenden Vergleich verlegen, haben alte und neue Verse parat und erinnern sich an alles, was in der Geschichte unseres nordischen Volkes jemals passiert ist. Viele schreiben das sogar auf Kalbshäute nieder, die sie zu beachtenswert dicken, prächtig gestalteten Büchern binden und uns Norwegern manchmal verkaufen. Ein besonders langes und bemerkenswertes Buch habe ich einmal gelesen, es handelt von meinem Großvater König Sverre Sigurdsson. Wie bringen die Leute auf dieser einsamen Insel, die manchmal nicht einmal ein seetüchtiges Schiff besitzt, solche Werke hervor? Ein Volk, das nicht einmal alle Waren des täglichen Bedarfs selbst herstellen kann und darauf angewiesen ist, sie von uns geliefert zu bekommen? Das muss man wohl einfach unglaublich nennen. Einer unserer Gelehrten, der das große Geschichtsbuch des Saxo Grammaticus gelesen hat, erklärt es damit, dass die Isländer aufgrund der Beschaffenheit ihres Landes nicht viele Felder und Äcker oder Gärten zu bestellen haben und daher ihre Zeit in den langen, dunklen Wintern damit verbringen können, Geschichten über die eigene Vergangenheit oder die ihrer Nachbarn zu erzählen.

Der Bemerkenswerteste unter den Isländern schien mir Snorri Sturluson zu sein, dieser isländische Skalde, den mein Schwiegervater Jarl Skule so sehr bewunderte, ja, regelrecht anbetete. Als Snorri zum ersten Mal nach Norwegen gekommen war, war ich selber noch ein Kind gewesen. Jarl Skule regierte das Land. Ich war noch zu jung, um die hochtrabenden Reden von Snorri zu verstehen, und erst recht nicht diese ganzen komplizierten Metaphern, dargebracht mit diesem isländischen Akzent. Doch ich erinnere mich noch genau daran, wie begeistert Jarl Skule und seine Leute diesem Snorri zuhörten. Ganz gleich, ob er lange Gedichte auswendig vortrug oder Geschichten vorlas, die er zuvor niedergeschrieben hatte – sie lauschten so gebannt, als läse ihnen der Herrgott höchstselbst aus der Heiligen Schrift vor. Es war deshalb nur selbstverständlich gewesen, dass Snorri mit Ehrungen überhäuft wurde, als er sich schließlich daran gemacht hatte, die Geschichte unserer norwegischen Könige aufzuschreiben. Skule wollte ihn sogar zum Jarl machen. Wir waren natürlich alle schon immer der Meinung gewesen, dass Island und alle anderen bewohnten Nordmeer-Inseln zu unserem Königreich gehörten, schließlich, das habe ich ja bereits gesagt, stammten die meisten ihrer Bewohner aus unserem Land. Island war groß und wohlhabend. Die Herrschaft über Island würde unsere Vormachtstellung im ganzen Nordmeer sichern, ferner ließ sich von Island gut Handel mit Grönland treiben, mit Walzähnen und Walrosshäuten, mit Eisbärfellen und Jagdfalken. Es war wahrlich eine Schande, dass unsere Verbindung zu den Menschen, die in Island wohnten, nicht schon längst besiegelt worden war.

Jarl Skule hielt Snorri, den Skalden, in dieser Angelegenheit für unseren besten Verbündeten. Snorri besaß das meiste Geld der Insel, war der mächtigste Gode und einen Menschen, der besser mit Worten umgehen konnte, gab es auf ganz Island auch nicht, und auch nicht weit darüber hinaus.

Und doch waren mir bald Zweifel daran gekommen, dass Snorri wirklich der Richtige war, um den Isländern etwas näher zu kommen. Ich zweifelte nicht nur daran, dass er unsere Macht in Island durchsetzen konnte, ich war mir nicht einmal sicher, ob er das überhaupt wollte. In meiner Gegenwart hatte er nie etwas gesagt, was darauf schließen ließ, dass es ihm eine Herzensangelegenheit war, Island und seine Bewohner in das norwegische Königreich zu bringen. Einige Isländer, die später hierherkamen, und andere Männer, die sich dort gut auskannten, meinten, vielen Isländern liege nichts ferner, als sich von Snorri etwas sagen zu lassen. Er habe den Ruf, sowohl zögerlich als auch unzuverlässig zu sein. Andere fügten hinzu, dass er in den ganzen Jahren, seit er versprochen hatte, die Anliegen der norwegischen Krone vor seinen Landsleuten zu vertreten, so gut wie gar nichts unternommen hatte. Und von seinen Lesungen, Erzählungen und Schriften sagte man, dass sich darin – so sehr alle diese Schriften lobten – doch arg zweideutige Darstellungen darüber fanden, was den Norwegern widerfahren würde, sollten sie mit Gewalt nach der Herrschaft über Island greifen. Viele erinnerten sich dann auch an die Geschichte, die Snorri über einen Boten erzählt hatte, der die Gestalt eines Wales annimmt, weil er im Namen seines Königs die Lage in diesem fernen Land erkunden will, und der von Drachen, riesigen Ochsen, Bergriesen und feuerspuckenden Vögeln empfangen wird. Andere sagten, Snorri habe in seiner *Saga von Olaf dem Heiligen* die Isländer regelrecht ermahnt, vor der norwegischen Krone auf der Hut zu sein.

Und als ob das nicht genug wäre, war Snorri mit mir immer umgegangen wie mit einem unmündigen Jungen – meinem Schwiegervater Jarl Skule hingegen, dem fraß er aus der Hand, und Skule bildete sich sonst was darauf ein.

Aus all diesen Gründen beschloss ich, mich mit einem anderen Isländer anzufreunden, nämlich mit dem bereits erwähnten Neffen von Snorri: Sturla Sighvatsson, der auf seinem Weg nach Rom hierhergekommen war und von dem alle sagten, ihm stehe eine große Zukunft bevor, vielleicht die größte von allen jungen Isländern. Ich hatte gehört, dass Sturla mit Snorri, der engen

Verwandtschaft zum Trotz, heftige Machtkämpfe ausgefochten hatte. Auch mit anderen isländischen Anführern hatte dieser Sturla sich angelegt und sogar mit der Kirche – ich konnte mir also ziemlich sicher sein, dass er sich freuen würde, wenn ich ihm meine Hilfe anbot. Ich würde ihm klarmachen, dass eine Allianz mit der norwegischen Krone die Lösung all seiner Probleme war. Wenn ich hinter ihm stand, wäre er alle Scherereien mit einem Mal los. Er könnte der mächtigste Mann aller Sturlungen werden und damit der mächtigste Mann im ganzen Land. Also wies ich meinen Hofstaat an, ihn auch dann mit höchsten Ehren zu empfangen, wenn ich zum Zeitpunkt seiner Ankunft gerade nicht vor Ort war.

Ich war allerdings zu Hause, als er kam, und ließ ihn mit großem Spektakel in meine Thronhalle führen. Es war lustig anzusehen, wie unsicher und steif diese Isländer in ihren Bewegungen wurden, wenn man sie derart hofierte.

Ich hatte bald das Gefühl, auf das richtige Pferd gesetzt zu haben. Es war eine gute Idee gewesen, ihn zu empfangen wie einen hochwohlgeborenen Gast. Zum einen schmeichelte das Sturla sehr, das merkte ich sofort. Doch genauso wichtig war es, mit diesem Empfang allen Leuten hier am Hof klarzumachen, dass es sich um einen wichtigen Gast handelte, der das Zeug zu einem großen Anführer hatte. Sturla Sighvatsson war ein vornehmer junger Mann, hoch und gerade gewachsen, mit einem ebenmäßigen Gesicht, blondem Haar und heller Haut. Er trug offenbar gern prächtige Kleider, und er war höflich. Der Umgang mit Personen königlicher Geburt fiel ihm nicht schwer. Ich hatte gemerkt, dass es ihn anfangs überrascht hatte, mit so großen Ehren empfangen zu werden, für einen Augenblick war er fast misstrauisch geworden. Doch das gab sich schnell, und er hielt sich noch aufrechter, er schien in seiner Würde zu wachsen. Bald sprach er mit seinen Begleitern auf eine ähnliche Art, wie ich mit meinen Untertanen sprach. Und bei einer unserer vielen langen Unterredungen sagte Sturla mir, er habe gleich nach seiner Ankunft in Norwegen eine Einladung von meinem Schwiegervater Jarl Skule erhalten. Jarl Skule habe ihm wortreich versprochen, ihm in Norwegen zu der ehrenhaften Stellung zu verhelfen, die ihm zweifellos zustehe, schließlich sei doch er, Jarl Skule, der beste Freund, den die Sturlungen im ganzen Königreich hätten. Doch Sturla sagte, er habe trotzdem beschlossen, erst hierher nach Bergen zu reisen und mich zu treffen. Nun war ich mir endgültig sicher, dass es richtig gewesen war, Sturla zu meinem Freund und Vertrauten zu machen.

Sturla und seine Leute blieben den größten Teil des Winters hier, dann wollte er weiter nach Süden reisen, bis nach Rom. Er würde natürlich durch Dänemark kommen, und ich riet ihm, den dänischen König Waldemar den Sieger aufzusuchen, stattete ihn mit einem Pass des norwegischen Königshauses und einem Empfehlungsschreiben aus, in dem ich Waldemar im Namen unserer guten Freundschaft bat, Sturla mit allen Würden zu empfangen. Und genauso geschah es. Sturla wurde in Roskilde mit wehenden Fahnen und Fanfarenstößen begrüßt, als wäre er schon jetzt der Jarl von Island.

Nun musste ich nur noch hoffen, dass Sturla Sighvatsson wohlbehalten aus Rom zurückkehrte und, als ein gereifter Mann, meinen Plan unterstützen würde, unsere Länder in aller Form zusammenzuführen, zum Wohle aller und uns selbst zur Ehre.

HALLDÓRA

Sighvatur war wie betäubt, nachdem Sturla zum Papst nach Rom aufgebrochen war. Natürlich lag meinem Mann viel daran, dass Sturlas lange Reise gut verlaufen würde und er so seine Exkommunizierung rückgängig machen könnte. Doch diese Hoffnung war nichts gegenüber den Sorgen, die er sich um seinen Sohn machte, und gegenüber dem Schmerz, den er aushalten musste, weil er ihn so sehr vermisste. Viele Männer hatten diese beschwerliche Reise angetreten und ihr Ziel nicht erreicht, andere hatten auf dem Heimweg ihr Leben gelassen, denn es gab unzählige lebensbedrohliche Gefahren, Wegelagerer, wilde Tiere und alle möglichen Krankheiten. Sighvatur ging kaum noch aus dem Haus, und es gab kaum etwas, mit dem er sich beschäftigen mochte oder an dem er Spaß fand. Nur manchmal dichtete er an ein paar Versen herum, aber das dann mehr oder weniger heimlich. Außerdem kamen uns deutlich weniger Menschen hier auf Grund besuchen. Manche befürchteten sicher, dass der Große Kirchenbann und der Zorn der Bischöfe auch sie treffen würden, wenn sie sich mit einem solchen Sünder abgaben. Und von denen, die noch kamen, brachten nicht wenige Beschwerden oder dreiste Forderungen mit. Offenbar dachten alle, mein Mann wäre nun so geschwächt, dass selbst die ihm auf der Nase herumtanzen wollten, die es früher nicht einmal gewagt hätten, in seiner Gegenwart zu husten. Einige junge Unruhestifter aus unserem Bezirk taten sich mit dem neuen Anführer im Skagafjord zusammen, mit Kolbeinn dem Jungen. Vor Kurzem hatte er die Macht von seinem Vater Arnór, meinem Bruder, übernommen. Arnór war schon länger krank gewesen, nun war er gestorben. Kolbeinn galt als kriegerischer Mann und viele sagten ihm eine große Zukunft voraus, also dachten manche aus unserem Bezirk, sie wären bei ihm besser aufgehoben als bei meinem Mann, ihrem rechtmäßigen Goden. Mein Sighvatur raffte sich dann also doch auf und sandte Männer zu den abtrünnigen Bauern, um sie zur Gefolgschaft zu zwingen. Das verhinderte zwar, dass die Leute in Scharen zu Kolbeinn überliefen, hatte aber zur Folge, dass die auf diese Art zum Bleiben gezwungenen Bauern sich lautstark bei Kolbeinn dem Jungen beklagten, der sich daraufhin schrecklich empörte und Streit mit Sighvaturs besten Freunden im Skagafjord anzettelte. Er beschuldigte sie, sich gegen ihn zu verschwören und drohte, er würde sie alle umbringen. Diese Leute kamen dann natürlich wiederum zu Sighvatur, um sich zu beschweren, und das, obwohl mein Mann doch am liebsten in Ruhe vor sich hin gegrübelt hätte und nichts weniger wollte als einen Kampf mit diesem jungen Löwen aus dem Skagafjord. Er unternahm einfach gar nichts, und damit wäre das Problem vielleicht sogar aus der Welt gewesen. Erst mal kam es zumindest nicht zu einem Kampf, wenngleich zwischen den Bezirken weiterhin viele Drohungen, Verleumdungen und spöttische Verse hin- und hergingen – all das betrübte Sighvatur sehr, das wusste ich, auch wenn er nur verächtlich lachte, wenn ihm etwas davon zu Ohren kam.

Doch dann kam dieser furchtbare Störenfried Óraekja, der Sohn von Snorri Sturluson. Er ließ sich bei Kolbeinn dem Jungen nieder und lebte dort in Saus und Braus. Kolbeinn und Óraekja waren verschwägert, Óraekja hatte Kolbeinns Schwester geheiratet. Die beiden Männer hatten nicht gerade einen mäßigenden Einfluss aufeinander – Kolbeinn mit seiner Reizbarkeit, seinem Vorfolgungswahn und dem dauernden Bedürfnis sich zu beweisen, und Óraekja, der zwar lustig sein konnte, aber zum Durchdrehen neigte, wenn er betrunken war. Und getrunken wurde natürlich einiges bei Kolbeinn, schließlich war sein Schwager zu Besuch, und genug Vorräte gab es auf dem Hof des jungen Goden allemal. Und wenn sie in diesen durchzechten Nächten miteinander sprachen, nährte jeder die Wut des anderen, bis offenbar gar keiner mehr sagen konnte, wer sich kriegerischer gab: Kolbeinn der Junge oder Óraekja Snorrason. Sturzbetrunken beschlossen sie, ihre Männer zu bewaffnen und diesen Leuten aus dem Eyjafjord und ihrem Goden Sighvatur eine Lektion zu erteilen. Sie hatten sogar schon Boten ausgesandt, um die Männer zusammenzutrommeln. Das hatte man uns erzählt. Doch Sighvatur lachte nur wieder, nannte das Dumme-Jungen-Streiche und sagte, er glaube nicht, dass sie weiter kämen als bis zur nächsten läufigen Hündin auf dem Nachbarhof.

Doch eines Tages kamen wirklich Männer auf schweißüberströmten Pferden auf unseren Hofplatz gesprengt. Sie waren von Sighvaturs Freunden aus dem Skagafjord geschickt worden und erzählten mit weit aufgerissenen, panischen Augen, Kolbeinn der Junge und Óraekja seien mit dreihundert kampferprobten Männern auf dem Weg hierher. Ich führte sie sofort zu Sighvaturs Schlafstelle – er hatte sich an diesem Tag nicht einmal richtig angezogen –, damit sie ihm diese furchtbare Nachricht überbrachten. Man erwartete Kolbeinn und Óraekja noch in dieser Nacht, und sie kamen sicher nicht in Frieden. Sighvatur wollte auch jetzt noch nichts unternehmen, wahrscheinlich konnte er es auch einfach nicht, doch wenigstens zog er das Ganze nun nicht mehr ins Lächerliche. Er war ratlos. Seufzte wieder und wieder, und als ich ihn anflehte zu reagieren, sagte er nur: »Das bringt nichts, das nützt nichts, das hat keinen Sinn«, und rutschte unruhig hin und her, als würde er gerade etwas hören, das er nicht hören wollte, und könnte es so ungesagt machen. Er hatte einen Pelzumhang über den Schultern und eine schwarze Lammfellmütze auf dem Kopf.

»Was kann man denn schon tun? Das bringt doch alles nichts!«

Also machte ich mich hektisch daran, Männer zu allen größeren Höfen unseres Bezirks zu schicken, ließ ausrichten, dass großes Unheil bevorstehe, ein Angriff aus dem Skagafjord und rief alle waffenfähigen Männer hierher. Die wichtigsten Bauern waren sofort da. Manche hatten Dutzende Männer dabei, und ehe ich mich versah, stand ein ganzes Heer auf unserem Hofplatz. Inzwischen war auch mein Mann, der Hausherr, endlich aufgestanden, trug eine blaue Tunika und darüber sein Kettenhemd, hatte einen Eisenhelm auf dem Kopf und seine Streitaxt Stjarna in der Hand. Und nachdem Sighvatur dann auch noch auf sein bestes Pferd gestiegen war, sah er endlich wieder aus wie ein echter Anführer.

Es kam nicht zu einem Angriff aus dem Skagafjord. Vielleicht hatten sie erfahren, dass wir zur Verteidigung mobil gemacht hatten, dachten wir, vielleicht hatte Sighvatur auch einfach recht gehabt, als er das Ganze für einen Dumme-Jungen-Streich gehalten hatte. Doch dann erfuhren wir, dass Kolbeinn und Óraekja mit ihrem Heer zu einem guten alten Freund von Sighvatur gezogen waren und sowohl ihn als auch seinen Sohn erschlagen hatten. Als Sighvatur das erfuhr, zog er mit den Männern, die ich zusammengerufen hatte, in den Skagafjord, wo sie bald auf die Krieger von Kolbeinn dem Jungen und Óraekja trafen. Beide Seiten waren bis an die Zähne bewaffnet. Weise Männer vermittelten in letzter Minute und erreichten, dass die Sache vor Gericht gebracht wurde. So kam es also wirklich nicht zu einem Kampf. Das wäre ja auch verrückt gewesen, war doch Óraekja Sighvaturs Neffe und Kolbeinn der Junge mein Neffe.

Wenig später hörte ich auch schon, dass Óraekja sich wieder beruhigt hatte. Von Kolbeinn dem Jungen hingegen erfuhr ich, dass man ihn nur noch mühsam zurückhalten konnte, er war ganz und gar nicht zur Ruhe gekommen. Er war schon immer ein Hitzkopf gewesen. Seit ich ihn kannte.

STURLA SIGHVATSSON

In meiner Kindheit erzählte man sich oft, meine Oma habe in der Nacht meiner Geburt geträumt, dass ein Junge mit dem Namen Kampfstark geboren worden war. Ich wusste, dass mein Vater und einige Verwandte in diesen Jungen große Hoffnungen setzten. Es war eindeutig. Viele rechneten damit, dass ich eine Art Anführer werden würde, vielleicht gar der mächtigste Mann aller Sturlungen, der mächtigste Mann im ganzen Land sogar! Und wie mein Vater mich gegenüber meinen Brüdern bevorzugte, das war mir natürlich nicht entgangen. Doch trotz alledem fragte ich mich oft, was man genau von mir erwartete, oder vielmehr, warum man das alles von mir erwartete. Ausgerechnet von mir. Ich spürte in meinem Herzen gar nicht den Wunsch, ein großer Anführer zu sein, manchmal machte mir der Gedanke daran sogar Angst, als würde ich in eine Rolle hineingedrängt, die ich weder ausfüllen wollte noch konnte. Ich sprach natürlich mit niemandem darüber, außer vielleicht mit meiner Schwester Steinvör, die mir immer mit Rat zur Seite stand, manchmal war mir, als könne sie meine Gedanken lesen. Doch auch sie sagte meistens nur, ich solle nicht so zimperlich sein. Das sei nur eine Frage des Willens. Des Mutes. Manchmal sagte sie sogar, ich solle mir ein Beispiel an meinem Cousin Kolbeinn dem Jungen nehmen. Kolbeinn und ich kannten uns gut, wir hatten früher oft zusammen gespielt, und schon damals war klar gewesen, dass Kolbeinn keinen Augenblick an seiner Großartigkeit zweifelte. Doch dieser Vergleich machte die Sache nicht besser. Sicher, viele mochten Ähnlichkeiten zwischen Kolbeinn und mir sehen, doch ich konnte nie begreifen, woher er diese Entschlossenheit nahm, dieses unerschütterliche Selbstbewusstsein, diesen unbedingten Willen zu entscheiden, zu befehlen und keine Widerrede zu dulden. Ich verhielt mich wie er, denn das wurde von uns Anführersöhnen erwartet. Wenn wir unter uns waren, versuchte ich sogar, die Art nachzumachen, wie er sprach, und doch verspürte ich nie denselben bedingungslosen Siegeswillen, den er in sich tragen musste.

Erst als ich ins Ausland ging und bei Håkon Håkonsson von Norwegen und bei Waldemar von Dänemark so ehrenvoll empfangen worden war, wurde mir klar, dass mir eine große Zeit als Anführer bevorstand. Dass diese Rolle wirklich für mich vorgesehen war. Könige ließen mich ihre Leibgarde passieren und wiesen mir einen Ehrenplatz an ihren Tafeln zu, Håkon hatte sich regelrecht mit mir angefreundet und sich viele Stunden mit mir über die Zukunft Islands beraten, darüber, wie wir sie gemeinsam gestalten könnten – erst das machte mir klar, dass der Traum meiner Oma sich bewahrheiten würde.

Ich sah auch, dass ich dem König in puncto körperlicher Erscheinung einiges voraushatte. Håkon Håkonsson hatte kurze Beine und Spreizfüße. Und doch war er ein König.

PÄPSTLICHER DIAKON

Ich half manchmal den Priestern hier im Seitenschiff unserer Basilika, wenn nordische Männer kamen, die sich versündigt hatten und nun Ablass gewinnen wollten. Es verwunderte mich immer wieder, wie viele dieser Nordmänner diesen unerhört langen Weg zu uns in den Süden auf sich nahmen. Doch auf der anderen Seite hatten sie auch wirklich höchst verwerfliche Sünden auf dem Gewissen, so sie denn ein solches überhaupt besaßen.

An diesem Morgen waren gleich vier auf einmal gekommen. Ihr Aussehen war mir inzwischen durchaus vertraut. Ich hatte diese Länder nie besucht, doch viel über die Leute, die dort leben, gelesen. Hier an unserem großen Meer, in unseren zivilisierten Ländern und Städten, unseren Palästen, Kirchen und Gelehrtenschulen, mit unseren wunderbaren Bibliotheken, mit allem Unglaublichen, Unermesslichen, das viele Generationen von Gelehrten niedergeschrieben hatten, können wir uns nur schwer vorstellen, aus welcher Finsternis diese sich schwerst versündigt habenden nordischen Männer kamen. Es begann schon damit, dass sie nicht lesen konnten. Ich hatte gehört, dass dort nur einige wenige Diener Gottes des Lateinischen und Griechischen mächtig waren, bei uns war das gang und gäbe, und auch das Waschen und generelle Betreiben von Körperpflege schien dort nicht recht erlernt zu werden.

Der Geschichtsschreiber Tacitus sagt in seiner Schrift *Germania*, dass ihr Land »landschaftlich ungestalt, klimatisch rauh, trostlos in Anbau und Aussehen« sei – und fügt hinzu, niemand würde es aufsuchen wollen, »außer, es wäre seine Heimat«. Eben diesem Werk von Tacitus entnahm ich auch die unglaubliche Kunde, dass diese Nordmenschen gar keine Städte kannten. Sie bauten ihre Häuser weit voneinander entfernt, an den Ufern von Flüssen oder Seen.

Die Ankömmlinge von heute kamen aus dem allernördlichsten und unwirtlichsten der germanischen Länder. Sie gehörten zu den schwedischen Völkern, von denen der Gelehrte sagt, sie leben im »ins Unermeßliche sich erstreckenden« Ozean. Und über Finnen steht hinzugefügt, sie sind »unglaublich unzivilisiert und entsetzlich arm. Aber sie halten dies Leben für glücklicher, als bei der Bestellung der Äcker zu stöhnen, sich beim Hausbau abzuplagen«.

Dabei zu sein, wenn solche Männer zur Beichte kamen, das war nun wirklich etwas Besonderes.

Die vier bereits Erwähnten hatten dieses typisch nordische Gesicht, das schon bei Tacitus beschrieben ist: »Daher ist auch die äußere Erscheinung (...) bei allen dieselbe: furchterregende blaue Augen, rötliche Haare und große Körper, die allerdings nur beim ersten Ansturm stark sind; (...) ihre Ausdauer für anstrengende Arbeit ist nicht ebenso groß«. Sie sahen natürlich trotzdem nicht alle vollkommen gleich aus. Einer von ihnen war ganz eindeutig größer als die anderen und sah am herrschaftlichsten aus. Seine Augen waren blau wie die der anderen, doch an Haar und an Haut war er deutlich heller, sodass er eher an die Könige oder Kreuzfahrer vom Stamme der Briten erinnerte, die manchmal zu uns kamen. Ich fand diesen Mann so eindrucksvoll, dass ich mich nach seinen Angelegenheiten erkundigte, nach seinen Untaten, die immerhin so frevelhaft sein mussten, dass sie ihn bis nach Rom geführt hatten. Er kam aus dem Land *Hisland terra,* das früher einmal *Ultima Thule* geheißen, wo es im Sommer so hell ist, dass man sich um Mitternacht entlausen kann.

Dieser Mann, er war noch jung an Jahren, war also deutlich ansehnlicher als die Rothaarigen mit den zerzausten Bärten, die man normalerweise aus diesen Ländern vom Rande der bewohnten

Welt zu sehen bekam. Auch seine Bewegungen waren auf eine besondere Art und Weise weicher, fast vornehm. Man konnte sogar denken, er sei vor wenigen Jahren noch einer dieser Jünglinge gewesen, die Männer gern dabeihatten, wenn sie in heißen Quellen saßen oder in wohlriechenden Bädern ruhten und disputierten. Umso begieriger war ich darauf zu wissen, wie er sich denn so hatte versündigen können, dass er bis hierher ziehen musste, um Indulgenz zu erbitten. Ich hatte seine Schuld weniger schlimm gewähnt als die Morde und Verstümmelungen, die die anderen Barbaren auf dem Gewissen hatten, die aus dem hohen Norden kamen.

Doch dem war nicht so. Die Sünden dieses Mannes waren fast noch frevelhafter. Er hatte seinen eigenen Bischof angegriffen, einen unschuldigen Diener Gottes, und seine Priester auf derart frevelhafte, verachtenswerte Weise misshandelt, dass ich es kaum auszusprechen wage (*castratio*). Somit beweist sich wieder einmal die alte Weisheit, dass man ein Buch nicht nach dem Umschlage beurteilen soll. Aber gut, was rede ich, diese germanischen Barbaren verstehen das ohnehin nicht, denn sie haben ja, meinen Quellen nach zu urteilen, in ihrem Leben kaum je ein Buch gesehen.

Dieser blonde Wilde schien mir nicht mit besonders viel Herzblut an dem Bußsakrament und den disciplinae beteiligt zu sein, die wir ihm auferlegt hatten, obwohl es dabei doch um nichts Geringeres als sein Seelenheil ging. Mir fiel es ohnehin schwer zu glauben, dass diesem Mann ein solches zuteilwerden sollte, so barbarisch wie er sich ausgerechnet an Dienern der Kirche versündigt hatte – an armen Wesen wie meiner selbst. Es fiel mir schon schwer, solche Leute überhaupt an einen so heiligen Ort vorzulassen, wie unsere Kirche einer war. Doch sie zahlten nun einmal die hohe Summe, die die Absolution kostete, bevor sie sich dann wieder auf in ihre dunkle, sumpfige Heimat machten, um dort nunmehr mit kirchlichem Segen ihr schändliches Werk wiederaufzunehmen.

STURLA SIGHVATSSON

Ich will nicht bestreiten, dass ich mir etwas Sorgen machte wegen der Züchtigungen und Körperstrafen, die mich in Rom für meine Sünden erwarteten. Ich wusste nicht, was genau auf mich zukam, doch ich hatte einiges gehört. Früher waren Christen an diesem Ort in große Arenen geführt worden, um dann von Löwen zerfetzt zu werden. Klar, diese Zeiten waren lange vorbei, dennoch war ich mir sicher, dass es hart werden würde. Es war eine lange Reise über unglaublich breite Flüsse gewesen, und über Berge, die höher in den Himmel aufragten als alles, was ich bisher gesehen hatte. Einige meiner Begleiter waren schon einmal an diesem sagenhaften Ort gewesen und hatten bereits erlebt, wie die Kirche mit ihren Züchtigungen Männer von ihren Sünden reinwusch. Nach dem, was sie erzählt hatten, bekam ich den Eindruck, dass das gesamte Volk von Rom regen Anteil an den Bußritualen nahm, die exkommunizierte Sünder erleiden mussten. Ich dachte an die Volksmenge, die die Straßen gesäumt hatte, als unser Heiland sein Kreuz nach Golgatha trug, mit der Dornenkrone auf dem Kopf. Ich will mich nicht mit Jesus Christus vergleichen, aber ich hatte nun einmal eine entbehrungsreiche Reise auf mich genommen, um in die Heilige Stadt zu kommen, davon hatte ich also schon ein bisschen was erwartet – zumindest mehr als das, was dann wirklich auf uns zukam, denn das hätte man auch zu Hause in jeder beliebigen Kirche erledigen können, oder in der Hauptkirche von Trondheim.

Es waren einige nordische Männer zusammengekommen. Ein Däne war die ganze Zeit mit mir gereist, dann lernte ich noch zwei

Schweden kennen, die bereits seit einigen Tagen in der Stadt waren. An besagtem Morgen wurden wir zu einer großen Kirche geführt, die inmitten einer dichten Ansammlung von Häusern stand. Die Kirche hatte ihre besten Tage bereits hinter sich, die Mauern waren vielerorts eingestürzt, und Farn und anderes Gestrüpp wuchs auf den Brüstungen und in den Mauerlücken. Dort standen noch einmal mehr Männer, die sich ihre Sünden vergeben lassen wollten. Doch uns, den Schweden, dem Dänen und mir, wurde gesagt, wir sollten durch eine bestimmte Tür gehen und dort warten. Später erfuhr ich, dass das angeblich eine besondere Tür für nordische Männer war. Dann kamen Mönche, Priester und Männer mit Peitschen. Wir mussten lange Hemden anziehen, die hinten offen waren, dann las man uns eine Menge Gebete vor, die wir nachsprachen, das dauerte alles ziemlich lange. Im Anschluss wurden wir einzeln zur Kirchentür geführt, vor der Leute aus dem Volk standen und uns neugierig ansahen. Besonders viele waren es allerdings nicht, und die Peitschenhiebe, die wir jetzt bekamen, waren zugegebenermaßen nicht besonders hart. Nachdem das erledigt war, wurden wir gemeinsam über den Kirchenplatz zu einer anderen Tür geführt, dort wurde noch mehr gesungen, gebetet und gepeitscht, dann segnete der Priester oder Bischof oder wer auch immer das war – auf jeden Fall war es nicht der Papst – uns mit dem Zeichen des Kreuzes und ich war meine Sünden los. Und mein Vater selbstverständlich auch.

So gesehen war das alles wunderbar, und ich hätte es jederzeit wieder getan und sogar noch mehr, doch irgendwie war es auch ein bisschen schäbig. Wenn ich an die Empfänge dachte, die mir an den Königshöfen von Norwegen und Dänemark zuteilgeworden waren, hatte ich schon etwas mehr von dieser sagenhaften Heiligen Stadt erwartet. Wussten die Römer vielleicht einfach nicht, wer ich war? Es war wohl ein Fehler gewesen, mich an diese anderen Büßer zu halten. Sicher, wir kamen alle aus dem Norden, aber das waren doch eher kleine Männer, zumindest der Däne, den ich am besten kennengelernt hatte, der war nun wirklich keine Zierde für sein Land.

Als ich auf meiner Rückreise Dänemark erreichte, wollten die Leute natürlich alles über meinen Aufenthalt in Rom wissen, und ich spürte schnell, dass sie sich wunderten, dass einem so wichtigen Mann auf seiner Pilgerreise zum Heiligen Vater nicht mehr Aufmerksamkeit zuteilgeworden war. Es durfte sich natürlich nicht herumsprechen, dass ich dort wie ein gemeiner Bauer behandelt worden war, also wurden jedes Mal, wenn ich die Geschichte erzählte, meine Reisegefährten bedeutender und die Peitschenhiebe zahlreicher, die ich auf die nackte Haut bekommen hatte, während ich von der einen Kirchentür zur anderen geführt worden war. Viele wollten wissen, wie ich das hatte ertragen können, und ich antwortete wahrheitsgemäß, dass ich mich weder vor Schmerzen gekrümmt noch geweint hatte. Unter Männern meiner Herkunft war es keine Sitte, Schmerzen oder den Tod zu fürchten, und erst recht nicht die paar Peitschenhiebe vor dem Hauptportal der Hauptkirche der Heiligen Stadt. Und wenn ich genauer darüber nachdachte, waren es eigentlich doch ganz schön viele Leute gewesen, die dort vor der Kirche gestanden hatten. Das ganze Volk der Stadt Rom. Wenn die Frauen hier im Norden hörten, dass ich mit Rinderpeitschen bis aufs Blut gepeinigt worden war, kamen manchen die Tränen. Dann fiel mir ein, dass ich auch in der aufgebrachten Volksmenge der Heiligen Stadt immer wieder Männer wie Frauen entdeckt hatte, denen es schwer gefallen war, die Tränen zurückzuhalten, als sie mich so schändlich zugerichtet sehen mussten.

Ich habe meine Strafe empfangen und werde meine Dornenkrone tragen, wie es sich für einen Anführer geziemt.

HÅKON, KÖNIG VON NORWEGEN

Der Isländer Sturla Sighvatsson war nun also nach Rom weitergezogen und hatte auf dem Weg bei Waldemar von Dänemark Station gemacht, wie von mir empfohlen. Ich hatte manchmal daran gedacht, wie es ihm wohl ergehen möge, ich hatte ja den Plan, mithilfe dieses jungen Mannes die Isländer allesamt zu meinen Untertanen zu machen. Ich erfuhr noch, dass er in Dänemark bei Hofe mit allen Ehren empfangen worden war, das war ein gutes Omen – genau so hatte ich mir das vorgestellt. Dann brach er zu seiner langen Reise ins Ungewisse auf.

Und er kam zurück! Und das sogar früher als erhofft; er hatte sich offenbar beeilt und war bereits Ende des Sommers wieder in Norwegen. Ich spürte seine Enttäuschung deutlich, als er erfuhr, dass die letzten Schiffe nach Island für dieses Jahr bereits abgelegt hatten – er hatte bestimmt Leute dort, die er vermisste. Doch ebenso viel lag ihm offenbar daran, genauer über unsere Pläne für die Zukunft Islands zu sprechen – und daran, den Titel Jarl von Island zu bekommen, den ich ihm in Aussicht gestellt hatte.

Er blieb den Winter über bei uns und wir schmiedeten einen Plan, wie er die anderen isländischen Anführer davon überzeugen könnte, dass es zu ihrem Vorteil sei, wenn sie Untertanen der norwegischen Krone würden und Sturla als mein isländischer Stellvertreter das Land regierte. Also das, was Snorri Sturluson schon vor Jahren versprochen, aber dann nie mehr als halbherzig versucht hatte umzusetzen. Am besten wäre es, Sturla würde seinen Onkel Snorri hierher schicken. Sturla brauchte ein gutes Heer, darin waren wir uns einig, manche Männer verstanden nichts außer Waffengewalt, doch ich riet ihm, nicht mehr Blut zu vergießen als nötig. Im Zweifelsfall sei es besser, die Anführer, die sich allzu widerborstig zeigten, an meinen Königshof zu zitieren. Und auch wenn einer von Sturlas vielversprechenden jüngeren Brüdern hierherkommen wollte, versprach ich, ihn gut zu empfangen und in die beste Einheit meines Heeres aufzunehmen. Das würde unsere Bande weiter stärken.

Er hatte mir natürlich von seiner großen Reise erzählt. Offenbar hatte ihn nicht nur Waldemar von Dänemark mit großen Würden empfangen – was ja meiner Fürsprache zu verdanken war –, sondern auch der Papst in Rom. Offenbar gab es für Isländer ein viel aufwendigeres Bußsakrament als für alle anderen. Die Stadt erschien seinen Erzählungen zufolge auch viel vornehmer als in den Beschreibungen anderer Reisender – die meisten hatten gesagt, sie bestehe hauptsächlich aus Ruinen. Aber ich hörte dem Isländer aufmerksam zu, schließlich wollte ich doch genau das, dass er sich wichtiger fühlte als alle anderen.

Ich glaube, mir wird gelingen, was mein Schwiegervater Jarl Skule so lange ohne Erfolg versucht hat.

Bald nach Sturlas Heimreise kam dann auch wirklich einer seiner jüngeren Brüder hierher und stellte sich in meine Dienste. Dieser Kakali, so heißt er, ist in vielerlei Hinsicht anders als Sturla. Er ist ein eher dunklerer Typ und nicht so groß, doch nicht weniger energisch. Natürlich empfing ich auch ihn und trank mit ihm, obwohl es eigentlich nicht üblich ist, Soldaten eine solche Ehre zu erweisen. Kakali schien mir um einiges komplizierter als sein Bruder. Er schien immer auf der Hut zu sein und vieles, was er sagte, hatte einen skeptischen, fast spöttischen Unterton. Die Becher, die ihm gebracht wurden, hatte er fast schon geleert, bevor die Trinksprüche gesprochen waren. Ich lasse ihn bei meinen besten Hauptmännern ausbilden, und sie sind sich einig, dass er ein sehr vielversprechender junger Mann ist, hart und fast vollkommen furchtlos, doch leider ebenso undiszipliniert. Er trinkt und macht immer wieder Ärger, sowohl in der Unterkunft der Soldaten, als auch in den Schenken. Wäre er nicht Sturlas Bruder, meine Heeresführer hätten ihn längst heftig bestraft oder sogar fortgeschickt. Doch ich muss es mit diesem Teufel aushalten, bis ich höre, wie es in Island vorangeht.

ÓRAEKJA SNORRASON

Zu hören, dass mein Cousin Sturla Sighvatsson zurück nach Island kam, war für mich schlimmer, als mit dem furchtbarsten Kater aufzuwachen. Ganz abgesehen davon, war ich auch wirklich in schlimmer körperlicher und seelischer Verfassung, als die Nachricht mich erreichte - wir hatten ein großes Gelage hinter uns. Im Land geht seit nunmehr zwei Jahren alles drunter und drüber; überall herrscht Zwietracht und Hass, aus Gründen, die niemand mehr versteht. Deshalb kann man eigentlich kaum widerstehen, wenn sich einem die Chance bietet, ein Metfässchen zu öffnen, oder man von einem Freund einen Becher gereicht bekommt. So lässt sich zumindest für eine Weile vergessen, was für ein abscheulicher Ort diese Welt geworden ist, in der man die Hälfte der Zeit um sein Leben fürchten muss und sich in der anderen Hälfte zu Tode langweilt.

Als Sturla nach Rom aufgebrochen war, hatte ich mit meinem Vater Snorri verabredet, dass ich in den Westfjorden die Vorherrschaft übernahm. Das war nur normal, schließlich hatte Vater dort immer viel Einfluss gehabt, und Thorvaldur, der bisherige Anführer der Westfjorde, war mein Schwager. Nachdem Sturla in die westlichen Täler gezogen war, hatte auch er Ansprüche auf die Macht in den Westfjorden angemeldet, diese aber meines Erachtens auch gleich wieder verwirkt - schließlich hatte er Thorvaldurs Söhne töten lassen, die Stiefsöhne meiner Schwester Thórdís. Und nach den Gräueltaten, die Sturla und sein Vater auf Grímsey an Bischof Gudmundur dem Guten und vor allem an seinen Priestern verübt hatten, für die sie nur zu Recht aus der christlichen Kirche ausgeschlossen worden waren, fanden es eigentlich alle selbstverständlich, dass Sturla und Sighvatur fortan etwas bescheidener auftraten. Deswegen hielten Vater und ich es für eine gute Idee, dass ich mich in den Westfjorden auf dem Hof meiner Schwester Thórdís niederließ, wo sie jetzt allein mit ihren kleinen Kindern lebte.

Doch sie wollte mir den Hof nicht überlassen! Vater hatte sie eingeladen, auf Reykholt zu wohnen, mit Dienern, Gesinde und allem, was Kinder sich nur wünschen können. Und was tat meine liebe Schwester? Sie sagte, ich solle mich fortscheren, so sehr ich auch versuchte, ihr gut zuzureden. Gut, als sie sah, welche Leute ich mitgebracht hatte, war sie schließlich doch abgezogen, hatte sich rittlings auf ein Pferd gesetzt und war mit ihren Kindern und wichtigsten Leuten über die Hochebene davongeritten. Später erfuhr ich, dass sie ausgerechnet bei Sturlas bestem Freund und Verbündeten untergekommen war, bei Oddur Álason. Und auch gleich das Bett mit ihm teilte, sodass meine eigene Schwester nun in Unzucht mit dem Mann lebte, vor dem ich in der ganzen Gegend am meisten Angst hatte. Und als ob das nicht genug gewesen wäre, schrieb sie allen möglichen Leute Briefe, in denen sie mich schlechtmachte, beschuldigte und schmähte, bis meine Pläne vollends durcheinanderkamen! Hatten wir denn nicht schon genug Schwierigkeiten?

Mir fällt es nicht leicht, darüber zu reden. Aber eigentlich wissen ja alle, wie viel Hass und Misstrauen momentan im Land herrschen. Ich hatte mir jedenfalls bald nicht mehr anders zu helfen gewusst, als meinen Feinden zuvorzukommen. Weshalb ich mit meinen Leuten zu einem Kriegszug aufbrach, bei dem Oddur Álason schließlich ums Leben kam. Das brachte meine Schwester natürlich noch mehr gegen mich auf. Sturla würde auch vor Wut toben, sobald er vom Tod seines Freundes erfuhr, doch darüber machte ich mir in dem Moment keine Gedanken, denn Sturla war ja auf dieser langen Reise nach Rom unterwegs, und wer wusste schon, ob er überhaupt von dort zurückkehrte? Und selbst wenn, konnten bis dahin Jahre vergehen, in denen sich vieles ändern würde.

Und dann erfuhr ich auf einmal, dass Sturla sich bereits wieder in Norwegen aufhielt, dort vom König den ganzen Winter auf das Großzügigste beherbergt worden war und bereits in wenigen Wochen zurück nach Island segeln würde. Deshalb hielt ich es für das Beste, eine Nachricht an seinen Vater Sighvatur zu senden, um ihn zu bitten, mich zu empfangen. Ich käme natürlich in Frieden, schließlich seien wir ja Verwandte und außerdem alte Freunde. Sighvatur ließ ausrichten, dass ich herzlich willkommen sei, und so zog ich los nach Nordisland, in den Eyjafjord. Hausherrin Halldóra empfing mich eher kühl, bat mich aber immerhin hinein. Auch Sighvatur war anfangs eher schweigsam, wurde aber rasch neugieriger, als er merkte, dass ich einige Geschichten aus der Verwandtschaft zu erzählen hatte. So etwas wusste er immer zu schätzen. Und schon bald sprachen wir über die Streitigkeiten, die zwischen uns herrschten. Ich versuchte zu rechtfertigen, dass ich in der Vergangenheit öfter einmal gegen ihn agiert hatte, bat ihn aber letztendlich um Verzeihung und bot Sighvatur an, er solle doch einfach in all unseren Streitfragen so entscheiden, wie er es für richtig hielt. So endete unser Gespräch. Wir gingen schlafen. Sighvatur wollte darüber nachdenken.

Am nächsten Tag hatte sich die Atmosphäre deutlich entspannt. Sighvatur war bereit, mir zu vergeben. Er nannte sogar erstaunlich faire Bedingungen – wir mussten es nur noch mit Handschlag besiegeln, und es würde für Sturla schwierig, sich erneut mit mir anzulegen, denn damit würde er das Versprechen seines Vaters brechen.

Ich dachte, das wäre geschafft. Wir wollten uns gerade die Hand reichen, auf einmal hörte man von draußen, wie Männer auf den Hofplatz ritten. Sofort kam Unruhe auf, Sighvatur wurde gerufen und ging nach draußen, ich wartete. Kurz darauf kehrte er zurück und hatte offenbar alles vergessen, was wir kurz zuvor besprochen hatten. Er machte sich reisefertig, rief nach seinen Söhnen, dann sah er mich an und sagte: »Nun ist es wohl das Beste, wenn du dich auf den Heimweg machst.«

»Was?«, sagte ich. »Was ist denn passiert?«

»Sturlas Schiff ist gerade im Eyjafjord gesichtet worden.«

»Aber wollen wir nicht unseren Friedensschluss besiegeln?«

Sighvatur sah mich an. Ein Lächeln huschte über sein Gesicht.

»Jetzt, da Sturla wieder da ist, ist das eine Sache zwischen ihm und dir.«

Ich ging hinaus, sattelte mein Pferd und machte mich davon.

SIGHVATUR

Mein Sohn war wieder zu Hause. Wie wunderbar! Ihm war das zuteilgeworden, was mir nie vergönnt gewesen war, er war jetzt ein welterfahrener Mann, der viele Länder gesehen und sogar den Papst getroffen hatte. Selbst in Rom hatte er große Aufmerksamkeit erregt, als er seine Bestrafung vor dem Hauptportal der wichtigsten Kirche der Stadt empfangen hatte, unter den Augen der Römerinnen und Römer, von denen viele ihre Tränen nicht zurückhalten konnten. Dass sie einen so feinen Mann dort so schlimm zurichteten ... Aber Sturla hatte es natürlich mit Fassung getragen, das hätte ich auch nicht anders erwartet. Und dann war er ein Freund und geschätzter Gesprächspartner von König Håkon und von Waldemar von Dänemark geworden. Dann brauchte nun wirklich niemand mehr vor Ehrfurcht zu erstarren, nur weil mein Bruder Snorri in Norwegen einmal bei einem Jarl zu Gast gewesen war.

Ich fragte Sturla, was er nun vorhabe, doch er verriet nicht viel und sagte nur: »Jetzt bin ich dazu bestimmt, über das ganze Land zu herrschen. Ich. Und kein anderer.«

Das erfüllte mich natürlich mit Stolz. So sprechen nur wahre Anführer, dachte ich. Und versuchte dennoch, ihm den väterlichen Rat zu geben, nicht zu viele der anderen Anführer gleichzeitig gegen sich aufzubringen, auch wenn er im Augenblick mächtiger war als sie. Denn wenn die sich gegen ihn verbündeten, konnte es schnell gefährlich werden. Sturla lächelte. Antwortete nicht. Er strich nur eine Fluse vom Ärmel seines blauen Wams, den er wohl am Königshof geschenkt bekommen hatte.

KAKALI

Die Stimmung bei uns zu Hause hatte sehr darunter gelitten, dass Sturla auf dieser langen, gefährlichen Reise nach Rom gewesen war. Doch als im Frühjahr die ersten Schiffe kamen und wir erfuhren, dass Sturla bereits viel früher als geplant aus Rom zurückgekehrt war, den Winter über beim norwegischen König in Bergen viele wichtige Gespräche mit den vornehmsten Männern geführt hatte und nun bald nach Island zurückkam, war es, als hätte sich der Hof plötzlich mit Leben, Licht und Vogelsang gefüllt, und erst in diesen Tagen wurde mir wirklich klar, wie sehr uns Sturlas Abwesenheit belastet hatte. Doch nun war er auf dem Weg zurück nach Island. Angeblich sollte er mit dem Schiff kommen, das sonst immer die offiziellen Repräsentanten des norwegischen Königs brachte, also eigentlich mit einem königlichen Schiff. Und seit Vater das erfahren hatte, war er ständig auf den Beinen. Immer vollständig gekleidet, lief er überall herum, redete und scherzte mit jedem, es war regelrecht schwierig, eine ernsthafte Antwort von ihm zu bekommen. Er begann alle möglichen Arbeiten und wollte, dass wir Brüder ihm alle dabei halfen, ich, Markús, Krókur und sogar der kleine Tumi – es war schön, dass wir alle endlich einmal wieder etwas zusammen machten, auch wenn mir bald klar wurde, dass es sich hierbei sämtlich um Arbeiten handelte, die die Heimkehr des weitgereisten Sturla möglichst würdevoll und feierlich gestalten sollten.

Als die Zeit anbrach, zu der man das königliche Schiff erwartete, sandte Vater uns aus, um den Bauern auf beiden Seiten des Eyjafjords zu sagen, sie sollen ihrem Goden sofort melden, wenn sie das Schiff sichteten. Es war Vater wichtig, dass er und seine Leute spätestens dann an der Landungsstelle in Gásir angekommen waren, wenn das Schiff vor Anker ging und die Besatzung die Beiboote zu Wasser ließ.

Und eines Tages, als ich wieder einmal Sturlas Lieblingspferd, einen Schimmel namens Álftarleggur, kämmen und striegeln und mich um seine Hufe und Hufeisen kümmern sollte, kommt Vater plötzlich reingestürmt und ruft, wir sollen sein Pferd satteln und unsere eigenen auch, es gehe los nach Gásir, mit allen wichtigen Leuten aus dem Bezirk. Wir sollten nicht trödeln, aber aufpassen, dass die Pferde weder müde wurden, noch ins Schwitzen kamen. Wir ritten in freudiger Erwartung los, niemand redete viel, alle waren viel zu gespannt, ob Sturla überhaupt auf diesem Schiff war oder nicht. Bald waren wir da. Sie hatten schon die ersten Leute an Land gerudert. Sturla war am Strand nirgendwo zu sehen, doch als wir näherkamen, sahen wir eine Gruppe von prächtig gekleideten Männern mit geschmückten bunten Wämsen, die uns sagten, sie würden »ihrem Herren Meldung machen«, nachdem mein Vater nach Sturla gefragt hatte. Dann trat Sturla aus einem Schuppen, in dem er offenbar gewartet hatte. Da war er also wieder, hochgewachsen und elegant wie immer, und doch hatte er sich irgendwie verändert. In seinem Ausdruck war keine Freude mehr. Alles Spielerische war einer herrschaftlichen Ruhe gewichen. Vater wollte ihn umarmen, doch Sturla wandte sich ihm so zu, dass er ihm die ausgestreckte Hand reichen konnte und dabei eine Art Verneigung vollführte. Wir Brüder wurden ähnlich begrüßt. Er trug einen roten Umhang, der ihm bis zu den Schuhen reichte und sich vornehm im leichten Wind des Strandes bewegte. Wie gut, dass wir den Schimmel Álftarleggur dabeihatten, gekämmt und gestriegelt, mit dem besten Sattel und Zaumzeug – kein anderes Pferd hätte einem solchen Mann Genüge getan. Wir ritten nach Hause, sein Gefolge kam mit, es stellte sich heraus, dass der König die Männer mitgeschickt hatte, damit Sturlas Reise so angenehm und standesgemäß wie möglich verlief. Mit dem nächsten Schiff würden sie wieder abreisen.

Mir und all meinen jüngeren Brüdern war schon lange klar gewesen, dass auf uns höchstens ein fahler Abglanz des hellen Lichts fallen würde, in dem Sturla stand, aber so unwichtig und grau wie an jenem Tag, als er von der Reise zurückgekommen war, die ihn bis zum norwegischen König und sogar ganz bis zum Papst geführt hatte, hatte ich mich noch nie gefühlt. Nie zuvor war mir so schmerzlich bewusst gewesen, dass ich immer ein Vasall und Untergebener meines Bruders sein würde, egal, wie sich die Dinge im Land entwickelten. Vielleicht könnte ich einmal irgendwo sein Statthalter werden, sein Stellvertreter sogar, doch das war es dann auch. So war das nun einmal. Sturla stand im Licht. Wir anderen in seinem Schatten.

Und noch auf dem Ritt nach Hause beschloss ich, mit demselben Schiff das Land zu verlassen, das Sturla hierher gebracht hatte. Dann würde auch ich vom König empfangen werden. Er würde mich vielleicht in sein Heer aufnehmen, wo ich mir Ruhm und Ehre erwerben könnte, ganz für mich allein.

Es dauerte einige Tage, bis man mit Vater wieder vernünftig reden konnte, ohne andauernd sagen zu müssen, wie schön es sei, dass Sturla nun endlich zurück war, und was für ein großartiger, welterfahrener Mann er im Ausland geworden war und so weiter und so fort. Dann erzählte ich ihm von meinem Wunsch. Vater dachte nach. Irgendwas schien ihm daran nicht zu gefallen, und doch stellte er sich nicht gegen meinen Plan, den ich ihm allerdings auch nicht als Wunsch vorgetragen hatte, sondern als unumstößlichen Entschluss. Vielleicht kam sein Unbehagen daher, dass er sich wieder daran erinnert fühlte, dass es mich auch noch gab, auf jeden Fall gab er mir eine ungewöhnlich großzügige Reisekasse, damit ich mich versorgen konnte bis ich in Håkons Heer einen Ruf erlangt hatte.

Tja, ich nahm dann also das Schiff nach Norwegen, wurde dort anständig empfangen und nach verschiedenen Prüfungen in die beste Einheit des königlichen Heeres aufgenommen. Und in unmittelbarer Nähe des Palastes untergebracht. Vaters Geld kam mir anfangs sehr zupass, denn so konnte ich die Kameraden zu Speis und Trank einladen, um mich bei ihnen beliebt zu machen. Das bedeutete allerdings auch, dass ich andauernd feiern gehen musste, was sich oft zu Gelagen mit großer Trunkenheit auswuchs – und das mit meiner großen Beliebtheit nahm in dem Moment ein Ende, in dem auch mein Geld zur Neige gegangen war.

STURLA SIGHVATSSON

Mein Cousin und Namensvetter Skalden-Sturla hatte mich auf Saudafell besucht. Er war zu einem vielversprechenden Mann herangewachsen, ebenso klug wie wortgewandt. Skalden-Sturla hatte lange bei Snorri auf Reykholt gelernt und sich nun auf seinem väterlichen Erbteil hier im Westen niedergelassen – allein deshalb sollte ich mich gut mit ihm stellen. Ich wollte ja nicht, dass sich meine eigenen Verwandten noch irgendwann gegen mich verschworen. Abgesehen davon, war es auch wirklich sehr interessant, mit Skalden-Sturla zu reden. Er hatte ein gutes Gedächtnis, wusste viel und konnte sehr lustig sein. Er wollte alles über meine lange Reise nach Rom hören, über die ganzen fremden Länder jenseits des Meeres und die königlichen und anderen hochwohlgeborenen Menschen, die ich auf meinem Weg getroffen hatte. Er merkte sich alles, manche Dinge schrieb er sogar auf Wachstafeln. Er beherrschte die Kunst des Schreibens nicht schlechter als die gelehrtesten Gottesmänner – so jemanden in Reichweite zu haben konnte wirklich nicht schaden.

Ich hielt ihn für würdig, die Geschichte meiner Reise nach Rom in besonderer Ausführlichkeit zu hören. Er fragte neugierig nach meiner Kasteiung, und seine Augen leuchteten, als ich ihm von den ganzen Römerinnen und Römern erzählte, die die Straßen gesäumt und zugesehen hatten, wie ich von einer der Hauptkirchen zur nächsten geführt und vor jedem Hauptportal ausgepeitscht worden war. Er fragte, ob das die Leute sehr bewegt habe, und das konnte ich nicht verneinen, ich sagte, ich hatte den Eindruck bekommen, als hätten viele fast geweint.

Und ich erinnerte mich auf einmal daran, dass ich auch Skalden-Sturla vor einigen Jahren einmal hatte weinen sehen. Als ich die Brüder aus den Westfjorden in meine Gewalt bekommen hatte, die Stiefsöhne meiner Cousine Thórdís, die auf so feige Weise meinen Hof überfallen und verwüstet hatten. Bei dieser Vergeltungsaktion war auch Skalden-Sturla dabei gewesen, er war damals erst achtzehn Jahre alt und noch nie zuvor an einem Kampf beteiligt gewesen. Als das Blutvergießen seinen Höhepunkt erreicht hatte, hatte ich mich einmal kurz umgedreht und gesehen, wie Sturla sich schluchzend die Hände vor das Gesicht hielt. Als er wieder aufsah, waren seine Augen gerötet und feucht gewesen.

Doch warum hatte ich mich eigentlich in diesem Augenblick nach ihm umgedreht?

Und warum fiel mir das ausgerechnet jetzt wieder ein?

Weil auch ich diesen Anblick nicht hatte ertragen können. So sehr ich auch versucht hatte, mich hinter meiner Wut, meiner heldenhaften Pose zu verstecken, so sehr ich mir vorgenommen hatte, mit erhobener Axt ganz vorn dabei zu sein und diesen Brüdern das anzutun, was sie den Leuten auf meinem Hof angetan hatten – ich hatte es einfach nicht gekonnt. Ich hatte nicht in ihre flehenden Augen sehen und sie trotzdem töten können. Ich konnte es nicht. Zumindest nicht an diesem Tag. Diese jungen Männer, die ich doch schließlich kannte. Ich hatte ja fast das Gefühl gehabt, es seien meine Geschwister, die mich mit weit aufgerissenen Augen ansahen, das waren doch Menschen aus Fleisch und Blut, deren Körper meine Männer auf meinen Befehl hin verstümmelt hatten. Ich hätte nie gedacht, dass mir das so schwerfallen würde. Skalden-Sturla und ich hatten weggesehen. Und dennoch verfolgen mich die Bilder von damals bis heute. Bis in meine Träume.

SOLVEIG

Allen auf Saudafell fiel ein riesiger Stein vom Herzen, als Sturla wieder zu Hause war. Ich hatte mir natürlich eine Menge Sorgen gemacht und befürchtet, er käme vielleicht niemals zurück. Doch als er dann vor mir stand und sich sichtlich freute, war alles vergessen. Auch unsere Kinder waren froh, nur der Jüngste wusste nicht gleich, wer dieser Neuankömmling eigentlich war. Doch das gab sich schnell, und nun wollte er seinen Vater am liebsten gar nicht mehr aus den Augen lassen. Die gute Laune verbreitete sich rasch auf dem ganzen Hof, bis in die letzte dunkle Ecke, man bekam fast den Eindruck, dass sogar die Tiere besser gestimmt waren – zumindest die Katzen und Hunde.

Es war schön zu sehen, wie aufrichtig sich Sturla freute. Am liebsten wollte er uns den ganzen Tag in den Armen halten. Einerseits. Auf der anderen Seite hatte ich den Eindruck, dass er auf sonderbare Weise härter geworden war, fast verhärmt. Wenn er über die anderen wichtigen Leute in Island sprach – abgesehen von seinem Vater natürlich –, bekam sein Ton so etwas Verächtliches, Hasserfülltes. Er wurde laut und grob, schimpfte alle anderen Schwächlinge und Versager. Sogar die allergrößten Anführer, Gissur oder Kolbeinn der Junge, waren für ihn nichts anderes als provinzielle Kleingeister.

Wie er über diese Leute sprach, von denen ich bisher immer gedacht hatte, er würde sie respektieren, war jedoch noch gar nichts im Vergleich dazu, wie sein Gesicht sich vor Hass verhärtete und was er für Worte benutzte, wenn er über einige seiner nächsten Verwandten sprach. Besonders auf seinen Onkel Snorri und dessen Sohn Óraekja war er alles andere als gut zu sprechen. Sicher, die beiden hatten sich Sturla gegenüber unmöglich verhalten und ihm geradezu auf der Nase herumgetanzt, als er nicht da gewesen war. Óraekja hatte, angeblich angestiftet von seinem Vater, in Sturlas Bezirk geraubt und geplündert, Sturlas Freunde angegriffen, Menschen schwer verletzt oder sogar getötet. Das konnte Sturla sich natürlich nicht bieten lassen.

Doch wie hasserfüllt seine Reaktion ausfiel, überraschte nicht nur mich. Er versuchte gar nicht erst zu verhandeln, rief gleich ein Heer zusammen, ließ sich von seinem Vater und seinen Brüdern aus dem Norden unterstützen und ritt mit einer riesigen Zahl von Männern in den Borgarfjord, um dort seinem eigenen Onkel, Snorri, mit Krieg und Gewalt zu drohen, wenn er nicht sofort mit all seinen Leuten Reykholt verließ. Damit hatte Sturla nun auch noch die Macht im Borgarfjord an sich gerissen, kontrollierte also den ganzen Westen des Landes. Von Snorri hörte man nur, dass er auf einem kleinen Hof weiter im Süden auf ein Schiff wartete, um das Land zu verlassen. Die anderen Anführer waren empört, doch Sturla tat alle Vorwürfe mit einem verächtlichen Lachen ab. Als sein alter Onkel Thórdur von Snaefellsnes sich einschaltete und ihn für diese Aktion streng tadelte, merkte ich durchaus, dass Sturlas Vater Sighvatur sich das zu Herzen nahm. Sturla hingegen sagte nur, das sei Greisengewäsch.

Doch einige von Snorris Verwandten, die ja größtenteils auch Sturlas Verwandte waren, ließen es nicht bei empörten Worten bewenden. Sie machten ihre Männer mobil, um Sturla in die Schranken zu weisen. Doch Sturla gab nicht nach, ganz im Gegenteil, er ging einfach mit seinem Heer auf sie los. Es kam zu einem großen Kampf im Borgarfjord, der viele Männer das Leben kostete, darunter alte Freunde von Sturla und enge Verwandte. Doch auch das schien ihn nicht zu kümmern – und das, da bin ich mir sicher, wäre früher anders gewesen! Seit ich ihn kenne, war Sturla immer ein Familienmensch gewesen, doch nach der Schlacht im

Borgarfjord sagte er über die Gefallenen aus dem gegnerischen Heer nur, dass sie es nicht anders verdient hatten, diese elenden Verräter.

Am schlimmsten fand ich allerdings zu hören, was Sturla angeblich seinem eigenen Cousin Óraekja angetan hatte. Das kann man kaum erzählen, mir zumindest lief es kalt den Rücken herunter, als ich es zum ersten Mal hörte. Ich konnte kaum glauben, dass Sturla zu so etwas in der Lage war. Dass er Óraekja gefesselt in eine dunkle Höhle gebracht und seinen Männern befohlen hatte, ihn dort zu entmannen und zu blenden. Ihre Väter waren doch Brüder! Und Óraekja, den kannten wir richtig gut, man konnte gar nicht anders, als diesen fröhlichen, humorvollen Mann zu mögen, auch Sturla hatte sich früher immer gut mit ihm verstanden.

Doch mehrere Männer hatten mir bestätigt, dass es genau so vorgefallen war. Ich sprach Sturla darauf an, doch er wich mir aus, er gab es nicht zu, bestritt es aber auch nicht. Das war doch alles nicht mehr auszuhalten! Wer so grausam gegen seine Feinde vorging, musste eigentlich im Grunde seines Herzens ein gottloser Mensch sein.

Später hatte ich dann von Óraekja selbst gehört, dass es ihm gut ginge und er nicht entmannt oder geblendet worden sei. Es war nur ein Gerücht gewesen. Doch warum hatte Sturla mir das nicht gleich gesagt?

Manchmal habe ich das Gefühl, uns steht großes Unheil bevor.

STURLA SIGHVATSSON

Niemand soll denken, es wäre mir leichtgefallen, gegen Snorri in den Krieg zu ziehen. Gegen meinen eigenen Onkel! Aber ich hatte keine Wahl. Wenn ich wollte, dass man mich im ganzen Land als Anführer ernst nahm, konnte ich nicht zulassen, dass man mir und meinen Verbündeten auf der Nase herumtanzte, wie Snorri und Óraekja das getan hatten, als ich im Ausland gewesen war. Deshalb hatte es keine andere Möglichkeit für mich gegeben, als ein schlagkräftiges Heer zu versammeln und in den Kampf zu ziehen. Mein Vater und meine Brüder standen mit all ihren Männern an meiner Seite. Auf ihre Unterstützung konnte ich mich verlassen, und doch spürte ich dieses Mal, dass mein Vater Vorbehalte hatte. Er konnte es nur schwer in Worte fassen. Ich glaube nicht, dass er mir von meinem Vorhaben abraten wollte, er war nicht der Mann, der Leute davon abhielt, in Schlachten zu ziehen, die sie gewinnen würden – schon gar nicht mich. Und doch gab er mir zu verstehen, dass Snorri nur im äußersten Notfall – oder eigentlich auf gar keinen Fall – ein Haar gekrümmt werden solle. Dass Snorri von seinem Besitz vertrieben und gezwungen wurde, sich nicht mehr in meine Angelegenheiten einzumischen, sei mehr als genug.

Doch das waren grundlose Befürchtungen. Niemand von uns hätte Hand an Snorri legen können, da Snorri ja schon von sich aus jedem Kampf aus dem Weg geht. Snorris Verhalten erinnert in seiner Dreistigkeit so sehr an das Verhalten eines Kindes, dass niemand auch nur auf die Idee käme, ihm ernsthaft Gewalt anzutun. Und ganz abgesehen davon, hatte Snorri ja auch seine guten

Seiten, und was für welche! Ihn auf Reykholt zu besuchen war immer ein großer Spaß gewesen, man wollte am liebsten ewig dort bleiben.

Wir hatten diesen Streit, alle wissen das, eine Zeit lang war ich sogar davon überzeugt gewesen, dass Snorri hinter dem grausamen Überfall auf unseren Hof Saudafell steckte, als Thórdís' Stiefsöhne aus den Westfjorden meine im Kindbett liegende Frau und meine neugeborene Tochter bedroht hatten. Damals habe ich ihn gehasst. Ihm Tod und Teufel an den Hals gewünscht. Doch dann ist mir klar geworden, dass er mit diesem Angriff wahrscheinlich überhaupt nichts zu tun hatte. Und als wir uns das nächste Mal getroffen hatten, wurde mir sofort wieder bewusst, was für ein großer Mann Snorri war, wie wunderbar er redete und was er alles geleistet hatte in seinem Leben. Er lud meine Frau Solveig und mich zu sich nach Reykholt ein. Snorri und ich waren tagelang zu Fuß oder zu Pferd in seinem Bezirk unterwegs. Er erzählte mir Geschichten, wir sprachen über Gott und die Welt, und an den Abenden las er aus seinen Büchern vor, über die Asen und Riesen aus der Vorzeit und über die alten und neueren norwegischen Könige. Oder aus der *Saga von Egill*, die so unterhaltsam und doch schockierend, so grausam und schön zugleich ist, dass man gar nicht wieder aufhören will zuzuhören. Ich wollte Abschriften dieser Bücher und hatte mit meinem Cousin Skalden-Sturla verabredet, dass er mir all diese Geschichten auf Kalbshäute abschreiben und binden würde, doch die Sache zog sich leider etwas hin, weil Skalden-Sturla mit anderen Dingen beschäftigt war. Der, der solche Schätze auf seinem Hof hatte, brauchte einen langen Lebensabend nicht zu fürchten.

Wir umstellten die Häuser auf Reykholt und machten richtig Lärm. Als Snorri erschien, forderte ich eine große Entschädigung für die Untaten, die sein Sohn und er gegen mich verübt hatten. Snorri wies die Forderung von sich, und es passierte das, was inzwischen alle wissen: Snorri versprach, das Land zu verlassen, und ich ließ ihn dafür mit seinen Leuten in Frieden davonziehen. Seitdem bin ich der Herr von Reykholt und ganz Westisland.

Ich war froh, dass Snorri sich ohne großen Widerstand hatte vertreiben lassen. Doch dass es mir überhaupt gelingen würde, ihn loszuwerden, daran hatte ich keinen Augenblick gezweifelt. Snorri war niemand, der kämpfte. Skalden-Sturla, der mehr oder weniger Snorris Ziehsohn war, hatte einmal gesagt, Snorri halte es für ein geistiges Armutszeugnis, wenn jemand lieber zu den Waffen griff, anstatt zu vermitteln oder, wenn es sein musste, nachzugeben. Da war sicherlich etwas dran. Natürlich war es irgendwie dumm, wenn man kämpfte und Blut vergoss, sei es das eigene oder das von anderen. Doch wenn man Snorris Meinung war, dann musste man eben weichen, wenn andere Männer mit einem großen Heer kamen. So wie ich jetzt, in Reykholt.

Mit seinem Sohn Óraekja sah die Sache anders aus. Der durfte nicht so einfach davonkommen. Ich musste Óraekja zumindest ordentlich demütigen, am besten so sehr, dass er sich richtig in die Hosen machte. Weniger kam nicht infrage. Er musste mich anflehen. Betteln. Um Gnade. Er musste erleben, wie sein Schicksal ganz allein in meinen Händen lag – nur so würde er begreifen, dass ich ihm überlegen war und er sich nie wieder gegen mich erheben sollte.

Also ließ ich ihn festnehmen und an Händen und Füßen fesseln. Dann ließ ich ihm eine Kapuze über den Kopf ziehen, wie man es manchmal mit Menschen tut, die man zur Hinrichtung führt. Dann hielt ich ihn eine Weile in Reykholt gefangen, ohne mit ihm zu reden. Als es eines Abends regnete und stürmte, ließ ich ihn auf die Hochebene zur Höhle Surtshellir bringen. Dort angekommen, sagte ich meinen Männern, sie sollen ihn tief in die Höhle bringen und dort entmannen und blenden. Und sorgte dafür, dass Óraekja das hörte. Dann gab ich meinen Männern ein Zeichen und ritt davon. Sie zogen ihn in das dunkle Loch.

SIGHVATUR

Das waren natürlich schöne Tage, nachdem mein Sturla von seiner langen Reise zurückgekehrt war. Mir war fast so, als wäre nun endlich in Erfüllung gegangen, was zu Sturlas Geburt vorausgesagt worden war. Sturla hatte große Reichtümer mitgebracht und seine jüngeren Brüder bewunderten ihn sehr, was kaum anders zu erwarten war, schließlich war er von Königen und Kirchenoberhäuptern mit Ehren überhäuft worden – das musste ihm erst einmal jemand nachmachen. Manchmal fand ich es schade, dass Kakali nicht bei uns war. Dann hätte ich all meine noch lebenden Söhnen bei mir gehabt. Und Kakali war immer so lustig und furchtlos, wenn auch vielleicht manchmal etwas zu impulsiv.

Eine schöne Zeit jedenfalls. Sturla wohnte natürlich bei sich auf Saudafell in den westlichen Tälern, aber er kam oft zu Besuch, manchmal nur mit ein paar Männern, aber immer wieder auch mit seiner Frau Solveig und den niedlichen Kindern. Manchmal reisten wir auch zu ihm in die westlichen Täler, doch das endete nicht immer gut, wie diese Sache mit Óraekja. Wir mussten ihn dafür bestrafen, wie er in Sturlas Machtbereich gewütet hatte, das war klar. Es kam dann leider deutlich schlimmer, als ich es mir gewünscht hätte, aber das war nicht unsere Schuld. Warum hatte mein Bruder Snorri denn Óraekjas Schuld nicht einfach anerkannt? Dann hätten wir bestimmt eine versöhnlichere Lösung gefunden. Aber nein, er musste ja seinen missratenen Sohn bis aufs Letzte unterstützen. Und dass dann einige unserer lieben Verwandten zu den Waffen greifen sollten, nur weil Sturla auf sein Recht pochte und das mit den Mitteln tat, die ihm bei seinem Status eben zur Verfügung standen, das war auch nicht unsere Schuld. Und doch musste ich mir nun wegen der Schlacht, die darauf folgte und viele unserer Verwandten das Leben kostete, heftige Vorwürfe anhören, nicht zuletzt von meinem Bruder Thórdur, dem Goden von Snaefellsnes.

Doch darüber nachzudenken hat keinen Sinn.

Am schlimmsten fand ich, dass meine Frau Halldóra sich Sorgen machte. Sie fing immer wieder davon an, ganz gleich, wie oft ich ihr sagte, dass sie das nichts angehe.

Sie meinte, Sturla überschätze sich vollkommen. Er rede ja so, als könnte er die mächtigsten und ältesten Familien des Landes einfach zur Seite schubsen – das seien doch Wahnvorstellungen. Halldóra sagte, ich müsse ihn zur Vernunft bringen, ihm klarmachen, welches Unheil er über sich bringen würde. Ich versuchte meistens, etwas Lustiges darauf zu antworten und sie darum zu bitten, sich nicht einzumischen, doch sie tat es trotzdem immer wieder. Schließlich wies ich sie darauf hin, dass Sturla immerhin die Macht über ganz Westisland gewonnen habe, inklusive dem Borgarfjord und den anderen Gebieten, in denen zuvor Snorri geherrscht hatte, und dass Sturla mit unserer Unterstützung ein größeres Machtgebiet und mehr Leute habe als jeder der anderen Anführer. Doch das beeindruckte meine Frau nicht.

»Und was ist, wenn die anderen sich gegen ihn verbünden?«, fragte sie. »Ist es nicht nur eine Frage der Zeit, bis sich zum Beispiel Gissur und Kolbeinn der Junge zusammentun?«

Ich musste zugeben, dass das keine schöne Vorstellung war. Man müsse eben behutsam vorgehen. Klug verhandeln und immer wieder einen Ausgleich mit den anderen Machthabern suchen. Aber das wisse Sturla sicherlich, er sei doch ein kluger Kopf, unser lieber Junge!

»Natürlich ist unser Sohn ein kluger Kopf, keine Frage«, sagte

Halldóra. »Aber er hat auch schon immer dazu geneigt, seine Fähigkeiten und seine Bedeutung zu überschätzen. Und dass er im Ausland jetzt auch noch mit all diesen vornehmen Männern zusammen gewesen ist, hat die Sache nicht besser gemacht.«

Halldóra bat mich – befahl mir regelrecht –, mit Sturla zu reden und ihn auf den Boden der Tatsachen zurückzuholen, damit er nicht alle Anführer des Landes gegen sich aufbrachte.

Meine Frau hatte recht. Bald machte auch ich mir so große Sorgen, dass ich nachts kaum noch schlafen konnte. Ich musste Sturla treffen, mehr über seine Pläne erfahren und versuchen, ihn zu mäßigen. Also schickte ich ihm eine Nachricht, er möge zu mir kommen, und bereits am nächsten Morgen stand er in Begleitung einiger gut gelaunter Männer bei mir auf dem Hofplatz. Die Nachricht konnte ihn eigentlich noch gar nicht erreicht haben, und es stellte sich heraus, er war einfach so gekommen, als wäre es Gedankenübertragung gewesen. Seine jüngeren Brüder freuten sich, dass Sturla gekommen war, er brachte immer so viel Leben in unser Haus. Wir verbrachten zwei wunderbare Tage miteinander, dann musste Sturla weiter. Er habe eine dringende Angelegenheit zu erledigen. Ich fragte, was das denn sei, doch Sturla meinte nur, einer seiner Freunde in Südisland stecke in Schwierigkeiten. Sturla wolle ihm helfen, Geld einzutreiben. Ich solle mir keine Sorgen machen. Ich fand das zu unwichtig, um mich einzumischen.

Nachdem Sturla fort war, fragte Halldóra, ob ich mit ihm geredet hätte. Ich sagte, das hätte ich in der Tat getan, doch sie bohrte immer wieder nach. Ich war geistig nicht ganz auf der Höhe, wir hatten während Sturlas Besuch viel getrunken, und so merkte Halldóra schnell, dass ich so gut wie überhaupt nicht mit meinem Sohn gesprochen hatte und er jetzt außerdem auf dem Weg war, sich in Südisland in einen Erbschaftsstreit einzumischen. Das machte Halldóra wirklich unruhig, schließlich hatte in Südisland Gissur das Sagen, und wie ihm die Ankunft unseres Sohnes gefallen würde, konnte man sich ja denken. Sie wollte wissen, warum ich nicht genauer nachgefragt hatte, was Sturla vorhabe, doch ich sagte nur: »Wir haben gefeiert. Ich bin doch kein Spaßverderber.«

KOLBEINN DER JUNGE

Über Sturla Sighvatssons Taten wurde viel gesprochen. Manche sagten sogar, er fühlte sich stark genug, um uns alle aus dem Weg zu räumen. Je mehr Leute ich traf, die diese Meinung vertraten, desto fester wurde meine Überzeugung: Am besten man wartete gar nicht erst ab, wie sich die Sache entwickelte, und rief lieber gleich ein ordentliches Heer zusammen, um ihn anzugreifen. Erstickte seine Pläne schon im Keim. Immer öfter wälzte ich mich nachts schlaflos von einer Seite auf die andere. Manchmal zitterte ich dabei so sehr, dass meine Frau fragte, ob mir kalt sei, doch ich antwortete nur: »Nein, ich zittere von innen.«

Dann wollte ich am liebsten sofort aufstehen, meine Männer zusammenrufen, Gissur ein Bündnis vorschlagen und zusammen mit seinen Leuten losreiten. Ich wollte Sturla Sighvatsson töten. Dann wäre die Gefahr, die angeblich von ihm ausging, ein für alle Mal gebannt.

Doch das konnte ich nicht. Ich durfte es nicht. Ich hatte meinem Vater Arnór auf dem Totenbett hoch und heilig versprochen, keinen Krieg anzuzetteln. Denn so würde das natürlich aussehen, wenn ich Sturla und die Sturlungen angriff, aufgrund von nichts anderem als Gerüchten. Ich konnte mein Wort nicht brechen, das ich meinem Vater an seinem Todestag gegeben hatte. Zumal ziemlich viele Leute gehört hatten, wie ich diesen Schwur geleistet hatte. Sonst hätte ich vielleicht schon längst …

Sturla war unglaublich hochnäsig – wenn man ihn traf, regnete es ihm ja fast in die Nasenlöcher. Und dann diese feinen, bunten

Kleider und diese höfischen Sitten. Doch vielleicht durfte man das auch nicht überbewerten. Ich kannte Sturla schon so lange, seine Mutter und mein Vater waren schließlich Geschwister. Er war schon immer ein eitler Kerl gewesen, seine Selbstzufriedenheit hatte schon immer kaum Grenzen gekannt, doch ich hatte lange Zeit geglaubt, dass diese Selbstzufriedenheit an seiner Nasenspitze haltmachte und ihm nicht zu Kopfe stieg.

Vater hatte gesagt, es werde immer Männer geben, die einen Nutzen daraus zogen, die Anführer des Landes mit Halbwahrheiten und Gerüchten gegeneinander auszuspielen. Doch diese Gerüchte wieder und wieder und wieder zu hören und nichts gegen die vielleicht wirklich drohende Gefahr zu unternehmen – das hielt ich langsam nicht mehr aus.

Schließlich hatte ich Vater auch versprochen, unser Godentum zu bewahren, unseren Machtbereich zu sichern und die Leute in unserem Bezirk zu beschützen. Und sobald Sturla auch nur das Geringste gegen uns unternimmt, werde ich mich nicht mehr zurückhalten. Dann wird sich schon zeigen, wer nachts das Zittern bekommt.

Die Sturlungen sorgten schon seit längerer Zeit für einigen Ärger. Früher waren sie nur im Westen des Landes aktiv gewesen, doch dann wurde Sturlas Vater Sighvatur von den Leuten im Eyjafjord gebeten, ihr Gode zu werden. Damit fing das ganze Elend an, denn nun saßen die Sturlungen plötzlich auf beiden Seiten meines Machtbereichs im Skagafjord. Und diese streitlustigen Sturlungen sowohl im Westen als auch im Osten zu haben, das war nun wirklich kein schönes Gefühl. Mein Vater hatte immer gesagt, von Sighvatur gehe keine Gefahr aus, schließlich war er doch mit Halldóra verheiratet – Vaters Schwester. Doch so durchsetzungsfähig und machtbewusst Halldóra auch war, entschied letztlich nicht sie, gegen wen die Sturlungen in den Krieg zogen. Sighvatur traf die Entscheidungen, und mittlerweile taten das immer öfter auch seine Söhne, was die Sache noch schlimmer machte. Am liebsten würde ich die gleich alle auf einmal ausmerzen.

Erst gestern haben mich wieder zwei Bauern besucht, die angeblich aus zuverlässiger Quelle gehört haben, Sturla habe eine Art Auftrag des norwegischen Königs, alle anderen Anführer zu beseitigen und das Land unter seine Herrschaft zu bringen.

Das konnte selbst ich nicht glauben, doch auf der einen Seite war in den letzten Jahren viel Unglaubliches geschehen. Andererseits, von Snorri hatte man sich damals auch schon erzählt, dass er mit dem norwegischen König unter einer Decke steckte. Aber wenn es dieses Mal stimmte und Sturla wirklich solche Pläne hatte – wäre es dann nicht ebenso unglaublich, dass er nicht damit rechnete, ich würde mich ihm in den Weg stellen? Wir kannten uns doch. Sturla wusste nur zu gut, was in mir steckte!

Um sicherzugehen, ritt ich zu allen wichtigen Vertrauten im Skagafjord und in der Umgebung und bat sie, auf der Hut zu sein. Dafür zu sorgen, dass ihre Waffen jederzeit geschärft waren und alle Rüstungen bereitlagen. Ihre Männer sollten bereit sein, jederzeit die Pferde zu satteln und loszureiten. Denn obwohl ich noch immer nichts auf diese Gerüchte geben und von mir aus keinen Krieg anzetteln wollte, war es mir doch wichtig, auf alles vorbereitet zu sein. Ich hielt sogar Boten in Bereitschaft, die ich jederzeit in alle Richtungen losschicken konnte, sodass ich innerhalb eines halben Tages mehr als zweihundert kampferprobte Männer auf meinem Hofplatz versammeln könnte.

Der Skagafjord ist zum Kampf bereit. Und es wird sich noch zeigen, wer hier wen aus dem Weg räumt! Und eigentlich bin ich mir inzwischen sogar sicher, dass wir gar nicht auf Sturlas Angriff warten, sondern lieber zuerst zuschlagen sollten. Doch habe ich meinem Vater nun einmal versprochen, genau das nicht zu tun. Ich kann Sturla und die Sturlungen nicht aufgrund von Gerüchten angreifen – so glaubwürdig diese Gerüchte auch sein mögen. Man darf keinen Eid brechen, den man seinem Vater auf dem

Totenbett geschworen hat. Erst recht nicht, wenn so viele ihn gehört hatten. Daran erinnerten mich Vaters Freunde immer wieder. Als ob ich es sonst vergessen könnte!

HALLDÓRA

Meine Angst davor, dass Sturla sich selbst, seinen Vater und letztendlich uns alle in große Schwierigkeiten bringen würde, wurde immer größer. Er hatte sich vollkommen übernommen und erwartete viel zu viel, so war das bei dem Jungen schon immer gewesen, doch langsam wurde sein Verhalten wirklich gefährlich. Unseren Verwandten hier in Westisland auf die Füße zu treten, das war eine Sache – doch nun brachte er die einflussreichsten Machthaber des ganzen Landes gegen sich auf, das war etwas ganz anderes. Man legte sich nicht einfach so mit Gissur an, dem mächtigsten Mann Südislands. Oder mit unserem Nachbarn im Skagafjord, Kolbeinn dem Jungen, diesem reizbaren, raubeinigen Kerl, dessen Gegenwart mir schon immer unangenehm gewesen ist, obwohl er der Sohn meines Bruders ist. Und dieser Gissur war auch nicht besser, der hatte schon von jeher so verschlagen und hinterlistig gewirkt, sein komischer Blick hatte Sighvatur schon missfallen, als Gissur noch ein Kind gewesen war. Ich wusste – und ich spürte es –, dass auch Sighvatur sich große Sorgen machte. Ich hörte ihn doch den ganzen Tag seufzen und stöhnen, er wollte morgens nicht aufstehen, saß meistens im Bett mit dieser schäbigen Mütze auf dem Kopf, und man bekam kaum ein Wort aus ihm heraus außer irgendwelchem komischen Gemurmel wie: »Das bringt doch nichts. Das bringt doch alles nichts.«

Wenn ihm so zumute war, musste ich ihn regelrecht zwingen aufzustehen, das klappte zum Glück oft. Und wenn er dann einmal auf den Beinen war und sich angezogen hatte, kehrten die Lebensgeister meistens zurück, so auch an diesem Tag. Das war auch bitter nötig, schließlich war Sturla auf dem Weg zu uns, um sich mit seinem Vater und seinen Brüdern zu beraten. Ich ahnte, dass Sighvatur Angst vor diesem Treffen hatte, doch er konnte ja trotzdem nicht einfach danebensitzen wie ein Häufchen Elend. Also legte ich seine besten Kleider bereit, ging zu ihm und sagte, dass er nun zeigen müsse, wer hier das Familienoberhaupt sei. Er müsse Sturla diese Großmannssucht austreiben, ihm klarmachen, dass er sich zurückhalten müsse, ihm sagen, dass er nun die Wogen glätten und vermitteln müsse, damit sich nicht alle mächtigen Männer gegen ihn verbündeten. Sighvatur schüttelte nur den Kopf, grinste und sagte dann schnaufend: »Das bringt nichts. Ich habe ihm das schon so oft gesagt. Das bringt überhaupt nichts, er sagt, er sei mächtiger als sie alle zusammen.«

Wenig später stand er auf, zog sich an, aß und war plötzlich ein ganz anderer Mensch. Er kommandierte das Gesinde herum und befahl den jüngeren Söhnen, sich für Sturlas Ankunft bereit zu machen. Und dann kam Sturla auch schon, begleitet von fünf schwer bewaffneten Männern – es waren gefährliche Zeiten.

Sighvatur lud natürlich alle in unsere beste Stube ein, er scherzte so ausgelassen herum, dass ich beschloss, in der Nähe zu bleiben, um sicherzustellen, dass er mit Sturla dieses Mal wirklich ein ernstes Wort sprach. Anfangs plauderten sie über Pferde und Reitpfade, dann lenkte Sighvatur endlich das Gespräch darauf, dass Sturla im ganzen Land für ziemlichen Aufruhr gesorgt hatte und dass das womöglich bei einigen unserer Verwandten den Eindruck erzeugt haben könnte, er sei übergeschnappt. Sturla stimmte dem sogar zu, entgegnete aber, man dürfe eben nicht alle mit Samthandschuhen anfassen, woraufhin Sighvatur ihm wiederum zustimmte und sagte, gewiss, natürlich nicht, ein Großbauer müsse eben manchmal kräftig zupacken. Dann erzählte Sighvatur lang und breit davon, was Großbauern, so ganz allgemein, sonst noch alles tun müssten. Sie müssten, zum Beispiel, lieber ihre Äcker sorgfältig bestellen, anstatt sich zu viel auf einmal vorzunehmen. Sonst liefen sie Gefahr, dass ihnen nachher an allen Ecken und Enden die Männer fehlten. Und als ich schon ungeduldig wurde, wann Sighvatur nun endlich die Kurve bekommen und Sturla darauf hinweisen würde, dass er sich hoffnungslos überschätzte, sagte mein Mann: »Ein großer Bauer muss vieles bedenken«, und wiederholte es sogar noch einmal: »Ein großer Bauer muss vieles bedenken.«

Dann fragte er Sturla in fast beiläufigem Ton: »Du bist schon wieder in einen Kampf geraten?«

»Das mag sein«, sagte Sturla, und seine Begleiter nickten wohlwollend.

»Du bist ein ganz schön mächtiger Mann geworden, mein Sohn. Ein richtiger Großbauer.«

»Das mag sein«, sagte Sturla.

»Ein großer Bauer muss vieles bedenken. Als Großbauer brauchst du zum Beispiel kluge Männer und Frauen, die dich beraten. Dafür würden sich doch deine Schwester Steinvör und ihr Mann Hálfdan eignen, oder was meinst du?«

»Die wären sicher ganz gut darin«, antwortete Sturla.

Er hatte nicht verstanden, dass dies Sighvaturs Art war, Kritik zum Ausdruck zu bringen. Schließlich waren Steinvör und Hálfdan sehr angesehene Bauern in Südisland, wo Sturla sich unserer Meinung nach gerade nicht einmischen sollte. Sighvatur legte noch einen drauf und sagte, als Großbauer bräuchte er im Süden doch eigentlich einen zweiten Wohnsitz, und damit auch wirklich jeder die Ironie begriff, nannte er als Beispiele die beiden prächtigsten Höfe: Oddi und den Bischofssitz von Skálholt.

»Hm, ich weiß nicht ...«, überlegte Sturla daraufhin, als ob er das ernsthaft in Erwägung ziehen würde.

»Und als Großbauer brauchst du natürlich noch mehr Schafhirten als bisher«, sagte Sighvatur. »Am besten kleine Männer, die leicht im Sattel sind, allen Frauen hinterherlaufen und gerne lange schlafen.« Und schlug dann vor, dass Sturla seine Verwandten Thorleifur und Bödvar anstellte, zwei der reichsten Bauern von ganz Westisland. Sturla antwortete, er sei sich nicht ganz sicher, ob die beiden wirklich als Diener auf seinen Hof kommen würden.

»Und dann brauchst du als Großbauer natürlich Leute, die dir Vorräte besorgen, die auf Märkte und zu den Schiffen gehen. Die brauchst du so bald wie möglich. Sie müssen zuverlässig und reaktionsschnell sein und anderen Männern Befehle geben können. Ich weiß die richtigen Männer. Gissur Thorvaldsson und Kolbeinn der Junge.«

Nun begriff Sturla endlich, dass sein Vater Witze machte. Er stand beleidigt auf, sagte, Sighvatur solle mit dem Blödsinn aufhören, und ging hinaus. Hiermit war die Chance vertan, ihm ernsthaft ins Gewissen zu reden. Sighvatur hatte mit seinen Spötteleien und Andeutungen nichts erreicht. Denn Andeutungen verstand Sturla einfach nicht.

SOLVEIG

Mein Schwiegervater kam unerwartet zu uns nach Saudafell. Sighvatur kam allein und wirkte irgendwie geschwächt. Er begrüßte die Kinder und mich, dann legte er sich auf eine der Bänke in unserer Stube. Ich stopfte ihm etwas Weiches unter den Kopf und fragte, ob er krank sei, doch er sagte Nein und antwortete dasselbe, als ich ihn fragte, ob er müde sei. Er lag eine Weile dort und seufzte und stöhnte. Als die Kinder kamen, um mit ihrem Opa zu spielen, und er nur müde lächelte, war ich mir endgültig sicher, dass etwas nicht stimmte – sonst kannte er nichts Schöneres, als mit den Kleinen herumzualbern, jetzt machte er nicht einmal eine seiner lustigen Grimassen, lag nur seufzend da und murmelte irgendwelche unverständlichen Dinge.

Schließlich fragte er nach Sturla.

»Der ist unterwegs«, sagte ich, woraufhin Sighvatur entgegnete, er sei schon auf einigen Höfen hier in der Gegend gewesen und habe gehört, Sturla sei in die Westfjorde geritten. Sighvatur machte das offenbar Sorgen.

»Was glaubst du denn, was er dort will?«, fragte er.

»Ich weiß es nicht«, sagte ich.

»Glaubst du, er bereitet einen Kriegszug vor?«, fragte er.

»Ich glaube schon, ich weiß aber auch nicht mehr über seine Pläne als du.«

Er fing wieder an zu seufzen. Wollte weder essen noch trinken. Immerhin hatte er sich jetzt wieder aufgesetzt, saß aber nun zusammengesunken auf der Bank mit einer Decke über den Schultern, eines seiner Knie zuckte nervös.

Plötzlich hörten wir, wie einige Pferde im Galopp auf den Hofplatz gestürmt kamen.

»Ist das Sturla?«, fragte Sighvatur.

Er war es tatsächlich, in Begleitung einiger Männer. Er kam ins Haus hinein, nahm mich und die Kinder in den Arm, strahlte über das ganze Gesicht, als er hörte, dass Opa Sighvatur zu Besuch sei, und begrüßte seinen Vater auf das Herzlichste. Sighvatur stand auf, ein fröhliches Gesicht machte er allerdings nicht.

Wenig später zogen die beiden sich zurück oder blieben vielmehr als Einzige in der Wohnstube sitzen, aber ich hörte trotzdem immerhin Teile ihres Gesprächs. Offenbar ging alles drunter und drüber. Sighvatur fragte einige Male, ob Sturla nach Süden ziehen wolle. Sturla fragte zurück, warum sein Vater das wissen wolle. Ob er nicht nach Süden ziehen dürfe? Daraufhin sagte Sighvatur, dass er das für sehr leichtsinnig und unvernünftig halte oder so etwas Ähnliches. Sturla lachte nur und wies seinen Vater darauf hin, dass dieser früher auch oft Leute im Süden angegriffen hatte. Dann war das Gespräch vorbei. Wir aßen. Sighvatur verabschiedete sich. Sturla und er wechselten noch einige Worte auf dem Hofplatz, dann ritt mein Schwiegervater fort. Und Sturla sagte lachend zu mir: »Manchmal begreife ich einfach nicht, was in dem Kerl vorgeht.«

BISCHOF GUDMUNDUR DER GUTE

Auf Erden nichts als Staub. Dunkel die Welt. Fast täglich erscheint mir der heilige Thomas im Traum, sein Märtyrertod, als er am Altar seiner eigenen Kirche ermordet ward. Immer wenn meine Männer mich morgens in die Kapelle gebracht, kommen die Visionen. Ich rieche Blut und sehe, wie es sich über den Altar ergießt, wie sich alles verfinstert in einem Blutsturm, Blutregen, dann löst sich das hartnäckige Haupt von seinem Leib.

Von Tag zu Tag friert mich mehr in den Gebeinen, mein flackernder Atem wird leiser und leiser, das Leben weicht aus meinem mürben Leib. Ach, würde mir doch die Gabe zuteil, dieses Jammertal auf dieselbe Weise zu verlassen, wie die heiligen Märtyrer, wie mein geliebter heiliger Thomas es getan, oder Simon Petrus, den sie kopfüber gekreuzigt. Doch bei aller Verletzung und Verfolgung, die ich durchlitten, wird mein Leben ein anderes Ende finden. Und wenn ich sehe, was im Lande vorgeht, ahne ich, dass nicht nur mir das Ende bevorsteht. Tote Krieger reiten durch die Nacht. Bald werden viele Männer, die durch irdische Macht hochmütig geworden, ihr Ende finden, die rechte Strafe für ihre Gottlosigkeit und Bosheit und List.

Niemand weiß, wen der Sturm aus Steinen zuerst trifft. Erst wenn es zu spät geworden, wenn das Höllentor sich bereits vor ihnen geöffnet, werden sie fragen: »Wer hat mich so durchnässt mit meinem warmen Blut?«

Die Anführer haben nichts als Mordgedanken, ein jeder plant des anderen Tod – das wird das schlimmste Unheil über sie bringen. Wahrlich, so wird es kommen, auch wenn ich es nicht mehr in dieser Welt erleben werde, so kalt wie mir ist und wie die Zähne mir ausfallen, dass bald nur noch Flüssiges mich ernähren kann. Sie ziehen ihre Männer zusammen, anschwellender Lärm, der Wind heult in den morschen Brettern der Kapelle. Alle werden Hunger leiden. Bald werden die sieben Posaunen von Jericho ertönen, und das Tier mit den zwei Hörnern wird erwachen, und die Hallen der Hölle werden sich mit Gottlosen füllen, und ihre Sünden werden ihnen Eiterbeulen bescheren und Wunden schlagen, so wie die Frevler mir einst Wunden geschlagen.

Man sagte mir, Sturla Sighvatsson sei aus Rom zurück. Der Mann, der zu uns so grausam gewesen wie keiner. Ich habe gehofft, dieser Sturla würde in der Heiligen Stadt seine Seele öffnen, Gnade empfangen und sein hartes, kaltes Herz erweichen, doch weit gefehlt! Er wütet schlimmer als zuvor, und es wird sein Hochmut sein, der uns Tod und Verderben bringt, und dann wird er selber hinab in die Hölle reiten, zusammen mit all diesen anderen sogenannten Anführern, die nichts kannten und konnten außer Prahlerei und anderen eitlen Künsten. Ich werde diesen Winter nicht überleben, doch meine Visionen, die werden wahr werden, denn diese Welt steht am Ende. So sagt es mir der Kopf, dort an der Wand der Kapelle, in die sie mich im Morgengrauen getragen. Nun wird wahr, was schon die hiesigen Heiden gesagt, Brüder werden sich befehden und den Tod sich bringen, Söhne von Schwestern die Familien zerstören, Wut in der Welt, Hurerei überall, Axtzeit, Schwertzeit, Schilde zerbersten, Windzeit, Wolfszeit, niemand wird den anderen verschonen, bis alle Welt zu Ende ist. Sighvatur kämpft gegen Snorri, Kolbeinn der Junge gegen seine Verwandten, denn die Gottlosen verlieren das, was dem Herzen am teuersten ist, die Liebe gegenüber ihren Nächsten. Tot sind die Nachkommen, tot das Gesetz. Ihre Erben heißen Schwert und Speer. Die Frevler, die in Brunnen pinkeln, sind bestraft.

HILFSPRIESTER VON BISCHOF GUDMUNDUR DEM GUTEN

In den letzten Jahren war es um unseren guten Bischof sehr still geworden. Nicht zuletzt durch die Ereignisse auf Grímsey hatte er einen großen Teil seiner Lebenskraft eingebüßt. Er war ja auch nicht mehr der Jüngste, dieser bescheidene Mann, dem unser Herrgott so viele Prüfungen auferlegt und den er mit einer schweren Gehbehinderung geschlagen hatte.

Als wir uns endlich wieder auf das isländische Festland trauten, war es uns vorerst verboten, wieder auf Hólar zu gehen, und als der Bischof das Recht auf seine Rückkehr einforderte, wurde er in ein Verlies geworfen wie ein gewöhnlicher Verbrecher, und es ist nur den gottesfürchtigeren unter den Isländern zu verdanken, den Sturlungen-Brüdern Sighvatur, Thórdur und Snorri, dass er überhaupt wieder freigekommen ist. Danach ließen auch die Feinde des Bischofs allmählich von ihrem schändlichen Treiben ab. Man konnte nicht ewig mit Höllenflammen in der Brust leben. Entweder man nahm ihnen die Nahrung oder man verbrannte von innen. So hatten sich Sighvatur und sein Sohn Sturla nach dem großen Kirchenbann, den sie für ihre Freveltaten auf Grímsey auf sich gezogen hatten, nicht mehr getraut, Hand an uns Männer der Kirche zu legen.

Sturla hatte den langen Weg nach Rom auf sich genommen. Einige sagen, er habe sogar den Papst getroffen, andere zweifeln daran, dass seine Heiligkeit diesen gemeinen Schläger aus dem Norden solch eines Empfangs als würdig erachtet hätte. Doch eines ist sicher: Sturla war nach Rom gereist und zurückgekehrt.

Ich hatte erwartet, eine solche Pilgerfahrt in die Heilige Stadt hätte aus Sturla einen geläuterten Mann gemacht, einen Mann, in dessen Seele Demut oder gar Nächstenliebe eingekehrt sind. Doch weit gefehlt! Es gab offenbar Seelen, so verdorben, dass sie für die Berührung der göttlichen Gnade unempfindlich waren. Denn Sturla ging jetzt mit noch mehr Ingrimm vor als früher. Vertrieb seine engsten Verwandten von ihrem Grund und Boden und ließ vielen mächtigen Männern großes Unrecht widerfahren.

Als Bischof Gudmundur von Sturlas Untaten hörte, zeigte er ein so sonderbares Lächeln, wie ich es auf seinem Gesicht noch nie gesehen hatte. Dann sagte er, so ende es eben für alle, die im Grunde ihres Herzens gottlos und böse seien.

Zuletzt habe ich gehört, dass Sturla den wichtigsten weltlichen Anführern der Südisländer, einen jungen und vortrefflichen Mann namens Gissur, der das Wohlwollen und Vertrauen des Bischofs von Skálholt genoss, auf das Schändlichste hintergangen habe. Sturla hatte ihn offenbar erst in Sicherheit gewiegt, gelobt, ihn in Frieden zu treffen. Und ihn dann gefangen genommen.

Doch Gissur kam frei. Ich weiß nicht, ob er fliehen konnte oder wie es sonst dazu gekommen ist, ich weiß nur, dass er bald nach seiner Gefangennahme wieder zu Hause war. Und furchtbare Rache nehmen wollte.

Ich träumte oft. In meinen Träumen regnete es Blut auf alle Völker. Viele, die es hierher verschlug, berichteten von ähnlich unheilverheißenden Albträumen, die viele Menschen heimsuchten. Überall im Land.

Wie wir alle wissen, tat Bischof Gudmundur noch im selben Herbst seinen letzten Atemzug und fuhr hinauf zu seinem himmlischen Bräutigam, seinem Richter und Erlöser. Doch auch von seinem Sterbebett aus hatte er noch alles mitverfolgt. Wir hatten ihn jeden Morgen in die Kapelle getragen, auf dass er dort die Stundengebete sang, er bat oft darum, alleine zu sein, und wenn der Tag zu Ende ging, trugen wir ihn wieder in sein Bett. Ich hatte ihm von meinem Traum erzählt und dass überall im Land die Leute ähnlich Schlechtes träumten. Daraufhin lächelte Bischof Gudmundur abermals dieses sonderbare Lächeln, mit dem er auch auf dem Totenbett liegen sollte. Sein Gesicht verzog sich während unseres Gesprächs so sehr, dass ich das Zahnfleisch sah, das ganz dunkelrot verfärbt gewesen war. Das war vielleicht nicht verwunderlich für einen Mann, der so viele entbehrungsreiche Lebenstage erduldet hatte, ohne dabei eine Miene zu verziehen. Er hatte gesagt, sie sei nun gekommen. Die Zeit der Schwerter.

GISSUR

Was habe ich nicht alles erdulden müssen. Sie haben auf meiner Ehre herumgetrampelt, mich gedemütigt und in den Schmutz getreten, und ich musste das alles über mich ergehen lassen und sogar noch so tun, als mache es mir nichts aus. Nur um am Leben zu bleiben. Manch einer meinte, ich sei viel zu höflich zu Sturla Sighvatsson gewesen, nachdem er mich am Ufer des Apavatn betrogen und gefangen genommen hatte. Sie sagten, ich habe mich ihm vor die Füße geworfen, wo doch mein Stand und die Familienehre es geboten hätten, aufrecht zu stehen und das Schicksal anzunehmen, das sich mir offenbarte. Doch die wussten nicht, dass ich sofort nach meiner Gefangennahme begonnen hatte, einen Racheplan zu schmieden. Und um den umsetzen zu können, musste ich am Leben bleiben.

Ich erinnere mich kaum daran, wie das alles hatte passieren können. Natürlich hatte ich bemerkt, wie hochnäsig Sturla jedem gegenüber auftrat, wie er sich aufspielte und seine Verwandten und die Bauern in seinem Bezirk tyrannisierte. Aber wer konnte denn ahnen, dass er sich erdreisten würde, gegen mich vorzugehen, den mächtigsten Mann in ganz Südisland? Das hatte ich mir einfach nicht vorstellen können. Einige meiner Leute hatten sofort vermutet, dass Sturla Böses im Schilde führte, aber ich fand es dennoch irgendwie würdelos, Vorkehrungen zu meiner Verteidigung zu treffen. Daher nahm ich nur einige wenige Männer mit. Wir hatten bestes Wetter gehabt, wie so oft in jenem Sommer. Als wir den Treffpunkt am Apavatn erreicht hatten, war es richtig heiß gewesen, ein feiner Nebel hatte über dem Land gelegen, die Luft hatte absolut stillgestanden. Und als wir sahen, dass Sturla mit einem ganzen Heer auf uns zugeritten kam, fasste ich in Windeseile diesen Plan: Auch wenn ich entwaffnet, gefesselt und gedemütigt würde, dürfte ich auf keinen Fall Angst zeigen. Und das, obwohl wir allen Grund hatten, uns zu fürchten. Schließlich wusste niemand – wahrscheinlich nicht einmal Sturlas treueste Gefolgsleute –, ob Sturla plante, uns gleich an Ort und Stelle zu töten.

Ich beschloss, mich freundlich und furchtlos zu geben. Machte Scherze mit Sturla. Er antwortete nicht. Und dann sah ich das, was mir ehrlich gesagt am allermeisten Angst machte: Ich sah, dass *seine* Hände zitterten und er ein irgendwie verzagtes Gesicht machte. Männer, die Angst hatten, waren unberechenbar. Auf der anderen Seite kann ich natürlich verstehen, *dass* er Angst hatte, zumindest wenn ich jetzt darüber nachdenke. Ihm musste damals bereits klar gewesen sein, dass er sich heillos übernommen hatte.

Wir wurden lange durch den Bezirk geführt. Durch meinen Bezirk, über mein Land, das ich von meinen Vorfahren geerbt hatte, die hier seit vielen Menschenaltern herrschten. Meine Bauern mussten mit großen Augen und weit aufgerissenen Mündern zusehen, wie ihr Anführer gefesselt an ihnen vorbeigeführt wurde – mir kamen fast die Tränen. Doch ich dachte an Rache, nur an Rache, sie hielt mich am Leben. Das kleinste bisschen Angst hätte meine Pläne vereitelt. Je weiter wir ritten, desto sicherer wurde ich mir, dass Sturla uns nicht umbringen würde. Ich hatte es geschafft, Sturla davon zu überzeugen, dass ich das alles gar nicht so wahnsinnig schlimm fand. Dass ich einfach mit dem nächsten Schiff das Land verlassen würde, ihm die Macht und Ländereien meiner Vorfahren überlassen und sie nie wieder zurückfordern würde. Ich tat so, als wäre ich geradezu froh darüber, dass sich alles auf diese Art in Wohlgefallen auflöste.

Und Sturla glaubte es. Er glaubte es! Und mir wurde endgültig klar, wie überlegen ich ihm war.

Ich wurde auf einen Bauernhof gebracht, der nicht weit von einer Landungsstelle entfernt war, und dort in einen Schuppen gesperrt. Ich hörte durch die Wand, wie Sturla dem Bauern befahl, mich zu bewachen und dafür zu sorgen, dass ich auf das nächste Schiff geladen würde. Pferde wieherten auf dem Hofplatz. Man hörte das Scharren der Hufe auf dem steinigen Untergrund. Und während ich darauf wartete, dass sie endlich fortritten, spürte ich, wie mir Tränen aus den Augen liefen. Zornestränen. Die eher gefrorenen Hagelkörnern glichen als Wasser. Wenn sie nur endlich fortreiten würden. Die ganze Verzweiflung, die ganze Wut, die ich seit meiner Gefangennahme hatte herunterschlucken müssen, wollten aus mir herausbrechen, mein Herz raste, mir wurde schwarz vor Augen. Fort mit euch!, war das Einzige, was ich denken konnte. Fort! Ich betete, dass sie endlich losritten, und versprach dabei inbrünstig, Rache zu nehmen. Bei allen Heiligen und Bischöfen, die meine großartige Familie hervorgebracht hatte. Dann hörte ich, wie sich jemand der Tür meines Schuppens näherte und leise sagte: »Leb wohl, Onkel, ich hoffe, wir sehen uns einmal wieder.«

Ich erkannte natürlich die Stimme meines Neffen, Klaengur Bjarnarson, der mich an den Apavatn begleitet hatte und mit mir in die Falle geraten war. Er war ein guter Junge, doch warum musste er jetzt alles aufhalten? Außerdem brachte ich kein Wort der Antwort heraus. In meinem Kopf tobte ein Sturm. Meine Stimme gehorchte mir nicht. Sobald ich auch nur ein Wort gesagt hätte, wäre am Zittern meiner Stimme sofort allen klar gewesen, wie es in mir aussah. Mein Verlangen nach Rache wäre aus jedem Wort herauszuhören gewesen. Irgendwie gelang es mir dennoch zu schlucken, auf meine Faust zu beißen und dann so zu tun, als würde auch ich ihn herzlich verabschieden: »Wir sehen uns wieder. So Gott will.« Oder so etwas. Und hoffte, meine Stimme klang sanft und gerührt. Wie die Stimme derjenigen, die in aller Demut ihren Herrgott anriefen. Das war es gewesen, was mir in diesen furchtbaren Tagen am schwersten gefallen war: meinem Neffen in dieser Situation zu antworten.

Dann hörte ich endlich, wie sie sich auf den Weg machten. Die Zeit, bis sie fort waren, verging so langsam, dass mir jeder Atemzug wie ein langer, harter Winter erschien. Doch als ich schon dachte, es wäre endlich so weit, hörte ich, wie das Dröhnen der Hufe wieder lauter wurde. Und Stimmen. Die Stimme von Sturla Sighvatsson. Offenbar waren ihm Bedenken gekommen. Auf einmal schien er dem Bauern nicht mehr zu vertrauen und fing an ihm zu drohen. Sagte, er würde ihn und seine ganze Familie aufhängen, wenn ich nicht mit dem nächsten Schiff das Land verließ. Und dabei klang Sturla nun plötzlich gehetzt, fast panisch. Ihm war offenbar klar geworden, dass das alles so nicht funktionieren konnte. Dass er mir jetzt und hier den Kopf abschlagen musste, um den Hauch einer Chance zu haben, meiner Rache zu entkommen. Der verängstigte Bauer versprach natürlich mit dünner Stimme alles, was von ihm verlangt wurde, dann folgte ein langes Schweigen. Auf dem Hofplatz traten die Pferde auf der Stelle.

Schließlich ritten sie fort. Bald sah ich rotes Sonnenlicht durch die dünnen Ritzen der Schuppenwand dringen, es war Abend geworden. Der Bauer kam und öffnete von außen die Fensterluke, brachte mir zu trinken und etwas Fleisch.

»Nun mach schon auf und lass mich raus«, sagte ich.

Er antwortete weinerlich, Sturla Sighvatsson habe gedroht, sie alle umzubringen.

»Sturla Sighvatsson«, zischte ich und wurde dann lauter: »Weißt du nicht, wer ich bin?!«

Und nachdem ich mich wieder etwas beherrschen konnte, fügte ich deutlich leiser, aber nicht weniger scharf hinzu: »Wenn du mich nicht rauslässt, sorge *ich* dafür, dass du getötet wirst«.

Schon als ich es aussprach, hatte ich gehofft, der Bauer würde es nicht hören. Aber es war schon zu spät, zumindest merkte ich, wie er auf der anderen Seite der Schuppenwand aus Verzweiflung weinte.

Und dann kamen sie natürlich auch schon bald zurück, meine Verwandten, die Sturla ebenfalls erst hatte festnehmen lassen, um sie dann zu vertreiben. Sobald er den Bezirk verlassen und nach Hause geritten war – dorthin, von wo er sich nie wieder fortbewegen sollte –, waren sie umgekehrt und befahlen dem Bauern, sofort die Schuppentür zu öffnen. Und als er nicht gleich reagierte, schlugen sie die Tür mit einer Axt ein. Ich kam hinaus und spürte, wie froh sie waren, mich zu sehen. Mein Neffe Klaengur Bjarnarson wollte mich umarmen, doch ich wies ihn von mir und sagte kühl: »Zu Pferde. Wir dürfen keine Zeit verlieren.«

Der Bauer kam zu mir und wollte etwas sagen, er schlotterte und betonte, wie sehr er bedroht worden war. Ich antwortete nicht und spuckte vor seinen Füßen auf die Erde. Bestieg ein Pferd. Ich wusste, dass ich kleinen Leuten wie ihm nicht solche Angst machen sollte, aber jetzt waren andere Dinge wichtiger.

STEINVÖR SIGHVATSDÓTTIR

Dass mein Bruder Sturla seinen Widersacher Gissur am Apavatn gefangen genommen hatte, hatte hier in Südisland für große Empörung gesorgt. Ich merkte schnell, dass ich mich am besten aus der Sache raushielt, schließlich wohnte ich seit meiner Heirat mit Hálfdan selbst im Süden – und galt ja fast als mitschuldig, wie alle anderen Sturlungen auch. Als hätten wir alle gemeinsam den mächtigsten Mann Südislands verraten. Doch manchmal konnte ich mich einfach nicht beherrschen. Ich musste der Wahrheit zuliebe ab und zu anmerken, dass mein Bruder Sturla Gissur immerhin kein Haar gekrümmt hatte. Und ebenso wenig Gissurs Männern. Mehr sagte ich nicht. Hálfdan, meinem Mann, war nicht daran gelegen, dass ich seine Nachbarn verstörte, er war ein guter Mann und wollte keinen Ärger.

Was die Leute hier im Süden hingegen überhaupt nicht empörend fanden, war die Tatsache, dass Gissur Sturla versprochen hatte, er würde das Land verlassen und sich nie mehr in isländische Angelegenheiten einmischen. Und dieses Versprechen, es war sogar ein Schwur gewesen, dann gebrochen hatte, ohne mit der Wimper zu zucken. Darüber sprach niemand, und ich musste mir auf die Zunge beißen, um es nicht selbst zu tun, dabei war es nicht gerade meine Stärke, mit meiner Meinung hinterm Berg zu halten.

Ehrlich gesagt hatte es mich gar nicht überrascht, dass auf Gissurs Worte kein Verlass war. Mein Mann Hálfdan und seine Familie wohnten seit vielen Generationen in der Gegend von Oddi und damit in direkter Nachbarschaft zu Gissurs Familie, die am anderen Ufer der Thjórsá im Haukadalur ihren Stammsitz hatte. Und hier fanden alle schon seit Langem, dass diese Familie sich ihre ganze Macht nur mit Lug und Trug, Falschheit und sogar Verrat erschlichen hatte. Umso merkwürdiger fand ich es, dass mein Bruder Sturla sich überhaupt auf Gissurs Versprechen eingelassen hatte. Wäre Sturla doch nur hierhergekommen und hätte mich um Rat gefragt, bevor er ihn hatte gefangen nehmen lassen – dann wäre alles anders gekommen. Ich hätte ihm gesagt, er solle entweder gar nichts unternehmen oder das Ganze bis zum bitteren Ende durchziehen, keine halben Sachen! Ich hatte meine Gründe, ich wohnte nun wirklich schon lange genug im Süden, um die Leute hier wirklich zu kennen. Doch Sturla hat es nicht für nötig gehalten, meine Meinung zu hören, also wird er schon wissen, was er tut. Vielleicht hat er anderen, besseren Rat aus berufenerer Quelle bekommen, was weiß ich.

Ich schickte meinem Vater im Norden eine Nachricht und fragte, was es Neues gebe. Ob ein Krieg zwischen Gissur und den Sturlungen bevorstehe? Ich bekam die Antwort, dass der Friedensschluss zwischen Sturla und Gissur noch immer gelte.

Was ich von durchreisenden Leuten aufschnappte, ergab allerdings ein anderes Bild. Uns erreichten immer wieder Gerüchte, dass Gissur seine Leute zu den Waffen rief. Wenn ich das Oberhaupt der Sturlungen wäre, würde ich mich Tag und Nacht bereithalten für den Kampf. Doch das tat Sturla sicherlich auch. Sturla hatte die Sache im Griff. Sturla, unser Vater und meine jüngeren Brüder. Die werden schon wissen, was sie tun.

KOLBEINN DER JUNGE

Die Boten aus Südisland, die über das Hochland zu mir in den Skagafjord geritten kamen, waren vollkommen abgehetzt. Geradezu panisch. Sie waren ohne Rast geritten, und die Nachricht, die sie mitbrachten, war in der Tat erschütternd: Sturla hatte Gissur auf das Schändlichste betrogen. Er hatte ihn mit unklaren Drohungen festgenommen und ihn gezwungen, auf alles zu verzichten, was ihm und seiner Familie seit vielen Menschenaltern rechtmäßig zustand. Außerdem berichteten sie, diese frevelhafte Tat sei in Absprache mit König Håkon von Norwegen geschehen. Sturla solle in dessen Auftrag alle anderen isländischen Anführer aus dem Weg räumen, sei es mit Drohungen oder mit Gewalt. Zuerst hatte es Snorri getroffen, Sturlas eigenen Onkel. Nun war Gissur dran gewesen. Und wer als Nächstes an die Reihe kam, konnte man sich ja ausrechnen: ich.

Das waren sehr schlechte Nachrichten, man könnte fast sagen, dass ich für einen Moment etwas Angst bekommen hatte, doch die schüttelte ich natürlich schnell ab. Ich befahl meinem Gesinde, sich um das Wohl der Boten zu kümmern, und richtete umgehend meinen wichtigsten Verbündeten aus, sie mögen sich verteidigungsbereit machen. Dann ritt ich mit einigen Männern über das Hochland in Richtung Süden, um mich mit den Südländern zu beraten. Zuerst traf ich Gissurs Bruder Einar. Zu diesem Zeitpunkt war Gissur nach unserem Kenntnisstand noch immer in Sturlas Gewalt und daher in Lebensgefahr. Einar und ich bekräftigten, dass unsere Familien in diesem Krieg zusammenstehen werden, der nun unvermeidlich geworden war. Dass das Bündnis der Leute aus dem Skagafjord und der Leute aus dem Süden Bestand hatte, bis Sturla Sighvatsson gefallen war. Oder eben wir. Dass wir kämpften bis zum letzten Blutstropfen.

Wie inzwischen alle wussten, kam Gissur bald darauf frei. Wir trafen uns sobald wie möglich und bestätigten einander auch noch einmal unsere Allianz. Wir waren uns einig, dass Sturla und die Sturlungen uns bald angreifen würden, wenn wir nicht schnell eine Schwachstelle in ihrem Plan fanden und ihnen zuvorkämen. Wir wussten, dass Sturla mit seinem Heer schon wieder in den westlichen Tälern war, also durften wir keine Zeit verlieren. Ich wollte, dass wir sofort unsere Leute versammelten und angriffen. Gissur stimmte zu, und wir zogen mit fast eintausend Männern in Richtung der westlichen Täler, doch Sturla hatte offenbar von unserem Plan erfahren und sich zurückgezogen. Daraufhin meinte Gissur, dass wir unser Heer mit etwas mehr Vorbereitung noch um einiges vergrößern und besser bewaffnen könnten, und da unser Überraschungsangriff sowieso misslungen war, beschlossen wir, mit dem nächsten bis zum Sommer abzuwarten. Wir kehrten um, Gissur ritt nach Südisland, um sein Heer zu vergrößern, und ich nach Norden in den Skagafjord, wo ich bewaffnete Wachtrupps an allen wichtigen Punkten aufstellen ließ.

Zuerst fürchtete ich, dass Gissur zu zögerlich war. Er hatte den Ruf, manchmal etwas wankelmütig zu sein, und hatte in Streitigkeiten nur selten eindeutig Position bezogen. Und auch als wir mit unserem Heer in die westlichen Täler gezogen waren, hatte ich den Eindruck, als ob er mich in meinem Kampfgeist bremsen wollte, wenn ich davon sprach, dass wir dieses doppelzüngige Sturlungenpack gnadenlos abmurksen mussten.

Doch inzwischen war mir klar geworden, dass ich Gissur unterschätzt hatte. Er zögerte nicht und war schon gar nicht feige. Er hatte nur die beneidenswerte Gabe, alles kühl zu durchdenken, bevor er Handlungen folgen ließ. Er wollte siegen, koste es, was es wolle – und diesen Sieg plante er nun bis in die kleinste

Kleinigkeit. Gissurs Blick wurde hart und kalt wie Stahl, wenn er über seine Pläne sprach, aus seinen Augen schossen Funken, nein: eiskalte Blitze. Gissur wird nicht eher ruhen, bis Sturla und seine wichtigsten Männer tot sind. Und während wir uns jetzt also vorbereiteten und auf eine gute Gelegenheit warteten, um zuzuschlagen, war es mir von Tag zu Tag ein größeres Rätsel, wie um alles in der Welt Sturla auf die Idee gekommen war, Gissur erst so zu provozieren und dann lebend davonkommen zu lassen.

Wie hatte Sturla nur einen solchen Fehler machen können?

DER BAUER AUF FLJÓTSTUNGA

Ich hatte nie etwas auf diese Omen und Zeichen gegeben, die den Leuten in ihren Träumen erschienen waren. Und auch nicht auf diese ganzen unheilverheißenden Verse und Weltuntergangsgeschichten, die dieser Tage in Windeseile von einem Hof zum nächsten flogen, und die auch mein Nachbar jedes Mal zum Besten gab, wenn wir uns trafen. Doch jetzt war selbst mir der Schrecken in die Knochen gefahren. Heute Nacht war ich plötzlich aufgewacht, oder vielmehr hochgeschreckt. Ich hatte das sonderbare Gefühl gehabt, dass hier Männer an unserem Hof vorbeiritten. Ich konnte mich zwar nicht daran erinnern, etwas gehört zu haben, und alle anderen schliefen fest, nicht einmal die Hunde hatten angeschlagen, was eigentlich ein ziemlich sicheres Zeichen dafür war, dass da draußen niemand vorbeiritt. Aber, verschlafen wie ich war, stand ich dennoch auf, machte ein Licht an und ging hinaus. Die Nacht war rabenschwarz. Meine Augen gewöhnten sich langsam an die Dunkelheit, Mondlicht brach zwischen den Wolken hervor und tauchte das Land in einen fast rosafarbenen Schimmer. Auf einmal sah ich ein Heer auf dem Pfad unterhalb des Hofes vorbeiziehen. Ein dunkles Heer, niemand sah auf, alle Gesichter grau. Sie waren alle tot. Die Männer wie die Pferde, deren Hufe kein Geräusch machten. Ich hörte überhaupt kein Geräusch. Sah keinen aufgewirbelten Staub, nur tote Männer und tote Pferde. Das konnte nur bedeuten, dass viele Menschen sterben mussten.

TUMI SIGHVATSSON DER JÜNGERE

Wie oft hatte ich geweint und mich bitter beklagt, wenn mein Vater und meine älteren Brüder zu einem Kriegszug aufbrachen und ich nicht mitdurfte. Wenn sie ihre Rüstungen anlegten und ihre Waffen und Schilde holten und mir nur gesagt wurde, es könne gefährlich werden und ich sei zu klein, um sie zu begleiten. Doch an diesem Tag gegen Ende des Sommers, ich war inzwischen fünfzehn Jahre alt, herrschte auf unserem Hof Grund eine fast festliche Stimmung. Es war windstill und mild, die Sonnenstrahlen brachen sich im Dunst und im Rauch der Herdfeuer, sodass das Licht fast magisch aussah. Bewaffnete Männer ritten aus allen Himmelsrichtungen herbei, darunter alle meine älteren Brüder, Kolbeinn, Markús und Krókur, alle außer Kakali, der in Norwegen bei König Håkon war. Wir wollten über die Hochebene in den Skagafjord reiten, uns dort mit meinem Bruder Sturla und dessen Heer vereinen und dann die Macht über ganz Island erkämpfen! Meine Brüder waren voller Vorfreude, sie lachten viel und schärften ihre Waffen und wirkten fast verspielt dabei – dieses Mal konnten sie wirklich nicht sagen, ich solle zu Hause bleiben. Und so kam es auch.

»Natürlich darf der Junge mit!«, riefen sie.

Und obwohl ich einen Zweifel in den Augen meines Vaters aufflammen sah, protestierte er nicht. Mutter wurde nicht gefragt. Ehe ich mich versah, hatten sie ein Kettenhemd und einen guten Helm für mich gefunden, mein Schwert war geschärft und ein Speer fand sich auch noch irgendwo – einen guten Schild hatte ich schon, mein Weihnachtsgeschenk vom letzten Jahr. Das war der wohl schönste Tag in meinem bisherigen Leben. Bald ritten wir los. Unglaublich, diese riesige Menge von Kriegern auf ihren unruhigen Pferden, die am liebsten sofort losstürmen wollten. Nach der Hälfte des Weges rasteten wir. Die Männer dachten sich zum Zeitvertreib lustige Reime und Verse aus. Als wir den höchsten Teil der Hochebene erreicht hatten, gerieten wir in Nebel, sodass sich alle etwas auf den Weg vor ihnen konzentrieren mussten, doch dann sahen wir bald schon die Héradsvötn, die in den in der Sonne glitzernden Skagafjord floss.

Als wir dann von der Hochebene hinab zum Skagafjord ritten, war auch schon das Heer von meinem Bruder Sturla in Sicht. Unendlich viele Männer. Ich war beeindruckt davon, wie gut sie sich zeitlich abgestimmt hatten, alles an diesem Kriegszug schien so wohldurchdacht. Unser Überraschungsangriff würde gelingen, das war gar keine Frage. Jetzt räumten wir Kolbeinn den Jungen aus dem Weg, bevor er genug Zeit hatte, um seine Männer kampfbereit zu machen. Und sobald wir ihn erledigt hatten, hätte der andere Verräter, dieser Gissur, uns nichts mehr entgegenzusetzen.

Auch hier war das Wetter mild und ruhig und warm, zu gut eigentlich für das, was bevorstand, zu gut dafür, dass wir mit mehr als zehn mal hundert bewaffneten Männer in einen fremden Bezirk zogen. Sturla gab die Befehle, wir ritten zusammen weiter zu dem Hof, auf dem Kolbeinn der Junge seit kurzer Zeit wohnte: Flugumýri. Bald kamen die großen, mächtigen Gebäude des Hofes in Sicht. Ich rechnete fest damit, dass seine Leute ziemlich schnell die Waffen niederlegen würden, sobald sie sahen, mit wie vielen Männern wir auf sie zukamen. Dennoch wunderte es mich, dass ich keine Anzeichen von Verteidigungsstellung sah. Der Hof lag vollkommen schutzlos da. Ich hörte einen Hund bellen. Irgendwo muhte ein Rind. Wir umstellten die Gebäude, und Sturla gab einigen unserer besten Männer das Zeichen reinzugehen, die riesenhaften Dufgus-Söhne führten den Stoßtrupp an. Doch sie kamen schon bald wieder heraus und schauten ratlos drein. Kolbeinn der Junge war nirgendwo zu finden. Es war niemand da, außer einigen Mägden und zwei oder drei kleinen Jungen, die sagten, Kolbeinn der Junge habe mit seinen wichtigsten Männern den Bezirk verlassen.

Mein Vater Sighvatur, Sturla und die anderen Brüder kamen auf dem Hofplatz zusammen und berieten sich mit den riesenhaften Dufgus-Söhnen und meinem Cousin Skalden-Sturla, der bei meinen Brüdern den größten Respekt genoss – Skalden-Sturla war auf Reykholt bei Onkel Snorri aufgewachsen und ein sehr gelehrter Mann.

»Was machen wir jetzt?«, rief ich, vielleicht unnötig laut, zumindest fand ich meine Stimme dämlich schrill. Skalden-Sturla sah mich an und lächelte. Mein Bruder Sturla und Vater sahen mich auch an, doch sie machten kein freundliches Gesicht. Im Gegenteil. Ich spürte, dass dies weder der Ort noch der Augenblick war, um mich einzumischen. Also stand ich nur da und sah woandershin, während ich die Blicke aller anderen auf meinem Rücken spürte, dem Rücken des Idioten.

Später am Abend erfuhr ich von meinen Brüdern, dass niemand wirklich wusste, was zu tun sei. Niemand hatte damit gerechnet, dass Kolbeinn der Junge den Bezirk verlassen würde, und das auch noch mit unbekanntem Ziel. Uns blieb nichts anderes übrig als abzuwarten. Wir verteilten uns auf die umliegenden Höfe. Späher wurden in alle Richtungen ausgeschickt, um herauszufinden, wo Kolbeinn sich aufhielt. Am nächsten Tag hatten wir das gleiche schöne Sommerwetter. Ich hatte lange geschlafen und einen schweren Kopf, alle anderen schienen schon lange auf den Beinen zu sein.

»Was haben die Späher gesagt?«, fragte ich, doch ich bekam keine Antwort, und das nicht etwa aus Respektlosigkeit, sondern weil es keine Antwort gab. Keiner der Späher war zurückgekommen.

Es kursierten verschiedene Vorschläge, was zu tun sei. Einige hielten es für das Beste, das Heer aufzulösen. Jeder solle zu sich nach Hause reiten, schließlich hatten viele unserer Bauern dringende Sachen zu erledigen, mussten noch das Heu einbringen oder Ähnliches. Andere hingegen fanden es nicht gerade eine verlockende Vorstellung, sich zu trennen, nachdem man den Zorn von Kolbeinn und Gissur auf sich gezogen hatte. Angst machte sich breit und hielt auf eine sonderbare Weise das Heer zusammen. Wir beschlossen, uns zu gedulden, bis die Späher zurück waren, und zu hören, was sie berichteten. Als sie weiter auf sich warten ließen, ritt mein Bruder Sturla mit einigen Leuten zum Bischofssitz und zu den Bauern, die uns hier im Bezirk wohlgesonnen waren, er holte Erkundigungen ein. Wir jüngsten Brüder mussten mit dem einfachen Fußvolk zurückbleiben und weiter abwarten. Fliegen summten, Vögel zwitscherten und manchmal hörten wir von der Héradsvötn, die um diese Jahreszeit nicht viel Wasser führte, ein leises Plätschern. Ich hatte noch nie so sehr auf das Plätschern von Wasser geachtet, doch das waren eben sonderbare Tage. Sturla und seine Männer kamen bald zurück, ohne etwas Neues erfahren zu haben, und Sturla wurde stocksauer, als man ihm sagte, dass seine Späher noch immer nicht zurück waren. Er schimpfte sie Bummler und Schwachköpfe, sandte weitere Männer aus und befahl ihnen, schnell zu sein, sich nirgendwo aufhalten zu lassen.

Am nächsten Tag warteten wir noch immer. Am übernächsten Tag auch. Viele waren jetzt der Meinung, dass man eine Entscheidung treffen müsse. Es sei unmöglich, hier weiter untätig zu verharren. Doch wurde Sturla plötzlich irgendwie krank und musste sich hinlegen, war leichenblass und bekam rote Flecken im Gesicht, sobald er sich aufsetzte. Und ohne ihn wurde natürlich gar nichts entschieden. Ich sah zu ihm hinüber. Meine älteren Brüder und der gelehrte Skalden-Sturla saßen bei ihm. Wenig später ging ich zu Sturla und fragte ihn, ob er noch immer krank sei, doch er antwortete nicht – er sah aus, als würde er schlafen, obwohl er seine Augen geöffnet hatte. Skalden-Sturla bestätigte, dass mein Bruder noch immer krank sei, und sagte: »Er hat wohl irgendwo unterwegs seinen Mut verloren.«

Im Nachhinein erschien mir das eine merkwürdige Wortwahl, um zu sagen, dass jemand krank war. Wollte der Skalde damit sagen, dass mein Bruder ein mutloser Mann war, ausgerechnet jetzt, da die Entscheidungsschlacht bevorstand? Ich ging zu Vater, aber der war auch sehr schweigsam. Nur das Wetter, das war weiterhin wunderbar. Die Fliegen summten, das Wasser im Fluss plätscherte, nur die Vögel schienen einer nach dem anderen zu verstummen.

KAKALI

Nach all der Zeit, die ich schon am norwegischen Königshof verbracht hatte, träumte ich neuerdings wieder fast jede Nacht von zu Hause, von unserem Hof im Eyjafjord. Warum war ich nicht bei meinen Brüdern, meinen Eltern, meinen Leuten, in meiner Heimat? Hier reihte sich ein Fest an das nächste, etwas anderes als feiern gab es ja auch nicht zu tun. Nun war ich schon in der besten Einheit des königlichen Heeres und was brachte mir das? Nichts. Auf unseren Schilden war das Bild eines kriegerisch aussehenden Hahnes, doch gekämpft wurde hier nie. Die Bauern kamen gern und verkauften uns tatenlosen Kriegern Bier und Wein, ebenso wie die Finnen von jenseits der Berge, die ihr giftiges Gebräu mitbrachten. Außerdem gab es jede Menge Trinkstuben, die man hier Schenken nannte. Dort konnte man gegen Bezahlung trinken, außerdem traf man viele andere Leute, was oft mit Schlägereien oder zumindest einem furchtbaren Kater endete. Wie oft wachte ich am Morgen auf, elend an Leib und Seele, auf dem Fußboden unserer Unterkunft wieder zu mir kommend, umgeben von anderen, denen es ähnlich ergangen war wie mir. In solchen Momenten fing man schon an, die Heimat zu vermissen. Wie gerne hätte ich dann mit meiner Mutter geredet. Niemand konnte so gut schlechte Laune und Traurigkeit vertreiben wie sie, ich kannte keinen klügeren Menschen auf dieser Welt. Und wie gerne hätte ich auch meine Brüder getroffen, Sturla zum Beispiel oder meine Schwester Steinvör, die auf alles eine Antwort wusste und unermüdlich war in ihrer Tatkraft und ihrem Fleiß – doch solche Gedanken musste ich vertreiben und versuchen, irgendwie dem neuen Tag gegenüberzutreten, der doch letztendlich genauso sein würde wie die meisten vergangenen.

Uns war natürlich nicht entgangen, was in Island geschah. Sturla sorgte ganz schön für Aufruhr, doch das hatte ich auch nicht anders erwartet. Er hatte sogar unseren berühmten Onkel Snorri von seinen Ländereien vertrieben. Nun war Snorri hier in Norwegen, allerdings nicht am Königshof, sondern bei seinem Freund Jarl Skule weiter nördlich an der Küste, und es dauerte nicht lange, bis Snorri mich einlud, ihn zu besuchen, was mich unglaublich freute. Ich hatte schon befürchtet, der berühmte Skalde würde mich vielleicht für den Ärger büßen lassen, den mein Vater und Sturla ihm gemacht hatten, und wollte mich nun nicht mehr kennen.

Wenig später wurde ich im Auftrag des Königs sowieso in den Norden geschickt, konnte also auch gleich Onkel Snorri treffen und genauere Nachrichten aus Island bekommen. Snorri hatte gerade erfahren, dass Sturla sich nicht damit zufriedengegeben hatte, ganz Westisland unter seine Herrschaft zu bringen, indem er Snorri und dann auch noch seinen Sohn Óraekja vertrieben hatte, nein, er hatte sich sofort danach gegen Gissur aus Südisland gewandt und diesen dazu gebracht, seiner Macht abzuschwören. Wenn das stimmte, kontrollierte Sturla jetzt auch einen großen Teil des Südens, während Gissur offenbar versprochen hatte, das Land zu verlassen. Noch war Gissur allerdings nicht unterwegs, und nach dem, was Snorri zuletzt gehört hatte, hegten einige Leute Zweifel daran, dass er sich überhaupt an diesen Schwur gebunden fühlte. Doch das spielte vielleicht gar keine große Rolle mehr. Sturla wird bald die Macht über das ganze Land haben – anders kann es gar nicht kommen.

»Und dann wird er sich Jarl von Island nennen«, sagte Onkel Snorri.

Und daran, wie er den Mund verzog, sah ich, dass ihm diese Zukunftsaussicht ganz und gar nicht gefiel. Also wechselte ich lieber das Thema, fragte nach seinem Sohn Óraekja, denn ich wusste, dass er mit Snorri nach Norwegen gekommen war, doch der große Skalde sagte mir, dass es um ihn nicht gut bestellt sei. Óraekja wollte niemanden sehen, und durch Snorris Erzählungen bekam ich den Eindruck, er sei gemütskrank – eine Vermutung, die ich schon öfter gehabt hatte bei diesem manchmal auch so fröhlichen, feierfreudigen Kerl.

Wie immer war es schön, mit Onkel Snorri zu reden. Wunderschön sogar! Und dennoch war ich nach unserem Treffen noch niedergeschlagener als zuvor.

Ich ging in die nächste Schenke. Wie so oft. Oder vielmehr: wie immer. Es waren einige Norweger da, die ich flüchtig kannte, auch sie kamen vom Königshof. Sie unterhielten sich, sahen oft zu mir herüber und lachten dann laut auf. Bald ärgerten mich ihre Blicke und dieses Gekicher so sehr, dass ich zu ihnen ging. Was um alles in der Welt denn so lustig sei? Dann kam heraus, dass sie – und nicht nur sie – sich Geschichten über die Zeit erzählten, als mein Bruder Sturla hier am Königshof zu Besuch gewesen war, auf dem Weg nach Rom und auf dem Weg zurück. Diese gackernden Kerle behaupteten, dass König Håkon und seine Vertrauten sich einen Spaß daraus gemacht hatten, Sturla den Eindruck zu vermitteln, sie hielten ihn für einen hochwohlgeborenen Mann. Dass sie sich vor ihm verbeugt und dann hinter seinem Rücken Witze über ihn gemacht hatten. Das wiederum erinnerte die Männer an eine Geschichte, die zehn Jahre zuvor passiert war: Damals war ein vornehmer Südisländer aus Oddi nach Norwegen gekommen. Wie alle Isländer wussten, waren die Leute aus Oddi eng mit den norwegischen Königen verwandt, was wohl dazu geführt hatte, dass dieser Isländer hier in Norwegen etwas zu hochnäsig auftrat und bald alle anfingen ihn zu verspotten und ihn fragten, ob er nur nach Norwegen gekommen sei, um einen einflussreichen Posten am Hof zu beanspruchen, oder ob er gleich den Thron besteigen wolle? Daraufhin machte dieser Mann sein Schiff klar, segelte verhöhnt und verspottet davon und starb in einem Herbststurm, sodass diese ganze Sache letztlich für viel böses Blut gesorgt hatte. Es kam so weit, dass seine Verwandten vollkommen unschuldige norwegische Kaufleute angriffen, die nach Island gekommen waren, woraufhin der König fast ein Heer geschickt hätte, um die Isländer in ihre Schranken zu weisen, wenn Snorri und einige andere das nicht mit Bitten und Flehen verhindert hätten. Die ganze Geschichte fanden diese Norweger in der Schenke so lustig, dass sie in immer lauteres Gelächter ausbrachen und ich mich immer schlechter fühlte. Es kam zu Handgreiflichkeiten. Sie versuchten, mich mit ihren Trinkhörnern und Laternen zu schlagen. Doch nicht zu ihrem Vorteil. Als ich die Schenke verließ, musste ich über einige von ihnen hinwegsteigen. Keiner von ihnen stand mehr aufrecht, und ich war auch ziemlich in Mitleidenschaft gezogen worden. Als ich draußen war, traf ich zwei Mädchen, die ich kannte. Eigentlich waren sie auf dem Weg in die Schenke, doch nun kehrten sie um, brachten mich zu meiner Unterkunft und versorgten meine Wunden. So hatte man dann doch manchmal Glück im Unglück.

KLAENGUR BJARNARSON

Zu meiner großen Verwunderung – oder vielmehr Beunruhigung – musste ich mit ansehen, wie furchtbar mein Onkel Gissur wüten konnte. Den ganzen Sommer, nachdem Sturla Sighvatsson ihn am Apavatn hatte gefangen nehmen lassen, wurde Gissur von Hass geradezu verzehrt, er wollte Rache nehmen, und das so grausam wie möglich. Mich überraschte das so sehr, weil ich Gissur immer als milden, ausgeglichenen Mann gekannt hatte. Ich hatte noch nie erlebt, dass er sich auch nur aufgeregt hätte. Natürlich hatte ihm nicht immer alles gefallen, doch er hatte immer besonnen reagiert, allen ruhig und geduldig geantwortet. Wenn ihm etwas besonders gegen den Strich gegangen war, hatte er eher noch die Stimme gesenkt, war wortkarg geworden anstatt zu schimpfen. Doch in diesem Sommer war alles anders. Gissur sprach von nichts anderem als davon, wie er sich an diesem verdammten Dreckspack rächen würde, das ihn so schändlich hintergangen hatte. Er brüllte herum, wenn seine Befehle nicht schnell genug ausgeführt wurden und fluchte und schrie. Nachdem Kolbeinn der Junge mit seinen vielen Männern aus dem Norden gekommen war und die Nachricht mitbrachte, dass Sturla, sein Vater und seine Brüder inzwischen wahrscheinlich mit ihrem Heer im Skagafjord angekommen und zum Kampf bereit waren, übernahm Gissur den Oberbefehl über den ganzen Kriegszug und sogar Kolbeinn der Junge ordnete sich ihm unter, der ja nun wirklich kein Schwächling war. In diesen Tagen führte jeder Gissurs Befehle umgehend aus. Wenn es jemand einmal nicht tat, stieß Gissur ihn ohne Vorwarnung zu Boden, schlug und schimpfte, bis sogar gestandene Männer den Tränen nahe waren. Es herrschte eine unglaubliche Anspannung. Gissur schien sich niemals Schlaf oder auch nur Ruhe zu gönnen, und doch erweckte er nie den Anschein, auch nur ein winziges bisschen müde zu sein. Bald stand das Heer. Unzählige Männer. Waffen wurden geschärft, allen wurde eingebläut zu kämpfen bis zum letzten Mann. Späher wurden in alle Richtungen ausgesandt und nahmen einige Gefangene, Boten, die Sturla ausgesandt hatte, um uns auszuspionieren. Diese armen Männer wurden unseren Anführern Gissur und Kolbeinn vorgeführt und erbarmungslos gefoltert, bis man glaubte, sie hatten nichts mehr zu sagen. Dann wurden sie umgebracht.

Gissur verzog keine Miene, als diese jungen, fast noch unschuldigen Männer vor seinen Augen verstümmelt und dann getötet wurden, während sie noch weinend um Gnade flehten. Weder Gissur noch Kolbeinn den Jungen schien das zu kümmern, sie planten ihren Kriegszug, überlegten, wie sie am besten vorgingen, was die Informationen, die sie aus den Spähern herausbekommen hatten, für sie bedeuteten. Dass Kolbeinn der Junge ein derart erbarmungsloser Mann war, das wusste ich, doch diese Seite an meinem Onkel Gissur zu sehen, das traf mich sehr.

Wir bekamen immer mehr Hinweise, dass Sturla und Sighvatur in der Tat mit vielen hundert Männern in den Skagafjord gezogen waren. Offenbar schienen sie dort abzuwarten. Doch auch wir zählten viele hundert Männer. Gissur allein hatte fast tausend, die Männer, mit denen Kolbeinn der Junge aus dem Skagafjord gekommen war, kamen noch hinzu, und die waren noch nicht einmal alle hier. Viele wunderten sich, wie Kolbeinns Verbündete in so großer Zahl unentdeckt den von den Sturlungen besetzten Skagafjord verlassen konnten, doch das war nur ein weiterer Hinweis darauf, dass die nicht sehr überlegt und planvoll vorgingen. Die meisten unserer Boten berichteten, dass das ganze große Heer tatenlos auf einigen Höfen am Ufer der Héradsvötn ausharrte.

Als wir unser Heer gerüstet und mit Proviant versorgt hatten, ritten wir auf dem Kjalvegur über das Hochland gen Norden. Auf der Hochebene war es fast die ganze Zeit bewölkt, fast düster, wir bekamen den Befehl, langsam zu reiten, während einige schnelle Männer vorauseilten, um uns zu warnen, falls das Heer der Sturlungen uns irgendwo auflauerte. Doch unsere Vorhut traf auf keinen einzigen Sturlungen, abgesehen von zwei weiteren Spähern, die Sturla den anderen wohl hinterher geschickt hatte. Auch sie wurden gefoltert und dann einfach geköpft. Nach dem, was aus ihnen herauszubekommen gewesen war, harrte Sturla mit seinem Heer noch immer am Ostufer der Héradsvötn aus.

Gissur und Kolbeinn beschlossen, gleich am nächsten Morgen anzugreifen. Sobald es hell wurde, wollten wir am gegenüberliegenden Ufer der Héradsvötn Aufstellung nehmen. Kolbeinn der Junge und seine Leute sagten, die Héradsvötn sei ein Gletscherfluss, deshalb nicht sehr tief, in diesem Sommer führe sie ohnehin nur wenig Wasser, das sich zudem über eine große Fläche verteile – der Fluss könnte also viel leichter passierbar sein, als die Sturlungen annahmen.

Gissur sollte den Oberbefehl haben. Er hatte deutlich mehr Leute als Kolbeinn. Doch dafür waren Kolbeinns Männer eine sehr kampferprobte, eingeschworene Truppe. Also wurde beschlossen, dass sie unter Kolbeinns Führung die stärkste Verteidigungsstellung der Sturlungen angriffen.

In schönster Morgensonne ritten wir auf den Fluss zu. Da wir von einem Hügel hinabritten, konnten wir ihn gut überblicken. Auf der anderen Seite sahen wir hier und da Männer in kleinen Gruppen. Sie liefen hektisch durcheinander, als sie uns sahen. Manche rannten zu den Häusern, andere sprangen auf Pferde, die überall auf den Wiesen am Flussufer grasten. Onkel Gissur hielt eine kurze, treffende Ansprache und befahl den Männern, Mut und Tapferkeit zu beweisen. Dann sah er in die Runde, und ich glaube, dass jeder, der ihm zu dieser Stunde in die Augen gesehen hatte, wusste, dass er alles geben musste.

Dann galoppierten wir runter zum Fluss. Einer stolperte mit seinem Pferd, woraufhin andere Männer ihm wütende Dinge zuriefen. Gissur befahl ihnen, lauter zu rufen, und mit Kampfesschreien und gezogenen Waffen stürmten wir dem Feind entgegen.

SIGHVATUR

Zweifel steigen herauf wie Dunst von der Oberfläche eines Sees am Ende eines heißen Sommertages. Hoffnungslosigkeit hüllt mich ein, wenn das Gelächter des Tages verstummt. Sobald es dunkel wird, wiegt das Verlorene stärker als das Erreichte. Vielleicht sieht man im Dunkeln auch einfach nur klarer …

Welche Geister haben wir gerufen? Wusste jemand, wie stark wir Sturlungen hätten sein können, wenn wir uns mit Kolbeinn dem Jungen verbündet hätten? Doch nun kämpfte Kolbeinn der Junge Seite an Seite mit Gissur Thorvaldsson, sie brannten vor Rachlust und das auch noch auf ihrem Terrain. Was sollten wir tun? Wie würde unser Zusammentreffen mit diesen Geistern verlaufen, wenn es so weit war? Ich hatte meinem Sohn versprochen, an seiner Seite zu stehen, durch dick und dünn mit ihm zu gehen, bis zum bitteren Ende, doch ich hatte ihn auch gewarnt. Oder ich hatte es zumindest versucht. Meine Frau Halldóra hatte mich gebeten, ihn »nicht vollkommen abheben zu lassen« – und daraufhin hatte ich ihn davor gewarnt, dass die wichtigsten Anführer des Landes sich gegen ihn verbünden könnten, das hatte ich doch getan, oder? Ich wollte nie ein Nörgler oder Bedenkenträger sein, der jemandem den Wind aus den Segeln nahm, kein Spaßverderber. Das war ich einfach nicht, ich wurde alt und hatte diese ganzen starken Söhne. Ich hatte wirklich gedacht, sie wären unbesiegbar.

Doch nun war es anders gekommen.

Es half alles nichts. Das hatte alles keinen Sinn, alles war verloren. Wir konnten nur hoffen, dass es wenigstens schnell zu Ende ging. Wir sollten gar nicht erst versuchen, es noch einmal herumzureißen, allein von der Vorstellung wurde mir schwindelig. Alles war verloren. Hoffnungslos. Vorbei.

Im ersten Morgenrot versuchte ich noch einmal, den Trübsinn abzuschütteln, guter Laune zu sein, alles mit Humor zu nehmen. Das war ich meinen Männern schuldig, sie brauchten das – ich war sicher nicht der Einzige, den Zweifel plagten. Doch diese Hoffnungslosigkeit, die mich von Innen auffraß, war einfach so erstickend, das konnte doch alles nicht wahr sein. Was war passiert? Wie hatte es so weit kommen können? War das alles meine Schuld? Hatte ich versäumt, meine Söhne zu warnen, sie vor Fehlern zu bewahren? Oder waren das alles Trugbilder? Vielleicht wird ja doch alles gut ausgehen und in ein paar Tagen werde ich darüber lachen, wie mich in diesem Moment der Mut verlassen hatte, in dem Moment, in dem es bereits offensichtlich gewesen war, dass uns ein Triumph bevorstand, weil meine Söhne doch unbesiegbar waren.

Früher hatte mir so vieles Spaß gemacht. Ich freute mich andauernd auf etwas. Nun freue ich mich auf nichts mehr. Es geht nur noch darum durchzuhalten. Das Leben durchzuhalten. Ich will gar nichts mehr …

Zweifel steigen herauf wie Dunst von der Oberfläche eines Sees am Ende eines heißen Sommertages. Hoffnungslosigkeit hüllt mich ein, wenn das Gelächter des Tages verstummt. Sobald es dunkel wird, wiegt das Verlorene stärker als das Erreichte. Vielleicht sieht man im Dunkeln auch einfach nur klarer …

TUMI SIGHVATSSON DER JÜNGERE

Nach diesem Tag bin ich nie wieder glücklich gewesen. Bis dahin war mein Leben gut gewesen, ich hatte meine älteren Geschwister, es herrschte immer Leben in unserem Haus, Mutter liebte und beschützte uns, mit Vater war es immer lustig, es wäre mir nie in den Sinn gekommen, dass alles einmal so enden würde. Ich hatte nicht einmal Angst gehabt an diesen Tagen, die wir untätig wartend im Skagafjord verbrachten. Es wäre mir nie in den Sinn gekommen, dass das, worauf wir warteten, das Ende der Welt war. Nicht einmal, als ich das Heer von Gissur und Kolbeinn auf der anderen Seite des Flusses über den Bergkamm reiten sah. Wir waren doch so viele, wie hätte ich an eine Niederlage denken können?

Doch dann hörten wir ihre Schlachtrufe. Sie schossen den Berghang herab. Direkt zum Fluss. Bald schienen sie überall zu sein, das ganze andere Ufer voller Feinde. Sie ritten einfach in den Fluss herein. In diesem Moment wurde mir klar, dass sie gleich bei uns sein würden. Unsere Männer liefen wild durcheinander, versuchten, sich zu Trupps zusammenzutun, ich sah einige meiner Brüder mit anderen Männern zu den Pferden laufen, die am Flussufer grasten, an ihren Sätteln hingen noch die Schilde. Immer mehr liefen in Richtung Ufer, einige schleuderten Speere in Richtung der Feinde, die den Fluss schon fast durchquert hatten, doch keiner der Speere traf. Sobald die anderen unser Ufer erreicht hatten, sprangen sie von den Pferden und schlugen rasend auf alles ein, was sich ihnen in den Weg stellte. Die ersten unserer Männer liefen schon davon, meine Brüder wurden zurückgedrängt. Einer von ihnen rief, sie sollten sich mit Sturla und seinen Männern vereinen, die weiter oben auf dem Berghang an einer Steinmauer standen, später sollte ich erfahren, dass man den Ort Örlygsstadir nannte. Inzwischen hatten sowohl Kolbeinn der Junge als auch Gissur Thorvaldsson unser Flussufer erreicht, ihre Männer strömten nur so herüber und sammelten sich um ihre Anführer, die hierhin zeigten und dorthin und Befehle in alle Richtungen erteilten. Sie wussten, was sie taten, zögerten keinen Moment. Ganz im Gegensatz zu meinem Bruder Sturla. Ich war zu ihm gelaufen, weil ich mich dort in Sicherheit wähnte. Sturla hielt einen Speer in der Hand, trug Helm und Kettenhemd, aber keinen Schild. Fassungslos starrte er auf das riesige Heer der Feinde, das sich vor seinen Augen in zwei Züge teilte, von denen Kolbeinn der Junge den einen anführte und Gissur den anderen. Nun fing auch Sturla an, in irgendwelche Richtungen zu zeigen und Befehle zu rufen, doch ich verstand nicht, was er sagen wollte.

Man muss das, was nun folgte, nicht noch einmal erzählen. Es ist schon so oft erzählt worden. Es war einfach das Furchtbarste und Traurigste, das man überhaupt erzählen kann. Das mich seitdem immer wieder die schlimmsten Albträume träumen lässt, so ich denn überhaupt schlafen kann. Sturla wurde umstellt und es schien mir, als würde ein Rudel Wölfe ihn zerfleischen. Meinen Bruder, diesen hochgewachsenen Mann, meinen Bruder, den ich immer für unbesiegbar gehalten hatte, für unsterblich sogar. Ich wollte ihm etwas zurufen, wollte zu ihm laufen, doch es gelang mir nicht, zwar griff mich niemand direkt an, doch ich wurde niedergeritten, hin und her geschubst und bald den Berghang oberhalb des Schlachtfeldes hinaufgejagt. Von dort aus sah ich, dass inzwischen Gissur gekommen war und immer wieder mit einer großen Axt auf meinen Bruder Sturla einschlug, direkt auf seinen Kopf. Blut und weiße Fetzen. Meine jüngeren Brüder zogen sich zurück. Sie liefen über die Wiese bis zu einer Kirche, ich hätte mich ihnen so gerne angeschlossen, ich war so allein, doch es war hoffnungslos, ich könnte mich nie zu ihnen durchschlagen.

Was dann mit denjenigen meiner Brüder geschah, die es in die Kirche geschafft hatten, muss ich niemandem erzählen. Sobald es Abend geworden war, wurden sie herausgeführt und geköpft. Viele sagten, ich habe Glück gehabt, nicht bei ihnen gewesen zu sein, Glück gehabt, dass ich nicht mit ihnen in der Kirche Schutz gesucht hatte, denn dann wäre mir dasselbe passiert. Doch ich bin mir nicht so sicher mit diesem Glück. Ich kann an meinem Schicksal nichts Glückliches finden, vielleicht wäre ich besser bei meinen Brüdern gewesen und wir wären an diesem Abend alle zusammen vor unseren Erlöser Jesus Christus getreten.

Und mein Vater? Ich rief nach ihm. Immer wieder, nur Vater konnte mich noch retten, währenddessen sah ich, wie Gissurs Männer Sturlas Leiche traten, die dort im Gras lag. Sie hatten ihm alle Kleider vom blutigen Leib gerissen. Dann stimmte die Meute ein grausiges Gelächter an und tötete diejenigen seiner Männer, die nicht hatten fliehen können. Ich lief weiter den Berghang hinauf. Rief nach meinem Vater. Ich wollte ihn bei mir haben. Und ich wünschte, ich hätte ihn wirklich bei mir gehabt, denn ich lief letztendlich wie blind umher, blind vor Schreck und Trauer und Angst, erreichte einen Pass und irrte weinend durch die Berge, wie lange, weiß ich nicht mehr. Und doch schaffte ich es letzten Endes irgendwie nach Hause, auf Grund, in den Eyjafjord.

Und ich hatte meinen Vater noch gesehen. Es war das Letzte gewesen, das ich von der Schlacht gesehen hatte. Plötzlich war er aus dem Chaos aufgetaucht. Er war allein. Er hatte seine gute alte Streitaxt Stjarna in der Hand, doch er hielt sie verkehrt herum, den Schaft in die Luft, die Schneide wies nach unten und nach hinten. Es war eher, als würde er zum Abschied winken. Er ging direkt auf den Teil des Heeres zu, den Kolbeinn der Junge anführte, die Männer, die erbarmungslos alle töteten, die ihnen vor die Waffen kamen. Unsere Leute riefen Vater etwas zu: »Sighvatur, geh nicht allein den Feinden entgegen«, doch er sah nicht auf, richtete den Blick zur Erde, lief direkt in ihre Schwerter.

Sie stürzten sich schreiend auf ihn, Äxte und Schwerter sausten herab, Blut spritzte. Ich dachte zuerst, ich bildete mir das ein, das konnte doch nicht wahr sein. Später wurde mir gesagt, mein Vater sei noch am Leben gewesen, als er zu Boden sank. Ein gewisser Björn aus dem Heer der Feinde hatte versucht, ihn zu schützen. Dann hatte Kolbeinn der Junge gefragt: »Wer liegt da?«

»Sighvatur«, sagten sie.

»Warum tötet ihr ihn nicht?«, fragte Kolbeinn.

»Weil Björn ihn abschirmt«, sagten sie.

»Dann tötet Björn zuerst«, sagte Kolbeinn.

Wenig später wurden auch ihm die Kleider heruntergerissen. Meinem Vater. Sein Kopf und seine Arme flogen leblos hin und her, als sie auf ihn eintraten in seinen blutigen Unterkleidern. Ich lief den Berghang weiter hinauf.

Mir war, als strömte mir Blut aus den Augen.

BUCH ZWEI

Feindesland

KAKALI

Es war vielleicht etwas sonderbar, wenn ausgerechnet ich mich über wilde Saufgelage und Prügeleien beschwerte, doch ich hatte von Trondheim einfach die Nase voll. Was für ein Drecksloch. Wie lange war ich jetzt schon hier? Viel zu lange!

Am norwegischen Königshof zu leben machte noch aus dem besten Mann einen versoffenen Jammerlappen! Auf Dauer hielt das wirklich keiner aus, außer vielleicht solche Versager wie ich.

Umso mehr wunderte mich, wie beliebt dieses Trondheim war. Besonders seit König Håkon sich hier niedergelassen hatte, kamen die Leute in Scharen. Vogelfänger von den Hebriden, Walfänger von den Färöer-Inseln, schwedische Schafhirten und norwegische Kaufmannssöhne, aber hauptsächlich Verbrecher, Mörder und ausgezehrte Landstreicher aller Herren Länder zwischen Grönland und dem Baltischen Meer – und alle suchten sie Unterschlupf in unseren Soldatenunterkünften. Die einen wünschten sich, in unser Heer aufgenommen zu werden, um dabei sein zu können, wenn wir wieder einmal unsere friedlicheren Nachbarn ausplünderten. Andere wollten einfach nur bei den königlichen Söldnern ihren Blutdurst stillen.

Es kamen auch immer wieder Isländer hierher, meistens die Söhne anderer wichtiger Anführer. Bei ihrer Ankunft hatten sie die wildesten Erwartungen. Sie wollten in die Dienste des Königs treten und hofften, er würde ihnen Land schenken oder gar einen Titel verleihen. Andere hatten Lobgedichte auf Jarle und Herzöge verfasst und wollten sie ihnen vortragen, in der Erwartung, dafür mit einem ganzen Schiff voller Schätze belohnt zu werden.

Warum zum Teufel war ich bloß freiwillig in dieses miese Kaff gekommen? Ich wusste es nicht mehr.

Gut, als ich mich auf den Weg nach Norwegen gemacht hatte, sprachen in Island einige davon, dass mir eine große Zukunft am Königshof bevorstehe. Das war zwar nicht der eigentliche Grund dafür gewesen, warum ich von zu Hause weggewollt hatte, aber es hatte sicher seinen Teil dazu geleistet, dass alle gesagt hatten, man würde mich in Norwegen mit höchsten Ehren empfangen – schließlich war ja unsere Familie um ein paar Ecken mit dem König verwandt oder gar, wie mein Bruder Sturla, mit ihm befreundet. Als ich herkam, standen mir anfangs auch wirklich alle Türen offen, zumindest nachdem sich herumgesprochen hatte, dass mein Vater mir ziemlich viel Geld mitgegeben hatte. Doch als das zur Neige ging, was bei der dauernden Sauferei nicht lange gedauert hatte, blieb von der Gastfreundschaft und Freundlichkeit nicht viel übrig. Ich meine, vielleicht hatte ich mich auch nicht gerade wie jemand benommen, den man sofort ins Herz schließen wollte, aber das änderte nichts an der Tatsache, dass man sich am norwegischen Königshof für nichts weniger interessierte als für mittellose Isländer. Wir waren noch schlechter angesehen als die Schweden – wir galten als nicht besser als die Finnen, die manchmal mit ihren Rentierhorden über die Berge kamen, um Handel zu treiben und zu feilschen. Die hielt man hier für hinterlistige Betrüger, obwohl sich keiner mit ihnen anlegen wollte, weil sie sich auf Hexerei und alle möglichen Zauber verstanden. Außerdem sprachen diese Finnen nicht einmal eine nordische Sprache. Wir anderen hatten vielleicht alle einen unterschiedlichen Tonfall und betonten nicht jedes Wort gleich, je nachdem aus welchem Land wir gekommen – oder geflohen – waren. Aber wir sprachen doch immerhin dieselbe Sprache. Man musste nur genau hinhören.

Und meinem Bruder Sturla, dem hatten sie hier angeblich einen Empfang bereitet, der eines Königs würdig gewesen wäre.

Wobei ich langsam den Verdacht hege, dass das so nicht ganz stimmt.

Als ich klein war, hatte ich immer wieder gehört, dass mein Onkel Snorri hier am Königshof angeblich ein riesiges Ansehen genieße. Dass die königliche Familie ihn als einen der ihren ansehe und es ein wahres Freudenfest gebe, wenn Snorri mit von der Seereise noch wackeligen Beinen den Palast beträte. Ich hatte bei Snorri auf Reykholt viele kostbare Dinge gesehen, die er vom König oder einem seiner Jarle geschenkt bekommen hatte. Gold und Edelsteine, die er als Lohn für seine Dichtungen und seine Treue zu den norwegischen Verwandten bekommen hatte. Deshalb war es ja wohl kein Wunder, dass ich nach meiner Ankunft glaubte, man müsse hier nur Snorris Namen fallen lassen und sagen, man sei der Sohn des Bruders, und es öffnen sich alle Türen. Als Kind hatte ich mir immer ausgemalt, wie Snorri am Königshof ankommt, wie ihn unzählige prächtig gekleidete Männer empfangen und ihn zum König geleiten, wo er den Ehrenplatz ihm direkt gegenüber einnimmt, und das Volk sich vor diesem berühmten Mann voller Respekt und Bewunderung verneigt.

Aber das waren offenbar lächerliche Kinderträume gewesen. In Wirklichkeit war der große Snorri Sturluson für die Norweger auch nur ein ganz gemeiner isländischer Bauerntrampel. Einer dieser windzerzausten Sonderlinge, die vielleicht ganz unterhaltsam sein mochten, aber nicht wirklich ernst zu nehmen waren. Von Vorteil für die Norweger ist wiederum, dass sich die Isländer leicht ausnehmen lassen. Sie geben ihr Geld mit vollen Händen aus, sie feilschen nicht, denn das würde ja so aussehen, als könnten sie sich nicht leisten, was sie haben wollen. So zahlen meine Landsleute für alles Mögliche den doppelten Preis und bilden sich auch noch etwas darauf ein – und sobald sie weg sind, zählen die Einheimischen ihr Geld und lachen sich kaputt.

Ich hatte Onkel Snorri in Norwegen bisher nur einmal getroffen. Ich war mit einigen Männern nach Bergen geschickt worden, wo wir für den König etwas erledigen sollten – eine vollkommen sinnlose Sache, aber immerhin bekam ich während der Reise die Gelegenheit, die anderen ein bisschen über Snorri auszuhorchen. Ja, doch, den kannten sie. Sie konnten sich ein Lächeln nicht verkneifen.

»Tja, der Skalde!«, sagten sie. Nein, wo er wohne, das wüssten sie nicht.

»Aber versuch es doch heute Abend mal in der Schenke.«

Diese Art von Orten kannte ich inzwischen gut, davon gab es in Norwegen einige, dort wurden Met und Bier verkauft. Sobald es Abend wurde, machte ich mich also auf den Weg. Ich wäre sowieso hingegangen. Ich saß eine Weile mit meinen Reisegefährten zusammen, dann kam Onkel Snorri auch schon herein. Er war allein und setzte sich zu einer Gruppe Männer, die er freundlich begrüßte. Doch hatten die ihre Becher schnell ausgetrunken und gingen, sodass Snorri allein zurückblieb. Ich hatte nicht gesehen, dass sie sich verabschiedet hätten. Ich setzte mich zu ihm.

»Grüß dich, Onkel«, sagte ich.

Er war in Gedanken. Begrüßte mich zuerst, als ob er mich von irgendwoher kennen würde, aber nicht wüsste, woher genau. Dann fiel es ihm wie Schuppen von den Augen, er sprang auf und drückte mich an sich, gab mir Küsse auf beide Wangen und sagte: »Kakali. Mein lieber Neffe. Ich grüße dich!«

Nach dem Streit, den Snorri mit meinem Bruder gehabt hatte, war ich mir nicht sicher gewesen, ob ich ihn überhaupt ansprechen sollte. Doch sobald wir ein paar Worte gewechselt hatten, war klar, dass Snorri mir an dem ganzen Desaster keine Schuld gab. Und ehrlich gesagt, wenn ich nicht nach Norwegen gegangen wäre, hätte auch ich mich wahrscheinlich sogar wirklich mit Sturla angelegt, es war ja schon einige Male kurz davor gewesen.

Snorri wollte mich auf ein Getränk einladen. Er schaute mich mit diesem freundlichen, aber irgendwie auch herablassenden Blick an, mit dem er all seine Neffen immer angesehen hatte.

Dann warf er dem Wirt im hohen Bogen ein Geldstück zu, das sich in der Luft immer wieder überschlug, und sagte ihm, dass es diesem jungen Mann heute an nichts fehlen solle. Auf seine Kosten. Er blickte in die Runde, wollte mich einigen wichtigen Männern vorstellen, mir Beziehungen verschaffen – aber es war kein einziger wichtiger Mann da. Anfangs gab er den netten, aber distanzierten Onkel. Er fragte mich, wie es mir ging und was ich tat, doch wenn ich antwortete, hörte er kaum zu. Fiel mir immer wieder ins Wort und sagte etwas wie: »Ja, das ist eine Sache, über die der Jarl und ich oft miteinander gesprochen haben ...«

Im Laufe des Abends wurde er immer betrunkener, und jetzt wurden auch unsere Gespräche langsam persönlicher. Über Island sprachen wir kaum, obwohl ich spürte, dass es Snorri weiterhin schmerzte, wie mein Bruder Sturla und mein Vater Sighvatur mit ihm umgesprungen waren. Sie waren doch immer noch Brüder, mein Vater und Snorri. Und doch hatte er ihm seinen Besitz genommen und ihn von seinem Land vertrieben. Aber Snorri erwähnte die ganze Geschichte mit keiner Silbe. Er fragte nur beiläufig, ob ich nicht bald wieder nach Hause fahren wolle, um den Ruhm zu genießen, der sicherlich damit einherginge, dass mein Bruder jetzt der mächtigste Mann in Island war und bald das ganze Land beherrschen würde – wenn er das nicht schon längst tue. Doch ich wich der Frage aus. Ich hatte noch nie den Abglanz des Ruhmes genießen können, der von Sturla auf mich herabfiel, bedeutete das doch immer, dass er mir überlegen war.

Die meiste Zeit sprachen Snorri und ich über die Norweger, und Snorris Zunge löste sich langsam. Er war nicht gut auf die Norweger zu sprechen. Sie hatten ihn im Stich gelassen. Über die Königsfamilie sagte er: »Dieses Pack! Die stammen doch größtenteils von Leibeigenen und Stallknechten ab – sogar wir kommen aus einer vornehmeren Familie als die.«

Offenbar war es genau so, wie ich vermutet hatte. Sie hatten Snorri wie einen isländischen Bauerntrampel behandelt.

»Und das, obwohl du dieses große Buch über ihre wichtigsten Könige geschrieben hast?«, sagte ich.

»Ja«, sagte er mit plötzlich glänzenden Augen. »Obwohl man doch erwarten sollte, dass denen das etwas bedeutet.«

Dann vertraute er mir an, dass er nie wieder über diese norwegischen Könige schreiben würde. Das sollten die in Zukunft gefälligst selber machen, und Lobgedichte auf »dieses Pack« gebe es von ihm auch nicht mehr zu hören. Vielmehr schreibe er an einem neuen Buch über einen Mann von einem ganz anderen Schlag, eine Saga über unseren Urahn Egill Skallagrímsson, den großen Wikinger und Skalden. Was denn an dem so berichtenswert sei, fragte ich. Sicher, Egill sei ein brutaler Schläger gewesen, legendär hässlich und grob und unbeherrscht, ein Wilder, der von Trollen abstamme und von Werwölfen – sein Großvater sei einer gewesen und auch sein Vater, der zu den ersten isländischen Siedlern überhaupt gehört habe. Doch dieser streitsüchtige Krieger habe immerhin bis aufs Blut gegen »dieses Pack« gekämpft, diese hochwohlgeborenen norwegischen Könige! Und von diesem Kampf gebe es einige verrückte Geschichten zu erzählen. Zwar habe Egill seinen Lebensabend als alter Sonderling auf seinem heimischen Hof verbracht, sei am Ende seiner Tage sogar von den alten Weibern verspottet worden, aber vorher, als er auf dem Höhepunkt seiner Kräfte gewesen sei, habe er einen sagenhaften Sieg gegen den damaligen norwegischen König errungen! Und von dem spreche man bis heute! Und warum? Weil Egill nicht nur ein Krieger gewesen sei, sondern auch ein Skalde. Und zwar ein so ausgezeichneter, dass seine Dichtung länger leben und größeren Ruhm erlangen werde als die Heldentaten aller norwegischen Könige zusammen. Darüber schreibe Onkel Snorri eine Saga, sagte er mir unter vier Augen in der Schenke, die sich immer mehr mit lärmenden Menschen füllte.

HALLDÓRA

Es gibt so vieles, das ich einfach nicht verstehe.

Warum wollten mein Mann Sighvatur und mein Sohn Sturla plötzlich das ganze Land beherrschen? Fehlte uns etwas, hier auf unserem wohlhabenden Hof in Grund? Ich glaube nicht. Sighvatur war ein beliebter Mann, im ganzen Eyjafjord sprachen die Leute gut von ihm, und das, obwohl die einfachen Leute derzeit eigentlich über alle Anführer herzogen, die Macht hatten und sie auch einsetzten, es war schließlich die Zeit der Schwerter, es herrschte Krieg. Ich wollte mich am liebsten aus allem heraushalten, so lange es möglich war. Sighvatur war nie ein machthungriger Mann gewesen. Er hatte sich lange Zeit damit begnügt, im Eyjafjord für Recht und Ordnung zu sorgen, statt im ganzen Land nach Einfluss zu streben, das war eigentlich eher etwas, das seinem Bruder Snorri ähnlich sah …

Aber vielleicht hatte mein Mann seinen Bruder Snorri auch all die Jahre heimlich beneidet, schließlich war der nicht nur reicher als Sighvatur, sondern auch gebildeter. Snorri war als Skalde regelrecht berühmt. Auf jeden Fall freute Sighvatur sich jetzt, da er schon etwas älter war, auf geradezu kindliche Weise darüber, dass Snorris Söhne ziemliche Nichtsnutze waren. Wenn er an einem langen Winterabend in der Stube saß und etwas trank, rief er mich sogar manchmal zu sich, nachdem ich eigentlich schon ins Bett gegangen war, nur damit ihm jemand zuhörte. Eine kindliche Freude – anders konnte man wirklich nicht nennen, was er empfand, wenn er davon sprach, dass diese »hochnäsigen Flegel« zu nichts zu gebrauchen waren. Und dann lachte er so laut, dass er regelrecht außer Atem kam und die Adern in seinen Augen rot hervortraten.

Er verglich sie natürlich mit unseren Söhnen. Im Vergleich zu ihnen wirkte zumindest Snorris Sohn Óraekja in der Tat ziemlich missraten, und sein Bruder Jón Murtur eigentlich auch. Und je besser unsere sieben Söhne gediehen, desto stärker bekam Sighvatur das Gefühl, mit ihrer Hilfe bald mächtiger zu sein als sein berühmter Bruder. Das war wohl auch der Grund dafür, dass Sighvatur nichts dagegen unternahm, als unser Sohn Sturla immer mehr Macht und Besitz an sich riss und sich so dreist gebärdete, dass der arme Snorri schließlich sogar das Land verlassen musste.

Obwohl jeder unserer Söhne zu einem starken, tüchtigen Mann herangewachsen war, hatte Sighvatur eigentlich immer nur Augen für ihn gehabt – für Sturla, unseren Zweitältesten. Sturla hatte schon immer alle in den Schatten gestellt, sogar Tumi, unseren Erstgeborenen, der erst wirklich zu seinem Recht gekommen war, nachdem er getötet worden war und Sighvatur und Sturla ihn mit einer Grausamkeit rächten, die seiner Stellung als Erstgeborenem entsprach.

In der Nacht, als Sturla auf die Welt gekommen war, hatte seine Großmutter geträumt, ein Junge mit dem Namen Kampfstark sei geboren worden. Ich weiß noch sehr gut, wie begeistert Sighvatur gewesen war, als er das gehört hatte. Sonst hatte er sich nie für neugeborene Kinder interessiert, jetzt saß er auf einmal ewig bei dem schlafenden Jungen und blickte ihn stolz und liebevoll an und sprach mit ihm, und wohl ebenso sehr mit sich selbst. Er hatte nie daran gezweifelt, dass Sturla ebendieser Kampfstark war – allein schon, weil er so ein außergewöhnlich schönes Kind war. Das war nicht zu übersehen, von Anfang an nicht. Er war nicht nur schöner als alle anderen Jungen, sein Gesicht hatte auch etwas sonderbar Ruhiges, Entspanntes, fast Würdevolles – und das schon, als er noch ein Säugling war. Alle Frauen wollten ihn in den Schlaf wiegen oder im Arm halten und hätten nichts lieber getan, als ihn zu küssen – ein Wunsch, den viele auch noch hegten, als er bereits erwachsen war … Sturla war seinen Altersgenossen in allen Wettkämpfen und allen Prügeleien überlegen, was schon ungewöhnlich genug war. Doch was mich noch viel mehr verwunderte, war, dass die anderen Jungs das akzeptierten, als sei es eine naturgegebene Tatsache. Sogar sein älterer Bruder Tumi fügte sich ihm ohne Murren, wenn Sturla ihn zu Boden rang. Am ehesten war es noch Kakali, der sich nicht mit der Überlegenheit seines Bruders abfinden wollte und ihn immer wieder herausforderte, was dazu führte, dass sie sich manchmal stritten bis aufs Blut. Ansonsten war Sturla stets der Sieger, und sein Vater sah glücklich zu. Wer hätte nicht gerne einen solchen Sohn gehabt?

Nun ja, es geht hier zwar um meinen Sohn, und Mütter spüren vielleicht Dinge, die andere Leute nicht sofort bemerken, aber mir war es eigentlich gar nicht so recht, dass alle immer davon schwärmten, dass Sturla so ein Teufelskerl sei. Das war er nämlich gar nicht. Also nicht immer. Meiner Meinung nach. Sicher, Sturla bestimmte, was gespielt wurde und was die Brüder mit den anderen Jungen aus der Gegend unternahmen. Doch wenn es Schwierigkeiten gab, war er auch der Erste, der kniff und die anderen vorschickte. Und wenn es wirklich hart auf hart kam, verließ ihn nicht selten der Mut und er konnte überhaupt nichts mehr tun. Einmal hatten die Kinder in einem verlassenen Schafstall auf der Hofwiese mit Feuer gespielt. Auf dem Boden lag noch altes Heu, das sofort Feuer fing, und plötzlich stand alles in Flammen. Die Kinder bekamen natürlich einen riesigen Schreck und weinten und schrien, zum Glück hörten wir es sofort und eilten zur Hofwiese. Als wir den brennenden Stall erreichten, hatten sich bereits alle gerettet, waren hustend und heulend aus dem Stall gerannt – nur Sturla nicht. Er kauerte wie gelähmt an einer Wand, mitten in diesem Flammenmeer, er schien es nicht einmal zu hören, als wir

Frauen wie besessen schrien, er solle endlich rauslaufen. Er starrte nur vor sich hin, mit weit aufgerissenen Augen und offenem Mund, und es hätte wohl übel geendet, wenn nicht einer der riesenhaften Dufgus-Söhne bei uns gewesen wäre, ich glaube, es war Svarthöfdi, der Älteste. Er verschwand mit großen Schritten in den Flammen, packte meinen Jungen und kam wieder heraus.

KAKALI

Dieser Tag …

Ich saß gerade beim Schachspiel, als die Nachricht kam. Wir spielten um Geld, ich war verkatert und fühlte mich furchtbar. Am Abend zuvor hatte ich mich wieder einmal geprügelt, eine wilde Schlägerei in der Schenke, deren Folgen – und die des vielen Trinkens, das ihr vorausgegangen war – mir noch dermaßen in den Knochen steckten, dass ich gar nicht wusste, wie ich den Tag überleben sollte. Sobald ich mich auch nur das kleinste bisschen bewegte, drehte sich alles, mein Herz schlug schwer und unregelmäßig, und ich hatte Kopfschmerzen, mein Schädel fühlte sich an wie ein viel zu enger Stahlhelm. Ich konnte kaum etwas bei mir behalten, trank aber trotzdem ein Bier und musste die Schachpartie unbedingt gewinnen, um mir ein zweites leisten zu können.

Am Morgen hatte man mich viel zu früh aus einem totengleichen Schlaf geweckt. Zwei Männer waren gekommen und fanden mich anscheinend auf dem Boden liegend, zusammen mit zwei Frauen. Sie rüttelten mich so heftig wach, dass es fast schon eine Frechheit war, und riefen in nicht weniger unverschämtem Tonfall: »Kakali! Thórdur Kakali! Na los, du alter Säufer! Wach auf!«

Und als ich noch kaum wusste, wo ich war, hatten sie mich schon hochgerissen und schleiften mich einen langen Gang entlang, bis plötzlich ein königlicher Hofmeister vor mir stand.

Dieser aufgeblasene Schwachkopf schon wieder! Ihm gehörte das Haus, in dem ich wohnte. Er hatte mich schon seit langer Zeit auf dem Kieker, zog hinter meinem Rücken über mich her und machte mich bei allen schlecht, die es hören wollten – und das waren nicht wenige. Er konnte Isländer im Allgemeinen nicht leiden, schon gar nicht die, die aus den besseren Familien kamen. Er war ziemlich dämlich, ein hässlicher, geldgieriger Halsabschneider, und feige obendrein – aber ihm gehörte nun einmal das Haus, in dem ich wohnte.

Ich war noch dermaßen betrunken, dass ich nicht einmal klar sehen konnte, und musste mühsam die Übelkeit herunterschlucken, die immer wieder in mir aufstieg, und dieser Typ überschüttete mich auch noch mit seinen Schimpftiraden und Schmähungen. Das war alles so absurd, dass ich nichts anderes tun konnte als lachen, woraufhin er sich natürlich noch mehr aufregte.

»Dir wird das Lachen noch vergehen, du isländischer Abschaum! Du denkst vielleicht, du kannst dir alles erlauben, weil sich ein paar ehrenwerte Männer für dich einsetzen, aber eigentlich solltest du hier in hohem Bogen rausfliegen! Und zwar sofort! Und dann sollte man dir die Hunde hinterherhetzen. Seit Jahren machst du nichts anderes als dir selber Schande und allen anderen Ärger. Aber nach dem, was gestern Abend passiert ist, kannst du dir sicher sein: Jetzt hast du deine Gnadenfrist endgültig verwirkt!«

Noch immer ziemlich benebelt, tastete ich mich in mein Gedächtnis vor, auf der Suche nach Erinnerungen, doch dort lag alles finster. Nichts war zu sehen und nichts zu hören, außer dem dumpfen Ton, den der Kopfschmerz verursachte, der gegen meine Schläfen pochte. Mir blieb nichts übrig, als zu sagen: »Ist gestern irgendwas passiert?«

Daraufhin verlor der Hausbesitzer ganz und gar die Beherrschung.

»Diese beschissenen Isländer!«, schrie er. »Legen eine ganze Schenke in Schutt und Asche, schlagen fünfzehn Gäste bewusstlos, und dann tun sie so, als wären sie die Unschuld in Person und fragen: ›Ist irgendwas passiert?‹« Aber so seien sie eben, diese Isländer, schimpfte er weiter. »Solange nicht jemand tot am Boden liegt oder am besten gleich mehrere, sagt ihr Lumpenpack doch immer, es sei überhaupt nichts passiert.«

Und er schimpfte weiter. Ein Taugenichts sei ich. Ein Suffkopf. Ein Weiberheld. Da könne ich zehnmal aus einer ehrenwerten Familie kommen und einen Freund des Königs zum Bruder haben – das Wohlwollen, das ich bisher genossen hatte, sei nun endgültig aufgebraucht, Schluss, aus, alle sehnten den Tag herbei, an dem ich endlich zurück nach Island führe, auf diese elende Drecksinsel – denn dort gehörten Tagediebe, Säufer und Kneipenschläger wie ich hin. Von den Dieben, Mördern und Hochverrätern ganz zu schweigen, die man schon damals nach Island vertrieben habe, damit die rechtschaffenen und anständigen Norweger endlich in Ruhe leben könnten.

Ich hörte das alles nicht zum ersten Mal. Aber so langsam wurde ich neugierig, was denn nun am Abend zuvor passiert war, an ein paar wenige Dinge erinnerte ich mich jetzt nämlich doch. Ich hatte dort gesessen, getrunken, dann hatte es Ärger gegeben …

»Habe ich fünfzehn Männer verprügelt? Mit bloßen Händen? Ohne Waffen?«

»Ja«, sagte der Hofmeister. »Meine Leute sagen, ihr seid mit Trinkhörnern und Lampen aufeinander losgegangen. Und dann lagen fünfzehn Mann ohnmächtig auf dem Boden. Und überall Blut und Met und zerbrochene Teile von Tischen und Bänken. Doch dieses Mal kommst du nicht so einfach davon, diesmal wird es Rache geben, darauf kannst du Gift nehmen. Weißt du eigentlich, wie nett es von mir ist, dass ich dir das alles überhaupt erzähle? Wenn so etwas noch ein einziges Mal passiert, kannst du froh sein, wenn man dir nur die Hände und Füße abhackt und du auf deinen Stümpfen noch von hier fortkriechen kannst!«

So begann dieser denkwürdige Tag für mich. Nachdem er fertig geschimpft hatte und ich merkte, dass die beiden Mädchen, die liebenswürdigerweise die Nacht mit mir verbracht hatten, verschwunden waren, schlich ich auf den Dachboden des Hauses, dort wohnten die einfachen Soldaten. Für den Fall, dass sich wirklich irgendjemand an mir rächen wollte, war es sicher besser, sich ein bisschen zurückzuziehen. Langsam ging es mir besser. Ich trank also langsam das erste Bier, das ich sogar bei mir behielt, und spielte nun eben Schach mit einem Mann von den Hebriden, der schon sehr lange am Königshof war. Ich war ziemlich gut aufgestellt. Ich jagte seinen König mit Springer und Turm über das ganze Brett, es konnte nur noch wenige Züge dauern, und langsam fühlte ich mich wieder so, wie ich mich hier am Königshof oft fühlte: Mir war alles egal. Als könnte nichts mehr passieren, was meine Situation noch schlimmer machte, als sie es sowieso schon war. Ich sah meinen Gegner an. Er wusste, dass ich ihn gleich schachmatt setzen würde, doch er kämpfte. Versuchte, einen Ausweg zu finden. Ich trank in Ruhe mein Bier. Vögel sangen in meiner Brust.

Plötzlich hörten wir laute Stimmen von unten. Offenbar hatte jemand etwas sehr Wichtiges mitzuteilen. Viele, die hier oben saßen oder lagen, standen auf, um besser hören zu können, oder sie gingen gleich hinunter zu dem Mann, der so wichtige Neuigkeiten zu verkünden hatte. Ein Schiff aus Island sei angekommen, und die Besatzung habe berichtet, dass es eine große Schlacht mit vielen Toten gegeben habe.

»Man hat sie alle umgebracht!«, rief der Mann. »Alle Anführer der Sturlungen! Sighvatur und all seine Söhne!«

Es ging mir durch Mark und Bein. Das gebe ich zu. Ich hatte immer auf die Nachricht vom endgültigen Sieg meines Bruders über seine Gegner gewartet. Der Kater kam zurück, er überwältigte mich, mir wurde so schwindelig, dass ich überhaupt gar nicht mehr wusste, wo ich war.

»Sighvatur Sturluson ist tot und all seine Söhne auch«, rief der Mann dort unten noch einmal. Fast hätte ich zurückgerufen: »Ganz tot bin ich noch nicht!«

Doch das konnte ich irgendwie nicht, und aufstehen und zu den anderen gehen, um Genaueres zu erfahren – das konnte ich auch nicht. Mein Gegner hatte einen Zug gemacht. Er war mit dem König aus dem Schach gezogen, aber es war ein schlechter Zug gewesen.

»Sturla Sighvatsson ist mit einem Heer in den Skagafjord gezogen, um Kolbeinn den Jungen zur Strecke zu bringen. Doch Kolbeinn hat sich mit Gissur zusammengetan und die Sturlungen abgeschlachtet! Sie haben sich nicht einmal richtig gewehrt. Sie haben sie auf Örlygsstadir in einem Schafspferch zusammengetrieben und dann einfach einen nach dem anderen erschlagen!«

Nun hörte auch mein Gegner zu. Ich fand, er sollte sich lieber auf das Spiel konzentrieren. Sonst wäre für ihn gleich alles vorbei. Ich machte den nächsten Zug.

»Schach.«

»Die Sturlungen sind am Ende.«

Der Bote hatte angefangen zu schreien.

»Man jagt sie durch das ganze Land und ergreift jeden, den man finden kann.«

Mein Gegner machte einen Zug mit dem Läufer. Eigentlich hätte er aufgeben müssen, so schlecht wie es für ihn stand.

»Man sagt, Halldóra Tumadóttir, die vor Kurzem noch die reichste Frau von ganz Island war, zieht jetzt bettelnd von Hof zu Hof!«

Mein Gegner spitzte die Ohren und sah hinunter. Grinste er etwa? Ich war kurz davor, ihm eine reinzuhauen, schließlich ging es hier um meine Mutter. Aber woher sollte er das wissen?

»Sighvatur ist tot. Und seine Söhne: Sturla, Kolbeinn, Markús und Krókur!«

Mein Gegner zuckte zusammen. Warf mir einen kurzen Blick zu. Wir wohnten hier schon lange zusammen. Jetzt hatte er es begriffen.

»Das sind doch deine Brüder, oder?«

Ich machte einen Zug mit dem Turm und sagte: »Die Isländer schlachten nicht nur Kühe.«

Das war vielleicht nicht besonders lustig, doch mir fiel nichts ein, was ich sonst hätte sagen können. Abgesehen von dem, was es zu meinem Zug mit dem Turm zu sagen gab.

»Schachmatt.«

BJÖRN BROCKEN

Ich weiß es nicht …

Ans Aufgeben hatte ich irgendwie nie gedacht. Und doch hatten wir genau das getan, aufgegeben. Wir hatten aufgehört zu kämpfen, obwohl es dafür gar keinen Grund gegeben hatte. Ich will damit nicht sagen, dass ein bestimmter Mann aufgegeben oder einfach die Waffen hatte sinken lassen. Das zu beurteilen steht mir nicht zu. Und doch war es irgendwie dazu gekommen, wir alle hatten diese bittere Erfahrung gemacht.

Wir konnten uns nicht einmal damit herausreden, dass sie uns überrascht hatten. Im Gegenteil. Ihr Angriff war geradezu überfällig gewesen, wir hatten seit Tagen darauf gewartet. Gewartet. Und gewartet. Dass wir Kolbeinn den Jungen nicht auf seinem Hof überraschen konnten, weil er mit all seinen Männern aus dem Skagafjord geflohen war, hatte uns vollkommen den Wind aus den Segeln genommen, schließlich hatten wir ihn doch dort angreifen wollen und den letzten Anführer besiegen, der sich uns noch entgegenstellte. Zumindest dachten wir das damals. Auf dieser Art Kriegszügen war es immer am besten, man griff sofort an. Das war am einfachsten. Am schönsten, wenn man das so sagen will …

Doch auch verteidigen konnte ich mich eigentlich ganz gut, und meinen Brüdern ging es ähnlich. Sogar gegen eine Übermacht. Und sogar wenn es ziemlich schlecht für uns aussah, wir konnten es. Das hatten wir Brüder immer gekonnt – Svarthöfdi, der Älteste von uns, hatte einmal gesagt: »Niemand ist so stark wie ein wütender Mann, den man in die Enge treibt.«

Aber aufgeben? Gut, Kolbeinn der Junge und Gissur hatten vielleicht mehr Männer. Das sahen wir sofort, als sie auf der anderen Seite des Tals auftauchten und den Berghang herab in Richtung Fluss ritten. Aber ich kann mir nicht helfen, ich hatte irgendwie keine Angst. Und meine Brüder auch nicht, Grön oder Svarthöfdi – wir waren die Dufgus-Söhne, wir hatten niemals Angst, schon gar nicht, wenn wir alle zusammen in den Kampf zogen, das hätte doch richtig lustig werden können … Oder, ich weiß nicht, vielleicht nicht lustig, aber eben ein richtig anständiger Kampf.

Aber unser Befehlshaber Sturla Sighvatsson? Unser berühmter Anführer? Was tat der?

Der stand einfach nur da und sah zu, wie die Feinde immer näher kamen. Mir lief ein Schauer über den Rücken, als ich ihn so sah, das muss ich zugeben. Sturla war das neue Oberhaupt unserer Familie, wir hatten geschworen, ihm zu folgen, deshalb taten wir natürlich auch erst einmal nichts. Er gab die Befehle. Wir Brüder konnten so etwas nicht. Wir waren nur jederzeit bereit, für unsere Anführer zu kämpfen. Aber damit wir das tun konnten, mussten sie natürlich irgendetwas befehlen, Sturla oder sein Vater Sighvatur, sie mussten Ordnung in unsere Reihen bringen. Sie mussten entscheiden, ob wir zum Gegenangriff übergehen oder uns lieber verteidigen sollten. Sturla hätte das tun müssen. Er hatte den Oberbefehl, Sighvatur war eigentlich schon zu alt dafür und er war auch nie ein großer Krieger gewesen, wenn auch ein ehrenwerter Kerl, keine Frage. Ein fröhlicher Mensch. Mit Sighvatur gab es immer etwas zu lachen, er war wirklich einer von den Guten – nicht so hochtrabend und hochnäsig wie sein Bruder Snorri.

Ich weiß es nicht. Ich verstehe es nicht. Ich war mehr als bereit, für den alten Sighvatur zu sterben, für diesen großen Mann. Doch stattdessen musste ich machtlos zusehen, wie sie ihn angriffen und schließlich erschlugen. An einem schäbigen Viehzaun. Dann rissen ihm diese Schweine auch noch die Kleider vom Leib, spannten ein Pferd vor seinen bleichen, blutbeschmierten Körper und zogen ihn über das Schlachtfeld, in nichts als seiner Unterwäsche.

Warum haben wir das nicht verhindert? Muss ich das verstehen?

Natürlich wussten wir, dass Kolbeinn der Junge kommen würde, wir wussten sogar, aus welcher Richtung, von Süden, verstärkt durch Gissur und seine vielen Männer. Und doch lagerten wir tagelang tatenlos an diesem Berghang. Das war doch keine gute Stellung, verdammt noch mal. Warum hatten wir uns keinen geeigneteren Ort ausgesucht, um dem Feind entgegenzutreten, warum diese beschissene Wiese? Wir Brüder waren schon lange unruhig geworden. Wir fragten Sturla, ob wir nicht ein Bollwerk bauen oder vielleicht näher an die Felsen heranrücken sollten, sodass man uns nur aus einer Richtung hätte angreifen können, oder zumindest Steine sammeln, die sich gut zum Werfen eigneten, alleine damit hätten wir viele von denen zur Strecke gebracht.

Ich wollte Kolbeinn sogar entgegenziehen und ihn noch auf dem Hochland stellen. Wir waren uns fast sicher, dass er den Kjölur-Weg nehmen würde. Mein Bruder Svarthöfdi schlug genau das Sturla vor, doch der zögerte. Ob wir uns denn wirklich sicher seien, dass er nicht einen anderen Weg über das Hochland nahm? Letztendlich hatten sie genau den Weg genommen, den wir vermutet hatten, aber sicher hatte man sich natürlich nicht sein können, niemand konnte sich irgendeiner Sache sicher sein, das war ja gerade das Problem. Seit Tagen schickten wir Späher aus, doch keiner kam zurück. Wir hörten nichts von ihnen – als würden wir in die Dunkelheit hineinrufen und es käme nicht einmal ein Echo zurück, sagte Sturla irgendwann einmal. Das belastete ihn sehr. Wir warteten in absoluter Stille. Sogar die Vögel auf den Wiesen schienen zu ahnen, was bevorstand, und verstummten. Wenn ich jetzt wieder an diese Tage zurückdenke, kann ich mich nicht einmal erinnern, das Wasser gehört zu haben, das von den Gletschern hinab durch das Tal in den Fjord floss. Nichts störte die Stille, bis Kolbeinn und Gissur plötzlich mit mehr als tausend blutrünstigen Männern auf der anderen Seite des Flusses auf dem Bergkamm auftauchten und brüllend auf uns zustürmten.

Ich weiß es nicht …

Wir hätten uns gut verteidigen können. Wir hätten die Schlacht gewinnen können, wenn uns irgendjemand angeführt hätte. Doch so warteten wir nur verwirrt auf Befehle, die nicht kamen. Unsere Schilde waren sogar noch an den Satteln festgebunden.

»Sollten wir nicht zumindest den Männern sagen, sie sollen ihre Schilde losmachen?«, hörte ich Svarthöfdi sagen.

Er war der älteste von uns Brüdern und sprach meistens für uns alle. Dort Sturla antwortete nicht. Sein Gesicht war schweißüberströmt, rote Flecken auf den Wangen und sonderbar weit aufgerissene Augen. Und dann ging er schließlich in diesen Schafspferch hinein. Das war doch keine Verteidigungsstellung, das war ein Pferch für Vieh. Für Schlachtvieh. Und doch folgten wir ihm, wie Untote manchen Menschen folgten, und drängten uns in diesen Pferch.

Sie jagten brüllend auf uns zu. Ehe ich mich versah, waren sie schon überall, ich war umstellt, sie griffen mich von vorn und hinten an, traten und schlugen und hatten uns bald die Waffen abgenommen. Konnten sie uns nicht die Ehre gönnen, im Kampf zu sterben wie wahre Krieger? Sturla war nur mit einem alten Speer bewaffnet, der ganz verbogen gewesen war, er stieß damit zwei-, dreimal in die Runde, dann hatten sie ihn schon erwischt. Sie machten sich einen Spaß daraus, ihm ins Gesicht zu stechen, durch die Wangen, sie rissen ihm die Mundwinkel auf, das war der reinste Neid darauf, dass er so ein gut aussehender Mann war. Und dann kam Gissur und gab ihm den Todesstoß.

Ich weiß es nicht …

Uns, die wir den Kampf überlebt hatten, verspotteten sie nur. Sie verprügelten uns und lachten uns aus. Von Kolbeinns und Gissurs Leuten waren nur zwei oder drei gefallen – bald sollte das ganze Land darüber Witze machen, dass die sich wohl aus Versehen selbst mit ihren Schwertern erwischt hatten. Wir hatten nicht einmal jemanden verwundet. Jemand gab mir Ohrfeigen wie einem ungezogenen Jungen, dann wurde mir gesagt, ich solle heim zu Mama gehen. Und meine Brüder auch.

Ich weiß es wirklich nicht …

Warum hatten wir niemanden getötet? Warum hatten wir nicht gekämpft wie Männer? Warum waren wir nicht im Kampf einen ehrenvollen Tod gestorben? Warum hatte Sturla nichts getan, außer zu warten, bis sie kamen und ihn töteten? Ich weiß es nicht. Ich glaube, er hat sich in die Hosen geschissen …

KAKALI

Aber es war doch ein schwerer Schlag für mich.

Da war zuallererst das Gefühl, kein Zuhause mehr zu haben. In Norwegen hatte ich mich all die Jahre immer als Gast oder Durchreisender gefühlt, der in seine Heimat zurückkehren würde, sobald ihm die Zeit dafür reif erschien.

Dann wurde ich eines Morgens schwer verkatert von der Nachricht geweckt, dass von nun an dieser kalte Dachboden unserer Soldatenunterkunft in Trondheim, auf dem ich mit Herumtreibern und Unglücksraben meine Nächte verbrachte, mein einziges Zuhause war. Und erst jetzt, als ich nirgendwo sonst hinkonnte, wurde mir überhaupt bewusst, dass ich einmal eine Heimat gehabt hatte, ein weites Land im Nordmeer, mit großzügigen Menschen, die mich immer aufgenommen hätten, egal, wie sehr ich mein Leben auch verpfuschte. Das alles erkannte ich erst jetzt, als es nicht mehr da war, und ich hätte nie gedacht, dass mir dieser Gedanke eine solche Angst machen würde.

Ganz abgesehen davon hatte ich kein Geld mehr. Bis jetzt war ich nur vorübergehend pleite gewesen und alle wussten, dass die reichste Familie Islands für mich bürgen würde. Nun war ich plötzlich ein stinknormaler armer Schlucker. Doch das war im Vergleich zu allem anderen nun wirklich am wenigsten schlimm.

Ich ging in die Schenke und bestellte aus alter Gewohnheit ein Bier, das ich später zahlen würde. Ich hatte immer meine Zeche gezahlt, alle wussten das. Doch dieses Mal stellte der Wirt sich an. Erst tat er so, als hätte er mich nicht gesehen, sodass ich ihn zu mir ziehen musste, und als ich dann mein Bier forderte, sagte er: »Wo ist das Geld?«

»Zu Hause, in Island, habe ich mehr als genug Geld«, sagte ich. »Das weißt du ganz genau!«

»Wissen tue ich nichts«, sagte er. »Und gehört habe ich auch etwas anderes.«

Irgendwann erbarmte er sich und gab mir ein Bier auf Pump unter der Bedingung, dass ich mich danach verdrückte.

Ein Bier. Was sollte ich mit einem Bier, ich, der erst ab dem zehnten langsam etwas merkte.

Nun wurde es wirklich unangenehm hier. Meinen Kram hatte ich zum größten Teil bereits verpfändet, nur einen großen pelzgefütterten Umhang besaß ich noch – den hatten schon die Vorfahren meiner Mutter getragen. Vor meiner Abreise hatte sie mir dieses scharlachrote Gewand unbedingt schenken wollen, und das war auch genau der Grund dafür gewesen, warum ich bis jetzt davor zurückgeschreckt war, es zum Pfandleiher zu bringen; Mutter hatte dafür kämpfen müssen, dass es nicht einfach Sturla in die Hände fiel, wie fast alles andere. Sie hatte gewollt, dass auch »mein Kakali« etwas abbekam.

Ich versuchte herauszufinden, was genau in Island passiert war, bei dieser »Schlacht von Örlygsstadir«, wie das Blutbad inzwischen genannt wurde.

Dass mein Bruder Sturla irgendwann einmal die Strafe für seine Dreistigkeit bekommen hatte, überraschte mich ehrlich gesagt nicht. Er hatte nun wirklich lange genug alles und jeden verraten und provoziert – jetzt also auch Kolbeinn den Jungen und Gissur, kein Wunder, dass ihm das zum Verhängnis geworden ist.

Aber dass sie unbedingt meinen Vater hatten umbringen müssen und dann auch noch die Leiche schändeten – ihn halb nackt zur Belustigung dieser feigen Mörderbande über Stock und Stein schleiften, das raubte mir den Schlaf. Meine anderen Brüder hatten sie regelrecht abgeschlachtet. Wenigstens Markús war offenbar im Kampf gefallen, die Jüngeren hingegen hatten anscheinend in einer Kirche Zuflucht gesucht und wurden dort umstellt. Ihnen im Gotteshaus etwas zuleide zu tun hätte sich wohl niemand getraut, aber Kolbeinn der Junge und Gissur warteten einfach vor der Kirche, bis die Eingeschlossenen ihre Notdurft verrichten mussten. Sie haben sich wohl enorm gequält, sich nicht rausgetraut, aber sie wollten natürlich auch nicht diesen heiligen Ort beschmutzen. Als sie schließlich herauskommen mussten, wurden sie einfach geköpft.

Übrig geblieben sind also nur ich und meine beiden Schwestern, die eine in Nordisland, die andere im Süden. Unsere Feinde haben bestimmt dafür gesorgt, dass sie nichts unternehmen können. Auch mein jüngster Bruder hatte wohl überlebt. Tumi der Jüngere. Ich hatte ihn nicht als besonders mutig in Erinnerung, und er hatte auch in dieser großen Schlacht offenbar nicht von sich reden gemacht, wahrscheinlich haben die anderen ihn verschont, weil er sowieso niemandem etwas zuleide tun konnte.

Es dauerte nicht lange, und es kam ein Bote von Onkel Snorri aus Bergen. Snorri hatte natürlich auch gehört, was passiert war. Er schickte mir einige Verse, die er darüber geschrieben hatte, dass nun von den Anführern in unserer Familie nur noch wir beide am Leben waren, dass ein Rudel blutrünstiger Wölfe den Rest der Familie getötet hatte und nun mit den Schnauzen in ihren sterblichen Überresten wühlte. Dieses Gedicht von Snorri veränderte für mich alles. Mir wurde klar, dass Snorri und ich nun zusammenhalten mussten. Für einen Moment überlegte ich noch, zu ihm zu gehen und mir Geld zu leihen, um mein bisheriges Leben unverändert weiterführen zu können, doch dann fand ich das schäbig – dieses große Unheil hatte in mir so etwas wie Stolz geweckt.

Wenn die Männer beim Bier oder Met zusammensaßen, machten sie eine Menge höhnischer Bemerkungen über die Sturlungen und ihre Niederlage bei Örlygsstadir – die Sache erregte viel Aufmerksamkeit, weil es von den anderen Kampfschauplätzen derzeit nichts Neues zu berichten gab. Eines Nachts gab ein Besoffener gröhlend die Geschichte von einem Mann aus dem Heer von Kolbeinn dem Jungen zum Besten, der mit einem vollkommen verbogenen Speer von der Schlacht von Örlygsstadir zurückgekehrt war. Als die Leute ihn zu Hause fragten, was es damit auf sich habe, sagte er, der Speer sei deswegen so krumm, weil er damit Sighvatur, den Goden aus dem Eyjafjord, erstochen habe.

»Da habe ich mir an den Knochen des Goden wohl den Speer verbogen.«

Ich prügelte mich mit jedem, der über diese Geschichte auch nur geschmunzelt hatte. Also so ziemlich mit der ganzen Schenke. Und das war die erste Prügelei gewesen, an der ich überhaupt gar keinen Spaß gehabt hatte. Ich war diese wüsten Gelage leid, dieses ganze lasterhafte Leben. Und ging fortan kaum mehr unter Leute.

Einige Zeit später hörte ich, Onkel Snorri wolle zurück nach Island fahren, und beschloss, erst einmal abzuwarten, wie es ihm dort erging. Mit Kolbeinn und Gissur war er eigentlich immer ganz gut ausgekommen – auf jeden Fall besser als mit meinem Bruder Sturla. Wenn es Snorri gelang, etwas von seinem Besitz und seiner Macht zurückzubekommen, könnte vielleicht auch ich unter seinem Schutz nach Hause zurückkehren – und plötzlich wünschte ich mir nichts sehnlicher als das. Zurückzukehren nach Island. Meiner Mutter zu helfen. Irgendjemandem zu helfen. Zum ersten Mal in meinem Leben.

Doch erst einmal ging für mich in Trondheim das Leben weiter seinen lasterhaften Gang. Erst Schachspiel, dann Saufgelage, dann Schlägerei, dann Kater. Oder eben Einsamkeit. Ich irrte oft hungrig umher.

GLETSCHER-THÓRIR

Für mich war das Schlimmste da in der Kirche, dass wir uns alle fast in die Hosen gemacht hätten. Ich war fest davon überzeugt gewesen, dass man uns nicht köpfen würde, uns normale Männer nicht, so war es trotz allem Hass immer üblich gewesen. Den beiden Sturlungen-Brüdern, die bei uns waren, versuchte ich hingegen möglichst selten in die Augen zu sehen. Als unsere Feinde die Kirche umstellt hatten, mussten sie begriffen haben, dass in diesem Augenblick ihr Todesurteil gefällt worden war. Natürlich hatten Kolbeinn und Gissur viele Gründe, sich an den Sturlungen zu rächen, wir hingegen waren doch nur Fußvolk. Einfache Bauern, die alles stehen und liegen lassen und mit ihrem Anführer in den Krieg ziehen mussten, sobald der es für nötig hielt. Ich hatte so etwas schon einige Male erlebt, zuletzt im Borgarfjord, dort hatte ich für Sturla gekämpft. Wir erschlugen dreißig Männer – größtenteils Leute, die ich noch nie zuvor gesehen hatte. Doch darüber dachte ich jetzt nur am Rande nach. Der Drang, meine Notdurft zu verrichten, war einfach zu stark. Bald traten wir alle von einem Bein auf das andere.

Auch die anderen wichen den Blicken der Sturlungen-Brüder aus. Besonders den Jüngeren der beiden wollte keiner ansehen, er war noch ein Kind und aus seinen Augen sprach nichts als Angst. Zuerst war es draußen lange ganz still gewesen, dann hörten wir auf einmal Gissurs raue Stimme. Er befahl uns, unsere Namen zu nennen.

Skalden-Sturla machte den Anfang. Er war von uns allen immer der Vernünftigste gewesen. Er sagte mit ruhiger, fester Stimme, wer er sei, obwohl er ein Cousin von Sturla war und damit auch ein wichtiger Anführer der Sturlungen.

»Skalden-Sturla«, sagte Gissur. »Komm raus. Ich werde dich verschonen.«

Skalden-Sturla sah sich hastig in der Kirche um, seine Augen blieben an Ásgrímur Bergthórsson hängen. Er rief Gissur zu, dass er nur herauskomme, wenn auch Ásgrímur verschont würde. Gissur sagte sofort Ja. Skalden-Sturla erhob sich und ging mit Ásgrímur hinaus, musste ihn aber stützen. Ásgrímur war so ergriffen, dass ihm die Beine versagten.

Einige von uns waren auf das Dach der Kirche geklettert, darunter einer der Dufgus-Söhne, wahrscheinlich eher Grön als Svarthöfdi. Die Dufgus-Söhne waren im ganzen Land für ihren Kampfgeist und ihren Mut bekannt und konnten nicht so einfach in eine Kirche fliehen wie wir normalen Menschen. Auf jeden Fall glaubte ich zu hören, dass Gissur auch dem Dufgus-Sohn Gnade anbot – wahrscheinlich schuldete auch Gissur diesen Brüdern einen Gefallen, wie so viele im Land. Dann ging ein verschonter Mann nach dem anderen hinaus, bis es in der Kirche unangenehm leer wurde. Schließlich waren wir nur noch sechs: die zwei Sturlungen-Brüder und vier von uns einfachen Bauern. Angst machte sich breit. Nun hatten wir noch einen Grund mehr, uns bald in die Hosen zu machen.

Schließlich nahm ich all meinen Mut zusammen, ging an die Fensteröffnung und versuchte möglichst selbstbewusst zu rufen: »Und was ist mit mir?«

Die Männer draußen zuckten mit den Schultern. Irgendetwas stimmte nicht, das spürte ich sofort. Dann tauchte Klaengur auf, einer von Gissurs wichtigsten Männern, und warf mir einen hasserfüllten Blick zu. Als Nächstes sah ich, wie ein wütender Mann ihm über die Schulter sah und kreischte: »Das ist er! Gletscher-Thórir, der hat im Borgarfjord meinen Bruder umgebracht!«

Es traf mich wie ein Schlag. Dass ich so dringend pinkeln

musste, hatte ich jetzt vergessen. Ich wandte mich wieder an Klaengur.

»Was soll denn das?«, fragte ich, als sei dies eine Kleinigkeit. »Wer ist das überhaupt?«

»Er hat meinen Bruder erschlagen! Mit einem Hammer!«

Klaengur wandte sich diesem Typen zu: »Wie hieß der noch mal?«

»Gudlaugur Halldórsson! Man nannte ihn auch Gudlaugur Krachmacher!«, kreischte der Mann. »Gletscher-Thórir hat ihn erschlagen! Und das wird er jetzt büßen.«

Klaengur schob ihn von sich weg und gab ihm ein Zeichen, er solle schweigen. Dann wandte Klaengur sich wieder zu mir um, und ich merkte, wie erschöpft er war.

»Hast du im Borgarfjord gekämpft?«

»Wo? Ach so, ja, aber von diesem Krachmacher habe ich wirklich noch nie gehört.«

Klaengur ging. Wir warteten schweigend.

Bald wurde es Abend. Wieder und wieder hatten sie gedroht, die Kirche niederzubrennen, wenn wir nicht herauskämen, sie sei ja durch uns Sünder sowieso entweiht. Wieder und wieder hatten auch die Sturlungen-Brüder angeboten, das Land zu verlassen und nie wieder zurückzukommen, wenn man sie nur am Leben ließe. Sie wollten ihren gesamten Besitz zurücklassen, doch zur Antwort bekamen wir nichts als eisiges Gelächter zu hören. Es war wirklich so, als ob es draußen auf einmal eiskalt geworden war, als ob uns plötzlich eine Eiswand von denen da draußen trennte. Als ich mir ein Herz fasste und fragte, was denn nun mit mir sei, bekam ich zur Antwort nur ein kaltes Grinsen. Ich setzte mich auf eine der Kirchenbänke und wartete. Hermundur Hermundarson, der neben mir saß, hatte angefangen zu weinen. Er trocknete sich die Tränen mit seinem langen blonden Haar. Er stank. Ich rückte von ihm weg.

Dann rief der ältere der beiden Sturlungen-Brüder, dass wir

rauskämen. Wir hielten es einfach nicht mehr aus. Keine Antwort. Stattdessen Schritte vor der Kirchentür. Einer von uns zog den Riegel zur Seite, schob die Tür einen Spaltbreit auf, dann sahen wir sie dort stehen. In zwei Reihen. Sie bildeten eine Gasse. Ein Ehrenspalier zur Latrine.

Im Latrinenhaus lagen einige Verwundete aus unserem Heer, die begnadigt worden waren. Einer rief voll freudiger Verwunderung: »Lassen sie euch etwa auch gehen?«

Dann sah er die Gesichter der Brüder und verstummte. Alle blickten zu Boden. Jemand schluchzte, ich glaube, es war wieder der blonde Hermundur.

Inzwischen haben sie die Brüder getötet und noch zwei andere dazu. Sie haben sie geköpft. Ihre Körper liegen mit anderen Leichenteilen auf einem Haufen neben einer niedrigen Mauer. Doch mich werden sie verschonen. Das weiß ich tief in meinem Herzen. Ich werde weiterleben, ich spüre das. Mir ist einmal vorausgesagt worden, dass ich auf See sterben werde. Ich habe oft geträumt, dass ich auf diese heldenhafte Art sterben werde, und sogar einige Verse darüber gedichtet, über meine Sterbestund auf See. Hermundur heult und heult, er wirft sich den Männern zu Füßen und winselt um Gnade. Doch die Männer sind müde, sie wollen, dass das alles endlich ein Ende hat, und diese Gefühlsduselei verursacht bei ihnen nur schlechte Laune. Sie packen ihn, und als sie ihn auf das Mäuerchen drücken, versteht er offenbar, dass er sterben wird. Er streicht sich das lange Haar aus dem Nacken, damit es kein Blut abbekommt. Ein Henker kommt herbei, und sie reichen ihm die Axt. Eine gute Waffe, der alte Sighvatur hat sie besessen, sie heißt Stjarna. Stern. Der keifende Kerl, dessen Bruder ich angeblich erschlagen habe, stellt sich schon neben dem Henker auf, als wolle er damit sagen, dass er die nächste Hinrichtung ausführen werde. Wer war das bloß, sein Bruder, dieser Gudlaugur Krachmacher? Doch. Jetzt erinnere ich mich …

Es hat Hermundur wenig genützt, sich das Haar aus dem Nacken zu streichen, denn der erste Axthieb geht daneben und erwischt ihn am Hinterkopf. Er ist offenbar sofort tot, Blut fließt über seinen ganzen Kopf und sein Gesicht. Ich bin der Nächste, sie bugsieren mich auf die kleine Mauer. Sie ist ganz glitschig vor lauter Blut. Der keifende Kerl hat die Axt in der Hand, und jetzt sehe ich seinen Bruder plötzlich lebhaft vor mir. Den verwunderten Ausdruck auf seinem Gesicht, bevor er gefallen ist, sehe die Gesichter aller Männer, die mir je im Nahkampf gegenüber gestanden haben, sehe alle Gesichter, die ich jemals in meinem Leben gesehen habe. Sie kommen. Immer näher. Und alle starren sie mich an, das ist doch ein gutes Zeichen, ja, diese Verse, die ich selbst gedichtet habe über meinen Tod auf See, die kann ich doch auswendig. Ich hebe die Hand. Bitte um Ruhe und trage meine Verse vor.

»Rasch sich auf den Kiel gezogen, kalt wallen des Meeres Wogen.«

Gut, das hätte man vielleicht auch überspringen können. Aber jetzt kommt das Wichtige, das Stoßgebet.

»Wohlan, fasse Mut in deiner Not. Hier findest du den süßen Tod.«

Ich spüre, wie das höhnische Gelächter der Männer verstummt. Diese Verse retten mir das Leben. Einen Mann, der im Angesicht des Todes Verse spricht, den tötet man nicht, man tötet Heulsusen, so wie den blonden Hermundur. Mit umso festerer Stimme trage ich den zweiten Teil vor, so ist es richtig, ich habe es geschafft. So muss es dem berühmten Krieger und Skalden Egill gegangen sein – auch er hat sich einmal mit einem Gedicht vor der Hinrichtung gerettet, denke ich, während ich die letzten Verse geradezu freudig spreche.

»Mädchen liebten dich im Überfluss, doch nun ist mit dem Leben Schluss.«

Jetzt werden sie mich von diesem Richtblock nehmen, einen Mann, der so gut dichten kann, den werden sie ver…

HÁLFDAN VON KELDUR

Ich finde es zwar nicht gut, aber so es ist nun einmal: Bauern beschweren sich gerne, besonders die kleinen. Sie halten es für eine furchtbare Plage, dass die Anführer der großen Familien seit einiger Zeit so oft Krieg führen. Ich würde das natürlich nie sagen, so reden nur Feiglinge und Drückeberger – Kleinbauern eben oder Männer, die vielleicht gerade erst zu etwas Wohlstand gekommen sind, aber nicht wissen, was es bedeutet, aus einer altehrwürdigen Familie zu stammen. Sie sehen es einfach nicht ein, dass sie jederzeit alles stehen und liegen lassen sollen, um mit ihren Anführern in den Krieg zu ziehen und noch dazu nicht selten in weit entfernte Teile des Landes. Mit Letzterem muss ich ihnen recht geben, wir müssen oft verdammt lange reiten, aber ich gebe natürlich trotzdem nichts auf dieses Gejammer von irgendwelchen hasenfüßigen Kleinbauern – Bauern jammern immer.

Aber ich will doch sagen, dass ich die armen Kerle irgendwie verstehen kann. Was kümmert es die, wenn die Anführer der großen Familien sich streiten – als einfacher Bauer hat man bei diesen Kriegszügen doch nichts zu gewinnen, aber alles zu verlieren, nämlich sein Leben. Denn gefährlich kann es schon werden, das muss ich zugeben. Da gibt es nichts zu beschönigen, auch wenn es merkwürdigerweise immer wieder Leute gibt, die das versuchen.

Es sind nun einmal schon viele dabei draufgegangen. Hunderte. Und die meisten sind einfache Bauern gewesen, deshalb muss man sich doch nicht wundern, dass die sich beschweren. Aber ich tue das natürlich nicht, und diejenigen, die das Gegenteil behaupten, die sollen dafür bitte schön Zeugen bringen! Und damit meine ich keine Zeugenaussagen von irgendwelchen halb besoffenen Viehtreibern, mit denen man sich nach dem Schafsabtrieb oder nach einem Markttag mal einen netten Abend macht. Bei solchen Gelegenheiten will man sich doch nur ein bisschen aufmuntern und fängt natürlich keinen Streit an, nur weil man anderer Meinung ist als die anderen. Denn das bin ich natürlich. Man muss doch zusammenhalten, wenn es hart auf hart kommt, und ich bin den Sturlungen nun einmal durch Heirat verbunden, und nicht irgendwelchen Sturlungen, sondern den mächtigsten von ihnen. Steinvör, meine liebe Ehefrau, die tollkühner ist als viele Männer, ist die Tochter von Sighvatur, dem verstorbenen Oberhaupt der Sturlungen, und somit die Schwester von Sturla und seinen Brüdern, die in der Schlacht von Örlygsstadir im Skagafjord gefallen sind. Was sie dort gewollt haben, frage ich mich bis heute … Wobei ich das natürlich nie so sagen würde, wenn meine liebe Steinvör dabei ist – wenn sie hören würde, dass ich ein gewisses Verständnis für die Unzufriedenheit der Kleinbauern habe, würde es richtig Ärger geben, das will ich mir gar nicht ausmalen. Aber diese Unzufriedenheit gibt es eben, und das kann selbst Steinvör nicht bestreiten.

So sind sie eben, diese kleinen Bauern, die nicht selten auch ziemliche Kleingeister sind. Die wollen nichts anderes, als in Ruhe ihre Äcker bestellen und ihr Vieh mästen, um ihre Frau und ihre Kinder zu ernähren. Was ich eigentlich auch gar nicht so vollkommen unverständlich finde. Also, selbstverständlich nur für das einfache Volk – die haben keine anderen Ansprüche an das Leben. Die wollen das Essen auf den Tisch bringen und dann vielleicht noch ihre Landwirtschaft ein wenig ausbauen … Aber bei uns ist das natürlich eine ganz andere Sache. Ich habe hehre Ziele. Ich habe an die Ideale von Steinvör und ihren Brüdern geglaubt. Doch dann sind all die Träume der Sturlungen einfach zerplatzt. Auf Örlygsstadir zerschlagen und zertrampelt worden. Und wenn auch nur irgendjemand – und ich meine wirklich irgendjemand, ganz egal wer – mich so etwas hat sagen hören wie, dass wir Bauern nun froh sein können, endlich nicht mehr von jetzt auf gleich zu irgendwelchen Kriegszügen aufbrechen zu müssen, und das vielleicht sogar mitten in der Heuernte oder wenn gerade geschlachtet wird (die Schlachtzeit eignet sich besonders gut für Kriegszüge, weil die Flüsse im Herbst wenig Wasser führen), wenn also jemand mich so etwas in der Art hat sagen hören – dann ist das natürlich nichts als Spaß gewesen. Wer will schon immer anderer Meinung als seine Nachbarn und Freunde oder ein Spielverderber sein, wenn man mit einem Becher Met oder Bier beisammensitzt? Aber ich habe wirklich nur der eindeutigen Tatsache zustimmen wollen, dass der Krieg jetzt, nach der Schlacht von Örlygsstadir, vorbei ist. Das muss doch allen klar sein, wenn sie ehrlich sind. Sogar meiner Steinvör, auch wenn sie in der Tat tollkühner ist als viele Männer, kriegerisch, das ist sie wirklich, oh ja. Doch ihr Vater ist nun einmal tot, und alle ihre Brüder sind es auch, einmal abgesehen von dem kleinen Tumi, und vielleicht ist Kakali sogar auch noch am Leben, wenn der sich in Norwegen nicht längst ins Grab gesoffen hat …

Dabei hätte aus Kakali wirklich etwas werden können, wenn er seine Kräfte und seinen Ruf nicht durch Suff und Hurerei ruiniert hätte, was ihn außerdem sein ganzes Geld gekostet hat. Denn genau das ist doch das Problem mit ihm, das wissen alle, die ihn kennen, und inzwischen auch die, die ihn nicht kennen. So ist es um die verbliebenen Anführer in dieser Familie also bestellt. Natürlich wäre ich heilfroh, wenn meine Schwiegerfamilie sich wieder erholen würde, nichts würde mich glücklicher machen als das, aber danach sieht es im Moment eben einfach nicht aus. Und wenn man die Sache jetzt schönredet oder das Maul aufreißt und große Sprüche klopft, hilft das doch auch keinem.

KAKALI

Vorerst blieb mir nichts anderes übrig, als mich einigermaßen anständig zu benehmen. Also spielte ich wenig und trank noch weniger. Spaß brachte mir das natürlich nicht, doch irgendwie war ich auch nicht mehr recht in Stimmung, insbesondere nicht für den Ärger, der jedes einzelne Mal auf das Trinken folgte. Plötzlich fand ich nichts kindischer, als sich in diesen Schenken aus den nichtigsten Gründen gegenseitig zu vermöbeln. Das soll nicht heißen, dass ich den Schwanz eingezogen habe, wenn irgendein besoffener Blödian unbedingt Streit suchte – sondern nur, dass mich das alles einfach nur langweilte. Dasselbe galt für Frauen. Auch die interessierten mich nicht mehr so sehr wie früher, ich kam mir schon vor wie ein alter Eunuch und überlegte sogar, ins Kloster zu gehen. Doch dann entschied ich mich, doch lieber erst mal abzuwarten. Ich wusste ja, dass Onkel Snorri auf dem Weg zurück nach Island war. Er war jetzt wieder das unangefochtene Oberhaupt der Sturlungen und war mir freundlich gesonnen. Deshalb überlegte ich natürlich immer wieder, ob ich nicht dieses langweilige Leben in der Fremde endlich an den Nagel hängen und mich zurück nach Island wagen sollte, sobald Snorri dort wieder Fuß gefasst hatte – ich konnte ja schließlich einen Anspruch auf den Besitz meines Vaters geltend machen oder zumindest auf einen Teil davon. Ich brauchte ja nicht viel, in Norwegen konnte ich mir nicht einmal etwas Anständiges zu essen leisten, meine Ansprüche waren also nicht sehr hoch. Schon gar nicht so hoch, wie es die von Sturla gewesen waren, der das ganze Land hatte beherrschen wollen. Ich fand nichts unattraktiver als die

Aussicht, mich in jeden Bauernstreit der Gegend einmischen zu müssen. Sollten Sturlas Feinde doch machen, was sie wollten, solange ich genug Essen hatte, sollte es mir recht sein. Und Met. Und lustige Männer, mit denen ich ihn trinken konnte. Und schöne Frauen. Dann musste ich natürlich meiner Mutter helfen, wenn an den Gerüchten wirklich etwas dran war, dass sie kaum mehr bei Verstand war und bettelnd von Hof zu Hof zog – welcher Sohn konnte das schon zulassen? Eigentlich musste ich natürlich auch meinen Vater rächen, doch ich war durchaus bereit, einen Friedensschluss zu verhandeln. Wobei ich natürlich bedenken musste, welches Ansehen die Sturlungen lange Zeit genossen hatten – ich musste zumindest einen Teil unseres Besitzes zurückfordern, um die Familienehre wiederherzustellen, sonst würde mich niemand ernst nehmen und mein Ruf wäre schneller ruiniert, als ich gucken konnte. Beziehungsweise das, was davon noch übrig war …

Das waren meine Gedanken, während ich den Winter über in Norwegen gegen Langeweile und Schwermut ankämpfte und auf gute Nachrichten aus Island hoffte. Ich sagte mir immer wieder, dass bessere Zeiten bevorstanden. Ganz bestimmt. Bald würde ich hören, dass Onkel Snorri Fuß gefasst hatte, und dann würde ich irgendwie das Geld für die Überfahrt nach Island auftreiben und mit den friedlichsten Absichten in die Heimat zurückkehren. Mit den allerfriedlichsten …

So dumm konnte man also sein.

Denn als eines Tages endlich Nachrichten aus Island kamen, erfuhr ich, dass sie auch Snorri umgebracht hatten.

Gissur hatte eine Bande von Mördern nach Reykholt geschickt, und die hatte den großen Skalden bis in den Keller seines eigenen Hauses gejagt und dort erschlagen. Gissur hatte dabei angeblich sogar im Auftrag der norwegischen Krone gehandelt, weil Snorri gegen den Willen des Königs das Land verlassen hatte. Einige meinten sogar, man würde Gissur hier in Trondheim nun bald mit den höchsten Ehren empfangen, schließlich war er doch der

Mann, der diesen widerspenstigen Isländern ein für alle Mal gezeigt hatte, was geschah, wenn man sich gegen den König auflehnte. Angeblich sollte Gissur dafür sogar zum Jarl ernannt werden. Dann würde er im Namen der norwegischen Krone über ganz Island herrschen. Was für ein Gedanke!

Der arme Snorri. Hoffentlich hatte er die *Saga von Egill Skallagrímsson* noch zu Ende schreiben können, die Geschichte über diesen dichtenden Bauern, diesen Halbtroll, von dessen Kämpfen mit den norwegischen Königen man sich heute noch erzählt.

Und was hieß das jetzt alles für mich? Wenn sie sogar einem Snorri Sturluson in seinem Keller den Schädel einschlugen, was erwartete dann einen Taugenichts wie mich?

KOLBEINN DER JUNGE

Gestern waren die Söhne von zwei Bauern aus dem Midfjord zu mir nach Flugumýri gekommen. Sie hatten ein Lobgedicht auf mich zusammengezimmert und wollten, dass ich sie dafür in meinen Hofstaat aufnahm.

Ich bat sie also herein. Dann lachte ich laut.

»Jungs, ihr habt echt Humor«, sagte ich.

Doch den hatten sie nicht. Humor lag ihnen weder im Blut noch im Geist, sie waren zähe junge Männer mit breitem Kreuz, die schon viel gearbeitet und sicher auch einiges durchgemacht hatten. Nun wollten sie Helden werden. Ich hörte mir das Lobgedicht an, nur aus Spaß. Es war voller wirrer poetischer Bilder, sodass es eine Weile dauerte, bis ich begriff, dass sie mich als den großen Schlachtenlenker von Örlygsstadir darstellten, dabei war es eigentlich Gissur gewesen, der den Oberbefehl gehabt hatte, so hatten wir es damals beschlossen. Überhaupt war in diesem Gedicht alles ziemlich dick aufgetragen, die Berge der gefallenen »Kempen« reichten bis in den Himmel, und die Schlacht war ein einziger tosender »Schwertersturm«, dabei war die Schlacht ja in Wahrheit um einiges weniger hart gewesen, als sie es hätte sein können. Doch ich wollte nicht kleinlich sein. Diese Bauernsöhne hatten es schließlich gut gemeint, und ich hatte mich zumindest amüsiert. Also ließ ich ein Zicklein schlachten und lud sie zum Festmahl ein. Holte noch einige Leute von den Nachbarhöfen hinzu, und wir betranken uns bis in den Morgen hinein, ich erzählte Geschichten, und die beiden Jungs lauschten mit offenen Mündern. Dann schenkte ich jedem von ihnen einen Goldring als

Skaldenlohn. Und als wir sehr viel später wieder auf den Beinen waren, sagte ich ihnen, sie sollten nach Hause reiten, Familien gründen und ihr Land bestellen. Ich sei schließlich kein Krieger oder Lehnsherr und erst recht kein Fürst oder Jarl. Ich sei nur ein Bauer, der gern ein berühmter Skalde wäre. Ich wollte nur in Frieden mein Land bestellen und mit meinen Versen das Loblied meines Schöpfers singen, wie es in meiner Familie schon viele vor mir getan hatten.

»Also, Jungs, ich danke euch. Und wenn ich euch brauche, sage ich Bescheid.«

Gut, streng genommen war ich jetzt natürlich schon der Herrscher über diese Leute. Sogar über dieses Land. Bevor Gissur nach Norwegen gefahren war, hatte er mich zu seinem Stellvertreter in allen Landesteilen ernannt, die er kontrollierte. Aber ich konnte mich doch deswegen nicht Lehnsherr oder Jarl nennen, ich hatte weder einen Hofstaat noch ein richtiges Heer, nur einen zusammengewürfelten Haufen von mehr oder weniger kampfbereiten Bauern, die ich von den umliegenden Höfen zusammenrufen konnte, was ich ja auch getan hatte. Viele von denen hätten sich viel lieber um Hof und Vieh gekümmert, das wusste ich, und ich konnte es sogar verstehen. Doch die Sturlungen hatten diesen Krieg nun einmal angezettelt und es so weit getrieben, dass es zu dieser Entscheidungsschlacht hatte kommen müssen, in der entweder wir hatten sterben müssen oder sie – und nun hatte es eben sie getroffen. Aber nachdem ich mir vor Kurzem bei einem Unfall fast den Hals gebrochen hätte und meine Schmerzen mich viele Nächte nicht schlafen ließen, kam mir immer wieder der Gedanke, dass wir vielleicht besser in Frieden leben sollten, anstatt uns ständig gegenseitig umzubringen und uns dann sofort auf die Vergeltungsaktion des jeweils anderen vorzubereiten.

Dieses ganze Blut, diese entsetzten Gesichter, die weinenden Männer, die man zum Hauklotz führt. Köpfe, die sich nicht von Körpern lösen wollen, knackende Kehlköpfe, alte Männer, denen man die Hände abschlägt – es verfolgt mich bis in den Schlaf. Und es wird immer schlimmer.

Nach der Schlacht von Örlygsstadir müsste das doch eigentlich alles vorbei sein. Wir hatten die Sturlungen so vernichtend geschlagen, dass von ihnen keine Gefahr mehr ausging – deswegen hatte ich ja zugestimmt, dass wir sogar die jüngeren Söhne von Sighvatur köpften, auch wenn diese hübschen jungen Burschen enge Verwandte von mir waren. Denn jetzt, da sie aus dem Weg geräumt waren, konnten wir endlich in Frieden unser Land bestellen. Und das in ganz Island. Tumi den Jüngeren fürchtete ich nicht, den musste man nicht unschädlich machen, der war sowieso ungefährlich. Und andere Sturlungen, wie zum Beispiel der weise Skalden-Sturla, würden sich auch hüten, einen Kriegszug anzuzetteln.

Aber es gab ja noch Kakali. Das ist in der Tat der Einzige, der uns noch Probleme machen könnte. Man erzählt sich zwar, er habe in Norwegen sein ganzes Geld und seinen guten Ruf versoffen, doch wenn er irgendwann einmal ausnüchtern und zurück nach Island kommen würde, wäre er zu allem fähig. Ich glaube zwar nicht, dass er eine Chance hat, aber Vorsicht ist besser als Nachsicht, denke ich, und habe deshalb befohlen, man solle mich sofort benachrichtigen, wenn er irgendwo auftaucht oder man auch nur vermutet, er sei auf dem Weg hierher nach Island. Außerdem lasse ich alle Landungsstellen bewachen. Am besten sollen meine Männer ihm gleich in dem Augenblick den Kopf abschlagen, in dem er isländischen Boden betritt. Nassen Seetang unter seinen Sohlen und eine scharfe Klinge an seinem Hals – mehr soll Kakali nicht von seinem Heimatland spüren, falls er es wagt, auch nur einen Fuß auf einen unserer Strände zu setzen.

BJÖRN BROCKEN

»Ich will hier weg«, sagte mein Bruder Kolbeinn. »Wir können hier nicht mehr in Würde leben.«

Unser ältester Bruder Svarthöfdi dachte offenbar ähnlich, das sah ich ihm an. Er verzog das Gesicht, wie er es immer tat, wenn er etwas hörte, dem er zustimmen musste, ohne es zu wollen.

»Ich weiß nicht ...«, sagte ich.

»Was weißt du nicht?«, fragte Svarthöfdi und grinste verkniffen. »Ob wir hier vielleicht doch in Würde leben können?«

»Nein, also ...«, sagte ich. »Das ist es gar nicht. Ich weiß nur trotzdem nicht, ob ich hier wegwill. Mir fällt halt kein anderes Land ein, wo ich unbedingt hinwill.«

»Ich würde auch am liebsten hierbleiben«, sagte Svarthöfdi. »Gerade jetzt, wo ich heiraten könnte. Ich könnte mich irgendwo niederlassen, zusammen mit der Frau, die ich liebe. Aber vielleicht ist uns ein solches Leben nicht vergönnt. Vielleicht ist es unser Schicksal, ewig umherzuziehen ... Vielleicht bleibt uns nichts anderes übrig, als irgendwann nach Konstantinopel zu gehen und dort Söldner zu werden. Einmal Krieger, immer Krieger.«

Ich konnte dem nicht zustimmen. Mir graute vor der Vorstellung, das Land zu verlassen und auf das raue Meer hinauszufahren. Hier war meine Heimat. Hier kannte ich mich aus.

»Vielleicht reicht es ja auch, wenn wir uns ab sofort aus allen Streitigkeiten heraushalten«, sagte ich. »Viele wichtige Bauern denken inzwischen so. Sie wollen in Ruhe ihre Scholle bestellen, sind zufrieden, solange sie Speis und Trank haben für ihre Kinder und das liebe Vieh.«

Den letzten Satz hatte ich mir vorher zurechtgelegt und im Geiste immer wieder geübt.

»Und dann leben wir die ganze Zeit mit der Angst, dass Kolbeinn der Junge oder Gissur kommen und uns umbringen. Na, großartig«, sagte mein Bruder, der bärtige Kolbeinn.

»Warum sollten sie das denn tun?«, fragte ich. »Wenn sie das vorgehabt hätten, hätten sie das doch schon längst getan.«

»Kolbeinn hat recht, das ist doch kein Leben«, sagte Svarthöfdi. »Ich will zumindest nicht den Rest meiner Tage auf die Gnade meiner Feinde angewiesen sein wie ein besiegter Mann. Dann bin ich lieber tot. Es ist zwar bitter, aber wir haben diesen Krieg nun einmal verloren. Die Sturlungen sind ohne Anführer. Skalden-Sturla ist zwar ein weiser Mann, aber kannst du dir vorstellen, wie der einen Kriegszug anführt? Oder sein Bruder Skalden-Olaf?«

»Und sonst bleibt keiner, Sturla Sighvatsson und seine Brüder sind nun einmal tot«, fügte der bärtige Kolbeinn hinzu.

»Tumi der Jüngere nicht«, sagte ich. Schließlich hatte ich ihn gerade getroffen. »Der ist nicht tot.«

Doch meine Brüder lachten nur. Ein langes, verbittertes Lachen.

»Tumi der Jüngere! Würdest du in einem Kriegszug mitreiten, den der anführt?«, sagte Svarthöfdi dann, und Grön brach wieder in Gelächter aus, aber diesmal so richtig, er prustete den Schluck Bier, den er gerade genommen hatte, in hohem Bogen wieder heraus.

»Nein«, antwortete ich frustriert, denn ich wusste natürlich, was sie meinten. »Ich sage ja auch nur, dass die Sturlungen-Brüder eben nicht alle tot sind. Was ist denn mit Kakali? Der ist noch am Leben, das habe ich gerade erst aus Norwegen gehört.«

Meine Brüder hatten offenbar genug gespottet. Kolbeinn beruhigte sich und wischte sich die Bierspritzer aus dem Bart. Auch Svarthöfdi wurde plötzlich ernst.

»Ja«, sagte er. »Kakali. Wenn der käme, könnte man sich schon überlegen, ob noch etwas möglich wäre. Aber der kommt doch nicht nach Island, der ist doch nicht blöd. Der weiß nur zu gut, dass die Leute von Kolbeinn dem Jungen und Gissur ihm in dem Moment den Kopf abschlagen, in dem sein Schiff auf dem Strand aufläuft und er von Bord springt.«

KAKALI

Im Fjord lag ein Handelsschiff, das für die Reise nach Island vorbereitet wurde. Es wurde mit Met- und Bierfässern beladen und mit vielen anderen Waren. Ich ging hin, sprach den Schiffsführer an, einem gewissen Jón Lindiás, und bat ihn, mich mitzunehmen.

»Wir sind ein Handelsschiff«, sagte er. »Wir nehmen nur mit, wofür wir auch bezahlt werden. Hast du Geld?«

Er wirkte sonderbar neugierig und versuchte, mich heimlich zu mustern, als wollte er schauen, ob ich Aussatz oder Pestbeulen hatte. Doch wenn ich ihn direkt ansah, wich er meinem Blick aus. Dachte er, ich sei todkrank? Oder wusste er vielleicht, wer ich war?

»In Island habe ich mehr als genug Geld«, sagte ich. »Ich werde dich schon bezahlen, keine Angst.«

Nun war es raus. Er wusste, wer ich war.

»Bist du dir sicher, dass deine Familie dieses Geld noch hat?«, fragte er. »Ich habe anderes gehört.«

Er wusste selbst, wie lächerlich das war. Meine Schwestern und Schwäger und jede Menge andere Verwandte würden sofort für mich bezahlen. Er wollte mich einfach nicht mitnehmen. Wahrscheinlich fürchtete er, dadurch in Schwierigkeiten zu kommen. Also bestand er darauf, mich nur mitzunehmen, wenn ich im Voraus bezahlte, und glaubte, mich damit los zu sein.

Ich versuchte, das Geld zusammenzukratzen, pumpte die wenigen Freunde an, die mir hier geblieben waren, doch letztendlich gab es keine andere Möglichkeit, als den Pelzumhang meiner Mutter zu verpfänden.

Der Pfandleiher rollte den verstaubten Ballen auseinander und betrachtete ihn. Ich musste selbst zugeben, dass die Motten das gute Stück im Laufe der Jahre hier und da ein wenig angefressen hatten. Er lächelte gequält und schüttelte den Kopf.

»Das ist beste Qualität!«, sagte ich.

»So?«, sagte er sehr müde.

»Dieser Umhang ist schon sehr lange in unserem Familienbesitz!«

»Das glaube ich sofort«, sagte er und lächelte noch gequälter, wurde dann jedoch etwas freundlicher. »Ich habe nichts gegen dich, Isländer«, sagte er. »Wir haben ja nun schon lange miteinander zu tun, und ich weiß, was deiner Familie zugestoßen ist.«

»Schlechte Nachrichten verbreiten sich schnell«, sagte ich.

»Ja, man erfährt so einiges«, sagte er. »Eigentlich fast alles. Ich habe erst gestern gehört, dass einer der Männer, die deinen Vater und deine Brüder umgebracht haben, bald hier am Königshof erwartet wird. Heißt er nicht Gissur?«

»Das kann sein«, sagte ich.

»Auf jeden Fall will ich dir Geld für diesen Umhang geben«, sagte der Pfandleiher. »Ich werde zwar nichts daran verdienen, aber wir haben ja lange genug gute Geschäfte miteinander gemacht. Außerdem glaube ich, du solltest jetzt von hier verschwinden.«

Und so konnte ich am nächsten Morgen zu dem seeklaren Schiff von Jón Lindiás hinauswaten, und nachdem ich ihm das Geld gegeben hatte, musste er mich wohl oder übel mitnehmen.

GUDNÝ STURLUDÓTTIR

Mama war schon auf der ganzen Überfahrt nach Norwegen seekrank gewesen, doch jetzt, auf der Reise zurück nach Hause, war es noch viel schlimmer. Sie lag einfach nur da und quälte sich, sie wollte am liebsten in Ruhe gelassen werden. Wir Schwestern lagen bei ihr und wärmten uns gegenseitig, so gut es eben ging. So weit war es gekommen, nachdem mein Vater Sturla, mein Großvater Sighvatur und so viele unserer Verwandten tot und wir Überlebenden auf Saudafell vollkommen verarmt waren. Mama hatte versucht, alles mit Fassung zu tragen und auf ihr Recht und ihren Besitz zu bestehen. Sie war bis nach Norwegen gereist, um dieses Recht durchzusetzen, doch ohne Erfolg, sodass wir nun von einer Reise zurückkehrten, die wir vollkommen umsonst unternommen hatten. Wir hatten den Winter in Bergen verbringen wollen, doch dann hieß es plötzlich, wir müssten unbedingt das letzte Schiff erwischen, das in diesem Herbst von Trondheim nach Island fuhr. Wir schafften es, weil uns jemand mit einem kleinen Boot in hektischer Fahrt zwischen Felsen und Schären hindurch in letzter Minute an die Landungsstelle gebracht hatte. Meine kleine Schwester Thurídur weinte die ganze Zeit und wollte nach Hause, und wenn Mama sie beruhigen wollte, rief sie nach ihrem Vater. Er solle kommen und sie trösten, so wie er es immer getan hatte.

Mit an Bord war dieser sonderbare Mann. Ein lauter, fröhlicher Kerl, der uns Kinder gern auf den Arm nahm und dann hochwarf und herumwirbelte und dazu Grimassen schnitt und lachte, was meiner kleinen Schwester nur noch mehr Angst einjagte. Sie weinte und schrie, bis sie kaum noch Luft bekam. Ich kannte diesen Mann nicht. Er hingegen hatte mich sofort erkannt, wusste meinen Namen und sagte: »Willst du mir etwa weismachen, du erkennst deinen Onkel Kakali nicht mehr?«

Jón, mein Bruder, erinnerte sich an ihn. Er war ja auch der Älteste. Er erzählte, dieser Onkel Kakali, der die ganze Zeit so viel Lärm und Unsinn mit uns machte, habe »einen zweifelhaften Ruf«.

Kakali konnte keinen Moment ruhig sitzen. Wir sahen ihn nie schlafen oder auch nur ruhen, ganz gleich, ob wir im Morgengrauen unter unseren Fellen lagen oder mitten in einer der sternenklaren Nächte kurz aufwachten – Onkel Kakali war immer auf den Beinen, tat irgendetwas, brachte die Schiffsbesatzung zum Lachen oder trieb sonst irgendeinen Unfug. Ich fand es gut, dass dieser Kakali mit an Bord war, denn er lenkte uns davon ab zu sehen, wie schlecht es Mama ging. Kakali brachte uns Essen und Wasser und trockene Felldecken, damit uns nicht kalt wurde. Langsam ließ sogar die Angst meiner kleinen Schwester nach, und bald hing sie an Kakali wie eine Klette, wollte ihn gar nicht mehr aus den Armen lassen – vielleicht erinnerte er sie irgendwie an Vater, obwohl ich nicht gerade fand, dass sie sich ähnlich sahen. Kakali hatte überall Narben, sein Haar stand in alle Richtungen ab, er hatte einen viel größeren Mund, dunklere Haut und größere Augen. Auch seine Stimme, sein Lachen … irgendwie war an ihm alles größer. Und doch spürte ich, dass er tief in seinem Innersten Angst hatte. Und bald hatte auch ich Angst um ihn. Denn ich hatte durch Zufall mitangehört, wie meine Mutter in einem Moment, in dem sie sich unbeobachtet fühlte, gesagt hatte: »Er ist eigentlich schon tot, er weiß es nur noch nicht.«

KAKALI

Ich wusste nicht, was mich erwartete, und konnte nicht bestreiten, dass mir mulmig zumute war – und doch war es ein großartiger Anblick, als das Land in Sicht kam. Island!

Seit diese blauen Berge vor zwei Tagen in Sicht gekommen waren, fühlte ich mich so glücklich wie seit Jahren nicht mehr. Ich war wieder zu Hause. Und obwohl ich auf dieser kalten Insel streng genommen gar kein Zuhause, ja, noch nicht einmal mehr einen Zufluchtsort hatte, wurde dieses Gefühl immer stärker, je näher wir kamen. Das Gefühl, dass ich dorthin gehörte. Nirgendwo anders. Die scharf gezackten Höhenzüge der Ostfjorde hoben sich immer deutlicher vom Himmel ab, und zwischen ihnen sahen wir nun bald die Fjorde, die tief ins Land schnitten. Wir segelten nach Norden, ich lag ganz vorn an Backbord, betrachtete die Berge, träumte und sog ihren Duft ein, den ich sogar hier auf See zu riechen glaubte.

Mit der Besatzung und meinen Mitreisenden, einigen norwegischen Kaufleuten, redete ich nur das Nötigste. Aber es gab ja noch meine Schwägerin Solveig, die Witwe von meinem Bruder Sturla, mit ihren Kindern. Ich versuchte, ihnen die Überfahrt so angenehm wie möglich zu machen, hatte aber nicht vor, mit ihnen zusammen an Land zu gehen – Solveig hatte nun wirklich genug Probleme. Sie war nach Norwegen gefahren, um mit den Mächtigen zu reden, die Sturla dort gekannt hatte. Sie suchte einflussreiche Verbündete, um sich gegen die Schikanen und Repressalien von Kolbeinn dem Jungen und Gissur zu wehren, doch ohne Erfolg. Deshalb war es natürlich kein Wunder, dass sie sich nicht gerade freute, ihre Heimat wiederzusehen. Sie hatte regelrecht Angst, und das nicht zuletzt meinetwegen – sie glaubte offenbar, dass Kolbeinn und Gissur fest entschlossen waren, mir so schnell wie möglich den Garaus zu machen, damit ich keine Unruhe stiften konnte. Ich machte mir hingegen nicht so viele Sorgen wie Solveig. Ich war fest davon überzeugt, dass ich zumindest in Frieden an Land gehen, zu meinen Freunden und Verwandten reiten und mir dann meine nächsten Schritte überlegen konnte. Es war ja nicht so, dass ich als gedungener Mörder den neuen Machthabern nach dem Leben trachtete. Ich war nur gekommen, um mich um den Nachlass meines Vaters zu kümmern und mein Erbe anzutreten. Um herauszufinden, ob ich mich nicht mit Kolbeinn dem Jungen einigen konnte – wir hatten schließlich oft miteinander geredet und uns immer gut verstanden. Außerdem hatte ich gehört, dass Gissur bereits das Land verlassen hatte, und das konnte nur bedeuten, dass die Zeiten des größten Hasses vorbei waren. Ganz abgesehen davon konnte mein Bruder Tumi der Jüngere ja offenbar auch unbehelligt in Island leben – der beste Beweis dafür, dass man auch mich in Frieden lassen würde, sodass ich es erst einmal genießen konnte, wieder zu Hause zu sein.

Wir nahmen Kurs auf den Eyjafjord. Viele Erinnerungen überkamen mich. Kindheitserinnerungen. Wir wollten bei Gásir an Land gehen. Wie oft war ich mit meinem Vater und meinen Brüdern dorthin geritten, wenn wir hörten, dass ein Schiff gesichtet worden war? Wie oft hatten wir an Sommertagen wie diesem dort am Strand gestanden, einem Schiff beim Anlegen zugesehen, das nicht selten nach der langen Seereise ganz ausgefranste Segel und zersplitterte Planken hatte? Und wie hatten wir die Männer beneidet, die von diesen Schiffen an Land gingen, diese Männer, deren Augen so viele fremde Dinge gesehen hatten! Diese Männer, die wie wir die nordische Sprache sprachen, auch wenn sie aus deren Mündern ganz anders geklungen hatte. Ich war mir schon damals sicher gewesen, dass auch ich eines Tages auf einem dieser Schiffe am Vordersteven stehen und in ferne Länder segeln würde. Doch nun war es die Freude, nach Hause zu kommen, die mein Herz erfüllte, was mich irgendwie überraschte – schließlich hatte ich während der ganzen Jahre in Norwegen nie Heimweh gehabt, auch wenn ich dort vor Langeweile fast durchgedreht wäre. Ich wusste nicht einmal, dass es so ein Gefühl wie Heimweh überhaupt gab, mir war ja lange Zeit nicht einmal klar gewesen, dass ich überhaupt eine Heimat hatte.

Der Eyjafjord! Hier herrschte nur noch sanfter Seegang, unaufgeregte Wellen kräuselten das Meer. Es war so windstill, dass man den Rauch sehen konnte, der von den Feuerstellen der Höfe aufstieg und hoch in den Himmel zog. Wir segelten so nah an Hrísey vorbei, dass wir hörten, wie ein Mann uns von dort etwas zurief, doch seine Worte verstanden wir nicht. Ich kümmerte mich nicht weiter darum, ich wollte möglichst wenig Aufmerksamkeit erregen.

»Der hat doch deinen Namen gerufen«, sagte eine der Töchter meiner Schwägerin Solveig.

»So ein Quatsch!«, sagte ich und lachte, obwohl ich das eigentlich gar nicht zum Lachen fand. Dann segelten wir auch schon an Árskógar vorbei, an Kálfskinni, Fagraskógur, Hjalteyri. Ich hatte schon meine Sachen zusammengepackt, die Waffen griffbereit, mir die Schuhe gebunden, ich war fertig. Ich verabschiedete mich von Solveig und den Kindern. Ich wollte erst einmal nach Grund reiten, dort könnte ich bestimmt für ein paar Tage unterkommen und wäre in Sicherheit, falls es doch mit irgendwem Ärger gab.

Vor Gásir ließ die Besatzung das Beiboot zu Wasser. Ich bat darum, mit der ersten Fuhre an Land gehen zu können. Während wir in Richtung Strand ruderten, betrachtete ich diesen mir wohlbekannten Ort. Zwei andere Schiffe lagen in der Nähe. Eines davon musste auch gerade erst angekommen sein, denn einige

Männer löschten noch die Ladung und trugen sie in die Zelte und Schuppen, die etwas weiter oberhalb am Strand lagen. Wie üblich herrschte bei der Ankunft zweier Schiffe ziemlich viel Betrieb, und doch fielen mir zwei Männer auf, die irgendwie nicht ins Bild passten, saßen sie doch bewaffnet auf ihren Pferden und blickten angestrengt in unsere Richtung. Als wir näher kamen, wurde mir bald klar: Die suchten mich, die sahen mich an. Erst überlegte ich noch, sie einfach zu fragen, was sie von mir wollten, doch in ihrem Blick lag etwas, das mich vorsichtig werden ließ. Also starrte ich einfach zurück, griff unauffällig nach meinen Waffen, und in dem Moment, in dem das Beiboot den Meeresgrund berührte, sprang ich über Bord, watete die letzten Schritte durch das Wasser, schritt direkt auf die Männer zu und rief: »Wartet ihr etwa auf mich, Jungs?«

Sie bekamen einen ordentlichen Schreck. Eines der Pferde scheute und stellte sich auf die Hinterbeine, woraufhin auch das zweite unruhig wurde. Die Männer tauschten einen kurzen Blick, machten kehrt, schlugen ihre Pferde und galoppierten davon.

Es kamen immer viele Leute nach Gásir, wenn sich herumsprach, dass ein Schiff angekommen war. Einige Frauen mit Kopftüchern standen dort, und sobald die beiden Männer fort waren, kam eine von ihnen auf mich zu und breitete die Arme aus.

Es war meine liebe Mutter, die ich all die Jahre nicht gesehen hatte! Wie war sie nur alt und krumm geworden. Dass sie einst so eine würdevolle Großbäuerin gewesen war, sah man ihr nicht mehr an, doch ihre Liebenswürdigkeit und Herzenswärme hatte sie nicht verloren, das merkte ich sofort, als sie mich in den Arm nahm und auf beide Wangen küsste.

»Kakali. Thórdur Kakali, mein Sohn.«

»Ich bin wieder zu Hause, Mama.«

Sie drückte mich an sich und weinte. Aber sie schluchzte so bitterlich, das waren keine Freudentränen.

»Aber Mama, freust du dich denn nicht, mich zu sehen?«

»Nun weiß ich, dass ich dich auch noch verlieren werde. Kolbeinn der Junge wird seine Männer schicken und sie werden dich töten. Bald werden sie hier sein.«

BJÖRN BROCKEN

So eine Reise machte man nicht aus Spaß.

Meine Brüder hatten mir gesagt, ich müsse das machen. Keiner könne das besser als ich: Ich solle zu Kolbeinn dem Jungen reiten und mit diesem Teufel irgendeine Form von Frieden aushandeln.

»Ich soll reden?«, war die einzige Antwort gewesen, die ich mühsam stammelnd herausbringen konnte. »Ich? Reden?«.

Mir wurde schwarz vor Augen, wenn ich nur daran dachte. Vor Aufregung. Und vor Wut! Was bildeten meine Brüder sich eigentlich ein, mir das einfach so befehlen zu wollen! Und doch brachte ich nichts anderes hervor als dieses gestammelte: »Ich soll reden?«

Reden war noch nie meine Stärke gewesen.

Und doch machte ich mich auf den Weg …

Ein Bauer namens Thorsteinn Hjálmsson, der Besitzer des Hofes von Breidabólsstad, begleitete mich. Dieser Thorsteinn, der konnte gut reden. Gab aber auch ziemlich viel dummes Zeug von sich. Und außer reden konnte er nicht viel, er war klein und dünn und bewunderte uns Brüder, weil wir echte Krieger waren. Auch dieser Thorsteinn wollte irgendeinen Streit mit Kolbeinn beilegen. Er war offenbar in einem der vielen Kämpfe der letzten Zeit einmal, mehr durch Zufall, auf die Seite der Sturlungen geraten, doch ich hielt es für unwahrscheinlich, dass der mächtige Kolbeinn ihm deswegen nach dem Leben trachtete. Für solche Kleinigkeiten hatte Kolbeinn der Junge gar keine Zeit, und auf welcher Seite dieser schmächtige Thorsteinn nun kämpfte, war ja nun wirklich ziemlich egal. Schon eher würde Kolbeinn uns angreifen, das gäbe wenigstens einen anständigen Kampf. Also, um es kurz zu machen: Ich hatte keine Ahnung, warum dieser Thorsteinn überhaupt zu Kolbeinn ritt, wahrscheinlich wollte er sich nur einschmeicheln, das machte er offenbar gern. Aber immerhin wollte Thorsteinn auch mein Anliegen vorbringen oder mir zumindest dabei helfen, und das war für mich dann doch eine solche Erleichterung, dass ich auf dem Weg zu Kolbeinns Hof sein elendes Gequatsche ertrug und ihm irgendwie antwortete, wenn er mich etwas fragte. Es war ein langer Ritt, und Thorsteinn wollte so einiges wissen. Was der alles wissen wollte!

»Entschuldige vielmals die Frage. Aber sag mal, wolltest du nicht eigentlich mit deinen Brüdern das Land verlassen? Hat Kolbeinn nicht erzwungen, dass ihr ihm das versprecht?«

»Ja. Na ja.«

»Dann seid ihr aber nicht besonders weit gekommen. Hat es euch wieder zurück an Land getrieben, oder was?!«

»Wir sind losgesegelt. Im letzten Jahr. Doch dann haben wir einen Gegenwert bekommen. Gegenwind, meine ich.«

»Und das lässt Kolbeinn der Junge gelten?«

»Svarthöfdi hat es ein zweites Mal versucht. Doch wieder. Gegenwind.«

»Viele wundern sich, dass man euch überhaupt verschont hat, weißt du? Damals, bei der Schlacht von Örlygsstadir. Also, ich meine euch Brüder.«

»Was?«

»Also, nicht dass wir uns falsch verstehen, das wäre natürlich ein herber Verlust gewesen, wenn sie euch dort getötet hätten, weil ihr doch so große Helden seid, meine ich. Aber gerade deswegen hat es ja so viele Leute überrascht, dass Kolbeinn und Gissur euch am Leben gelassen haben. Schließlich müssen sie jetzt eigentlich immer Angst vor euch haben.«

»Hm, ich weiß nicht, ob …«

»Warum nur haben sie das gemacht? Es ist ja kein Geheimnis, dass viele Leute im Land euch Brüdern den einen oder anderen klitzekleinen Gefallen schulden, oder?«

»Was? Viele? Nee …«

»Da war doch dieser eine, der …«

Ich war ganz heiser geworden. Ich wollte einfach nicht darüber reden. Jedes Mal, wenn ich über die Schlacht von Örlygsstadir sprach, packte mich eine solche Wut, dass mir fast der Kopf platzte. Doch auf der anderen Seite konnte ich das alles auch so nicht stehenlassen. Also sagte ich: »Das war Ólafur. Ólafur Svartsson. Weißt du? Ólafur Svartsson von Grímsnes. So ein … so ein reicher Kerl. Einer, auf den alle hören.«

»Ach so?«

»Ja. Wenn sie reich sind, hört man den größten Schwachköpfen zu.«

»Das kannst du laut sagen. Aber was hat der denn jetzt damit zu tun, dass sie euch in Örlygsstadir verschont haben? Die besten Kämpfer aus dem ganzen Heer der Sturlungen. Die größten Hel…«

Ich musste ihn einfach unterbrechen, dieser Vollidiot begriff wirklich gar nichts!

»Das hat doch damit nichts zu tun! Ich meine diese Hochzeit vor vielen Jahren. Bei Snorri Sturluson. Damals wollten so ein paar besoffene Bauern aus Sudurnes diesen Ólafur verkloppen. Und ertränken wohl irgendwie auch. In der heißen Quelle dort. Die hatten ihn schon ausgezogen und in die Quelle geworfen. Wir hatten das gar nicht so genau mitbekommen, uns Brüdern war einfach langweilig gewesen, deshalb haben wir uns eben mit denen angelegt. War ganz lustig.«

»Und dieser reiche Ólafur denkt seitdem, ihr hättet das gemacht, um ihm das Leben zu retten?«

»So ungefähr. Der war so dankbar, dass selbst *uns* fast die

Tränen gekommen sind! ›Ich bin euch mein Leben lang zu Dank verpflichtet!‹ Und so. Haha!«

»Und dann hat er sich bei der Schlacht von Örlygsstadir erkenntlich gezeigt?«

»Was?«

»Er hat bei Örlygsstadir für euch Gnade erwirkt, weil ihr ihn damals gerettet habt?«

»Das weiß ich nicht. Ich weiß nur, dass wir hier nicht mehr in Würde leben können. Abhängig sind von anderer Leute Gnade.«

Bald hatten wir das Ufer des Svínavatn erreicht. Es war gutes Wetter, doch mir war alles andere als heiter zumute. Auf einmal kam uns ein Mann entgegengeritten. Neugierig wie er war, sprach Thorsteinn ihn an.

»Wohin des Weges, guter Mann?«

Der Mann hingegen sah nur mich an. Offenbar hatte er mich wiedererkannt. Nun fiel auch mir ein, wer er war. Er hieß Jón und war einer von Kolbeinns Leuten. Offenbar hatte er Angst vor mir. Ich wollte freundlich sein und reichte ihm die Hand, woraufhin er aufatmete und sich nun auch traute, mit Thorsteinn zu reden. Er sagte, er sei auf dem Weg nach Westen.

»Eigentlich wollte ich zu dir«, sagte Jón zu Thorsteinn. »Und zu den anderen wichtigen Bauern bei dir in der Gegend.«

»Und was ist dein Anliegen, junger Mann?«, fragte Thorsteinn und saß plötzlich ganz aufrecht und großbäuerlich auf seinem Pferd.

»Gestern hat bei Gásir ein Schiff angelegt«, sagte Jón. »Mit dem sind einige Isländer gekommen, darunter auch Thórdur Sighvatsson, den alle Kakali nennen.«

Nun war ich ganz Ohr.

»Was? Kakali?«

»Genau der. Kakali Sighvatsson ist zurück und hält sich irgendwo versteckt.«

»Na, ich habe ihn nicht gesehen«, sagte Thorsteinn und lachte.

»Nein. Aber Kolbeinn der Junge lässt dir und allen anderen ausrichten, dass jeder, der Kakali sieht, ihn gefangen nehmen und zu Kolbeinn nach Flugumýri bringen muss – tot oder lebendig.«

Am liebsten hätte ich Jón gepackt und alles aus ihm herausgequetscht, was er wusste. Wohin war Kakali unterwegs? Und warum wollte Kolbeinn ihn töten? Doch ich riss mich zusammen und sagte nichts. Und ich tat auch nichts, denn das wäre keine gute Idee gewesen, dazu war die ganze Situation viel zu kompliziert …

»Den schnappen wir uns!«, sagte Thorsteinn und plusterte sich noch weiter auf, er tat fast so, als wollte er ihn höchstpersönlich ergreifen.

»Wir sind zufälligerweise gerade auf dem Weg zu Kolbeinn nach Flugumýri. Aber reite du nur weiter nach Westen.«

Wir verabschiedeten uns also voneinander, und Jón zog weiter. Kolbeinn hatte ihm viel Proviant mitgegeben und zwei Pferde, die Sache duldete offenbar keinen Aufschub.

Ich hingegen wollte nun wirklich nicht mehr auf Kolbeinn treffen. Nicht, nachdem ich das gehört hatte. Wir ritten noch ein Stück weiter, Thorsteinn war bester Laune. Er faselte mit geschlossenen Augen vor sich hin, fantasierte, wie lange es wohl dauern würde, bis Kolbeinn Kakali in seiner Gewalt hatte, als ginge es um eine Pferdehatz. Doch ich wollte dabei nicht unter den Zuschauern sein. Sobald Jón außer Sicht war, ließ ich mein Pferd langsamer werden, und als der faselnde Thorsteinn seine Augen öffnete und bemerkte, dass ich zurückgefallen war, drehte er sein Pferd um und sah mich fragend an.

Ich wusste nicht, was ich sagen sollte. Ich machte nur eine Handbewegung, er solle weiterreiten, wollte ich damit sagen, und rief: »Reite schon mal vor. Ich komme nach!«

»Soll ich nicht auf dich warten?«

»Nein, also, ich … ich muss scheißen.«

»Dann warte ich auf dich.«

»Nein, ich, ich reite da runter zum See.«

»Soll ich nicht mitkommen?«

»Mitkommen zum Scheißen?«

Ich hatte die Schnauze langsam voll.

»Nein«, sagte er.

Irgendwie war er misstrauisch geworden.

»Ich komme gleich«, sagte ich. »Nun reite schon weiter!«

Endlich trottete er davon, und ich ritt hinunter zu dem See, der am Wegesrand lag. Und als Thorsteinn nicht mehr zu sehen war, wandte ich mein Pferd um und ritt so schnell wie möglich zu meinen Brüdern. Wenn Kakali gekommen war, um das Unrecht wiedergutzumachen, das uns in der Schlacht von Örlygsstadir widerfahren war, sollten andere Leute mit Kolbeinn dem Jungen Friedensverhandlungen führen.

KAKALI

Nachdem ich meine Mutter so gut wie möglich getröstet und ihr beim Abschied versprochen hatte, dass wir uns wiedersehen würden, kam ein alter, gebeugter Mann zu mir. Er hatte nur noch eine Hand und führte damit ein Pferd. Er reichte mir die Zügel und sagte: »Das ist ein tüchtiges Pferd.«

Ich sah den Alten an. Er wirkte kränklich, seine Augen waren ganz glasig, und doch lag in ihnen eine überraschende Härte, fast könnte man sagen: Hass. Ich fragte, wohin ich ihm das Pferd denn zurückschicken solle, sobald ich den Hof meiner Schwester erreicht hatte.

»Mach dir darüber keine Gedanken, Kakali. Ich bin ein guter Freund deines Vaters gewesen und habe dafür bezahlt.«

Wie zum Beweis hob er den Unterarm, statt der Hand zeigte er mir nur einen Stumpf. Ich wollte ihn noch mehr fragen, doch gab er mir eilig die Zügel und sah in Richtung Fjord, sodass ich spürte, dass dies nicht die Zeit für lange Gespräche war.

Ich machte mich auf den Weg nach Grund, hatte jedoch die ganze Zeit das Gefühl, dass mich jemand verfolgte. Ich wurde dieses Gefühl einfach nicht los, seitdem ich meine Mutter gehört hatte – und die ängstlichen Blicke der anderen Menschen, die mir wohlgesonnen waren, hatten es auch nicht besser gemacht. Also trieb ich das Pferd an. Es war tatsächlich ein tüchtiges Pferd – der Alte hatte recht gehabt. Ich blickte mich andauernd um und hielt Ausschau, ich musste es unbedingt bis nach Grund schaffen, denn dort wohnte meine einflussreiche Schwester Sigrídur. Dort, so nahm ich an, wäre ich in Sicherheit.

Als die Leute in Grund merkten, dass jemand sich im Galopp ihrem Hof näherte, liefen sie auf den Hofplatz. Bald stand auch Sigrídur dort, zusammen mit zwei ebenso kräftigen wie misstrauisch dreinblickenden Knechten. Als sie mich erkannte, ging sie mir entgegen. Sie lächelte verhalten, half mir vom Pferd und küsste mich, blickte sich aber während der Begrüßung immer wieder nervös in alle Richtungen um.

»Seit wann bist du hier?«, fragte sie.

»Seit gerade eben.«

»Weiß jemand, dass du in Island bist?«

Ich sagte ihr wahrheitsgemäß, dass Kolbeinn dem Jungen diese frohe Kunde wohl jeden Augenblick zugetragen würde, doch sie fand das überhaupt nicht witzig. Sie machte ein sehr ernstes Gesicht und flüsterte dem Knecht, der mich besonders feindselig angesehen hatte, etwas zu. Der Knecht verschwand und kehrte kurze Zeit später mit dem Hausherren zurück, mit Styrmir, meinem Schwager.

Man bat mich in die gute Stube, wo ich ein eilig zubereitetes Essen bekam, das ich schnell herunterschlang, auch wenn ich die Hoffnung nicht ganz aufgegeben hatte, hier ein paar Tage ausruhen zu können. Ich war erschöpft von der Seereise und dem eiligen Ritt hierher, am liebsten hätte ich mich erst einmal schlafen gelegt und es dann in Ruhe genossen, wieder zu Hause zu sein. Dies war ja der Hof, auf dem wir alle aufgewachsen waren, unsere ganze große Geschwisterschar, die nun so beklagenswert zusammengeschrumpft war. Auf meinem Weg hierher war ich an so vielen vertrauten Orten vorbeigekommen, die ich gerne wiedersehen würde, ich hätte auch gerne eine Weile einfach nur die Hände an die altbekannten Mauern unseres Hofes gelegt, doch ich merkte schnell, dass für all das keine Zeit blieb. Sigrídur und Styrmir sagten, ich müsse schnellstmöglich von hier fort. Hier sei ich nicht sicher. Nicht einmal während des Essens setzten sie sich zu mir, so unruhig waren sie, rannten nur hin und her. Sie hatten überall Wachen aufgestellt – so fest waren sie davon überzeugt, dass Kolbeinn der Junge bereits einen Trupp losgeschickt hatte, um mich töten zu lassen. Und davon, dass sie hier in Grund nicht genug Männer hatten, um mich zu verteidigen.

Langsam steckte diese Unruhe mich an. Wenn ich nicht einmal hier sicher war, wo denn dann? Sigrídur schlug vor, ich solle nach Süden zu unserer Schwester Steinvör und ihrem Mann Hálfdan von Keldur reiten. Dort müsste ich vor Kolbeinn sicher sein und könnte vielleicht sogar ein paar Männer finden, die sich mir anschlossen.

»Ausgerechnet jetzt ist der Junge nicht zu Hause«, sagte Sigrídur. »Sonst hätte er dich begleiten können.«

»Welcher Junge?«, fragte ich.

»Na, Teitur. Unser Sohn«, sagte sie. »Der ist mit ein paar Leuten nach Grímsey rausgerudert.«

»Der kleine Teitur?«, sagte ich und musste nun doch wieder lachen, trotz der ganzen Hysterie, die mich umgab. Meine Schwester und mein Schwager liefen zwischen den Türen und Fensteröffnungen hin und her und spähten hinaus, während es mir erstaunlich schwer fiel, mir die Schuhe zu binden.

»Klein ist der nun wirklich nicht mehr!«, sagte Sigrídur. »Er ist richtig groß geworden und wäre dir bestimmt eine große Hilfe gewesen.«

»Wobei wir ihn im Moment eigentlich auch auf dem Hof brauchen, gerade wenn es jetzt wieder Unfrieden geben wird, Gott bewahre«, sagte Styrmir. Dann hatte er offenbar das Gefühl, mir das alles ein bisschen besser erklären zu müssen, und fügte hinzu: »Kolbeinn der Junge hat inzwischen auf allen Höfen in der Umgebung seine Leute.«

Daraufhin wurde Sigrídurs Gesichtsausdruck noch einmal ernster: »Ich hätte ihm trotzdem sofort unseren Sohn mitgegeben«, sagte sie und sah ihren Mann böse an.

»Es ist schon schlimm genug, dass ich sonst nichts tun kann, wenn mein eigener Bruder in Not ist. Zumindest nicht in diesem Augenblick!«

Styrmir blieb nichts anderes übrig, als mit beleidigter Miene etwas vor sich hin zu murmeln.

Und wenig später ritt »der Bruder in Not« auch schon weiter. Sie hatten mir den Knecht mit dem misstrauischen Blick als Begleiter gegeben. Angeblich, damit er mir half und den Weg wies, doch ich hatte den Verdacht, er sollte sicherstellen, dass ich mich auch wirklich davonmachte – und zwar so schnell und so weit weg wie möglich. Es stellte sich allerdings heraus, dass er in der Tat von einem fast unbekannten Weg wusste, der uns in das Hochland führte, also war er doch nicht ganz so nutzlos, wie ich erst angenommen hatte.

Ganz freiwillig begleitete er mich allerdings nicht. Vor unserer Abreise hatte Styrmir ihn zur Seite nehmen und es ihm regelrecht befehlen müssen.

»Warum muss ausgerechnet ich mit diesem Totgeweihten reiten?«, hatte der Knecht gesagt, doch Styrmir zischte ihm irgendwelche Drohungen zu, sodass er wenig später zu mir kam, der ich bereits reisefertig wartete, und mich anblaffte: »Worauf wartest du denn noch?«

Wir nahmen das Pferd, das der Alte mir bei Gásir geschenkt hatte, und bekamen noch drei weitere gute Pferde hinzu und eine ebenso gute Wegzehrung mit Räucherfleisch und Trockenfisch. Nur um trockene Überkleider zu bitten, das hatte ich vergessen, aber der Knecht schoss schon den Berghang hinauf, ich galoppierte also schnell hinterher. Auch ich hatte jetzt richtig schlechte Laune bekommen. Zum einen, weil der Knecht mich so hetzte, aber natürlich vor allem, weil ich das Gefühl hatte, auf meinem Heimathof, bei meiner geliebten Schwester Sigrídur, nicht mehr willkommen zu sein. Und wenn *sie* mich schon nicht mehr aufnahm, wer sollte es dann tun?

Wir waren noch nicht weit gekommen, plötzlich sprang der Knecht aus dem Sattel und gab mir mit panischen Gesten zu verstehen, ich solle dasselbe tun. Wir zogen unsere Pferde so schnell es ging in eine Senke und gingen in Deckung.

Und das war nur gut gewesen, denn wenig später zog ein ganzer Trupp von Männern in eiligem Galopp durch das Tal. Es waren mindestens dreißig, alle schwer bewaffnet. Sie ritten nach Grund.

Wut stieg in mir hoch und gleichzeitig war ich den Tränen nahe – das war doch alles ein einziges dummes Missverständnis. Fast hätte ich mich den Männern in den Weg gestellt, um ihnen in die Augen zu sehen und sie zu fragen, was ich ihnen denn getan hatte. Doch der Knecht, der mich begleitete, hatte eine solche Angst, dass das nicht infrage kam – zum Glück.

»Bleib um Gottes willen in Deckung«, sagte er und hätte fast angefangen zu weinen.

Als sie vorbeigeritten waren, eilten wir weiter, überquerten die Vadlaheidi, zogen durch das Fnjóská-Tal und das Bleiksmýrar-Tal, erreichten ungesehen das Hochland und ritten schon bald durch die Geröllwüste Sprengisandur.

Als es dunkel wurde und wir alles bewohnte Land und alle Wege weit hinter uns gelassen hatten, beruhigte sich der Knecht endlich ein wenig. Ich konnte ihm sogar aus der Nase ziehen, wie er hieß.

»Hámundur Thorsteinsson«, antwortete er und sah sich sofort danach wieder ängstlich um, als hätte er sich mit diesen zwei Worten vollkommen verplappert.

Ein angenehmer Reisegefährte war dieser Hámundur wirklich nicht, er bekam ja kaum die Zähne auseinander. Und obwohl er nun eigentlich gar keine Angst mehr haben musste, dass sie uns erwischten, war er bald wieder so verstockt und griesgrämig wie zuvor.

Aber beim derzeitigen Stand der Dinge war das immer noch besser, als alleine zu reiten, zumal ich mich auf diesem Hochlandweg überhaupt nicht auskannte. Der konnte einen offenbar innerhalb von drei Tagen nach Südisland führen, wenn man schnell ritt. Wir kamen bald in einen Nebel, der sich im Laufe der Nacht in heftigen Regen wandelte, dazu kam auch noch Sturm. Ich war nass bis auf die Haut. Hámundur Thorsteinsson machte mich offenbar persönlich für dieses Wetter verantwortlich. Er schimpfte und fluchte immer lauter und sah mich beleidigt an, das sei doch alles eine »beschissene Scheiße«.

»So ein beschissenes Scheißwetter«, sagte er immer wieder und sorgte dafür, dass ich es auf jeden Fall hörte.

»Nachher verirren wir uns noch in diesem beschissenen Scheißwetter«, sagte er immer wieder. Antworten konnte ich darauf nichts, denn ohne ihn hätte ich mich schon längst verirrt. »Ausgerechnet mich schicken die in diese beschissene Scheiße«, jammerte er, wenn wir Rast machten. Und wenn wir uns spät an den Abenden schlafen legten, brummte und knurrte er noch lange Zeit laut vor sich hin, statt einfach Gute Nacht zu sagen. Er hatte sowohl von dieser Reise als auch von seinem Reisegefährten so richtig die Schnauze voll.

Meine Geduld mit ihm war bald am Ende. Am liebsten hätte ich ihm eine reingehauen und ihn nach Hause gejagt, doch ich brauchte ihn. Also beschloss ich, einfach nicht mehr mit ihm zu sprechen – mal sehen, wie lange er die Stille ertrug. Den ganzen nächsten Tag ritten wir schweigend. Rasteten schweigend. Aßen schweigend. Manchmal sah er mich an, als ob er erwartete, dass ich etwas sagte, aber ich tat so, als bemerkte ich es nicht. Und als wir am dritten Tag die grünen Landstriche von Südisland vor uns auftauchen sahen, hörte er endlich auf, dauernd etwas in sich hineinzubrummeln. Bald war ich mir sicher, dass er überlegte, wie er das Schweigen brechen könnte, und als wir wenig später an einem Bach Rast machten, hatte er eine Idee. Er füllte einen Trinkbecher und reichte ihn mir. Wir waren abgestiegen und ließen die Pferde ein wenig grasen, nachdem sie tagelang nichts als schwarzen Sand und Geröll gesehen hatten. Und während ich noch aus dem Becher trank, den ich wortlos entgegengenommen hatte, räusperte er sich einige Male und sagte: »Das war schlimm, was deinem Vater und deinen Brüdern passiert ist.«

»Ja, das war es.«

»Aber seitdem haben wir wenigstens unsere Ruhe.«

Ich beschloss, darauf nicht zu antworten. Ihm keine bösen Absichten zu unterstellen. Er überlegte offenbar, was er noch hinzufügen könnte, oder suchte nach den richtigen Worten, dann sah er mich auf einmal an und wirkte fast ein bisschen fröhlich, als er sagte: »Aber es sieht nicht gut aus für dich.«

»Nicht?«

»Nein, das weiß doch jeder. Ich hoffe nur, dass sie nicht kommen und dich töten, solange ich dabei bin.«

»Dann hau doch ab«, sagte ich. »Na los. Geh schon!«

Er sah mich überrascht an, als hätte er sich verhört. Dann öffnete er den Mund, um etwas zu sagen, heraus kam jedoch nichts. Stattdessen rannte er zu seinen Pferden, bestieg das eine, nahm das andere am Zügel und ritt Richtung Norden davon, ohne sich auch nur ein einziges Mal umzusehen. Schon bald war er auf der wüsten Hochebene verschwunden.

HÁLFDAN VON KELDUR

Man hatte mir sofort gemeldet, dass ein hochgewachsener, kriegerisch aussehender Mann von den Bergen hinab in Richtung unseres Hofes ritt. So etwas erfuhr man damals sofort – es waren unsichere Zeiten. Als der Mann unseren Hof erreicht hatte, erkannte ich ihn gleich. Es war mein Schwager Kakali. Einer dieser Sturlungen, die manche noch immer für heldenhaft hielten – ich würde eher sagen, sie hatten einfach keinen Sinn für Gefahr.

Kakali war der einzige Mann, der den jetzigen Anführern des Landes noch ernsthaft Schwierigkeiten machen konnte. Er zeigte natürlich keine Spur von Angst. Das letzte Stück des Weges ging er zu Fuß, zog die Pferde hinter sich her, und Waffen hatte er auch kaum welche dabei – als würde er einen netten kleinen Ausflug machen.

Aber so waren sie eben, diese Sturlungen, Kakali genau wie seine Brüder, so leichtsinnig, dass mir die Worte fehlten. Die fanden das offenbar ganz normal. Man zog blind und kopflos in irgendwelche Kriege und Schlachten, ohne auch nur einen Gedanken daran zu verschwenden, dass man vielleicht den Kürzeren ziehen könnte. Das sage ich natürlich nicht laut, dazu weiß ich zu gut, was passieren würde, wenn meine liebe Steinvör das zu Ohren bekäme – aber so ganz im Stillen denke ich doch, dass ihr Bruder Sturla die gerechte Strafe für seine Hochnäsigkeit und seine Eroberungszüge erhalten hatte. Wie das alte Bibelwort sagt: *Wer zum Schwert greift, soll durch das Schwert umkommen.*

Bei uns im Süden sah es jetzt folgendermaßen aus: Gissur und seine Leute hatten streng genommen nur bis zum westlichen Ufer der Thjórsá das Sagen, in Wirklichkeit kontrollierten sie jedoch ganz Südisland. Alle tanzten nach ihrer Pfeife. Das hatte zur Folge, dass auch wir Bauern vom anderen Ufer der Thjórsá ohne Rücksicht zu den Waffen gerufen wurden, wenn Gissur mal wieder irgendwelche Leute in einem anderen Landesteil angreifen wollte. Nach der vernichtenden Niederlage der Sturlungen in der Schlacht von Örlygsstadir konnte man durchaus sagen, dass Kolbeinn der Junge und Gissur das Land unter sich aufgeteilt hatten. Gissur war jetzt in Norwegen, um sich – auch im Namen von Kolbeinn – mit dem norwegischen König zu beraten, und hatte hier einen Stellvertreter eingesetzt, Hjalti Magnússon. Dieser Hjalti reichte zwar kaum an Gissur heran, doch hinter ihm stand Kolbeinn der Junge, der jederzeit eingreifen würde, wenn irgendwas aus dem Ruder lief, und einen gerisseneren und brutaleren Mann als Kolbeinn musste man in diesem Land lange suchen. Deshalb hofften wir südisländischen Bauern natürlich inständig, Kolbeinn möge nie einen Anlass bekommen, mit seinen blutrünstigen Männern hierherzukommen.

Doch auf dem Hofplatz stand jetzt mein Schwager Kakali.

Er führte seine beiden Pferde schweigend zum Grasen auf meine Hofwiese und stand dann einfach nur dort. Er hatte aus Norwegen offenbar einige Narben mitgebracht, und man sah ihm an, wie erschöpft er von der langen Reise war. Und doch strahlte er über das ganze Gesicht, als ob alles wäre wie immer. Ich bat ihn in unsere Stube, wir hatten noch nicht lange gesprochen, und ich erfuhr genau das, was ich befürchtet hatte: Kakali wollte ein Heer aufstellen und Kolbeinn und Gissur die Stirn bieten.

Diese Sturlungen! Eine Nummer kleiner machen sie es einfach nicht.

»Wie viele Männer hast du denn schon beisammen?«, fragte ich.

»Keinen«, sagte er und grinste. »Ich bin natürlich erst einmal zu meinem lieben Schwager gekommen.«

Zuerst zu mir? Er war ja noch hirnverbrannter, als ich erwartet hatte.

Ich räusperte mich und versuchte, mir nichts anmerken zu lassen.

»Die Leute aus dem Eyjafjord brennen doch bestimmt darauf, dir zu folgen, oder? Einem Sohn ihres geliebten Goden Sighvatur.«

»Aber sicher«, sagte Kakali. »Aber sicher. Sie trauen sich im Moment nur noch nicht, die haben alle Angst vor Kolbeinn dem Jungen.«

»Und warum sollte ich mich dann trauen? Mein Hof liegt mitten im Machtbereich von Gissur.«

»Aber der ist ja in Norwegen, soviel ich weiß«, sagte Kakali und machte eine nachlässige Handbewegung, als ob ich damit alle Sorgen los wäre!

In diesem Augenblick kam meine Frau Steinvör dazu. Ich hatte gehofft, sie käme erst, nachdem ich Kakali zur Vernunft gebracht hatte – er schien ja gar nicht zu wissen, wie die Lage im Land derzeit wirklich aussah. Und jetzt, wo Steinvör da war, konnte ich mein Vorhaben eigentlich gleich vergessen, versuchte es aber trotzdem: »Sturla und dein Vater hatten fast zweitausend bewaffnete Männer bei sich. Außerdem hatten sie fast die Hälfte des Landes unter ihrer Kontrolle. Doch selbst das hat ihnen nicht gereicht. Kolbeinn der Junge und Gissur haben deshalb einfach ein noch größeres Heer aufgestellt, und was dann passiert ist, muss ich dir nicht erzählen. Daher verstehe ich noch nicht ganz, was wir beide gegen diese Übermacht ausrichten wollen, selbst wenn wir uns zusammentun.«

Kakali kicherte. Er spürte den Hohn in meiner Stimme. Aber meine liebe Steinvör, meine wunderschöne Frau, die ich heiß und innig liebte, war für solche Feinheiten vollkommen unempfänglich. In dieser Hinsicht war sie wie ihr Bruder Sturla, der hatte auch keine Andeutungen verstanden, keine Ironie. Dafür konnte sie aber sehr deutliche, direkte Worte finden. Was sich wieder einmal zeigte, als sie jetzt das Wort ergriff …

KAKALI

Plötzlich fand ich mich zwischen den Fronten eines ausgewachsenen Ehekriegs wieder. Selten hatte ich einen Krieg erlebt, der so erbittert geführt wurde und so hart.

Es war beeindruckend, wie heldenhaft meine Schwester Steinvör für unsere Familienehre kämpfte. Wie energisch und wortgewandt sie ihren Ehemann in Grund und Boden redete, das war ja ein regelrechter Hagelsturm von Beschimpfungen und Vorwürfen. »Jedes verschrumpelte Tatterweib« hätte sich mehr darum bemüht, unsere Brüder und unseren Vater Sighvatur zu rächen, als er. Sie beschimpfte ihn sehr lange, dann sprang sie plötzlich auf und wollte selbst zu den Waffen greifen. Meine Schwester stürmte zur Tür und schrie den Knechten zu, sie sollen die Pferde satteln, es sei endlich an der Zeit, die Männer zu den Waffen zu rufen.

»Es ist eine Schande, dass wir das erst jetzt tun, aber irgendwann muss doch mal Schluss sein mit dieser elenden Arschkriecherei. Wo bleibst du denn, Kakali?«

»Immer mit der Ruhe«, sagte ich.

Ich wollte die Sache schon etwas genauer mit ihr besprechen. Und mit Hálfdan auch. Doch das war nicht das, was meine Schwester hören wollte. Ruhig gewesen sei man lange genug, sagte sie.

»Kolbeinn und Gissur, diese Dreckskerle, zerstören unsere ganze Familie, und was machen wir? Wir verhalten uns wie schlafende Schafe! Einen unserer Anführer nach dem anderen haben sie abgeschlachtet, fast nur die Frauen haben überlebt. Und Halbwüchsige. Die wenigen Männer, die noch da sind, machen sich entweder in die Hosen oder sind irgendwelche Schreiberlinge, die in den Himmel glotzen und vor sich hin grübeln, als ob wir von dort oben Gerechtigkeit zu erwarten hätten. Unsere Mutter ist darüber schon verrückt geworden und zieht rastlos von Hof zu Hof wie eine Bettlerin, dagegen müssen wir doch etwas tun! Hörst du, Kakali? Und sei es nur um unserer Mutter willen!«

»Das ist natürlich alles richtig …«, versuchte ich zu antworten.

Doch meine Schwester hörte gar nicht zu. Sie war schon wieder aufgesprungen und sagte, sie würde sich jetzt eine Rüstung anlegen und zu den Waffen greifen.

»Kommst du nun, Kakali, oder nicht?«

Zu den Waffen griff sie dann zwar doch nicht, aber sie stürmte aus der Stube, tauchte im nächsten Moment mit einem Schlüssel wieder auf und schmiss ihn ihrem vollkommen verschüchterten Ehemann in den Schoß mit den Worten: »Hier. Der Schlüssel zu unserem Vorratshaus!«

Da sie ja jetzt der Hausherr sein müsse – jemand anders fülle diese Rolle ja nicht aus –, müsse er nun eben die Pflichten der Hausfrau übernehmen. Sie war dermaßen in Fahrt, dass sie gleich wieder hinausrannte, wir hörten ihr lautes Geschrei aus immer weiter entfernten Kammern des Hofes. Wir saßen einfach in der Stube und wagten kaum, uns zu bewegen, geschweige denn etwas zu sagen. Dann kam das Wutgeschrei auch schon wieder näher, und wenig später war Steinvör zurück und hatte die Arme voller Kleider. Es waren ihre schönsten Kleider, feinstes Leinen und bunte Tücher, und all das warf sie über den armen Hálfdan von Keldur und sagte: »Hier sind Sachen für einen Mann wie dich!«

Dann bekam Hálfdan endlich wieder den Mund auf. Er stammelte so etwas wie: »Aber Steinvör.« Und dann noch mal: »Aber Steinvör.«

Mehr hatte er meiner Schwester nicht entgegenzusetzen, dieser unbeugsamen, heldenhaften Frau.

»Aber, aber …«, sagte er noch einmal, und als er zumindest seinen Kopf wieder von den Festtagskleidern meiner Schwester befreit hatte, sah ich, dass er bis zu seiner Glatze hinauf errötet war.

Erst jetzt wurde mir klar, wie recht Hálfdan gehabt hatte, als er mir die Hoffnungslosigkeit meiner Lage hatte darlegen wollen. Bis jetzt hatte ich es nicht einsehen wollen, doch gerade die fulminante Rede meiner Schwester Steinvör hatte mir gezeigt, wie wenig wir ausrichten konnten, abgesehen von solch großen Gesten und Worten. In all ihrer Wut erinnerte meine Schwester Steinvör mich an unseren Bruder Sturla, der hatte auch oft so stolz und aufrecht dagestanden, dass er alle realistisch denkenden Durchschnittsmenschen überragt hatte, so wie Steinvör jetzt ihren Mann Hálfdan überragte. Aber waren es nicht letztendlich immer genau diese realistisch denkenden Durchschnittsmenschen gewesen, die sich durchgesetzt hatten? Hálfdan von Keldur, Gissur Thorvaldsson …?

Und so endete dieser Ehestreit so wie bereits viele zuvor. Mit verheulten Augen und verbitterten Mienen. Meine Schwester Steinvör zog nicht in den Krieg, sie war ja nicht dumm, ganz im Gegenteil. Und ich fühlte mich einfach nur schlecht, weil ich überhaupt hierhergekommen war mit dieser törichten Idee, einen Krieg gegen eine hoffnungslose Übermacht anzuzetteln, denn ohne mich hätte es diesen Streit nie gegeben. Als wir uns am Abend schlafen legten, lastete über allem eine schwere Stille. Aber zumindest war es warm und trocken und ich lag in einem sauberen Bett, im Gegensatz zu den Nächten davor. Abgesehen davon konnte ich meiner Lage wenig Gutes abgewinnen. Ich war allein, meine Feinde waren überall und arbeiteten daran, mich so schnell wie möglich aus dem Weg zu räumen, am liebsten hätten sie mich zerquetscht wie eine Fliege und mich dann sofort vergessen. Ich hatte keine Ahnung, was ich tun sollte, ich hatte all das nicht bedacht. Wenn ich einen Ausweg aus diesem Feindesland gesehen hätte, hätte ich ihn noch an diesem Abend genommen, wäre aufgesprungen aus diesem sauberen, weichen Bett und hätte mich auf und davon gemacht.

Vielleicht sollte ich mich einfach besaufen. Es wäre ja nicht das erste Mal, dass ich auf diese Weise den Ausweg aus einer Bedrängnis suchte. Eigentlich hatte ich ja sowieso damit gerechnet, dass der Abend in einem Gelage enden würde, dass Hálfdan großzügig ausschenken würde, schließlich war er für seine Gastfreundschaft bekannt, und auch Steinvör ließ eigentlich nie einen Gast auf dem Trockenen sitzen. Doch so wie sich dieser Abend entwickelt hatte, war daraus nichts geworden. Ganz abgesehen davon hatte ich gar nichts trinken wollen. Das mag merkwürdig klingen, aber die Nachricht vom Tod meines Vaters und meiner Brüder hatte mich in Trondheim schlagartig ausgenüchtert, und bald darauf war mir klar geworden, dass ich kein Bier und keinen Met und keinen Wein mehr anrühren würde, bis ich meine Sachen in Ordnung gebracht hätte. Bis sich eine Lösung gefunden hätte – auch wenn jetzt alles danach aussah, dass diese Lösung darin bestand, dass sie mich töteten. Aber dann würde ich zumindest nicht besoffen sterben.

KOLBEINN DER JUNGE

Tja, inzwischen vergleicht man mich also mit Feldherren und Jarlen, ich bin schon manchmal ziemlich zufrieden mit mir, wenn ich mich abends schlafen lege. Ich muss nur den Befehl geben, dann greifen unzählige Männer zu ihren Waffen und reiten hierhin, dorthin, ganz wie ich will. Wenn man in einem ganzen Land das Sagen hat, ist man wirklich kein kleiner Mann mehr, denke ich und drehe an den Enden meines Bartes wie ein feiner Adeliger.

Dann wiederum macht es mich halb wahnsinnig, wie unfähig und dumm diese Männer sind, über die ich das Sagen habe. Die bekommen einfach gar nichts hin, wenn man nicht jede ihrer Bewegungen überwacht und jeden ihrer Schritte verfolgt! Wenn ich einen Kerker oder zumindest einen richtigen Keller hätte, wäre der längst voll mit diesem feigen, schwachsinnigen Pack. Aber dann muss ich auch darüber wieder lachen, denn es gibt ja in Island gar keine richtigen Keller oder Kerker und erst recht keine Burg und auch keine richtigen Soldaten und keinen Jarl. Wir sind und bleiben Bauern, jeder denkt nur an sich und seine Scholle. Insofern bin vielleicht ich der Dümmste von allen, wenn ich erwarte, dass diese Bauerntrampel überhaupt zu irgendetwas zu gebrauchen sind, denn eigentlich muss doch jeder sehen, dass sie genau das nicht sind. Und um das noch einmal gründlich zu beweisen, haben sie jetzt Kakali in Frieden ziehen lassen, nachdem er im Eyjafjord an Land gekommen war, als ob er ein Jarl oder zumindest ein Anführer wäre und in diesem Land ein willkommener Gast.

Doch, doch, vor Ort seien sie schon gewesen, sagten meine Wachposten. Sie haben ihn kommen sehen, gesehen, dass er alleine war – und dann seien sie auf die geniale Idee gekommen, zu mir zu reiten und mir das zu erzählen!

»Kakali ist da, Kolbeinn.«

Wenn Kakali nun mit einem eigenen Schiff voller bis an die Zähne bewaffneter Männer gekommen wäre oder sich bei Nacht auf einer unbewohnten Landzunge oder in einer abgelegenen Bucht an Land geschlichen hätte wie ein Dieb – dann hätte ich das ja noch verstanden, aber so ist es ja wohl nicht gewesen! Er ist alleine gekommen, als ganz normaler Passagier auf einem ganz normalen norwegischen Handelsschiff, das jedes Jahr zur selben Zeit am selben Ort anlandet, bei Gásir im Eyjafjord, und Gásir ist nun wirklich das genaue Gegenteil von einer abgelegenen Bucht!

Dort kommt Kakali nun also an Land, sagt einmal kurz Hallo und zuckelt dann gemütlich von dannen!

Und die Männer, die ich dort als Wachen aufgestellt habe? Die schauen sich diesen unbegleiteten, kaum bewaffneten, noch von der Seereise schwankenden Mann einmal kurz an, dann galoppieren sie los und reiten über Berg und Tal und Stock und Stein bis zu mir in den Skagafjord, um mir das mitzuteilen: »Er ist da! Er ist da!«

»Wo denn? Lebt er noch oder ist er tot? Zeigt ihn mir. Sofort!«

»Aber das geht nicht, er ist doch woandershin geritten«, sagten sie dann, überrascht wie Kinder, die etwas auf den Boden schmeißen und dann sagen: »Padauz«. Ich konnte mich wirklich nur schwer beherrschen. Ich musste die ganze Zeit bis über beide Ohren lächeln, damit man mir nicht ansah, wie ich innerlich kochte vor Wut. Dann fragte ich so gelassen wie möglich: »Und er hatte nicht vielleicht Lust, mit euch mitzukommen?«

Sie mussten am spöttischen Unterton meiner Stimme gemerkt haben, dass etwas nicht stimmte. Sie waren zwar nur Stallburschen, aber irgendwann fiel dann selbst bei denen der Groschen. Sie machten lange Gesichter und wurden ziemlich unruhig.

»Ich habe mal so etwas erwähnt, dass ich ihn sofort hierher gebracht bekommen will, egal, ob tot oder lebendig, ob in Ketten oder in Fesseln. Oder habe ich vergessen, euch das zu sagen?«

»Nein«, sagte einer von ihnen und stocherte mit dem Fuß in der Erde herum.

Jetzt, da sie sich schämten, sahen sie noch dämlicher aus, und ich musste noch breiter grinsen, um nicht die Fassung zu verlieren.

»War das denn so schwer zu verstehen? Ihr solltet ja keine Frau zum Tanz bitten. Ihr hättet euch nicht vor ihm verneigen müssen.«

Nun bohrten sie beide mit ihren Füßen in der Erde herum. Dann fasste einer von ihnen sich ein Herz und sagte: »Na, er war halt nicht allein.«

»So? Wer war denn bei ihm?«

»Tja, also …«, sagten sie.

»Nun sagt schon. Wer war bei ihm?«

»Na ja, seine Mutter war da!«

Noch breiter grinsen konnte ich nun wirklich nicht mehr. Ich stürmte zurück in den Hof und befahl meinen Knechten, die beiden zu fesseln und über Nacht mit den Hammeln im Stall einzusperren.

Seine Mutter war da!

Morgen früh lasse ich sie frei. Es bringt ja nichts, sich mit diesen Schwachköpfen abzugeben. Wahrscheinlich tun sie da im Stall kein Auge zu vor lauter Angst, und auch ich werde es wohl schwer haben, diese Nacht Schlaf zu finden, und nicht nur diese Nacht, sondern fortan in allen Nächten, bis ich Kakali endlich einen Kopf kürzer gemacht habe. Er kann mir nicht gefährlich werden, aber er bringt mich doch um den Schlaf wie eine Laus, die einen in der Nacht beißt.

KAKALI

Ich verbrachte zwei weitere Nächte auf Keldur und dachte nach. Anfangs sprachen Steinvör und ihr Mann kein Wort miteinander, was gehörig auf die Stimmung im Haus drückte. Hálfdan von Keldur war eingeschnappt und ging mir aus dem Weg, doch zumindest einmal konnte ich draußen zwischen den Häusern unter vier Augen mit ihm sprechen und ihm sagen, dass ich ihm nicht böse sei, dass ich ihn gut verstehe.

Daraufhin atmete er auf und traute sich auch wieder zu reden: »Du darfst nicht denken, dass ich dir nicht helfen will, Kakali«, sagte er.

»Das weiß ich doch, mein Lieber«, sagte ich. »Das ist alles nicht so einfach für dich.«

Er dachte nach. Offenbar wollte er mir zu verstehen geben, dass auch mein Standpunkt seine Berechtigung hatte.

»Du bräuchtest halt ein paar einflussreiche Männer, die dich unterstützen, zum Beispiel von deinen Verwandten im Westen oder in den westlichen Tälern. Wenn die dir helfen würden, auf dem nächsten Althing das Erbe deines Vaters zu beanspruchen, dann wäre ich der Letzte, der sich dir in den Weg stellt.«

Plötzlich leuchteten Hálfdans Augen. Offenbar hatte er eine Idee.

»Und wenn du den Prozess so geschickt führst, dass Kolbeinn dazu verurteilt wird, dir und deinen Geschwistern euren rechtmäßigen Erbteil zu geben, helfe ich dir, das Urteil durchzusetzen.«

Er war jetzt richtig aufgekratzt. Ich hingegen sagte: »Ach, ich glaube, ich sollte mich lieber nach einem Schiff umsehen und das Land verlassen. Alles andere ist doch aussichtslos.«

»Wahrscheinlich hast du recht«, sagte er und war wieder so niedergeschlagen wie zuvor.

Auch Steinvör raffte sich auf, als sie erfuhr, dass ich mich auf den Weg Richtung Westen machen wollte. Sie schickte eine Nachricht an unseren Bruder Tumi, der damals irgendwo in Südisland hauste, und am nächsten Tag war Tumi auch schon hier und hatte sogar zwei Männer bei sich. Sie waren bewaffnet. Einer trug einen rostigen Speer, der andere einen Schild und eine Holzaxt, Tumi selbst hatte ein Schwert in der Hand, einen Helm auf dem Kopf und ein löchriges Kettenhemd über der Brust. Ein furchteinflößender Trupp …

Ich hatte nie genau gewusst, was ich von Tumi halten sollte. Er war kleiner und dünner als wir anderen Geschwister und hatte oft darunter gelitten. Als Kind war er oft verspottet worden und hatte dann meistens angefangen zu weinen und wollte sich dadurch rächen, dass er die anderen biss oder kniff, wie es diejenigen taten, die mehr Kampfgeist hatten als Kraft. Und jetzt sah ich den Hass in seinem Blick, ein Blitzen, das ich schon oft in seinen Augen gesehen hatte, die immer in Bewegung waren, immer dem Blick des anderen auswichen. Er kam und wollte am liebsten gleich wieder los. Er hatte zwar keinen Plan, wohin, aber er wollte los. Einfach los. Ohne Ziel.

Nun hatte ich also meine ersten Männer gesammelt. Tumi und seine beiden Begleiter. Sie wirkten nicht gerade wie große Krieger. Der eine machte einen ganz annehmbaren Eindruck, zumindest bis ich ihn ansprach. Da bekam er vor lauter Anstrengung ein ganz geschwollenes Gesicht, verdrehte die Augen und brachte nur unverständliche Laute hervor.

»Kolbeinn der Junge hat ihm bei der Schlacht von Örlygsstadir die Zunge rausgeschnitten«, sagte darauf der andere, dem die rechte Hand fehlte.

»Und dir haben sie das angetan?«, fragte ich und zeigte auf den Stumpf.

»Aber der Mann kann werfen, das solltest du mal sehen!«, ereiferte sich Tumi. Er fand wohl, dass ich zu sehr auf die Defizite seiner kleinen Truppe achtete. Tumi war so aufgeregt, dass er darauf bestand, dass wir sofort den Hof verließen, um uns eine Kostprobe dieser Wurfkünste anzusehen, und ehe ich mich versah, standen wir hinter einem der Ställe mit einem ganzen Haufen voller Steine. Tumi nahm seinen Helm ab und setzte ihn auf einen Pfahl, ziemlich weit entfernt von unserer kleinen Gruppe, dann sollte der Einhändige werfen. Und ich muss gestehen, dass ich noch nie jemanden gesehen hatte, der mit so viel Kraft so treffsicher werfen konnte. Er schwang die linke Hand durch die Luft, drehte den Oberkörper mal so, mal so, und ein Stein nach dem anderen prallte auf den Helm, bis dieser am Ende der kleinen Vorstellung im hohen Bogen durch die Luft flog.

Tumi holte seinen Helm zurück und zeigte ihn mir. Bei dem Gedanken daran, wie es wohl im Kopf desjenigen aussehen würde, der solche Steinwürfe abbekommen hatte, musste ich lachen. Und bald standen wir alle dort und lachten aus voller Kehle, sogar der Zungenlose stieß ein herzhaftes Gurgeln aus. Ich zeigte auf ihn und fragte meinen Bruder: »Und der? Kann der auch irgendwas besonders gut?«

Tumi musste sich einen Moment konzentrieren, um sich seine Antwort zu überlegen, und sagte dann nicht ohne Stolz: »Er kann schweigen wie ein Grab.«

Tumi sagte das im Brustton der Überzeugung. Und das war sicherlich nicht lustig gemeint, denn Humor hatte mein kleiner Bruder nie gehabt.

Wir beschlossen, sofort am nächsten Morgen in die westlichen Täler zu reiten. Es konnte nicht schaden, wenn wir uns mit unseren dortigen Verwandten berieten, auch wenn Steinvör meinte, dort gebe es nur noch »Schreiberlinge, die in den Himmel glotzen und vor sich hin grübeln«. Ich wollte diese unmögliche Insel zwar weiterhin so schnell wie möglich verlassen, doch in diesem Jahr kam ich hier ja sowieso nicht mehr weg, Schiffe fuhren erst im nächsten Sommer wieder.

Deshalb war es nur vernünftig, dass ich mich nach einem besseren Ort zum Überwintern umsah, und nicht ausgerechnet hier bei meiner Schwester Steinvör im Süden blieb, mitten im Feindesland. Außerdem hatte Tumi mir erzählt, er habe nicht erst durch den Boten meiner Schwester erfahren, dass ich zurück in Island sei. Er habe es schon vorher gewusst. Da war es nur wahrscheinlich, dass andere, mir weniger wohlgesonnene Männer auch bald davon erfuhren, wenn sie es nicht jetzt schon wussten. Steinvör beschloss, uns zwei von ihren kräftigsten Knechten zur Begleitung mitzugeben, und ich legte mich etwas zuversichtlicher schlafen als am Abend zuvor.

Es kam sogar noch besser. Mitten in der Nacht wurde ich von Gewieher und Hufgetrappel geweckt und hörte die Stimmen einiger Männer auf dem Hofplatz. Ich dachte natürlich sofort, meine Feinde wären gekommen, um mich zu töten, doch dann war es kein anderer als mein Neffe Teitur, der Sohn meiner Schwester Sigrídur, von unserem Heimathof Grund im Eyjafjord. Der »Kleine«, der gerade nicht da gewesen war, als ich direkt nach meiner Ankunft dorthin geritten war. Meine Schwester Sigrídur hatte recht. Er war nun wirklich nicht mehr klein, sondern ein echter Prachtkerl. Und er hatte vier schwer bewaffnete Männer bei sich.

Das war doch schon ein ganz ansehnlicher Haufen, mit dem ich mich am nächsten Morgen von Steinvör und Hálfdan verabschiedete und in die westlichen Täler aufmachte. Wir ritten meist durch das Gebirge und über Hochebenen. Ich musste es schaffen, mich zu meinem Cousin Skalden-Sturla und den anderen Anführern im Westen durchzuschlagen, bevor ich auf meine Feinde traf.

TUMI SIGHVATSSON DER JÜNGERE

Kakali hatte gar keine Männer bei sich, nur die beiden Knechte unserer Schwester Steinvör. Dann war noch unser Cousin Teitur hinzugekommen und spielte sich ganz schön auf. Ich glaube, er spricht mit absichtlich tiefer Stimme, wie ein Kind, das ein Mann sein will, dabei ist er um einiges jünger als ich – lächerlich! Wenn der nicht bald etwas zurücksteckt, muss ich ihm wohl beibringen, wer ich bin. Denn ich bin Tumi, der Sohn von Sighvatur dem Goden!

Von unseren Männern taugten eigentlich nur meine beiden etwas. Sie hörten auf mich. Das hatten sie gelernt, seit der Zeit, als sie im letzten Winter hilflos und elend zu mir gekommen waren. Sie wollten sich unbedingt an Kolbeinn dem Jungen rächen, auch wenn sie das mit dem Leben bezahlen würden. Sie hörten auf mich, also sollte ich auch unser Anführer sein. Ich hätte schließlich schon lange etwas unternommen, mein Erbe eingefordert, wenn ich nicht so allein auf weiter Flur gewesen wäre. Und warum kam Kakali eigentlich erst jetzt nach Hause? Hatte er in Norwegen noch nicht genug getrunken und herumgehurt? Aber ich war natürlich trotzdem froh, dass er zurück war, er war stark, schon immer ein halber Wilder gewesen. Vater hatte manchmal gesagt, dass aus Kakali etwas hätte werden können, wenn er nicht so hitzköpfig und undiszipliniert wäre und sich gegenüber Sturla nicht dauernd so benachteiligt gefühlt hätte. Und jetzt konnte man ja wirklich nicht mehr sagen, dass Sturla uns im Weg stand. Aber es wäre trotzdem am besten, wenn ich den Oberbefehl hätte. Das mit Kakali war gut und schön, wenn es zu einem Kampf kommen sollte, aber etwas anderes als prügeln hatte er in Norwegen wohl nicht gelernt.

KAKALI

Da waren wir nun also in den westlichen Tälern, dem Stammland der Sturlungen-Familie. Hier hatten meine Vorfahren seit der Besiedlung Islands ein vorzügliches Auskommen gehabt, doch hier hatten auch all unsere Schwierigkeiten begonnen …

Unsere berühmte Urahnin, Audur die Tiefsinnige, hatte das Land hier um Hvammur besiedelt, und ihre Nachkommen lebten noch immer dort. Mein Großvater hatte auf Hvammur seine drei Söhne aufgezogen, die in den Augen vieler Isländer als so überaus machtgierig galten: Thórdur, den Goden von Snæfellsnes, meinen Vater Sighvatur und dann natürlich Snorri, den Skalden. Jetzt wohnte auf unserem Familienstammsitz ein gewisser Svertingur, und Tumi der Jüngere hatte beschlossen, dorthin zu reiten, denn sie kannten sich gut. Ich für meinen Teil ritt weiter bis nach Stadarhóll zu Skalden-Sturla, denn unsere Väter waren immerhin Brüder gewesen. Außerdem genoss er im ganzen Land großes Ansehen. Es gab in ganz Island keinen weiseren, gelehrteren Mann. Wenn er mich unterstützte, sah vielleicht alles gar nicht so schlecht aus – na ja, es wäre zumindest nicht mehr hoffnungslos.

Sturla bereitete uns zumindest erst einmal einen würdevollen Empfang. Mein Neffe Teitur und unsere Männer wurden zu den heißen Quellen geführt und bekamen Schlafplätze, denn sie waren müde. Mich hingegen bat er, ihm zu einem Nebengebäude zu folgen, und sagte, ich solle ihm Geschichten aus Norwegen erzählen.

Sturla lebte auf einem prächtigen Hof und hatte viele Knechte, Mägde und Arbeiter, überall grasten Rinder. In dem Nebengebäude erwarteten uns zwei Männer. Einer stand an einem

Schreibpult, der andere schnitt Schwanenfedern zurecht, auf den Regalen lagen unbeschriebene Kalbshäute, daneben standen Tintengefäße. Auf einem Stapel bereits beschriebener Bögen schlief eine gelbe Tigerkatze. Wir gingen in eine Abseite zum Arbeitsplatz des Skalden. Er zündete ein Licht an, und wir nahmen auf gepolsterten Bänken Platz. Dann öffnete er ein Metfässchen und schenkte uns ein, und als ich dankend ablehnte, warf er mir einen verdutzten Blick zu, als sei gerade etwas ganz und gar Unglaubliches geschehen.

Er prostete mir dennoch zu und rief seinen Gehilfen zu, sie sollen hinüber ins Haupthaus gehen und sagen, man solle Essen für ihn und seinen Cousin Kakali machen. Dann warf er mir einen forschenden Blick zu und sagte: »Du hast dich also nicht einschüchtern lassen. Es ist ganz schön mutig, in deiner Lage allein hierher zu segeln.«

»Das merke ich langsam auch«, sagte ich und lächelte.

»Und? Wie ist dein Eindruck, wo du so lange nicht hier warst? Hat sich eine Menge verändert, oder?«

»Es ist, als ob alle auf glühenden Kohlen sitzen«, sagte ich. »Alle haben die Hosen voll. Ich hoffe mal, das ist nicht ansteckend.«

Als er den letzten Satz gehört hatte, lächelte er und überlegte einen Moment.

»Richtig gut ist es hierzulande ja schon lange nicht mehr, aber in den letzten Jahren ist es noch einmal viel schlimmer geworden. Ich versuche, das irgendwie zu begreifen, gehe immer weiter in der Geschichte zurück, um zu verstehen, wann dieser ganze Streit begonnen hat. Doch je mehr ich nachdenke, desto weniger verstehe ich. Seit einem halben Jahrhundert führen wir hier mehr oder weniger Bürgerkrieg, und wenn ich es richtig sehe, gibt es dafür gar keinen richtigen Grund! Jedes Jahr gibt es Kämpfe mit vielen Toten, jedes Jahr werden Männer gefoltert und geköpft und Höfe niedergebrannt, Frauen und Kinder verlieren das Dach über dem Kopf, und niemand weiß, warum.«

»So ist das nun mal hier«, sagte ich, denn ich fand, dass mein Cousin langsam ziemlich hochtrabend wurde.

»Harald Schönhaar hat seiner Zeit in Norwegen darum gekämpft, das ganze Land unter seiner Herrschaft vereinen zu können. Er hatte ein eindeutiges Ziel, und irgendwann hatte er es erreicht. Als Olav der Heilige dann alle Norweger zum Christentum bekehren wollte, gab es wieder einen Krieg. Und die Geschichten, in denen zwei Männer dieselbe Frau begehren und um sie kämpfen, kennen wir ja alle. Aber aus welchem Grund bringen sich eigentlich die Isländer gegenseitig um?«

»Hm, du kennst dich in der Geschichte besser aus als ich …«.

»Hier begegnet vielleicht ein Bauerntrampel einer Magd aus dem Nachbarbezirk und wenig später bekommt die Magd einen dicken Bauch. Sie werden sich nicht einig, ob zwischen dem einen und dem anderen ein Zusammenhang besteht, und sie verklagt ihn vor ihrem Goden oder der Knecht beschwert sich bei seinem Bezirksanführer, dass sie ihn verleumdet. Nun schicken die Goden und Anführer Boten mit Anklagen und Strafandrohungen zwischen den Bezirken hin und her, und früher oder später fühlt sich einer dieser Boten tödlich beleidigt oder er bezieht Prügel. Das darf die Gegenseite natürlich nicht auf sich sitzen lassen und bringt einen Sohn der anderen Familie um, woraufhin die anderen eines Nachts losziehen und der Gegenseite den Hof über dem Kopf abfackeln. Daraufhin folgen dann Schlachten und Kriegszüge und Rachefeldzüge, die sich über mehrere Generationen hinweg fortsetzen, denn nun geht es plötzlich um die Ehre zweier angesehener Großfamilien. Und an den Bauerntrampel und die Magd, an die erinnert sich niemand mehr. Und auch nicht an das Kind, das aus ihrem Treffen hervorging.«

Ich musste lachen. Dieser Sturla konnte wirklich erzählen.

»Hierzulande gab es nur einen Krieg, der wirklich um eines vernünftigen Zieles willen geführt wurde, und das war der Krieg, den dein Bruder Sturla geführt hat, um das ganze Land unter seine Kontrolle zu bringen. Ich hätte mir sehr gewünscht, es wäre ihm gelungen. Denn ein starker Machthaber über das ganze Land ist offenbar das Einzige, das uns davon abhält, uns dauernd gegenseitig die Köpfe einzuschlagen. Aber dieser Plan wurde in der Schlacht von Örlygsstadir vereitelt. Ich bin dabei gewesen – was würde ich nicht geben, wenn ich diesen Tag vergessen könnte. Denn Sturla wäre der richtige Mann gewesen. Ein geborener Herrscher, wie es ihn hierzulande nicht oft gegeben hat.«

»Aber war Sturla auch klug genug?«, fragte ich und fühlte mich langsam richtig wohl auf dieser weich gepolsterten Bank. »Wärst du nicht ein sehr viel besserer Herrscher gewesen? Oder Onkel Snorri?«

Skalden-Sturla grinste und machte eine bescheiden-beschwichtigende Handbewegung, als ich seinen Namen ins Spiel brachte. Doch als ich dann im selben Atemzug Onkel Snorri erwähnte, verschluckte er sich an seinem Met.

»Snorri? Ist das dein Ernst?«, sagte er. »Den hat doch nie jemand ernst genommen. Dein Bruder Sturla hingegen, der war nicht nur einer der willensstärksten und wortgewandtesten Isländer, die es je gegeben hat! Er ist ja sogar in Rom gewesen und wurde dort von einer Hauptkirche zur nächsten geführt, vor jedem Hauptportal ausgepeitscht, bis das römische Volk Wehklagen anstimmte und weder Männer noch Frauen ihre Tränen zurückhalten konnten, als sie einen so edlen Mann so schändlich zugerichtet sahen.«

Ich kannte zwar einige Geschichten von der berühmten Romreise meines Bruders, aber davon hatte ich noch nie gehört. Skalden-Sturla wusste einfach alles!

»Ist das wahr?«, fragte ich. »Woher weißt du das?«

»Das wissen doch alle«, sagte Skalden-Sturla voller Überzeugung. »Fast ganz Rom säumte an diesem Tag die Straßen der Heiligen Stadt, und Sturla wurde so schändlich zugerichtet, dass weder Männer noch Frauen ihre Tränen zurückhalten konnten.«

Nun konnte ich mich nicht mehr beherrschen und brach in lautes Gelächter aus. Skalden-Sturla sah mich verdutzt an und lachte auch, wenn auch deutlich leiser. Ich hingegen konnte kaum noch sitzen vor lauter Lachen, so lustig fand ich die Vorstellung, wie irgendwelche Pfaffen meinen Bruder ohrfeigten und von einer Kirche zur nächsten peitschten, während um ihn herum die Weiber Rotz und Wasser heulten.

Wenig später wurde ich an der Festtafel von Stadarhóll platziert und Skalden-Sturla kam bald darauf hinzu.

»Die Jungs schlafen schon«, sagte er und meinte damit Teitur und unsere anderen Gefährten.

Also saßen nur wir beide dort, und dennoch traute ich mich nicht, ihn um seine Unterstützung zu bitten. Er hatte mir an diesem Abend mehrfach gesagt, was er von überstürzten Kriegszügen und wahllosem Gemetzel hielt, deshalb wollte ich ihn erst um etwas bitten, wenn ich einen guten Plan hatte. Stattdessen fragte ich, was ihn gerade beschäftigte, welches Buch er gerade schrieb.

Sofort hellte sich die Miene meines Cousins auf. Darüber sprach er wirklich gerne.

»Also, unter uns gesagt«, antwortete er, hatte dabei die Stimme gesenkt wie ein Verschwörer und sah sich um, ob auch beide Türen geschlossen waren, »schreibe ich ein Buch über unsere Vorfahren hier in den westlichen Tälern. Über Audur die Tiefsinnige, Höskuldur und Hrútur und Melkorka und Ólafur Pfau und all die anderen, bis hin zu Gudrún Ósvífursdóttir. Früher sind nämlich nicht weniger bedeutende Sachen passiert als heute.«

»Das klingt gut«, sagte ich. »Und wie läuft es?«

»Es ist verflucht schwer, beim Thema zu bleiben und nicht andauernd abzuschweifen. Es gibt so viele Geschichten, die ich eigentlich gleich alle auf einmal erzählen will, die Verwirrungen, die zum Beispiel Hrútur mit seinen Heiratsplänen gestiftet hat, reichten ja bis nach Südisland und wurden erst dadurch gelöst, dass Gunnar von Hlídarendi nach langem Hin und Her Hallgerdur Höskuldsdóttir geheiratet hat. Ich habe allerdings beschlossen, das erst einmal zu überspringen. Das ist doch schon fast Stoff für eine eigene Saga, oder?! Aber weißt du, was verrückt ist? Die Zeit der Schwerter, die wir im Moment hier im Lande durchleben, hilft mir irgendwie dabei, alle möglichen Dinge zu verstehen, die sich vor hundert oder gar zweihundert Jahren hier abgespielt haben. Aber genug davon. Was hast du denn als Nächstes vor?«

»Keine Ahnung«, sagte ich. »Ich glaube, im Moment habe ich alle Hände voll zu tun, einfach am Leben zu bleiben.«

»Das stimmt«, sagte Sturla. »Dafür ist das aber auch ein durchaus ehrenwertes Ziel. Gerade wenn man bedenkt, wie viele Leute in letzter Zeit eifrig daran gearbeitet haben, erschlagen zu werden – was mir nie besonders erstrebenswert erschien. Du solltest so lange wie möglich am Leben bleiben. Ich kenne Kolbeinn den Jungen. Es gibt nichts, was ihm mehr Qualen bereiten würde. Und nichts gegen die Männer, mit denen du hier bist, aber ich glaube, du könntest noch ein paar gute Krieger gebrauchen. Weißt du was? Ich hole die Dufgus-Söhne hierher, Svarthöfdi, Björn Brocken und den bärtigen Kolbeinn. Wer die auf seiner Seite hat, ist zumindest nicht vollkommen verloren.«

KOLBEINN DER JUNGE

In dieser Nacht kamen die Albträume zurück. Die Toten, all die Toten, Freunde wie Feinde, hatten mich umstellt. Sie heulten, sahen mich aus ihren leeren Augenhöhlen an, hielten mir ihre Stümpfe entgegen, ihre abgehackten Köpfe sogar. Und dann dieser furchtbare Leichengeruch und das ganze Blut ... Bald darauf musste ich an einem endlosen Strand durch Sand waten, der so weich war, dass ich kaum vorankam, während um mich herum die Flut stieg und mich bösartige Seehunde mit hasserfüllten Fratzen von allen Seiten anfielen und entsetzliche Geräusche von sich gaben. Sie bissen mich. Ich wollte sie in die Flucht schlagen und dachte schon, ich würde bluten, dann schreckte ich endlich aus dem Traum hoch – das eitrige Geschwür auf meiner Brust war aufgeplatzt, sein ekelhafter Inhalt war über meinen Körper verschmiert. Er vermischte sich mit kaltem Schweiß.

Bei Tagesanbruch fühlte ich mich nicht mehr ganz so schlimm – gut zu wissen, dass auch die dunkelsten Nächte irgendwann vorbeigingen. Ich ließ sofort einige Männer zusammenrufen. Schließlich war es meine Pflicht, dafür zu sorgen, dass niemand im Land Unruhe stiftete, und eigentlich war ja im Moment auch alles ruhig. Nur Kakali war noch immer am Leben ...

Kakali war es allerdings nicht, der mich vom Schlafen abhielt, vielmehr waren es die Krankheiten, die mich plagten und die jedes Jahr schlimmer wurden, wenn die Tage wieder kürzer waren. Und doch würde ich sicherlich besser schlafen, wenn Kakali sich nicht irgendwo da draußen herumtreiben würde.

Was Kakali dachte, konnte ich mir vorstellen. Aber was er vorhatte, das war mir ein Rätsel. Das war es, was mich am meisten quälte: Ich konnte sein Verhalten einfach nicht verstehen.

Er handelte vollkommen unüberlegt. Geradezu hirnverbrannt. Ich sah daraus keinen Mut sprechen, noch nicht einmal den Mut der Verzweiflung, er schien ja fast davon auszugehen, dass er bald draufgehen würde. Vielleicht wünschte er sich ja sogar, dieses Leben endlich los zu sein.

Allein schon, dass Kakali unter den derzeitigen Umständen überhaupt nach Island zurückgekehrt war. Welcher vernünftig denkende Mensch würde das wagen? Oder wusste er etwas, das sonst niemand wissen konnte? Natürlich nicht. Er verhielt sich einfach nur wie ein Wahnsinniger. Das war ja gerade das Schlimme. Mit Feinden, die bei Trost waren, konnte ich umgehen. Die waren berechenbar, taten immer das, was für sie am besten war. Doch genau das tat Kakali nicht. Er taumelte hier durch das Land wie ein Blinder, warum sollte er dann nicht eines Nachts hier durch den Rauchfang kriechen, einen scharfen Dolch zwischen den Zähnen …?

Doch davor fürchtete ich mich wirklich nur in meinen schlimmsten Albträumen. Weil ich mir langsam doch einen Reim auf Kakali gemacht hatte. Er war einfach besoffen! Er verhielt sich wie ein Säufer, eine andere Erklärung gab es nicht. Ich hatte zwar weiterhin überall meine Späher, doch immer, wenn die mir etwas von Kakali berichteten, musste ich lachen. Das konnte ja gar nichts werden mit seinen armseligen Versuchen, ein Heer aufzustellen. Selbst seine Schwester Sigrídur und ihr Mann Styrmir auf Grund hatten ihn so schnell wie möglich loswerden wollen, sie hatten ihn über alle Berge gescheucht wie einen bösen Geist. Das wunderte mich nicht, denn hätten sie sich anders verhalten, wären von ihrem Hof jetzt nur noch verkohlte Reste übrig. Und Kakalis Schwager Hálfdan von Keldur im Süden war auch nicht gerade für seinen Kampfgeist bekannt, der hatte ungefähr so viel Mut wie eines der Zicklein, die hier an der Hauswand an den Grassoden knabberten.

Und selbst wenn Kakali sich aus dem Süden in den Westen durchschlagen konnte, würde ihm das auch nichts bringen. Die wichtigsten Anführer dort, Thorleifur auf Gardar und Skalden-Sturla, waren viel zu sehr an ihrem eigenen Wohlergehen interessiert, um etwas zu unternehmen, was ihnen letztlich doch nur schaden würde. Kakali konnte vielleicht einige Landstreicher um sich scharen, den einen oder anderen Glücksritter und einige Draufgänger aus dem oft besiegten Heer der Sturlungen, die noch immer nicht genug Narben und Wunden hatten, aber hier ging es schließlich um die Vorherrschaft im ganzen Land! Und um die zu erringen, brauchte er mindestens tausend treue und gut bewaffnete Männer – und außerdem die unangefochtene Macht über wohlhabende Bezirke, um sich bei Gefahr zurückziehen und sein Heer versorgen zu können. Und selbst diese Voraussetzungen hatten manch einem schon herzlich wenig genützt …

Ich hatte also überhaupt nichts zu befürchten. Ich sollte bestens schlafen.

Doch eine Sache gab es doch, die verstand ich einfach nicht. Wie konnte Kakali sich tagelang dermaßen unbehelligt im Süden aufhalten? Mitten im Machtbereich seiner Feinde. Und dann war es ihm offenbar auch noch gelungen, mit einer Gruppe von Männern den Bezirk zu verlassen, ohne dass jemand auch nur einen Finger gerührt hatte, um ihn aufzuhalten. Hatte er sich etwa unsichtbar gemacht?

Sicher, meine Männer hier im Norden waren Bauerntrampel, die nur langsam handelten und noch langsamer dachten. Aber selbst die hatten es geschafft, mir innerhalb eines Tages mitzuteilen, dass Kakali in Gásir an Land gegangen war. Hjalti Magnússon hingegen, den Gissur vor seiner Abreise nach Norwegen als Stellvertreter eingesetzt hatte und der eigentlich in Südisland alle Fäden in der Hand halten sollte, was hatte der getan, um den einzigen Mann festzusetzen, vor dem ich ihn ausdrücklich gewarnt hatte? Nichts! Dieser Mann zog tagelang fröhlich in seinem Machtbereich umher, bis er fast schon auf Hjalti Magnússons Hofwiese stand, konnte sogar noch alle möglichen zwielichtigen Gesellen um sich versammeln – und als Hjalti dann endlich Wind davon bekam, war Kakali schon längst über alle Berge.

Ich hatte vor Wut auf den Tisch geschlagen, als ich das alles erfuhr. Fragte, ob mir das jemand erklären könne, doch meine Männer ließen nur die Köpfe hängen, denn auf solche schwierigen Fragen hatten sie keine Antwort. Ich spürte meinen Herzschlag in den Geschwüren auf meiner Brust pulsieren, diesen Eiterbeulen, die nie heilten, ganz im Gegenteil, in den letzten drei Jahren waren sie immer größer geworden. Ich darf mich nicht so aufregen. Am liebsten hätte ich diese Schwachköpfe alle rausgeschmissen, mich zurückgezogen und zur Beruhigung ein paar Verse gedichtet, doch das war mir nicht vergönnt. Wenn das nicht bald aufhört, gehe ich noch ins Kloster.

Einer meiner Männer entblödete sich sogar zu fragen, warum ich nicht mit Kakali verhandeln würde. Ihn mit irgendeiner Kleinigkeit abspeiste, damit er die Füße stillhielt. Doch was sollte das denn bitte schön bringen?! Wir wussten doch alle, dass Friedensschlüsse mit den Sturlungen nur so lange hielten, wie es denen passte. Ein solcher Frieden würde halten, bis Kakali hier wieder Fuß gefasst, genug Gefolgsleute um sich versammelt und sie anständig bewaffnet hätte. Ich kenne doch diese rachsüchtigen Sturlungen! Sie würden sich um ihn scharen. Sie würden die Ruhe nutzen, die ein Friedensschluss ihnen gewährte, und sobald sich ihnen eine Chance böte, sobald sie wie Raubtiere ein wenig Schwäche oder auch nur Unachtsamkeit bei ihrem Opfer wittern, würden sie mit grausamster Härte zuschlagen.

Jetzt war schon wieder Abend. Eine neue dunkle Nacht legte sich über das Land, und in mir stiegen wieder die schlimmsten Gedanken auf. Nichts würde meine gequälte Seele mehr beruhigen als die Nachricht, dass Kakali endlich tot wäre, er war der letzte Anführer der Sturlungen, den es zu fürchten galt. Und auch ihm selbst wäre ein Gefallen damit getan, wenn ihn endlich jemand erschlüge. Er mochte sich vielleicht etwas Zeit verschaffen, wenn er sich in die Westfjorde zurückzog, in eine dieser gottverlassenen Buchten, wo schon so viele schlechte Menschen zwischen unüberwindbaren Klippen und Felsen Zuflucht gesucht hatten. Aber dort würde er auch vor die Hunde gehen. Dort sieht man nämlich den ganzen Winter lang die Sonne nicht, dort kann er dann vor sich hin dämmern wie ein Gespenst und sich von seiner Angst und seiner Getriebenheit die Seele zerfressen lassen, denn die gewährten ihm mit Sicherheit keine Atempause und auch keine Gnade. Und spätestens wenn der Frühling kommt und er wieder ins Tageslicht hinauskriecht, werden meine Männer ihn aufspüren und ihn ein für alle Mal von den Sorgen unserer profanen Welt befreien.

KAKALI

Erst nach meinem Treffen mit Skalden-Sturla war mir klar geworden, dass ich nie auch nur den Hauch einer Chance gehabt hatte, ihn um seine Unterstützung zu bitten. Die Männer von meinen Schwestern, Styrmir von Grund und Hálfdan von Keldur, hatten mir sofort klargemacht, dass sie mir auf keinen Fall dabei helfen würden, ein Heer aufzustellen, um mein rechtmäßiges Erbe zurückzufordern und die Ehre unserer Familie wiederherzustellen. Skalden-Sturla hingegen, der hatte so über die Lage im Land gesprochen, dass ich ihn gar nicht um Unterstützung hätte bitten können, ohne als der komplette Vollidiot dazustehen, für den mich ja sowieso schon viele hielten.

Skalden-Sturla war so freundlich zu mir gewesen, wie man es sich nur wünschen konnte. Er wollte mir unbedingt ein Festmahl ausrichten, am liebsten gleich am nächsten Tag, doch ich erfand Ausflüchte. Ich war nicht in Feierlaune, davon hatte ich auf absehbare Zeit genug. Er sagte, ich solle bei ihm wohnen, so lange ich wollte und so lange ich es für ungefährlich hielt, doch hatte ich wieder das Gefühl, dass er mir eigentlich zu verstehen geben wollte, dass es hier in den aus allen Richtungen gut erreichbaren westlichen Tälern für einen Mann, den das ganze Land verfolgte, gerade *nicht* ungefährlich sei. Ich hatte vorerst keinen anderen Plan, als mich einfach nur zu verstecken und am Leben zu bleiben. Und wenn mir auch keiner der Großbauern dabei helfen wollte, ein Heer aufzustellen, musste ich doch zumindest den Trupp zusammenhalten, den ich hatte – ich musste bei meinen Männern den Eindruck erwecken, dass es irgendwie voranging, dass ich etwas plante, ein Ziel vor Augen hatte. Also beschloss ich, in die Westfjorde zu ziehen und dort in der Einöde Unterschlupf zu suchen. Irgendwo unter einer senkrecht aufragenden Klippe, fern aller unwegsamer Gebirgspfade.

Unter meinen Gefolgsleuten waren es in erster Linie die Jungen, Nassforschen, die mir in die Wildnis folgen wollten: Mein Bruder Tumi, mein Neffe Teitur, dann noch der Einhändige und der Zungenlose. Irgendwie gefiel mir das nicht. Ich bekam ein ungutes Gefühl, das ich zu verdrängen versuchte, doch ohne Erfolg: Ich fühlte mich wie ein Bedürftiger, ja, fast wie ein Bettler, wie einer dieser Menschen, gegenüber denen Anführer und besser gestellte Leute gezwungenermaßen Mitleid empfanden. Und Mitleid hatte ich nun wirklich nie gewollt. Gut, ich war von Feinden umzingelt, war ungebeten direkt in ihrer Mitte aufgetaucht, deshalb hatte ich wohl nichts anderes verdient, als alleine dazustehen. Es war ja fast so, als sei ich absichtlich in ein brennendes Haus gelaufen und forderte nun, dass der Rest meiner Familie zu mir in die Flammen kam, damit ich nicht allein verbrannte – das war unlogisch, das sah ich schon ein. Ich war jetzt also quasi vogelfrei, deshalb sollte ich vielleicht einfach dem Beispiel der berühmten Ausgestoßenen und Gesetzlosen aus unseren Sagas folgen und mich auf einer einsamen Insel verstecken, zum Beispiel auf Drangey, wo einst der berühmte Gesetzlose Grettir der Starke Zuflucht gesucht hatte. Drangey lag mitten im Machtbereich von Kolbeinn dem Jungen. Ich sah mich dort schon auf einer Klippe stehen und mutterseelenallein die einzige Stelle verteidigen, an der man auf die Insel klettern konnte. Ich sah mich förmlich darauf warten, dass Kolbeinn mit seinen Männern zu mir herausruderte, um ihn dann wüst zu beschimpfen.

Um meine deprimierenden Gedanken zu vertreiben, ritt ich nach Hvammur, zum Stammsitz unserer Familie, sprach mit Tumi und seinen Leuten, und wir beschlossen, am Tag darauf in die Westfjorde zu ziehen. Sie wollten im Morgengrauen nach

Stadarhóll kommen, und wir würden von dort umgehend weiterreiten. Wir sprachen davon, mehr Männer und Waffen zu sammeln, so unsere Position zu stärken – das klang ja schon fast nach einem Plan …

Als ich mich später wieder den Häusern von Stadarhóll näherte, wurde es bereits dunkel. Ich sah drei Männer, die rasch auf mich zuschritten. Es waren sehr kräftige Männer, echte Krieger, das sah ich ihren entschlossenen, schwerfälligen Bewegungen sofort an – sie gingen schnell, alle im selben Takt, ohne nach links oder rechts zu sehen. Als sie noch näher kamen, sah ich, dass sie allesamt Waffen trugen, Schilde, Äxte, Schwerter …

Einen Moment lang überlegte ich zu fliehen. Doch dann dachte ich, dass von Stadarhóll, dem Hof von meinem Cousin Skalden-Sturla, wohl kaum etwas Böses kommen konnte, und irgendwie kamen mir diese Männer auch bekannt vor, wie sie da im Halbdunkel auf mich zueilten. Also wartete ich einfach ab.

Und im nächsten Moment erkannte ich sie auch schon, diese dicklichen, riesenhaften Kerle mit ihren hochmütigen, furchtlosen Gesichtern und der wettergegerbten, von Pockennarben und anderen Narben übersäten Haut, die sie eher Trollen ähneln ließ als Menschen: Es waren meine Verwandten, die Dufgus-Söhne!

Die drei Brüder: Schon Svarthöfdi, der Schwarzhaarige, trug seinen Namen zu recht und Kolbeinn der Bärtige umso mehr, denn er hatte wirklich einen derart voluminösen und zerzausten Bart, dass man sich regelrecht Mühe geben musste, Augen und Nase darin zu erkennen. Und der Dritte, der schweigsame Björn Brocken, der Dicklichste und Riesenhafteste von allen, aber auch der Fröhlichste. Seine blauen Augen waren von einer fast säuglingshaften Reinheit, die so gar nicht zum sonstigen Auftreten der Brüder passen wollte, außer vielleicht zu ihren Stimmen, denn alle diese drei Höllenkrieger sprachen mit hohen, fast weiblichen Stimmen – aber sie waren ja nicht die Einzigen, die schrille Stimmen hatten, die manchmal fast an das Gackern von Hennen erinnerten, wer sollte das besser wissen als ich …

Die Waffen der Dufgus-Söhne waren nicht mit Gold verziert. Sie waren zuverlässig und hässlich wie gute Werkzeuge – und das waren sie ja schließlich auch, solide, viel benutzte Werkzeuge. So bauten sie sich also vor mir auf, alle im selben Takt, als hätten sie lange Zeit in einem richtigen Heer gedient, doch wahrscheinlich waren das nur die brüderlichen Bande, die ihre Bewegungen steuerten. Sie bauten sich auf, und ohne ein Wort des Grußes oder einen Händedruck kamen sie direkt zur Sache.

»Wir wollen uns dir anschließen, Kakali«, sagte Svarthöfdi.

»Genau wie wir deinem Bruder gefolgt sind«, sagte Kolbeinn unter seinem Bart hervor.

»Wir werden dir folgen. Wenn es sein muss, bis der Letzte von uns gefallen ist«, sagte Svarthöfdi.

»Ja. Bis … bis … bis zum letzten Blutstropfen!«, sagte der schweigsame Björn Brocken und lächelte, wahrscheinlich vor lauter Freude, dass er gleich einen ganzen Satz am Stück hervorgebracht hatte.

»Bis zum letzten Blutstropfen!«, sagte er noch einmal, und das Lächeln breitete sich über sein ganzes Gesicht aus – ein großes, glückliches Lächeln wie es kleine Kinder auf ihren breiten Gesichtern zeigten, wenn man vor ihnen Fratzen schnitt.

BJÖRN BROCKEN

Wir hatten vielleicht nicht besonders imposant ausgesehen, als wir am frühen Morgen in Stadarhóll losgeritten waren, aber solange wir zusammenhielten und einen verlässlichen Anführer hatten, war das vielleicht auch nicht so wichtig …

Es war kalt hier im Westland. Es roch nach Herbst, und obwohl es in den tiefen Talsenken an der Küste noch grün war, fiel bei uns in den Bergen und auf den Hochebenen schon der erste Schnee. Tumi Sighvatsson fing sofort davon an, dass wir uns eine feste Behausung suchen müssten. Kakali ging zuerst nicht darauf ein, doch als Tumi sich immer mehr reinsteigerte, dass wir uns irgendeinen Einödhof suchen sollten, den wir uns mitsamt seiner Vorräte unter den Nagel reißen könnten, kam Kakali zu uns Brüdern und sagte: »Ich will nicht, dass wir uns hier benehmen wie die letzten Räuber.«

Svarthöfdi sagte daraufhin, er habe gehört, dass die Gegend um den Arnarfjord besonders im Winter von der Landseite schwer zugänglich sei, sodass Männer wie wir da schon öfter Zuflucht gesucht hätten. Männer wie wir, Männer, die sich verstecken müssen.

Also schlugen wir uns bis dorthin durch. Als wir dann endlich im Arnarfjord angekommen waren, passierte etwas ganz und gar Unerwartetes. Wir hatten gerade die Bucht betreten, waren endlich angekommen und rechneten mit nichts Bösem, auf einmal prasselten große Steine auf uns ein – jemand griff uns an! Tumi der Jüngere wurde am Knie getroffen und ging schreiend zu Boden. Kakali schützte ihn mit seinem Schild, wir Dufgus-Söhne versuchten wiederum, Kakali zu schützen, die anderen gingen in Deckung oder traten den Rückzug an. Wir versuchten, die Würfe zu erwidern, so gut es ging. Wir ahnten, dass wir es mit mehreren Männern zu tun hatten, denn der Angriff war heftig. Sie schienen zwar weniger zu sein als wir, ihre Deckung aber war so gut, dass wir nichts anderes tun konnten, als uns zu verteidigen. Plötzlich sprang der Anführer der anderen mit einem großen Schild und einer langstieligen Axt auf uns zu, brüllte wie ein Bär und befahl uns, die Waffen fallen zu lassen. Die Steinwürfe waren kurz weniger geworden, auf einmal erhob sich der Einhändige aus unserem Trupp, nahm einen großen Stein und warf ihn so zielsicher und mit so großer Kraft auf den Schild des Mannes, dass er unter der Wucht des Aufpralls zurücktaumelte und seine Axt fallen lassen musste. Kakali packte ihn sofort, hielt ihm sein Schwert an den Hals und rief den anderen Männern zu, sie sollten sofort aufhören zu werfen.

Wir mussten nicht lange reden, bis klar wurde, dass wir alle im selben Boot saßen. Auch sie waren hierhergekommen, um vor den Anführern dieses Landes Schutz zu finden. Daraufhin beruhigte sich alles ein wenig. Ihr Anführer hieß Ásbjörn Gudmundsson und war auf der Flucht, weil er jemanden umgebracht hatte. Oder mehrere. Die anderen hatten den Zorn der Bauern auf sich gezogen, weil sie geklaut oder in Brunnen gepinkelt hatten. Ásbjörn hatte schon einiges von Kakali gehört und war bereit, sich uns anzuschließen. Das lief doch alles gar nicht so schlecht – wir waren jetzt schon fast zwanzig Männer, da musste Kolbeinn der Junge schon mehr tun, als einen kleinen Schlägertrupp auf uns zu hetzen. Ein kleines Heer aufstellen zum Beispiel …

Über die Lebensbedingungen im Arnarfjord erzählten unsere neuen Gefährten allerdings nicht viel Gutes. Viele von ihnen waren bereits seit dem Sommer hier und fürchteten sich sehr vor dem Winter. Und da wir jetzt so viele geworden waren, schlug bald jemand vor, zu einem der Großbauern in Westisland zu ziehen und ihn zu fragen, ob er sich nicht mit uns verbünden wolle. Und uns den Winter über unterbringen und verpflegen. Kakali sagte dazu nichts, aber Tumi nahm die Idee so begeistert auf, dass wir uns wenig später tatsächlich auf den Weg nach Bardaströnd machten. Tumi hatte gesagt, der dortige Bauer Gísli von Raudasandur würde uns sicher unterstützen und einige seiner Nachbarn auch. Also zogen wir los, einige auf Pferden, die meisten zu Fuß. Wir waren jetzt zwar mehr Leute, doch eindrucksvoller war unsere Truppe dadurch nicht unbedingt geworden …

BAUER GÍSLI VON RAUDASANDUR

Kakali kam. Selten hatte es wohl einen Mann hierher zu uns an den Bardaströnd verschlagen, den wir weniger gebrauchen konnten. Er hatte einen Neffen aus dem Norden dabei, der fast noch ein Kind war, seinen letzten noch lebenden Bruder, diesen widerlichen Tumi den Jüngeren, und dann noch einen Haufen zwielichtiger Kerle, Landstreicher und Diebe. Dieses Häuflein wollte es nun nicht nur mit den mächtigsten Männern des Landes aufnehmen – sie wollten auch noch, dass wir Bauern aus den Westfjorden uns ihnen anschlossen.

Ich hatte sofort ein schlechtes Gefühl, als Kakali eine Versammlung der Bauern aus dem Landkreis auf meinem Hof anberaumte. Ohne mich vorher zu fragen. Ich hätte Kakali natürlich untergebracht, das war ja selbstverständlich, ich hatte seinen Vater gut gekannt und auch seinen Bruder Sturla, Gott habe sie selig. Und auch wenn Kakali mit einer ganzen Gruppe von Zechbrüdern gekommen wäre, hätte ich mich nicht lumpen lassen und sie beherbergt und versorgt.

Aber dass er jetzt dieses Gesocks von den Nachbarhöfen herbeirief, das war nun wirklich zu viel. Mit vielen von diesen Bauerntrampeln lag ich schließlich seit Langem im Streit, von manchen hatte ich Verwandte oder Knechte umbringen müssen, damit sie endlich verstanden, wer hier das Sagen hatte. Die waren jetzt natürlich misstrauisch, aber sie trauten sich auch nicht wegzubleiben, denn sie hatten Angst vor Kakali, man hatte fast das Gefühl, sie würden sich gleich allesamt in die Hosen machen.

Als sie alle saßen, hielt Kakali erst mal eine Rede. Am Anfang war er ziemlich steif, er stotterte sogar ein wenig, doch das gab sich schnell, er sprach lebhafter, erzählte von dem Leid, das man ihm angetan hatte, auch wenn das ja sowieso schon alle wussten. Er schloss mit dem Aufruf oder eher mit dem Befehl, dass wir uns jetzt zusammentun und ihm zu seinem Recht verhelfen sollten. Es war teilweise sogar eine ganz gute Rede gewesen, er sagte, sein Schaden sei schließlich auch der Schaden aller anderen Leute aus diesem Landesteil, deswegen sei es nur angebracht, dass wir ihm folgten.

»Und dann bekommen wir entweder unser Recht oder wir sterben wie unsere Verwandten – beides ist besser als ein würdeloses Leben.«

Daraufhin schwiegen alle. Rutschten auf ihren Plätzen hin und her. Kratzten sich am Kopf. Es hatten schließlich nicht alle so enge Verwandte verloren wie Kakali. Dann murmelten ein paar, sie hätten Kolbeinn dem Jungen gerade ihre Treue geschworen und solange Kolbeinn selbst keines seiner Versprechen brach, würden sie nicht gegen ihn kämpfen. Das regte Kakali unglaublich auf, er brüllte, er würde sich merken, wer aus den Westfjorden auf seiner Seite gewesen war und wer nicht!

Alle erschraken ein wenig. Dann sagte einer: »Du hast schon genug zu tun mit deinen Rachefeldzügen, du musst nicht auch noch uns drohen.«

Und jetzt schrie Kakali, dass ihn niemand an seine Verluste erinnern müsse, und ein lauter Streit brach aus, bis einer der Bauern Kakali zurief: »Brüll doch, so viel du willst. Uns Bauern vom Bardaströnd kümmert das einen Scheiß!«

Alle lachten. Außer Kakali. Sogar ich hatte, glaube ich, ein ziemlich breites Grinsen im Gesicht. Kakali schimpfte weiter, wandte sich direkt an mich und erinnerte mich daran, wie oft sein Vater und seine Brüder mir zu Hilfe kommen mussten, wenn ich den Zorn meiner Nachbarn auf mich gezogen hatte, weil ich es mal wieder nicht habe lassen können, »mich überall einzumischen und draufzukloppen«. Aus so einem Totalversager wie mir wäre nie etwas geworden, wenn ich nicht alle meine Torheiten unter dem Schutze der Sturlungen hätte begehen können.

So spricht natürlich niemand, der noch ganz bei Trost ist. Am liebsten wäre ich wütend aus der Tür gestürmt, hätte sie zugeknallt und wäre abgereist, aber ich war ja bei mir zu Hause. Ich hätte auch nicht übel Lust gehabt, Kakali eine zu knallen, aber zu seinen beiden Seiten saßen die Dufgus-Söhne. Die Stimmung war inzwischen total verdorben. Kakali hatte Dinge angesprochen, über die man nicht redete, vergangene Streitigkeiten, die man besser ruhen ließ. Bald waren alle komplett verstummt und verabschiedeten sich wortkarg.

Trotzdem versuchte ich am Abend, Kakali etwas milder zu stimmen. Bot ihm zu trinken an und versuchte, mit ihm zu reden, von Mann zu Mann. Ich hätte sogar angeboten, ihm einige meiner Männer mitzuschicken, doch er war jetzt eingeschnappt. Er war so vergrätzt, dass er nicht einmal unter meinem Dach schlafen wollte, er ritt einfach wieder hinaus in die Nacht – mit den wenigen Männern, mit denen er gekommen war, auf fast absurde Weise hoffnungslos …

Wenn er es doch schaffen sollte, durchzukommen, hätte ich ein Problem. Doch darum musste ich mir eigentlich keine Sorgen machen, Kakali war ein hoffnungsloser Fall. Das Nächste, was ich von ihm hören werde, wird die Nachricht sein, dass jemand ihn erschlagen hat wie einen Hund.

KAKALI

Diese Zusammenkunft auf Raudasandur und überhaupt die Idee, bei den Bauern in den Westfjorden Unterstützung zu suchen, war das Dümmste, was mir jemals eingefallen war. Streng genommen war das ja auch nicht meine Idee gewesen, man hatte mich überredet, es zu versuchen. Ich hatte mich bequatschen lassen wie ein Schwachkopf! Meine Laune war auf einen neuen Tiefpunkt gesunken. Ich hatte mich doch wirklich mit diesen Bauern gestritten wie ein verwöhntes Kind – es wird lange dauern, bis mein Ruf in dieser Gegend wiederhergestellt ist.

Ich musste endlich etwas tun. Ich spürte es genau, ich musste die Initiative ergreifen, einen Plan schmieden, sonst wären meine Männer bald über alle Berge. Und ich tot.

Nach dem Debakel von Raudasandur war es sinnlos, woanders um Männer zu werben. Ehrlich gesagt wusste ich nicht einmal, wohin wir uns wenden sollten, als wir kurz vor dem Morgengrauen vom Hofplatz ritten. Und dann tauchte wie aus dem Nichts auf einmal ein Kleinbauer aus dem Kerlingarfjord auf und wollte uns unterbringen und verpflegen, so gut es seine Möglichkeiten erlaubten. Mein Bruder Tumi der Jüngere wollte nach Hagi reiten und dort bei einem gewissen Eyvindur unterkommen, der in unsere Familie eingeheiratet hatte. Wir entschieden, dass er einige Leuten mit sich nahm, während ich und die anderen mit dem Kleinbauern in den Kerlingarfjord zogen. Dieser gastfreundliche Mann war meinem verstorbenen Bruder Sturla zu großem Dank verpflichtet, Sturla hatte ihm einst Schutz vor bösen Angriffen gewährt und den Mord an einigen seiner Familienangehörigen gerächt, darunter an seinem Vater.

Am Tag darauf sandte ich zwei der Dufgus-Söhne und meinen Neffen Teitur Styrmisson in die umliegenden Buchten und Fjorde, damit sie mehr Männer sammelten, und sagte ausdrücklich, sie sollten jeden nehmen, der sich uns anschließen wollte, Landstreicher, Rumtreiber, Ausgestoßene … Das lief überraschend gut. Sie kamen mit gut zwanzig Mann zurück, darunter Wanderarbeiter, flüchtige Diebe und Triebtäter. Auch zwei schwedische Schafhirten waren dabei, die sich aus Angst vor einem ihrer Wiedergänger in einem abgelegenen Tal verkrochen hatten. Das waren untersetzte, unnahbare Männer, ihre Gesichter waren fast blau.

Im Kerlingarfjord angekommen, schickte ich nach Tumi und seinen Leuten, damit wir uns alle zusammen beraten konnten. Es kam allerdings die Nachricht zurück, wir sollten doch lieber zu ihnen kommen. Ich fand das komisch, rief aber dennoch die Männer zusammen, und wir ritten los.

Was mich dann doch sehr überraschte, war, dass auf Hagi niemand auf unsere Ankunft vorbereitet war. Eyvindur, der Hausherr, war nicht gerade froh, uns zu sehen, er fragte mich, ob ich denn Essen für die ganzen Kerle mitgebracht hatte. Natürlich hatte ich das nicht, gab ihm aber keine Antwort. Stattdessen fragte ich zurück, wo mein Bruder Tumi sei, und es zeigte sich, dass der noch immer im Haus lag und schlief. Ich ging hinein. Als ich ihn endlich wach bekommen hatte, sprang er auf, lief herum, ohne mich anzusehen, strich sich mit zitternder Hand das Haar über die hohe Stirn und sagte fast im Befehlston zu mir, ich solle draußen ausrichten, er komme bald und werde dann zu uns sprechen. Auch das fand ich irgendwie albern, und doch ging ich hinaus, rief die Männer zusammen und kündigte an, dass wir uns gleich beraten würden. Der Gastgeber hatte ihnen nicht erlaubt, in das Hofgebäude zu gehen, sodass sie hier und da auf dem Hofplatz und der Hauswiese herumlungerten. Es war zwar trocken und sonnig, aber auch ziemlich kalt, ich ahnte schon, dass die Männer keine große Lust hatten, hier lange zu warten.

Wir hatten jetzt mehrere Möglichkeiten, die nicht alle gleich gut waren. Als Tumi endlich herausgekommen war, erhob ich meine Stimme und wollte all diese Möglichkeiten aufzählen, doch das war natürlich ein Fehler – ein Heerführer sollte nur das sagen, was auch gemacht wird, alles andere gab den Dümmsten nur das Gefühl, sie könnten mitentscheiden. Doch das lernte ich erst an diesem Tag.

Eine Möglichkeit, sagte ich, sei ein Kriegszug nach Norden, in den Machtbereich von Kolbeinn dem Jungen. Dort könnten wir versuchen, möglichst viele Waffen und Vorräte zu erobern, indem wir die Höfe der Männer überfielen, die in der Schlacht von Örlygsstadir gegen uns gekämpft hatten. So könnten wir den Mördern meines Vaters und meiner Brüder einigen Schaden zufügen. Ich nannte diese Möglichkeit als erstes, weil ich sie für die schlechteste hielt. Eigentlich absolut ausgeschlossen, der nackte Wahnsinn, doch bevor ich das sagen und mich den besseren Ideen zuwenden konnte, kam bei vielen Männern Stimmung auf. Sie fanden diesen Vorschlag so gut, dass sie ganz wild wurden.

»Na, dann los!«, riefen manche von ihnen – die Vorstellung, schnellstmöglich irgendwo rauben und vergewaltigen zu können, kam offenbar gut an. Sie stachelten sich gegenseitig auf, reckten ihre Fäuste oder rasselten mit den Waffen, also die, die welche hatten …

Ich verlor den Faden und hatte bald vergessen, was ich sagen wollte. In diesem Moment stieg mein Bruder Tumi auf einen Misthaufen, damit man ihn besser sah und hörte, und rief mit aufgeregter Stimme, das alles sei seine Idee gewesen. Und ehe ich mich versah, machte er mit den Männern schon Pläne, wen man zuerst angreifen und wann man losreiten werde, gleich heute Abend, wenn ich es bei dem ganzen Geschrei richtig verstand. Viele waren aufgesprungen, sogar die verstockten schwedischen

Hirten waren sichtlich begeistert. Alles war außer Rand und Band, nur die Dufgus-Söhne nicht. Sie sahen sich alles mit großer Verwunderung an und schwiegen wie Steine. Saßen auf dem Rest einer alten Steinmauer, und als ich merkte, dass Svarthöfdi mich ansah und eine Augenbraue hob, wusste ich, dass ich nun die Führung übernehmen musste, die Wogen glätten, die Männer zum Schweigen bringen. Das gelang mir auch, indem ich zu Tumi auf den Misthaufen sprang und ihn und die anderen übertönte. Vom Hof hörte man frenetisches Hundegebell, auch die Kühe spielten in ihren Ställen verrückt. Von soldatischer Disziplin war bei uns wirklich nicht viel zu spüren.

Ich sorgte für genügend Ruhe, um meine zweite Idee vorzutragen. Wir könnten nämlich stattdessen auch in den Süden ziehen und dort einige Überraschungsangriffe im Machtbereich von Gissur ausführen. Das hätte den Vorteil, dass wir uns nur mit Gissurs vergleichsweise harmlosem Stellvertreter Hjalti Magnússon herumschlagen müssten und nicht, wie im Norden, mit Kolbeinn dem Jungen, der mit allen Wassern gewaschen war und überall Wachen aufgestellt hatte. Doch letztendlich wollte ich auch diese Möglichkeit verwerfen und vorschlagen, dass wir in diesem Winter überhaupt nichts taten. Das hielt ich für das Klügste. Wir sollten jederzeit verteidigungsbereit sein und höchstens kleine Aktionen in den Nachbarbezirken in Angriff nehmen, um an ein paar Waffen und Vorräte zu kommen und um weitere Männer bei uns aufzunehmen.

Doch bevor ich das sagen konnte, war die Situation schon wieder außer Kontrolle geraten. Manche wollten jetzt auf Teufel komm raus in den Süden reiten und dort alles in Schutt und Asche legen – ich verlor die Beherrschung und schrie, alle sollten jetzt endlich die Schnauze halten! Das war unglücklicherweise genau in dem Moment, als mein Bruder Tumi am lautesten gebrüllt hatte und sich mitten in eine flammende Kampfrede gesteigert hatte. Er verstummte abrupt. Alle anderen auch. Tumi warf mir einen verächtlichen Blick zu und ging einfach davon. Zurück ins Haus. Ich rief hinter ihm her, doch er drehte sich nicht einmal um.

Die Versammlung endete im Chaos. Es war offensichtlich, dass ich hier überhaupt nichts im Griff hatte, und dann hatten auch noch alle gesehen, wie uneinig wir Brüder uns waren. Mir blieb nichts übrig, als hinter Tumi herzugehen, mit ihm zu reden, ihn hoffentlich wieder gut zu stimmen.

HALLDÓRA

Nach unserer zufälligen Begegnung an der Landungsstelle von Gásir hatte ich meinen Sohn lange Zeit nicht gesehen. Ich hatte nicht einmal etwas von ihm gehört, obwohl mein neues Wanderdasein mich auf viele Höfe führte. Doch eines Tages traf ich ihn wieder. Wieder zufällig, es war sehr neblig an diesem Tag, er ritt an mir vorbei, und erst als er schon fast wieder weg war, konnte ich glauben, dass es nicht nur ein Trugbild seines Gesichts gewesen war, das ich da gesehen hatte.

Am meisten fürchtete ich mich davor, dass sie ihn gefangen nehmen und töten würden wie meine anderen Söhne. Jedes Mal, wenn ich einen neuen Hof erreichte, rechnete ich damit, diese Nachricht zu erhalten. Doch dann war ich ihm begegnet, an diesem Nebeltag in Westisland, irgendwo auf meinem Weg über eine Hochebene. Zuerst war mir, als hätte ich einen Geist gesehen – seine Augen waren so kalt, sahen aus wie gefroren, als wäre seine Seele gar nicht bei ihm, sondern irgendwo anders, ganz weit weg. Er führte einen Trupp von Männern an, die aussahen, als hätte man sie auf dem Friedhof ausgegraben oder von einem Schlachtfeld aufgesammelt und ihnen das Gehen noch einmal eher schlecht als recht beigebracht, obwohl sie eigentlich gar kein Atem mehr durchströmte. Einige hatten sogar Waffen dabei. Die Frauen, die mit mir zogen, fürchteten sich sehr vor diesem Trupp, vor diesen abgerissenen Gestalten. Sie rückten eng zusammen und versuchten, so viel Platz zu machen wie möglich, um ihnen nicht im Weg zu sein. Ich spürte, wie die Angst meiner Gefährtinnen wuchs. Fast wären sie in Tränen ausgebrochen, deshalb schaffte ich es einfach nicht, mit Kakali zu reden, hatte ich doch auch erst gedacht, er wäre eine Art Geist. Wenig später war mir, als hätte ich unter einem der Eisenhelme auch meinen anderen noch lebenden Sohn gesehen, den kleinen Tumi. Dann begriff ich, dass die riesenhaften Männer auf den drei Pferden die Dufgus-Söhne gewesen sein mussten, und obwohl es uns ziemlich Angst gemacht hatte, wie sie so schweigend aus dem Nebel auftauchten und wieder in ihm verschwanden, war ich doch überglücklich, denn ich wusste nun, dass mein Kakali noch am Leben war und mit seinem Bruder vereint. Diese Freude wurde auch dadurch nicht geschmälert, dass er mit einer Gruppe von Landstreichern durch die Gegend zog, die noch zerlumpter waren als die Leute, die mich begleiteten in dieser schlechten Zeit.

Unser Bruder Kolbeinn hatte von alldem die Schnauze voll und sagte das auch genau so: »Ich habe die Schnauze voll«, kam es unter seinem Bart hervor. Svarthöfdi sagte nichts, doch ich hörte an seinem Atem, dass er nicht nur die Schnauze voll hatte, nein, er kochte vor Wut, war aber weiterhin fest entschlossen, sich zu beherrschen. Was ihm nur mühsam gelang. Auf Hagi war es wirklich mies. Wir kamen fast um vor Hunger, wir froren, manche sprangen auf und ab, ruderten mit den Armen, andere stellten sich zu zweit oder zu dritt eng nebeneinander. Ásbjörn Gudmundsson sprach leise mit zwei seiner Männer. Sie rochen ziemlich schlecht, und ich hatte selten fiesere Blicke gesehen als die, die Ásbjörn uns zuwarf. Dieser Kerl war wirklich durch und durch böse, dachte ich, er hatte sowohl Frauen als auch Kinder getötet, nur aus Spaß, das hatte mir gestern einer seiner Männer erzählt und war auch noch stolz auf seinen Anführer gewesen.

»Diese Truppe ist komplett führungslos«, sagte der bärtige Kolbeinn und atmete lange aus, als sei ihm eine große Last von der Seele gefallen, jetzt, da er es endlich ausgesprochen hatte.

»Kakali ist der Anführer«, entgegnete Svarthöfdi.

»Wenn er sich endlich mal durchsetzen könnte, dann schon!«, sagte Kolbeinn und klang plötzlich wütend. »Aber diese Missgeburten lassen ihn ja nicht.«

»Wir sollten Kakali noch eine Chance geben. Er kriegt das schon hin«, meinte Svarthöfdi, und ich war froh darüber, waren doch seine Worte immer automatisch die Meinung von uns allen dreien. Das war gut so, sonst wären wir ja wieder vollkommen ratlos und hoffnungslos gewesen, hätten nichts tun können, außer uns zu langweilen und zu warten. Also stimmte ich Svarthöfdi zu. Denn wenn er Hoffnung sah, dann war da auch welche.

»Ja«, sagte ich. »Ja, ja …« Weiter kam ich nicht, aber dem gab es wohl auch nichts hinzuzufügen. Kakali war hinter Tumi her in den Hof gegangen, und wir hörten nun, was Ásbjörn mit seinen Gefährten redete. Sie wollten sich das Essen nehmen, das wir brauchten, ohne um Erlaubnis zu fragen. Sie sprangen auf, fingen ein Kalb und machten sich daran, es zu schlachten, natürlich rannte der Bauer Eyvindur sofort herbei und rief, sie sollten das Kalb auf der Stelle loslassen, da sagte Ásbjörn mit heiserer Stimme: »Sollen wir etwa erst dich abstechen?«

Und seine Männer lachten laut und schrill.

Da Svarthöfdi nun einmal beschlossen hatte, dass wir Kakali noch eine Chance geben wollten, und es Kakali zweifellos noch mehr Probleme gemacht hätte, wenn unsere Männer hier den Hof plünderten, stellte er sich Ásbjörn in den Weg und befahl ihm, die Waffe wegzustecken. Ásbjörn traute sich nicht, ihm zu widersprechen. Wir Brüder hatten, uns zu beiden Seiten von Svarthöfdi aufgestellt. Ásbjörn spuckte verächtlich aus, und das Kalb lief fort. Dann wandte Svarthöfdi sich an den Bauern und sagte ihm, dass die Männer hungrig seien. Er handelte mit ihm aus, dass wir für ihn die Pferde zusammentrieben, die sich zum Grasen auf dem ganzen Berghang verteilt hatten, und dann einige davon neu beschlugen – das erledigten wir so schnell wie möglich, dann bekamen wir zu essen.

Wenig später kamen die Brüder wieder heraus. Kakali hatte sich beruhigt. Tumi blickte sich unruhig um, er machte sich ganz offensichtlich Sorgen darüber, was wir von ihm dachten, ob wir ihn jetzt überhaupt noch ernst nahmen. Dann sagte Kakali mit leiser Stimme – so leise, dass alle den Mund halten mussten, um etwas zu hören –, wir würden morgen weiter in Richtung Süden zu einem gewissen Loftur reiten. Dieser Loftur habe bei der

Schlacht von Örlygsstadir auf der Seite von Kolbeinn dem Jungen und Gissur gekämpft und sei ein alter Feind der Sturlungen. Auf seinem Hof gab es offenbar ziemlich viele Waffen, die nicht alle rechtmäßig erworben waren. Wir wollten uns so viele von diesen Waffen holen, wie wir konnten, und auch alle Pferde, an die wir herankamen, aber abgesehen davon wollten wir niemandem etwas tun, schon gar nicht Frauen und Kindern und denjenigen, die sich uns nicht in den Weg stellten. Dann wollten wir so schnell wir konnten weiter nach Süden reiten, bevor die Leute sich dort richtig wappnen konnten, und ihnen Geld und andere Wertgegenstände als Entschädigung abnehmen, kurz: Wir wollten ihnen das Leben ein bisschen schwer machen und dann wieder verschwinden, bevor sie ihre Männer zusammenholen oder gar Kolbeinn den Jungen um Hilfe bitten konnten.

Am zweiten Tag unserer Reise kamen uns drei Landstreicherinnen entgegen. Sie waren in Tücher und Decken gewickelt, das waren eindeutig Bettlerinnen, dennoch sahen sie uns ziemlich verwundert, ja, fast mitleidig an – besonders eine von ihnen stand still und starrte. Am meisten starrte sie Kakali an, der uns führte und sich konzentrierte, weder nach rechts sah noch nach links und schon gar keine Augen für diese zerlumpte Bettlerin hatte, die ihn anstarrte, als wäre sie nicht ganz richtig im Kopf. Wahrscheinlich hatte sie sich nur darüber gewundert, was wir für eine Truppe waren, denn wir boten sicherlich nicht gerade einen würdevollen Anblick, nur einige von uns hatten Waffen oder Pferde, die meisten mussten zu Fuß gehen und waren gekleidet wie Landstreicher …

Als wir uns dem Hof von Loftur näherten, wurde die Stimmung langsam besser. Wir legten uns auf die Lauer, beobachteten den Hof und seine Umgebung. Bald sahen wir, dass die Besitzer weder besonders wachsam noch verteidigungsbereit waren. Kakali befahl denjenigen, die Pferde hatten, sie sollten mit erhobenen Waffen voranstürmen. Dann sollten alle anderen hinterherlaufen und mit Stöckern und Stangen durch die Luft schlagen, die sie schon bei sich hatten oder sich noch suchen sollten – bei manchen waren das nur Krüppelkiefern, die sie schnell aus dem Boden rissen, oder ein Stück Brennholz, das sie am Wegesrand gefunden hatten. Und es klappte! Als die Hofbewohner sahen, wie wir mit so viel Brimborium heranstürmten, warfen sie ihre Werkzeuge fort und liefen davon, so schnell sie konnten. Als wir den Hof erreichten, waren nur noch zwei bettlägerige Alte dort.

Nach kurzer Suche entdeckten wir in einer Scheune einen großen Vorrat an Waffen, Speeren, Schilden und Äxten – manches war schon ziemlich alt und kaum brauchbar, aber anderes war richtig gut. Auch zwei Kettenhemden und ein paar Helme fanden wir, die unsere Männer sofort sehr viel mehr wie Krieger aussehen ließen. Die Waffen luden wir auf die Pferde, die wir in der Umgebung des Hofes fingen. Einigen stieg unser Erfolg zu Kopf. Sie forderten, man solle Loftur verfolgen und ihm und seinen Männern die Hände abschlagen, sie blenden oder entmannen, doch Kakali sagte, er habe dazu keine Lust. Es sei wichtiger, weiter nach Süden zu kommen, bevor die anderen Bauern Wind von uns bekamen.

Wir durchquerten das Kalte Tal und die Thingvellir, machten am Laugarvatn Rast und ritten dann weiter zu den Ufern des Apavatn. Hier war es Sturla Sighvatsson kurz vor seinem Tod gelungen, Gissur zu täuschen und in seine Gewalt zu bringen, doch dann hatte ihm der Mumm gefehlt, ihn einen Kopf kürzer zu machen. Was daraufhin geschehen war, wussten wir alle, doch das interessierte uns in diesem Moment nicht. Wir überquerten die Brúará und konnten dann gut getarnt an den Berghängen von Miklaholt in Richtung Braedratunga reiten – zum Hof von Gissur, dem Anführer der Südländer höchstselbst! Der lag irgendwie auf dem Weg. Ich glaube, Tumi hatte das vorgeschlagen, aber eine gute Idee war das nicht, denn der Hof war zwar nicht verteidigt, aber dafür war hier auch niemand außer Gissurs alter Mutter Thóra, die ihn in seiner Abwesenheit führte. Und die hatte nun wirklich niemandem etwas getan. Hinzu kam, dass Thóra irgendwie gewusst haben musste, dass wir kamen, denn sie hatte Wertsachen und Vorräte in die Kirche bringen lassen und sich dann mit ihren Leuten dort eingeschlossen. Wir fanden nichts vor außer ein paar Kühen auf der Weide, einem großen Bottich voller Molke und einem Kübel Buttermilch in der Vorratskammer.

Unter lautem Kampfgebrüll stürmten wir mit erhobenen Waffen den Hof, doch dann sagte mein Bruder Svarthöfdi schon: »Für Männer wie uns gibt es hier nichts zu holen.«

EIN LANDSTREICHER

Obwohl man mir alle möglichen Namen gab, mir überall Beleidigungen entgegenspuckte und Klatschweiber beiderlei Geschlechts mich misstrauisch beäugten, nur weil ich mich einem Hof näherte, obwohl die Leute plötzlich ganz besonders auf ihr Hab und Gut, sogar auf ihre unverheirateten Mädchen aufpassten, obwohl sie »Diebespack« und »Sünder« zischten, wenn sie mich nur sahen, waren die Sommer doch manchmal schön mild und warm und ließen mich auf wunderbare Weise fühlen, wie ungebunden und frei ich war. Doch nun kam der Winter und mit dem Winter kam die Sorge um das Überleben. Man musste schleunigst zusehen, dass man irgendwo unterkam, wo der eigene Ruf zumindest nicht schlechter war als der der Fliegen, die auf den Weiden um die Kuhfladen schwirrten. Wenn sich ein solcher Ort nicht auf Anhieb fand, musste man sich vielleicht noch mit schönen Worten bei einer Hausherrin beliebt machen oder damit, dass man irgendein gottgefälliges Werk verrichtete, zum Beispiel etwas wiederbrachte, das verloren gegangen war, ein junges Schaf, das beim herbstlichen Schafsabtrieb nicht gefunden worden war oder so etwas in der Art …

Das waren meine Gedanken an jenem kalten Herbstabend, als ich allein in schwarzen Nebeln lag, mich in der heißen Quelle am Laugarvatn wärmte und an die nahe gelegene Höhle dachte, in der ich derzeit schlief – nicht gerade ein gemütliches Nachtlager. Auf einmal hörte ich das Dröhnen der Hufe in der Dunkelheit. Hörte sie kommen.

Plötzlich war ich dankbar für den Nebel, denn wenngleich

Lebenszeichen anderer Leute in der Nacht für einen einsamen, hungrigen Landstreicher gut sein konnten, so waren doch auch jede Menge Schufte unterwegs, und es war immer besser, selbst zu wählen, wem man begegnen wollte und wem nicht. Bei diesem Trupp hatte ich schon ein ungutes Gefühl, als ich sie nur hörte. Es mussten wirklich viele sein, die Pferde schienen zahlreich, dann hörte ich auch noch das Klirren von Waffen und eigenartig schwere Männerstimmen, die verächtlich lachten. Ich stieg eilig aus der heißen Quelle und trocknete mich schon im Laufen ab, denn der Trupp hatte schon das Ufer des Sees erreicht. Als sich der Nebel für einen Augenblick etwas lichtete, sah ich, dass es eindeutig Krieger waren. Zwielichtige Männer mit Waffen und Schilden – Männer, die ohne Zögern einem armseligen Landstreicher den Kopf abschlagen würden. Meine Zähne klapperten so laut, dass ich Angst hatte, sie könnten es hören. Ich dachte, mein letztes Stündlein hätte geschlagen, schmiss mich auf den Boden, steckte den Kopf zwischen zwei kleine Erhebungen in dem moosbewachsenen Lavagestein und blieb dort, starr vor Schreck, wie eine Maus in einer gleich zuschnappenden Falle liegen.

Wenig später bemerkte ich, dass sie ihre Pferde zum Grasen und Trinken auf die Wiese brachten und sich zur Ruhe setzten. Vielleicht stand ihnen ein Kriegszug bevor, ich verstand manche ihrer Worte, zwei von ihnen überlegten, wohin sie am nächsten Tag reiten sollten. Besonders eine Stimme fiel mir auf, die war so laut und schrill, als wäre der Mann, dem sie gehörte, sehr aufgeregt. Er sprach von Braedratunga. Braedratunga – das war doch der Heimathof von Gissur, dem mächtigsten Mann in diesem Teil des Landes, dachte ich, und mir kam ein schlimmer Verdacht … Dann hörte ich die andere Stimme. Offenbar widersprach sie dem Mann, der so aufgebracht redete, denn der wurde nun immer lauter und sagte, es sei ihm egal, dass Gissur nicht im Land sei, es gebe dort trotzdem genug Leute, an denen er sich rächen müsste.

Und auf einmal geschah das Unglaubliche – wenn ich es später manchem erzählte, dachten alle, ich würde lügen! Aber ich schwöre, dass es genauso passiert ist, wie ich es erzähle: Der aufgebrachte Mann sagte seinen Namen. Er sagte klar, laut und wütend: »Ich bin immerhin Tumi Sighvatsson!«

Da wurde mir klar, dass hier die schlimmste Plage unterwegs war, die unsere friedlichen Landstriche heimsuchen konnte, die Teufel, die alle gottesfürchtigen Südisländer und sogar ihre Anführer mehr fürchteten als alles andere. Sie waren aufgebrochen, um uns heimzusuchen, wie sich einst der Zorn Gottes über Sodom und Gomorrha ausgegossen hatte: das grausame, blutrünstige Heer der Sturlungen!

Es waren die überlebenden Familienmitglieder und das, was von ihren Männern übrig geblieben war, getrieben von Rachlust und dem Zorn der Gedemütigten. Sie waren gekommen, um unsere Höfe abzubrennen und unsere Äcker zu verderben, um zu töten und zu quälen, Frauen zu schänden und eine Spur der Verwüstung durch das Südland zu ziehen. Genau hiervon verschont zu werden, dafür hatten Männer wie Frauen wie Kinder auf unseren Höfen seit dem Tag gebetet, da wir von der großen Schlacht von Örlygsstadir erfahren hatten, wo so viele Anführer der Sturlungen erschlagen worden waren – aber wenn man es sich richtig überlegte, hatte eigentlich niemand ernsthaft daran geglaubt, dass eine Familie wie die Sturlungen, die von Mördern und Kriegern abstammte, eine solche Schmach ohne Vergeltung hinnehmen würde.

Ich begriff, dass mein Leben allein davon abhing, dass sie mich nicht bemerkten. Sie würden mich zertreten wie eine Schabe, damit ich mich nicht aufmachte und jemanden warnte. Ich könnte sogar noch von Glück reden, wenn sie mich nicht quälten, bis ich ihnen alles sagte, was ich aus dem Bezirk wusste, bevor sie mich umbrachten. Ich hatte so große Angst, dass ich es nicht einmal wagte, mich zu bewegen, um zu pinkeln – ich war heilfroh, dass ich mir noch schnell meine Kutte übergeworfen hatte.

Und trotzdem beschloss ich dann doch, mich davonzuschleichen. Die Sturlungen schienen noch etwas rasten zu wollen, und der Nebel war dicht, so gelang es mir, unentdeckt immer weiter wegzukriechen. Nach einer kleinen Ewigkeit hielt ich es für sicher genug, aufzustehen und zu rennen. Zumindest gebückt. Und nachdem ich mindestens ein Viertel der Nacht hindurch gerannt war, entdeckte ich ein Pferd, das sich von mir fangen ließ, ritt nach Braedratunga, so schnell ich konnte, und weckte alle mit Rufen und Geschrei. Einige Knechte kamen heraus, sie schlugen und traten mich, bis ich am Boden lag, dann zogen sie mich an den Haaren wieder hoch und fragten: »Was willst du, du Penner?«

Inzwischen war zum Glück die Hausherrin herausgekommen, die alte Thóra, Gissurs Mutter. Und obwohl ich vor lauter Schmerz und Erschöpfung nur noch lallen und stottern konnte und mein Gesicht voller Blut und Schleim war, konnte ich ihr doch irgendwie klarmachen, dass ein Heer der Sturlungen auf dem Weg hierher sei und jeden Augenblick angreifen könnte. Als die alte Thóra mich angehört hatte, ließ sie sofort alle Wertsachen und Essensvorräte in die Kirche schaffen und befahl ihren Leuten, dort Schutz zu suchen. Dass die Sturlungen den durch die Kirche gewährten Schutz respektierten, war ihre einzige Hoffnung. Dann wurde ich wieder in den Schlamm auf dem Hofplatz gestoßen, und statt eines Dankes sagte man mir, ich stinke nach Urin. Ich bettelte mit erhobenen Händen darum, dass sie mich nicht allein zurückließen, doch wurde mir kein noch so schäbiger Empfang gewährt. Ich hörte, wie Thóra einen Jungen nach Skálholt schickte, um den Bischof zu warnen. Dann bugsierten mich einige barmherzige Seelen doch noch in die Kirche, wirklich im allerletzten Augenblick, denn gerade als die Kirchentür von innen verriegelt worden war, hörten wir schon das Hufgedröhn und das helle

Klirren, mit dem Waffen an Schilde schlugen, und auch das energische Gebell der Hofhunde, die gegen diese schreckliche Truppe anstürmten.

TUMI SIGHVATTSON DER JÜNGERE

Ich bin immer noch Tumi Sighvatsson. Haben das etwa alle vergessen? Oder warum hört hier keiner auf mich?

Mein Bruder Kakali denkt wohl, er kann alles bestimmen. Was fällt dem eigentlich ein? Er gibt einfach irgendwelche Befehle.

»Ich will dies, ich will das«, sagt er in einem fort. Und was ich will? Ist das weniger wichtig? Oder geht Kakali einfach davon aus, dass ich mich demütig füge und bei allem mitmache, was er sich so ausdenkt?

Unsere Männer müssen begreifen, dass ich hier nicht weniger Befehlsgewalt habe als er. Gut, er ist in Norwegen gewesen, aber das macht ihn nicht besser als mich. Irgendwann fahre ich bestimmt auch mal nach Norwegen. Die werden schon sehen! Ganz abgesehen davon sagen alle, dass Kakali da sowieso nur gesoffen und rumgehurt hat.

Sicher, er ist mein Bruder, wir Brüder müssen führen. Aber doch nicht nur er. Ich auch. Ich bin immer noch Tumi Sighvatsson und lasse mich nicht herumkommandieren wie einen Hund. Wir wollen schließlich beide zu unserem Recht kommen, im Namen aller noch lebenden Geschwister. Und im Namen der Toten. Deshalb ist es doch klar, dass ich es nicht akzeptieren kann, wenn Kakali nach Jahren des Lasterlebens aus Trondheim zurückkommt und so tut, als wäre das alles allein seine Angelegenheit.

Und dass er mir dann auch noch über den Mund fährt wie neulich auf dem Hof von Eyvindur – das vergesse ich ihm nie.

Doch was Kakali auf Braedratunga getan hat, nachdem alle Hofbewohner in die Kirche geflohen waren, das schlug nun wirklich dem Fass den Boden aus: Kakali wollte unseren Männern verbieten zu essen.

Den Männern verbieten zu essen!

Da hatte ich endgültig die Schnauze voll. Mehr als voll.

Wir waren schließlich ewig lang durch diesen ekelhaft kalten Nebel geritten und hatten nun endlich den Heimathof unseres Erzfeindes erreicht, den Hof von Gissur Thorvaldsson, der unserem Bruder Sturla eigenhändig den Todesstoß versetzt hatte! Jetzt war endlich die Stunde der Rache gekommen, doch was machte Kakali? Er kam eilig angerannt, als Ásbjörn und einige andere ein paar Kälber schlachten wollten, und schrie uns an, wir sollten das Vieh in Ruhe lassen. Keinen Schaden anrichten.

Wie bitte?! Was für ein Rachefeldzug sollte das bitte schön sein?

Er sagte uns noch nicht einmal, warum. Und dass er damit auch mich, Tumi Sighvatsson, vor aller Augen herumkommandiert hatte, als wäre ich ein Stallbursche, das störte ihn offenbar überhaupt nicht.

Da war es doch kein Wunder, dass ich mich aufregte. Mir wurde ganz schwarz vor den Augen vor lauter Zorn, fast hätte ich ihm eine reingehauen, und wer weiß, vielleicht hätte ich das sogar wirklich getan, wenn nicht die Dufgus-Söhne gerade an seinen Seiten gestanden hätten. Die fanden es aus irgendeinem Grund völlig normal, dass Kakali über alles bestimmte, als wäre er unser Feldherr oder so etwas in der Art. Diese Vollidioten!

Ich lief hinter Kakali her und zischte ihm ins Ohr, dass ich unter vier Augen mit ihm reden müsse, und fragte ihn dann, was zum Teufel hier eigentlich los sei.

»Ich will nicht, dass wir Schaden anrichten. Wir sind doch keine Diebe«, sagte er.

Da fragte ich ihn, ganz ruhig und beherrscht, warum wir denn also hier seien? Zum Spaß?

»Ist das etwa nicht der Hof von Gissur?«, fragte ich. »Und hat Gissur etwa nicht Sturla erschlagen und unseren Vater und unsere anderen Brüder töten lassen? Oder habe ich hier irgendwas falsch verstanden? Ist das vielleicht gar nicht der Hof von Gissur, der ja auch unseren Onkel Snorri, den Skalden, auf dem Gewissen hat? Der die Mörder geschickt hatte, die ihm mitten in der Nacht in seinem Keller den Schädel einschlugen, während er nichts trug als seine Unterwäsche? Wir sind doch aufgebrochen, um genau das zu rächen. Oder wolltest du dir nur mal das schöne Südisland ansehen?«

Dann fügte ich hinzu, ich würde am liebsten den ganzen Hof anzünden. Und weil wir schon einmal hier waren, sollten wir eigentlich auch gleich allen Männern, die auf Gissurs Seite gekämpft hatten, die Hände abschlagen, sie blenden oder entmannen. Ich wollte meine Männer auf alle Frauen loslassen, die wir finden konnten, scheißegal, ob sie in einer Kirche saßen oder nicht. Warum sollten wir sie deswegen verschonen? Die hatten doch schließlich bei der Schlacht von Örlygsstadir unsere Brüder auch nicht verschont, als die dort in der Kirche Zuflucht gesucht hatten. Man sollte sie einfach da drin festsetzen, bis sie sich vollschissen. Oder einfach das Dach von dieser hässlichen Kirche reißen, denn wenn solche Sünder in ihr Zuflucht suchten, war sie sowieso entweiht. So war das nämlich! Das alles sagte ich Kakali. Und noch einiges andere. Denn wenn es drauf ankam, konnte ich durchaus reden! Das hatte schon einige das Fürchten gelehrt, pah! Und wahrscheinlich hatte auch Kakali es mit der Angst zu tun bekommen. Jetzt war ihm ein für alle Mal klar, dass man mich nicht einfach überging. Er antwortete mir kaum – ich hatte ihn richtig eingeschüchtert. Er stammelte nur: »Hier wohnt eine alte Witwe. Und mag sie auch die Mutter von Gissur sein, ich bin nicht hergekommen, um alten Leuten ihren Hof zu zerstören.«

›*Ich* bin nicht hergekommen?‹ Und was ist mit mir? Tumi Sighvatsson? Wann fragte er mich denn endlich mal, warum ich eigentlich hier sei? Es ging immer nur um ihn! Am liebsten hätte ich Kakali gesagt, er solle die Fresse halten. Oder wäre auf ihn losgegangen, aber die Dufgus-Söhne wichen ihm ja nicht von der Seite. Was sollte das eigentlich? Hatte ich nicht gesagt, ich wollte unter vier Augen mit Kakali reden?

»Lasst uns mal einen Moment allein«, sagte ich zu ihnen. »Ich muss mit meinem Bruder sprechen.«

Doch ging Kakali jetzt zu ihnen hin und sagte, ohne mich auch nur eines Blickes zu würdigen: »Schon gut, die Sache hat sich erledigt.«

Das Einzige, was die Hofbewohner nicht in die Kirche gebracht hatten, war ein großer Bottich Molke, der in der Wohnstube auf dem Boden stand. Und Kakali entblödete sich nun allen Ernstes, diejenigen unserer Männer anzuschreien, die von dieser Molke getrunken hatten! Er jagte sie vom Hof. Ásbjörn und einige andere kamen heraus, wischten sich noch das Gesicht trocken und waren weiß vor Wut, weil man sie ausgeschimpft hatte wie unartige Kinder. Manchmal glaube ich, Kakali ist nicht mehr ganz bei Trost. Einen Mann wie Ásbjörn so zu behandeln. Das war doch kein dahergelaufener Feigling, der sich einfach ausschimpfen ließ, der hatte schon aus ganz anderen Gründen Männer umgebracht. Und Frauen auch – der fackelte nicht lange.

Wenig später standen wir draußen an einer der Außenwände des Hofes, ich und Ásbjörn und ungefähr zehn andere, darunter die zwei Schweden. Ásbjörn fragte: »Was machen wir hier eigentlich? Wann kriegen wir endlich mal was zu vögeln? Und wo sind die Männer, die wir fertigmachen sollen?«

Was sollte ich ihm bloß antworten? Einige der Umstehenden stimmten ihm zu, sie hatten Hunger und schlechte Laune. Es ist mir wirklich nicht leichtgefallen, zuzugeben, dass es eine einfache Erklärung gab: dass Kakali sich nicht traute. Dass er nicht den Mut hatte, den man für solche Kriegszüge brauchte. Dass ich es für das Beste hielt, ihn einfach hier zurückzulassen und Richtung Osten weiterzuziehen. Über den Fluss. Und dort die Höfe zu überfallen, so wie es von Anfang an der Plan gewesen war. Wir hatten inzwischen erfahren, dass alle waffenfähigen Männer beim Bischofssitz von Skálholt zusammengerufen wurden, wir würden auf den Höfen nur ein paar Alte vorfinden. Und Frauen. Was für eine Gelegenheit!

Ásbjörn und einige andere waren sofort begeistert, wollten gleich losreiten. Ich sagte, dass ich das guthieß, und schlug vor, dass wir uns unter den anderen Männern umhörten, ob auch die nicht endlich das tun wollten, für das wir hergekommen waren. Kakali konnte ja gern auf Braedratunga bleiben und allein zwischen den Häusern umherstreifen, hungrig und feige.

BJÖRN BROCKEN

Bei Braedratunga hatten wir Brüder, ja, wie soll ich das sagen …? Wir hatten einfach keine Lust mehr.

»Ich bin kurz davor, einfach nach Hause zu reiten«, sagte nun selbst Svarthöfdi.

Tja. Besser konnte man es nicht ausdrücken.

Warum? Ich weiß nicht … Oder doch: Wir brauchten einen Anführer, aber hier hatten wir zwei. Diese beiden Brüder, die offenbar nicht recht wussten, wer die Befehle geben durfte. Zumindest einer von beiden schien es nicht zu wissen. Wir dachten doch alle, oder fast alle, dass Kakali unser Anführer war, doch Tumi stellte ihn immer wieder infrage. Und Kakali bekam es nicht hin, ihn auf seinen Platz zu verweisen. Ich weiß nicht, aber wenn wir Brüder einen solchen Kriegszug reiten würden, dann wäre Svarthöfdi der Anführer, ganz klar.

Kolbeinn würde das genauso wollen, denn Svarthöfdi ist der Älteste von uns, er hat am meisten gesehen.

Kakali wollte also keine Höfe anzünden und nicht plündern. So weit, so gut. Wie sehr Tumi anderer Meinung war, erfuhren wir allerdings erst, als ein paar Männer auf uns zukamen und fragten: »Wollt ihr mit Kakali hierbleiben oder reitet ihr mit Tumi und uns weiter nach Osten über den Fluss?«

»Äh, was?«, sagten wir daraufhin nur.

»Mit Tumi weiter nach Osten?«

Doch so hatten sie es wohl tatsächlich vor. Tumi wollte die Thjórsá überqueren, und einige wollten ihm folgen, Höfe überfallen, Rache nehmen. Tumi kannte die Gegend gut, und sie hatten auf Keldur bei Tumis und Kakalis Schwester Steinvör und ihrem Mann Hálfdan immer einen sicheren Zufluchtsort.

»Wenn Kakali dabei ist, sind wir auch dabei«, sagte Svarthöfdi.

»Kakali kommt nicht mit«, sagte Ásbjörn, der Mörder.

»Jetzt müssen sich alle entscheiden, ob sie Tumi folgen oder hier mit Kakali verhungern.« Ziemlich viele wollten Tumi folgen. Manche waren mit ganzem Herzen dabei, andere eher gleichgültig. Kakali schien das alles kaum zu kümmern, also waren es schließlich meine Brüder Svarthöfdi und Kolbeinn, die sagten, dass alle, die mit Tumi mitgingen, Verräter und Deserteure seien. Daraufhin blieben dann doch die meisten hier. Aber zwölf schlossen sich Tumi an, darunter Ásbjörn und die Schweden. Sie ritten mit verkniffenen Mienen davon und beschimpften uns als Feiglinge. Sollten wir doch bei diesem Schlappschwanz bleiben, sie würden sich etwas zu futtern und zu vögeln besorgen. Dann waren sie fort. Wir sahen ihnen hinterher und sagten nichts, auch Kakali nicht, er murmelte nur vor sich hin, dass wir froh sein könnten, diese Knallköpfe endlich los zu sein. Er sagte das allerdings ohne jeden Hochmut, denn er wusste ebenso gut wie wir, dass wir es uns eigentlich nicht leisten konnten, Männer zu verlieren, wir waren so schon zu wenige. Und das war der Augenblick, als Svarthöfdi es sagte. Also, dass er drauf und dran sei, einfach abzuhauen. Doch Kolbeinn fand, wir sollten Kakali noch eine Chance geben.

»Ich weiß nicht …«, sagte ich.

Aber Svarthöfdi stimmte Kolbeinn zu. Und dann war das wohl auch meine Meinung, wir waren uns ja immer einig. Wir beschlossen, dass wir Kakali folgen würden, wenn er jetzt endlich mal einen Plan verkünden würde oder eine Idee – irgendetwas, das uns zeigte, dass er nicht den Mut verloren hatte. Dass er bereit war, etwas zu wagen. Ich weiß nicht. Oder … doch, natürlich, wir blieben bei der Stange. Wir Brüder blieben bei der Stange.

KAKALI

Das war doch alles ein einziger Scheiß.

Mein Kriegszug war ein Fiasko. Es lief so mies, dass man gar nicht mehr von einem Kriegszug sprechen konnte. Ich war kurz davor, mit dem Rest meiner Männer, dem Rest von diesem »Heer«, einfach zurück nach Westen zu ziehen, wo wir am ehesten damit rechnen konnten, irgendwo Unterschlupf zu finden.

Ich hatte wirklich mit allem gerechnet, aber doch nicht damit, dass mein eigener Bruder Tumi mich so schamlos hintergeht. Ich hatte doch die ganze Zeit versucht, ihm das Gefühl zu geben, dass ich seine Vorschläge ernst nehme. Hatte mich verstellt, weil ich alles tun wollte, um unseren Trupp zusammenzuhalten, und dann will er einfach abhauen und offenbar auch noch den Großteil der Männer mitnehmen.

Als sie alle vor die Wahl gestellt wurden, kamen die meisten dann doch ins Wanken und blieben schließlich hier, darunter auch der Einarmige und der Zungenlose. Das hatte mich dann doch gefreut, denn die hatte immerhin Tumi mitgebracht, und nun wollten sie lieber mir folgen, obwohl sie Tumi doch viel besser kannten. Aber vielleicht war ja auch genau das der Grund …

Auch die Dufgus-Söhne blieben bei mir. Das war wichtig, aber ich spürte auch, dass ich endlich durchgreifen musste. Ordnung in unsere Reihen bringen. Ich spürte, dass sie das von mir erwarteten, ich musste den Heeresführer spielen, in einem Krieg, von dem ich gar nicht wusste, ob er überhaupt stattfand.

Aber eins wusste ich jetzt sehr genau. Wenn ich mit eingeklemmtem Schwanz zurück nach Westen ritt, ohne irgendwas erreicht zu haben, ja, ohne überhaupt je auf einen Gegner getroffen zu sein, und wenn schon meine eigenen Leute, angeführt von meinem kleinen Bruder, gereicht hatten, um mich vollkommen zu demütigen – würde das einer vernichtenden Niederlage gleichkommen. Dann wäre ich am Ende. Ganz klar. Ich hatte jetzt keine Zeit, innezuhalten, mich auszuruhen, nachzudenken, ich musste etwas tun und zwar sofort. Sonst würde mir bald niemand mehr folgen, weil keiner mehr daran glauben würde, dass ich diese Truppe zusammenhalten könnte, die doch mein einziger Schutz war.

Wenn ich mich in Norwegen in den Schenken oder in unserer Soldatenunterkunft geprügelt hatte, war es oft vorgekommen, dass plötzlich ein Gegner vor mir gestanden hatte, der stärker gewesen war als ich oder mehr Männer auf seiner Seite gehabt hatte. Manchmal sogar beides. Dort hatte ich gelernt, dass man keine halben Sachen machen durfte, wenn man einer Übermacht gegenüberstand. Man durfte einem stärkeren Gegner nie die Initiative überlassen, das war wie im Schach. Ich musste mit allem, was ich hatte, sofort und erbarmungslos zuschlagen und hoffen, dass ich meine Feinde damit aus dem Gleichgewicht brachte, bevor sie nachdenken oder sich vorbereiten konnten. Ich musste alles in die Schlacht werfen, was ich hatte, nur so könnte ich vielleicht gewinnen. Oder bekäme zumindest eine Chance, mich einigermaßen ehrenvoll zurückzuziehen.

Wir mussten etwas Großes versuchen. Etwas, das niemand als Verzweiflungstat eines Besiegten auslegen konnte. Ich rief eilig meine Männer zusammen. Manche hatten sich schlafen gelegt, andere hingen auf der Wiese herum oder weiter unten am Fluss, kümmerten sich um ihre Pferde oder sahen in die Kirche hinein, um einen Blick auf die zu erhaschen, die sich dort versteckt hielten – die Stimme der alten Thóra, die sie aus der Kirche mit Verwünschungen überhäufte, hörte ich bis hierher. Ich befahl allen, sich um mich zu sammeln. Die Dufgus-Söhne blickten auf, sie schärften gerade ihre Waffen und erprobten die Klingen ihrer Schwerter und Äxte an ihren Bärten. Ich ging auf die Hofwiese, denn ich wollte sichergehen, dass uns in der Kirche niemand hörte. Bald standen alle um mich herum. Sie waren schweigsam, ernst, nur ich musste mich beherrschen, nicht zu lächeln, denn trotz aller Widrigkeiten bekam ich gute Laune, wenn ich sie sah.

»Männer. Wie ihr wisst«, sagte ich, »haben die Südisländer ihre Krieger bei Skálholt zusammengezogen. Sie sind ungefähr zehnmal so viele wie wir, vorsichtig geschätzt. Was also sollen wir jetzt tun?«

Ich wusste, dass darauf niemand eine Antwort hatte. Einige traten von einem Bein auf das andere, kratzten sich vor Verlegenheit, wichen meinem Blick aus. Mein Neffe Teitur, der erst siebzehn Jahre alt war und immer großen Einsatz zeigte, zerbrach sich den Kopf, das sah ich ihm an. Er suchte nach einer Antwort, er dachte offenbar, dass ich ungeduldig darauf wartete, seine Meinung zu hören – seine Augen schienen fast zu glühen, aber dann fiel ihm doch nichts anderes ein, als zurückzufragen: »Was schlägst du denn vor?«

»Ich schlage vor, dass wir Skálholt angreifen«, sagte ich. »Und es ihnen so richtig zeigen.«

Die Männer sahen mich fragend an, als hätten sie nicht recht verstanden. Dann zeigte sich auf einigen Gesichtern ein Lächeln. Björn Brocken strahlte sogar bis über beide Ohren. Er sah seine Brüder an, und als auch die finsteren Mienen von Svarthöfdi und Kolbeinn sich aufhellten, brach Björn in lautes Gelächter aus. Ein hohes, gackerndes Freudengelächter. Ihr Lachen war so ansteckend, dass es sich im Nu auf die ganze Truppe übertrug. Bald schüttelten sich alle vor Lachen und stießen Freudenschreie aus – ich hätte nie gedacht, dass sich in den Herzen dieser trüben Riesen eine solche Lebensfreude verbarg. Und ohne das Ganze genauer zu besprechen, galoppierten wir wenig später in Richtung des Bischofssitzes von Skálholt. Die Schilde und Speerspitzen glänzten im letzten Licht des Tages, dann hüllte die Dunkelheit Himmel und Land ein, und bald konnten wir einander nicht mehr sehen, hörten nur noch das Schlagen der Hufe unserer Truppe, die konzentriert und schnell durch die Nacht ritt.

TEITUR STYRMISSON

Ich hatte schon einmal davon gehört, dass es so etwas gab: Wenn Männer in eine Schlacht ritten und das Glück auf ihrer Seite war, leuchteten in der Dunkelheit Elmsfeuer auf ihren Speerspitzen und kündigten den Tod vieler Feinde an. So war es auch bei uns. Kakali ritt voran, und es war, als ginge dieses Feuer von ihm aus, als umglühte es ihn geradezu. Ich musste an meine Mutter denken. Nach der Schlacht von Örlygsstadir hatte nämlich einmal jemand gesagt, Kakali habe Glück gehabt, weil ihm diese Schlacht erspart geblieben war. Daraufhin hatte meine Mutter geantwortet: »Wenn er dabei gewesen wäre, wäre die Schlacht vielleicht anders ausgegangen.«

Nun verstand ich, was sie gemeint hatte.

Die Lichter des Bischofssitzes kamen in Sicht. Ich hätte nie gedacht, dass es in Island einen Ort gab, an dem so viele Lichter brannten. In allen Fenstern standen Kerzen, und auch dort, wo die ganzen Männer um die Gebäude herum lagerten, brannten Feuer. Mein Gott, waren das viele Krieger. Wir wurden langsamer, hielten an. Das Wetter war ganz mild, es war fast gruselig, diese Stille vor dem Sturm.

Kakali befahl uns, die Waffen zu ziehen, und sagte, wir würden dort angreifen, wo ihre Verteidigungsstellung am stärksten war. Da lachte Björn Brocken erneut und bald darauf lachten wir alle, trieben unsere Pferde an und stürmten brüllend voran. Jetzt bemerkten sie uns. Eine hektische Unruhe machte sich breit. Wir hörten Angstschreie. Jemand rief: »Sie kommen!«

Hektische Schatten rannten vor den Feuern umher. Kakali hob

sein Schwert, und ich sah es wieder: Elmsfeuer. Die meisten unserer Feinde hatten sich auf dem Friedhof verschanzt. Wir sprengten mit unseren Pferden mitten hinein und schlugen zu.

HJALTI MAGNÚSSON

Am schrecklichsten war dieses Lachen, das aus dieser finsteren Nacht kam. Es war so unmenschlich, so gespenstisch und es kündete von Blut und großem Leid. Dann hörten wir das Gedröhn der Hufe, das Klirren der Waffen, sie waren da …

Es ist merkwürdig, aber so ist es nun einmal: Wenn man sich auf etwas konzentriert, das einem bevorsteht, wenn man halb zuversichtlich, halb ängstlich lange darauf wartet, dann erschrickt man umso mehr, wenn es schließlich passiert. Als würde es einen aus heiterem Himmel treffen. So war es auch in dieser Nacht auf Skálholt gewesen – wir hatten gewusst, dass Kakali in den Bezirk gekommen war, mit einem Trupp von blutrünstigen Kriegern, die darauf brannten, das Leid der Sturlungen zu rächen, und ich muss zugeben, dieses Leid war groß gewesen. Was hätte ich denn gegen diese Rachepläne tun sollen? Sicher, manch einer wirft mir vor, ich hätte mich feige oder planlos verhalten, aber meine Ausgangslage war auch wirklich schlecht gewesen. Gissur hatte haufenweise mächtige Feinde abgeschlachtet, Sighvatur den Goden, seine Söhne und auch noch Skalden-Snorri. Und dann hatte er einfach das Land verlassen und mir gesagt, ich solle bitte schön seine Leute vor der Rache der Sturlungen beschützen, und das in diesem riesigen Gebiet. Ich wusste ja nicht einmal, wie viele Männer Kakali hatte. Es hatte vielleicht mal jemand angedeutet, dass das nicht so arg viele seien, aber ich wusste auch, dass sich unter diesen Männern landesbekannte Mörder und Gewalttäter befanden, und dann die Dufgus-Söhne, diese erfahrenen Krieger, vor denen sich jeder normale Mann zu Tode fürchtete. Also tat ich das, was ich für richtig hielt: Ich zog alle Männer bei Skálholt zusammen, weil man sich dort am besten verschanzen konnte, und ließ so viele Vorräte und Waffen herbeischaffen wie möglich.

Und dass Kakali dann im Schutze der Nacht, aus dem finstersten Nichts kam und den Bischofssitz angriff und sich dabei auch noch fast kaputtlachte – das konnte ich ja gar nicht anders interpretieren, als dass er viele Männer haben musste und sich seines Sieges absolut sicher war. Deshalb musste ich sehr schnell sein. Sie hatten schon überall Männer niedergeschlagen, ich musste eine Entscheidung fällen, und als ich merkte, dass sie den Bischofssitz schon fast umstellt hatten, schickte ich in letzter Minute einige meiner besten Männer über das Hochland nach Norden, um bei Kolbeinn dem Jungen Verstärkung anzufordern.

So war es gewesen. Man macht eben das, was man für richtig und angemessen hält. Bischof Sigvardur hatte mir seine Hilfe angeboten, ich ließ ihn also wecken. Wir hatten ziemlich viele Männer auf Skálholt, sie waren schließlich aus den Bezirken vom westlichen und östlichen Ufer der Thjórsá zusammengezogen worden, und jetzt stürmten sie panisch auf die Häuser zu, während die Feinde überall wüteten. Herzerweichende, markerschütternde Schreie drangen zu uns herein, vermischt mit dem kalten Gelächter der Angreifer. Die fanden das offenbar alles lustig, sie lachten und lachten und lachten, auch als sie schon über und über mit Blut bespritzt waren. Da kam Bischof Sigvardur zu mir. Sein Haar und der graue Bart waren noch ganz zerzaust, er trug nichts als Nachtwäsche und war ganz verschlafen und schlecht gelaunt. Ich bat ihn inständig, uns zu helfen, er verschwand wieder im Haus, und als er zurückkam, hatte er sein Bischofsgewand übergeworfen und setzte sich die Mitra auf den Kopf. Einige Priester folgten ihm. Sie zitterten vor Angst – schließlich hatten einige der Sturlungen-Söhne, zumindest Sturla, nicht davor zurückgeschreckt, Priester zu entmannen. Mit diesem Gefolge lief der

Bischof hinaus, erhob das Kruzifix und eine Statue der Heiligen Jungfrau Maria und untersagte Kakali und seinen Männern weitere Angriffe, sonst würde er sie alle exkommunizieren. Die Angreifer zögerten für einen Moment, das Waffengeklirr verstummte. Einige unserer Männer nutzten die Gelegenheit, warfen ihre Waffen fort und liefen im Schutze der Nacht in die Häuser. Die Verwundeten schleppten sich hinterdrein oder wurden geschleppt, Gott in seiner unermesslichen Gnade hatte dafür gesorgt, dass nur zwei gefallen waren, und auch die konnten wir hineinbringen.

Kakali rief dem Bischof etwas zu. Fragte, aus welchem Grund er sie exkommunizieren würde. Das schien sie alles mehr oder weniger zu amüsieren. Aber Bischof Sigvardur war nicht auf den Mund gefallen. Es hatte mich schon oft beeindruckt, wie schlagfertig und clever dieser alte Mann sein konnte, und nun sagte er: »Ich verhänge den Großen Kirchenbann über dich und all deine Männer, weil ihr die Molke einer alten Witwe getrunken und ihre Buttermilch verdorben habt!«

Kakali schwieg. Dann hörten wir, wie er abermals seine schrille, gackernde Stimme erhob. Er sagte, er habe an den Südisländern großes Leid zu rächen. Sie hätten seinen Vater und seine Brüder umgebracht und seiner Familie alles genommen, sogar sein rechtmäßiges Erbe. Der Bischof antwortete, er müsse schon auf zivilisiertere Weise um sein Recht kämpfen, als mit Waffen und Fackeln einen heiligen Ort anzugreifen. Wenig später wurden wir hinausgerufen, um mit Kakali zu verhandeln, ich und drei der wichtigeren Bauern.

Erst in diesem Moment wurde uns klar, dass Kakali deutlich weniger Männer hatte, als wir angenommen hatten. Und als ich das merkte, hatte ich eine geniale Idee: Der Bischof und die anderen Großbauern sollten die Verhandlungen mit Kakali so weit wie möglich in die Länge ziehen, während ich heimlich meinen Männern hinterher nach Norden ritt, um Kolbeinn zu sagen, er solle so schnell wie möglich kommen, damit wir den Schlachtplan in die Tat umsetzen konnten, den ich soeben geschmiedet hatte. Irgendwie schaffte ich es, mit sieben Männern das umstellte Gelände zu verlassen, ohne dass unsere Feinde uns sahen. Oder besser gesagt, ohne dass wir auch nur einen von ihnen zu Gesicht bekamen … Das überraschte mich und machte mir gleichzeitig Angst, genau wie dieses sonderbare Gelächter kurz zuvor – die Erinnerung daran raubt mir noch heute den Schlaf.

KOLBEINN DER JUNGE

Die Dummheit und Beschränktheit der Menschen kennt wirklich keine Grenzen. Das hat mich schon oft erschreckt.

Schon meine ersten Erinnerungen, an eine Zeit vor mehr als vierzig Jahren, waren Erinnerungen an Krieg und Chaos. Seit dieser Zeit hatten unzählige Männer Kriegszüge angezettelt, oft angetrieben von nichts anderem als verletztem Stolz und blinder Rachsucht. Heute reichte bei manchem bereits ein spontaner Wutanfall, um loszuziehen und jemanden zu töten, wobei der Tötende nur selten darüber nachdachte, dass diese Tat ihn und die Seinen letztlich am härtesten treffen würde. Am schlimmsten war es natürlich, wenn diejenigen, die man eigentlich unterstützen sollte, blind in ihr Verderben rannten. Nichts war schlimmer, als seinen eigenen Verbündeten, mit denen man womöglich noch verwandt war, dabei zusehen zu müssen, wie sie sich Hals über Kopf in Aktionen stürzten, bei denen nichts herauskommen konnte außer Leid und Tod. Doch es war auch nicht viel schöner zu sehen, wenn die andere Seite sich ebenso kurzsichtig und dumm verhielt – es konnte einem schon manchmal der üble Verdacht kommen, dass diese Zeit der Schwerter niemals durch vernünftige Verhandlungen beendet werden konnte. Es wuchsen ja auch ständig neue machthungrige Hitzköpfe heran, die sich nichts sehnlicher wünschten, als ihren eigenen Weltuntergang herbeizuführen.

Ich dachte, ich hätte wirklich alles schon einmal gesehen. Aber Thórdur Kakali und seine Männer, aus denen wurde ich einfach nicht schlau. Er hatte sich doch wirklich erdreistet, mit seinem

Landstreichertrupp Skálholt anzugreifen. Den Bischofssitz! Wahrscheinlich war es der reine Zufall gewesen, dass er nicht gleich bei mir auf Flugumýri eingefallen war, obwohl hier im Skagafjord Hunderte kampfbereiter Männer auf ihn warteten und auf jedem Misthaufen eine Wache postiert war.

Und als ob es nicht genug wäre, den Bischofssitz anzugreifen, stellte Kakali auch noch Bedingungen!

War denn keinem von denen klar, dass es im Süden genug Männer gab, um Kakalis zusammengewürfelten Haufen einfach zu zermalmen? Gissur hatte doch erst vor Kurzem siebenhundert kampfstarke Männer für unseren gemeinsamen Kriegszug rekrutiert. Ach, wie gern erinnere ich mich an die Schlacht von Örlygsstadir, wo wir den Sturlungen eine solche Niederlage beigebracht hatten, dass sie uns nie wieder gefährlich werden konnten.

Ich wünschte nur, diese Sturlungen würden das endlich einmal begreifen!

Doch stattdessen zog Kakali mit seinen Männern durch das dicht besiedelte Südisland bis ganz zum Bischofssitz und niemand stellte sich ihm in den Weg.

Man sollte doch denken, dass die Südisländer sich für diese Schlamperei so sehr schämten, dass sie ihr Schicksal jetzt endlich selbst in die Hand nahmen und dem Spuk ein Ende bereiteten – aber weit gefehlt! Denen fiel nichts anderes ein, als mir ein paar Boten zu schicken, die in panischer Eile über das Hochland gekeucht waren, um mir so etwas auszurichten wie: »Hilfe, du musst uns retten!«.

Das war wie in der Fabel von dem Stier, der Angst vor einer Maus hat.

Ich war eine Weile krank gewesen. Es ging mir zwar inzwischen besser, aber ich wollte trotzdem noch eine Weile im Bett liegen bleiben. Doch das konnte ich jetzt vergessen. Ich musste mich sofort anziehen, mir war gemeldet worden, dass ein paar vollkommen aufgelöste Südisländer angekommen waren. Und jetzt sah ich sie auch schon am Ende des Ganges in meiner großen Stube sitzen, rotgesichtig, mit laufenden Nasen und vollkommen erschöpft von dem Ritt und wohl noch mehr von ihrer eigenen Angst und Mutlosigkeit.

»Können wir Kolbeinn den Jungen sprechen?«, hörte ich sie sagen.

Ich musste es den Leuten dringend abgewöhnen, mich Kolbeinn den Jungen zu nennen, wie irgendeinen Rotzlöffel. Mein berühmter Onkel Kolbeinn Tumason, der Psalmendichter und Skalde, war nun wirklich schon lange genug tot, mit dem verwechselte mich keiner mehr, wenn man mich einfach Kolbeinn nannte.

»Ich heiße Kolbeinn Arnórsson«, sagte ich, als ich die Stube betrat.

Da saßen sie dann ganz verschüchtert, die Rücken gebeugt. Sie tranken Skyr, mit dem sie sich sofort bekleckerten, als sie meine Stimme hörten, es erschreckte sie offenbar, wenn jemand einigermaßen furchtlos sprach. Ich kannte diese Männer von irgendwoher, stellte mich ihnen aber trotzdem in aller Form vor – sie sollten nicht denken, dass wir Bekannte wären oder sogar Ebenbürtige.

Sie wollten aufstehen und sich wortreich vorstellen, doch ich winkte ab. Was kümmerte es mich, wer sie waren? Ich wollte ihr Anliegen hören!

Also erzählten sie in weinerlichem Ton, was für ein großes Unheil über die Südisländer hereingebrochen wäre. Ein Heer von grimmigen Kriegern und einschlägig bekannten Mördern würde ihre Bezirke verheeren, angeführt von Thórdur Kakali, diesem berüchtigten Hitzkopf.

»Ein Heer?«, fragte ich spöttisch, denn auch ich hatte schon einiges von Kakalis Zug nach Südisland gehört.

»Ja … Und wiederum auch nein«, sagten sie und fügten hinzu, dass man im Süden keinen anderen Ausweg wisse, als mich um Hilfe zu bitten. Sie hatten ganz offenbar ein schlechtes Gewissen, was sie aber nicht davon abhielt, ihren nächsten Punkt anzubringen: dass es bei genauer Betrachtung ja auch eigentlich Aufgabe der Nordisländer sei, diesem Sturlungen-Spuk ein Ende zu setzen, schließlich hätten die ewigen Kämpfe zwischen meinen Leuten aus dem Skagafjord und den Sturlungen ihnen diese ganze Sache überhaupt erst eingebrockt.

Ich war wirklich nicht ganz gesund und auch noch nicht ganz wach, daher bemerkte ich nicht sofort, was für ein dreister Vorwurf sich hinter ihrem Hilfegesuch verbarg. Ich fragte deshalb nur unwirsch, wie viele Männer Kakali denn habe. Aber das konnten sie mir nicht genau sagen. Sie zischten sich in scharfem Flüsterton einige Worte zu, nur um festzustellen, dass eigentlich niemand etwas Sachdienliches gesehen hatte. Sie hatten nur Gerüchte und unterschiedlichste Schätzungen aufgeschnappt. Aber das Waffengeklirr, das hatten sie alle gehört, und das Dröhnen der Hufe und das Gelächter in der Nacht.

Gelächter? Ist dieser verfluchte Penner etwa besoffen? Und seine Männer auch? Das wäre die naheliegendste Erklärung für sein wahnsinniges Verhalten …

Ich hatte erst einmal genug gehört. Ich ahnte, dass an diesem Possenspiel die Feigheit der Südisländer ebenso schuld war wie Kakalis Dreistigkeit. Und als die Boten noch redeten, ließ ich sie sitzen, ging auf den Hofplatz, holte einige Männer zu mir und sagte ihnen, sie sollten ausschwärmen und unsere Leute zusammenrufen, denn ich witterte eine Gelegenheit, diesen Blödsinn ein für alle Mal zu beenden: Ich reite so schnell wie möglich über das Hochland gen Süden, stelle Kakali im Kampf und lösche ihn mitsamt seiner Truppe aus. Mich weiter mit diesen Südisländern zu beraten hatte keinen Sinn. Ich wollte noch am selben Abend aufbrechen, die Boten konnten von mir aus tun und lassen, was sie wollten.

Während ich mich vorbereitete, kam plötzlich noch eine Gruppe von südisländischen Männern auf verschwitzten, schwer atmenden Pferden auf meinen Hofplatz geritten. Dieses Mal war es kein Geringerer als der Anführer des ganzen Südens, Hjalti Magnússon!

Ich konnte mich nur mit Mühe beherrschen, ihn nicht gleich zu fragen, warum er in dieser Zeit der Not seine nicht gerade mutigen Leute allein gelassen hatte, und sagte stattdessen: »Was führt denn einen so wichtigen Mann wie dich hierher?«

Er hörte es gern, dass ich ihn einen wichtigen Mann nannte, und saß sofort viel aufrechter im Sattel. Dann stieg er ab und sagte mir, sein Anliegen mache es nötig, dass er »in Person« komme, denn es habe sich herausgestellt, dass Kakali fast hundert Mann unter seinem Kommando hatte. Daher sei es nach seinem »Dafürhalten und Ermessen« das Beste, wenn ich mit meinen Männern nach Süden zog und dieser Landplage den Garaus machte.

»So ist das nach deinem Dafürhalten und Ermessen also«, sagte ich.

Ich bemühte mich, diesen Worten einen spöttischen Unterton zu geben, doch der Anführer der Südisländer merkte einfach gar nichts. Stattdessen erklärte er mir alle möglichen offensichtlichen und selbstverständlichen Dinge, bis ich bald keine Lust mehr hatte, ihm zuzuhören. Ich fühlte mich wirklich krank, die Sache ging mir auf die Nerven. Ich fiel ihm unhöflich ins Wort und fragte: »Wenn Kakali deinen Bauern mit einer Handvoll Halunken das Leben schwer macht, was machst du denn dann hier?«

Da kam Hjalti ins Stocken. Tja, was machte er dann hier? Er stammelte etwas davon, dass Bischof Sigvardur vorhatte, Kakali mit Verhandlungen so lange hinzuhalten, bis Verstärkung eintraf.

»Ich habe gefragt, was *du* machst. Nicht, was der Bischof macht«, sagte ich. »Du bist doch für Südisland verantwortlich, oder etwa nicht?«

Hjalti wollte etwas entgegnen, brachte aber nichts heraus. Er war jetzt vollkommen eingeschüchtert.

»Und was soll dieses Gerede, dass es die Aufgabe von uns Nordisländern ist, das Land von Leuten wie Kakali zu befreien?«, sprach ich weiter in schroffem Ton. »Soweit ich weiß, haben die Sturlungen hier seit Jahrzehnten wie eine Seuche gewütet und wir Nordisländer haben nichts getan, außer uns zu verteidigen. Das ist mehr, als man von euch Südisländern sagen kann. Zumindest seit Gissur nicht mehr im Lande ist.«

Hjalti Magnússon war kurz davor, in Tränen auszubrechen: »Aber mein lieber Kolbeinn, ich bin doch nicht gekommen, um mit dir zu streiten«, sagte er.

Ich ließ die Sache auf sich beruhen. Man soll sich nicht mit Untergebenen herumstreiten.

»Ist ja schon gut«, sagte ich. »Du hast ja recht, ich sollte nach Süden reiten. Ich habe sogar schon meine Männer zusammenrufen lassen, wir reiten noch heute Abend los und fordern Kakali zum Kampf. Und danach musst du dir seinetwegen nie wieder Sorgen machen, das verspreche ich dir.«

Und das meinte ich auch so. Ich hatte wirklich das Gefühl, dem ganzen Spuk jetzt mit relativ geringem Aufwand ein Ende bereiten zu können. Doch ich ahnte auch, dass die Sache mir sehr viel mehr Ärger machen würde, als ich mir in diesem Moment vorstellen konnte, wenn mir das jetzt nicht gelang. Kakali war so unberechenbar und unverfroren – da konnte man ja fast Angst bekommen …

KAKALI

Es war eine einzige Freude zu sehen, wie gut unser Plan aufging. Zu sehen, wie diese riesige Kriegerschar bei unserem Überraschungsangriff auseinanderstob – ich kriegte mich kaum wieder ein. Aber obwohl es ziemlich lange her war, seit ich das letzte Mal etwas erlebt hatte, worüber ich mich freuen konnte, wollte ich doch Ruhe bewahren, den Sieg erst erringen, bevor ich ihn feierte.

Aber ich musste mich schon wirklich sehr beherrschen, als der Bischof, gefolgt von seinen Pfaffen, auf uns zugerannt kam und mir ausrichtete, dass die Bauern von Südisland mit mir Frieden schließen und mir eine Entschädigung für meinen Vater und meine Brüder zahlen wollten.

Da stand nun also der Bischof höchstselbst mit Stab und Stola vor mir und war ganz blass vor lauter Aufregung, seine Priester zitterten wie Espenlaub. Ich musste mich kurz abwenden, den Blick senken und die Hand an das Kinn und über den Mund legen, damit es so aussah, als würde ich angestrengt nachdenken, dabei musste ich nur das breite Grinsen auf meinem Gesicht verdecken. Diese vielen, vielen Männer auf Skálholt wollten uns Geld zahlen, damit wir sie verschonten, dabei hatten wir nicht einmal genug Leute, um die Gebäude zu umstellen!

Als ich mich einigermaßen wieder eingekriegt hatte, sagte ich, ich müsse mich mit meinen anderen Heerführern beraten, winkte Svarthöfdi zu mir und auch meinen Neffen Teitur, der neben ihm stand. Ich wollte, dass die Leute von Skálholt sahen, dass wir schon in der obersten Heeresführung mehr als zwei waren …

Ich erzählte ihnen von dem Angebot der Südisländer. Wie zu erwarten war, geriet Teitur ganz außer sich. Er wollte es sofort annehmen und dann fortreiten – er war so aufgekratzt, dass ich ihm schon ein Zeichen geben wollte, er solle leiser sprechen und seine Freude im Zaum halten, doch tat er das von selbst. Nur die kindliche Siegesfreude wich nicht aus seinen Augen, obwohl er nun versuchte, zu reden wie ein erwachsener Mann, der die Dinge ganz nüchtern betrachtete.

»Ich halte es für mehr als wahrscheinlich, dass das deine Ausgangsposition erheblich verbessert«, sagte er und senkte die Stimme – langsam mochte ich diesen Jungen richtig gern.

Svarthöfdi hingegen zeigte sich von dem Angebot vollkommen unbeeindruckt. Er wollte lieber sichergehen, dass diese Südisländer nicht mit falschen Karten spielten – vielleicht wollten sie uns ja auch nur hinhalten und hatten schon längst bei Kolbeinn dem Jungen Verstärkung angefordert.

Wir einigten uns darauf, dem Bischof zu sagen, wir würden das Angebot nur annehmen, wenn man die Sache sofort abwickeln könnte. Wir gelobten, friedlich abzuziehen, wenn uns alle an der Schlacht von Örlygsstadir beteiligten Bauern der Gegend eine angemessene Entschädigung in Silber und anderen Wertsachen zahlten.

Mit diesem Angebot verschwand der Bischof im Haus.

Kurze Zeit später kam er wieder heraus und sagte, dass nur einige Bauern Geld bei sich hätten, sodass wir auf jeden Fall warten müssten, während die anderen heimritten oder Boten schickten, um das Silber von ihren Höfen zu holen. Svarthöfdi und ich berieten uns erneut und ließen Teitur zuhören. Dann beschlossen wir, den Leuten auf Skálholt diesen Tag und bis zum nächsten Morgen zu geben, um das Geld aufzutreiben, aber nur unter der Bedingung, dass sie ihre Waffen als Pfand auf dem Friedhof zurückließen, wo wir sie immer im Blick hätten. Das hielten viele für ziemlich hart, aber da es noch immer dunkel war und die Südisländer noch immer nicht wussten, wie sehr sie uns zahlenmäßig überlegen waren, stimmten sie zu. Sie hatten noch immer große Angst davor, dass wir sie angriffen oder ausräucherten.

Also brachten sie ihre Waffen heraus: Speere und Äxte und Schwerter und Schilde, und legten sie auf einen großen Haufen vor die Grabsteine der südisländischen Bischöfe. Beim ersten Tageslicht ritt eine kleine Gruppe von Bauern zu den umliegenden Höfen, um Wertsachen für den Schadensersatz zu besorgen. Wir standen abwechselnd Wache und ruhten uns aus oder aßen von den Köstlichkeiten, die uns als kleine Dreingabe zu unserem Waffenstillstandsvertrag vom Bischofssitz gebracht wurden. Alle meine Männer waren guter Laune.

Im Morgengrauen des nächsten Tages kamen die Bauern einer nach dem anderen zurück. Wie ließen sie unbehelligt in die Häuser gehen und lauschten froh dem klimpernden Silber in ihrem Gepäck. Als der Tag richtig angebrochen und die Frist damit eigentlich abgelaufen war, kamen zwei Priester heraus und sagten uns, dass die Bauern jetzt berieten, wer welchen Teil der Entschädigungssumme aufbringen musste, und baten uns noch um etwas Geduld, bis auch die Bauern zurückgekehrt seien, die vom anderen Ufer der Thjórsá kamen. Das gefiel mir ganz und gar nicht. Wir hatten sowieso schon das Gefühl, dass die Südisländer immer widerborstiger und frecher wurden, je deutlicher ihnen klar wurde, wie wenige Männer wir hatten und wie übel sie sich hatten täuschen lassen. Der bärtige Kolbeinn packte einen der Priester und schüttelte ihn, andere wollten, dass wir ihn als Geisel nahmen, und forderten, dass sie uns sofort das Geld aushändigten, das sie hatten. Aber dann beschlossen wir doch, ihn gehen zu lassen. Wir hatten noch immer alle Vorteile auf unserer Seite, ihre Waffen lagen ja noch auf dem Friedhof, wir wollten nicht gleich die ganze Abmachung infrage stellen, die ja für uns trotz allem sehr günstig war. Abgesehen davon konnte man kaum damit rechnen, dass die südisländischen Boten es in dieser kurzen Zeit über das Hochland in den Norden geschafft haben und mit einem ganzen Heer zurückkommen sollten. Also warteten wir …

Am späten Abend tauchten endlich die verbliebenen Bauern auf. Sie ritten eng zusammen und ziemlich schnell. Wir sahen bald, dass sie wütend waren. Und dass sie mit leeren Händen kamen. Wenig später hörten wir aus dem Hofinneren aufgebrachtes Gerede. Unruhe kam auf, und wenig später kam der Bischof heraus, die Mitra auf dem Kopf und Flecken im Gesicht vor lauter Erregung. Dann schrie er mit seiner hohen Singsang-Stimme, wir hätten die Friedensvereinbarung in betrügerischer Absicht gebrochen!

Ich fragte verwirrt, wie er das denn meine. Er sagte, wir hätten versprochen, in Frieden abzuziehen und die Menschen von Südisland zu verschonen, und dann heimlich einige unserer verbrecherischsten Männer ausgesandt, um die Bauern von Rangárvellir auf der anderen Seite der Thjórsá anzugreifen. Und damit sei der Frieden gebrochen und die Friedensvereinbarung zwischen den Südisländern und uns gebrochen und nichtig!

STEINVÖR VON KELDUR

So furchtbar und traurig es auch sein mag, seinen Vater, seine Brüder und viele andere geliebte Menschen in einer Schlacht zu verlieren und dann auch noch zusehen zu müssen, wie die eigene Mutter den Verstand verliert und Füchse und Raben die Überreste des Stolzes unserer Familie auffressen, so war es doch noch viel schlimmer, überhaupt nichts tun zu können, um uns Gerechtigkeit oder zumindest Genugtuung zu verschaffen – und zu wissen, dass auch niemand anderer etwas gegen dieses himmelschreiende Unrecht unternehmen würde. Dieser Gedanke raubte mir den Schlaf. Ich schämte mich, es zuzugeben, aber ich hatte inzwischen die Hoffnung fast aufgegeben, dass diese ganzen Gräueltaten jemals auch nur ansatzweise gerächt wurden. Da staunte ich natürlich nicht schlecht, als ich hörte, dass meine Brüder Kakali und Tumi in den Süden gezogen waren und Gissurs Stammsitz Braedratunga angegriffen hatten! Das freute mich so sehr, dass mir fast die Tränen kamen.

Noch erstaunter war ich allerdings, als eines Morgens jemand an unsere Hoftür schlug und kein anderer als mein Bruder Tumi der Jüngere auf dem Hofplatz stand, der kleine Tumi, wer hätte das gedacht. Er war ganz außer Atem und blutete, seine Bewegungen waren sonderbar rasch, abrupt und fahrig. Ich holte ihn rein, doch er wollte sich nicht setzen, lief kreuz und quer in unserer Stube herum, obwohl man sah, dass bei jedem Schritt Blut aus seinen Schuhen quoll. Er hatte etwa zehn Leute bei sich, einige davon waren auch verwundet, andere hatte er anscheinend auf seinem Kriegszug verloren – er war in unserer Gegend von Hof zu Hof gezogen und hatte bei den Leuten, an denen wir uns rächen mussten, Waffen und Fäuste sprechen lassen.

Es dauerte ein wenig, bis ich begriff, was er mir sagen wollte. Kakali hatte offenbar der Mut verlassen, als es drauf ankam, und Tumi hatte daraufhin die mutigsten und hartgesottensten Männer aus der gemeinsamen Truppe um sich geschart und den Kriegszug allein fortgesetzt. Mir kam das irgendwie komisch vor, doch das war jetzt erst einmal unwichtig. Ich weckte die Mägde und ließ das Feuer anfachen, befahl, man solle die Wunden der Männer verbinden und ihnen das beste Essen geben, das es bei uns auf Keldur gab. Dann ließ ich für meinen Bruder und seine treuen Gefolgsleute Betten vorbereiten.

Meinen Mann Hálfdan fragte ich lieber gar nicht erst nach seiner Meinung. Der hätte uns nur mit seinen üblichen Bedenken den Spaß verdorben, da tat ich lieber so, als würde ich ihn gar nicht sehen, denn er war natürlich auch längst aufgestanden und trieb sich irgendwo im Hintergrund herum, um herauszufinden, was los war, ohne mich direkt fragen zu müssen. Ich versuchte, Genaueres von Tumi zu erfahren, fragte wieder und wieder nach, denn irgendwas gefiel mir an der ganzen Sache nicht. Manche von Tumis Gefolgsleuten machten nicht gerade einen guten Eindruck, auch wenn ich es so gut wie möglich ignorierte, dass sie dauernd unseren Frauen unter den Rock und zwischen die Beine grabschten, während diese versuchten, sie zu verbinden, oder ihnen Essen brachten. Und als Tumi mir schließlich sagte, welche Höfe sie auf dem Weg hierher angegriffen hatten, wurde ich noch skeptischer. Denn dort, wo sie den größten Schaden angerichtet hatten, wohnten gar nicht die größten Feinde der Sturlungen, sondern eher Männer, mit denen Tumi persönlich eine Rechnung offen gehabt hatte. Auf Skardi hatten sie einen Sohn des Bauern misshandelt, der Tumi eine Frau weggenommen hatte, auf Thykkvabaer hatten sie die Hütte eines Kerls in Brand gesteckt, der Tumi einmal bei einem Ballspiel umgehauen hatte …

Tumis Männer waren zu Tode erschöpft, lagen schon bald auf dem Fußboden unserer großen Stube, und man hörte nur noch lautes Schnarchen. Einer oder zwei hatten mit Gewalt ein Mädchen zu sich gezogen, waren aber zum Glück nicht bis zum Äußersten gegangen.

Tumi hingegen schlief offenbar kaum oder gar nicht, denn schon kurze Zeit später hörte ich vorne im Hof zwei aufgebrachte Stimmen lärmen, ich fand meinen Bruder Tumi und meinen Mann Hálfdan darüber streiten, warum Hálfdan zwei bewaffnete Wachen in der Stube aufgestellt hatte, wo Tumis Männer schliefen. Ob er ihnen etwa nicht traue? Hálfdan sagte, dass er einen der Männer erkannt habe, und zwar Ásbjörn, den berüchtigten Frauenmörder aus den Ostfjorden. Auf dieses Monster würden alle anständigen Leute ähnlich reagieren wie er. Ich fragte Tumi, ob das stimme, ob er es wirklich sei, doch er lief nur weiter aufgekratzt hin und her und sagte, dass Männer in seiner Lage nicht allzu zimperlich in der Wahl ihrer Gefährten sein könnten, wenn sie auch noch wollten, dass diese gut im Umgang mit Waffen seien. Ich fand das eigentlich ganz überzeugend, versuchte aber nicht, Hálfdan die Sache mit den Wachtposten auszureden.

Am meisten wunderte mich aber weiterhin, dass Kakali angeblich Muffensausen bekommen hatte, als es richtig ernst geworden war, während ausgerechnet Tumi die Nerven behalten haben soll. Und wenig später kam auch schon ein Mann geritten, der uns ganz andere Nachrichten überbrachte. Kakali und seine Männer belagerten angeblich Skálholt und hatten die südisländischen Bauern dazu gezwungen, eine große Summe Silber als Entschädigung für ihre Taten bei der Schlacht von Örlygsstadir zu zahlen! Als er das hörte, ließ Hálfdan alle unsere Männer bewaffnen und ließ auch den Bauern, die von uns Land pachteten, befehlen, sie sollten mit ihren Männern zu uns kommen. In einer solchen Situation musste man mit allem rechnen. Wir schickten Boten in alle Richtungen, um weitere Nachrichten einzuholen, und bald darauf war mir klar geworden, was heute alle wissen: Tumi und seine Männer hatten sich nicht nur von Kakali losgesagt, sondern mit ihren Raubzügen in unserer Gegend offenbar all das ruiniert, was Kakali am anderen Ufer der Thjórsá auf Skálholt erreicht hatte. Hálfdan sagte Tumi sofort, er solle mit seinen Männern verschwinden. Er wolle zwar auf seinem eigenen Hof nicht seinen Schwager erschlagen, habe aber auch nicht genügend Männer, um sie gegen den Zorn des ganzen Landkreises zu verteidigen. Und weil ich jetzt fürchtete, dass meine Brüder sich vollkommen entzweit hatten und auch Kakali und seine Männer dem kleinen Tumi fortan keinen Schutz mehr bieten würden, sah ich nur einen Ausweg: Ich ließ Pferde satteln, nahm mir zwei Männer und ritt nach Westen. Nach Skálholt.

TEITUR STYRMISSON

Ich empfand denselben Kampfgeist und Tatendrang, der die ganze Truppe angesteckt hatte, doch sobald ich einen Moment nicht voll konzentriert war, packte mich die Angst sofort mit kaltem Griff. Ich brauchte nur kurz mit den Gedanken abzuschweifen, dann wurde mir klar, wie es nüchtern betrachtet um uns stand.

Ich blieb immer in Kakalis Nähe. Seine Tollkühnheit gepaart mit seinem unglaublichen Humor und Witz riss mich mit. Um Kakali herum waren auch meist die Dufgus-Söhne zu finden, in deren Gegenwart ich mich sicher fühlte, ein bisschen so als würde ich in einer Festung sein. Ich lachte so viel wie möglich, sprach mit lauter Stimme, doch wenn ich einen Moment entspannte, kam sofort diese Angst zurück, die Panik.

Das wurde natürlich nicht besser, je länger wir vor Skálholt warteten. Die Frist, die Kakali und Svarthöfdi gesetzt hatten – die Frist, die uns genug Zeit gegeben hätte, uns in Sicherheit zu bringen, bevor Kolbeinn der Junge mit seinem unbesiegbaren Heer aus dem Norden hier ankam –, war längst verstrichen.

Und doch mussten wir warten. Das war alles Tumis Schuld. Hätte der sich nicht abgesetzt und in den Nachbarbezirken gewütet, wären wir längst über alle Berge. Aber so mussten wir weiter warten, denn wir wollten natürlich nicht mit leeren Händen abziehen. Meine Angst wurde so groß, dass ich keinen Schlaf mehr fand. Ich schreckte sofort hoch, wenn ich auch nur den kleinsten Windhauch spürte oder ein Huhn lauter gackerte als normalerweise …

Ich war nicht der Einzige unter uns, dem das Warten langsam

zu viel wurde. Einige wollten den Leuten, die sich im Bischofssitz verschanzt hatten, androhen, dass wir sie angreifen oder die Gebäude anzünden würden, wenn sie nicht sofort ihr Geld und alle sonstigen Wertsachen herausrückten. Ich fand das eigentlich keine schlechte Idee, doch Kakali und Svarthöfdi waren dagegen und die anderen Dufgus-Söhne deshalb natürlich auch – wenn Svarthöfdi einmal begonnen hatte, seinen Zottelkopf zu schütteln, schüttelten die anderen Brüder die ihren sofort voller Inbrunst mit. Kakali und Svarthöfdi sagten, dass wir bei einem Angriff jetzt mit sehr viel mehr Gegenwehr zu rechnen hätten. Man müsse davon ausgehen, dass unsere Feinde nicht alle Waffen abgegeben hatten und jetzt härter kämpfen würden, weil sie zornig waren und uns für Betrüger hielten, nachdem Tumi einige ihrer Höfe angegriffen hatte. Also warteten wir eine weitere Nacht. Auf dass der nächste Tag eine Lösung bringe. Inzwischen rauschte und pfiff es in meinen Ohren, ich konnte nicht einmal mehr still sitzen. Kakali sagte, ich solle mich hinlegen und ausruhen, also versuchte ich es, doch jedes Mal, wenn ich für einen kurzen Augenblick einschlief, schreckte ich im nächsten Moment schweißgebadet wieder hoch und dachte, Kolbeinn der Junge und seine Krieger wären gekommen und unsere Tage seien gezählt …

Früh am nächsten Morgen hörte ich wirklich das Schlagen von Hufen. Panisch sprang ich auf und packte meine Waffen, dann sah ich, dass nur drei Pferde auf uns zuritten. Auf dem ersten Pferd saß eine große stattliche Großbäuerin im Damensitz: Tante Steinvör von Keldur, die Schwester meiner Mutter, die Schwester von Kakali und Tumi. Zwei große, bis an die Zähne bewaffnete Männer ritten hinter ihr her.

Steinvör sprang ab, ohne darauf zu warten, dass ihr jemand sittsam aus dem Sattel half, wie es eigentlich für eine Frau ihres Standes üblich gewesen wäre. Sie sprach kurz mit Kakali, begrüßte ein paar andere unserer Männer und sagte erstaunt, dass ich ganz schön groß geworden sei. Dann ging sie zum Bischofssitz und klopfte kräftig und furchtlos an die Tür. Von innen fragte jemand, wer denn da sei, und Tante Steinvör antwortete mit ihrer durchdringenden Stimme: »Steinvör von Keldur ist hier!«

Und im nächsten Moment war die Tür schon entriegelt und sie schritt hinein.

Sie blieb lange dort drinnen. Im Laufe der Zeit wurden immer mehr Leute aus den anderen Gebäuden zu dem Bischofssitz herübergerufen, und schließlich verlangte man auch nach Kakali. Er sagte mir, ich solle ihn und Svarthöfdi zu diesen Verhandlungen begleiten – ich hätte fast geweint vor Freude und Stolz.

Drinnen saß Steinvör mit hartem, entschlossenem Gesicht. Um sie herum der Bischof und einige südisländische Großbauern. Nachdem wir drei uns ebenfalls gesetzt hatten, unterbreitete der Bischof uns ein Angebot, nicht ohne anzumerken, dass es nur aus Respekt vor Steinvör und ihrem allseits angesehenen Ehemann Hálfdan von Keldur zustande gekommen sei. Sie boten uns an, dass alle Bauern diesseits der Thjórsá sofort die vereinbarte Entschädigung an Kakali und uns Sturlungen bezahlten. Steinvör würde sich später darum kümmern, die Entschädigungen der Bauern vom anderen, östlichen Ufer der Thjórsá einzutreiben, und davon das Geld abziehen, das den dortigen Bauern als Entschädigung für Tumis Plünderungen zustand.

Kakali sah Svarthöfdi an. Dann mich. Ich sah ihnen an, dass sie beide dieses Angebot so schnell wie möglich annehmen wollten. Auch ich hätte das unterstützt. Wenn es mir zugestanden hätte, etwas zu sagen, hätte ich sofort gerufen: Ja! Wir nehmen an. Und dann nichts wie weg! Aber ich ließ es dabei bewenden, bejahend mit den Augen zu blinzeln, nachdem ich gesehen hatte, dass Svarthöfdi etwas Ähnliches tat. Kakali schien das zu verstehen, denn er sagte endlich, wir würden das Angebot annehmen – aus Hochachtung vor seiner Heiligkeit dem Bischof und vor der Würde der Großbäuerin Steinvör von Keldur.

Ich war so erleichtert! Ich wollte aufstehen, merkte aber, dass das letzte Wort wohl noch nicht gesprochen war: Als Lohn dafür, dass sie diesen Vergleich ausgehandelt hatte, forderte Steinvör nämlich, dass Kakali auf den kleinen Tumi und dessen Männer wartete und sie wieder in seine Truppe aufnahm.

Kakali saß neben mir, ich spürte, wie er innerlich kochte. Mühsam um Beherrschung ringend, bat er darum, dass wir beide mit ihr allein sprechen dürften, und wir gingen gemeinsam vor die Tür. Sobald wir den Hof verlassen hatten, war es mit Kakalis Beherrschung vorbei. Er zischte Steinvör an, dass er diesem Weichei von Bruder überhaupt nichts schulde. Er könne doch nicht das Leben all der Männer riskieren, die ihm so mutig und treu bis hierher gefolgt waren, nur um auf ein paar Verräter und Verbrecher zu warten, die ihn im Stich gelassen hatten, als es drauf angekommen sei. Steinvör blickte Kakali fest in die Augen und sagte, das möge ja alles sein, aber deswegen könne er noch lange nicht zulassen, dass man seinen eigenen Bruder erschlägt wie einen Hund.

Damit hatte sie leider recht.

Kakali wollte antworten, verstummte jedoch nach wenigen Worten. Drehte sich schweigend um, setzte sich auf eine Mauer und dachte nach. Dann rief er seine Männer zu sich.

Er bot allen an, sie können sofort losreiten und sich im Westen in Sicherheit bringen, während er und vielleicht noch einige wenige andere auf Tumi und seine Leute warten würden.

Die Männer schwiegen, manche sahen zu Boden, sie wollten ihm nicht in die Augen sehen. Doch dann sagten sie, einer nach dem anderen, dass sie hier mit Kakali warten würden. Das war so schicksalhaft, so bewegend, dass ich die Tränen wirklich nicht mehr zurückhalten konnte. Ich hoffe, das ist nicht zu sehr aufgefallen.

Wir beschlossen, bis zum Abend auf Tumi und seine Leute zu warten. Die Entschädigungssumme würden wir sofort einsacken und die Leute hier auf Skálholt weiter von ihren Waffen fernhalten. Nachdem alles vereinbart war, verabschiedeten Steinvör und Kakali sich voneinander, meiner Meinung nach ziemlich kühl.

Den Rest des Tages war ich fest davon überzeugt, dass Kolbeinn jeden Moment hier eintreffen würde. Ich spürte das. Er kam. Immer näher. Mit seinem unbesiegbaren Heer …

KAKALI

Mein Bruder ist ein Scheißkerl.

BJÖRN BROCKEN

Diese Warterei ist das Schlimmste. Diese verdammte, ewige, elende Warterei.

Und jetzt sollen wir auch noch auf Tumi warten? Was soll das denn? Dieser Tumi, der ist irgendwie so … Ich weiß nicht … Seine Brüder sind auf jeden Fall nicht so … Sturla nicht, Kakali nicht, und die anderen auch nicht.

Irgendwie liegt in Tumis Blick immer so etwas Erbärmliches. Seine Augen springen hierhin und dorthin, er kann nie dem Blick desjenigen standhalten, mit dem er gerade spricht. Das ist ja an sich nicht schlimm, manche sind halt so, ich selbst auch ein bisschen, glaube ich, ich weiß nicht … Aber ich gucke dabei zumindest nicht beleidigt und ziehe meine Mundwinkel nicht runter zu einer verwöhnten, arroganten … Dünkelfresse … so nennt Svarthöfdi das, glaube ich. So was mache ich nicht …

Das kann einem schon die Laune verderben. Und warum hat der eine so komische Frisur? Denkt er, man sieht dann nicht, dass er eine Glatze bekommt? Wen kümmert denn das?

Er glaubt offenbar, dass wir auf so was achten. Dass die Leute den ganzen Tag an kaum etwas anderes denken können als an ihn. Und einfach mal ruhig sein, wenn gerade nichts zu tun ist, nicht mal das kann er! Er zappelt ständig mit einem Fuß, und wenn er dann endlich mal sitzt, rutscht er dauernd hin und her und zuckt mit den Schultern – und dann ist er auch schon wieder aufgesprungen und läuft hierhin und dorthin, mit sonderbar entschlossenem Schritt, obwohl er eigentlich gar nichts zu erledigen hat. Beim Gehen schwingen seine Arme, richtig hoch, als wollte er sich bei jedem Schritt die offenen Handflächen vor das Gesicht halten, erst die linke, dann die rechte, dann wieder …

Eigentlich sollte mir das ja alles egal sein. Deswegen tue ich meistens so, als würde ich ihn nicht sehen. Wir Brüder tun das alle. Würdigen ihn keines Blickes. Aber das spürt er natürlich, und dann will er uns umso deutlicher beweisen, wer er ist. Und wer wir sind, im Gegensatz zu ihm. Also stellt er uns irgendwelche dubiosen Fragen, und bevor wir antworten können – bevor wir überhaupt herausfinden können, was wir eigentlich antworten sollen –, hat er uns schon fünf weitere Fragen gestellt, und immer fragt er etwas wie, ob wir denken, er wäre hier der Laufbursche, ob er nicht seine Pflicht täte wie alle anderen auch, ob man daran zweifeln würde, dass er mit seinen Waffen umgehen könne.

»Aber natürlich nicht, Tumi«, sagt dann Svarthöfdi meistens. »Du tust dein Bestes.«

Und Tumi bemerkt den höhnischen Unterton nicht. Er fühlt sich von solchen Antworten gebauchpinselt und darin bestätigt, dass die anderen ihn für einen großen Mann halten. Dann zieht er die Mundwinkel noch weiter nach unten und will uns das Gefühl geben, als sei es eine besondere Ehre für uns, dass er überhaupt mit uns spricht, dass wir seine wichtigen Worte vernehmen dürfen. Und dann erzählt er vielleicht – ohne dass jemand danach gefragt hätte, natürlich –, dass er neulich ein Gespräch mit diesem oder jenem gehabt hatte, und redet dabei ganz schnell, da kann man Gift drauf nehmen. Und wenn man dann sowieso schon keine Lust mehr darauf hat, ihm zuzuhören, oder sich nur noch schämt für dieses Gewäsch, dann sagt er meistens, sozusagen zum krönenden Abschluss, noch so etwas wie: »Und dann sage ich einfach zu dem Kerl: Ich bin immerhin Tumi Sighvatsson!«

Man bekommt manchmal aber wirklich das Gefühl, als sei er sich da selbst nicht so ganz sicher …

Am besten, ich kümmere mich gar nicht darum. Also, ich meine, wir Brüder … Tumi ist der Bruder von Kakali, und Kakali ist unser Anführer. Aber mit dem redet Tumi ja genauso! Dauernd will er gelobt werden oder Kakali soll ihm zeigen, dass er ihn akzeptiert oder respektiert, was soll das? Wenn Tumi so mit ihm redet, sagt Kakali manchmal, als ob er ihn zum Schweigen bringen wollte: »Tja, Tumi. Schutzlos ist der bruderlose Mann«, und sieht dann mich oder einen meiner Brüder an, mit einem spöttischen Funkeln in den Augen.

Darauf antwortet Tumi nie. Ich denke, er fühlt sich auch von diesen Worten wieder in der Annahme bestätigt, dass Kakali ohne ihn komplett aufgeschmissen wäre.

Nein, uns Brüder sollte das gar nicht kümmern. Und wenn Tumi noch so oft mit uns redet, als seien wir irgendwelche Knechte oder seine Handlanger. Svarthöfdi und Kolbeinn sind inzwischen so gut darin, ihn gar nicht zu sehen oder zu hören, dass es schon fast komisch ist, das mit anzusehen.

Der andere junge Kerl, Teitur Styrmisson, ist hingegen ziemlich in Ordnung. Er beobachtet uns oft heimlich, dann merke ich, dass er versucht, unsere Haltung nachzuahmen, besonders die Haltung von Svarthöfdi. Wenn Teitur sich unbeobachtet fühlt, versucht er manchmal, sich genauso zu bewegen, die Waffen so zu führen wie er. Er ist zwar deutlich schmächtiger als wir, aber immerhin … Er ist ein fröhlicher, guter Junge, ein bisschen nassforsch, aber er hat ein gutes Herz. Und er ist Kakali treu, er wäre am liebsten seine rechte Hand, oder auch seine linke.

Diese verdammte, ewige, elende Warterei! Ich hoffte fast, die Leute, die wir in den Häusern von Skálholt zusammengetrieben hatten, würden endlich einen Ausbruchsversuch wagen, wie hielten die es überhaupt so lange da drinnen aus? Und warum hielten wir es noch immer hier draußen aus? Jederzeit konnte von irgendwoher ein Trupp bewaffneter Männer kommen, der uns zahlenmäßig weit überlegen war – auch Svarthöfdi vermutete, dass Kolbeinn der Junge aus dem Norden nicht lange auf sich warten lassen würde. Und man konnte über Kolbeinn alles Mögliche sagen, aber nicht, dass er lange fackelte.

Dann lief die Zeit ab, die Kakali seiner Schwester versprochen hatte, um auf Tumi zu warten. Ich konnte gut verstehen, dass Kakali dieses Versprechen halten wollte, denn mit Steinvör legte sich keiner gerne an. Aber Tumi und seine Leute, das waren doch Deserteure! Und sie hätten längst da sein müssen, worauf warteten wir noch? Meine Brüder Kolbeinn und Svarthöfdi machten sich schweigend bereit, um loszureiten. Sattelten ihre Pferde. Und nachdem wir alle noch eine Weile geschwiegen hatten, räusperte sich Svarthöfdi laut, sah Kakali an und fragte endlich: »Ist die Frist nicht abgelaufen?«

Kakali hatte das Geld bekommen, alle hatten sich an die Absprachen gehalten, nur Tumi und sein Verräterhaufen nicht.

Kakali war hin- und hergerissen. Tumi müsse doch gleich kommen, sagte er, das könne doch gar nicht anders sein. Ich bot an, ihm entgegenzureiten, galoppierte los in Richtung Osten und hatte von einem Hügel im Abendlicht gute Fernsicht – doch nirgendwo war jemand zu sehen. Ich ritt zurück und teilte es Kakali mit.

Kakali seufzte, als ob ihn das erleichtern würde, dann gab er seinen Männern ein Zeichen, hob die prall gefüllten Säcke mit dem Geld, lachte, und wir ritten so schnell wie möglich fort.

BISCHOF SIGVARDUR

Die Zeit, die wir in den Häusern von Skálholt verbrachten, war eine Zeit des Elends und des Schreckens. Wir wussten ja nur zu gut, welche Sünder und Übeltäter da draußen herumschlichen und dabei sicherlich schon in der einen Hand die Flasche mit Lampentran hielten und in der anderen die Fackel. Ich kannte diesen Menschenschlag. Diese Männer waren so grundverdorben, die taten einfach so, als würden sie stolpern, und wenn uns allen das Dach über dem Kopf abbrannte, na, dann war das eben ein kleines Missgeschick gewesen, ein Versehen, anders würden sie es nicht nennen und teuflisch grinsen, während die Flammen Haus und Bewohner verzehrten.

Hier auszuharren wie ein Fuchs in seinem Bau ziemte sich nicht für einen Diener Gottes, schon gar nicht für den Bischof von Skálholt, hier stand immerhin die bedeutendste Kirche von ganz Island! Es war eine Schande vor dem Herren und der Heiligen Dreifaltigkeit, dass es diesen dahergelaufenen Verbrechern gelungen war, uns alle als Geiseln festzuhalten, aber was hätten wir denn tun sollen? Wir wussten ja, wozu diese Leute fähig waren, wie grausam sie sein konnten – Sturla Sighvatsson, der verstorbene Bruder dieses Kakali, der uns jetzt belagerte, hatte mit seinem Vater Sighvatur einst den seligen Bischof Gudmundur bis auf eine entlegene Insel gejagt und dort zwei seiner Priester entmannt: Knútur und Snorri, das waren einmal gute Freunde von mir gewesen, doch seitdem glichen sie eher Geistern oder aufgequollenen Wasserleichen als Männern. Solche Werke begingen die Sturlungen einfach so, ohne vorher groß darüber nachzudenken oder es im Nachhinein zu bereuen, als würde in ihren Seelen kein Gewissen wohnen, sondern nichts als Sündhaftigkeit und Zorn. Dass eine so ehrwürdige, hochangesehene, gottesfürchtige Frau wie Steinvör von Keldur mit diesen Halunken blutsverwandt war, konnte ich nicht begreifen.

Wir hatten noch immer einiges an Waffen unter den Matratzen und im Keller liegen. Viele sagten, wir dürften hier nicht länger aus Angst vor diesen paar Männern da draußen ausharren, dazu seien wir doch viel zu viele. Doch ich setzte mich mit allem Nachdruck dafür ein, dass die Männer stillhielten, denn ich wollte vor allem eins: Kakali und seine Männer so schnell wie möglich loswerden. Rächen konnten sich die südisländischen Bauern später immer noch für diese frevelhafte Tat, und dann von mir aus umso erbarmungsloser …

Und dann, endlich, ritten sie davon. Lachend! Es klang fast wie das Grunzen von Schweinen im Schlamm.

SVARTHÖFDI

Besonders die jüngeren, unerfahreneren Männer waren sichtlich erleichtert, als die Lichter von Skálholt außer Sicht gekommen waren. Das war ganz normal, sie lachten und kicherten, der Zungenlose strahlte und quiekte am lautesten, als die gute Laune ihren Höhepunkt erreicht hatte. Und ich muss zugeben, dass auch wir Brüder uns ein wenig freuten. Björn Brocken ist sowieso ein heiterer Mensch, aber auch Kolbeinn der Bärtige und ich konnten uns ein Lächeln nicht verkneifen. Ganz gegen unsere Gewohnheit. Wir wussten zwar, dass uns hinter jedem Hügel die Rache unserer Feinde treffen konnte, aber fröhlich waren wir trotzdem – wir waren einfach so unglaublich erleichtert, dass Tumi nicht gekommen war, und wir hatten diesen Sieg errungen! Wenn jemand auch nur die kleinste zweideutige oder sonderbare Bemerkung machte, besonders wenn Kakali das tat, lachten die jüngeren Männer sich fast tot. Nur wenige von uns hatten während der Belagerung von Skálholt richtig geschlafen, deshalb versuchte ich, die Männer zu warnen, schließlich waren wir nur so aufgekratzt, weil wir vollkommen übermüdet waren, und das konnte ein böses Ende nehmen.

Meinem Verwandten Kakali zu folgen und mit ihm zusammen zu sein brachte aber auch wirklich einfach Spaß. Keiner lachte lauter und ausgelassener als er, der uns voran in Richtung Westen ritt, mit dem Geld der südisländischen Bauern vor sich auf dem Sattel. Kakali war recht groß, wenn auch nicht so groß, wie sein Bruder Sturla es gewesen war. Kakali war gedrungener, nicht ganz so schlank und hatte nicht Sturlas lange Beine. Er war auch nicht ganz so hübsch wie Sturla, seine Gesichtszüge waren von Natur aus härter, und mochte er auch ein fröhlicher Mann sein, hatte sein Lächeln es nicht immer einfach, sich auf seinem Gesicht durchzusetzen. Das lasterhafte Leben, das er in Norwegen so ausschweifend geführt hatte, hatte Spuren hinterlassen, er hatte eine Narbe am linken Mundwinkel und eine zweite über dem Auge, seine Nase war schief, seine Haut ledrig, und wenn er lächelte, sah man, dass ihm einige Zähne fehlten. Im Gesicht wirkte er älter als die ungefähr dreißig Jahre, die er wirklich zählte, die Adern auf seinen Wangen und um seine Nase herum traten deutlich hervor. Ich hatte ihn immer für einen guten Krieger gehalten, aber je länger ich ihn kannte, umso besser gefiel er mir als Gefährte. Als wir auf den Friedhof von Skálholt stürmten, ritt er ganz vorn, als ob das selbstverständlich wäre. Er griff da an, wo die Verteidigungsstellung am stärksten war, und war immer dort, wo am härtesten gekämpft wurde. Das kannten wir einfachen Krieger von unseren bisherigen Anführern nicht – Sturla hatte sich immer lieber abseits gehalten, wenn irgendwo Blut geflossen war.

Am bemerkenswertesten war allerdings, wie Kakali lachte. Ich habe vor ihm noch nie – und auch nach ihm nie wieder – ein solches Lachen gehört. Selbst im heftigsten Kampf lachte er wie eine Frohnatur, wie ein Säufer, obwohl er nüchtern war. Seine Stimme war von Natur aus hoch und schrill. Sie war während der Jahre in Norwegen etwas rauer geworden, heiserer, doch sein Lachen, das war noch immer hell, man könnte auch sagen, durchdringend, es erinnerte an das Kreischen eines Raubvogels. Wenn Kakali lachte, übertönte er alles, er »weinte« beim Lachen, wenn man das so sagen konnte. Und er riss alle mit. Man bekam gute Laune, wenn man dieses Lachen nur hörte, egal, was um einen herum passierte. So war das auch, als wir nach Tagen ohne Schlaf unseren langen Weg zurück nach Westen antraten – und ein Angriff von Kolbeinn dem Jungen unmittelbar bevorstand.

KOLBEINN DER JUNGE

Hexenwetter. Seit diesem Kriegszug weiß ich, was das bedeutet. Schlimmstes Hexenwetter!

Langsam bekam ich wirklich das Gefühl, dass hier eine böse Macht am Werk war, dass sich geheimnisvolle Kräfte gegen mich verschworen hatten und Kakali in die Hände spielten …

Wir bekamen Hexenwetter. Ich hatte so etwas noch nie gesehen. Ich ritt mit sechshundert Mann über das Hochland. Wir wollten über den Tvídaegra-Pass, der uns direkt nach Westen in den Borgarfjord führen sollte. Wenn ich über den Kjölur nach Süden gezogen wäre, hätte ich Kakali vielleicht verpasst. Doch wenn ich gleich nach Westisland zog, erwischte ich ihn auf jeden Fall, denn falls er doch noch im Süden war, hätten wir ihm hier im Borgarfjord den Weg abgeschnitten und uns nur noch auf die Lauer legen müssen – so weit, so einfach.

Der Ritt durch das Hochland über die Tvídaegra dauerte zwei Tage. Am ersten Tag ritten wir durch strömenden Regen, in den sich immer wieder Schnee mischte. Bald waren wir bis auf die Haut durchnässt. Alles hatte sich vollgesogen, unsere Kleidung wurde schwer wie Blei, eiskalter Regen prasselte auf uns ein, schlug uns auf den Kopf und ins Gesicht, rann uns in den Kragen und jagte uns Schauer über den Rücken. Meine Männer wurden so nass und schwer und kalt, dass sie sich kaum noch bewegen konnten, sogar die Pferde streikten. Als wir am Abend essen wollten, war unser ganzer Proviant mit Wasser vollgesogen und ungenießbar. Dann, als hätte eine unsichtbare Macht ein Zeichen gegeben, schlug das Wetter von einem Moment auf den anderen um, und wir bekamen klirrenden Frost und starken Wind. Das Haar, die Bärte und die Kleider meiner Männer gefroren zu Eisklumpen. Als wir einen Versuch machten, unsere Zelte aufzubauen, erwies sich das als unmöglich, die nass geregneten Zelte waren mit den Stangen zusammengefroren, und wenn es uns dennoch gelang, ein oder zwei Zeltplanen auszurollen und aufzustellen, wehte der eisige Wind sie sofort wieder um. Ich gab den Befehl zum Weiterreiten. Wenn wir schon kein Lager aufschlagen konnten, sollten wir lieber die Nacht hindurch in Bewegung bleiben, das hielt uns zumindest irgendwie warm und wir wären schneller wieder von der Hochebene herunter, das war unsere einzige Hoffnung, meine Männer waren kurz vor dem Erfrieren. Inmitten des Windes konnte ich kaum etwas hören, dann wurde es auch noch dunkel. Ich konnte gerade noch mit Mühe die Umrisse der Männer ausmachen, die direkt neben mir ritten, die anderen sah ich überhaupt nicht mehr, ich hörte nur manchmal aus der Nacht einen lang gezogenen, gequälten Hilfeschrei. Ich versuchte, die Männer anzutreiben, ihnen Mut zu machen, obwohl ich bestimmt nicht gerade überzeugend klang, so sehr wie mir die Zähne klapperten. Ich befahl denen, die neben mir ritten, sie sollten zurückfallen und herausfinden, wie es weiter hinten in der Truppe aussah, doch niemand von ihnen kam nach vorne zurück. Das war vielleicht auch zu viel verlangt, die Nacht war so schwarz, der Wind so kalt, dass man die Augen kaum aufhalten konnte. Beim ersten Tageslicht besah ich mir die Truppe. Die machte keinen guten Eindruck. Schon auf den ersten Blick merkte ich, dass einige fehlten, vielleicht zehn, vielleicht dreißig. Viele andere hielten sich nur noch mit letzter Kraft aufrecht und gaben mit ihren Frostbeulen an Händen und Füßen ein furchtbares Bild ab. Ich befahl, dass sich immer zwei mit den Rücken zueinander aufstellen und die Arme ineinander verschränken sollten, so dass jeweils einer den anderen auf den Rücken heben konnte und sie warm wurden. Ich selbst machte dabei aufgrund meiner Verletzung bei diesem Unfall damals nicht mit, sondern rang mit einigen Männern, von denen ich einen nach dem anderen besiegte, und spürte schon bald, wie das Blut wieder schneller durch meinen Körper strömte. Dann machten wir uns an den Abstieg vom Hochland hinab in den Borgarfjord. Ich war inzwischen so entkräftet vor Hunger und Kälte, dass ich das letzte Stück des Weges kaum schaffte. Auf dem ersten Hof, den wir erreichten, bat ich um Unterkunft. Meine Männer verteilten sich auf die umliegenden Höfe, krochen in Scheunen und Ställe, Hauptsache, es war warm. Ich blieb auf Gilsbakki, scheuchte den Bauern und seine Frau aus dem Bett, warf mich hinein und ließ einige meiner besten Männer mit all ihren Waffen vor mir auf dem Boden schlafen. Der Bauer sagte völlig verschüchtert, er habe Kakali weder gesehen noch von ihm gehört. Mag sein, dass er die Wahrheit sagte, doch im Borgarfjord vertraue ich niemandem.

TEITUR STYRMISSON

Je länger wir ritten und je näher wir den westlichen Tälern kamen, desto stiller wurde es in unserer Truppe. Alle waren müde und erschöpft. Die größte Anspannung war von uns abgefallen, denn wenn Kolbeinn der Junge uns bis jetzt nicht erwischt hatte, hatten wir wohl eine ganz gute Chance, ihm zu entkommen. Außerdem hatte sich das Wetter verschlechtert, es wehte jetzt ein starker Wind aus dem Norden, der immer öfter Schneeschauer brachte. Kakali fand das gut. Er hoffte, der Schnee würde unsere Spuren verdecken.

Es war schon spät und fast allen war kalt geworden, doch obwohl wir bereits das Reykja-Tal im Borgarfjord erreicht hatten, wollte Kakali nicht rasten. Er schickte mich mit einem der anderen zu einem Hof namens England, der sehr hoch im Tal lag, fast schon an der Grenze zum Hochland, damit ich mich erkundigte, wer gerade hier in der Gegend unterwegs war.

Dort erfuhren wir die furchtbare Nachricht. Der Bauer hatte sich anfangs getäuscht und fragte freundlich lächelnd, ob wir auch von Kolbeinn dem Jungen geschickt worden seien, schließlich seien »vorhin schon welche hier gewesen«.

Ich versuchte, mein Entsetzen zu verbergen, und sagte, wir seien einfache Boten vom Bischofssitz Skálholt, die einen Brief nach Reykholt bringen sollten. Dann fragte ich ganz beiläufig, was denn Männer von Kolbeinn dem Jungen in dieser Gegend verloren hatten.

Der Bauer antwortete – wobei er jetzt allerdings längere Blicke auf unsere Waffen warf –, dass Kolbeinn mit einem Heer in den

Bezirk gekommen sei, um Kakali Sighvatsson und seine Leute zu stellen. Er habe Späher ausgeschickt, die sich auf allen Höfen in der Umgebung umhören sollten. Nun wussten wir genug. Wir lehnten eine Bewirtung dankend ab, stiegen sofort wieder auf unsere Pferde und verabschiedeten uns von dem Bauern, der uns hinterherrief: »Gott schütze euch, Jungs. Ihr werdet es brauchen!«

Es war, als hätte diese schlechte Nachricht auch den Pferden noch einmal Kraft verliehen. Wir ritten so schnell sie uns trugen hinter unseren Leuten her und erreichten sie, kurz bevor sie auf einen Hof abbogen, wo Kakali eigentlich um Unterkunft bitten wollte. Doch als er hörte, was wir sagten, wandte er sich in Windeseile um und führte uns tiefer in das Tal hinein. Der Schneesturm war glücklicherweise stärker geworden, sodass uns von den umliegenden Höfen aus niemand sah. In unserer Truppe herrschte eine konzentrierte Stille, Müdigkeit und Kälte waren vergessen, alle dachten nur daran, möglichst schnell möglichst weit von hier wegzukommen. Auf unserem Weg lagen einige Flüsse, die bei Gufuskálar zusammenflossen, dorthin ritten wir, um sie zu überqueren. Wir hatten gehofft, die Flüsse wären schon richtig zugefroren, doch das Eis war zu dünn. Ohne zu zögern, drehten wir um und ritten nach Thingnes, wo wir zumindest die Hvítá überqueren konnten. Kakali ritt zuerst auf das Eis, doch er kam nicht weit, er brach mitsamt seinem Pferd ein und verschwand in dem eisigen Wasser. Björn Brocken und der bärtige Kolbeinn trieben sofort ihre Pferde an, zwangen sie in den reißenden Strom und bekamen erst Kakali und dann sogar noch sein Pferd zu fassen. Sie zogen beide zurück ans Ufer. Sowohl Kakali als auch Björn und Kolbeinn sowie deren Pferde waren jetzt völlig ausgekühlt und konnten bei diesem Schneesturm auf keinen Fall weiterreiten. Also machten wir uns auf nach Thingnes und baten den Bauern Börkur Ormsson um Hilfe. Er empfing uns gut, brachte trockene Kleidung, gab Kakali und den beiden Dufgus-Söhnen sogar ausgeruhte Pferde und führte die nassen

Tiere in seinen Stall. Dann beschrieb er uns, wo wir eine Furt über die Hvítá finden könnten, wir machten uns auf den Weg und kamen tatsächlich ohne Probleme über den Fluss.

Wir ritten eilig weiter und überquerten bei Stafaholt die Nordurá. Kakali stellte Wachen bei Svignaskard und Eskiholt auf, für den Fall, dass Kolbeinn der Junge einen der weiter oberhalb liegenden Wege über die Flüsse nehmen sollte. Und erst als die Nacht schon fast vom Morgen abgelöst wurde, ritten Kakali und ich mit unseren frierenden, erschöpften Männern nach Mýrar. Seit Tagen war mein Leben andauernd in Gefahr gewesen, inzwischen war ich so müde, dass ich nicht einmal mehr Angst empfand.

KOLBEINN DER JUNGE

Ich schlief nicht lange. Nach ein paar Stunden stand ich wieder auf, weckte meine Männer und verschaffte mir einen Überblick: Mindestens siebzehn hatten wir auf dem Hochland verloren, und ungefähr achtzig hatten so schlimme Erfrierungen, dass sie nicht weiterreiten konnten. Wir mussten sie wohl oder übel auf den umliegenden Höfen zurücklassen. Nachdem wir gegessen hatten, schickte ich Späher in alle Richtungen aus, immer zwei auf einmal, damit sie den ganzen Bezirk durchkämmten und herausfanden, wo Kakali sich aufhielt. Ich wusste, dass viele Bauern im Borgarfjord versuchen würden, Kakali zu decken, aber wenn man sorgfältig suchte und genau nachfragte, ließen sich die Bewegungen einer ganzen Verbrecherbande nicht verbergen, auch wenn sie nicht allzu groß war. Ich für meinen Teil beschloss, mit den restlichen Männern nach Reykholt zu reiten, dorthin sollten im Laufe des Tages auch die Späher kommen und mir berichten.

Da die Leute auf Reykholt weder etwas gehört noch gesehen hatten, verging der Tag mit Warten. Die Vernunft sagte mir, ich sollte mich ausruhen, schließlich hatte ich noch vor wenigen Tagen halb krank im Bett gelegen, war abrupt aufgebrochen, und die Kälte und der Frost auf dem Hochland hatten ihr übriges getan. Doch ich konnte nicht ruhen. Ich war viel zu angespannt, ich würde fast sagen, dass ich tief in meinem Innersten eine gewisse Angst verspürte. Nicht, weil ich Kakali fürchtete – es war klar, dass sein Trupp gegen meine Männer keine Chance hatte –, sondern eher, weil mich die böse Vorahnung beschäftigte, dass mein Glück sich wenden würde, sollte ich ihn *nicht* erwischen. Diese ganze Aktion hatte ihm jetzt schon ziemlich viel Ruhm eingebracht. Wenn er es jetzt auch noch schaffte, sich in Sicherheit zu bringen, wäre es sehr viel schwerer, ihn in Schach zu halten. Also ging ich immer wieder hinaus und wartete darauf, dass der Schneesturm sich ein wenig legte, damit ich Ausschau halten konnte. Doch es tat sich nichts.

Nach und nach kamen meine Späher zurück, allerdings ohne jegliche neue Erkenntnis. Niemand hatte etwas bemerkt, niemand hatte Kakali oder einen seiner Männern gesehen. Wir saßen in der großen Stube. Die, die gerade erst aus dem Schneesturm hereingekommen waren, wärmten sich Hände und Füße und bekamen etwas Heißes zu trinken. Alle sprachen in demselben resignierten Tonfall, wenn sie die immer gleichen Antworten, die man ihnen gegeben hatte, wiederholten: »Kakali ist hier nirgendwo gewesen.«

»Der war nicht hier.«

»Vielleicht hat er einen anderen Weg genommen.«

Irgendwann ging mir dieses Gerede auf den Geist und ich sagte, sie sollten schweigen. Wir sollten lieber nachdenken. Denn eines wusste ich: Kakali musste diesen Weg nehmen oder genommen haben, es gab keinen anderen. Und er musste auch schon vor einer Weile in Südisland aufgebrochen sein – er mochte vielleicht betrunken sein, aber er war ja nicht blöd und hielt sich dort unten länger auf als unbedingt nötig, mal ganz abgesehen davon, dass so erfahrene Krieger wie die Dufgus-Söhne, Svarthöfdi, Björn Brocken und der bärtige Kolbeinn, das nie zulassen würden. Also befragte ich meine Männer erneut, dieses Mal in etwas schärferem Ton, ob sie wirklich nichts gesehen oder gefunden hätten, keine einzige Spur im Schnee? Und habe sich denn wirklich keiner der Bauern aus der Gegend irgendwie komisch verhalten? Und hatten sie wirklich nirgendwo das Gefühl gehabt, die Leute aus dem Borgarfjord tischten ihnen Lügen auf oder verschwiegen etwas? Hm, na ja, stammelten sie einer nach dem anderen, manchmal hätten sie schon irgendwie ein komisches Gefühl gehabt, etwas Merkwürdiges gehört oder gesehen, aber dann hätten sie das nicht für weiter wichtig gehalten …

Und als sie das einer nach dem anderen zugaben, war ich mir plötzlich fast sicher, dass Kakali hier in der Nähe sein musste, ganz in der Nähe, vielleicht sogar direkt unter unserer Nase. Ich sprang auf und befahl den Männern, so schnell wie möglich die Pferde zu satteln und die Waffen zu nehmen.

Für Begeisterung sorgte ich damit nicht. Die, die schon den ganzen Tag draußen im Schneesturm gewesen waren, murrten, weil sie nicht einmal Zeit hatten, um sich zu wärmen und etwas zu essen, aber das war mir scheißegal. Obwohl ich es mir verkniff, die Langsamsten mit Fußtritten anzutreiben, saßen bald fünfhundert schwer bewaffnete Männer auf ihren Pferden, und wir ritten durch das Winterwetter zur Furt von Gufuskálar. Denn wenn es auch hier in der unmittelbaren Gegend mehrere Wege geben mochte, die Kakali nehmen konnte, war es doch nur an wenigen Stellen möglich, die Flüsse zu überqueren.

Die Furt von Gufuskálar war unpassierbar. Hier hatte sicher schon länger niemand mehr den Fluss überquert. Spuren waren nirgendwo zu sehen, doch das war in diesem Schneesturm auch kein Wunder. Ich befahl meinen Männern, abzusitzen und unter dem Neuschnee am Ufer des Flusses nach Spuren zu suchen. Und ehe ich mich versah, hatten sie einen Pferdeapfel gefunden, der noch nicht einmal gefroren war! Er war sogar noch ein bisschen warm. Wir ritten so schnell wie möglich nach Thingnes – wenn hier niemand über den Fluss kam, sollten wir es so schnell wie möglich an der dortigen Furt versuchen.

Auf Thingnes wohnte ein Bauer namens Börkur. Ich beschloss, ihn zu befragen. Falls hier jemand gewesen war, musste er es gesehen haben, und ich konnte mir nicht vorstellen, dass er sich trauen würde, mich anzulügen, schließlich standen wir mit fünfhundert Mann auf seinem Hofplatz.

Er sagte, er habe Kakali nicht gesehen. Es seien zwar dauernd Leute durch den Fluss geritten, »die ganze Nacht lang«, doch er habe sich nicht weiter darum gekümmert.

»Und Kakali Sighvatsson oder einen seiner Männer hast du nicht gesehen?«, fragte ich und sah ihm tief in die Augen.

»Aber nein, wirklich nicht!«, sagte er langsam, wenn auch in schrillem Ton, und erwiderte dabei meinen Blick. Er schien vollkommen ruhig und grinste auf eine Art, wie isländische Bauern es oft taten, wenn sie mit höher gestellten Männern redeten: ein unterwürfiges Grinsen, in das sich immer ein bisschen Spott mischte. Die Sache gefiel mir nicht. Ich stieg ab und befahl einigen Männern, den Hof nach Spuren zu durchsuchen, ob hier vor Kurzem eine große Anzahl von Leuten durchgezogen war, Essensreste oder so etwas. Außerdem sollten sie in den Pferdestall schauen. Sie kamen bald zurück und hatten nichts bemerkt. Keine Anzeichen dafür, dass vor Kurzem viele Männer über den Fußboden der großen Stube gegangen waren, und im Stall fehlte auch kein Pferd. Der Bauer grinste noch breiter. Ich dachte nach. Wenn Kakali wirklich noch nicht hier in der Gegend gewesen war, wäre es ein riesiger Fehler, jetzt den Fluss zu überqueren und in Richtung Mýrar zu reiten. Um in Ruhe nachdenken zu können, ging ich in den Pferdestall, stand dort, überlegte und gab gedankenverloren einem der Pferde einen Klaps.

Es war klitschnass. Zwei andere Pferde auch. Und ausgerechnet diese drei nassen Pferde hatten bis vor Kurzem einen Sattel getragen. Ich stürmte aus dem Stall und ließ den Bauern Börkur ergreifen. Einer meiner Männer hielt ihm die Spitze seines Speeres an den Hals und brüllte ihn an: »Jetzt sag uns endlich die Wahrheit, sonst jag ich dich zum Teufel!«

»Zum Teufel finde ich schon allein«, antwortete der Bauer.

Ich begriff, dass wir mit diesem Verhör nur Zeit verschwendeten. Mir war jetzt sowieso klar, dass Kakali gerade erst hier vorbeigekommen war. Also ließ ich meine Männer wieder aufsitzen, und als wir den Fluss erreicht hatten, fanden wir dort sofort unzählige Pferdespuren und folgten ihnen. Mir war fast, als könnte ich Kakali riechen, so nah musste er sein.

KOLBEINN DER BÄRTIGE

Kakali hatte mich zusammen mit meinem Bruder Björn Brocken bei Svignaskard postiert, Svarthöfdi wachte bei Eskiholt. Kakali allein zu lassen gefiel uns gar nicht. Zumindest einer von uns Brüdern hätte bei ihm bleiben sollen, doch er wollte es nun einmal so. Wahrscheinlich wollte er uns als Wachen aufstellen, weil er sich darauf verlassen konnte, dass wir nicht einfach einschliefen. Björn Brocken sagte mir trotzdem, ich solle mich hinlegen, er übernehme die erste Wacht. Ich ließ mich nicht lange bitten, streckte mich auf dem Boden aus und schlief sofort ein. Doch schon wenig später rüttelte Björn mich wieder wach, und es erwies sich als Glücksfall, dass ich in Rüstung und Schuhen geschlafen hatte, denn nun sahen wir sie: Kolbeinn der Junge kam mit seinem ganzen Heer. Direkt auf uns zu. Wir rannten los, um Kakali zu warnen. Auf dem Weg trafen wir Svarthöfdi, der das Heer ebenfalls gesehen hatte. Wir liefen zu dritt weiter und erreichten bald Kakali und den Rest unserer Truppe, die mittlerweile so erschöpft waren, dass sie sich nur noch mühsam weiterschleppten. Kakali ging voran und zog sein Pferd hinter sich her. An seiner Seite ging Teitur Styrmisson, der eher tot als lebendig wirkte und mir kindlicher erschien als jemals zuvor.

Kolbeinn der Junge und seine Leute hatten uns inzwischen entdeckt. Sie stürmten auf uns zu, der frisch gefallene Schnee stob zu beiden Seiten hoch auf und sah aus wie die Bugwelle eines Schiffes in rasender Fahrt. Kakali befahl uns, aufzusitzen. Das musste er nicht zweimal sagen. Auch die Müdesten spürten die plötzliche Gefahr aufflammen, und wir ergriffen panisch die Flucht.

Kolbeinn der Junge und seine Männer waren uns noch nicht allzu nahe gekommen. Immer wenn wir über einen Hügel oder eine Anhöhe ritten, gerieten sie für einen Moment außer Sichtweite. Doch wenn die ersten Reiter dann wieder zu sehen waren, merkten wir, dass sie aufgeholt hatten.

Dann stolperte mein Pferd. Es trat in eine Schneewehe, unter der eine Kuhle lag, ich stürzte, und als ich wieder auf den Beinen war, sah ich nur noch, dass mein Pferd sich bereits umgewandt hatte und zurücklief. Ich dachte, mein letztes Stündlein hätte geschlagen. Ich rief den Heiligen Petrus an und Olaf den Heiligen von Norwegen, ich bat, sie mögen mich bereit machen, den Tod zu empfangen. Währenddessen zog ich mein Schwert und löste meine Axt von dem Gurt auf meinem Rücken, denn bevor ich starb, wollte ich kämpfen, so gut es ging. Doch hatte Svarthöfdi sich aus irgendeinem Grund umgesehen und gemerkt, was Sache war. Ohne zu zögern, wandte er sich um und kam zu mir, ganz gleich, wie oft ich ihm signalisierte, er solle weiterreiten und sich nicht um mich kümmern. Es würde doch niemandem helfen, wenn wir beide fielen, dachte ich noch, da war Svarthöfdi schon bei mir und zog mich auf sein Pferd. Der Bauer Börkur musste meinem Bruder ein unglaublich kräftiges Tier gegeben haben, denn nach kurzer Zeit hatten wir unsere Leute eingeholt. Allerdings bedeutete das auch, dass unser Trupp nicht schnell genug war.

Es war klar, dass ein Pferd uns beide auf Dauer nicht tragen konnte, also sprangen wir abwechselnd ab und liefen nebenher, doch dadurch wurden wir so langsam, dass unsere Feinde umso schneller aufholen konnten. Nachdem ich eine Weile gerannt war, sprang Svarthöfdi ab, half mir in den Sattel, schlug das Pferd und sagte, ich solle weiterreiten. Dann blieb er zurück. Obwohl ich nicht zu Gefühlsausbrüchen neige, hatte ich Tränen in den Augen, so sicher war ich mir, dass der Tod uns Brüder nun für immer trennen würde. Svarthöfdi opferte sich für mich. Es wäre sinnlos gewesen, ihm zu widersprechen, schließlich war er mein großer Bruder, ich hatte ihm ein Leben lang gehorcht. Am liebsten hätte ich mich vom Pferd geschmissen und einfach nur geheult, doch merkte ich, wie verzweifelt auch die anderen waren. Auch diejenigen, die nicht gerade einen Bruder in den Fängen des Todes zurücklassen mussten, schluchzten, aus Angst um ihr Leben – deshalb riss ich mich zusammen. Kakali kämpfte sich verbissen durch den Schnee, und als er mich sah, rief er, was mit Svarthöfdi sei.

»Der ist wohl gefallen«, rief ich zurück.

Um uns herum jammerten inzwischen alle. Die Pferde seien am Ende, sie könnten nicht mehr weiter. Einige wollten einfach aufgeben und hoffen, dass Kolbeinn Erbarmen mit ihnen hatte, auf einmal stoppte Kakali uns. Wir hatten gerade einen Fluss überquert, und das unbesiegbare Heer der Nordisländer war in Sichtweite.

Kakali bemühte keine großen Worte.

»Männer«, sagte er. »Einige unserer Pferde können nicht mehr. Daher sitzen wir jetzt ab, nehmen unsere Waffen, stellen uns unseren Verfolgern und kämpfen bis zum Ende.«

Doch als die Männer das hörten, wollten sie unbedingt weiterreiten. Die Pferde waren auf einmal doch nicht ganz so erschöpft, nicht einmal die Pferde derjenigen, die sich eben am lautesten beklagt hatten. So ritten wir also weiter und weiter, während der Abstand zu Kolbeinn dem Jungen immer kleiner wurde. Kurz nachdem wir über einen weiteren zugefrorenen Fluss geritten waren, sagte Kakali, wir könnten vielleicht etwas ausruhen, falls wir es über die Brücke von Álftártunga schafften.

SVARTHÖFDI

Ich hatte keine andere Wahl. Ich musste zurückbleiben und Kolbeinn weiterreiten lassen, man schickt seinen jüngeren Bruder nicht in den Tod, um die eigene Haut zu retten. Ich versuchte noch eine Weile, vor Kolbeinn und seinen Leuten wegzurennen, doch das brachte nichts, also warf ich mich in das Geröll am Wegesrand und bedeckte mich so gut wie möglich mit Steinen. Und wenig später ritten sie tatsächlich alle vorbei, so nah, dass ich links und rechts von mir ihre Hufe schlagen hörte. Als sie weg waren, stand ich wieder auf – ebenso froh wie überrascht, noch am Leben zu sein. Doch dann wurde mir klar, dass diese furchtbare Übermacht meinen Brüdern und Freunden auf den Fersen war und ich sie nicht länger verteidigen konnte.

Ich machte mich auf dem Weg dorthin, wo man mich immer gut aufnahm – zurück in den Borgarfjord, nach Stafaholt, zum Hof meines Vaters Dufgus. Es war ein beschwerlicher Marsch durch tiefen Schnee, doch irgendwann hatte ich es geschafft und klopfte an die Tür. Mein Vater kam selbst heraus, doch als er mich sah, hellte sein Gesicht sich nicht auf, wie sonst. Er wirkte sonderbar unruhig. Fast war mir, als hätte er einen Schreck bekommen. Dann gab er mir ein Zeichen, still zu sein, und sagte so laut, dass man es im ganzen Hof hörte: »Herzlich willkommen. Komm nur herein, hier sind schon einige andere von Kolbeinns Männern untergekommen.«

Dann rief er einen seiner Knechte herbei und befahl ihm, das Pferd des Gastes in den Stall zu bringen. Ich ging mit ihm in den Stall, nahm ein ausgeruhtes Pferd meines Vaters, ritt ohne Sattel wieder hinaus in den klirrenden Frost und war einfach nur traurig darüber, dass man zu dieser Zeit der Schwerter nicht einmal bei seinem eigenen Vater einen sicheren Unterschlupf fand. Dabei ahnte ich natürlich, dass Kolbeinn der Junge seine Männer auf allen größeren Höfen im Borgarfjord zurückgelassen hatte, ohne zu fragen, ob sie dort willkommen waren oder nicht.

Ich kannte in der Nähe einen kleinen, sehr abgelegenen Hof und ritt dort als Nächstes hin. Der Bauer nahm mich auf und sagte, ich könne in einer gut gewärmten Stube schlafen. Ich legte meine Rüstung und den Helm ab, behielt aber meine Waffen bei mir. Und als ich auch nur einen kurzen Moment geschlafen hatte, rüttelte der Bauer mich wach und sagte hastig, einige Leute von Kolbeinn seien gekommen. In den Betten hier in dieser Stube lagen nur ein alter bettlägeriger Mann und eine offenbar schwachsinnige Frau. Man hätte denken können, es handele sich um die Krankenstube, wenn nicht meine ganze Kriegerausrüstung auf dem Boden gelegen hätte. Ich schmiss die Rüstung und den Helm in den heißen Ofen und tat so, als wäre auch ich krank und geistig umnachtet, als ein bewaffneter Mann in der Türöffnung erschien und uns musterte. Ich war mir nicht sicher, ob er mich erkannt hatte oder nicht, aber die Männer wurden plötzlich seltsam still, als hätten sie Verdacht geschöpft. Sobald sie verschwunden waren, kroch ich ohne meine Waffen aus einer der Fensteröffnungen und bestieg das nächstbeste Pferd. Dann kamen sie auch schon aus dem Hofgebäude gerannt. Ich galoppierte davon, sie hinterher, und weil ich mich in der Umgebung des Hofes nicht auskannte, ritt ich direkt auf eine Reihe von Felsen zu, die fast senkrecht in eine Schlucht abfielen. Ich war gefangen. Meine Verfolger kamen immer näher. Ohne meine Waffen hatte ich keine Chance gegen sie, denn sie waren zu viert und hatten Äxte und Speere. Es gab nur eine Möglichkeit, ich musste mich mit dem Pferd in den Abgrund stürzen. Ich hatte das Gefühl, nie unten anzukommen, hatte panische Angst vor dem Aufprall, doch dann landeten wir in weichem Schnee. Das Pferd auf allen vieren, und ich verletzte mich kaum – aber der Fall war doch so tief gewesen, dass Kolbeinns Männer sich nicht trauten, hinterherzuspringen. Wenig später waren sie verschwunden. Ich kehrte zum Hof zurück, war aber nicht mehr in Stimmung, mich schlafen zu legen, ich holte nur meine Waffen und fischte meine glühend heiße Rüstung aus dem Feuer, dann ritt ich weiter nach Westen und hoffte, ich würde meine Gefährten im Breiten Fjord wiedertreffen. Wenn von denen überhaupt noch jemand am Leben war.

TEITUR STYRMISSON

Dieses Mal war ich mir sicher, dass unser letztes Stündlein geschlagen hatte. Ich war durchgefroren und völlig übermüdet, hatte ewig nichts gegessen und wartete eigentlich nur noch darauf, dass Kolbeinn der Junge und seine Männer uns erschlugen. Wir hatten Álftártunga erreicht, und Kakali sagte allen Männern, die – oder deren Pferde – nicht mehr konnten, sie sollten sich in der Kirche verschanzen. Auch ich überlegte, ob ich mitgehen sollte. Der Gedanke an etwas Ruhe war unglaublich verlockend, doch auf der anderen Seite war ich von uns allen der engste Verwandte von Kakali. Und als ich dann die anderen sah, wie sie sich am Eingang der Kirche drängten, als sie eigentlich schon voll war, ritt ich lieber weiter. Außerdem wollte ich ja bei Kakali und den Dufgus-Brüdern bleiben, bei Björn Brocken und dem bärtigen Kolbeinn, denn Svarthöfdi war ja dem Feind in die Hände gefallen.

Wenig später erreichten wir eine kleine Brücke, die über den Fluss Álftá führte und nur einen Mann und ein Pferd gleichzeitig trug, allerhöchstens zwei. Kakali bestimmte, in welcher Reihenfolge wir reiten sollten. Kakali selbst würde der Letzte sein, vor ihm die Dufgus-Söhne. Ich beschloss, auch unter diesen Umständen bei ihnen zu bleiben, obwohl ich jeden beneidete, der hinüberritt und sich in schnellem Ritt vom anderen Ufer entfernen konnte, während Kolbeinns Leute uns so nahe kamen, dass wir schon ihre Schlachtrufe hören konnten. Als nur noch wir vier übrig waren, hatten unsere Feinde den Hof Álftártunga erreicht und ritten auf die Kirche zu, vor deren Tür sich noch immer einige unserer Männer drängten, und im nächsten Augenblick hörten wir auch schon, wie die vor Schmerzen schrien. Nun führte ich mein Pferd vorsichtig über die Brücke, dann Björn Brocken und der bärtige Kolbeinn. Als nur noch Kakali drüben auf der anderen Seite war, kam die erste Gruppe von Kolbeinns Männern in schnellstem Galopp heran, und bevor Kakali es auf die Brücke schaffte, hatten sie ihn schon gestellt und griffen ihn mit Speeren und Äxten an. Es waren acht oder zehn, vielleicht auch zwölf Leute, das ging alles so schnell. Die Dufgus-Söhne zogen ihre Waffen, als ob sie ihm von der anderen Seite des Flusses irgendwie helfen könnten. Doch Kakali blieb sonderbar ruhig. Er löste die Beutel mit den Münzen von seinem Sattel und warf sie zu uns herüber. Das waren schwere Beutel, doch er warf sie genau so, dass sie direkt in meinen Armen oder in denen der Dufgus-Söhne landeten. Dann nahm Kakali seinen Schild, erhob die Axt und ging auf seine Feinde los. Im nächsten Augenblick hatte er schon zwei von ihnen aus dem Sattel gehauen, ein dritter blutete stark, woraufhin die übrigen Männer einen solchen Schreck bekamen, dass sie das Weite suchten und zur Kirche und den Häusern von Álftártunga zurückritten, wo der Rest von Kolbeinns Heer wütete.

Kakali führte langsam und ruhig sein Pferd über die glatt gefrorenen Planken der Brücke, und als er gerade die Mitte erreicht hatte, stürmte das ganze Heer von Kolbeinn dem Jungen heran. Kakali erreichte unversehrt unsere Seite des Flusses, nahm seine Axt und zertrümmerte die Planken. Die Dufgus-Söhne taten dasselbe. Als die ersten unserer Verfolger fast bei uns waren, stürzte die ganze Brücke hinunter in den Fluss.

KOLBEINN DER JUNGE

Auf Álftártunga gleich die Kirche anzugreifen – das war der Fehler gewesen. Die ersten meiner Männer hatten offenbar gesehen, wie ein paar versprengte Gestalten dorthin gerannt waren, hatten sie verfolgt, und alle anderen waren einfach hinterhergeritten. Mich hatte das gleich misstrauisch gemacht, und wenig später wurde uns allen ja auch klar, dass Kakali, die Dufgus-Söhne und alle anderen, die etwas auf sich hielten, natürlich nicht in der Kirche waren. Denen wäre doch nicht im Traum eingefallen, sich zu verkriechen. Ich rief ein paar Männern zu, sie sollten sofort zur Brücke reiten, und versuchte, Ordnung in die Reihen zu bringen, doch war es schon zu spät gewesen. Kakali war über die Brücke entkommen und hatte sie hinter sich zerstört. Als wir es endlich auf die andere Seite des Flusses geschafft hatten, waren sie längst über alle Berge. Sie hatten jetzt einen riesigen Vorsprung, viele verschiedene Wege zur Auswahl, und der Schnee bedeckte im Nu alle Spuren. Sie weiter zu verfolgen hatte keinen Sinn mehr gehabt.

Mein Fehler war …

Aber vielleicht war das ja auch gar kein Fehler gewesen. Wir hatten einen Kriegszug gemacht und unsere Feinde in die Flucht geschlagen, das war doch ganz gut, oder nicht?!

Nein.

Als wir am nächsten Morgen diejenigen herausführten, die in der Kirche Zuflucht gesucht hatten, brannten einige meiner Männer noch immer vor Kampfeslust. Ich ließ zwei unserer Gefangenen direkt an der Kirchentür hinrichten, dann verbot ich weiteres

Blutvergießen – diese Gefangenen spielten doch keine Rolle. Einige meiner Männer mochten vielleicht irgendeinen persönlichen Anlass haben, sich an ihnen zu rächen, aber ich für meinen Teil hatte erst einmal genug von diesem sinnlosen Töten. Manche von uns waren jetzt aber erst recht angestachelt. Sie behaupteten, Tumi Sighvatsson und seine Männer seien noch immer in Südisland unterwegs, und wollten, dass wir sie fanden und töteten, doch ich hatte nicht einmal mehr Lust, mir diesen Blödsinn anzuhören. Stattdessen verbot ich jedes weitere Blutvergießen hier vor Ort – und Tumi Sighvatsson hinterherzujagen, soweit käme es noch, der hatte mir doch nie Schwierigkeiten gemacht, vielleicht sogar ganz im Gegenteil …

Ich dachte nur noch daran, wie wir nach Hause kommen sollten. Es würde eine lange, beschwerliche Reise werden, besonders wenn das Wetter so schlecht blieb. Und das Wetter war im Moment noch nicht einmal unser größtes Problem.

Als wir aufbrachen, herrschte weiterhin dichtes Schneetreiben, doch dann wurde es besser, es fing an zu tauen, Regen setzte ein, der Schnee verwandelte sich in Matsch, das war alles auszuhalten. Als wir wieder den Tvídaegra-Pass erreichten, fanden wir die Leichen dreier unserer Männer, die auf dem Weg erfroren waren. Ich befahl den anderen, sich umzusehen, solange der Tag noch hell war, und wir fanden zwei weitere Leichen, die halb festgefroren waren im eiskalten Boden – doch irgendwann bekamen wir sie frei und luden sie auf unsere Pferde.

Wenig später erreichten wir den Skagafjord. Manchen verzweifelten Frauen, die mit heulenden Kindern in der Tür standen, mussten wir die Leichen ihrer Männer übergeben, manche unserer Männer humpelten ohne Zehen nach Hause, mit von Erfrierungen verkrüppelten Händen. Andere kamen überhaupt nicht nach Hause, weder tot noch lebendig. Wir würden im Frühling nach ihnen suchen müssen oder im Sommer, wenn der Schnee getaut und die Flüsse nach der Schneeschmelze wieder passierbar waren, dann hatten die Füchse und Raben unsere Gefährten aber wahrscheinlich schon längst entdeckt, und Fliegen hatten Maden aus ihren Augenhöhlen kriechen lassen – und all das nur wegen der erfolglosen Suche nach einem dahergelaufenen Räuber und seinen Kumpanen.

Wenn es wenigstens zu einem Kampf gekommen wäre, wenn wir irgendeinen Erfolg gehabt, uns vielleicht sogar gegen eine Übermacht behauptet, wären diese Verluste leichter zu ertragen gewesen. Doch wir hatten überhaupt nichts erreicht. Ich hatte beweisen wollen, dass ich der mächtigste Mann im ganzen Land war und Kakali nur ein Unruhestifter, der sich um den Verstand gesoffen hatte und nun der komplett absurden Idee verfallen war, er könne mir die Vorherrschaft im Land streitig machen …

Aber wenn das so absurd war, warum stampfte ich dann ein ganzes Heer aus dem Boden, jagte ihn mitten im Winter mit Hunderten bewaffneten Männern über Stock und Stein und hatte am Schluss Tote und Verwundete zu beklagen, ohne irgendeinen Erfolg?

Ich versuchte, mir so wenig wie möglich anmerken zu lassen. Verkaufte es als große Errungenschaft, dass wir Kakalis Truppe gespalten hatten.

»Das wird ihm eine Lehre sein!«, sagte ich immer wieder und befahl auch meinen wichtigsten Männern, von dieser verkorksten Aktion zu reden, als wäre sie ein Sieg gewesen.

Kakali war inzwischen bestimmt wieder in den Westfjorden angekommen. Dort käme ich nie an ihn heran. Er konnte jetzt in aller Ruhe mit den Dufgus-Söhnen und anderen fähigen Männern überwintern und Pläne schmieden – genügend Geld und Ruhm hatte er sich ja erworben. Und ich, ich wurde wieder krank und verbrachte den Rest des Winters im Bett, gequält von meinen Träumen.

TUMI SIGHVATSSON DER JÜNGERE

Anfangs war ich ziemlich enttäuscht gewesen, als sich herausstellte, dass Kakali mit seinen Männern bereits abgezogen war, als wir Skálholt erreichten. Ich fühlte mich betrogen. Ich wollte schon nach Keldur zurückreiten, auf einmal versammelten sich immer mehr Leute um uns, beschimpften und bespuckten uns und bewarfen uns mit Steinen, zogen ihre Waffen und schrien: »Bringt sie um, bringt sie um!«

Bald kam allerdings Bischof Sigvardur mit seinen Pfaffen angestiefelt und forderte, dass sie uns in Frieden ziehen ließen, so sehe es die Abmachung mit meiner Schwester Steinvör auf Keldur vor. Wenig später machten wir uns dann tatsächlich auf den Weg nach Westen, mit Hundegebell, wüsten Drohungen und Verwünschungen im Ohr. Die Leute schrien uns hinterher, Kolbeinn der Junge sei schon in der Nähe und werde uns mit seinen Männern sicher auf dem Heimweg auflauern, für ihn gelten die Vereinbarungen der Südisländer nicht, er könne uns angreifen und abmurksen, ganz wie er wolle.

Meine Männer fingen an zu murren. Sie hatten Angst bekommen und warfen mir vor, nicht schnell genug von Keldur abgezogen zu sein, es sei meine Schuld, dass wir nun alle gefoltert und erschlagen würden, nur aufgrund meiner Trödelei. Auf dieses Gewäsch antwortete ich nicht. Mir schmerzte der Kopf, und außerdem lasse ich mir von niemandem etwas sagen, weder von meinem Bruder Kakali noch von irgendwelchen anderen dahergelaufenen Leuten – niemand sagt mir, ich solle mich beeilen – wer bin ich denn?! Wir ritten also einfach weiter. Das Wetter wurde schlechter. Und langsam wurde auch mir etwas mulmig zumute. Wir waren so allein dort, wir elf. In diesem Moment wäre ich viel lieber bei Kakali und den anderen gewesen. Ich hatte schon länger geahnt, dass es ein Fehler gewesen war, sich von ihm zu trennen, nun wurde es mir endgültig klar. Trotzdem sagte ich meinen Männern nur, sie sollten den Mund halten. Wir hätten Kolbeinn und seine paar Vogelscheuchen nicht zu fürchten. Wir würden uns einfach den Weg freikämpfen. Doch bald darauf hörten wir, dass Kolbeinn der Junge mit mehreren Hundert Männern unterwegs war. Dann konnte ich auch keine großen Reden mehr schwingen. Denn ich war sprachlos vor Angst. Meine Männer weinten und klagten, riefen nach Maria, der Heiligen Mutter Gottes, manche auch nach ihren eigenen Müttern, das war zwar ein bisschen peinlich, aber ich konnte sie gut verstehen.

Doch wir kamen irgendwie durch. Erst dachte ich, Gott hätte uns in seiner unendlichen Gnade durch dunkle Täler am Feind vorbeigeführt, der schließlich überall nach uns gesucht hatte. Aber wenn ich das irgendjemandem erzählte, den wir unterwegs trafen, wurden alle sehr reserviert. Die Leute reagierten so zögerlich, dass es schon fast feindselig wirkte. Ein Bauer, bei dem wir übernachteten, deutete schließlich mehr oder weniger verschämt an, dass Kolbeinn der Junge einfach keine Lust mehr gehabt hatte, auf uns zu warten.

»Was? Ich bin immerhin Tumi Sighvatsson!«, sagte ich mit größtem Nachdruck.

Ásbjörn packte den Bauern und fragte mich, ob er diesem Drecksack die Kehle durchschneiden solle, doch ich spürte, dass das nicht richtig gewesen wäre. Ich hatte jetzt schon kaum noch Freunde.

»Lass den Schwachkopf in Ruhe«, sagte ich, und wir versuchten, auf dem Rest der Heimreise möglichst wenig Aufsehen zu erregen.

Auch auf diesem Kriegszug war es also wieder so gewesen wie schon so oft in meinem Leben: Alle Kleingeister dieser Welt hatten sich gegen mich verschworen, damit auch ich möglichst klein wirkte. Und meine Demütigung möglichst groß.

KAKALI

Auch nachdem wir Kolbeinn dem Jungen an der Brücke von Álftártunga so knapp entkommen waren, durften wir nicht langsamer werden. Wir hetzten unsere Pferde weiter, und wenn wir fürchteten, sie könnten jeden Moment vor Erschöpfung zusammenbrechen, sprangen wir ab und führten sie Berghänge hinauf oder über schwer passierbare Stellen hinüber. Wir eilten immer weiter nach Westen, bis wir mitten in der Nacht die Küste bei Skógarströnd erreichten und den Bauern, der dort wohnte, aus dem Schlaf rissen. Ich gab ihm Geld, damit er uns sofort zu einer der Inseln im Breiten Fjord übersetzte, und versprach ihm noch mehr Silber, wenn er bloß niemandem davon erzählte. Dort auf der Insel konnten wir uns endlich ausruhen. Uns hinlegen. Versuchen zu schlafen.

Doch dazu war ich viel zu erschöpft. Ein, zwei Tage lang lag ich einfach nur herum, nickte ab und zu ein, schreckte jedoch sofort schweißüberströmt wieder hoch und mein Herz raste so schnell, wie die Gedanken in meinem Kopf es taten. Mir war nur noch kalt. Das war doch alles sinnlos. Wir kämpften auf verlorenem Posten, wurden gejagt wie die Tiere. Ich bekam die Schmerzensschreie meiner Männer, die auf unserer Flucht an der Kirchentür erschlagen worden waren, nicht aus dem Kopf. Meine Truppe war gespalten, Tumi wahrscheinlich tot. Sicher, er hatte uns verlassen, nicht umgekehrt wir ihn, er hatte sich einfach nicht unterordnen wollen, und doch fühlte ich mich schuldig, weil er jetzt wohl tot war, vielleicht vorher misshandelt und gequält worden war. Denn er war ja trotz allem mein kleiner Bruder, ich hätte auf ihn aufpassen müssen. Und Svarthöfdi war gefallen, unser wichtigster Mann, der einzige wirkliche Held in unserer Truppe, im Vergleich zu ihm war ich der reinste Schisser, ein Versager, der nur eines konnte: sich hoffnungslos überschätzen. Mag sein, dass ich nichts Besseres verdient hatte als dieses Dasein hier, aber jetzt hatte ich auch noch so viele andere Männer mit ins Verderben gerissen, Freunde und sogar Verwandte. So lag ich also da. Fror, war trotzdem verschwitzt und fand keinen Schlaf. Ich rechnete jeden Moment damit, dass Kolbeinn der Junge mit seinem unbesiegbaren Heer käme, nachdem er den armen Bauern, der uns herübergerudert hatte, gefoltert hatte, bis er uns verriet. Vielleicht würde er ihm auch einfach mehr Geld bieten, als ich es getan hatte, oder der Bauer sagte es ihm gleich freiwillig, Kolbeinn war schließlich der mächtigste Mann im ganzen Land – und ich? Ich war vogelfrei, ein Geächteter, der zitternd auf einer kalten Insel lag und sich vor der Dunkelheit fürchtete wie der berühmte Sagaheld Grettir Ásmundarson, nur dass Grettir viel stärker gewesen war als ich. Ich konnte nicht einmal trinken, hatte nicht die Kraft, ein Gefäß an die Lippen zu führen. Die wenigen Leute, die auf dieser Insel wohnten, kamen her und pflegten mich, die Dufgus-Söhne saßen an meiner Seite, schweigend und verängstigt, denn auch sie wussten weder aus noch ein vor lauter Trauer über den Verlust ihres Bruders Svarthöfdi. Was waren sie ohne ihn? Und was war ich?

Doch niemand kam. Der Bauer hatte uns offenbar nicht verraten. Irgendwann fand ich endlich etwas Schlaf, und als ich aufwachte, ging es mir besser. Ich konnte etwas essen, die Angst hatte nachgelassen. Wir waren noch zu siebt: ich, Björn Brocken, der bärtige Kolbeinn, mein junger Neffe Teitur Styrmisson und drei andere, die auch wieder einigermaßen auf den Beinen waren. Ein paar von uns waren auf dem Festland geblieben und hatten sich dort Unterkunft gesucht. Auf der Insel gab es drei kleine Höfe, auf die wir uns jetzt verteilten. Die Leute waren gastfreundlich – einfach und aufrichtig in ihrer Treue zu uns Sturlungen. Ich besuchte alle drei Höfe, um den Bauern etwas Geld zu geben, was nicht nötig gewesen wäre, aber ich tat es trotzdem, ich hatte mehr als genug davon. Die Bauern segelten öfter mal zum Festland hinüber, und ich bat sie, die Augen offen zu halten, sich umzuhören, wer in der Gegend unterwegs war, ob jemand zu den Waffen rief. Eines Tages kamen sie zurück und waren ganz aufgekratzt. Und ich war plötzlich kein Flüchtling mehr, den sie gnädig aufgenommen hatten, sondern ein Held. Seit sie wieder an Land gekommen waren, sagten sie »Herr« zu mir, fast hätten sie sich sogar verbeugt, denn es hatte sich herumgesprochen, was wir in Südisland getan hatten. Unser Kriegszug war schon jetzt berühmt geworden. Eine Ruhmestat, eine einmalige Ruhmestat, das ganze Land sprach davon!

Erst lachte ich nur bitter darüber und überlegte sogar, ob die mich alle verarschen wollten, doch als wir dann auch noch erfuhren, dass Svarthöfdi Dufgusson in der Gegend war und sich nach uns erkundigt hatte, sah das Ganze gleich anders aus. Ich ließ mich noch am selben Abend mit Björn Brocken und dem bärtigen Kolbeinn heimlich an Land bringen, und als wir Svarthöfdi endlich gefunden hatten, war das doch ein recht freudiges Ereignis, wenn ich das so sagen darf, auch wenn die Brüder darüber natürlich nicht viele Worte verloren. Svarthöfdi setzte noch in derselben Nacht mit uns auf die Insel über, und einige Tage später zogen wir gemeinsam nach Stadarhóll zu Skalden-Sturla, denn dort war es am wahrscheinlichsten, Nachrichten zu bekommen, auf die man sich verlassen konnte. Zuerst erfuhren wir, dass mein Bruder Tumi in die Gegend gekommen war und die meisten seiner Männer noch bei sich hatte – Tumi selbst war offenbar gerade auf Hvammur. Damit waren jetzt die allermeisten von uns wieder zu Hause – wir hatten bei diesem ganzen Kriegszug nur drei Leute verloren. Ich ritt mit meinen wichtigsten Männern zu den Höfen, wo dic Gefallenen gewohnt hatten, und übergab ihren Familien deren Anteil an dem Geld, das wir in Skálholt bekommen hatten. Das machte wirklich Eindruck, denn normalerweise bekam eine Witwe höchstens eine Entschädigung von dem, der ihren Mann getötet hatte, wenn überhaupt.

Mein Cousin Skalden-Sturla hatte inzwischen erfahren, dass Kolbeinn der Junge wieder in den Norden gezogen war und seine Männer zurück auf ihre Höfe geschickt hatte. Alle seien niedergeschlagen und demoralisiert, Kolbeinn selbst lag von schlimmen Gedanken gequält auf seinem Hof Flugumýri im Bett. Skalden-Sturla erzählte auch, dass die Leute in den westlichen Tälern und in den Westfjorden nun anders über mich dachten. Ich hätte jetzt viel bessere Chancen, ein Heer aufzustellen als vorher, sagte er und deutete auch an, dass er sich unter Umständen sogar selbst daran beteiligen würde.

Mir scheint, meine Lage wird langsam besser …

BAUER GÍSLI VON RAUDASANDUR

Mein alter Freund und Kampfgenosse Thórdur Kakali war nach seinem ruhmreichen Kriegszug durch Südisland wieder einmal hierher in den Westen gekommen, wie der alte Knabe es ja immer gerne getan hatte. Ich hatte ihm eine Nachricht nach Stadarhóll geschickt, weil mir klar gewesen war, dass er mit Skalden-Sturla Kontakt aufnehmen würde. Ich ließ Kakali ausrichten, er möge gern hierherkommen und so lange bleiben, wie er wollte. Ich würde zu seinen Ehren ein Fest feiern, das wäre ja wohl das Mindeste, besonders wenn man bedenkt, dass wir bei seinem letzten Besuch diese kleine Meinungsverschiedenheit hatten. Er hatte mich einfach überrumpelt, als er alle Bauern aus der Gegend zu einer Versammlung auf meinen Hof zusammengerufen hatte, ohne mich vorher zu fragen, deshalb musste er doch verstehen und mir verzeihen, dass ich daraufhin ein bisschen pampig geworden war, man kann sich doch mal streiten unter guten alten Freunden … Und wenn ein Fest nicht reichen sollte, damit er mir wieder wohlgesonnen war, wäre ich auch bereit, ihm anzubieten, dass er hier wohnen könnte. Mein Hof sollte sein Hof sein. Also ließ ich ihm ausrichten, er solle ganz Raudasandur als sein rechtmäßiges Eigentum ansehen: die Gebäude, die Einrichtung, den Besitz, draußen wie drinnen. Eine Antwort bekam ich nicht. Also ritt ich mit einigen Männern los, um Kakali zu treffen, und lud ihn persönlich nach Raudasandur ein, bot an, ihm meinen Hof zu überlassen, irgendwo musste er ja wohnen, ich würde dann einfach auf einem meiner Nebenhöfe wohnen, das wäre alles gar kein Problem, versicherte ich ihm, rechnete allerdings nicht damit, dass er dieses Angebot annehmen würde. Er war schließlich kein Bauer und hatte sich nie irgendwo niedergelassen …

Doch er nahm mich beim Wort. Er schien mir sogar dankbar zu sein und auch ein bisschen freudig überrascht, wenngleich ich finde, er hätte das ruhig etwas stärker zum Ausdruck bringen können, immerhin war das ein sehr großzügiges Angebot von mir. Denn ich musste nun natürlich zu meinem Wort stehen. Sagen, dass wir Verwandte und Freunde zusammenhalten müssten, egal, was passierte. Und dass wir, die wir uns seit Kindesbeinen kannten, uns doch nicht von ein paar kleinen Reibereien unsere tief verwurzelte Freundschaft verderben ließen, wo ich doch so ein guter Verbündeter von seinem Vater und seinem Bruder gewesen war. Wen kümmerte es da schon, dass wir alle ab und zu unsere kleinen Wutanfälle bekommen hatten, als er Anfang des Winters hier gewesen war, und ich vielleicht im Ton manchmal etwas schärfer gewesen war als nötig – so ist das nun einmal unter großen Männern, man ist eben rücksichtslos ehrlich miteinander, dafür sind echte Freunde ja schließlich da!

Ich kann mir einfach nicht vorstellen, dass jemand sich Kakali dauerhaft in den Weg stellen kann. Kakali wird sich durchsetzen. Das hoffe ich zumindest, denn sonst wird mich der Zorn von Kolbeinn dem Jungen treffen, und das erspare mir Gott, solange ich lebe.

Meine Lage hatte sich so grundlegend geändert, dass ich es kaum glauben konnte, geschweige denn verstehen.

Ich richtete mich für den Winter erst einmal auf dem großen, wohlhabenden Hof Raudasandur ein, die meisten Männer blieben bei mir. Es gab viele Mädge und Knechte und mehr als genug zu essen und zu trinken. Dieser strunzdumme Gísli verstand zu leben, das musste man ihm lassen. Ich richtete einige Feste aus. Ich trank und spielte zwar nach wie vor nicht, aber die Feste zogen viele Leute an, darunter auch einige junge Frauen, die manchmal lange bei uns blieben, und es gab für einen verfolgten Mann keinen besseren Trost, als etwas Zeit mit dem schönen Geschlecht zu verbringen.

Die größte Veränderung war wohl, dass man mich jetzt für einen mächtigen Bauern hielt, um nicht zu sagen: einen Anführer. Alle sprachen so respektvoll mit mir, vielleicht sogar demütig. In Streitfällen kam man aus dem ganzen Bezirk zu mir, um mich um Rat zu fragen, ein Mann meinte sogar, ich sei jetzt der Anführer der ganzen Westfjorde, ganz selbstverständlich, als wäre es eine weithin anerkannte Tatsache. Bauern, die über viele Männer verfügten, kamen zu mir, um mir ihre Hilfe im »Krieg« gegen Kolbeinn den Jungen anzubieten – einem Krieg, von dem ich mir noch gar nicht richtig klargemacht hatte, dass er gekommen war.

Selbst friedfertige Männer rechneten damit, dass es im Frühjahr zu einer Art Entscheidungsschlacht kommen würde. Und als immer mehr Leute aus den verschiedensten Richtungen zu uns kamen und wissen wollten, was ich vorhatte, musste ich wohl oder übel einen Plan entwickeln oder zumindest erst einmal herausfinden, wie der Stand der Dinge aussah. Bisher hatte ich es schon als Erfolg angesehen, bis zum Frühjahr am Leben zu bleiben. Nun jedoch merkte ich, dass niemand es akzeptieren würde, wenn ich im nächsten Sommer gleich wieder das Land verließ, wie ich es eigentlich vorgehabt hatte. Es herrschte eher die Meinung, dass ich etwas begonnen hatte, das ich nun auch zu Ende führen musste, ich konnte mich nicht einfach mit dem nächsten Schiff verdrücken und meine Verbündeten im Stich lassen – und mir wurde bald unangenehm klar, dass die Leute wohl recht damit hatten.

Ich versuchte, herauszufinden, was Kolbeinn der Junge trieb. Uns besuchte ein Mann, der vorher im Skagafjord auf Kolbeinns Hof Flugumýri gewesen war und der erzählte, Kolbeinn sei dort gar nicht aufgetaucht.

»Wo soll er denn dann gewesen sein?«

»Na, er hat halt hier und da seine Frauen«, sagte dieser Mann, und als ich ihn daraufhin erstaunt ansah, fügte er hinzu: »Mit dem mächtigsten Mann des Landes wollen halt viele das Bett teilen.«

Und als ich das hörte, verstand ich zum ersten Mal, warum Sturla nach der Herrschaft über ganz Island gestrebt hatte.

Ein anderer Mann hatte ein Schiff zu verkaufen. Es war nicht hochseetüchtig, dazu war es zu klein, aber ich kaufte es trotzdem, denn es war immerhin groß genug, um viele Leute zu transportieren. Es war hier in Island gebaut, aus Treibholz. Ich taufte es »Todeswoge« – irgendwie mochte ich den Namen. Und ich fühlte mich wohl bei dem Gedanken, dass »Todeswoge« unweit unseres Hofes am Strand lag. In dieser Zeit der Schwerter wusste man schließlich nie, ob man nicht Hals über Kopf in einen anderen Bezirk fliehen musste, und nun stand mir zumindest der Seeweg jederzeit offen.

Ich merkte schnell, dass man sich als Anführer beliebt machen konnte, wenn man seine Untergebenen einfach in Ruhe ließ. Den ganzen Winter hindurch kamen immer wieder Bauern aus dem Landkreis zu mir, von denen ich vorher kaum wusste, dass es sie überhaupt gab, nur um mir zu danken, dass sie zumindest für eine Zeit dem Joch des Menschenschinders Gísli von Raudasandur entkommen waren. Sie baten mich, doch so lange wie möglich zu bleiben. Hauptsächlich kamen die Leute aber wohl, weil sie annahmen, dass ich nun den Kampf um die Vorherrschaft über Island gewinnen würde, so sonderbar mir das auch schien. Was auch immer das einfache Volk von diesen Kriegszügen hielt – am meisten litten sie offenbar darunter, im Landesteil eines Besiegten zu wohnen.

Im Laufe der Zeit erreichten uns immer mehr Nachrichten darüber, dass die Stimmung im Norden, in Kolbeinns Machtbereich, ziemlich mies sei. Kolbeinn der Junge war wohl nicht zu irgendwelchen Geliebten gereist, sondern lag krank und niedergeschlagen im Bett. Überall herrschte große Kriegsmüdigkeit. Jemand berichtete, dass im Norden allein die Tatsache, dass meine Männer und ich noch am Leben waren, eine bittere Enttäuschung war, schließlich sei den Nordisländern versprochen worden, der Krieg gegen die Sturlungen wäre ein für alle Mal vorbei. Auf einigen Höfen im Skagafjord hatte man anscheinend versucht, Wachposten aufzustellen, weil Angriffe von uns befürchtet wurden, doch Männer zu finden, die diese Aufgabe übernehmen wollten, war offenbar ein Ding der Unmöglichkeit gewesen, weil die Bauern nach den erlittenen Verlusten lieber zu Hause blieben. Und als dann Ende Februar eine lange Zeit mit gleichmäßigem, frostklarem Wetter anbrach, fanden immer mehr Leute, dass dies doch eine gute Zeit für einen Kriegszug sei – die Moore und Wiesen waren gefroren und einfach zu überqueren, genau wie die Flüsse, außerdem waren die Nächte lang und mondhell. Die wichtigsten Männer aus den Westfjorden und den westlichen Tälern ließen mir ausrichten, dass sie mit ihren vielen Männern bereitstünden. Wenig später nahm mich sogar Svarthöfdi zu einem langen

Gespräch unter vier Augen beiseite und sagte, dass es doch früher oder später ganz zwangsläufig zu einer Entscheidungsschlacht zwischen Kolbeinn und mir kommen würde – ob ich denn nicht zuerst zuschlagen wollte, während es für mich so günstig stand? Schließlich könnte ich ihn so zu einem Friedensschluss drängen, der für uns gute Bedingungen barg.

»Kolbeinn der Junge wird sicher nicht ewig im Bett liegen bleiben. Und wenn er erst wieder auf den Beinen ist, wird es schwer sein, ihn zu bezwingen. Wir dürfen nicht vergessen, dass er ein großer Krieger ist«, sagte Svarthöfdi.

Ich ritt also nach Stadarhóll und beriet mich mit meinem Cousin Skalden-Sturla. Sogar er war nicht vollkommen abgeneigt, sich an einem solchen Kriegszug zu beteiligen. Er deutete an, seine vielen Männer zu mobilisieren, wenn ich ein Heer zusammenbekäme, das groß genug war, um Kolbeinn sicher zu schlagen …

Zusammen mit den Dufgus-Söhnen und Teitur überschlug ich, dass wir wohl sechshundert Männer zusammenkriegten, wenn nicht gar achthundert. Dann erfuhr ich, dass einige Bauern aus dem Eyjafjord, deren Gode mein Vater einst gewesen war, sich von Kolbeinn dem Jungen nicht länger tyrannisieren lassen wollten und Kolbeinn von Osten her angreifen würden, wenn wir aus dem Westen das Gleiche täten.

Ehe ich mich versah, saßen wir alle zusammen auf Raudasandur und hielten Kriegsrat. Alle wichtigen Bauern aus den Westfjorden waren gekommen, ebenso Skalden-Sturla und andere mächtige Männer aus den westlichen Tälern. Aus immer mehr Fjorden kamen Trupps von Kriegern hinzu, immer mehr Speerspitzen und Schilde glänzten im rotgoldenen Schein unserer Fackeln in den langen, sternenklaren Winternächten. Wir hatten oft Nordlicht. Und auf einmal kam von Kolbeinn dem Jungen ein Angebot, das ebenso überraschend wie sonderbar war …

KOLBEINN DER JUNGE

Dass mir bloß keiner denkt, ich hätte mir diesen Krieg gewünscht. Hätten die Sturlungen mich nicht jahrelang bedroht, hätten sie mich einfach in meinem Heimatbezirk in Ruhe leben und in Frieden herrschen lassen, wäre all das nie geschehen. Doch sie mussten ja Krieg anfangen, also musste ich mich natürlich verteidigen und zwar richtig – deswegen hatte ich nach der Schlacht von Örlygsstadir ja auch die jüngeren Brüder von Kakali und Sturla töten lassen. Der Gedanke an ihr Schicksal, der Anblick ihrer Gesichter rauben mir bis heute den Schlaf. Besonders in den dunklen Winternächten sehe ich ihre fast kindlichen Gesichter vor mir, und die waren auch der Grund dafür, warum ich mich nach der Schlacht nie darum gekümmert hatte, auch Tumi den Jüngeren umzubringen, der uns damals bei Örlygsstadir entwischt war. Sicher, er hätte das allemal verdient – aber ich wollte einfach nicht, dass mich noch mehr Gespenstergesichter heimsuchten.

Ich wusste, dass es nicht gut aussah. Immer wieder kamen wichtige Anführer zu mir in die Schlafkammer. Sie hatten Angst. Sie hatten gehört, dass die Bauern im Westen ihre Männer bewaffneten. Thórdur Kakali, dieser Wanderfalke und Einzelgänger, war dort scheinbar ein richtiger Anführer geworden und bereitete einen Angriff vor. Unsere Landstriche lagen fast schutzlos. Überall herrschte lähmende Verzweiflung. Nur ich hätte die Kampfmoral der Männer wecken können, doch ich war zu krank, zu schwermütig, zu müde, zu aufgewühlt von all den Gespenstern und Gedanken, die mich des Nachts quälten. Seit unserem letzten Kriegszug waren es noch mehr geworden, jetzt verfolgten mich auch noch die Gesichter von Kakalis Männern, die wir vor der Kirchentür von Álftártunga erschlagen hatten. Wenn Kakali jetzt mit einem schlagkräftigen Heer käme, hätten wir keine Chance.

Doch ich wollte nicht glauben, dass er das wirklich tun sollte.

Gegen Ende des Winters kamen immer mehr wichtige Bauern aus meinem Bezirk zu mir, sie waren sehr besorgt. Kakali habe im Westen ein unbesiegbares Heer aufgestellt, hieß es nun, sein Angriff stehe direkt bevor, wir müssten unbedingt etwas tun, die Leute bewaffnen, auf einen Kampf einschwören.

Doch ich hielt das für sinnlos. Wir mussten klüger vorgehen. Also ließ ich nach Thorsteinn Hjálmsson von Breidabólsstad schicken, und wenig später stand er auch schon in meiner großen Stube, ebenso aufgeregt wie aufgeplustert. Ich schilderte ihm die Lage und befahl ihm, er solle nach Westen reiten und mit Kakali in Friedensverhandlungen treten.

Thorsteinn fühlte sich natürlich geschmeichelt, dass ich ausgerechnet ihn als Vermittler einsetzen wollte. Er hatte in einigen Kriegszügen auf der Seite der Sturlungen gestanden, war mit vielen von ihnen befreundet gewesen und kannte die Dufgus-Söhne gut, ich glaube sogar, Björn Brocken war einmal mit ihm auf dem Weg zu mir gewesen, um einen Friedensvertrag auszuhandeln. Die Sturlungen würden ihm vertrauen, so viel war sicher, denn zum Lügen oder Betrügen fehlte Thorsteinn schlichtweg die Fantasie.

Doch so richtig gefiel Thorsteinn meine Idee nicht. Er wollte sich nicht zu weit vorwagen, vorsichtig vorgehen, immer auf der sicheren Seite sein. Zumindest sollte ihn jemand begleiten, deshalb gab ich ihm den starken Eyvindur mit – einen schottischen Seemann, der mit den Sturlungen noch nie Ärger gehabt hatte.

»Was kann ich Kakali denn anbieten?«, fragte Thorsteinn.

»Du kannst ihm einen Vergleich anbieten. Wir lassen erst einmal die Waffen schweigen«, sagte ich. »Und dann verhandeln wir seine Forderungen vor Gericht auf dem nächsten Althing.«

Thorsteinn hielt das offensichtlich nicht gerade für ein großzügiges Angebot. Er lief hin und her und dachte anscheinend nach, dann ging er hinaus, ich folgte ihm, wir standen allein in der dunklen Winternacht.

»Ich befürchte, Kakali wird keinen Vergleich annehmen, wenn du ihm nicht zumindest versprichst, dass er den Besitz seines Vaters zurückbekommt«, sagte er.

»Da hast du wahrscheinlich recht«, sagte ich. »Deswegen habe ich noch ein zweites Angebot, aber das unterbreitest du ihm nur, wenn er das erste ablehnt. Wenn du also das Gefühl hast, dass sonst alles auf einen Krieg hinauslaufen würde, bietest du Kakali an, dass ich ihm ganz Nordisland überlasse und auf meine Macht verzichte, wenn er im Gegenzug verspricht, weder mich noch meine Männer anzugreifen.«

Thorsteinn sah mich an, wurde wieder ganz aufgeregt und plusterte sich noch mehr auf, wie kleine Männer es eben taten, wenn sie zu Boten großer Nachrichten wurden. Dann ritt er mit dem starken Eyvindur davon.

KAKALI

Ich will nicht so klingen, als wäre ich klüger als meine engsten Verwandten und Freunde, aber ich zweifelte doch sehr daran, dass Kolbeinn dieses Angebot, das er uns da durch Thorsteinn übermitteln ließ, wirklich ernst meinte. Bis vor wenigen Wochen wäre es mir nie in den Sinn gekommen, einen Krieg gewinnen zu können, ja, mir war nicht einmal richtig bewusst gewesen, dass ich mich überhaupt in einem Krieg befand – ich hatte einfach nur versucht, am Leben zu bleiben. Und ich hatte ja bisher auch gar nicht gegen Kolbeinn den Jungen gekämpft, ich war nur vor ihm geflohen und ihm allein durch Gottes Gnade entkommen. Deshalb verstand ich nicht, warum Kolbeinn auf einmal kampflos die Segel streichen wollte.

Ich hatte gerade mit ein paar Männern zusammengesessen. Skalden-Sturla war da, einige andere wichtige Anführer und Bauern, mein Bruder Tumi und mein Neffe Teitur. Auf einmal wurde uns gemeldet, dass Thorsteinn aus dem Norden gekommen war, mit einer Botschaft. Einige von uns spielten gerade Schach, aber ich nicht, ich versuchte, noch nicht einmal hinzusehen, wenn jemand spielte. Das Schachspiel war in meinem Kopf so sehr mit dem Trinken verbunden, dass ich wusste, dass ich mich nicht mehr beherrschen könnte und unbedingt Bier trinken wollte, sobald ich eine Schachfigur auch nur anfasste. Und der Zeitpunkt, an dem ich wieder trinken konnte, war noch nicht gekommen, denn egal was auch geschah, eines wollte ich auf keinen Fall: besoffen von Kolbeinn dem Jungen erschlagen werden. Meine Männer schmissen die Schachbretter schnell zur Seite, und als

Thorsteinn hereinkam, sah es wirklich aus, als würden wir gerade Kriegsrat halten, fast wie an einem Königshof.

Thorsteinn küsste zur Begrüßung jeden Einzelnen von uns und wurde sehr freundlich aufgenommen. »Was bringst du uns denn Schönes, mein Freund?«, fragte Skalden-Sturla.

Und Thorsteinn sagte – nicht ohne vorher alle daran zu erinnern, was für ein großer Freund der Sturlungen er immer gewesen sei, und nicht ohne mehrfach zu betonen, dass es sein Hauptanliegen sei, im Lande für Frieden zu sorgen –, dass Kolbeinn der Junge ihn gebeten habe, uns ein Friedensangebot zu überbringen.

Wir sahen einander schweigend an. Tumi wollte etwas sagen, das sah ich sofort und warf ihm einen bösen Blick zu, damit er still blieb. Schließlich war es Skalden-Sturla, der das Wort ergriff: »Du sprichst ein großes Wort gelassen aus. Aber von jemandem wie dir hätte man ja auch keine geringen Nachrichten erwartet.«

Ich war heilfroh, dass der Skalde bei mir war. Man sollte sich eigentlich nie ohne ihn beraten.

»Und was für ein Friedensangebot soll das sein?«, fragte ich mit einem Seitenblick zu Svarthöfdi und Skalden-Sturla, denn ich wollte sicher sein, dass ich mich richtig verhielt, richtig sprach …

»Kolbeinn der Junge will dir einen Vergleich anbieten«, sagte Thorsteinn.

»Was zum Teufel soll das denn heißen?«, fragte ich.

»Dass ihr euren Streit beim Althing vor Gericht bringt«, sagte Thorsteinn.

Es wäre sicher vernünftiger gewesen, dieses Angebot erst einmal von rechtskundigen Menschen beurteilen zu lassen, aber ich konnte einfach nicht anders und fuhr Thorsteinn an: »Hat der Kerl sie noch alle? Er tötet meinen Vater und jeden meiner Brüder – oder, also, fast jeden«, dieses Mal bekam Tumi einen etwas freundlicheren Seitenblick von mir, »hetzt mir seine Männer auf den Hals, reißt sich den rechtmäßigen Besitz meiner Familie unter den Nagel, und dann findet er, man kann das auf dem Althing verhandeln wie irgendeinen kleinen Nachbarschaftsstreit?«

Ich war so laut geworden, dass Thorsteinn es ziemlich mit der Angst zu tun bekam.

»Aber Kakali, wir sind doch Freunde«, sagte er. »Ich soll doch nur diese Nachricht überbringen!«

Da ergriff Skalden-Sturla das Wort und dankte Thorsteinn erst mal mit vielen schönen Worten dafür, dass er sich überhaupt mitten im Winter auf diese lange Reise gemacht hatte, um die Idee des Friedens zu unterstützen. Nichts bräuchten wir zu dieser blutigen Zeit, die schon viel zu lange im Lande herrschte, so dringend wie genau solche Männer wie ihn: Friedensstifter! Doch auf der anderen Seite könne Skalden-Sturla auch seinen Cousin Kakali verstehen, denn man müsse schon sagen, dass Kolbeinns Friedensangebot etwas dürftig sei. Habe Thorsteinn denn wirklich nichts Besseres, das er in Kolbeinns Namen anbieten könne?

Als die meisten Anwesenden Skalden-Sturlas Meinung unterstützten oder mit ihren Fäusten oder Waffen drohten, verstummte Thorsteinn und blickte verlegen zu Boden. Bald hatten alle bemerkt, dass er etwas sagen wollte, nur nicht wusste, wie.

Endlich fasste er sich ein Herz. Er sagte, es sei doch allgemein bekannt, wie wichtig es Kolbeinn finde, weiteres Blutvergießen zu verhindern. Daher sei Kolbeinn der Junge auch bereit, auf all meine Forderungen einzugehen, um das Land nicht erneut im Krieg versinken zu lassen.

Es wurde auf einmal sehr still. Niemand wagte mehr, sich zu bewegen. Niemand konnte glauben, was er gerade gehört hatte. Alle warteten auf meine Reaktion, aber ich wusste nicht, was ich sagen sollte. Also ließ ich den verschreckten Thorsteinn noch etwas zappeln und sagte trocken: »Kolbeinn der Junge scheint plötzlich ein sehr viel größerer Freund des Friedens zu sein als bei der Schlacht von Örlygsstadir, wo er meinen Vater und meine Brüder töten ließ.«

Nun kam wieder Leben in den Raum. Die Männer stießen Schlachtrufe aus, rasselten mit den Waffen, einer rief: »Das hat Kolbeinn nie gesagt!«

Dann konnte sich auch Tumi nicht mehr beherrschen, sprang auf, packte Thorsteinn und schrie ihm ins Gesicht: »Du scheiß Lügner!«

Ich gab Tumi ein Zeichen, er solle sich beruhigen und wieder hinsetzen, was er schließlich tat, auch wenn es ihm sichtlich schwerfiel. Thorsteinn schwor bei der Seele seiner Eltern, dass er die Wahrheit sagte. Das seien Kolbeinns eigene Worte gewesen, genau das habe er ihm unter vier Augen gesagt und ihm dann aufgetragen, es den Anführern der Sturlungen auszurichten.

Jetzt wusste keiner mehr, was er denken sollte. Aber dass Thorsteinn, der inzwischen so verschüchtert war, dass ihm die Tränen in den Augen standen, sich eine solche Lüge ausdenken sollte, das traute ihm keiner zu.

»Wenn Kolbeinn ein so großartiges Angebot machen möchte, warum ist er dann nicht selbst gekommen?«, fragte ich dann, woraufhin jemand rief: »Wir greifen trotzdem an!«

Dann erhob sich ein wichtiger Bauer aus den Westfjorden und sagte, er habe keinen Anlass, die Ehrlichkeit von Thorsteinns Aussagen anzuzweifeln, und sehe daher keinen Grund mehr für einen Kriegszug in den Skagafjord. Dem stimmten einige andere zu. Sie meinten, ein solches Friedensangebot müsse man annehmen. Ich hatte weiterhin meine Zweifel und wollte, dass wir zumindest nicht gleich das Heer auflösten, doch mit dieser Meinung stand ich offenbar ziemlich alleine da, denn die anderen standen schon auf und bereiteten sich darauf vor, mit ihren Leuten zurück auf ihre Heimathöfe zu reiten.

Hiermit waren vorerst alle Pläne für einen Kriegszug in den Skagafjord gescheitert. Nur der harte Kern meiner Männer blieb zurück. Wir harrten auf Raudasandur aus, und der Frühling kam. Bald würden die Flüsse voller Schmelzwasser sein und die Sümpfe und Marschen unpassierbar.

TUMI SIGHVATSSON DER JÜNGERE

Ich hätte nie auch nur einen Moment über dieses »Friedensangebot« nachgedacht, das der schwachsinnige Thorsteinn Hjálmsson uns angeblich von Kolbeinn dem Jungen überbracht hatte, aber auf mich hört ja keiner. Es stellte sich natürlich heraus, dass es keinen feuchten Dreck wert war. Erst warteten wir ewig darauf, dass Kolbeinn uns sein Angebot bestätigte, dann kam nach einer halben Ewigkeit die Nachricht, dass Kolbeinn nichts von einem solchen Angebot wusste – und das auch erst, nachdem Kakali uns damit blamiert hatte, Männer nach Norden zu schicken, um nachzufragen, wann Kolbeinn denn nun genau gedenke, seine Macht abzugeben! Wir hätten Thorsteinns Geseiere einfach ignorieren sollen, und das hätten wir auch getan, wenn es nach mir gegangen wäre. Thorsteinn war gerade erst fortgeritten, da hatte ich Kakali gesagt, was ich von diesem Angebot hielt – die meisten anderen waren zu dem Zeitpunkt noch da gewesen, ich hatte also Zeugen dafür, Zeugen, die bestätigen konnten, dass ich Kakali dringend davor gewarnt hatte, unser Heer aufzulösen. Und was erwies sich im Nachhinein als richtig? Aber man durfte mich ja auf gar keinen Fall ernst nehmen, oh nein, das war strengstens verboten, als ob irgendein ungeschriebenes Gesetz besagte, dass meinen Worten unter keinen Umständen Gehör geschenkt werden durfte, ganz zu schweigen von Glauben. Schon als Thorsteinn uns das Angebot unterbreitet hatte, wollte Kakali nicht, dass ich mich einmischte, sonst hätte er mich wohl kaum so böse angesehen. Aber so dämliche Milchbubis wie mein Cousin Teitur, die durften labern, was sie wollten. Unerträglich! Auch ich war immerhin ein Sohn des großen Goden Sighvatur, genau wie Kakali – warum demütigte man mich so? So lange Thorsteinn da war, sagte ich nichts. Das wurde ja offenbar von mir erwartet. Aber ich stimmte auch nicht zu. Und wenig später musste Kakali bitter für die Dummheit büßen, nicht auf mich gehört zu haben, denn hätte er das getan, wäre er niemals so schändlich betrogen worden.

Der einzige Vorteil an der Sache war, dass Kakali nun auf mich hören musste. Er konnte nicht mehr alles, was ich sagte, von vornherein für unwichtig erklären. Nun, er erlaubte dann zumindest, dass ich einige gute Männer zusammenrief und einen kleinen Überraschungsangriff in Kolbeinns Machtbereich unternahm. Nun wollte ich allen zeigen, wie man einen solchen Krieg zu führen hat, nun wollte ich allen zeigen, wie wichtig es ist, mich auf seiner Seite zu haben, auf meinen Rat zu hören – nun wollte ich allen zeigen, wer hier der wahre Anführer war.

KAKALI

Ich kann es nur mit den Worten von Björn Brocken sagen: Ich weiß nicht …

Ich weiß einfach nicht, wie ich besser auf dieses Friedensangebot von Kolbeinn dem Jungen hätte reagieren können. Ich muss zugeben, dass ich darauf nicht vorbereitet gewesen war, es hatte mich getroffen wie der Blitz, aus heiterem Himmel. Kolbeinn hatte mir eindeutig gezeigt, dass er mit härteren Bandagen kämpfte, dass er gerissener und skrupelloser war als ich. List und Täuschung gehörten nun einmal auch zu unseren Waffen, und auf diesem Gebiet hatte er sich mir eindeutig überlegen gezeigt. Wir warteten wochenlang darauf, dass Kolbeinn sein Friedensangebot bestätigte, doch nichts passierte. Unsere Boten wurden im Skagafjord nicht einmal zu den wichtigsten Leuten vorgelassen.

Und als dann endlich eine Antwort kam, kam sie nicht von Kolbeinn dem Jungen aus dem Skagafjord, sondern von einem Boten, den Thorsteinn Hjálmsson von Breidabólsstad uns geschickt hatte. Der Mann hatte ganz offenbar Todesangst und war den Tränen nahe, als er uns sagte, dass Thorsteinn völlig verzweifelt sei, mit niemandem sprechen wolle und geschworen habe, sich nie wieder in die Konflikte der mächtigen isländischen Familien einzumischen. Er würde eher sterben, als noch einmal ein Friedensangebot von Kolbeinn dem Jungen zu überbringen, denn Kolbeinn schwor jetzt Stein und Bein, nie ein solches Angebot ausgesprochen zu haben. Stattdessen schimpfte er auf Thorsteinn und hatte ihn so übel verleumdet, dass der Bote meinte, sein

Hausherr Thorsteinn Hjálmsson sei der am meisten verachtete, verhassteste, verspottetste Mann in ganz Nordisland.

Die günstige Zeit für einen Kriegszug war vorbei. Alles war jetzt tief verschneit, und in der Luft spürte man schon den Frühling nahen. Innerhalb kürzester Zeit wird die Schneeschmelze einsetzen – selbst wenn es mir gelingen sollte, mein Heer erneut zusammenzurufen, wäre es der reine Wahnsinn, um diese Zeit durch das Land zu ziehen.

Mein Bruder Tumi brannte vor Kampfeslust. Das musste man ihm lassen, dieser Nervensäge, er wollte Vergeltung für diese Schmach. Obwohl ich fand, dass Rache an einzelnen Personen in unserer Lage nur wenig Sinn hatte, erlaubte ich Tumi, mit seinen engsten Männern – dem berüchtigten Mörder Ásbjörn, den beiden schwedischen Hirten und fünf anderen – heimlich in den Norden zu einem Mann namens Mördur Eiríksson zu reiten. Dieser Mördur war bei der Schlacht von Örlygsstadir dabei gewesen, war mit einem Speer zurückgekehrt und prahlte nun überall damit, dass dieser Speer so krumm sei, weil er damit unseren Vater Sighvatur erstochen hatte und sich »an den Knochen des Goden wohl den Speer verbogen« habe. Diese Geschichte kannte inzwischen das ganze Land.

Tumi war wirklich kein großer Mann, viele hielten ihn sogar für einen Versager, doch in diese Mission stürzte er sich voller Heldenmut. Es war bereits Abend, als wir uns verabschiedeten. Wir sollten uns nie wieder sehen. Ich erfuhr drei Wochen später, dass sie es irgendwie geschafft hatten, unbemerkt bis in das Tal vorzudringen, in dem Mördur Eiríksson wohnte, und ihn dort getötet hatten – mit seinem eigenen krummen Speer. Währenddessen hatte allerdings in der Tat Tauwetter eingesetzt, es regnete Tag und Nacht und es wurde immer wärmer, sodass die Flüsse bald über die Ufer traten. Als Tumi und seine Männer auf ihrem eiligen Ritt zurück nach Westen den Hof Stadar im Hrútafjord erreichten, war der Fluss dort zu einem reißenden Strom angeschwollen. Einige, darunter Ásbjörn, hatten trotzdem versucht, ihn auf ihren Pferden zu überqueren, und waren dabei ertrunken, Tumi und der Rest wurden am Flussufer von ihren Verfolgern eingeholt und an Ort und Stelle erschlagen.

Nun war ich von uns Brüdern der Einzige, der noch übrig war. Ein Kriegszug nach Norden kam vorerst nicht mehr infrage. Meinen wenigen Männern und mir blieb nichts anderes übrig, als darauf zu warten, dass der Frühling vorüberging.

KOLBEINN DER JUNGE

Es wurde ein schöner, warmer Sommer. Für meine Gesundheit war das ein Segen gewesen, bald war ich wieder ganz zu Kräften gekommen. Ich ritt von Hof zu Hof und machte meinen Männern Mut. Sagte, dass nun bald die Entscheidungsschlacht zwischen Kakali und mir bevorstehe, einer von uns müsse weichen, und das werde sicherlich nicht ich sein. Wir Nordisländer werden uns natürlich durchsetzen, wir hatten schließlich noch nie eine Schlacht gegen die Sturlungen verloren, warum sollten wir jetzt damit anfangen? Bei diesem warmen Wetter geriet so langsam auch der harte Winter in Vergessenheit, und dass wir Tumi Sighvatsson und seine Männer zur Strecke gebracht hatten, war auch gut für uns, denn nun hatten wir wieder begonnen zu siegen – und sie hatten verloren –, das Kriegsglück war zurück auf unserer Seite. Ich schickte einen Spion in die Westfjorde und ließ dort verbreiten, dass ich mich auf einen großen Kriegszug vorbereitete. Dass wir alle Höfe in den Westfjorden dem Erdboden gleichmachen würden, wenn das nötig wäre, damit Kakali dort nie wieder unterkommen könne, geschweige denn noch mal in die Lage kam, ein Heer aufzustellen. Und wenn wir erst einmal in den Westfjorden wären, würden wir uns sehr gut daran erinnern, wer auf unserer Seite gewesen war und wer nicht.

Ich hatte sechshundert gut bewaffnete, erfahrene Männer, die mir überallhin folgen würden. Der Plan war eigentlich, erst einmal in die westlichen Täler zu reiten, dort alle Sturlungen zu töten, die wir finden konnten, und danach weiter in die Westfjorde zu ziehen. Doch ich war mit diesem Plan nicht vollauf zufrieden, denn die Bergpässe und Hochebenen in den Westfjorden waren für ein berittenes Heer wie unseres nur schwer zu passieren – wenn man die Westfjorde angriff, sollte man das am besten von See her tun. Ich besaß zwar einige Schiffe, eines davon war sogar hochseetauglich, ein Handelsschiff, das vor einigen Wochen mit Korn, Met und Bauholz aus Norwegen gekommen war, aber ich beschloss, es erst einmal nicht einzusetzen. Stattdessen ließ ich alle anständigen Boote aus Nordisland zu uns bringen, und bald lagen hier im Skagafjord zwanzig davon. Ich ließ sie alle für einen Kriegszug ausrüsten, panzerte die Bordwände auf beiden Seiten mit Schilden, ließ die Vordersteven verstärken und bemalen. Auf die größeren Schiffe gingen bis zu vierzig schwer bewaffnete Krieger, aber auch die kleineren trugen immerhin zwanzig, wenn nicht dreißig. An einem Abend kurz nach Mittsommer ließ ich meine Männer einschiffen. Wir fuhren bei bestem Wetter und gutem Wind aus Südost auf den Fjord hinaus und nahmen Kurs auf die Klippen von Hornbjarg.

KAKALI

So kampfeslustig meine Verbündeten hier im Westen im Winter gewesen waren, so eifrig suchten sie jetzt nach Ausflüchten. Einige Großbauern behaupteten, sie wären dabei, wenn die anderen mitmachten, doch niemand wollte den ersten Schritt tun. Skalden-Sturla bewaffnete die Männer in den westlichen Tälern, aber nur zur Verteidigung, falls Kolbeinn der Junge sie angriff. Er sagte, ein Kriegszug in den Skagafjord mit so wenigen Männern sei der reine Wahnsinn und vielleicht hatte er damit sogar recht … Ich hatte die Dufgus-Söhne, meinen Neffen Teitur und meine wichtigsten Männer weiterhin bei mir, insgesamt waren wir vielleicht vierzig. Ich versuchte, weitere Männer anzuwerben, und wenn es auch nur ein paar Landstreicher und Fischer wären, die gerade nichts Besseres zu tun hatten. Dieses Mal konnte ich mir ihre Gefolgschaft kaufen, so brachten wir es letztendlich auf ungefähr siebzig Mann. Wenn es unbedingt nötig wäre, könnten wir sicherlich noch ein paar mehr überreden – oder zwingen –, doch das änderte nichts daran, dass wir insgesamt viel zu wenige waren.

Dann erreichten uns Boten aus dem Eyjafjord, der Heimat von meinem Neffen Teitur. Sie richteten aus, dass Kolbeinn der Junge einen großen Kriegszug vorbereitete, aber viele Leute aus dem Eyjafjord auf keinen Fall an seiner Seite kämpfen wollten, schließlich hatten sie in der letzten Zeit sehr unter ihm und den anderen aus dem Skagafjord gelitten. Auch die Vorstellung, gegen den Sohn ihres geliebten ehemaligen Goden Sighvatur zu kämpfen, war vielen von ihnen ein Graus, also schickten uns nun gleich mehrere mächtige Bauern aus dem Eyjafjord die Nachricht, dass sie sich mir im Kampf gegen Kolbeinn anschließen würden, wenn ich mit meinen Kriegern zu ihnen in den Fjord käme.

Das schien unsere einzige Chance zu sein …

Das Problem war nur, dass ich, um auf dem Landweg aus den Westfjorden in den Eyjafjord zu kommen, durch den Skagafjord hindurchreiten müsste und damit durch den Machtbereich von Kolbeinn dem Jungen. Also blieb uns nur der Seeweg. Ich ließ alle Boote zusammenholen, die ich kriegen konnte. Wir machten mein Schiff »Todeswoge« klar. Im Dýrafjord bekamen wir ein weiteres Schiff mit zehn Rudern, das in der letzten Zeit dazu benutzt worden war, Heu und Vieh zu transportieren. Im Önundarfjord lagen zwei weitere Schiffe bereit, mit denen die Leute normalerweise Haifische und Heilbutte fingen; und das reichte eigentlich auch schon, um zumindest einmal bis an die Küste von Strandir zu kommen, wo wir hoffentlich noch ein paar Boote dazu bekamen.

Und tatsächlich, es waren acht weitere Boote, die uns zur Verfügung standen, wenn auch größtenteils nur, weil wir den Besitzern einiges zahlten und sie nicht selten auch noch bedrohen mussten. Viele, die Boote hatten, flohen damit, als sie von unserer Ankunft hörten, denn sie wollten nicht mit uns auf einen Kriegszug gehen und schon gar nicht ihr Boot gefährden. Das sah eigentlich nach viel zu wenigen Booten aus, und sie waren auch bei Weitem nicht so seetüchtig, wie ich es mir gewünscht hätte, doch dann wurde mir klar, dass sie für unsere wenigen Männer mehr als ausreichten. Schließlich hatten wir an der Küste von Strandir kaum neue Männer für unseren Kriegszug gewinnen können, einmal abgesehen von den Besatzungen der neuen Boote.

Wir bewaffneten die Männer und beluden die Boote mit Steinen. Wir mussten ja noch am Skagafjord vorbei, und falls Kolbeinns Leute uns entdeckten, würden sie uns sicher angreifen. Dann wäre es die beste Verteidigung, so viele Steine zu haben wie möglich. Und prompt erwies es sich als Glück im Unglück, dass wir nur so wenig Männer waren, denn so hatten wir auf allen Booten noch eine Menge Platz für Steine, wir beluden sie bis an die Grenze ihrer Tragfähigkeit.

Dann machten wir uns auf den Weg in den Eyjafjord, wo uns hoffentlich ein anständiges Heer erwartete.

Wir waren noch nicht weit gekommen und gerieten in eine Flaute. Was nun? Wir hatten es gerade einmal bis in die Húna-Bucht geschafft. Von hier in den Eyjafjord zu rudern würde ewig dauern, doch an Land zu gehen kam auch nicht infrage, denn die Küste, vor der wir hier ohne Wind dahindümpelten, lag mitten in Kolbeinns Machtgebiet. Als wir noch überlegen, was zu tun sei, blickte einer hinaus auf die Bucht und sagte: »Liegen da hinten Seehunde auf den Eisschollen?«

»Dort können doch gar keine Eisschollen sein«, entgegnete ihm ein erfahrener Seefahrer aus den Westfjorden und klang dabei ziemlich misstrauisch.

Als wir besser hinsahen, erkannten wir, dass es sich um Schiffe handeln musste. Eine ganze Flotte, um genau zu sein. Sie lagen da, mit schlaffen Segeln in der Flaute, genau wie wir. Ich bekam eine dunkle Vorahnung, und ohne mich mit meinen Männern abzusprechen, befahl ich allen, an die Ruder zu gehen und auf die Schiffe zuzurudern, so schnell sie konnten …

Als wir näher kamen, war es eindeutig: Diese Schiffe trugen Kolbeinn den Jungen mit seinem ganzen Heer. Sie waren viel mehr als wir, auf viel größeren, stabileren Booten, und besser bewaffnet waren sie auch.

SVARTHÖFDI

Wir hatten so viele Steine …

Anfangs hatten wir einen ziemlichen Schreck bekommen, als wir die riesige Flotte von Kolbeinn dem Jungen entdeckten – diese vielen großen Schiffe mit den Massen an Kriegern, und wir dagegen mit unseren paar Kerlen auf unseren Kähnen. Ich sah, dass auch Kakali erschrak. Wir hatten einen Fehler gemacht. Wenn wir gewusst hätten, dass Kolbeinn auf dem Seeweg unterwegs war, um uns anzugreifen, hätten wir natürlich ohne Probleme den Landweg in den Eyjafjord nehmen können – wir hatten die Boote ja gerade genommen, um ihnen bis dahin zu entkommen.

Kakali saß einen kurzen Moment starr vor Schreck da. Er kniff die Augen zusammen, um besser erkennen zu können, was uns erwartete, dann wandte er sich zu uns um und rief: »Wir steinigen sie!«

Unsere Männer fingen zögerlich an zu rudern. So näherten wir uns auf unseren nach Fisch riechenden Booten langsam ihrer stolzen Flotte, zwanzig Schiffe, mit Schilden an beiden Seiten verstärkt – gegen unsere zwölf. Jedes von Kolbeinns Schiffen war voll besetzt mit schwer bewaffneten Männern, die uns ansahen und die Zähne zeigten, wobei ich das Gefühl hatte, dass die meisten einfach lachten, so überlegen fühlten sie sich. Einige warfen schon Speere und Seehundsharpunen auf uns, die aber im Meer landeten. Einer oder zwei schossen Pfeile ab, dann warfen sie die paar Steine, die sie an Bord hatten, als wollten sie uns ärgern. Zwei oder drei von uns wurden getroffen und fielen schreiend um, einer auf dem Schiff von Kakali, das uns vorausruderte, wurde ohnmächtig.

Dann hatten sie alle Steine, Speere und Harpunen geworfen. Wir hatten noch nichts unternommen. Beide Seiten warteten ab. Wir sahen zu Kakali, er erhob seine Stimme und rief Kolbeinns Leuten zu, dass wir sie verschonen würden, wenn sie sich jetzt ergaben und die Waffen niederlegten.

Unsere Feinde hielten das für eine ziemliche Frechheit. Eine Weile war nichts zu hören außer ihrem Gegröle und bösartigen Gelächter. Dann ruderten ihre ersten Schiffe auf uns zu. Sie machten sich bereit, uns zu entern. Und wir hörten erneut Kakalis Stimme. Er befahl uns, unsere Steine zu werfen, und schon die erste Runde hatte verheerende Auswirkungen. Die an Land erfahrensten Kämpfer unter uns richteten gar nicht so viel aus. Aber die Fischer, die ihr Leben auf schwankenden Kähnen verbracht hatten und eigentlich nur richtig das Gleichgewicht halten konnten, wenn der Boden unter ihnen schwankte, diejenigen also, die am wenigsten kriegerisch und kampfstark wirkten – sie waren jetzt in ihrem Element. Voller Verwunderung sahen wir den Fischern zu. Und besonders dem Einarmigen. Wie seine Würfe saßen! Zielsicher schaltete er auf den Schiffen unserer Feinde einen Mann nach dem anderen aus, und jedes Mal, wenn ein Mann unter seinem Wurf zusammenbrach, lachte er wie ein Kind.

Wie man sich vorstellen konnte, erschraken Kolbeinns Männer sehr. Sie versuchten, den Würfen auszuweichen so gut sie konnten, doch sie standen zu eng nebeneinander. Viele mussten hinter dem Rücken ihrer Gefährten Schutz suchen, als der Steinhagel immer heftiger wurde. Sie rechneten offenbar damit, dass wir ebenso schnell wieder mit dem Werfen aufhören mussten wie sie, denn sie wussten ja nicht, wie viele Steine wir wirklich auf unsere Boote geladen hatten. Bald hatten wir unsere Feinde vollkommen von den Bordwänden ihrer Schiffe zurückgedrängt. Sie standen jetzt so eng zusammen, dass keiner von ihnen mehr seine Waffen erheben konnte – wir konnten ihren Schiffen so nahe kommen wie wir wollten. Der Kampfgeist erwachte in uns. Gestandene

Männer wurden wieder zu Kindern, warfen begeistert einen Stein nach dem anderen und riefen sich dabei gegenseitig zu: »Habt ihr den gesehen? Und den?«

Und auf den Schiffen von Kolbeinn gingen immer mehr Männer zu Boden, Krieger dieses stolzen Heeres, das bei der Schlacht von Örlygsstadir die Macht der Sturlungen gebrochen hatte. Sie krochen übereinander, riefen Gott um Gnade an und heulten auf, wenn die Steine sie trafen. Wir waren ihnen inzwischen so nahe gekommen, dass wir jeden treffen konnten, den wir wollten. Wir konnten uns die Männer regelrecht aussuchen und nach Belieben auf deren Rücken zielen, auf die Arme oder den Kopf. Viele bäumten sich auf, wenn sie einen schweren Brocken auf den Rücken bekamen, und just in dem Moment bekamen sie einen anderen aus kürzester Distanz mitten ins Gesicht. Manche bewegten sich schon gar nicht mehr, wenn ein Stein sie traf, sie waren wahrscheinlich schon tot. Auf den meisten Schiffen lagen bald überall Tote herum. Ihr großer Anführer Kolbeinn war hinter einer ganzen Mauer von Schilden verschwunden, die seine Männer verzweifelt um ihn herum aufgerichtet hielten, und lange Zeit hörte man keinen einzigen Befehl hervordringen. Man hörte nicht einmal einen ermutigenden Ruf, alles ging unter im Prasseln der Steine, die auf Rüstungen und Helme prallten, im Geschrei der Getroffenen und in dem frenetischen Lachen unserer Männer.

Als unser Vorrat an Steinen langsam zur Neige ging, hatten sie kaum noch einen unverletzten Mann. Die, die noch lebten, krochen mit gebrochenen Gliedern unter den Toten und Bewusstlosen hervor und blickten mit blutüberströmten, schmerzverzerrten Gesichtern über das glänzende, sich sanft kräuselnde Meer. Und erst jetzt tasteten diejenigen, die sich noch bewegen konnten und die sich noch trauten, langsam nach ihren Waffen.

KAKALI

Entweder ich siege oder ich bin tot.

Und wenn ich siege, muss ich auch herrschen …

Ich werde es meiner Schwester Steinvör überlassen, sie ist eine echte Herrscherin. Die Leute folgen ihr. Und in Streitfällen kann Skalden-Sturla ein Urteil sprechen.

Kluge Männer, denen wirklich an einer Versöhnung gelegen ist, werden bei mir immer willkommen sein. Diejenigen, die ihre Streitigkeiten im Guten beilegen wollen, werde ich stets mit Schachspiel und Bier empfangen.

Wenn die Dummen unbedingt weiter töten wollen, sollen sie gefälligst andere Dumme töten. Und jeder, der Menschen tötet, die in einer Kirche Zuflucht gesucht habe oder Frauen und Kinder ermordet, den erkläre ich für vogelfrei.

Für das ganze Land soll gelten: Solange ihr den Frieden bewahrt, mische ich mich nicht in eure Angelegenheiten ein.

KOLBEINN DER JUNGE

Ich habe in meinem Leben schon viel Blut gesehen, aber so etwas noch nicht. Sie schwammen geradezu darin.

Ich habe so viele Kämpfe erlebt, doch nie hat mich etwas so entsetzt. Diese Männer. Diese Grausamkeit. Diese rasende Wut … Dabei wollte ich eigentlich nie wieder so viel Blut sehen, ich hatte genug von all diesem Leid, dem Geschrei und dem Weinen der Sterbenden, wieso konnte ich nicht einfach ein Skalde sein wie mein Onkel und in Ruhe meine Psalmgesänge dichten?

Stattdessen mussten wir dieses Grauen erleben.

Es dauerte eine Ewigkeit. Von dem Moment, als sie die ersten Steine warfen, bis zu dem, als es endlich aufhörte. Sie waren einfach immer näher und näher gekommen, und wir hatten überhaupt nichts dagegen machen können, außer abzuwarten und uns zu schützen so gut es eben ging, während die Steine auf uns niedergingen und Schädelknochen krachend zerbarsten. In das Blut, das sich im Rumpf des Schiffes sammelte, floss Hirnmasse. Und wir konnten nichts tun, einfach gar nichts, außer den Herrgott bitten, dass das eigene Blut und Gehirn sich nicht mit dem der anderen mischte …

Dabei hatten wir doch noch so gelacht, als sie in ihren Fischerbooten und Heufähren über die spiegelglatte See auf uns zugerudert kamen. Die saßen ja kaum höher, als es die Wasseroberfläche war. Wir hatten gedacht, das läge daran, dass diese Kähne allesamt undicht und leckgeschlagen waren und sich kaum noch über Wasser halten konnten – wer hätte denn ahnen können, dass sie so tief im Wasser lagen, weil sie vollbeladen waren mit Steinen?

Schweren, vom Meer zu perfekten Wurfgeschossen rundgeschliffenen Steinen! Wir waren viel mehr Männer als sie, unsere Schiffe waren größer, wir sahen furchterregend aus mit unseren guten Rüstungen und Waffen. Und als Kakali dann mitten auf dem Meer seine Stimme erhob und seinen Männern befahl, die Steine zu werfen, selbst zu diesem Zeitpunkt fand ich die ganze Sache noch lächerlich. Steine werfen nur Männer, die keinen anderen Ausweg mehr sehen, die keinen Speer und keine Pfeile mehr haben und deren Schwertklingen sich von den Griffen lösen, deren Äxte zerbrochen sind. Wenn es so weit gekommen ist, werfen die Männer in einem letzten Akt der Verzweiflung mit Steinen oder Geröll oder sogar mit Erde …

Aber sie fingen sofort mit dieser Verzweiflungstat an. Und mir lachte noch das Herz, denn auch wenn der eine oder andere von uns getroffen würde, würden ihre Steine doch bald zur Neige gehen und ihr ganzes Waffenarsenal läge auf dem Meeresboden.

Doch wenig später waren bereits zehn meiner Männer gefallen, dann mehr als zwanzig, dreißig, und unzählige andere hatten gebrochene Arme oder Beine oder waren sonst irgendwie verletzt, bald lagen ganze vierzig darnieder. Auf einigen der Schiffe schwammen bald nur noch Leichen in ihrem Blut, am Ende waren mehr als sechzig Männer tot, fast alle tödlich getroffen von diesen verdammten Steinen.

Blut. Überall. Dabei hatte ich doch gedacht, das wäre endlich vorbei, ein für alle Mal, nach der Schlacht von Örlygsstadir, wo ich mich dazu durchgerungen hatte, alle Sturlungen-Brüder zu erschlagen, die dort gewesen waren. Ich hatte mir diese Entscheidung nicht leicht gemacht, schließlich war ich ja irgendwie mit ihnen verwandt oder zumindest verschwägert gewesen, aber ich hatte es getan, um endgültig vor den Nachstellungen und Angriffen der Sturlungen sicher zu sein. Doch dann musste ich sehen, wie Kakali mit diesen Riesen aus den Westfjorden auf uns zuruderte, verbissen und schweigend, auf diesen zehn oder zwölf schmierigen Fischerkähnen, sie, mit ihren schlechten Waffen, in ihren rostigen Rüstungen – und wir dagegen auf unseren zwanzig Schiffen, ich selbst auf einem hochseetauglichen Langschiff, die Bordwände mit Schilden verstärkt, denen sie überhaupt nichts entgegenzusetzen hatten, außer ihrer Wut, ihrem Durst nach Rache, ihrem Durst nach Blut … Die meisten von ihnen waren verschreckte Bauerntrampel und Fischer, doch die Leute um Kakali herum, die ließen mir das Blut in den Adern gefrieren: die Dufgus-Söhne, diese Halbtrolle, die am glücklichsten waren und am lautesten lachten, wenn alle Chancen gegen sie standen. Bald trieften sie vom Blut ihrer Feinde und dem eigenen. Und dann Kakali selbst, aggressiver als alle anderen und offenbar ohne jedes Gespür für Gefahr – er dachte gar nicht daran, sich zu schonen. Als ob er lieber heute sterben würde als morgen, als ob er alldem so schnell wie möglich ein Ende setzen wollte und nur noch ein Ziel hatte: möglichst viele seiner Feinde mitzunehmen. Die rasende Wut in seinen Augen, das war das Furchtbarste. Als hätte man es gar nicht mit einem Menschen zu tun, denn Menschen konnte man doch irgendwie verstehen, aber ihn nicht und auch nicht seine grausamen Krieger. Dann enterten sie auch noch einige unserer Schiffe, auf denen sich doch kaum noch Widerstand regte, und schlugen nach den wenigen, die noch am Leben waren. Wir hatten nicht einmal richtig begriffen, was geschah, geschweige denn unsere Waffen gezogen, der ganze Schlachtlärm wich schon einer unendlichen Stille. Die Teufel ruderten davon. Fast hätten sie Kakali sogar zurückgelassen, weil er nicht aufhören konnte zu töten. Am Ende kämpfte er allein gegen so viele Männer, dass er schließlich über Bord springen musste und seine davonrudernden Männer nur noch schwimmend erreichte. Er zog eine Blutspur hinter sich her. Und seine Männer boten nicht mehr so einen fahlen, rostigen Anblick wie zuvor, sie waren geschmückt mit dem Blut meiner Männer. Nun waren sie wieder ganz still. Bald sahen wir nur noch ihre Rücken, die gebeugten Rücken von Männern, die aus voller Kraft ruderten, in Richtung der Klippen von Hornbjarg, in den Abend hinein, der über dem Meer Dunst aufsteigen ließ. Wir waren nicht in der Lage, sie zu verfolgen, so verängstigt und verwundet waren wir. Außerdem waren unsere Schiffe viel zu schwer und zu groß, um ihre wendigen Boote einzuholen, die von erfahrenen Seeleuten gerudert wurden.

Sie waren längst außer Sichtweite, wahrscheinlich sogar schon wieder an Land, als es mir endlich gelang, Ordnung in unsere Reihen zu bringen. Ich teilte die Männer in drei Gruppen: die Toten, die Schwerverletzten und die, die noch irgendwie standen. Dann fuhren vier unserer Schiffe zurück nach Hause in den Skagafjord, beladen mit den Toten und Sterbenden.

Ich konnte nicht mehr. Doch ich wusste auch, dass ich sofort zum Gegenschlag ausholen musste, denn wenn ich Kakali jetzt nicht verfolgte und zumindest ein paar von seinen Männern aus Rache tötete, wäre nicht nur diese Schlacht verloren, sondern dieser ganze elende Krieg. Also versuchte ich, bei meinen verschreckten Männern zumindest etwas Kampfgeist zu wecken, nahm all meinen Mut zusammen und rief: »Männer, ihr habt euch gut geschlagen, doch der Kampf ist noch nicht vorbei!«

Nein. Der Kampf ist noch nicht vorbei. Weil er nie zu Ende ist, bevor nicht alle denselben schrecklichen Tod gestorben sind.

»Männer! Wir werden die Westfjorde verwüsten. Wir werden ihre Höfe und Felder abbrennen, werden ihre Knechte töten und ihre Boote zerstören, in ihre Brunnen pissen und ihre Vorräte vernichten. Wir werden alles zerstören, bis Kakali dort nie wieder ein Heer gegen uns aufstellen kann!«

Wir mussten gegen den Wind, der inzwischen aufgekommen war, um die Klippen von Hornbjarg herumsegeln. Als wir endlich in den größten Fjord der Westfjorde einliefen, waren meine Männer vollkommen erschöpft. Sie besahen sich die zu beiden Seiten steil aufragenden Berge und wussten, dass es jetzt ihre Aufgabe war, diese Berge abzutragen und Stein für Stein ins Meer zu werfen. Ich versuchte weiterhin, ihnen mit markigen Worten Mut zu machen, merkte aber bald, dass das nicht einmal mehr bei mir selbst funktionierte. Wir legten vor der Insel Aedey an und gingen an Land. Ein Bauer stand dort mit seiner Frau und fünf Kindern. Sie sahen entsetzt zu, wie meine Krieger mit ihren vom Kampf gezeichneten Gesichtern an Land kamen. Nach dem, was ich gesagt hatte, hätten wir eigentlich sofort zur Vergeltung schreiten müssen, hätten die Frau und die Kinder erschlagen und dann den Bauern misshandeln müssen, weil er zufällig auch in den Westfjorden wohnte, ebenso wie Kakali. Doch ich befahl nur, er solle meinen Männern zu essen geben und sie in irgendwelchen Schuppen und Scheunen unterbringen, denn inzwischen regnete es in Strömen. Mir überließen der Bauer und seine Frau ihr Bett. Ich wäre am liebsten ewig hier liegen geblieben und wäre doch im selben Moment am liebsten gleich wieder aufgesprungen, denn ich wusste, dass die Gedanken an all das Blut, dieses ganze Grauen, mich im Schlaf umso schlimmer quälen würden. Dann würden sie wiederkommen, die hasserfüllten Gesichter dieser Männer. Dieser Steine werfenden Ungeheuer. Diese Gesichter des Bösen, das nie aufgeben wird, sondern immer aufs Neue erwacht.

KAKALI

Als wir nach dem Blutbad auf der Húna-Bucht davonruderten, fing ich an zu zittern.

Ich zitterte nicht vor Kälte, mein Gesicht war ganz heiß, es glühte sogar, und doch hörte dieses Zittern einfach nicht auf, ich konnte meinen Männern nur noch ganze kurze Befehle zurufen, damit meine Stimme nicht allzu jämmerlich klang.

Ich nahm eines der Ruder und hoffte, dass die schwere, zähe Arbeit mir helfen würde, mich zu beruhigen, doch das nützte nichts. Bald sah ich, dass ich nicht der Einzige war, dem die Hände zitterten. Alle waren verschwiegen, hatten rot gefärbte Gesichter. Wir waren voller Freude über unseren Sieg, und doch wurde uns langsam klar, wie viele unserer Feinde noch am Leben waren. Sie waren auf jeden Fall sehr viel mehr, als wir es waren, und besser bewaffnet waren sie auch. Vielleicht redeten wir auch deswegen nicht, ruderten nur und ruderten und gingen bei Trékyllisvík an Land – ein Boot nach dem anderen kam an, fast all unsere Männer lebten zwar noch, doch viele waren so erschöpft, dass sie kaum von ihren Ruderbänken aufstehen konnten. Nur die Allerhärtesten hatten noch die Kraft, die Boote an den Strand zu ziehen, dann fielen auch sie entkräftet in den Sand, wo die anderen Männer bereits wie erschlagen lagen.

Doch die Furcht vor der Rache unserer Feinde scheuchte uns bald wieder auf. Wir waren uns nicht einig, was wir tun sollten. Viele wollten zu sich nach Hause, um ihren Familien beizustehen, falls Kolbeinn dort angreifen würde, falls er sich nun wirklich daran machen würde, die Westfjorde zu verwüsten, denn auch wir wussten, dass er das angedroht hatte. Diejenigen, denen die Boote gehörten, wollten hingegen, dass wir alle zusammen hier in Trékyllisvík blieben – dann hätten wir wenigstens die Boote in Reichweite und könnten gegebenenfalls schnell fliehen. Ich versuchte wieder, mein Zittern für eine Weile zu unterdrücken, und sorgte für Ruhe.

»Männer«, sagte ich. »Wir sollten uns einen sichereren Unterschlupf suchen. So wie ihr heute gekämpft habt, seid ihr mir wie Freunde, ja, fast wie Brüder geworden, und das Leben eines jeden von euch ist mir mehr wert als diese morschen Boote.«

Wir fanden in der Nähe einige Pferde und setzten vier Männer darauf, die sehr schwer verwundet waren. Einige andere, die zu erschöpft waren, ließen wir in der Kirche von Trékyllisvík zurück.

Dann ritten wir in die Berge, und dort trennten sich unsere Wege. Einige Männer ritten in kleinen Gruppen weiter in Richtung ihrer Heimathöfe, ich ritt mit meinen wichtigsten Männern nach Holt im Önundarfjord und ging davon aus, dass Kolbeinns Flotte jeden Moment in den Fjord segeln würde – wir rechneten mit dem Schlimmsten.

Ich zitterte noch immer. Es war so schlimm, dass ich kaum schlafen konnte. Wenn ich die Augen schloss, sah ich die Gefallenen auf den Schiffen von Kolbeinn, ihre Schmerzensschreie gingen mir nicht aus dem Kopf.

Am Tag darauf saßen wir gerade beim Essen, als ein Mann angerannt kam und berichtete, Kolbeinns Flotte sei in einem Nachbarfjord gesichtet worden. Wir sprangen so hektisch auf, dass der Tisch umfiel, packten unsere Waffen und legten die Rüstungen an, sandten Boten in alle Richtungen aus, um so viele Männer wie möglich zu sammeln. Im Laufe des Tages trafen von hier und da ein paar Leute ein, und doch blieben wir so wenige, dass wir uns nicht trauten, Kolbeinn entgegenzureiten. Also blieben wir hier im Önundarfjord. Und warteten. Jedes Mal, wenn ich etwas sagen wollte oder einen Becher zum Mund führte, bemerkte ich, wie stark das Zittern war. Auch mein Gesicht, mein ganzer Kopf, glühte noch immer. Dann kam am nächsten Tag die Nachricht, dass Kolbeinns Flotte wieder davongesegelt sei, und zwar zurück in Richtung der Klippen von Hornbjrag – also in Richtung Skagafjord. Nach Hause.

Die unmittelbare Gefahr schien gebannt, doch ich überlegte fieberhaft, welche List Kolbeinn der Junge dieses Mal plante, und konnte weiterhin nicht schlafen. Die Angst ließ mich nicht los und ebenso wenig die Erinnerung an Kolbeinns Männer und ihre von Steinen zerschmetterten Gesichter.

TEITUR STYRMISSON

Ich kann kaum beschreiben, wie froh und erleichtert ich war, als ich diese Nachricht hörte. Nachdem die Euphorie über den Sieg bei der Seeschlacht auf der Húna-Bucht verflogen war, hatte ich große Angst bekommen, nie wieder lebend aus den Westfjorden herauszukommen. Die Furcht vor der Übermacht, deren Rache wir nun erwarteten, und der Gedanke daran, dass ich meine Heimat im Eyjafjord und meine Eltern wohl niemals wiedersehen würde, nahm mir fast allen Mut. Doch dann hörten wir, dass Kolbeinn mit seiner Flotte einfach wieder davongesegelt war! Mir kamen die Tränen vor lauter Freude. Ich konnte einfach nicht anders, ich rannte zu Onkel Kakali. Auch er strahlte über das ganze Gesicht, versuchte aber, misstrauisch zu bleiben, sich nicht noch einmal einen Bären aufbinden zu lassen, also schickte er nach Svarthöfdi und den anderen Dufgus-Söhnen.

»Kann es nicht sein, dass Kolbeinn uns wieder betrügt, so wie letztes Mal?«, fragte Kakali.

Svarthöfdi besah sich in Ruhe die drei Boten, die uns die Nachricht gebracht hatten, überlegte und sagte dann: »Natürlich kann das sein, aber glaubst du wirklich, dass …«

Und diese wenigen Worte aus dem Mund eines so lebenserfahrenen Mannes reichten auch schon, und mein Mut kehrte zurück.

Dann durfte ich für Kakali auch gleich eine wichtige Aufgabe erledigen. Ich sollte mit nach Nordisland reiten und überprüfen, ob diese gute Nachricht auch wirklich stimmte. Wir waren zu acht und wurden von niemand Geringerem angeführt als von dem heldenhaften bärtigen Kolbeinn. Und was wir gehört hatten, erwies sich als wahr. Die Nordisländer hatten ihr Heer aufgelöst, die Männer waren wieder auf ihren Höfen, selbst Wachen gab es kaum noch – und Kolbeinn der Junge war ins Kloster gegangen und hatte Kakali seine ganze Macht übertragen. Damit war Thórdur Kakali nun plötzlich das geworden, was seine stolzen Verwandten nie erreicht hatten – er war der mächtigste Mann von ganz Island.

Im Skagafjord, dem Zentrum von Kolbeinns Machtbereich, wurden wir mit einer Mischung aus Furcht und Höflichkeit empfangen. Wir waren die Vertreter der neuen Machthaber. Hier wohnten jetzt besiegte Menschen, und wir gehörten zu den neuen Herren, das war alles höchst sonderbar. Dann trennten wir uns. Die anderen ritten zurück zu Kakali in die Westfjorde, ich durfte nach Grund zu meinen Eltern reiten, die sich natürlich unglaublich über meine Rückkehr freuten. Sie hatten bereits von unserem Sieg gehört, der im ganzen Eyjafjord begeistert aufgenommen worden war. Meine Eltern hatten sogar schon begonnen, ihre Sachen zu packen, um unser ursprüngliches Zuhause auf Bjarnastadahlíd wieder in Besitz zu nehmen – sie hatten nie in Grund leben wollen, aber Kolbeinn der Junge hatte es ihnen befohlen. Nun wollten sie Kakali den Hof von Grund zurückgeben, schließlich war er hier aufgewachsen.

Als ich gerade wieder nach Westen aufbrechen wollte, um zu Kakali zurückzukehren, schickte er mir eine Nachricht und bat mich, stattdessen zur Schiffsanlegestelle nach Gásir zu reiten und eine große Lieferung von Malz und Wein in Empfang zu nehmen, die dort angekommen war. Wir brauchten unzählige Lastpferde, um die vielen Fässer zu transportieren. Ich sagte den Kaufleuten, dass Kakali die Lieferung bald bezahlen würde, und hatte den Eindruck, dass sie mir glaubten. Dann führten wir die Pferde mit den Fässern nach Grund.

Die Leute redeten mich inzwischen mit »Mein Herr« an.

HALLDÓRA

Kakali kam selbst, um mich zu holen. Er hatte ein Pferd mit einem reich verzierten Sattel dabei und brachte mich zurück nach Hause, nach Grund. Dann überreichte er mir die Schlüssel zum Hof und machte mich wieder zur Hausherrin. »Nun wird alles wieder wie früher«, sagte Kakali. »Nun wird alles wieder, wie es sein soll. Wie es früher einmal war.«

Ich freute mich so sehr, dass mein letzter Sohn nicht nur noch am Leben war, sondern sogar alles gerächt hatte, was man uns angetan hatte, und das gegen eine solche Übermacht. Die Gefährten, die er bei sich hatte, schienen auch tüchtige junge Männer zu sein, ich konnte nichts anders, als froh zu sein, zumindest für einen Moment. Aber bald wurde mir klar, dass ich hier in Grund nicht mehr zu Hause war. Meine Leute, und zu denen bin ich jetzt auch zurückgekehrt, das waren die Bettlerinnen, die von Hof zu Hof zogen; uns verbanden Sorgen, die schwerer wogen als Blei, sie hatten ihre Kinder oder Männer verloren, und obwohl es in Grund fröhlich zuging und fast jeden Tag und jede Nacht getrunken wurde, so konnte ich doch nicht mit meinem einzigen noch lebenden Sohn fröhlich sein, ohne ständig daran zu denken, dass ich meine anderen verloren hatte.

Alles sollte so werden wie früher. So schön wie früher. Doch wo war Sighvatur, mein Mann? Und meine Söhne: Tumi, Sturla, Kolbeinn, Markús, Krókur und Tumi der Jüngere? Wo?

KOLBEINN DER JUNGE

Meine Vorfahren hatten über viele Menschenalter hier im Skagafjord geherrscht. Viele, viele Jahre hatten sie hier für Frieden gesorgt, Streit geschlichtet, denn das war die eigentliche Aufgabe von Anführern – doch ich war in ein Kloster geflohen. Hier standen Mönche gebückt an Pulten und schrieben Bücher. Ich wünschte, auch ich könnte schreiben. Und beten. Hier herrschte Frieden, nichts als Frieden, allumfassender, immerwährender Frieden.

Echte Anführer sollten viel mehr können, als andauernd in den Krieg zu ziehen und Menschen zu töten. Meine Vorfahren hatten dafür gesorgt, dass die Bauern bei uns besser zusammenarbeiteten, ihre Weiden umzäunten, Wege ausbauten, Landungsstellen für Boote anlegten, gemeinsam die Hochweiden nutzten und sich gegenseitig beim Schafabtrieb halfen. Aber ich war nun im Kloster, Kakali hatte die Macht im Land übernommen, und alle lachten und tanzten. Wenn ich bei guter Gesundheit wäre, würde ich von hier fortgehen …

Ich hatte nie eine andere Wahl gehabt, als Krieg zu führen. Nun ist es angeblich überall ruhig. Ist es das, was das Volk will? Zuchtlosigkeit, Unordnung und weltliche Freuden?

Was sind das für Zeiten?

SVARTHÖFDI

Nun hatten wir endlich Frieden. Ich besuchte zuerst meinen Vater Dufgus und redete viel mit ihm und anderen älteren, weisen Leuten. Alle waren sich einig, dass es in Island seit mehr als zwei Menschenaltern nichts als Krieg gegeben hatte. Doch nun feierte Kakali seine Feste auf seinem Heimathof.

Das waren gute Gelage. Es gab immer genug zu essen und zu trinken. Wir Brüder blieben den ganzen ersten Winter in Grund, dann meinte die Frau, die ich heiraten sollte, ich solle fortgehen. Wahrscheinlich liefen da für ihren Geschmack zu viele alleinstehende Frauen herum. Und die Sauferei, die Prügeleien und das Schachspiel sagten ihr auch nicht besonders zu, sodass ich mich im Sommer, kurz nach dem Althing, in Westisland niederließ, um mich bei der Landwirtschaft etwas von der ganzen Sauferei zu erholen. Meine Brüder blieben weiterhin bei Kakali, und ich hatte glücklicherweise immer wieder einen Anlass, sie zu besuchen: Kakali bat mich oft, Bier und Wein von den Handelsschiffen zu kaufen, die in meiner Gegend anlegten, und dann alles nach Norden zu bringen. Es war jedes Mal ein großer Spaß, Kakali und meine Brüder wiederzusehen und sich zumindest ab und zu für eine Woche in das Vergnügen zu stürzen, das dort weiterhin stattfand – es waren auch immer gute Geschichtenerzähler auf Grund.

Ich wünschte, diese Zeit möge nie vergehen.

Doch schon wenige Jahre später wurde Kakali zum König nach Norwegen gerufen und kehrte nie wieder zurück. Und die Zeit der Schwerter begann erneut, blutiger als jemals zuvor.

BUCH DREI

Versöhnung und Groll

EYJÓLFUR

Als ich mich das erste Mal einen ganzen Winter lang in meinem Bett verkroch – später sollte das ja noch oft genug passieren –, dachte ich viel über mein Schicksal nach. Ich gestand mir ein, dass ich niemals als wichtiger Anführer in den Kämpfen gelten würde, die hierzulande tobten, so oft ich auch davon träumte. Und dass die Familie der Sturlungen mich nie für voll nehmen würde, obwohl ich inzwischen einer von ihnen war. Ich war eben nicht in die Familie hineingeboren, noch nicht einmal entfernt mit ihnen verwandt, ich war da hineingeraten, weil ich nun mal meine Frau geheiratet hatte.

Vielleicht war das von Anfang an lächerlich und absurd gewesen. Ich war in einem Tal aufgewachsen, wo die meisten Leute sich gegen die Sturlungen verbündet hatten. Mein Vater hatte sogar Seite an Seite mit Gissur Thorvaldsson in der großen Schlacht von Örlygsstadir gegen sie gekämpft – wer hätte da gedacht, dass ausgerechnet ich später die Tochter des Sturlungen-Oberhaupts Sturla Sighvatsson heiraten würde, der in dieser Schlacht zusammen mit seinem Vater und zweien seiner Brüder ums Leben gekommen war?

Den Bruder von diesem Sturla, Thórdur Kakali, sah ich bezeichnenderweise zum ersten Mal, als er mit einer Gruppe kampferprobter Männer auf einem Rachefeldzug in mein Heimattal ritt, um den Bruder meines Vaters zu erschlagen, das war ein Jahr vor der Seeschlacht in der Húna-Bucht. Zu dieser Zeit hatten die Leute vor diesem blutrünstigen Sturlungen-Pack nicht weniger Angst als vor lebenslänglicher Verbannung. Die Sturlungen waren gefürchtet wie die Hölle und der Teufel.

Als Kakali sich einige Jahre später durchgesetzt und in ganz Island das Sagen hatte, machten wir allerdings die Erfahrung, dass er eigentlich ein recht feiner Kerl war. Er war immer freundlich zu mir, hielt seine schützende Hand über mich und behandelte meinen Bruder Ásgrímur und mich mit Respekt. Und das war alles andere als selbstverständlich. Im Laufe der Zeit konnte man sogar sagen, dass dieser großartige Mann so etwas wie unser Freund wurde. Es gab zwar jede Menge Gerede darüber, dass er nur nett zu uns war, weil er an unsere Schwester Kolfinna herankommen wollte, auf die es das halbe Land abgesehen hatte – doch auch wenn Kakali mit ihr später eine Tochter bekam, gebe ich auf solche Gerüchte nichts. Kakali schätzte mich wirklich, sonst hätte er es ja nicht eingefädelt, dass ich seine Nichte Thurídur Sturludóttir heiraten konnte, meine hochwohlgeborene, willensstarke Ehefrau, von der man sagt, sie könne so rau und auch so grausam sein wie das Meer. Kakali hatte mich im Laufe der Zeit ebenso zu schätzen gelernt wie seine Blutsverwandten aus der Familie der Sturlungen – das musste eigentlich allen klar sein, sonst hätte Kakali mich wohl kaum zu seinem Stellvertreter hier im Skagafjord ernannt, als er einige Jahre später zum König nach Norwegen reisen musste.

Bald nachdem er fort war, wurde mir allerdings klar, dass die Sturlungen mich trotzdem nicht für voll nahmen. Wenn Skalden-Sturla, der momentan das Oberhaupt der Familie war, sich mit den anderen Anführern zu Beratungen traf, holten sie mich nie dazu. Ich war wie ein Kuhfladen auf ihrem Weg. Wenn es mir gut ging, nahm ich mir immer wieder vor, mich nicht darum zu kümmern – sollten sie doch alleine ihre unausgegorenen, verhängnisvollen Pläne ausbrüten. Als ich jedoch später erfuhr, dass dieser beschissene Hrafn Oddsson immer bei diesen Beratungen dabei war, konnte ich nicht mehr. Ich legte mich einfach ins Bett und zog mir die Decke über den Kopf, ich gebe es zu. Fast hätte ich laut losgeheult. Hrafn Oddsson war schließlich genauso wenig ein

Blutsverwandter der Sturlungen wie ich! Eigentlich sollten wir gleichgestellt sein, wir hatten beide in die Familie eingeheiratet und dann auch noch beide Töchter des gefallenen Sturla Sighvatsson – die hatten sogar denselben Vornamen!

Doch trotzdem hielten sie Hrafn für wichtiger als mich. Ihn zogen sie zu Rate, egal, ob es um die Frage ging, wie man Gissur endlich einen Kopf kürzer machen könnte, oder darum, ob wir uns Sorgen um die Umtriebe von Scharten-Thorgils machen sollten, bei all diesen Beratungen durften nur die blutsverwandten Sturlungen dabei sein – und Hrafn Oddsson.

Und wer fragte mich? Keiner.

Als ich mir endlich ein Herz fasste und mit meiner Frau darüber sprach, tat ich so, als wäre ich froh, dass mich niemand bei diesen Beratungen dabeihaben wollte. Dann wäre ich wenigstens nicht verpflichtet, mich an jedem Himmelfahrtskommando zu beteiligen, das sie ausheckten. Und wäre auch nicht für die Niederlagen verantwortlich, die daraus erwachsen konnten.

Natürlich war das demütigend und peinlich. Schließlich sollte ich doch eine Art Anführer hier im Skagafjord sein, der Stellvertreter eines mächtigen Mannes, der außer Landes war und wohl auch nicht so bald zurückkommen würde. Meine Nachbarn, die mir eigentlich zu gehorchen hatten, merkten das schnell. Wenn ich sie zufällig traf oder hinzukam, wenn sie sich berieten, merkte ich genau, dass sie mir eigentlich gar nicht zuhören wollten. Sie mussten sich nur ansehen, da spürte ich sofort, was sie dachten: Was bläst dieser Kerl aus dem Vatnsdalur sich eigentlich so auf? Aus eigenem Antrieb kamen sie ohnehin nie zu mir, um mich um Rat oder um meine Meinung zu fragen; keiner der anderen wichtigen Bauern wandte sich an mich, wenn es darum ging, einen Streit zu schlichten. Diese andauernden Demütigungen raubten mir zunehmend den Schlaf, und es ging mir immer schlechter. Es machte mich rasend vor Zorn, wie dieser Sturlungen-Clan mich missachtete, wie sie auf mich herabsahen und mir dadurch diesen ganzen Mist einbrockten. Hinzu kam, dass ich mit keiner Menschenseele darüber reden konnte, außer vielleicht mit meinem Bruder Ásgrímur, denn meine liebe Frau Thurídur geriet sofort ins Schwärmen, sobald man ihre Familie auch nur am Rande erwähnte, da konnte ich mir ja denken, was es für ein Geschimpfe geben würde, wenn ich anfinge, mich zu beschweren. Also war es das Beste, den Mund zu halten und zu hoffen, dass die Sache sich irgendwie von allein lösen würde, bevor etwas Schlimmes passierte.

Und wenn ich gegenüber meiner Frau Thurídur doch einmal die eine oder andere Bemerkung fallen ließ, schwieg sie nur voller Verachtung und zeigte mir die kalte Schulter. Kälte – von der gab es genug auf dieser Welt.

GISSUR

Der Gedanke, dass ich vielleicht mit der Vergangenheit abschließen, mich mit meinen Feinden versöhnen und einen neuen Anfang wagen sollte, war mir zum ersten Mal gekommen, als ich in Trondheim bei König Håkon mit Thórdur Kakali zusammentraf. Der König wollte uns die Gelegenheit geben, ihm die Ereignisse der letzten Jahre zu schildern, jeder aus seiner persönlichen Sicht. Das war Anfang des Jahres 1247, wenige Jahre nach der Seeschlacht in der Húna-Bucht, bei der Kakali meinen wichtigsten Verbündeten, Kolbeinn den Jungen, besiegt hatte. König Håkon wollte offensichtlich herausfinden, wer die Interessen der norwegischen Krone in Island zukünftig am besten vertreten konnte, Kakali oder ich. Dementsprechend gut hatten Kakali und ich uns auf diese Zusammenkunft vorbereitet und trafen nun aufeinander, als wir den Saal betraten, in dem König Håkon uns mit seinem Gefolge empfing. Kakali redete mit irgendwelchen Männern und lachte, während er hineinging, und weil er so gut gelaunt zu sein schien, beschloss ich, ihn freundlich zu begrüßen, streckte die Hand aus und sagte: »Grüß dich, Kakali.«

Da gefror das Lächeln auf seinem Gesicht. Seine Hand streckte er zwar noch aus, doch sein Händedruck war kurz und kühl, was mich an eine Geschichte denken ließ, die ich etwas früher in demselben Winter gehört hatte: König Håkon hatte Kakali angeblich gefragt, ob er auch dann in den Himmel kommen wolle, wenn ich bereits dort untergekommen wäre, und Kakali antwortete, das käme nur infrage, wenn es dort oben sehr viel Platz gäbe. Diese Sturlungen sind echt nachtragend.

Keine Ahnung, ob diese Geschichte stimmte. Das spielte eigentlich auch gar keine Rolle – es wurde so viel über meine Beziehung zu den Sturlungen geredet, dass es jeden Mann wahnsinnig machen würde, der herausfinden wollte, was stimmte und was gelogen war.

Doch König Håkon wollte der Sache ja unbedingt auf den Grund gehen. Er gab Kakali zuerst das Wort.

Als Kakali nach vorne trat und ein großes Schriftstück herausnahm, muss ich zugeben, dass ich einen Schreck bekam. Da hatte er also wirklich eine geschriebene Rede vorbereitet – nicht mehr und nicht weniger, eine richtige Schriftrolle, breit und, wie mir schien, ziemlich lang. Er begann. Es war ein beeindruckender Vortrag, das muss man ihm lassen, aber von den Sturlungen war man es ja auch nicht anders gewohnt. Ich war mir sicher, dass er diese Rede nicht selbst geschrieben hatte, dazu gab es in seiner engsten Verwandtschaft zu viele gute Skalden, die für ihn schreiben würden, allen voran Skalden-Sturla. Kakali zählte jeden einzelnen Mann auf, den ich auf dem Gewissen hatte. Er verschwieg nichts. Ich hatte seinen Vater erschlagen. Ich hatte seine Brüder erschlagen, vier oder fünf, je nachdem, was man als Bruder durchgehen ließ. Er beschrieb meine Gräueltaten so gut, dass es selbst mir beim Zuhören kalt den Rücken runterlief. Besonders ausführlich beschrieb Kakali, wie bei der Schlacht von Örlygsstadir sein Bruder Sturla schwer verletzt in seinem eigenen Blut vor mir gelegen hatte. Da hatte ich angeblich sofort dem nächstbesten Krieger die Axt aus der Hand gerissen und gerufen, ich wolle mich um diese Sache persönlich kümmern. Und dann musste ich wohl die Axt mit beiden Händen und einer solchen Wucht in den Schädel des im Sterben liegenden Sturlungen-Anführers geschlagen haben, dass es mich hoch in die Luft geworfen hatte, als die Axt hinabsauste. Zwischen meinen Füßen und der Erde habe man den Himmel sehen können, hatte er gesagt.

Die kriegerischen Norweger sind vieles gewöhnt, trotzdem merkte ich, wie einige der Zuhörer das Gesicht verzogen.

In diesem Stil ging es weiter. Ich bestahl die Lebenden und die Toten und zündete den Witwen meiner Feinde dann noch das Dach über dem Kopf an; ich hatte alle Eide und Absprachen auf niederträchtigste Weise gebrochen. Angeblich hatte ich »Skalden-Sturla und seine Leute mit frommen Friedensworten im Borgarfjord über den Fluss Hvítá gelockt, ihn dort festgesetzt und ihm dann mit gezücktem Schwert einen Waffenstillstand zu den ungünstigsten Bedingungen aufgezwungen«. So hatte er es ausgedrückt, glaube ich. Und wo Kakali gerade dabei war, zählte er auch noch alle anderen Sturlungen auf, die ich getötet hatte oder töten ließ, bis hin zu dem Stolz der Familie, dem berühmten Skaldendichter und Staatsmann Snorri Sturluson, meinem ehemaligen Schwiegervater, doch als Kakali davon anfing, winkte König Håkon ab: »Was mit dem alten Snorri passiert ist, ist meine schuld«, sagte er, allerdings nicht, ohne mir einen vorwurfsvollen Blick zuzuwerfen – ich wusste genau, wie übel der König es mir immer noch nahm, dass ich mich damals nicht damit begnügt hatte, Snorri aus Island fortzuschaffen und nach Norwegen zu bringen.

Als ich endlich an die Reihe kam, um mich gegen diese Vorwürfe zu wehren und *unsere* Opfer aufzuzählen, war mir klar, vor welcher Herausforderung ich stand. Ich hatte nichts Schriftliches, auf das ich mich stützen konnte, und musste doch mein Bestes geben, um die Ereignisse so glaubwürdig wie möglich aus meiner Sicht zu schildern. Denn auch diese Medaille hatte zwei Seiten. Zugegeben, ich hatte Kakalis Bruder Sturla, seinen Vater Sighvatur und all die anderen erschlagen. Zu meiner Rechtfertigung konnte ich jedoch anführen, dass ich es nie darauf angelegt hatte. Ich hatte mich ihnen gegenüber nie feindselig verhalten, sie gereizt oder auch nur die winzigste Beleidigung fallen lassen. Wie oft hatte dagegen Sturla Sighvatsson mit wüsten Drohungen auf dem Althing allen anderen seinen Willen aufgedrängt? Wie oft hatten die anständigen Familien versucht, eine Allianz gegen diese Tyrannei zu schmieden? Und wie oft waren Freunde oder gar Verwandte zu mir gekommen und hatten mich inständig gebeten, diese anständigen Familien im Namen aller südisländischen Anführer zu unterstützen? Es ging dabei nicht einmal um Waffengewalt, sondern zunächst nur darum zu fordern, dass es im Land gerecht zugehen sollte und die Leute miteinander redeten. Doch trotz alldem hatte ich mich immer geweigert, Partei zu ergreifen. Ich hatte mich nie in diese Streitigkeiten eingemischt, mich höchstens als Vermittler angeboten. So ging das über Jahre. Nie hatten wir Südisländer die Sturlungen provoziert oder sonst irgendwie unseren Bezirk in kriegerischer Absicht verlassen, unseren Machtbereich, der sich damals von dem Fluss Thjórsá im Osten bis zur Hellisheidi erstreckte und im Norden bis dorthin, wo das Hochland begann.

Doch nachdem ich Kakali gehört hatte und nun selbst redete, wurde mir eine Sache umso deutlicher klar: Es reichte. Genug Leute waren gestorben. Da standen wir nun beide vor dem norwegischen König, zwei Isländer, die sich Anführer nannten, und rechneten die Gefallenen der Kämpfe auf, die uns allen nichts als Niederlagen gebracht hatten. Denn auch die momentan überlegene Seite hatte ihre Siege nie genießen können, da auf den Höfen der Besiegten sofort, wie Pilze auf einem Misthaufen, furchtbare Vergeltungspläne aus dem Boden schossen, die zu erneutem Blutvergießen führten. Keiner von uns konnte je in Freiheit leben. Natürlich wäre ich gern sofort nach Hause gesegelt, in der Hoffnung, dass der König mich nach dieser Zusammenkunft damit beauftragte, seine Interessen auf Island zu vertreten, doch es kam, wie es kam, und der König schickte Kakali. Ich musste in Norwegen bleiben und konnte meine Friedens- und Versöhnungspläne erst einmal begraben. Ich wandte mich anderen Dingen zu und bereiste die Welt bis nach Rom. All die weitläufigen, warmen, fruchtbaren Länder auf meinem Weg, die Menschen in den Städten, die majestätischen Gebäude der Ewigen Stadt und die große Kirche, die einen eigenen Anbau für nordische Männer hatte, die Schriftgelehrte werden wollten – all das bestärkte mich in der Überzeugung, dass es nur den Teufel freute, wenn wir Isländer uns bekämpften, anstatt friedlich in unserem Land zu leben. Und es verging ja auch nicht viel Zeit, dann wurde Kakali erneut nach Norwegen gerufen, und statt Kakali schickte der König nun mich zurück nach Island, und schon auf dem Weg dorthin waren meine Friedensgedanken zu neuem Leben erwacht. Nun konnte ich sie endlich in die Tat umsetzen. So Gott will. Und der norwegische Bischof, der mit mir auf diesem Schiff ist. Und die Sturlungen, die noch am Leben sind.

EYJÓLFUR

Es war nicht verwunderlich, dass ich mich in letzter Zeit aus allem heraushielt, schließlich konnte ich kaum schlafen, ohne von grauenvollen Albträumen oder Visionen von der Art heimgesucht zu werden, wie sie wohl Heilige ertragen müssen oder die, die von ihren Feinden – den toten wie den lebendigen – verfolgt werden. Wenn man mit rasendem Herzen aufwachte, das ganze Bett schweißnass war und von Kopf bis Fuß alles schmerzte wie nach einer Prügelei – wie konnte man da wissen, ob man überhaupt in den Armen des Schlafs geruht hatte?

Doch das war nun zum Glück vorbei. Diese Visionen oder Träume oder wie man das nennen mochte, hatten einfach aufgehört. Die Dämonen hatten endlich eingesehen, dass Eyjólfur Thorsteinsson eine Nummer zu groß für sie war, schließlich nannte man mich nicht umsonst manchmal Ofsi den Zornigen, hahaha. Ich will möglichst nicht an diese Albträume denken und nur den harmlosesten erzählen, der mich normalerweise erst heimsuchte, wenn es bereits hell geworden war und ich gerade etwas Ruhe gefunden hatte. Dieser Albtraum ging so: Ich befinde mich mit einigen Männern in wildem Galopp, auf Pferden zwar, aber in der Luft. Wir reiten himmelwärts, eine Gruppe von Männern in hellen Leinengewändern, ähnlich denen, die man Toten anlegt. Und wenn ich mich traue, genauer hinzuschauen, sehe ich, dass ich selbst ganz vorne in dieser Gruppe reite, mit einem ungewöhnlich friedlichen Gesichtsausdruck und dabei leichenblass.

Seitdem ich mit Kakali zu tun hatte, wollte ich werden wie er. Ich war fest entschlossen, etwas zu schaffen, das meinem Namen einen ehrenvollen Klang verlieh und alle mit Ehrfurcht erfüllte. Je besser ich ihn kennenlernte und je mehr ich ihm zu Dank verpflichtet war, desto stärker wurde dieser Wunsch. Schließlich war es alles andere als selbstverständlich, dass wir Freunde waren und einmal sogar Verbündete im Kampf.

Ich möchte nicht schlecht über Kakali reden, aber ich hatte gehört, dass einige Leute es mit Argwohn zur Kenntnis nahmen, wie großzügig er sich mir und Hrafn Oddsson gegenüber gezeigt hatte – immerhin hatte er dafür gesorgt, dass Hrafn und ich die Töchter seines gefallenen Bruders Sturla heiraten konnten. Sie gehörten zu den begehrtesten Frauen überhaupt, man redete über sie, als wären sie Königstöchter, und es war offensichtlich, dass sie auch wie solche behandelt werden wollten. Man muss dazu sagen, dass nur Hrafns Frau eine eheliche Tochter von Sturla war, doch dafür war meine Thurídur noch hübscher und bereits berühmt für ihre Schönheit und Anmut, bevor ich oder irgendjemand sonst geahnt hätte, dass wir einmal heiraten würden. Thurídur wurde oft mit ihrer Tante Steinvör von Keldur verglichen, einer Frau von einer Vornehmheit, wie es sie in Island kein zweites Mal gab. Nachdem ich diese Steinvör von Keldur kennengelernt hatte, musste ich allerdings zugeben, dass es nicht nur die Schönheit war, die meine Thurídur mit ihrer Tante gemeinsam hatte – auch Schlagfertigkeit und Selbstbewusstsein schienen bei ihr in der Familie zu liegen, um nicht zu sagen Großmäuligkeit und Arroganz. Aber ich werde dafür sorgen, dass meine Frau mit mir nicht so umspringt wie Steinvör mit ihrem Mann Hálfdan, den sie derart beschimpft, dass schon das ganze Land Witze über ihn macht, über diesen edlen und feinen Mann. Das lasse ich mir nicht bieten.

Ich nicht.

NIEMALS!

Es war kein leichtes Joch, das Kakali mir auferlegt hatte, als er mir Thurídur zur Frau gab. Das darf man nicht vergessen.

Seit ich Kakali kannte, wuchs in mir der Wunsch, auch einmal eine große Tat zu vollbringen, einen übermächtigen Gegner zu besiegen. Ich hatte die Prinzessin zwar bekommen, doch der Beweis, dass ich ihrer würdig war, stand noch aus. Doch dann überwältigte mich immer wieder der Gedanke, wie absurd und albern das war. Ich war nun mal kein Held von Kakalis Schlage und würde auch nie einer werden. Ich fühlte mich wie der Kleinste aller Kleinen, ja, wie ein Wurm, den jeder nach Belieben zertreten konnte; was bildete ich mir eigentlich ein, und wie zum Teufel kamen die darauf, ausgerechnet mich mit einer Prinzessin zu verheiraten? Und ausgerechnet wenn mich diese Gedanken am schlimmsten plagten und ich mich eigentlich nur noch im Dunkeln verkriechen wollte, verstärkte Thurídur meine Geistesqualen auch noch, indem sie mich mit irgendwelchen Schimpftiraden überzog, genau wie Tante Steinvör von Keldur es mit ihrem Mann tat, und wenn ich dann rief: »Ich lasse nicht zu, dass du mich behandelst wie Hálfdan! NIEMALS!«, dann grinste sie einfach. Aber sie meint das nicht böse, meine Thurídur, zum Glück nicht, ich könnte nie mit einer Frau zusammenleben, die böse ist, es ist so schon alles schwer genug. Manchmal tröstete sie mich auch und sagte, sie habe es nicht so gemeint, ob ich denn keinen Spaß verstünde? Und ich ließ mich trösten, leckte meine Wunden, irgendwann verheilten sie, und ich stand auf und trat hinaus ins Licht. Und wenn ich dann an all die Demütigungen dachte, fiel mir wieder ein, dass ich doch Heldentaten vollbringen wollte, damit mich in Zukunft niemand, schon gar nicht die Sturlungen, mehr für einen Versager hielt, den man gefahrlos beleidigen und verspotten konnte. Das erzählte ich dann allen, denn ich glaubte so sehr an meine Heldentaten wie daran, dass am nächsten Morgen die Sonne aufgehen würde – bis ich wieder aufhörte, an mich zu glauben, und, na ja, vielleicht nicht direkt daran zweifelte, dass die Sonne am nächsten Morgen aufgehen würde, das tat sie schließlich immer, erbarmungslos, aber doch stark daran zweifelte, dass ich das überhaupt wünschenswert fand.

THURÍDUR STURLUDÓTTIR

Seit meiner Kindheit wartete ich darauf, dass jemand den Tod meines Vaters rächte. Am Anfang hatte ich gar nicht so genau erfahren, unter welchen Umständen er in der großen Schlacht von Örlygsstadir gefallen war, doch mit den Jahren wurde das Bild klarer – die Augenzeugen hörten auf, mir nur die halbe Wahrheit zu erzählen. Wie viele Abende hatte ich mich in den Schlaf geweint vor Schrecken und Scham, während ich nicht aufhören konnte, daran zu denken, wie sie über meinen verwundet am Boden liegenden Vater hergefallen waren. Wie sie sich einen Spaß daraus gemacht hatten, ihm ins Gesicht zu stechen, nur weil er hübscher war als die meisten anderen. Und wie schließlich, nachdem mein Vater so viel Blut verloren hatte, dass ihn die Kräfte verließen, und jemand ihn mit einem Schild bedeckte, damit er wenigstens seine letzten Atemzüge in Frieden tun konnte, dieser hassenswerte Gissur Thorvaldsson kam, den Schild wegtrat und rief, dass er sich persönlich um diese Sache kümmern wolle. Er schlug ihm seine Streitaxt so heftig in den Kopf, dass der dumpfe Schlag das Waffengeklirr und den Lärm aller Kämpfenden übertönte.

Mein Onkel Kakali hatte seitdem viel dafür getan, dass unserer Familie Gerechtigkeit widerfuhr, doch auf den Tag, an dem Gissur für seine Niedertracht bezahlte, wartete ich noch immer. Doch als Kakali nun Island verlassen musste, weil der König von Norwegen ihn wieder einmal zu sich gerufen hatte, und Gissur an seiner Stelle nach Island zurückkehrte, war ich mir sicher, dass die Demütigungen, die er uns angetan hatte, nun nicht mehr viel länger ungesühnt bleiben würden. Es war nur noch eine Frage des richtigen Zeitpunkts.

Kakali hatte als Erster die Idee gehabt, dass ich Eyjólfur Ofsi heiraten sollte. Mir gefiel das gleich von Anfang an gut, schließlich war Eyjólfur ein gut aussehender Mann, auf den man gemeinhin große Stücke hielt. Und als alles beschlossene Sache war, sagte Kakali mir im Vertrauen, dass mein Bräutigam uns Sturlungen ein guter Verbündeter wäre, sobald die Zeit gekommen war, an Gissur Rache zu nehmen. Doch dann passierte gar nichts. Es stellte sich lediglich heraus, dass Eyjólfur empfindlich war, unberechenbar – und so launisch wie ein Kind.

Erst fand ich Eyjólfurs Stimmungsschwankungen einfach albern, schließlich war er ja ein erwachsener Mann. Er hatte sich ja selbst dafür entschieden, mich zu heiraten, obwohl er eine große Auswahl hatte. Aber nun war es so, dass ihn schon die kleinste Kleinigkeit derart kränkte, dass man tagelang kein Wort aus ihm herausbekam. Er mied meinen Blick, sah ganz verbittert aus und irgendwie erbärmlich – das Gesicht voller roter Flecken und die Augen so gerötet, dass man kaum glauben konnte, was er einst für ein schöner Mann gewesen war. Ich fand das geradezu lächerlich für einen Mann von so kriegerischer Statur, einen Mann, der so kraftvoll und fleißig, ja, geradezu hitzköpfig sein konnte – zornig, wie viele sagten. Irgendwann musste ich ihm sagen, dass er endlich aufhören sollte zu schmollen wie eine verschmähte Altjungfer. Wenn ihm etwas nicht passte, warum ging er nicht zum Angriff über und legte sich mit den Leuten an? Ich hatte schließlich auch keine Scheu, mich mit ihm anzulegen wie mit allen anderen. Anfänglich half es sogar noch, wenn ich selbst so lange weiterredete, bis er sich gezwungen sah zu antworten. Aber auf Dauer nutzte auch das nichts, es führte nur dazu, dass er noch grundloser, geradezu anfallartig, beleidigt war. Eine lange Zeit konnte er gut gelaunt sein, arbeitete viel und reiste umtriebig im ganzen Bezirk herum, dann spürte ich förmlich, wie sein ganzes Wesen abkühlte, als würde sich nach einer Woche mit warmem, heiterem Wetter der Himmel beziehen. Und genauso wie meist Kälte und schneidender Wind folgten, wenn Wolken vor die Sonne zogen, wurde auch Eyjólfur finster und kühl. Und genau wie die Sommerfarben der Heide unter bewölktem Himmel verblassten, wurde auch er ganz blass und begann, sich schweigend irgendwo herumzudrücken.

»Was ist denn los?«, fragte ich dann manchmal, »habe ich irgendetwas gesagt?« Aber ich wusste natürlich, dass das nicht der Fall war. Seine Stimmung war vollkommen grundlos umgeschlagen, das war ja gerade das Schlimme! An einem Tag war er himmelhoch jauchzend und hatte alle Hände voll zu tun – am nächsten brachte er kein Wort hervor und kam kaum aus dem Bett, außer vielleicht, um sich irgendwo anders zu verkriechen, er aß nichts und kränkelte. Mit der Zeit hielt dieser Zustand immer länger an, Tage über Tage, und sein Schweigen begann, alle auf dem Hof anzustecken. Alle Farbe war aus seinem Gesicht verschwunden – abgesehen von diesen geröteten Augen, die mich an Leute erinnerten, die viel geweint hatten. Und als ich dann wirklich einmal hörte, wie er auf seiner Seite der Bretterwand schluchzte, wäre ich am liebsten aufgesprungen und hätte alles kurz und klein geschlagen, was mir in die Quere kam. Doch was nützte das noch, wenn es so weit gekommen war?

Nun fand ich das ganz und gar nicht mehr zum Lachen. Ich dachte nicht mehr, dass man ihm nur sagen müsste, er solle sich nicht so anstellen; er erzählte mir von bösen schwarzen Hunden, die ihn verfolgten, und legte sich erst tagelang hin, dann wochenlang und schließlich den ganzen Herbst über, bis fast zum Ersten Advent.

EYJÓLFUR

Es kam vor, dass ich mich wochenlang nicht traute einzuschlafen, da in meinen Träumen immer wieder dieselbe Erscheinung auftauchte: der abgeschlagene Kopf eines Mannes, der auf einer Wiese liegt. Er hat schwarzes Haar, ist am Hals schon halb verwest, die Haut blau angelaufen und überall verkrustetes Blut, und ich bin noch ein halbes Kind, das Angst hat vor der Welt, finde diesen Kopf und erstarre. Ich laufe nicht schreiend davon, um mich in Sicherheit zu bringen und jemandem von meinem Fund zu erzählen. Meine Beine werden so kraftlos und schwer, dass ich einfach nur dastehen kann, da sieht der Kopf mir in die Augen und fängt an zu sprechen. Ein bösartiges, verächtliches Grinsen breitet sich auf seinem Gesicht aus, und er sagt, dass ich ein Schwachkopf und Versager sei und das auch immer bleiben werde. Als das Gesicht endlich schweigt und ich mich wieder bewegen kann, merke ich, dass es angefangen hat zu regnen. Eine Weile spüre ich die Tropfen auf meiner Haut, dann sehe ich hin und merke, dass es kein Regen ist, sondern Blut.

Dieses Gesicht – ich habe es irgendwo schon einmal gesehen, wenn auch wohl nicht bei einem lebendigen Menschen – erscheint mir genau dann, wenn der Friede des Schlafs gerade in meine Seele Einzug gehalten hat. Genau in diesem Moment kommt der Kopf und grinst mich mit aufgeplatzten, verwesenden Lippen an, und sobald ich fliehen will, kommt er mir hinterher. Obwohl er abgehackt ist und mit seinem erdverkrusteten Hals auf der Erde liegt, verfolgt er mich durch den Matsch, ich weiß nicht, wie, ich weiß nur, mit welch grauenhafter Angst mich das erfüllt. Und wenn ich versuche, schneller zu rennen, komme ich kaum noch voran, so ist das immer in Albträumen. Nur einmal ist es mir gelungen loszurennen, und als ich schon denke, ich hätte mich auf einen Hügel oder auf die andere Seite des Flusses retten können und wäre dem Kopf entkommen, da höre ich hinter mir Gebell. Eine Meute schwarzer, geifernder Hunde jagt mich, alle bellen bis auf einen, und auf dessen Hals sitzt der abgehackte Kopf, halb Mensch, halb Hund. Der Kopf lacht vor lauter Freude, er lacht mich aus, als ob er sagen will: Denkst du, du kannst entkommen?! Ich werfe mich hin und scheine lange zu fallen. Dann bin ich irgendwo anders, an einem friedlichen, dunklen Ort, doch plötzlich spüre ich, dass da noch jemand ist, und das ist der Kopf, der abermals sagt, was für ein Schwachkopf und Versager ich sei. Dann will er mich beißen, und ich schreie auf; endlich kann ich schreien, normalerweise bringe ich in Albträumen keinen Ton hervor und kann mich auch nicht bewegen, doch nun schreie ich und schlage auf den Kopf ein. Doch er wehrt sich, wie auch immer er das ohne Körper macht. Ich schlage wild vor Angst um mich und weine, dann wird es plötzlich hell. Jemand ist mit einer Lampe gekommen, und nun sehe ich meine Frau Thurídur, die blutet und versucht, mich zu kratzen. Sie sagt, ich sei im Schlaf auf einmal hasserfüllt schreiend auf sie losgegangen, und seitdem muss ich allein auf der anderen Seite der Bretterwand schlafen.

BISCHOF HEINREKUR VON HÓLAR

Seiner Hoheit König Håkon schreibt mit Gottes und seinen eigenen Grüßen Heinrekur, den man nun Bischof von Hólar auf Island nennt.

Gott hat an uns viele Wunder vollbracht und uns Kraft gegeben, auf dass wir hier auf Erden zu tun vermögen, was er uns geheißen hat.

Wie vorgesehen bin ich im vergangenen Sommer mit zwei isländischen Anführern hinaus zu dieser Insel gefahren, mit Gissur Thorvaldsson und Thorgils Bödvarsson, der hierzulande aufgrund seiner Hasenscharte auch Scharten-Thorgils genannt wird. Wir haben vor, den hiesigen Leuten zu helfen, den seit langer Zeit herrschenden Unfrieden zu einem Ende zu bringen, auf dass Island von nun an im Einklang mit Gottes und des Königs Gesetzen lebe. Mit dieser Insel verhält es sich nämlich so, dass ihre Bewohner unter keines Königs Herrschaft stehen. Ferner war unsere Fahrt hierher dem Wunsch geschuldet, möglichst genau herauszufinden, wer als Verursacher von all der Zwietracht gelten könnte. Aber erlaubt mir, mein König, Euch bereits jetzt mitzuteilen, dass es hier sehr viel mehr Streitigkeiten gibt, denen ich sowohl rat- als auch machtlos gegenüberstehe, als solche, die ich mich in der Lage sehe zu lösen. In den vergangenen Monaten habe ich mit zahlreichen Männern gesprochen, von denen viele Schlüsselfiguren in den Kämpfen der letzten Jahre waren, und doch bin ich nicht klüger als zuvor: Ich vermag nicht einmal zu sagen, worum es in diesen Kämpfen ging und warum sich die Leute in diesem Land so verhängnisvoll uneinig waren.

Ursprünglich habe ich angenommen, die Kämpfe entzündeten sich an der Frage, ob Island unter Eure Herrschaft kommen und wie die anderen Länder des Weltkreises einem König beziehungsweise Kaiser gehorchen soll. Zu diesem Schluss bin ich gekommen, weil die vielen Männer, die bereits in Eurem oder Eurer Vorgänger Namen hierher gesandt worden sind, um die Isländer zu Untertanen der Krone zu machen, sich in endlose Scharmützel mit den Einheimischen verwickelten. Hier sei nur an den in der Schlacht von Örlygsstadir gefallenen Sturla Sighvatsson erinnert oder auch an seinen Bruder Thórdur, den die Einheimischen Kakali nennen. Er ist hier in den letzten Jahren der mächtigste Mann gewesen, was wohl mit Eurer Hilfe geschah, denn ich habe von vielen Einheimischen vernommen, dass sie seine Herrschaft in Wahrheit für ein Mandat der norwegischen Krone hielten, obwohl Thórdur Kakali sich davor hütete, dass dieser Umstand allzu offenkundig wurde.

Doch die Begegnungen und langen Gespräche, die ich in den letzten Monaten geführt habe, ergeben sehr zu meiner Verwunderung ein anderes Bild.

Ich habe keinen Isländer kennengelernt, der in meinem Beisein behauptet hat, voll und ganz dagegen zu sein, dass Island sich unter Eure Herrschaft stelle. Und obwohl die Menschen manchmal nicht alles in Worte fassen, was ihre Herzen bewegt, will ich behaupten, dass hierzulande kein Mann lebt, der bereit wäre, sein Leben zu geben – oder das Leben anderer zu nehmen –, um zu verhindern, dass Eure oder eines anderen Königs Macht bis hierher reiche. Und das, obwohl die Isländer von allen Völkern am schnellsten bereit sind, aufgrund nichtiger Anlässe auf Leben und Tod zu kämpfen.

So weit, so gut. In Eurem Ohr, mein König, mag das jetzt wie eine gute Nachricht klingen. Ich hingegen muss eine andere hinzufügen, die beileibe schlechter zu nennen ist und in Wahrheit die erste, gute, ganz und gar aufwiegt, und zwar diejenige, dass ich auch niemanden getroffen habe, der von ganzem Herzen gewillt wäre, für Euch oder irgendeinen anderen König durchs Feuer zu gehen. Königstreue oder die Ergebenheit gegenüber höheren Herren scheint in diesem Land weitgehend unbekannt; vielmehr scheinen die Isländer jederzeit bereit, ihren Verwandten oder Freunden beizustehen und für sie, so notwendig, gegen eine Übermacht ins sichere Verderben zu ziehen – obwohl ich mich des Eindrucks nicht erwehren kann, dass dies manchmal eher aufgrund von Drohungen geschieht als aufgrund von leidenschaftlicher Überzeugung.

Ich gestehe, es fällt mir nicht leicht, vernünftig mit Leuten zu reden, die auf diese Weise denken und fühlen.

Alsdann habe ich es mit Gottesfürchtigkeit versucht und zur Nachfolge unseres Erlösers Jesus Christus aufgerufen, aber zu meiner großen Zerknirschung musste ich erfahren, dass es um den Glauben ähnlich schlecht bestellt ist. Es hat zwar niemand meinen Gottesworten widersprochen, doch ebenso wenig ließ sich ein Einheimischer finden – nicht einmal unter den Priestern oder anderen Männern der Kirche –, der willens wäre, sich im Namen der heiligen christlichen Kirche, von Nächstenliebe und Dreifaltigkeit zu opfern.

Nach Kräften habe ich mich bemüht, hierzulande Männer aufzutun, die als Friedensbringer tätig werden könnten, als Vermittler zwischen den verfeindeten Lagern. Doch je öfter ich frage, ob nicht irgendwann einmal jemand einen Versuch gewagt hat, die Wogen zu glätten und die Waffen zum Schweigen zu bringen, desto deutlicher steht mir vor Augen, dass den Isländern nichts lächerlicher erscheint als Männer von solcher Wesensart. Manche erzählen mir – nicht ohne früher oder später in schallendes Gelächter auszubrechen – von einem Bauern namens Thorsteinn Hjálmsson aus Breidabólstadur, der versucht habe, zwischen den zerstrittenen Parteien einen Frieden auszuhandeln. Das habe ihm von seinen Untergebenen und Verwandten nicht nur Spott und Hohn eingebracht, sondern nachgerade Anschuldigungen, er sei versponnen, ein Lügner oder einfach nur dumm.

Bis heute erzählen sich die Einheimischen gern von dem Bischof, der hier bis vor einigen Jahren mein Amt versehen hat, Gudmundur Arason. Ich habe immer angenommen, die Isländer verehrten ihn wie einen wahren Heiligen; doch jedes Mal, wenn ich nach diesem Gudmundur frage, muss ich nur seinen Namen aussprechen, und die Leute fangen an zu grinsen. Es gibt für die Isländer keine größere Freude und Gemütsergötzung, als sich Geschichten über andere Leute zu erzählen. Und besagter Bischof Gudmundur scheint die Leute mehr als andere zu Spottgeschichten hinzureißen. Für seinen unerschütterlichen Glauben und sein entbehrungsreiches Leben, das dem eines Franz von Assisi, Thomas Beckett oder anderer berühmter Asketen in nichts nachsteht, finden die Einheimischen lediglich Worte wie: »Das war ja schon fast unverschämt.« Was ich über diesen Bischof Gudmundur gehört habe, bringt mich nun auf den Gedanken, dass die angelegentlich in regelrechte Schlachten ausartenden Scharmützel zwischen den Bischofsmännern und den Einheimischen gar nichts mit unterschiedlichen Ansichten über die Auslegung von Gottes Gesetzen zu tun haben oder die Rolle, die der norwegische Bischof hierzulande spielen soll. Vielmehr scheinen sie von einer grundlosen Gewaltlust der isländischen Anführer herzurühren – und manchmal auch nur von schnödem Geiz; denn nicht selten ist die Ursache für lange Fehden mit dem Bischof allein die Tatsache gewesen, dass man ihm und seinen Leuten nichts zu essen geben wollte. Und dieser Bischof Gudmundur, der vor ungefähr einem Jahrzehnt starb, vermochte es dem Vernehmen nach nicht, sich selbst zu helfen, denn er war wegen eines Unglücks, das ihm als Kind widerfuhr, sehr schlecht zu Fuß. Das bot den Leuten fortwährend Anlass zu bösartigem Schabernack. Man erzählt sich, einige wohlhabende

Landbesitzer hätten einmal angeboten, ihn von einem Bezirk in den nächsten zu bringen, und ihn dann auf eine Art Lade oder Bahre geschnürt, Pferde davorgespannt und diese bis zum Galopp angetrieben. Da es hier kaum etwas gibt, das den Namen Straße verdient, und das Land dazu neigt, uneben und steinig zu sein, kann man sich vorstellen, wie es einem behinderten Bischof ergangen sein muss, der auf einem räderlosen Gefährt über Berg und Tal holperte und dabei von ganzen Landkreisen ausgelacht wurde. Ein Einheimischer, für dessen Glaubwürdigkeit ich mich verbürge, beschrieb diese Behandlung mit folgenden Worten: »Diese Reise machte ihn so leiden, dass man annahm, er habe sich alle Knochen gebrochen. Die Pferde wurden derart angetrieben, dass die Bahre auseinanderbrach und sie den Bischof über Wiesen und Steine zogen.«

Desgleichen hat man den Bischof nicht selten ohne Grund festgenommen und ganze Winter in Keller, Schuppen oder fensterlose Verliese eingesperrt wie einen Unruhestifter oder Wahnsinnigen und ihn gefüttert wie ein Schwein. Der Bischof ertrug all das wohl mit Duldsamkeit und Psalmgesängen, denn so lästerlich die Leute auf dieser Insel auch von ihm reden – niemand zieht in Zweifel, was für ein frommer Mann der Heilige Gudmundur gewesen sei, Gudmundur der Gute, den man so schlecht behandelte.

Denn wenn ich frage: »War er etwa kein Heiliger?«, dann verschwindet das Grinsen aus ihren Gesichtern. Für einen kurzen Augenblick werden sie ernst und sagen: »Doch, doch, schwerstheilig geradezu, das muss man ihm lassen.«

Hiernach sehen sie einander an, und ein schelmisches Grinsen kehrt auf ihre Gesichter zurück.

Mein König, ich ersuche Euch, mit Milde zur Kenntnis zu nehmen, dass ich vollends nicht damit zufrieden bin, das Amt des Bischofs von Hólar, den Platz des verkrüppelten Asketenbischofs, einzunehmen, der von den Seelen, deren schützender Hirte er doch hätte sein sollen, all diesen Spott und Hohn hat erdulden müssen. Ich werde versuchen, mich abseits zu halten, und Euch berichten, was mir zu Ohren kommt.

Valete.

GISSUR

König Håkon fragte mich ziemlich oft, wie er uns Isländer dazu bringen könnte, seine Untertanen zu werden. Offenbar wurde die Idee, die Isländer mit Kriegsschiffen und einem großen Heer unter die norwegische Krone zu zwingen, wie Jarl Skule und einige andere norwegische Anführer es vor vielen Jahren einmal überlegt hatten, inzwischen nicht mehr für klug gehalten. Die Norweger hatten sich bewusst gemacht, wie weit Island entfernt war und was eine Überfahrt über das offene, raue und unberechenbare Meer mit dichten Nebeln und nachtschwarzen Unwettern bedeuten würde: Die Heerführer hätten es schwer, ihre Flotte auf der Überfahrt zusammenzuhalten, sodass es mehr als wahrscheinlich war, dass manche Schiffe sich verirrten, andere sanken und die verbliebenen am Ende eins ums andere hier und dort an der langen isländischen Küste an Land kämen. Unter diesen Umständen konnte man davon ausgehen, dass die Isländer mehr als bereit und begierig wären, diese versprengten Norweger anzugreifen, und außerdem über einiges an Kampferfahrung verfügten, nach den vielen Scharmützeln, Schlachten und Kämpfen der vergangenen Jahre.

Nein, das hatte der König wohl eingesehen. Aber wenn Håkon auch besonnener war als Jarl Skule, war er doch ebenso sehr darauf erpicht, die Bewohner Islands zu seinen steuerpflichtigen Untertanen zu machen. Also fragte er mich: »Was kann ich denen bieten?«

Und ich musste grinsen, schließlich wussten wir beide, dass ein Heerkönig einem Volk eigentlich nur Frieden bieten konnte und

Schutz vor Überfällen und Unbill aus dem Ausland, was im Fall von Island ein ziemlich abwegiger Gedanke war, denn woher sollte die Bedrohung kommen? Wohl kaum von unseren Verwandten in Grönland, die mehr als genug mit sich selbst zu schaffen hatten, und auch nicht von den sanftmütigen, friedfertigen Bauern auf den Färöer-Inseln mit ihren unbeteiligt auf den Berghängen grasenden Schafen – nein, auch die Färinger dachten kaum daran, in See zu stechen und an unseren Küsten zu plündern.

»Ich weiß, ich weiß«, sagte der König, als er sah, dass meine Gedanken mich zum Lächeln gebracht hatten, »aber nur weil ihr keine aufwendige Landesverteidigung gegen Feinde aus Übersee nötig habt, heißt das noch lange nicht, dass ihr keinen König braucht. So hat Gott es nun einmal vorgesehen für die Länder auf seiner Welt, wie kein Geringerer als Kardinal Wilhelm von Modena sagt. Ihr mögt zwar auf der anderen Seite des Meeres sein, aber ein König kann euch doch trotzdem etwas Gutes tun, oder?«

»Da könnte wiederum etwas dran sein«, sagte ich. »Wir wohnen so weit von allem entfernt, da hätte ein König, der uns zuverlässige Schiffsverbindungen für Menschen und Waren zusichert, schon etwas zu bieten.«

»Und was, wenn die Isländer dann irgendwann eine eigene Handelsflotte haben?«, fragte Håkon. »Was hätte der König von Norwegen ihnen dann noch zu bieten?«

»Ihr seid noch nie auf Island gewesen, oder?«, fragte ich.

»Nein, nie«, sagte der König. »Ich weiß natürlich, dass es auf Island keine Bäume gibt, die groß genug sind, um aus ihnen hochseetüchtige Schiffe zu bauen. Aber ihr kauft doch Schiffe hier. Und in Dänemark. Und vielleicht auch noch woanders.«

»So einfach ist das nicht«, antwortete ich. »Natürlich kaufen die Isländer ganz annehmbare Schiffe – oder sie beschaffen sie sich auf andere Weise und segeln mit ihnen nach Hause. Aber die Isländer benutzen ihre Schiffe nur im Sommer. Und die Winter sind lang und das Wetter ist sehr rau, mit heftiger Brandung an den Küsten. Daher muss man die Schiffe im Herbst aus dem Meer ziehen und möglichst bis aufs Vorland schleppen, damit die Wellen sie bei Flut nicht erreichen. Außerdem muss man die Schiffe gut abstützen, vertäuen und vor Wind und Wetter schützen, denn wenn der Sturm so einen großen Schiffsrumpf erst einmal gepackt hat, lässt er ihn so bald nicht wieder los. Und wenn nach einem langen Winter endlich der Frühling kommt und die Leute sich ihre Schiffe ansehen, stellen sie nicht selten fest, dass auch das alles nicht gereicht hat. Denn nur zu oft sind Takelage und Planken brüchig geworden, und der Rumpf ist vermodert. Dann wird es schwierig, weil das Holz, das bei uns wächst, nicht einmal reicht, um Schiffe zu reparieren. Natürlich treibt einiges an Holz bei uns an, gutes Holz sogar, erstaunlich lange Stämme. Aber die reichen gerade einmal für Boote, an hochseetaugliche Schiffe braucht man nicht einmal zu denken. So manches Frühjahr stellt sich heraus, dass nur wenige unserer Schiffe den Winter überstanden haben – oder gar keines –, und dann starren die Leute auf das Meer hinaus und hoffen, dass sich irgendjemand auf der anderen Seite an uns erinnert und die lange Überfahrt zu uns in den Norden auf sich nimmt.«

Der König überlegte, und ich sah ihm an, dass er mit dem, was in seinem Kopf vorging, zufrieden war.

»Das war ein gutes Gespräch«, sagte er schließlich und stand auf. »Mit interessanten Gedanken. Wir werden das bei Gelegenheit fortsetzen.«

Und ich hatte vor, meinen Landsleuten genau das anzubieten: Ich wollte vorschlagen, dass sie ihre Kämpfe einstellten, sich auf eine allseitige Waffenruhe einigten und mich in ganz Island als Stellvertreter des norwegischen Königs agieren ließen. Dann würden wir ihm Gefolgschaft versprechen und Steuern zahlen, und er würde uns im Gegenzug Frieden bringen und den ganzen Sommer hindurch für regelmäßige Schiffsverbindungen sorgen.

Den Sturlungen könnte das gefallen, glaube ich, nicht zuletzt ihren Anführern hier in den westlichen Tälern am Breiten Fjord. Denen ist am meisten daran gelegen, dass regelmäßig Handelsschiffe aus Norwegen und Dänemark hierherkommen, wegen der Waren, die sie von den Siedlern aus Grönland bekommen, die fast jeden Sommer mit Narwalstoßzähnen, Walrosszähnen, Seilen aus Walrosshaut, Bärenfellen und sogar Eisbärjungen bei ihnen anlegen.

GRÓA ÁLFSDÓTTIR

Als Gissur nach all den Jahren aus dem Ausland zurückkam, hatte ich das Gefühl, dass er sich ziemlich verändert hatte, und war froh darüber. Seit Gissur damals von Sturla Sighvatsson am Apavatn in diese Falle gelockt wurde, war er zerstreut und reizbar gewesen, und die große Schlacht von Örlygsstadir hatte das noch schlimmer gemacht. Obwohl Gissur und Kolbeinn der Junge siegreich aus dieser Schlacht hervorgegangen waren, konnte Gissur seitdem an nichts anderes mehr denken als an Blutvergießen und Kampf – sein Blick war ganz hart geworden und seine Gesichtszüge waren wie erstarrt, alles Milde war verschwunden. Es war mir, als ob er keine Nacht richtig schliefe, denn schon bei dem geringsten Geräusch schreckte er hoch, da er natürlich immer mit dem Schlimmsten rechnete. Er konnte nicht einmal mehr mit seinen kleinen Söhnen plappern, hielt nur noch Vorträge über Waffen und wie wir uns im Fall eines Angriffs auf unseren Hof zu verhalten hätten, und konnte niemandem mehr vertrauen, ich wusste nicht einmal, ob er mir noch vertraute.

Aber als er nun wieder nach Hause kam, spürte ich sofort, dass er ein anderer Mensch geworden war. Er hatte irgendwie seinen Frieden mit allem und allen gemacht – wahrscheinlich am meisten mit sich selbst. Er war fest entschlossen, uns hier die Bedingungen für ein besseres Leben zu schaffen, ein ruhigeres Leben. Mag sein, dass er auch schon an sein Alter dachte. Wir heirateten endlich, er nahm sich die Zeit, alle Hindernisse aus dem Weg zu räumen, die das bisher verhindert hatten, und sprach sogar davon, die Macht in Südisland auf seine Söhne zu übertragen. Doch noch unglaublicher als all das war die Tatsache, dass er sich mit seinen Todfeinden versöhnen wollte, »mit den Sturlungen reden, von Mensch zu Mensch«, hatte er gesagt, und ich spürte, dass er das ernst meinte. Einige Zeit später erfuhren wir, dass zumindest einige der Sturlungen, sobald sie von Gissurs Ankunft gehört hatten, zu einem Kriegszug aufgebrochen waren, um ihn umzubringen, es aber dann nicht bis nach Kaldadarnes geschafft hatten, wo wir uns in jenem Winter aufhielten, weil die Flüsse auf ihrem Weg zu viel Wasser führten. Doch anstatt aufzuspringen, seine Gefolgsleute zu sammeln und sich sofort für einen Rachefeldzug zu rüsten, lachte Gissur über die ganze Sache nur. Die Dinge, die einst so wichtig gewesen waren, dass er selbst mit seinen engsten Angehörigen über nichts anderes mehr sprach, schienen ihm plötzlich bedeutungslos zu sein, ja, sogar lustig.

Ich wäre die Letzte, die sich darüber beklagte. Ganz im Gegenteil, ich war natürlich froh darüber, ließ es mich doch hoffen, dass die Söhne und ich in Zukunft ein besseres Leben führen könnten. Sechs Jahre hatten die drei Jungen ihren Vater nicht gesehen, Ísleifur und Hallur waren gerade erwachsen geworden, als Gissur zurückkam, der kleine Ketilbjörn war erst dreizehn und hatte ihn kaum erkannt. Und dann kam dieser Freudentag, als der Bischof uns in Skálholt traute. Ich hatte die Hoffnung schon fast aufgegeben, dass es irgendwann einmal so weit sein würde, da keiner der vorigen Bischöfe unserer Hochzeit zustimmen wollte, doch plötzlich war alles unter Dach und Fach. Und als ich Gissur vorsichtig fragte, wie es dazu gekommen sei, antwortete er mit diesen höchst bemerkenswerten Worten: »Ich habe gelernt, dass mit Entgegenkommen und Freundlichkeit auch die härtesten Knoten gelöst werden können.«

So dachte er jetzt. Und anstatt seine Männer zu den Waffen zu rufen und nach Norden oder Westen zu ziehen, um sich an den Sturlungen zu rächen, schickte er seine engsten Vertrauten mit

Geschenken zu ihnen und bat mit verbindlichen Worten um Versöhnung.

Das Beste daran war jedoch, was für ein guter Ehemann er jetzt war, wie freundlich, regelrecht zärtlich er mit mir umging. Ich hatte mich schon gar nicht mehr getraut zu hoffen, dass die Welt ihm noch einmal die Chance geben würde, so zu sein …

HRAFN ODDSSON

Niemanden wird es überraschen, dass mir das Blut in den Adern gefror, als ich hörte, Gissur Thorvaldsson sei nach Island zurückgekommen. Wir Anführer der Sturlungen waren ohne Kakali ohnehin schon in Bedrängnis und konnten nur mit Mühe dafür sorgen, dass es in seiner Abwesenheit zumindest einigermaßen friedlich zuging. Eigentlich hatten wir gehofft, Kakali käme bald nach Hause, damit wir endlich aufatmen konnten, doch dann erreichte mich auf Saudafell die Nachricht, dass Gissur, dieser Eidbrecher und blutrünstige Kriegstreiber, an Kakalis Stelle nach Island gekommen sei und angeblich sogar vom norwegischen König den Auftrag bekommen hatte, sich in unsere Angelegenheiten einzumischen. Ich warnte alle Bauern im ganzen Bezirk und ließ an allen Landungsstellen und auf allen Wegen Wachen aufstellen, denn ich rechnete fest damit, dass Gissur seine Späher zu uns in den Westen aussenden würde. Dann rief ich meine treuesten Gefolgsleute zusammen, übertrug zuverlässigen Leuten die Aufsicht über meinen Hof und ritt nach Stadarhóll, um mich mit Skalden-Sturla zu beraten.

Skalden-Sturla hatte natürlich auch schon von Gissurs Ankunft gehört und war sichtlich erschrocken. Zusammen mit einigen Männern erwartete er mich mit ernster Miene auf dem Hofplatz und bat mich, ihm in seine Schreibkammer zu folgen, wo überall Tintenfässer und geschriebene Bücher waren und ein Stapel Kalbshäute, auf dem eine Katze schlief. Dann fragte er mich ohne jegliche Vorrede: »Wir müssen uns auf das Schlimmste gefasst machen, oder?«

Und bevor ich darauf antworten konnte, legte er mir dar, wie er die Lage einschätzte. Seines Erachtens wies alles darauf hin, dass Gissur unser Land der norwegischen Krone unterwerfen wollte. Dazu würde er natürlich so rasch wie möglich alle Machthaber angreifen, die sich ihm in den Weg stellen könnten – seine Methoden kannten wir ja. Wir konnten nicht mit demselben Erbarmen rechnen, wie es unser Sturla Sighvatsson einst Gissur gegenüber gezeigt hatte, nachdem er ihn am Ufer des Apavatn in seine Gewalt gebracht und dann doch verschont hatte, weil Gissur ihm versprach, das Land zu verlassen und nie wiederzukommen – ein Versprechen, das Gissur natürlich gebrochen hatte. Von dem feigen Mord an dem großen Skalden Snorri Sturluson ganz zu schweigen! Nicht einmal ihm gegenüber hatte Gissur Erbarmen gezeigt, obwohl Snorri ihm unbewaffnet und in Unterwäsche in einem Kellerversteck in die Hände fiel. Es hätte in Gissurs Macht gestanden, ihn zu verschonen, falls auch Snorri versprochen hätte, das Land zu verlassen. Genau das hatte offenbar auch der norwegische König gewollt, aber nein, Gissur musste Snorri natürlich erst erschlagen lassen und dann Fragen stellen. So geht Gissur vor: Mitten in der Nacht fällt er mit einer Rotte blutrünstiger Männer über seine Feinde her, verfolgt sie bis in die hintersten Kammern und Keller und metzelt sie dort nieder.

»Außerdem dürfen wir nicht vergessen«, fügte Skalden-Sturla hinzu, »dass Snorri noch immer ungerächt ist. Sogar Gissurs Helfershelfer, blutbefleckte Männer wie Árni der Erbitterte, laufen noch lebendig herum, als wären sie Unschuldslämmer aus der Bibel!«, sagte Skalden-Sturla und fragte mich dann: »Was denkst du denn, was Gissur jetzt tut?« Und als ich ihn länger ansah, merkte ich, dass seine Oberlippe zitterte. Dann sagte er: »Während er im Süden seine Männer um sich sammelt, tut er nur eins: überlegen, wen er zuerst umbringen soll, mich oder dich. Mich oder dich!«

Der große Skaldendichter hatte Angst. Er schien sich diese

Frage schon selbst beantwortet zu haben: Er würde Gissurs erstes Opfer sein, und das wohl schon bald. Dann sollte ich mich setzen, ohne dass er mir etwas zu essen oder zu trinken anbot, was sehr ungewöhnlich für ihn war.

»Aber ich glaube, ich habe eine Idee«, sagte er dann. »Wir dürfen nur keine Zeit mehr verlieren. Wir sollten mit unseren Männern nach Süden ziehen und Gissur zur Strecke bringen, bevor er seine Vorbereitungen abschließen und den anständigen Leuten in diesem Land erneut Tod und Verderben bringen kann.«

Dann erfuhr ich von Sturla eine wichtige Sache, die bisher noch nicht zu mir vorgedrungen war. Zusammen mit Gissur war nämlich auch ein großer Krieger der Sturlungenfamilie aus Norwegen zurückgekommen: Scharten-Thorgils. Skalden-Sturla erzählte, dieser Thorgils sei der Sohn seines Bruders, ein tapferer, starker Mann und zudem nicht gerade zimperlich. Er sei in denselben Heerabteilungen des norwegischen Königs gewesen, in denen bereits Kakali gedient hatte. Skalden-Sturla sagte, wir sollten schnellstmöglich mit allen Männern, die wir auftreiben können, zu Scharten-Thorgils reiten und sehen, wen er zu den Waffen rufen konnte. Dann sollten wir eiligst die Flüsse in Richtung Süden überqueren und einen Überraschungsangriff auf Gissur wagen, ihm zuvorkommen und ihm das gleiche Maß an Gnade zeigen, das er unseren Verbündeten und Verwandten gezeigt hatte; man denke nur daran, wie er den nicht bewaffneten, kaum bekleideten Snorri erschlagen ließ.

Noch nie hatte ich Skalden-Sturla derart entschlossen und kriegerisch erlebt. Das war gut zu wissen. Dennoch zweifelte ich daran, ob wir uns wirklich so beeilen sollten, wie er es forderte. Vielleicht wäre es besser zu warten, bis alle Verbündeten uns ihre Männer schicken konnten, alle Anführer, die Kakali zu seinen Stellvertretern ernannt hatte. Dabei dachte ich unter anderem an Eyjólfur Thorsteinsson, der mit der Schwester meiner Frau verheiratet war und im Skagafjord eine Menge Männer hatte, die wir gut gebrauchen konnten. Abgesehen davon fand ich es wichtig, Männer wie Eyjólfur gleich von Anfang an mit im Boot zu haben, ehe sie sich übergangen fühlten und nur noch schwer für unsere Sache zu gewinnen waren. Aber Sturla wollte nichts davon hören. Er bestand darauf, so schnell wie möglich zu handeln, und mir fiel auf, wie er kaum merklich das Gesicht verzog, als ich Eyjólfur Thorsteinsson erwähnte, der sich in seinem Größenwahn manchmal gerne Eyjólfur Ofsi nennen ließ – Eyjólfur den Zornigen. Dann sagte Sturla: »Es nutzt uns doch nichts, auf diesen Eyjólfur zu warten, der sich so gern ›Ofsi‹ nennt. Der hat doch fast den ganzen Winter wie ein Taugenichts am Herdfeuer verschlafen, sagt man sich. Offenbar hat seine Tatkraft gerade noch dafür gereicht, seine Notdurft selbstständig zu verrichten.«

Ich konnte nicht anders als grinsen, denn wo Skalden-Sturla recht hatte, hatte er recht – auch ich bekam den Eindruck, dass mein Schwippschwager Eyjólfur immer sonderbarer wurde, je mehr Macht er bekam und je mehr Menschen ihm unterstellt waren.

»Nein. Scharten-Thorgils ist unser Mann!«, sagte der Skalde und lief nun unruhig in der Kammer umher. »Er ist unser Retter in der Not, er ist der Hüter unserer Hoffnung!«

»Und was, wenn er sich uns nicht anschließen will?«, fragte ich.

»Sich uns nicht anschließen will?«, fragte Skalden-Sturla. Er hatte sich endlich wieder hingesetzt und sah mich an, als hielte er meine Frage für geradezu überraschend dumm. Dann wurden seine Hände ganz unruhig. Hätte er einen Trinkbecher oder Federkiel in den Händen gehabt, hätte er ihn jetzt bestimmt abgestellt, um wieder einmal einem weniger Klugen das Offensichtliche zu erklären.

»Immerhin ist er mit Gissur hierher gesegelt«, sagte ich. »Da könnte es doch sein, dass auch er dem König einen Eid geschworen hat, ähnlich wie Gissur? Vielleicht hat er sich sogar irgendwie mit ihm verbündet.«

»Mit Gissur verbündet?«, fragte Sturla ungehalten. »Er ist der Sohn meines Bruders!«

»Ja, aber wann hast du ihn zuletzt gesehen?«, fragte ich. »Wir wissen doch gar nicht, was er die letzten Jahre in Norwegen gemacht hat.«

Sturla war wieder aufgestanden und lief im Raum umher.

»Pah! Wir lassen ihm gar keine andere Wahl, als zu seiner Familie zu stehen«, sagte er, dachte einen kurzen Moment nach und fügte dann ungeduldig hinzu: »Überlass Scharten-Thorgils nur mir. Ich weiß, wie ich mit meinen Verwandten reden muss!«

Dann bat er mich endlich in den Wohnraum und fragte, ob ich nach der Reise nicht hungrig und durstig sei.

GISSUR

Aus irgendeinem Grund hatte ich nie daran gezweifelt, dass ich mich auf Scharten-Thorgils verlassen konnte. Und das, obwohl er ein echt harter Knochen war, wie mir auf besagter Zusammenkunft mit Kakali bei König Håkon klar wurde: Nachdem Kakali seine geschriebene Rede beendet hatte und der König zu entscheiden versuchte, wen er damit betrauen sollte, die Angelegenheiten auf Island in seinem Sinne zu regeln, hatten wir noch lange zusammengesessen und waren nie einer Meinung gewesen. Doch irgendwann fanden unsere Beratungen ein Ende, und am Abend lud der König zu einem Fest, auf dem es, wie zu erwarten war, weder an Speisen noch Getränken fehlte. Viele Männer kamen, auch einige Isländer, die sich am Hof aufhielten, und einer von ihnen war eben dieser Scharten-Thorgils aus der Familie der Sturlungen.

Scharten-Thorgils war ein starker und tapferer Mann, an dessen Königstreue niemand zweifelte. Er hatte von Geburt an eine Missbildung im Gesicht, eine Furche in der Oberlippe, ganz hoch bis zur Nase. Wenn ich mich richtig erinnere, nennen die Norweger so was Hasenscharte. Sie fiel besonders auf, wenn Thorgils lächelte. Normalerweise blickte er ernst, fast trübsinnig drein, und der Bart hing ihm über den Mund, doch nun saßen wir ja bei einem Gelage mit vielen unterhaltsamen Männern, und es ging dementsprechend lustig zu. Nicht zuletzt sein Verwandter Kakali war bester Laune – nur wenige werden beim Trinken vergnüglicher als er. Kakali erzählte Geschichten, und es wurde sehr gelacht, sogar ich lachte und auch der König, und Thorgils schüttete sich regelrecht aus. Da bemerkte ich, wie der König ihn plötzlich lange ansah, und als Kakali bei seinen Spaßgeschichten eine Pause einlegte, ergriff König Håkon das Wort und sagte: »Merkwürdig, Kakali, dass du noch immer nicht das Gesicht deines Verwandten hast richten lassen, wo du doch so mächtig und wohlhabend bist.«

Als der König das sagte, trank Kakali gerade einen Schluck, nahm dann jedoch den Becher von den Lippen und sagte: »Wo sind die Leibärzte des Königs? Und seine Näherinnen?«

Sofort wurden Laufburschen ausgesandt, und einige Zeit später waren zwei Männer und eine Frau gekommen, mit scharfen Messern, Nadel und Faden. Thorgils sollte aufstehen und zu ihnen gehen. Er ließ sich nicht lange bitten. Der König fragte, ob Thorgils bereit sei, sich diesem Eingriff zu unterziehen, und als Thorgils zu verstehen gab, dass er sich weder wehren noch irgendjemandem die Sache übel nehmen würde, begannen sie sofort, seine Oberlippe um die Scharte herum aufzuschneiden. Dann wurde die Nadel genommen und alles zusammengenäht.

Die Männer, die zusahen, hatten schon viele Kämpfe und viel Blut gesehen, und doch ließ dieser Eingriff sie zusammenzucken. Es war offensichtlich, wie weh das tun musste, eine schier endlose Qual. Wieder und wieder stachen sie ihm in die Lippe, dann zogen sie den Faden durch das Fleisch, um alles zusammenzuschnüren, während Blut und andere Sekrete über das Gesicht des Mannes flossen. Aber er ließ sich nichts anmerken. Jammerte nicht einmal. Erst, als es vorbei war und er sich wieder setzen konnte, sah man den Schweiß auf seiner Stirn und seinen Schläfen und wie blass er war. Wenig später nahm er den blutigen Stofffetzen fort, den er sich vor den Mund gehalten hatte, um einen Schluck Wein zu trinken – offenbar wollte er zeigen, dass das Ganze nun vorbei sei und die Leute sich mit etwas anderem beschäftigen sollten. Doch als er versuchte, den Mund um den Becherrand zu legen, überwältigten ihn die Schmerzen. Sein Gesicht verzog sich und zeigte überall rote Flecken, sodass er den Becher mit zitternder Hand wieder abstellen musste.

Aber er beklagte sich nicht. Und wenn er auch kurz danach das Gelage verließ, das ohne ihn die ganze Nacht weiterging, hatte Thorgils diese Sache in keinster Weise geschadet. Ganz im Gegenteil sogar. Zu den schönen Männern würde man Thorgils zwar noch immer nicht zählen, doch besser sah er auf jeden Fall aus nach jener Nacht, in der sein Onkel Kakali ihm das Gesicht richten ließ.

Das war sicher nicht der eigentliche Grund dafür, dass ich Thorgils so fest vertraute – und doch muss man sagen, dass nach dieser Behandlung durch die Leibärzte am Hof nie mehr ein Zweifel an Thorgils' Königstreue aufkam. Da gab es nichts Zweideutiges, er war dem König ganz eindeutig und aufrichtig ergeben. Daher war ich nun, da Thorgils und ich die Angelegenheiten des Königs in Island vertreten sollten, fest davon überzeugt, dass er niemals etwas tun würde, das seinem Monarchen, Beschützer und Befehlshaber König Håkon missfiele. Abgesehen davon hatte er es auf sich genommen, den Besitz von Snorri Sturluson für König Håkon zu beanspruchen, denn König Håkon hielt sich für Snorris rechtmäßigen Erben. Dazu brauchte er meine Unterstützung, weil seine Verwandten, die Sturlungen, davon sicher nicht begeistert waren. Und Scharten-Thorgils würde sich eher von einem Felsen stürzen, als sich vorwerfen zu lassen, einen Befehl des Königs missachtet zu haben.

EYJÓLFUR

Die Leute taten manchmal so, als ob es keinen Grund für die Angstanfälle und die Schwermut gäbe, die mich zugegebenermaßen manchmal befielen. Doch als ich hörte, dass Hrafn Oddsson, Skalden-Sturla und einige andere eine Bezirksversammlung einberufen hatten, um zu besprechen, wie man auf Gissurs Rückkehr aus Norwegen reagieren sollte, und mich nicht dazu einluden, ja, nicht einmal informierten, da brauchte ich nun wirklich keine weiteren Beweise mehr. Ich hörte die Nachricht gegen Abend und war derart getroffen, dass ich mich einfach ins Bett legen musste. Ich konnte nicht einschlafen. Bis tief in die Nacht lag ich einfach nur da, wie gelähmt in meiner Mutlosigkeit und Enttäuschung.

Dann setzte ich mich an das Kopfende des Bettes meiner Frau und sagte: »Merkst du jetzt endlich, was die von mir halten? Du siehst doch, wie die mich behandeln, Eyjólfur Thorsteinsson, den rechtmäßigen Anführer der Leute aus dem Skagafjord. Willst du allen Ernstes weiterhin behaupten, das sind nur Hirngespinste? Dass ich mir nur einbilde, dass die mich für einen Wurm halten, den jeder dahergelaufene Dreckskerl zertreten kann, wenn er nur will?«

»Hör auf zu jammern«, sagte Thurídur. »Versuch wenigstens aufzustehen. Ich habe dieses wehleidige Gequatsche satt.«

Ich ging fort und legte mich wieder hin, auf der anderen Seite der Bretterwand. Das war nun wirklich nicht die Art von Ermutigung, die ich erwartete, wenn ich mich in tiefster Not an meine liebe Ehefrau wandte. Irgendwie gelang es mir trotzdem einzuschlafen, und als ich wieder aufwachte, ging es mir überraschend gut. Oder eher: Es ging mir nicht mehr schlecht, es ging mir eigentlich überhaupt nicht mehr irgendwie. Ich war bereit, die Welt so zu nehmen, wie sie war, ohne mich zu beklagen. Ich konnte nämlich sehr stark sein, wenn ich wollte. Viel stärker als alle anderen. Das würden die noch merken. Ich beschloss, so zu tun, als sähe ich Thurídur nicht, als sie am nächsten Morgen den Raum betrat, in dem ich saß, und als ich spürte, dass sie nun gleich etwas sagen würde, ging ich türenschlagend hinaus. So muss man diese Weiber behandeln. Ihnen keine Milde zeigen. Ihnen zeigen, wer der Herr im Haus ist. Ich ging hinaus und rief alle verfügbaren Männer zusammen. Befahl ihnen, zu den Waffen zu greifen. Ich hatte beschlossen, meine gute Stimmung zu nutzen, und schickte Boten zu den Nachbarhöfen mit dem Befehl, die Bauern und Knechte sollten sich für einen Kriegszug rüsten. Ich wusste gar nicht genau, wohin ich ziehen sollte, aber ich hatte immerhin die vage Idee, mit möglichst vielen Männern nach Westen in den Breiten Fjord zu ziehen und gegenüber Hrafn Oddsson und Skalden-Sturla so zu tun, als ob ich nicht wüsste, dass sie mich übergangen hatten – so zu tun, als ob ein Mann von meinem Schlage auf eine solche Idee gar nicht erst käme; schließlich war es offensichtlich, dass ohne mich nichts Wichtiges beschlossen werden konnte. So war es ja schließlich auch! Es mochte vielleicht solche Memmen wie Hálfdan von Keldur geben, aber so einer war ich nicht! Hahaha. Ich werde nach Westen ziehen, mit einem Heer von Männern, und sobald ich Sturla und Hrafn treffe, sage ich: »Wo sind eure Männer? Ihr habt euch lange genug den Kopf zerbrochen, die Zeit der Beratungen ist vorbei, jetzt zählen nur noch Taten!« Und dann sollen die mal sehen, wie ich Dinge in die Tat umsetze! Wie ich zupacken kann. Die Führung übernehme, wenn es wirklich ernst wird! Hier komme ich mit meinem Heer!

Wenig später kamen auch schon bewaffnete Männer von den Nachbarhöfen auf unseren Hofplatz geritten. Einer von ihnen kam zu mir herein. Wie es der Zufall wollte, hatte ich mir da gerade einen vollen Becher eingeschenkt, den zweiten oder dritten. Ich rief den Jungen zu mir, und anstatt mich von ihm ausfragen zu lassen, warf ich ihm eine unerwartete Frage nach der anderen an den Kopf. Sieh mal an! Wie er zappelte und rot wurde! Ich konnte nicht anders als lachen, lachte lange Zeit bis in die Nacht. Und trank. Und schlief lachend ein. Wachte allerdings alles andere als lachend wieder auf.

GRÓA ÁLFSDÓTTIR

Irgendetwas hat Gissur vor. Ich merke es immer gleich, wenn er etwas ausheckt. Er hört dann nämlich auf, andere Leute zu beachten. Er hört auf zu reden, hört auf zuzuhören, wird ganz geheimniskrämerisch und wortkarg. Langsam wird mir das wirklich zu viel. Die letzten Tage hat er andauernd davon gesprochen, sich mit allen versöhnen zu wollen, doch darüber verliert er nun kein Wort mehr. Wenn er überhaupt etwas von sich gibt, dann unverständliches Gemurmel. Ich glaube fast, seine Pläne von Frieden und Versöhnung haben sich in Luft aufgelöst. Er verschwindet vom Hof, um irgendwelche Dinge zu erledigen, und das oft, ohne sich zu verabschieden, nicht einmal von seinen Söhnen oder mir; das kann doch nur bedeuten, dass er seine Männer zu den Waffen ruft und einen Kriegszug vorbereitet, und wenn das stimmt, gebe ich es wirklich auf. Ich mache da nicht mehr mit. So gut es in Friedenszeiten auch sein mag, einen Mann zu haben – so hatte ich mir das zumindest immer vorgestellt –, so verheerend ist es, mit ansehen zu müssen, wie er alles in Schutt und Asche legt. Das mussten ich und die Meinen nun wirklich lange genug ertragen, es ist unser gutes Recht, endlich Frieden zu fordern. Und wenn Gissur nun wirklich einen neuen Kriegszug plant und es nicht für nötig hält, mit mir darüber zu reden, werde ich meine Sachen packen und von hier fortziehen; wir besitzen Land weiter nördlich von hier, vielleicht kann man dort eher auf Frieden hoffen, als wenn ich hier mit einem der größten Kriegsherren lebe.

Das waren meine Gedanken an diesem Morgen. Am Ende einer unruhigen Nacht hatte ich beschlossen, mir diesen Wahnsinn nicht mehr länger anzutun, diese erdrückende Angst, die andauernde Furcht davor, welche Qualen meine Familie erleiden könnte. Als ich jedoch aufgestanden war, saß Gissur mit Briefen, Schriftstücken und einem aufgeschlagenen Buch vor sich in unserer großen Stube. Im Herd loderte das Feuer, und ein Hund schlief ruhig zu seinen Füßen. Er lächelte, als er mich sah, und fragte, ob ich nicht mit ihm zusammen losziehen wolle.

»Losziehen?«, fragte ich zögernd. »Wohin denn?«

Da sagte er, dass er in Skálholt beim Bischof gewesen sei. Er habe ihn dazu gebracht, seine bischöflichen Gesandten mit einem Friedensangebot und Versöhnungsgeschenken nach Westen zu den Sturlungen zu schicken. Und dieses Angebot, das wusste er, konnte ein Mann wie Skalden-Sturla nicht ablehnen. Im Anschluss daran hatte er vor, sich selbst mit den Sturlungen zu treffen, und als Beweis seiner friedlichen Absichten sollten sowohl ich als auch unser Sohn Hallur dabei sein.

Da hatte sich mein Vorsatz, das alles hinzuschmeißen, in Luft aufgelöst.

KOLBEINN DER BÄRTIGE

Snorri Sturluson war nicht nur ein mächtiger Anführer und genialer Skalde, er war auch ein echter Ehrenmann gewesen. So lange wir uns kannten, hatte er mich mit mehr Respekt und Wohlwollen behandelt, als ich es von anderen gewohnt war. Er hielt uns Brüder nicht einfach für irgendwelche Haudegen, starke Männer, die man gut brauchen konnte, wenn es hart auf hart kam, nein, er behandelte uns wie Freunde, wie Ebenbürtige. Natürlich nur, soweit es ihm überhaupt möglich war, andere Leute als Ebenbürtige anzusehen, ein wenig reserviert war er ja immer. Aber er war mir gegenüber eben nicht reservierter als gegenüber allen anderen. Daher sollte ich vielleicht besser sagen, er behandelte mich, als wäre ich allen anderen Männern ebenbürtig, mit denen er zu tun hatte, den höheren wie den niedrigeren. Sogar dem Bischof.

Snorri holte mich zu sich, nachdem er den Bischof Gudmundur Arason eingeladen hatte, einen Winter bei ihm auf Reykholt im Borgarfjord zu verbringen. Der Bischof war zuvor fast ein ganzes Jahr in einem Verlies gefangen gehalten worden und hatte nur wenig Kraft für eine derart lange Reise. Daher befahl Snorri mir, den Bischof zu ihm zu bringen. Ich sollte ihn abholen, auf ein Pferd setzen und mich auf dem Weg um ihn kümmern. Nachdem wir bei Snorri auf Reykholt angekommen waren, bat er mich, noch etwas bei ihnen zu bleiben, bei dem Bischof und ihm, was allein schon eine Ehre war. Doch es kam noch besser, und Snorri erlaubte mir, bei allen Gesprächen dabei zu sein, und wenn diese klugen Gelehrten die schwierigsten Fragen und vertracktesten Probleme erörterten, wollte Snorri oft wissen, was ich dazu zu sagen hatte. Und wenn ich dann etwas sagte, hörte er aufmerksam zu und zog es in Betracht. Und wenn sie sich zu einer Mahlzeit oder zum Trinken setzten, war ich nicht als Diener oder Mundschenk dabei, sondern als einer der vollgültigen Männer. In diesem Winter sprach Snorri, mit dem ich entfernt verwandt war, oft von uns als einem Dreiergespann, zum Beispiel wenn er vorschlug, dass wir uns in seine heiße Quelle setzten. Snorri hatte genug Größe, um nicht hochmütig sein zu müssen. Er versuchte nicht, sich auf Kosten anderer Leute wichtig zu machen, das hatte er gar nicht nötig. Und ich konnte mir – oder uns Brüdern und der ganzen Familie – nicht verzeihen, dass wir Gissur und seinen Leuten nie diese widerwärtigen Grausamkeiten heimzahlten, die sie unserem Verwandten Snorri angetan hatten; diesem genialen Anführer und Staatsmann, der Gissur nie etwas getan hatte. Nie wäre es Snorri in den Sinn gekommen, dass sie überhaupt Feinde wären und ihm von dieser Seite Gefahr drohen könnte. So lag er da bei sich zu Hause auf Reykholt, einsam und niedergeschlagen, wie er manchmal war, und Gissur überfiel ihn mit seinen Helfershelfern mitten in der Nacht, verfolgte ihn bis in den Keller und ließ ihn gleich vor Ort erschlagen. Árni der Erbitterte, dieser elende Dreckskerl, bekam den Befehl, einen unbewaffneten Dichter zu erschlagen. Und wird seitdem wie ein Held und Ehrenmann behandelt, darf mit dem großen Gissur zu Versammlungen und Zusammenkünften reiten, dieser Mörder, dieser Scheißkerl, und dann noch dieser prahlerische Ausdruck auf seinem spitz zulaufenden Gesicht, pfui Teufel. Erst letztens hatte man gehört, dass Gissur diesen Árni bis nach Rom mitgenommen hatte – ein Wunder, dass die Sonne dort nicht schwarz wurde und die heiligen Kirchen im Erdboden versunken waren, als er sie durch seine Anwesenheit entweihte. Árni der Erbitterte! Wenn ich bei Snorri gewesen wäre, als er die Axt gegen ihn erhob, hätte ich ihn zerstampft wie eine Fliege oder einen Wurm. Gleich dort auf dem Kellerboden.

Und auch wenn Gissur und Árni der Erbitterte nach Rom gezogen sein sollen, um nach ihrem Verrat und ihren Gräueltaten vom Papst höchstpersönlich Vergebung zu empfangen – ich habe ihnen noch lange nicht vergeben.

Diese Gedanken gingen mir gerade durch den Kopf, als Skalden-Sturla und Hrafn Oddsson an einem der Abende des Weihnachtsfestes zu mir kamen und mich zu einem Kriegszug überreden wollten, um den gerade neu angekommenen Gissur zu töten. Das musste Gedankenübertragung sein. Lange überreden mussten sie mich natürlich nicht, ich nahm meine Waffen, sattelte ein Pferd und begleitete sie auf ihrer Reise. Dieser überraschenden Reise. Die allerdings auch eine ziemlich schlecht vorbereitete Reise war, wie sich später zeigen sollte. Wenn wir uns mehr Zeit gelassen hätten, hätte ich zum Beispiel meine Brüder Svarthöfdi und Björn Brocken mitgenommen. Aber wir ritten so rasch los, dass ich nicht nach ihnen schicken konnte. Dabei war es Skalden-Sturla, der am meisten zur Eile drängte. Dieser ruhige und nachdenkliche Mann schien sich in einen Wandervogel verwandelt zu haben, der immer weiter wollte – da hätte ich gleich merken sollen, dass dieses Unternehmen unter keinem guten Stern stand. Später begriff ich es: Sie hatten nichts als panische Angst, und verschreckten Männern sollte man nie die Führung überlassen. Außerdem brauchten wir ganz offensichtlich mehr Männer, und ich hörte bald, dass wir noch über Stafholt im Borgarfjord reiten wollten. Dort hatte der berühmte Krieger Scharten-Thorgils mit vielen Gefolgsleuten Unterkunft gefunden, elf bewaffnete Männer, behauptete jemand, wenn nicht sogar vierzehn, falls man die Jungen mitzählte, die sich um die Pferde kümmerten. Aber je länger ich mit Hrafn und Skalden-Sturla ganz vorn in unserer Gruppe ritt, desto mehr zweifelte ich daran, ob Thorgils uns überhaupt auf einem Rachefeldzug gegen Gissur begleiten würde. Auch Hrafn war sich da alles andere als sicher, und langsam kamen offenbar auch Sturla einige Zweifel, also schlug er Folgendes vor: Wir jagen Thorgils einen derartigen Schrecken ein, dass er nicht anders kann, als sich uns anzuschließen. Wir überfallen den Hof, auf dem er wohnt, nehmen ihn fest und beschuldigen ihn, mit Gissur eine Verschwörung ausgeheckt zu haben mit dem Ziel, Skalden-Sturla zu töten. Dann tun wir so, als wollten wir ihn deswegen hinrichten und bieten ihm gleich darauf an, ihn am Leben zu lassen, wenn er sich unserem Rachefeldzug gegen Gissur anschließt.

Und das taten wir dann auch: Wir galoppierten auf den Hofplatz, fielen über die Männer her, die sich größtenteils schon zur Ruhe gelegt hatten, bis auf einige Pferdeburschen, die wahrscheinlich Wache halten sollten, dabei aber eingeschlafen waren. Ehe die Männer zu den Waffen greifen konnten, hatten wir sie schon im Hof eingesperrt, bis auf Thorgils, der erst einmal aufatmete, als er sah, dass sein Onkel Sturla dieses Überfallkommando befehligte: »Warum stürmt ihr denn diesen Hof?«

Da rief Hrafn Oddsson: »Weil wir wissen, dass du König Håkon geschworen hast, Gissur dabei zu helfen, deinen eigenen Onkel umzubringen!«

»Das ist eine Lüge!«, rief Thorgils und fing an, von König Håkon zu reden, irgendwelches zusammenhangloses Zeug – er schien große Angst zu haben.

Darauf folgte ein heftiger Streit, der ewig zu dauern schien. Das wunderte mich, schließlich hatte es doch die ganze Zeit geheißen, wir müssten uns beeilen. Irgendwann wurde Thorgils endlich das beabsichtigte Angebot gemacht, doch anstatt es anzunehmen, zögerte er. Da bot Skalden-Sturla seine ganze Sprachkraft auf, und ich weiß noch Wort für Wort, was er sagte: »Und was ist mit der Schande, die wir bis heute niemals rächten? Hast du Gissur büßen sehen für den Mord an unserem Snorri und für die anderen Verwandten, die gestorben sind durch seine Hand?«

Mir wurde regelrecht warm ums Herz, als ich hörte, wie eng sich Sturla mit dem verstorbenen Bruder Snorri verbunden fühlte, denn als sie beide noch am Leben waren, war ihr Verhältnis immer unterkühlt gewesen.

Schließlich stimmte Scharten-Thorgils zu, mit uns auf diesen Kriegszug zu gehen, obwohl er inständig darum bat, das nicht zu müssen, weil er König Håkon einen Eid geschworen hatte. Aber Scharten-Thorgils blieb keine Wahl. Doch immerhin erreichte er, dass Skalden-Sturla und Hrafn ihm erlaubten, seine Männer in der Nacht bereit zu machen und uns am nächsten Tag hinterherzureiten. Im Nachhinein klingt es regelrecht absurd, dass sie sich auf diesen Handel einließen. Wir hätten alle über Nacht dableiben sollen, um uns auszuruhen, anstatt einfach so weiterzupreschen. Denn wie wir jetzt wissen, sattelte Thorgils, sobald wir außer Sichtweite waren, sein Pferd und ritt wie von tausend Teufeln gejagt Richtung Norden bis nach Hólar. Dort lässt er sich seitdem vom norwegischen Bischof beschützen.

HRAFN ODDSSON

Skalden-Sturla und ich hatten wirklich gedacht, Scharten-Thorgils würde uns wie verabredet so schnell wie möglich mit seinen Kriegern folgen, also warteten wir auf einem Hof etwas weiter südlich auf ihn. Doch nachdem wir dort einen ganzen Tag ausgeharrt hatten, kam uns die Sache langsam komisch vor. Schließlich schickten wir einen Mann nach Stafholt zurück. Er sollte herausfinden, wo Thorgils blieb, und er kam mit der unerhörten Nachricht zurück, Thorgils habe sich, statt uns zu folgen, durch die Hintertür hinausgeschlichen und sei nach Hólar geflüchtet, in der Hoffnung, der Bischof möge ihn dort so lange schützen, bis alles vorbei war.

Das hatte man nun von solchen Männern.

Wir waren nun zwar weniger als ursprünglich angenommen, aber Sturla und ich hatten immerhin um die siebzig Männer, die ganz anständig bewaffnet waren. Wenn wir Gissur überraschen könnten, müsste das reichen. Also ritten wir weiter über die Hochlandebene von Hellisheidi in Richtung Osten.

Dort lag einiges an Schnee, durch den wir uns mehr schlecht als recht vorarbeiteten, doch dann setzte ein derartiger Schneeregen ein, dass wir kaum noch vorankamen. Als wir endlich Kambabrún erreicht hatten, war der Regen so stark geworden, dass wir kaum den Abhang von der Hochebene herunterkamen. Viele Männer und Pferde rutschten aus, einige überschlugen sich und stürzten so schwer, dass wir sie auf dem nächsten Hof zurücklassen mussten.

Von hier bis zur Ölfusá hatten wir mit verharschtem Schnee

und gefrorener Erde gerechnet, nun jedoch versanken Pferde und Männer bei jedem Tritt im Matsch. Man bekam fast Angst, in einen Sumpf geraten zu sein. Trotzdem trieb ich die Truppe voran. Skalden-Sturla hatte längst nicht mehr denselben Kampfgeist wie am Anfang dieses Kriegszugs, und wenn ich versuchte, mich mit ihm zu beraten, bekam ich das Gefühl, dass er gar nicht mehr so recht wusste, was wir hier eigentlich taten. Doch wir ritten weiter und erreichten irgendwann endlich das Ufer der Ölfusá.

Und es sah aus, als stünden wir am Meer. Die Ölfusá schoss reißend und trübe dahin, alle Furten waren überschwemmt. Es gab keine Möglichkeit hindurchzuwaten. Wir blieben eine Weile am Ufer und mussten uns bald eingestehen, dass der Fluss immer weiter anwuchs. Wir ritten flussauf-, flussabwärts am Ufer entlang, in der vergeblichen Hoffnung, eine Lösung zu finden, schlugen schließlich unser Lager auf, legten uns schlafen und verlebten eine nasse Nacht. Am nächsten Morgen schlug Sturla vor, dass wir uns Richtung Norden halten sollten, in der Hoffnung, dort eine passierbare Stelle zu finden, aber wir hatten langsam den Mut verloren. Es war keine verlockende Vorstellung, mit einer durchnässten und erschöpften Mannschaft in Kaldadarnes auf Gissur zu treffen, der dann vielleicht sogar schon von unserem Vorhaben gehört hatte und uns mit einem ganzen Heer erwartete. Also beschlossen wir am Ende des Tages, eine weitere Nacht an der Ölfusá zu verbringen, und kehrten dann um. Durch Schneeregen und Sturm.

Auf dem Weg zurück nach Westen sprachen Skalden-Sturla und ich nur wenig. Als er mir einmal in die Augen sah, hatten sie diesen für ihn so typischen spöttischen Ausdruck angenommen, und er sagte: »Hier passen wieder einmal Worte, die Snorris Sohn Óraekja einst zu mir sprach: ›Unser Docht wird immer kürzer, mein Freund.‹«

Bei Saudafell verabschiedeten wir uns, und Sturla ritt mit seinen Leuten weiter nach Stadarhóll. Vorher hatten wir verabredet, dass ich einige Tage später mit meiner engsten Familie und den tapfersten Männern zu ihm kommen sollte. Die nächsten Wochen verbrachten wir in andauernder Alarmbereitschaft. Wir rechneten mit dem Schlimmsten und warteten atemlos darauf zu erfahren, was Gissur Grausames unternahm.

GISSUR

Als ich hörte, dass Skalden-Sturla und Hrafn Oddsson sofort, nachdem sie erfahren hatten, dass ich wieder im Lande war, eine Handvoll Bauern zusammentrommelten und sich auf den Weg hierher machten, um mich umzubringen, brauchte ich nun wirklich keine weiteren Beweise mehr dafür, was für eine Farce die Kämpfe unter uns Isländern geworden waren. Es dauerte eine Weile, bis ich von ihrem fehlgeschlagenen Kriegszug erfuhr. Aber auch, wenn nicht so viel Zeit vergangen wäre, hätte mich das kaum erschreckt. Wie kamen diese normalerweise wenig zu Kriegszügen aufgelegten Männer bloß darauf, mir mit so wenigen Männern auch nur ein Haar krümmen zu können, hier in Südisland, mitten in meinem Machtbereich? Schließlich hatte ich hier in allen Richtungen Freunde und Verbündete und wohnte auf einem stark befestigten Hof. Das waren doch kluge Männer, sowohl Skalden-Sturla als auch Hrafn, und nach meiner Erfahrung eigentlich ganz feine Kerle – da musste ich wieder und wieder ungläubig nachfragen, als man mir erzählte, sie seien mit ihren Kriegern zwei oder drei Tage bei Schneeregen am Westufer der Ölfusá im Matsch auf- und abgeritten. Diese Männer kamen aus dem Breiten Fjord und manche sogar ganz aus den Westfjorden, und sie hatten all das auf sich genommen, nur um mich um einen Kopf kürzer zu machen. Die Leute, die mir diese Nachricht überbrachten, waren halb verschämt und konnten sich das Grinsen kaum verkneifen, wenn sie erzählten, dass diese hoch gerüsteten Männer sich nicht getraut hatten, einen Fluss zu überqueren. Und stattdessen einfach wieder durch Matsch und Schneeregen zurückgeritten waren, ohne auch nur einmal die Waffen erhoben zu haben.

Nun wusste ich sicher, was ich bereits geahnt hatte: Vor den Anführern der Sturlungen, die noch am Leben und hier im Lande waren, musste ich keine Angst haben. Wäre Scharten-Thorgils mit ihnen gekommen, wäre das vielleicht anders gewesen, aber der ließ sich natürlich nicht auf so einen Blödsinn ein. Das hätte ich ihnen auch vorher sagen können. Er war dem König viel zu treu ergeben und fest entschlossen, den Auftrag zu erfüllen, den Håkon uns erteilt hatte – und so war es dann ja auch gekommen. Ich erfuhr später, dass Skalden-Sturla und Hrafn versucht hatten, Scharten-Thorgils' Unterstützung für diesen Kriegszug zu bekommen. Erst hatten sie wohl versucht, Thorgils mit schönen Worten von Blutsverwandtschaft und Familienehre zu locken, und als das nichts half, griffen sie zu Drohungen mit dem Erfolg, dass Thorgils sich im ersten unbeobachteten Moment auf sein Pferd schwang und nach Norden zum Bischof von Hólar ritt, um sich dort zu verstecken, bis der Zorn seiner Verwandten verraucht war.

Mir war es ein einziges Rätsel, wie Sturla und Hrafn auf die Idee kommen konnten, hierher zu reiten. Warum waren diese normalerweise so friedfertigen Männer plötzlich so tollkühn? Woher kam dieser Groll? Ich hatte Skalden-Sturla zwei- oder dreimal in meiner Gewalt gehabt, sein Schicksal in meinen Händen gehalten, doch ich hatte ihn jedes Mal verschont und ohne Bedingungen ziehen lassen. Denn eigentlich mochte ich ihn ja, diesen genialen Skalden und Geschichtenerzähler. Und Hrafn Oddsson – wann hatte ich dem oder seiner Familie je etwas getan? All das verwunderte mich so sehr, dass ich einige neutrale Männer in den Westen schickte. Sie sollten erkunden, warum um alles in der Welt Skalden-Sturla und seine Leute zu diesem dümmlichen Kriegszug aufgebrochen waren, der für sie selbst gefährlicher gewesen war als für mich, und bald darauf wurde mir alles klar: Sie hatten befürchtet, ich wollte sie töten. Sie wollten mir zuvorkommen. Und dieser Witz war dabei herausgekommen.

Nun sah ich endgültig ein, dass es nur eins gab. Ich musste mit ihnen Frieden schließen.

Zugegeben, ich fand es etwas merkwürdig, dass Skalden-Sturla und Hrafn sich nicht besser mit ihren Verbündeten abgesprochen hatten, mit Eyjólfur Ofsi zum Beispiel. Wenig später erfuhr ich dann, dass Eyjólfur offensichtlich sehr sonderbar geworden war. Gemütskrank, wenn nicht noch schlimmer. Was an sich nicht schlecht war, denn je weniger Leute es waren, mit denen ich mich auf einen Friedensschluss einigen musste, desto besser. Also schickte ich Gesandte nach Westen zu Skalden-Sturla, um ihm als Erstem die Ehre zu erweisen, und ließ ausrichten, dass ich ihm einen Friedensschluss anbot und alle Waffen schweigen lassen würde.

BISCHOF HEINREKUR VON HÓLAR

Seiner Hoheit König Håkon schreibt mit Gottes und seinen eigenen Grüßen Heinrekur, den man nun Bischof von Hólar auf Island nennt.

Wie Euch versprochen und zugesichert, habe ich mich kundig gemacht über die hiesigen Zustände und die wichtigsten Männer, die diese bestimmen; hier habe ich nun einige meiner Gedanken niedergeschrieben und bitte Euch, Ihr möget verzeihen, dass sie nicht zahlreicher, luzider und fröhlicher sind.

Wie Euch schon vor Beginn meiner Reise ersichtlich war, ist Gissur Thorvaldsson – zumindest solange Thórdur Kakali in Norwegen weilt – der Mann, der von den meisten Einheimischen als mächtigster Anführer angesehen wird, und zwar gleichermaßen von seinen Freunden und seinen Feinden; also habe ich mich bemüht, ihn besser kennenzulernen und etwas über ihn zu erfahren.

Wie Eure Hoheit weiß, war Gissur, solange er sich an Eurem Hofe aufhielt, immerfort darauf bedacht, seine Königstreue unter Beweis zu stellen. Er ließ es nie an Schmeicheleien und Ehrerbietung fehlen, als er uns davon überzeugen wollte, Eure Hoheit möge ihn nach Island schicken, weil er so ein getreuer Verbündeter wäre.

Ich will nicht sagen, dass Gissur sich nun, seit er hier ist, gegen uns wendet oder mit dem bricht, was er uns geschworen hat, wenngleich sein Auftreten und Betragen doch einem gewissen Wandel unterworfen ist. Er scheint weiterhin durchaus gewillt, in unserem Sinne zu handeln, und ist höflich, verhält sich jedoch hierzulande dabei mehr wie ein Herrscher, der sich lästige Anliegen anhört, und nicht wie ein Untergebener, der Befehle ausführt. Er lächelt immerfort und scheint allen Leuten wohlgesonnen, und doch vermute ich, er ist nicht ehrlich und hängt sein Fähnchen nach dem Wind. Ich kann kaum beschreiben, wie mich das mit Schmerz erfüllt, um nicht zu sagen, mit regelrechtem Groll.

Wie Eure Hoheit weiß, ist Gissur ein kluger und wortgewandter Mann. Seitdem er hier bei seinen Landsleuten oder Untertanen weilt, ist mir klar geworden, wie gut er zum Anführer taugt. Die Männer bewundern oder fürchten ihn. Gissur weiß das, und es ist ihm alles andere als unangenehm. Besonders in Südisland ist das offensichtlich, dem Landesteil, den man hier als Gissurs Reich bezeichnet. Die Leute dort verhalten sich, als sei Gissur ihr König oder Jarl, und so behandelt er sie auch. Aber dass er sich nun mir gegenüber ebenso verhält, dem Vertreter der Kirche und des Bischofs von Trondheim, das ist natürlich Hochmut und Größenwahn, wenn nicht gar eine willentliche Beleidigung. Ich weiß nicht, wie lange ich ihm unter diesen Umständen noch bei all den hiesigen Streitigkeiten den Rücken stärken mag.

Ganz anders steht es um den zweiten Gesandten, der mit Gissur und mir hierhergekommen ist, um Scharten-Thorgils; er erweist mir immer die gebührende Wertschätzung, ist fast immer demütig in seiner Rede, und wenn er, was vorkommen kann, einmal wütend wird, dann richtet sich das nie gegen mich oder Euch und geht zudem rasch vorbei. Doch auf der anderen Seite muss ich die Erfahrung machen, dass ihm kein Isländer mit Worten oder Taten eine Form von Demut oder auch nur Respekt entgegenbringt, obwohl er darauf nicht weniger Anrecht hätte als Gissur, schließlich sind sie beide Gesandte von Euer Gnaden. Nur zu gut kann ich daher den tiefen Ingrimm verstehen, den Thorgils aufgrund dieser Gleichgültigkeit oder gar Verachtung empfindet, die die Bauern ihm entgegenbringen. Wenn er bei ihnen anklopft, werden Mägde oder Stallknechte zur Tür geschickt und richten ihm aus, der Hausherr sei nicht zu Hause, obwohl alle wissen, dass das eine Lüge ist. Wenn Scharten-Thorgils eine Versammlung einberuft und sich den hiesigen Landbesitzern als Anführer anbietet, antworten sie, so sie ihm denn überhaupt jemals zuhören, mit Ausflüchten oder Schroffheiten. Ich kann es mit Verlaub nicht anders beschreiben, als dass die Isländer Thorgils, der doch die Anerkennung und Ermächtigung des norwegischen Königs höchstselbst besitzt, vollkommen missachten.

Im Bezirk Skagafjord, wo mein nordisländischer Bischofssitz liegt, hat ein gewisser Eyjólfur Thorsteinsson das Sagen, den Kakali dort als seinen Stellvertreter eingesetzt hat. Eyjólfur ist mit Kakalis Nichte Thurídur verheiratet, der Tochter von Sturla Sighvatsson, der vor ungefähr fünfzehn Jahren bei der großen Schlacht von Örlygsstadir gefallen ist. Diesen gefallenen Sturla muss ich Euch nicht näher beschreiben, erschien er doch seinen Verwandten aus der Sturlungen-Familie und vielen anderen Leuten als bestens geeignet, über Island zu herrschen. Und Ihr hattet ihm einst den Auftrag gegeben, verlässliche Bande mit der norwegischen Krone zu knüpfen und die Isländer zu Euren Untertanen zu machen. Seinen Tod hält man hier für eine Folge des unberechenbaren, betrügerischen Verhaltens von Gissur, und wenn dem so sein sollte, könnte meine dunkle Vorahnung sich als wahr erweisen, dass Gissur in seiner Königstreue und Unterstützung unserer Sache nicht vollends zu trauen ist. Aber eigentlich habe ich ja von Eyjólfur Thorsteinsson geschrieben; man sagt sich, dass in ihm ein ähnlich großer Anführer steckt wie in seinem verstorbenen Schwiegervater Sturla Sighvatsson. Eyjólfur ist ein groß gewachsener Mann von kräftiger Statur und feldherrenhaften Gesichtszügen. Manchmal wird er aufgrund seines unbeherrschten, zornigen Wesens von den Einheimischen auch »Ofsi« genannt, was durchaus anerkennend gemeint ist, schließlich legt er bei vielem, das er unternimmt, eine geradezu ungestüme Kraft und Leidenschaft an den Tag. Als ich ihm das erste Mal traf, machte er einen sehr guten Eindruck auf mich. Er empfing mich mit überschwänglicher Herzlichkeit von einer Art, die mir aufrichtig und unverlogen erschien. Bereits wenige Tage nach meiner Ankunft stattete er mir einen unangekündigten Besuch ab, und das nur aus dem einen Grund, er wolle mir seine Freundschaft antragen. Mit großen Worten, die er oft wiederholte, bekräftigte er, sich als weltlicher Anführer des Bezirks nichts sehnlicher zu wünschen als eine gute und friedliche Zusammenarbeit mit dem Bischofsstuhl, an der es ja wohl zu Zeiten meiner Vorgänger oft gefehlt hatte, wenn sie verjagt oder als Unruhestifter in Kellerverliese eingesperrt worden waren. Ich hatte es in meinem ersten Brief an Euch beschrieben. Und um auf seine guten Worte gleich Taten folgen zu lassen, lud Eyjólfur mich wenige Tage später zu einem großen Festmahl auf seinem Hof Geldingaholt auf der anderen Seite des Fjordes ein, bei dem es weder an Essen noch Trinken fehlte. Auch dabei schien er mir ganz aufrichtig und unverfälscht in seiner überbordenden Herzlichkeit zu sein. Ich versprach mir einiges von seiner Unterstützung. Wieder und wieder sagte er, keine Angelegenheit sei so nichtig, dass er nicht sofort bereit wäre, mir aus vollen Kräften dabei zu helfen, sie zu regeln. Er gab mir zu verstehen, dass es hier im Bezirk – und eigentlich auch im Rest des Landes – wenig gäbe, das er nicht zu tun vermochte.

Ich hatte das Gefühl, endlich mit einem wirklich großen Mann zu reden, einem Mann, der nichts fürchtete und sich alles zutraute.

Doch auch dieser Eyjólfur erwies sich nicht als der, den er vorgab zu sein. Nicht lange nach besagtem Festmahl, auf dem er mir seine unumschränkte Freundschaft antrug, gab es eine Unstimmigkeit zwischen zwei bedeutungslosen Kleinbauern hier im Bezirk, die auch den Bischofsstuhl betraf, eine so geringe Sache, dass ich Euch nicht mit ihrer Beschreibung belästigen will; ich schickte nach Eyjólfur, um mich mit ihm zu beraten, doch meine Boten kamen zurück und waren höchst verlegen. Sie hatten es nicht geschafft, mit Eyjólfur zu sprechen, wenngleich man annehmen musste, dass er zu Hause war, und das, obwohl meine Boten sehr deutlich machten, in wessen Namen sie unterwegs waren. Seitdem sind viele Wochen vergangen, und obwohl ich wiederholt versucht habe, ihn zu einem Gespräch zu bekommen, erhalte ich keine Antwort; kann es sein, dass er unter einer Krankheit leidet, die er mir verschwiegen hat?

Die Leute, die in diesem Lande siedeln, scheinen mir wirklich höchst sonderbar zu sein.

Valete.

HELGA THÓRDARDÓTTIR

Es waren keine unbedeutenden Männer, die hierher nach Stadarhóll kamen und behaupteten, sie hätten etwas mit meinem Mann Skalden-Sturla zu besprechen. Er hatte sich in seine Schreibkammer zurückgezogen, und ich dachte, er wäre in seine Arbeit vertieft, doch als ich kam, um ihn zu holen, fand ich ihn fest schlafend, und er schreckte hoch aus einem, wie mir schien, sehr schlechten Traum. Aber es gab keinen Grund, vor diesen Gästen Angst zu haben. Niemand anderes als der Bischofsvikar von Südisland war gekommen, ein Gesandter und Bevollmächtigter des Bischofs von Skálholt. Er benahm sich derart höflich, als wäre er der Bischof selbst und würde einen Edelmann besuchen. Er hatte einige Chorknaben oder Novizen in farbenfrohen Kleidern dabei, die seine Dokumente und sein Gepäck trugen. Sturla bat mich, dabeizubleiben, während sie miteinander sprachen. Ich glaube, er wollte mir zeigen, wie gut er mit feinen Männern umgehen konnte. Mein Ehemann hat schon immer zur Eitelkeit geneigt – er will mir stets etwas beweisen, wie gegenüber allen anderen auch.

Es stellte sich heraus, dass es kein Geringerer als Gissur war, der den Gesandten in unser Tal am Breiten Fjord geschickt hatte, und zwar mit der höflichen Anfrage, ob sein Sohn Hallur unsere Tochter Ingibjörg heiraten dürfe. Außerdem überbrachte er uns einen Brief, in dem Gissur mit ergreifenden Worten von Freundschaft und dauerhafter Versöhnung schrieb und versprach, dass Sturla vom norwegischen Königshaus Ehrungen und Begünstigungen erhalten würde, falls Gissur und der hochwohlgeborene Herr sich in gewünschter Weise einigten, oder wie auch immer dieser über alle Maßen vornehme Gesandte des Bischofs von Skálholt es ausdrückte. Ich sah, wie Sturla vor Stolz errötete, als er diese Worte hörte. Er schielte kurz zu mir herüber, um zu schauen, ob ich bemerkte, mit welch gewählten Worten diese weltläufigen Gelehrten ihn ansprachen, doch ich musste seinem Blick ausweichen und mir ein wenig auf die Lippe beißen, um nicht zu lächeln.

Natürlich hatte ich mich darüber gefreut, das will ich gar nicht bestreiten. Diese ewigen Kämpfe und die dauernde Angst um unser Leben, die damit einherging, setzten meinem Mann schon seit langer Zeit zu und nahmen ihn derart in Beschlag, dass er kaum noch klar denken konnte. Das war nicht gut für einen Mann, der eigentlich am liebsten in Frieden gelassen werden und sich mit seinen Büchern beschäftigen wollte. Doch das war nicht die einzige Sehnsucht in Sturlas Herzen. Genauso sehnte er sich danach, ein bedeutender Mann zu sein, was ihn manchmal regelrecht kindisch erscheinen ließ. Reich und hoch angesehen wollte er sein: ein großer Anführer. Ein Grund dafür war vielleicht, dass er unehelich geboren war und daher keinen Erbanspruch auf Macht und Besitz hatte – ganz im Gegensatz zu seinem Bruder Bödvar. Nun wusste so ein kluger Mann wie Sturla natürlich, dass es nichts brachte, immer wieder daran zu denken oder sich gar davon den Schlaf rauben zu lassen, erst recht nicht in seinem Alter. Und doch spürte ich jedes Mal, wie es ihm einen Stich versetzte, wenn etwas geschah oder gesagt wurde, das ihm diese altbekannte Tatsache wieder in Erinnerung rief. Dann unternahm er sofort etwas, um zu zeigen, dass er kein geringerer Mann als sein Bruder Bödvar war. Ähnlich war es mit dem gespannten Verhältnis, das er zu Snorri Sturluson hatte, obwohl Sturla ihm meines Wissens viel verdankte. Doch dass dieser Snorri schon zum Anführer erzogen wurde, weit gereist, hochgebildet und noch dazu steinreich war, schien Sturla immer zu wurmen, denn er wäre am liebsten genauso gewesen. Darüber hinaus darf man nicht vergessen, was ich an Besitz in unsere Ehe eingebracht hatte, den Hof hier auf Stadarhóll, um nur einen Teil zu nennen. Gott verhüte, dass ich das auch nur erwähnte – er wäre tödlich beleidigt. Da wunderte es mich nicht, wie viel ihm daran lag, den Gesandten des Bischofs und die Emissäre von Gissur Thorvaldsson wie der mächtige Anführer und Edelmann in Empfang zu nehmen, für den sie ihn zu halten schienen.

Wir saßen in unserem Wohnraum, er befahl mir, die besten Speisen und Getränke auftragen zu lassen, und ich bemerkte wieder einmal, wie rasch Sturla die persönlichen Eigenheiten fremder Leute zu erkennen vermochte, besonders, wenn er auf irgendeine Weise zu ihnen aufsah. Ich erkannte das daran, dass Sturla nur wenig später dieselben Eigenheiten an den Tag legte und sich die Sitten seines Gesprächspartners regelrecht einverleibt hatte. So hielt sich der Bischofsvikar von Skálholt zum Beispiel besonders aufrecht. Er lächelte nie, war aber auch nicht gerade wortkarg. Er schien jedes einzelne Wort mit den Lippen zu formen, während der Rest seines Gesichts unbewegt blieb. Er sprach klar und deutlich, ohne die Stimme wesentlich zu erheben oder abzusenken. Ich glaube, das war es, was man unter ehrwürdigem Auftreten verstand.

Ich hätte, während ich dort bei ihnen saß, von diesen Eigenheiten kaum Notiz genommen, wenn nicht Sturla bald begonnen hätte, sich genauso zu verhalten. Sogar die etwas gestelzte, kirchliche Wortwahl des Gesandten machte er sich zu eigen und begann die meisten Sätze fortan mit einem nachdenklichen »hm-hm«. So wurde es eine sehr seriöse Zusammenkunft.

Wie immer nutzte Sturla natürlich die Gelegenheit, um Informationen zu sammeln. Er erkundigte sich danach, wie es um das Verhältnis zwischen Gissur und seinem Nachbarn, dem Bischof von Skálholt, bestellt sei, mit dem es bekannterweise bisher nicht gerade zum Besten gestanden hatte. Wie komme es dazu, dass die Männer des Bischofs nun plötzlich in Gissurs Auftrag durch das halbe Land zogen? Woraufhin der Gesandte des Bischofs die klar formulierte, höfliche Antwort gab, dass seinem Dienstherrn und der Kirche natürlich daran gelegen sei, für Frieden unter den Menschen zu sorgen, weswegen sie sich nur zu gern mit einem derartigen Vorhaben befassten. In der Vergangenheit habe es in Südisland sehr wohl Spannungen zwischen den weltlichen Anführern und der kirchlichen Macht gegeben, doch nun sei der Bischof von Skálholt der Meinung, dass Gissur ernsthaft an einem Frieden gelegen sei, und zwar ebenso mit den Vertretern der Kirche wie mit den anderen mächtigen Familien des Landes.

Ich konnte regelrecht spüren, wie Sturla ein Stein vom Herzen fiel, als er das hörte. Diese Worte überzeugten ihn davon, dass Gissur allen Ernstes von seinen Kriegszügen ablassen wollte und seinen alten Feinden die Hand ausstreckte. Und weil Sturla sich, wenn ihm eine überraschende Liebenswürdigkeit oder Ehrerbietung zuteilwurde, so schnell begeistern ließ, dass man ihn kaum wiedererkannte vor lauter lobenden Worten, die er plötzlich für Männer fand, die er bis dahin mit hasserfüllten Schmähungen überhäuft hatte, ergriff er nun an unserem Tisch das Wort, vergaß für einen Moment sogar, das vornehme Gesicht zu machen, das er sich von dem bischöflichen Gesandten abgeguckt hatte, und sagte mit aufrichtiger, fast schon kindlicher Überzeugung: »Alles in allem denke ich, Gissur ist im Grunde seines Herzens ein feiner Kerl!«

Der Gesandte des Bischofs hingegen blieb vornehm zurückhaltend und antwortete mit pfeilgerader Unterlippe in seiner weder hohen noch tiefen Stimme: »Hm, das halte ich für übertrieben.«

Da musste ich mich abwenden, um die Feierlichkeit des Augenblicks nicht mit Gekicher zu verderben.

Schließlich wurde beschlossen, im Spätsommer Hochzeit zu feiern und dabei eine große Zusammenkunft zu halten, auf der alle Streitigkeiten endgültig beigelegt werden sollten. Sturla erbat sich, dass neben ihm auch Hrafn Oddsson auf dieser Zusammenkunft dabei wäre, und dann verabschiedeten sich die Besucher in aller Form und Höflichkeit. Sturla gab ihnen wunderschön gefärbte Schwanenfedern mit, die sie Gissur als Geschenk überreichen sollten, und in den folgenden Tagen und Wochen war mir fast, als würde ich fliegen, so eine heitere Leichtigkeit erfüllte den Hof. Sobald der Sommer zu Ende ging, sollte Hochzeit gefeiert werden mit einem glanzvollen Fest bei Gissur und seiner Frau Gróa.

HRAFN ODDSSON

Was soll man jetzt davon halten? Was soll man darauf geben, wenn Gissur plötzlich beginnt, von Frieden und Versöhnung zu reden? Gissur Thorvaldsson, den ich für hinterlistiger halte als eine Giftschlange? Er ist schon immer bekannt dafür gewesen, sein Fähnchen nach dem Wind zu hängen und so zu tun, als sei er allen einigermaßen wohlgesonnen, aber was heißt das schon? Hatte er sich nicht letztendlich immer, wenn es zum Schwur kam, als der grausamste und blutrünstigste aller isländischen Anführer erwiesen?

Und nun will er Frieden? Will unser aller Freund werden? Ich weiß nicht.

Als die Leute aus Südisland hierherkamen und uns die Botschaft von Gissur überbrachten, hatte ich zuerst gedacht, er wollte uns für dumm verkaufen. Er musste diese Einfaltspinsel irgendwie überredet haben, uns ein Angebot zu überbringen, von dem nachher niemand mehr etwas weiß – so war es ja schon einmal geschehen, als sie den armen Thorsteinn Hjálmsson aus Breidabólstadur dazu gebracht hatten, unserem Kakali ein großmütiges Friedensangebot von Kolbeinn dem Jungen zu überbringen, der sich später nicht daran erinnern wollte, irgendjemandem irgendetwas angeboten zu haben, und Thorsteinn sogar für sein Gefasel bestrafen ließ.

Ich war bei Skalden-Sturla auf Stadarhóll, als ich von Gissurs Vorschlag erfuhr, und fragte als Allererstes Sturla, was er davon hielt, denn ich hielt ihn für den weisesten und vernünftigsten unserer Männer. Er war hin- und hergerissen. Auf der einen Seite war er selbst bereits Opfer von Gissurs Hinterlist und Täuschungen geworden, doch auf der anderen Seite schien Sturla zu glauben, dass Gissur es dieses Mal ernst meinen könnte, und wenig später begriff ich auch, warum. Noch am selben Abend zeigte er mir ein Buch, eine schöne große Handschrift auf Latein, die früher einmal Bischof Björn von Skálholt gehört hatte, einem Onkel von Gissur, doch nun hatte der Gesandte, der Skalden-Sturla das Friedensangebot überbrachte, ihm diese Handschrift als Geschenk von Gissur überreicht. Das war natürlich der Schlüssel zum Herzen des Skalden, seine Hände zitterten, als er das Buch aufschlug, seine Stimme versagte fast vor Rührung, und seine Augen funkelten, als er dieses Prachtstück in den Händen hielt und mir einige herrlich illuminierte Zeichnungen zeigte. Den Text verstand ich ja nicht.

»Kein Mann mit schlechten Absichten kann so ein Meisterwerk verschenken«, sagte Sturla.

Es war offensichtlich, dass wir mit Gissur persönlich reden mussten, vorher konnte es keinen Waffenstillstand geben. Sturla und ich waren einer Meinung: Wenn wirklich ein Friede erreicht würde, so unwahrscheinlich das nach über zwanzig Jahren des Blutvergießens auch klingen mochte, wäre es das wert? Eine Gnadengabe Gottes wäre das. Also ließen wir ihm ausrichten, dass wir ihn sehen wollten; wir überlegten, wo wir uns auf halbem Weg treffen konnten, und ich schlug Reykholt vor, sah aber schnell ein, dass es undenkbar wäre, dass wir Anführer der Sturlungen-Familie uns mit Gissur an dem Ort trafen, wo er unseren großen Snorri Sturluson hatte umbringen lassen. Also ließen wir es dabei bewenden, ein unbewaffnetes Treffen an einem neutralen Ort vorzuschlagen, den Gissur auswählen sollte. Daraufhin folgte noch ein Beleg für Gissurs gute Absichten, denn er antwortete, dass er bereit sei, zu uns an den Breiten Fjord zu kommen und uns auf Skalden-Sturlas Hof zu treffen. Was wir selbstverständlich akzeptierten. Wir verabredeten uns für das Monatsende.

Ich ritt bereits einen Tag vor Gissurs erwarteter Ankunft zu Sturlas Hof und nahm fünf verlässliche Männer mit, die in einem Nebengebäude untergebracht wurden, zusammen mit den Männern von Sturla. Und dort sollten sie auch bleiben, außer Gissur käme mit mehr Männern, als verabredet war. Aber als wir Gissur näherkommen sahen, wurde schnell klar, dass er Wort gehalten hatte. Sie waren nur zu neunt, seinen Sohn und seine Frau Gróa bereits mitgezählt. Gissur bot einen geradezu majestätischen Anblick, saß hoch zu Ross und trug einen blauen Umhang und pelzbesetzte Schuhe aus Kalbsleder. Er küsste Sturla und mich, als er auf den Hofplatz kam, und stellte uns Gróa vor, eine schöne Frau mit ebenmäßigen Gesichtszügen und vollem lockigen Haar. Es war eindeutig, dass die Eheleute sich sehr mochten. Wir setzten uns zusammen und sprachen zwei Tage lang über den Frieden, den wir schließen wollten. Gissur erwies sich als kultivierter, als ich es in Erinnerung hatte. Das mochte an seinem langen Aufenthalt am norwegischen Hof liegen. Er war gebildet und redegewandt, ohne Skalden-Sturla in diesem Bereich übertrumpfen zu wollen. Für den Fall, dass er auf irgendeine Weise zum Stellvertreter des Königs auf Island ernannt würde, versprach er uns, dass Sturla und ich im Rang unmittelbar nach ihm kommen würden. Außerdem versprach er, sich nie in unsere Angelegenheiten einzumischen.

Gissurs und Gróas Sohn Hallur war ein hübscher und freundlicher Junge, achtzehn Jahre alt, und als sich abzeichnete, dass nichts mehr dagegen sprach, den Frieden zu beschließen, fragte Gissur nach Sturlas Tochter Ingibjörg und ob der Skalde etwas dagegen hätte, wenn sein Sohn Hallur um ihre Hand anhielt. Sturla sagte, er werde mit seiner Tochter und seiner Frau darüber sprechen, und als wir uns verabschiedeten, war allen klar, dass ein neuer Tag auf Island anbrechen würde und die Zeit von Angst und Schrecken hinter uns lag.

GISSUR

In jenem Frühjahr dachte ich oft darüber nach, wen ich als Anführer in den strategisch wichtigen Gebieten in Nordisland einsetzen könnte, in Bezirken wie dem Skagafjord und in dem Land um den See Húnavatn, dessen Bewohner einst zuverlässige Verbündete meines Waffenbruders Kolbeinn des Jungen waren, doch ich kam zu keinem Ergebnis. Was mich durchaus beunruhigte, denn um dauerhaft Frieden zu schaffen, reichte es nicht, dass ich hier im Süden alles unter Kontrolle hatte, so lange die Bezirke im Norden nicht in guten Händen waren.

Manche sagten, ich solle mir darüber keine Sorgen machen – Hauptsache, ich erzielte mit den wichtigsten Leuten aus der Sturlungen-Familie eine Einigung, doch das sah ich anders. Einem solchen Frieden war kaum zu trauen, da aus den Reihen der Sturlungen regelmäßig Männer auftauchten, die sich einbildeten, das ganze Land erobern zu können. Am schlimmsten war in dieser Hinsicht der gefallene Sturla Sighvatsson gewesen, dem es fast sogar gelungen wäre, sämtliche Macht zu Wasser und an Land an sich zu reißen. Nur die Allianz, die Kolbeinn der Junge und ich in Windeseile von Südisland über das Hochland hinweg bis nach Skagafjord im Norden bildeten, hatte die Isländer vor diesem furchtbaren Schicksal bewahrt. Auch Thórdur Kakali war nicht zu unterschätzen. Das, was sein Bruder Sturla nur versucht hatte, war Kakali gelungen, das muss man ihm lassen. Was für ein Glück, dass König Håkon ihn nach Norwegen berufen hatte und so klug war, ihn dieses Mal nicht wieder fortzulassen. Ich will gar nicht daran denken, was sonst hier los wäre. Und Kakali war es nur gelungen, ganz Island zu beherrschen, weil er Kolbeinn dem Jungen die Herrschaft über den Bezirk Skagafjord streitig machte. Es gab keinen Zweifel, Skagafjord war der Schlüsselbezirk, wenn ich die Sturlungen und alle möglichen Glücksritter in ihre Schranken weisen wollte. Auf die Unterstützung unserer Leute hier im Süden konnten wir fest vertrauen, und wenn wir nun noch ein verlässliches Bündnis mit denen im Norden schmiedeten, hätten wir es geschafft.

Ich konnte mich nur nicht entscheiden, wer der richtige Mann für den Skagafjord war. Ich suchte einen Anführer, bei dem ich mir sicher sein konnte, dass er uns nie in den Rücken fiel, der aber trotzdem tollkühn genug war, sich allen Draufgängern entgegenzustellen, die versuchen würden, dort oben an die Macht zu kommen, indem sie sich mit ihm oder anderen anlegten.

Darüber zerbrach ich mir lange den Kopf, wenn auch ohne nennenswerten Erfolg. Es gab genug ehrliche und gutmütige Männer im Skagafjord; feine Kerle, denen ich problemlos vertrauen konnte. Doch bei jedem von ihnen zweifelte ich daran, ob er zum Anführer taugte. Niemand konnte bestreiten, dass zum Beispiel Brandur Kolbeinsson klug war und uns nichts Böses wollte, aber als Anführer hatte er sich als unfähig erwiesen, denn Kakali hatte ihn schnell aus dem Weg geräumt.

Ich überlegte, wie es umgekehrt aussehen würde, wenn also der Anführer der Leute aus dem Skagafjord nach jemandem suchen würde, dem er die Macht in Südisland übertragen könnte; da wäre die Auswahl groß, auch wenn man mich nicht mitzählte.

Natürlich dachte ich in diesem Zusammenhang auch an meine Söhne, die alle noch jung waren. Als ich vor einigen Jahren zu meiner allzu langen Abwesenheit aufbrach, war Ketilbjörn noch ein Kind gewesen. Als ich jedoch zurückkam, wurde mir bald klar, was für einen Schatz ich mit meiner engsten Familie – mit den Söhnen und auch meiner Frau Gróa – besaß. Aus den Kindern waren junge Männer geworden, die jeden Vater stolz machen mussten. Mein

Ísleifur erinnerte mich sogar an meinen verstorbenen Vater Thorvaldur, den verlässlichsten und weisesten Mann, den ich kannte. Wenn ich Ísleifur sah, musste ich unweigerlich daran denken, dass alle Kreaturen mit ihrer Doppelzüngigkeit oder Dummheit mein Vertrauen enttäuschen könnten – nur einige wenige Männer wie Ísleifur und mein Vater nicht. Auch Ísleifur war inzwischen zu einem stattlichen Kerl herangewachsen, mit dunklen Augen und einem festen Blick, der ruhig und besonnen auf allem ruhte, was er ansah. Ísleifur war nur nicht ganz so hübsch wie seine Brüder Ketilbjörn und Hallur, die mit ihren blauen Augen, dem lockigen Haar und ihrer vitalen Art mehr nach ihrer Mutter kamen, gerne lachten und ihre Umgebung auf einmalige Weise mit ihrer Heiterkeit anstecken konnten. Außerdem waren sie stark, insbesondere Hallur, der zukünftige Bräutigam, der schon ausgewachsen war und den nur wenige bei Kraftproben oder beim Ringen zu Fall bringen konnten, wenn er auch eine gewisse Grausamkeit vermissen ließ, die ihn in diesem Bereich sicherlich noch besser machen würde. Und der kleine Ketilbjörn, er wird seinen Brüdern in nichts nachstehen, wenn seine Zeit gekommen ist.

Ich hatte schon fast beschlossen, die Macht im Skagafjord an einen von ihnen zu übertragen, und hatte bereits den prächtigen Hof Flugumýri gekauft, der einst Kolbeinn dem Jungen gehörte. Ich sah ein, dass ich niemandem so vertrauen konnte wie meinen eigenen Söhnen. Bei ihnen war die Gefahr am geringsten, dass sie etwas verdarben, indem sie ungeschickt oder unüberlegt handelten, und es war praktisch ausgeschlossen, dass sie mich oder meine Interessen verrieten.

Dann jedoch wurde mir unwohl bei dem Gedanken, einem dieser wunderbaren Jungen die Macht in einem Bezirk zu geben, der sich als Schlangengrube erweisen könnte, bevor sie die nötige Erfahrung besaßen und die Härte, Falschheit und Hinterlist des Lebens kennengelernt hatten, so wie ich sie hatte kennenlernen müssen.

Und plötzlich war mir klar, dass es nur eine Lösung gab: Ich beschloss, selbst in den Skagafjord zu ziehen. Und dort die Macht zu übernehmen. Meine Söhne konnten hier im Süden das Sagen haben, wo ich an jeder Hand zahlreiche Verbündete hatte und niemand so bösartig oder feindselig sein würde, dass wir damit nicht zurecht kämen.

Sicher gab es im Norden auch feindselige Menschen, aber mir selbst traute ich zu, sie kaltzustellen. Ich musste mich nur mit den richtigen Leuten anfreunden und so tun, als gäbe es die anderen nicht, dann würden sie langsam, aber sicher eingehen wie Unkraut auf einem Acker im Herbst.

EYJÓLFUR

Da stand doch gestern kein Geringerer als der berühmte Gissur Thorvaldsson hier auf meiner Hofwiese, der mächtigste Mann von ganz Südisland. Ich hatte mich etwas hingelegt und in Ruhe gedöst, als ich plötzlich spürte, wie die Luft ins Sausen kam. Die Leute tuschelten und riefen Jessumaria, ich hörte Pferde auf dem Hofplatz und Hundegebell, da riss die Neugier mich aus dem Bett. Auf dem Weg nach draußen kam mir meine Frau in großer Eile entgegen, verschwand türenschlagend hinter mir, und als ich nach draußen kam, stand Gissur einfach dort. Und begrüßte mich in aller Freundlichkeit, unbewaffnet und nur von drei oder vier Männern begleitet. Lächelte. Schüttelte meine Hand. Sagte, er sei gekommen, um die wichtigsten Männer hier im Bezirk zu treffen. Die Tage zuvor war es mir nicht sehr gut gegangen, ich hatte das Gefühl, die ganze Welt hätte sich gegen mich verschworen und niemand würde mir Respekt zeigen, da kann ich nicht bestreiten, dass ich von Gissurs überraschendem Besuch und seinem freundlichen Lächeln etwas feuchte Augen bekam. Ich ergriff seine ausgestreckte Hand und bat ihn hinein. In den Wohnraum. Schickte nach Essen und Trinken. Und nach meinem Verwalter und zwei Knechten, damit wir uns beide mit derselben Anzahl Männer zu Tisch setzen konnten. Die Männer saßen vorn an der Tür, Gissur und ich hingegen auf der erhöht stehenden Bank und plauderten höflich, wie es wichtige Anführer eben taten. Er trug ein blaues Gewand und feine Schuhe – es war eindeutig, dass mir ein Mann gegenübersaß, der es gewohnt war, unter Herrschern zu verkehren, schließlich kam er gerade von einem langen Aufenthalt am norwegischen Königshof zurück. Aber ich bin auch kein Bauerntölpel, wenn ich mich benehmen will. Also saßen wir zusammen, leerten den einen oder anderen Becher, und mit der Zeit konnte ich immer besser mit diesem wichtigen Mann reden.

Worüber wir redeten? Das weiß ich eigentlich gar nicht, ich erinnere mich nicht mehr, ich war viel zu froh, dass wir überhaupt redeten und Gissur sich entschlossen hatte, mir diese Ehre zu erweisen. Die meiste Zeit ließ ich ihn reden, lachte, wenn es sein musste, und schielte manchmal zu meinen Männern hinüber, die ehrfürchtig an der Tür saßen. Merkwürdig – da musste ich also einen Erzfeind treffen, damit mir endlich jemand den angemessenen Respekt zeigte. Und warum war er überhaupt mein Erzfeind? Ich kannte ihn doch bisher kaum, hatte ihn nur zwei-, dreimal auf dem Althing gesehen. Und nun saß ich mit ihm zusammen und spürte, wie leicht es mir fiel, mich in seiner Gegenwart wohlzufühlen und ihm zuzustimmen, denn wir waren meist einer Meinung. Auch darüber, dass es wahrscheinlich das Beste wäre, wenn ich aus dem Bezirk fortzog. Wir könnten uns ohne Probleme am Eyjafjord niederlassen, auf der anderen Seite der Berge, im Hinterland der Sturlungen-Familie, da gab es auch große Höfe.

Gissur sagte lächelnd, dass hier im Skagafjord kein Platz für zwei Anführer sei.

Zwei Anführer. Da musste also unser erklärter Todfeind kommen, damit mich endlich jemand wie einen Anführer behandelte. Er war sogar so uneitel, uns beide, mich und ihn, in einem Atemzug zu nennen; womit er doch eigentlich gesagt hatte, dass wir einander ebenbürtig waren und daher nicht im selben Bezirk wohnen sollten. Damit war ich einverstanden. Errötete fast, als ich sah, dass einige der Männer vorn an der Tür nickten, als ob sie ihre Zustimmung zeigen wollten. Ich bot an, ihm das Land hier im Skagafjord zu verkaufen, und wir besiegelten das Geschäft mit einem Handschlag nach der Art großer Ehrenmänner. Mehr braucht es nicht, wenn echte Anführer zusammensitzen.

Thurídur nahm diese Neuigkeiten nicht gut auf. Ich erzählte ihr von meinem Entschluss, in den Eyjafjord zu ziehen, und hatte gehofft, sie würde das respektieren. Ihrem Mann gehorchen. Und vielleicht sogar verstehen, dass ich dabei an ihr Wohl gedacht hatte, schließlich war sie es doch, die andauernd Heimweh hatte, seit wir aus dem Gebiet der Sturlungen fortgezogen waren. Aber sie schimpfte nur. Ging fort und schloss sich ein. Den ganzen Abend bekam ich sie nicht mehr zu Gesicht und sollte auch am nächsten Tag kaum ein Wort aus ihr herausbekommen. Ziemlich betrübt klopfte ich den Rest des Abends immer wieder an ihre Tür und rief: »Kannst du dich nicht mit mir freuen, wenn andere Anführer mir Respekt zeigen? Du tust das ja nicht. Ganz zu schweigen von deiner Mutter!«

Das war mir so herausgerutscht, es war Nacht geworden, und mir fiel zu spät ein, dass mich die anderen im Haus vielleicht hören könnten. Später bekam ich mit, wie ihre Mutter, die andauernd bei uns zu Besuch war, darüber schimpfte, dass Gissur der Mörder von Thurídurs Vater sei. Das habe ich natürlich auch nicht vergessen, obwohl ich wirklich andere Dinge im Kopf habe und nicht dauernd daran denke, wer hier wen vor zwanzig Jahren umgehauen hat – es ist schwer genug, nicht wahnsinnig zu werden, wenn man an die Schlachten in unseren blutigen Zeiten denkt.

Das habe ich jetzt aber schön gesagt. Unsere blutigen Zeiten. Vielleicht sollte ich das öfter sagen und ein Friedensbringer werden. Wie Jesus, unser Heiland. Es gibt schließlich niemanden, der ein höheres Ansehen genießt. Und vielleicht schreibe ich auch einmal ein Buch, wie Snorri Sturluson und Skalden-Sturla von sich behaupten getan zu haben, Sagas und Dichtung mit vernünftigen Gedanken, das könnte ich bestimmt gut, ich kann alles. Wenn die schwarzen Hunde mich nicht verfolgen.

Ach, kommt nur, kommt nur! Dann werdet ihr Eyjólfur Ofsi kennenlernen. Hahahaha!

GRÓA ÁLFSDÓTTIR

Nachdem Gissur mir von seinem Vorhaben erzählt hatte, in den Skagafjord zu ziehen, als wäre es das Alltäglichste von der Welt, dachte ich als Allererstes, dass er das mit sich und seinem Gewissen ausmachen sollte – ich würde ihm nicht folgen wie ein Gepäck- oder Möbelstück. Genau genommen hatte Gissur anfänglich auch gar nicht gesagt, ob er überhaupt davon ausging, dass ich Teil seiner Zukunft nördlich des Hochlandes sein würde. Aber als er sein Vorhaben genauer erklärte, kam ans Licht, dass der Plan uns beide betreffen sollte, wie es bei Ehepaaren nun einmal sein sollte, und obwohl ich zuerst ganz dagegen war, hier alles hinter mir zu lassen, um mich unter unbekannten oder gar feindseligen Leuten niederzulassen, konnte ich nicht bestreiten, dass diese Idee mich mit einer gewissen Vorfreude erfüllte – oder sagte man dazu »Optimismus«?

Als Gissur und ich begannen, uns zu treffen, war seine erste Frau Ingibjörg noch am Leben, die Tochter von Snorri Sturluson, mit der er im Alter von fünfzehn Jahren verheiratet worden war. Meine Freunde und Verwandten warnten mich davor, die Nebenfrau eines so mächtigen Mannes zu werden und womöglich noch uneheliche Kinder von ihm zu bekommen. Dann kamen unsere Söhne auf die Welt, und es war klar, dass ich Gissurs Frau werden sollte, sobald er frei war. Wenig später brachen jedoch die Kämpfe wieder aus. Gissur tappte am Apavatn in die Falle von Sturla Sighvatsson und konnte sich glücklich schätzen, dass sie ihn nicht erschlugen, sondern ihm nur befahlen, das Land zu verlassen, ohne sich von mir zu verabschieden. Doch stattdessen bewaffneten die verfeindeten Lager alle Männer, die sie bekommen konnten, und metzelten sich gegenseitig bei der großen Schlacht von Örlygsstadir nieder. Von da an hatte Gissur keinen ruhigen Augenblick mehr. Ich musste jederzeit mit neuen blutigen Kämpfen rechnen oder damit, dass der König ihn an seinen Hof beorderte, was ja schließlich auch passierte, er fuhr nach Norwegen, und ich hatte keine Ahnung, ob er einen Winter fortbleiben würde oder zwei, drei Jahre, ganz zu schweigen von den sechs Jahren, die schließlich vergehen sollten, bis wir uns wiedersahen. So zerplatzten die Träume, mit meinem Mann und meinen Kindern in Frieden leben zu können. Ich gab die Hoffnung auf, meine Familie wachsen und gedeihen zu sehen und uns ein schönes Zuhause aufzubauen, man konnte ja kaum sagen, dass ich überhaupt ein Zuhause hatte, so oft, wie uns die Kämpfe und die Furcht vor den dazugehörigen Rachefeldzügen zwangen, von einem Hof zum nächsten zu ziehen – oft waren das gar keine schlechten Höfe, aber nichts, was uns Sicherheit oder gar Seelenfrieden geben konnte. Dennoch konnte ich meinem Mann keinen Vorwurf machen oder mich beschweren, schließlich war er es, der unter diesen Zumutungen am allermeisten litt.

Doch nun war er zurück. Ein geläuterter Mann. Er wollte für Frieden sorgen, und plötzlich fiel mir auf, dass dieser Hof, den er im Skagafjord beziehen wollte, endlich das Zuhause sein könnte, das ich mir so lange gewünscht hatte.

Das mag jetzt albern klingen, aber irgendwie gefiel mir die Idee, endlich einen eigenen Haushalt aufbauen zu können, einen Ort für die Zukunft mit meinem Mann, meinen Söhnen und deren Nachkommen; Gissur sprach davon, ein großes Haus zu errichten, schließlich wollte er ja der Anführer des Bezirks Skagafjord sein, und ich sollte die Aufsicht über Haus und Hof bekommen. Dann hätten wir endlich Ruhe vor der ewigen Angst und den Sorgen, könnten in Frieden mit unseren Freunden leben und sogar mit unseren Feinden, die dann keine Feinde mehr wären; denn unser Hallur heiratete ja die Tochter von Skalden-Sturla, der noch letzte Weihnachten mit einem halben Heer hierher zog, um Gissur zu töten und vielleicht sogar unseren Hof anzuzünden, und nur Gottes Wille und ein paar anschwellende Flüsse hatten ihn aufgehalten. Doch nun war das alles vergessen, die Familien der alten Widersacher werden durch eine Heirat verbunden, und die Waffen können schweigen.

Ich war schon einmal im Skagafjord gewesen, wie mir jetzt einfiel. Wir hatten ein Fest auf Flugumýri besucht, als Kolbeinn der Junge noch dort gewohnt hatte, und ich erinnerte mich daran, was für ein weiter und schöner Landstrich das war. Dort konnte ich mir gut vorstellen zu wohnen.

So ließ ich mich von meinen Gedanken forttragen, besonders nachts, wenn Gissur schlief, tiefer, als ich lange gedacht hatte, dass er schlafen könnte. Doch wenn es wieder Tag wurde, sagte ich mir: Es gibt keinen Grund, leichtsinnig zu werden. Die Erfahrung hatte mich gelehrt, dass man sich auf nichts verlassen konnte und besonders vorsichtig sein musste, wenn eine Lösung so einfach und naheliegend schien. Man musste sicher auf dem Boden stehen, bevor man nach den Sternen griff.

Aber das änderte nichts daran, dass ich mich freute. Ich hatte viel um die Ohren. Mein Sohn Ísleifur – er selbst sagte mir nichts, doch ich hatte es erfahren – wird mit einem guten Mädchen hier aus der Gegend ein Kind bekommen. Ebenso sicher war es, dass unser Hallur und Ingibjörg Sturludóttir noch diesen Herbst heirateten, da werde ich alle Hände voll zu tun haben, um die Feier dieses historischen Wendepunkts vorzubereiten, zusammen mit meinem Mann und all den guten Leuten, die uns die Treue halten, wo wir auch sind und wohin wir auch gehen.

THORSTEINN HJÁLMSSON VON BREIDABÓLSTADUR

Ich will nicht bestreiten, dass es schon immer mein Traum gewesen war, unter den Leuten als Friedensbringer bekannt zu werden. Bei diesem ewigen Aufruhr und Unfrieden konnte ich mir keine wichtigere Aufgabe vorstellen als genau diese: ein Vermittler zu sein, der die anderen dazu brachte, endlich von diesen ewigen Angriffen und Rachefeldzügen abzulassen.

Doch schon bald sollte ich erfahren, dass dies nicht der beste Weg war, um die Leute zu stürmischer Dankbarkeit, Lob oder gar Bewunderung hinzureißen.

Sicher, ich hatte nicht immer Erfolg gehabt. Ehrlich gesagt musste ich sogar große Enttäuschungen und tiefe Demütigungen erleben. Bis heute tat es mir weh, daran zu denken, wie ich einmal Björn Brocken, einen der Dufgus-Söhne, zu einem Treffen mit Kolbeinn dem Jungen begleitet hatte. Das war damals, als er und seine Brüder nach dem Waffenstillstand bei der großen Schlacht von Örlygsstadir nicht, wie eigentlich versprochen, das Land verlassen hatten, wenngleich man ihnen zugute halten musste, dass sie es immerhin versucht hatten. Sie wurden nur wieder zurück an den Strand getrieben. Um ein erneutes Aufflammen der Kämpfe zu verhindern, wollte ich Björn Brocken nun in den Skagafjord bringen, damit er sich mit Kolbeinn versöhnen konnte, doch dann ließ er mich im letzten Augenblick im Stich, drehte einfach um und ritt davon, nachdem er erfahren hatte, dass der große Thórdur Kakali nach Island zurückgekommen war. Mir hatte die ganze Sache nichts außer Spott und Misstrauen von allen Seiten gebracht. Dennoch ließ ich mich später, als alles auf ein großes Blutbad hinauslief, breitschlagen, ein Friedensangebot von Kolbeinn dem Jungen an Kakali zu überbringen: ein grundgutes, überzeugendes Friedensangebot, wie ich fand. Das war einige Zeit vor der Seeschlacht in der Húna-Bucht – und Gott weiß, dass ich diese Aufgabe nicht leichtfertig übernahm, schließlich setzte ich nicht nur meinen Ruf, sondern auch mein Leben aufs Spiel, als ich mich auf den Weg zu Kakali machte, der eine ganze Meute von rachsüchtigen, kampflustigen Männern um sich geschart hatte und einen großen Angriff vorbereitete. Doch ich hatte es getan. Ich riskierte mein Leben, denn die Botschaft von Frieden und Nächstenliebe lag mir nun einmal am Herzen, sie brannte in mir wie eine Kerzenflamme in einer kalten Behausung mitten in der Nacht, und ohne mich mit unserem Heiland Jesus Christus vergleichen zu wollen, konnte ich doch mit Stolz sagen, dass ich seinem Beispiel als Friedensbringer mit freudigen Schritten folgte.

Schließlich wollte ich doch, dass das ganze Land, ja, am liebsten die ganze Welt, mich in Erinnerung behielt: Thorsteinn Hjálmsson, den Heilsbringer aus Breidabólstadur, der seinem kriegsgeplagten Land endlich Frieden brachte.

Mein Versuch, einen Frieden zwischen Kolbeinn dem Jungen und Kakali zu vermitteln, ging gründlichst schief. Aber das war nicht meine schuld! Kolbeinn hatte mich ganz einfach belogen und tat nachher so, als hätte er nie ein Friedensangebot unterbreitet. Dann ging alles den Bach hinunter. Ich war zu einer derartigen Lachnummer geworden, dass es mich fast um Hof und Besitz gebracht hätte, Freunde und Nachbarn verachteten mich und drehten mir noch lange Zeit den Rücken zu. Fast hätten sogar meine Frau und meine Kinder das getan. Doch so kam es nun einmal allzu oft: Die Überbringer einer wahren Heilsbotschaft hatten es nie leicht gehabt – Johannes dem Täufer wurde der Kopf abgehackt, der Apostel Simon Petrus wurde mit dem Kopf nach unten gekreuzigt. Daran zu denken war mir ein Trost, wenn auch nur ein schwacher.

Mit anderen Worten: Es gab einen Grund dafür, dass ich in letzter Zeit keinen Versuch mehr unternommen hatte, meine Botschaft von Nächstenliebe und Vergebung unter die Leute zu bringen. Aber eigentlich hätte ich es gern noch mal versucht, so wahr mir Gott helfe.

Und das Glück war dann schließlich doch mit denen, die guter Hoffnung sind. Denn vor einigen Tagen hatten mich Gissur und Skalden-Sturla einmündig darum gebeten, bei der Hochzeit ihrer Kinder Hallur und Ingibjörg als Vermittler zu fungieren. Freilich bot ich ihnen sofort an, die Trauung hier auf Breidabólstadur auszurichten, und Gissur und Skalden-Sturla nahmen mein Angebot dankbar an. Sie wollten eine Zeremonie im kleinen Kreis. Wenig später sollte dann auf Flugumýri ein rauschendes Hochzeitsfest gefeiert werden – eine Hochzeit, die gleichzeitig ein großartiger Friedensschluss war! Zu der Trauung hier auf Breidabólstadur brachte Gissur nur seine drei Söhne und seine Frau Gróa mit, die vor Liebreiz geradezu strahlte, und Skalden-Sturla kam natürlich mit seiner Frau Helga, einer der stolzesten Frauen aus der Sturlungen-Familie, und mit Hrafn Oddsson, von dem alle wussten, dass er Gissur bis vor Kurzem abgrundtief gehasst hatte, doch nachdem ich ihnen hier auf Breidabólstadur eine feierliche Zeremonie mit den besten Wünschen für eine neue Ära des Friedens bereitet hatte, verabschiedeten sie sich mit tiefer und aufrichtiger Herzlichkeit. Man beschloss, dass sowohl Skalden-Sturla als auch Gissur eine Hochzeitseinladung an Hrafn Oddsson schicken würden – eine Ehre, die nur wenigen zuteilwurde. Wieder und wieder umarmten Gissur, Sturla und ihre Frauen sich auf meinem Hofplatz; das war ein Anblick, von dem ich nicht mehr zu hoffen gewagt hatte, dass er mir eines Tages zuteilwürde. Dann ritt jeder zu sich nach Hause. Hallur folgte seiner frischgebackenen Braut nach Westen, um dort eine Woche bei seinen neuen Schwiegereltern zu

Gast zu sein, und als ich ihnen nachsah, wie sie vom Hof ritten, hatte ich das Gefühl, die ganze Natur würde vor Ehrfurcht den Kopf senken.

Und ich danke Gott, dem Allmächtigen, von ganzem Herzen, dass ich es sein durfte, der all dies möglich machte.

AUS DER CHRONIK VON HEGRANES, 1253

Nach Flugumýri zog Anfang des Sommers Gissur Thorvaldsson aus der Familie der Haukdaelir. Er sollte dort Anführer werden, weil die Söhne des seligen Brandur Kolbeinsson, den Thórdur Kakali und die Sturlungen bei der Schlacht von Haugsnes fällten, noch im Kindesalter waren. Man hielt Gissur für geeignet, ein großer Anführer zu sein, denn so hatte man es seit Langem von der Familie der Haukdaelir südlich der Berge gekannt.

Verschiedenes trug sich in jenem Sommer zu, das viele für schlechte Zeichen hielten, die nicht ohne Folgen bleiben würden. So dröhnte ein Rufen von den Bergen im Osten hinab, und es war so laut, dass man es bis nach Miklabaer und Hólastadur hörte und auch auf Hegranes. Manche zählten es zweimal, andere dreimal, aber alle waren sich einig, dass sie nie zuvor ein solches Rufen vernommen, nicht von einem Mensch und nicht von einem Tier.

Auf Flugumýri und einigen Höfen in der Umgebung brach eine schwere heimtückische Krankheit aus. Die Leute bekamen Schwächeanfälle mit Albträumen und großem Gejammer, viele schienen dem Tode nah. Es gab eine Zeit, da lagen auf Flugumýri alle darnieder bis auf Gissur, seine Ehefrau Gróa und ein oder zwei Mägde, die mit ihnen aus dem Süden gekommen waren. Zwei Wochen lang waren so viele krank, dass Gissur zu den Nachbarhöfen ritt und Männer holte für die Heuernte und das Vieh. Doch es war schwer, Leute zu holen, denn alle fürchteten die Seuche, die auf seinem Hof wütete. Aber am Ende standen fast alle wieder von ihrem Krankenlager auf, bis auf zwei sehr alte Mägde, die wurden einen Monat vor Herbstbeginn auf dem Kirchhof begraben.

SÓLMUNDUR, BAUER AUS DJÚPADALUR

Vor einigen Tagen kam jemand aus Flugumýri hierher, den ich schon seit Langem kannte. Ein halber Junge noch, aber trotzdem merkwürdig hochnäsig aus irgendeinem Grund, wahrscheinlich, weil er auf so einem großen, bedeutenden Hof aufwuchs – auch wenn er nur der Sohn einer dortigen Magd war und es ihm als solchem überhaupt nicht zustand, mir gegenüber auch nur die geringste Form von Hochmut zu zeigen. Ich war zwar kein mächtiger Mann, aber mein eigener Herr. Kein einziges Mal war ich zu einem dieser Anführer gegangen, um mir etwas zu erbitten, ganz im Gegenteil, sie kamen zu mir, und das hatte meist Folgen, an die ich lieber nicht denken mag.

Der kleine Flegel sagte, sein neuer Herr, Gissur Thorvaldsson, wolle von mir ein Pferd kaufen, und zwar meinen berühmten Hengst.

Ich sagte, ich wisse nicht, welches Pferd er meine, und gab mich wortkarg und widerwillig. Daraufhin zog der Laufbursche aus Flugumýri wieder ab.

Dabei wusste ich natürlich genau, welchen Hengst er meinte. Ich hatte mir erlaubt, ihn Sleipnir zu nennen, so ein Prachtexemplar hatte es hier im ganzen Skagafjord noch nicht gegeben. An guter Abstammung mangelte es ihm auch nicht: Von der Stute, die ihn vor fünf Jahren gebar, hieß es sogar, sie stamme von einem berühmten Pferd aus der Zeit der Landnahme ab, Fluga, nach dem der Hof Flugumýri bis heute seinen Namen trägt. Ein unglaublicher Hengst war das, gehorsam, kräftig und mit einem besonders guten Charakter, wie sich in diesem Sommer herausstellte, nachdem ich ihn voll und ganz gezähmt hatte. Wir begannen gerade, uns zu mögen, da lag mir nichts ferner als der Gedanke, ihn aus den Händen zu geben, egal, ob nun der mächtigste Mann des Landes ein Auge auf ihn geworfen hatte oder nicht.

Aber so war das nun mal mit Anführern: Wenn sie sich etwas in den Kopf gesetzt hatten, ließen sie sich nicht abwimmeln, und am folgenden Tag erschien Gissur auch prompt selbst mit drei von seinen Männern und brachte das gleiche Anliegen vor. Da erinnerte ich mich daran, welche Folgen es haben konnte, wenn man sich mit seinen Nachbarn anlegte, zumal, wenn es sich um derart mächtige Leute handelte. Das hatte ich leidvoll erfahren müssen, als ich Kolbeinn dem Jungen einmal eine Bitte abschlug und er mir daraufhin jahrelang das Leben schwer machte. Also wurden wir uns doch handelseinig, zumal Gissur einen anständigen Preis bot. Dann verabschiedeten wir uns, und Gissur ritt auf dem Hengst den kurzen Weg nach Flugumýri zurück.

Einige meiner Nachbarn fanden es ungeheuer aufregend, welcher berühmte Mann da zu mir gekommen war. Mein Nachbar Hólmsteinn aus Akrar stand bei mir vor der Tür, sobald er davon gehört hatte, und war ganz außer sich und wollte wissen, was ich von dem Kerl hielt. Aber ich ließ mich nicht darauf ein. Verweigerte das Gespräch.

Ich kann allerdings nicht sagen, dass Gissur einen schlechten Eindruck auf mich gemacht hätte. Ganz im Gegenteil, er war höflich und nicht auf so eine angestrengte Art aufgeblasen wie andere wichtige Männer. Gissur war die Ruhe selbst. In den letzten Wochen hatte ich immer wieder gehört, dass man von ihm als einem Mann des Friedens sprach – und das war nun wirklich etwas Neues. Er bereitete offensichtlich ein großes Fest für die Hochzeit seines Sohnes mit der Tochter eines Sturlungen-Oberhaupts vor – vielleicht bedeutete das wirklich, dass uns kleinen

Bauern bessere Zeiten bevorstanden. Wir hatten doch am meisten unter all den Kämpfen und Überfällen zu leiden.

Aber man möge mir vergeben, dass ich diesem nun vielleicht kommenden Frieden noch nicht traute und daran zweifelte, dass die Anführer so schnell die Waffen niederlegten und sich alles zum Guten wandte. Ich hatte zwar keine anderen Gründe dafür als meine leidvollen Erfahrungen der letzten Jahre, aber es sollte doch allen einleuchten, dass Gissur nicht hierherziehen würde, wenn er damit nicht seine Position im Mächtespiel der Anführer verbessern könnte – einem Spiel, von dem ich nicht glaubte, dass es entschieden, geschweige denn zu Ende gespielt war.

Es war nicht der erste Versuch, mit einem Handstreich allen Unfrieden zu beenden. Ich erinnerte mich gut an die Zeit, als Kolbeinn der Junge von hier aus in Richtung der Westfjorde segelte, um die Überfälle und Kriegszüge zu unterbinden, die Kakali damals unternahm. Ein für alle Mal!

Kolbeinns Flotte war in die Westfjorde gesegelt, um zu verhindern, dass die Sturlungen weiter aufrüsteten. Man war sich uneins darüber, wie viele Tage oder Wochen das dauern würde, doch in einem Punkt waren sich alle einig: Kolbeinn der Junge würde siegen, schließlich verfügte er über so viele Männer, Waffen und Schiffe, wie es niemand jemals gesehen hatte. Große Schiffe waren das, zu beiden Seiten mit Schilden verstärkt und bestens zum Krieg gerüstet. Ich war zwar selbst nicht dabei, weiß aber, dass die Frauen mit ihren Kindern im Arm stolz am Ufer standen und winkten, als die unbesiegbare, mächtigste Flotte der isländischen Geschichte aus dem Skagafjord auslief.

Nur zwei Tage später jedoch verbreitete sich die Nachricht, dass bei Kolkuós einige Schiffe an Land gezogen worden waren, fast bis zum Sinken beladen mit toten Männern. An die achtzig übel zugerichtete Leichen trug man an Land, eine nach der anderen. Manche waren gar nicht mehr zu erkennen, und dieselben Frauen und Kinder liefen nun heulend umher: Ist das mein Mann? Achtzig Männer, zu Tode gesteinigt, die meisten mit zerplatzten Schädeln, Väter, Söhne, Ehemänner, kleine Bauern aus dem Skagafjord, Männer wie ich.

Und ich sah zu, wie alle unsere Nachbarsfamilien mit einem toten Hausherrn, Sohn oder Bruder nach Hause ritten, jeder auf seinen Hof oder zu seiner Familiengrabstätte, und niemand hatte verstanden, warum. Und dass der Anführer selbst, Kolbeinn der Junge, dieser große Krieger, so erschöpft und verzweifelt war, machte uns noch größere Angst – wer sollte uns nun gegen die Raubmörder aus dem Westen verteidigen, die auszumerzen Kolbeinn losgesegelt war? Mit einer unbezwingbaren, siegesgewissen Flotte, die es nicht einmal über die Húna-Bucht schaffte, bevor sie von einer Handvoll steinewerfender Kerle auf Heufähren und stinkenden Fischerbooten aufgerieben wurde.

Zu Tode gesteinigt. Mit schweren, scharfkantigen Felsbrocken. Viele waren so übel zugerichtet, dass man ihre blutigen Körper untersuchen musste, um sie zu identifizieren.

Wenig später starb Kolbeinn der Junge. Brandur Kolbeinsson wurde sein Nachfolger, und man hätte schon fast denken können, dass sie mit den Sturlungen Frieden geschlossen hatten, aber nur für einen Winter. Dann kamen die Sturlungen mit einem riesigen Heer, an dessen Spitze dieser grausame Kakali stand, und es endete mit der blutigen Schlacht bei Haugsnes hier ganz in der Nähe. Über hundert Männer fielen, und die Bauersfrauen, die gerade erst ihre Ehemänner verloren hatten, mussten nun ihre Söhne zu Grabe tragen. Nach der Schlacht bei Haugsnes und der erneuten Niederlage, die sie den Leuten aus dem Skagafjord gebracht hatte, waren alle so erschöpft, dass sie sich kaum aufraffen konnten, die Leichen wegzuschaffen; Knochen und Köpfe wurden zum Spielzeug der Raben und Kinder und verbreiteten sich in der ganzen Gegend. Man sagte, dass mit einigen Schädeln sogar Ball gespielt wurde. Ich kann das nicht bestätigen, aber eins weiß ich sicher: Mit dem Schädel meines Bruders Thormar spielte niemand, denn den hatte ich nach der Schlacht von Haugsnes zu Grabe getragen. Der Leichnam dieses begabten, herzensguten Mannes ruht unbeschädigt im Familiengrab oberhalb unseres Hofes.

KOLBEINN DER BÄRTIGE

Als unser Halbbruder Kaegill hingerichtet wurde, starb er lachend. Dieser Teufelskerl!

Dafür habe ich Zeugen, sehr verlässliche sogar.

Das Ganze ist schon einige Jahre her. Kolbeinn der Junge und seine Männer hatten aus heiterem Himmel unseren Heimathof in den westlichen Tälern angegriffen, und im Nachhinein sagte jemand aus ihren Reihen, sie seien dort »nur einem Mann begegnet, der wirklich etwas taugte«, und das war unser Halbbruder gewesen. Als sie verkündeten, dass sie ihn köpfen würden, lachte er nur. Und er lachte auch noch, als sie es taten, im Angesicht des Schlages, der ihm drohte, ganz bis zum Schluss.

So starben wahre Helden. Sogar in seiner Todesstunde machte er uns Brüdern alle Ehre. Und ich war mir sicher, er hatte auch deswegen gelacht, weil er annahm, dass seine Mörder nicht ungeschoren davonkommen würden, sobald wir Brüder kämen.

Aber wir hatten seinen Tod niemals gerächt! Zumindest nicht so, wie es meiner Meinung nach angemessen wäre, doch wann immer es so weit sein sollte – ich bin dabei. Wer auch immer zu einem Kriegszug gegen die Mörder von Kaegill aufruft, ich werde mich ihm anschließen, um meinen Halbbruder zu rächen.

Wozu waren Brüder denn sonst da?

Nachdem Kakali das Land verlassen hatte und es eine Zeit lang friedlich zuging, dachten viele, die Zeit der bewaffneten Auseinandersetzungen wäre vorbei. Sogar meine Brüder Björn Brocken und Svarthöfdi, die sich nie lange bitten ließen, wenn es darum ging, in den Kampf zu ziehen, sprachen schon davon. Sie fanden, die Zwietracht unter uns Isländern müsse endlich ein Ende haben. Und als wir Brüder, die immer einer Meinung waren, immer wie aus einem Munde sprachen und immer zusammenhielten, über die Lage in unserem Land diskutierten, verstand ich plötzlich gar nichts mehr. Mit einer Sache konnte ich mich besonders schlecht abfinden, nämlich damit, dass Gissur Thorvaldsson ungeschoren davonkommen sollte. Der Gedanke, dass er einfach so als unbefleckter Ehrenmann nach Island zurückkehren und dann auch noch die Macht über das ganze Land an sich reißen sollte, als ob niemand mehr mit ihm eine Rechnung offen hätte, das ertrug ich einfach nicht.

Das war doch unerhört!

Gissur war es gewesen, der eigenhändig unseren Anführer Sturla Sighvatsson in der Schlacht von Örlygsstadir erschlagen hatte. Und seinen Vater Sighvatur und vier seiner anderen Söhne gleich mit, von denen manche noch halbe Kinder waren.

»Ja, ja«, sagte Svarthöfdi, »die Schlacht von Örlygsstadir. Wir können doch nicht bis in alle Ewigkeit Rache für das nehmen, was da passiert ist. Abgesehen davon haben wir unter der Führung von Kakali ziemlich viel Rache genommen.«

»Das mag sein, aber Gissur hat nie für irgendwas gebüßt! Wir haben uns nur an Kolbeinn dem Jungen und seinen Verbündeten gerächt«, sagte ich.

Svarthöfdi sah unseren dritten Bruder an. Als ob es jemals vorgekommen wäre, dass Björn Brocken etwas sagte, wenn uns anderen die Worte fehlten. Björn Brocken wurde unruhig, kratzte sich, sah erst mich, dann Svarthöfdi aus den Augenwinkeln an und ergriff dann wirklich das Wort: »Svarthöfdi hat recht. Wir sollten Frieden schließen und alles, was noch nicht gerächt ist, vergessen. Finde ich.«

»Und Snorri Sturluson? Sollen wir den auch vergessen?«, fragte ich. »Interessiert sich keine Menschenseele mehr dafür, dass Gissur ihn hat töten lassen?«

Diese Sache quälte mich besonders, seit wir vor einigen Tagen bei Skalden-Sturla zu einem Fest eingeladen waren, kurz nachdem seine Tochter Ingibjörg und Gissurs Sohn Hallur miteinander verheiratet worden waren. Die Hochzeitsfeier war das noch nicht gewesen, die fand später bei Gissur auf Flugumýri statt. Sturla hatte nur seine engsten Vertrauten eingeladen, uns Brüder, Hrafn Oddsson und einige andere, weil er so froh über die ganze Sache war, oder vielmehr: erleichtert. Die Sonne schien, ein sommerlich milder Wind wehte, und er sagte, er wolle seinen besten Freunden den neuen Schwiegersohn vorstellen: Gissurs Sohn Hallur – zugegebenermaßen ein freundlicher Junge, der einen guten Eindruck machte, dagegen gab es nichts zu sagen.

Bei diesem Anlass sagten sie uns Brüdern, dass wir auch zur Hochzeitsfeier kommen sollten, ausgerechnet nach Flugumýri, wo Kolbeinn der Junge gewohnt hatte und nun sein Schwurbruder Gissur lebte. Was für eine absurde Vorstellung! Wenn ich nach Flugumýri ginge, würde ich mich doch den Männern beugen, die meinen Halbbruder getötet hatten! Vor den blutgefleckten Mördern der eigenen Verwandten im Staub kriechen. Und würde ich zu allem Überfluss nicht auch noch Leute wie Árni den Erbitterten auf dieser Feier treffen, der Snorri Sturluson erschlagen hatte, diesen großen, genialen Staatsmann und Skalden, dessen Tod zu rächen ich mir mehr als alles wünschte? Da machte ich mich doch zum Gespött! Was hätte mein Halbbruder Kaegill getan, der diese Dreckskerle noch ausgelacht hatte, als sie die Axt erhoben, um ihn zu köpfen?

Wir Brüder saßen also an besagtem Abend zusammen. Alle waren bester Laune; es fehlte weder an Essen noch Trinken. Der Hausherr, unser Verwandter Skalden-Sturla, hatte den Tag über die Hulda-Saga vorgetragen, diese wunderbare, zauberhafte Saga über ein Trollweib namens Hulda, die er so gut erzählte, dass es uns alle zu Tränen rührte und im nächsten Moment schallend lachen ließ. Es schien mir, dass nach diesem beeindruckenden

Vortrag alle so verklärt waren, dass sie von dem bevorstehenden Friedensschluss mit unseren Erzfeinden sprachen, als wäre das die normalste Sache von der Welt. Und wir drei Brüder mittendrin. Als Svarthöfdi dann auch noch anfing, Witze über mich zu machen, weil ich mich dem missglückten Kriegszug angeschlossen hatte, als Sturla und Hrafn nach Süden zogen, um Gissur umzubringen, aber nicht über den Fluss Ölfusá kamen, konnte ich nicht mehr an mich halten. Ich fragte, ob es meinen Brüdern Svarthöfdi und Björn Brocken denn lieber wäre, wenn wir tatenlos zusähen, wie Gissur, der unserer Familie so viel Leid angetan hatte, aus Norwegen zurückkam, sich als eine Art Friedensfürst feiern ließ und dafür mit der Herrschaft über das ganze Land belohnt würde.

Damit hatte ich natürlich einen wunden Punkt getroffen. Nun waren es meine Brüder, die sich verteidigen mussten, und Svarthöfdi sagte: »Snorris Tod war furchtbar, keine Frage, aber das ist eben nur ein Teil des großen Ganzen. Wenn wir Sturlungen damals zusammengehalten hätten, wäre alles anders gekommen. Außerdem dürfen wir nicht vergessen, was seitdem passiert ist. Wir Sturlungen haben uns gewehrt, vergessen wir nicht die Seeschlacht in der Húna-Bucht oder die Schlacht von Haugsnes, da haben unsere Feinde ganz schön bluten müssen.«

»Ja, aber Gissur nicht!«, sagte ich. Ich war richtig laut geworden, und meine Stimme zitterte. Ich versuchte, mich zu beherrschen, doch es gelang mir kaum. »Gissur ist immer unbeschadet davongekommen, genau wie seine Söhne und der Rest seiner engsten Familie.«

Björn Brocken wurde immer unruhiger. Er schwitzte und hatte rote Flecken im Gesicht, wie er sie schon als Kind bekam, wenn wir Brüder uns stritten, das konnte er noch nie leiden. Er sah Svarthöfdi so lange flehend an, bis der endlich sagte: »Kolbeinn, ich weiß, wie wütend dich das macht. Und ich verspreche dir, wenn sich irgendwann eine Gelegenheit ergibt, an den Dreckskerlen

Rache zu nehmen, die unseren Bruder Kaegill geköpft haben, wird uns nichts aufhalten.«

»Und wenn wir nicht zu dieser Hochzeitsfeier nach Flugumýri gehen und stattdessen mit unseren Männern auf eine Gelegenheit warten, Gissur anzugreifen?«, fragte ich.

Svarthöfdi lächelte und legte seine Hand auf die meine: »Diese Zeiten sind vorbei, mein Bruder. Nun ist die Zeit der jungen Leute gekommen, du hast doch diese wunderschöne Braut und ihren Bräutigam gesehen, wie sie den ganzen Tag da gesessen und Händchen gehalten haben. Gissur anzugreifen wäre ein Angriff auf sie. Und da mache ich nicht mit.«

Und Björn Brocken nickte. Wollte gar nicht wieder aufhören damit.

GISSUR

Nachdem ich die wichtigsten Bauern hier im Skagafjord besucht hatte, konnte ich eins mit Sicherheit sagen: Es war richtig gewesen, hierher zu ziehen. Ich hatte befürchtet, es würde Streit geben und alles noch weiter in Unordnung bringen, wenn ich einfach so hierherkam, um den Bezirk zu übernehmen – schließlich war ich für die Leute hier ein Fremder, auch wenn ich bei allen größeren Auseinandersetzungen auf ihrer Seite gestanden hatte. Doch genau das Gegenteil war der Fall. Wohin ich ging, wurde ich höflich, fast konnte man sagen herzlich empfangen.

Auch die Leute hier im Norden hatten den Krieg satt, und das in noch größerem Ausmaße, als ich erwartet hätte. Sie schienen geradezu verzweifelt zu sein nach den Kämpfen der letzten Jahre. Wir, die wir sie in diese Kämpfe geführt hatten, sollten wohl ein schlechtes Gewissen haben. Dieser Gedanke kam mir, als ich den vierten oder fünften Hof besuchte und bemerkte, dass diese Leute nicht nur voller Angst, sondern vollkommen am Ende ihrer Kräfte waren. Dann jedoch machte ich mir klar, dass ich gar nicht im Lande gewesen war, während Kakali sich hier in Nordisland in den letzten Jahren unter großem Blutvergießen an die Macht gekämpft hatte. Und für die Gräueltaten der Sturlungen konnte ich ohnehin keine Verantwortung übernehmen, ich hatte mich immer nur verteidigt wie alle anderen hier im Skagafjord auch. Insofern war ich genauso ein Opfer wie die einfachen Bauersleute, die stets am meisten unter diesen Kriegen litten.

Den größten Widerstand hatte ich von demjenigen erwartet, den Kakali selbst im Skagafjord als Anführer für die Zeit seiner

Abwesenheit eingesetzt hatte, von einem gewissen Eyjólfur Ofsi, und dementsprechend mulmig war mir zumute, als ich zu seinem Hof ritt – nicht zuletzt, weil seine Frau eine Tochter des verstorbenen Sturla Sighvatsson war, der mich vor vielen Jahren einmal in einen Hinterhalt gelockt und dann gedroht hatte, mich umzubringen, obwohl ich weder ihm noch einem anderen Sturlungen jemals etwas getan hatte. Am Schluss war er es gewesen, der tot auf dem Kampfplatz lag, und obwohl ich mich nur verteidigt hatte, hielten die Frauen aus der Sturlungen-Familie mich seitdem für einen blutrünstigen Mörder – allen voran Steinvör von Keldur, Sturlas Schwester, die im Süden lebte und mir, wann immer ich ihr über den Weg lief, einen Blick zuwarf, dass mir fast das Herz gefror.

Und Eyjólfur Ofsi hatte nun, wie gesagt, eine Tochter von diesem Sturla zur Frau, kein Wunder, dass ich da nicht mit einem besonders freundlichen Empfang rechnete. Doch es stellte sich heraus, dass ich ausgerechnet von diesem Eyjólfur am allerwenigsten zu befürchten hatte. Er empfing mich mit überbordender Herzlichkeit, wenn nicht gar liebevoller Zuneigung. Ich dachte zuerst, er wolle mich verhöhnen: Es gab nichts, was er nicht bereit war, für mich zu tun – aus dem Bezirk fortzuziehen, damit wir uns hier nicht auf die Füße traten: Nichts selbstverständlicher als das! Zum Abschied hatte er mich auf dem Hofplatz umarmt.

Seine Frau hatte ich nirgendwo gesehen. Er war offensichtlich keiner von denen, die solche Sachen mit ihren Frauen besprachen. Und als ich mich auf den Heimweg nach Flugumýri machte, kam mir zum ersten Mal der Gedanke, dass da irgendetwas faul war. Womöglich wollte er mich für dumm verkaufen und mich mit all diesen Herzlichkeiten in Sicherheit wiegen, um mir bei der nächstbesten Gelegenheit einen Dolch in den Rücken zu stoßen. Ich überlegte sogar, ob ich auf dem Weg zwischen unseren Höfen eine Nachtwache aufstellen sollte. Doch dann stand Eyjólfur Ofsi einige Tage später bei mir auf dem Hofplatz, ganz allein, und wollte nichts weiter, als mir für meinen Besuch zu danken. Wollte meine Hand küssen, ging sogar vor mir auf die Knie. Da musste ich ihn bremsen. Das ging zu weit. Ich dankte ihm noch einmal dafür, dass er meinetwegen von hier fortzog, und tat dann so, als hätte ich andere Dinge zu tun. Er stand noch lange auf dem Hofplatz herum, dann ritt er endlich wieder fort, merkwürdig in sich zusammengesunken auf seinem Pferd – wie ein Anführer sah er nun wirklich nicht mehr aus.

Da überlegte ich erneut, ob jemand versuchte, mich hinters Licht zu führen, bis ich einige Tage später hörte, dass Eyjólfur bereits mit Sack und Pack auf dem Weg in den Eyjafjord war. Man berichtete mir, dass ein großer Tross hier am Hof vorbeizog, Eyjólfur, seine Frau Thurídur und all ihre Leute, fort aus dem Skagafjord. Es wäre mehr als angebracht gewesen, einen Boten zu schicken und Eyjólfur Ofsi zum Abschied auf einen Becher einzuladen. Doch mich beschlich die Angst, dass auch Thurídur mitkommen und mich mit demselben eisigen Blick ansehen könnte wie ihre Tante Steinvör von Keldur, und außerdem hatte ich gehört, dass Eyjólfur ziemlich sonderbar war, sich manchmal gar verhielt wie ein Gemütskranker, da wusste ich, dass ich von ihm nichts mehr zu befürchten hatte.

THURÍDUR STURLUDÓTTIR

Ich war unglaublich erleichtert, als ich sah, wie Eyjólfur endlich von seinem Krankenbett aufstand, in Bewegung kam und sogar anfing, sich wieder zu kleiden wie ein Mann und seine Pflicht zu tun, doch es dauerte nicht lange, bis die nächsten Sorgen kamen. Ein paar Tage nur verhielt er sich normal und ausgeglichen wie die meisten Menschen, dann ergriff eine derart manische Stimmung von ihm Besitz, dass es in seiner Nähe kaum auszuhalten war. Er hatte begonnen, alle Entscheidungen an sich zu reißen, tags wie nachts scheuchte er das Gesinde herum und wollte alles bestimmen; obwohl er sich hier auf unserem neuen Hof noch gar nicht auskannte, wusste er alles besser und hörte auf keinen der Leute, die hier schon länger lebten. Er brüllte etwas von Schlamperei und Schlendrian, »da kann ich ja gleich von einem Irren die Scheiße fressen!«, hörte ich ihn seit über einer Woche mehrmals täglich rufen – immer, wenn er überschnappte, benutzte er solche Worte. Kam an den Herd und befahl, was gekocht werden sollte, befahl, ein neues Haus zu bauen, ging Pferde kaufen; eines Tages hatte er sich davongemacht, bevor auch nur eine Menschenseele aufgestanden war, wurde einige Tage nicht gesehen, dann kam er wieder und hatte offensichtlich einen Boten nach Hólar geschickt, um niemand Geringeren als den Bischof zu einem großen Fest einzuladen, das schon wenige Tage später stattfinden sollte, und befahl mir, innerhalb dieser kurzen Frist die prächtigste Feier auszurichten, die dieses Land je gesehen hatte. Also setzte ich alles in Bewegung, ließ Vieh für das Festmahl schlachten, und Eyjólfur ritt umher und ließ Bier und andere Getränke herbeiholen und unseren größten Raum mit Wandteppichen behängen, die er sich auf derselben Reise beschafft hatte. Er verbrachte eine halbe Ewigkeit damit, dem Gesinde zu befehlen, Tische, Stühle und Bänke mal hierhin, mal dorthin zu tragen, und war doch nie ganz zufrieden und konnte sich nicht entscheiden, wer außer dem Bischof und ihm noch auf einem Ehrenplatz sitzen sollte und wer nicht. Und als ich von diesem Wahnsinn die Nase voll hatte und dafür sorgen wollte, dass er endlich zu einer Entscheidung kam, geriet er außer sich vor Zorn. Er regte sich derart auf, dass er Schaum in den Mundwinkeln bekam und so rot anlief, dass er uns beide vor aller Augen lächerlich machte. Und als alles bereitstand und er auf den Bischof wartete, kamen die Boten, die er nach Hólar geschickt hatte, mit der Nachricht zurück, der Bischof könne nicht kommen und auch sein Gefolge nicht. Mich wunderte das kaum, schließlich hatte Eyjólfur ihm schon einmal ein Fest ausgerichtet, aber darüber hinaus keinen Kontakt mit ihm gehalten – warum sollte der Bischof jetzt den ganzen Weg hierherreiten, um sich mit einem Mann zu besaufen, der gerade entmachtet worden war? Es endete damit, dass Eyjólfur und einige unbedeutende Nachbarbauern und sogar deren Knechte alles auffraßen und austranken und tags wie nachts derart herumschrien und lärmten, dass ich nach meiner Mutter schicken ließ und sie bat, bei mir zu bleiben, bis das Ärgste vorüber war – sie war noch immer im Skagafjord, weil sie nicht mit uns zusammen reisen wollte.

Auf der anderen Seite fühlte ich mich hier im Eyjafjord viel wohler als im Skagafjord. Wir hatten hier einen großen Hof und gute Leute um uns herum und, was noch wichtiger war: Ich musste endlich nicht mehr die Stellvertreterin eines Mannes sein, der sich Bezirksoberhaupt nannte, aber keine der damit verbundenen Pflichten erfüllte. Und als meine Mutter und ich an einem milden, ruhigen Spätsommertag – die Zechbrüder waren abgereist und Eyjólfur war endlich eingeschlafen – draußen an der Hauswand saßen und uns an alte Zeiten erinnerten, da wurde mir wieder einmal klar, wie oft sie an meinen Vater dachte. Nie wieder hatte sie nach seinem Tod einen anderen Mann gehabt, nur ihn hatte sie gewollt, ihn oder keinen, und ich spürte, wie es sie kränkte, dass eben dieser Gissur Thorvaldsson, der ihn erschlagen hatte, es sich erlauben konnte, mich und meinen Mann einfach so von einem Bezirk in den nächsten zu scheuchen wie unmündige Almosenempfänger.

Aber so war es nun mal, das wusste ich natürlich, und ich wusste auch, dass ich daran nichts ändern konnte.

HALLFRÍDUR GARDAFYLJA

Ich fürchtete mich schon ein bisschen davor, aus Südisland fortzuziehen. Schließlich hatte ich mein Leben hier verbracht, das bald ein ganzes Menschenalter währte – Gott erhalte meine Gesundheit und lasse mich nicht abmagern –, aber als mein Herr Gissur samt seiner Frau hierher in den Skagafjord ziehen wollte, gab es keinen Zweifel, dass ich ihnen folgen würde, allein schon wegen der drei lieben Jungen, um die ich mich kümmerte, seit sie ganz klein und schwach auf die Welt gekommen waren. Zu meinem großen Glück konnte ich ihnen dabei zusehen, wie sie an Körper und Geist stärker wurden, und mir dabei immer ihrer Liebe und Zuneigung gewiss sein. Nun war mein Liebling Hallur den Bund der Ehe eingegangen, und ich hatte fest vor, so lange bei Gróa und Gissur zu bleiben, wie sie mich haben wollten, solange mein Hallur sich nicht irgendwo anders niederließ und wollte, dass ich ihm folgte, damit ich mich um seine Kinder kümmerte.

Ja, ich hatte oft gehört, dass manche Menschen hier im Norden gefährlich waren, unehrlich und raublustig, aber das war mir immer noch lieber als die Leute weiter im Westen, dieses grausame, hinterhältige Sturlungen-Pack. Am liebsten wäre ich zwar in Frieden mit Gott und der Welt in meiner Heimat geblieben, aber da meine Herrin Gróa sich nun einmal mit ihrem ganzen Haushalt aufgemacht hatte, gab es für mich nichts anderes, als ihr zu folgen. Obwohl in diesem Landstrich einige unreine Geister ihr Unwesen trieben. Von den Bergen erschallte ein unheimliches Rufen, und Krankheiten fielen aus heiterem Himmel über kerngesunde Menschen her, sodass einmal fast der ganze Hof darniederlag. Nur Gissur und seine Frau blieben davon verschont und ich arme Seele, die ich nun für drei arbeiten musste und Gott dankte, dafür die Kraft zu haben.

Wie immer tat ich das, was getan werden musste. Früher hatte ich mich meist um die Kinder gekümmert, aber nun waren die drei Brüder fast erwachsen, und ich wartete auf die nächsten Nachkommen, die wohl von Hallur und Ingibjörg stammten. Man sagte sich, dass sie ein vielversprechendes Mädchen sei, zumindest sah sie gesund und kräftig aus, wenngleich niemand vergaß zu erwähnen, dass sie auch sehr zurückhaltend und schüchtern sei, ein echtes Mauerblümchen. Sie konnte sich glücklich schätzen, jemanden wie Hallur abbekommen zu haben, denn ich würde meine Hand dafür ins Feuer legen, dass es keinen jungen Mann gab, der hilfsbereiter und rücksichtsvoller war als er. Aber es blieb noch genug Zeit, darüber nachzudenken, ob sich vielleicht bald Nachwuchs einstellen könnte. Eigentlich hatte ich genug andere Dinge zu tun, musste mich um das Feuer kümmern und Vorräte für den Winter einlagern, der hier im Norden lang und hart sein konnte. Schon manchen Bottich hatte ich mit Quark gefüllt und in der Vorratskammer neben der Feuerstelle verstaut, an der Außenwand natürlich, wo es einigermaßen kühl blieb, auch wenn das Herdfeuer brannte. Und je mehr Quark ich für unseren wohlhabenden Hof mit seinen vielen Leuten machte, umso mehr Sauermolke fiel an, wir hatten inzwischen so viel davon, wir konnten ein ganzes Heer versorgen, doch Gott verhüte, dass die Molke ausgerechnet für diesen Zweck herhalten musste.

Der Herbst war sehr mild gewesen, und ich musste zugeben, es ließ sich hier angenehmer leben als erwartet. Überall waren Nachbarhöfe in Sicht, im Süden, im Norden und im Westen. Östlich von uns erhoben sich hohe Berge, denen ich allerdings nicht traute. Mir war, als ob von diesen Bergen etwas Böses ausginge, und es überraschte mich nicht, von einer einheimischen Frau zu erfahren, dass dieser Berg »Glódafeykir« hieß: Glutwehe. Was sollte das bedeuten? Hörten wir von dort dieses unheimliche Rufen? Oder mussten wir auch noch fürchten, dass von dort eine Feuersbrunst auf Mensch und Vieh niederfährt? Die anderen Leute mochten das als Gruselgeschwätz von alten Weibern abtun, aber mir gefiel das ganz und gar nicht.

Die bevorstehende Hochzeitsfeier gab uns allen genug zu tun. Zwei norwegische Zimmermänner kamen vom Bischofssitz hierher, Holzbalken wurden herbeigeschafft, die so lang waren, dass ich dachte, solche Bäume gäbe es nur im Märchen. Dann wurde ein neuer Wohnraum gebaut und die anderen Gebäude vergrößert und erhöht, sodass der ganze Hof vor Hammerschlägen hallte, anschließend wurden alle Wände mit Teppichen behängt, die zum Teil mit derart detailgetreuen Bildern bestickt waren, dass ich mich hinsetzen und erholen musste, nachdem ich sie eine Weile betrachtet hatte. Trinkgefäße aus Silber standen bereit, und Met, Bier und Wein lagerten in jeder Ecke, während extra angeheuerte Frauen sich am Herd drängelten und schufteten, als ob es um das Reich, die Kraft und die Herrlichkeit in Ewigkeit ginge. Ich jedoch hielt mich abseits und sagte wenig. Tat meine Arbeit, und wenn man mich in Ruhe ließ, redete ich leise mit mir selbst und sehnte den Tag herbei, an dem alles vorbei war und das Leben endlich wieder seinen Gang nahm, ohne diesen endlosen Trubel und Lärm.

ÁSGRÍMUR THORSTEINSSON

Es freute mich sehr, dass mein Bruder Eyjólfur Ofsi aus dem Skagafjord hier in meine Gegend gezogen war. Ich hatte das Gefühl, die Männer im Eyjafjord nahmen mich nicht richtig ernst. Fremden schien man hier äußerst misstrauisch zu begegnen, und obwohl ich schon seit Jahren hier lebte, wurde ich das Gefühl nicht los, dass sie mich noch immer als Fremden ansahen. Aber Eyjólfur war älter und zählte zu den wichtigsten Anführern, ganz abgesehen davon war er mit dieser berühmten Frau verheiratet, mit der ich mich allerdings nie besonders gut verstanden hatte. Diese Thurídur konnte wirklich eine gemeine Ziege sein, mit losem Mundwerk, rechthaberisch und stur. Aber gemeinsam würden wir Brüder schon dafür sorgen, dass man uns ernst nahm. Ich würde Eyjólfur helfen, wo ich nur konnte, das war klar. Und in letzter Zeit hatte ich manchmal das Gefühl, dass er meine Hilfe gut gebrauchen konnte. Er schien sich in seiner Haut nicht wohlzufühlen. Doch vielleicht war es ihm auch nur schlecht bekommen, dass er in den letzten Jahren im Skagafjord über so viele Leute das Sagen hatte. Denn in den paar Wochen, die er jetzt in meiner Nähe wohnte, war er regelrecht aufgeblüht. Er platzte fast vor Tatendrang. Nichts war unmöglich, und ich hätte keinem geraten, sich ihm in den Weg zu stellen!

Doch was diese Thurídur für eine Hexe sein konnte, das spottete jeder Beschreibung. Unmöglich war die! Wie jetzt vor einigen Tagen. Das konnte man eigentlich niemandem erzählen.

Also, ich hatte sie besucht. Eyjólfur war einige Tage zuvor bei mir gewesen, nur so zum Spaß, er war auf dem Weg zu einem der

Nachbarhöfe, wo er irgendwelche Sachen kaufen wollte, und ich beschloss, ihn zu begleiten. Dort trafen wir auf einige Kaufleute von den Orkney-Inseln, die sich einen schönen Tag machten, den einen oder anderen Becher tranken und uns einluden, ihnen Gesellschaft zu leisten. Das war verdammt lustig, ich ließ mich von ihrer guten Stimmung mitreißen, doch am besten gefiel mir, wie mein Bruder Eyjólfur sich vergnügte. Er kam aus dem Lachen gar nicht mehr heraus und schien bei diesem wunderbaren Wetter nicht müde zu werden, sodass wir gar lange blieben und erst spät nach Mödruvellir zurückkehrten, in das neue Zuhause von Eyjólfur und Thurídur. Als wir ankamen, waren wir immer noch angetrunken und hatten, gelinde gesagt, ziemlich gute Laune. Eyjólfur war vollkommen euphorisch, als gehörte ihm die ganze Welt, und ich wusste, wie das Leute verstören konnte, die ihn nicht so gut kannten wie ich. Sie saßen vor dem Haus und genossen das milde Wetter, Eyjólfurs Frau Thurídur und ihre Mutter Vigdís, die fast immer bei ihnen war. Als wir auf den Hofplatz ritten, trafen wir einen Boten, der Eyjólfur und Thurídur eine Einladung zu der Hochzeitsfeier auf Flugumýri überbrachte. Eyjólfur nahm sie, dankte dem Mann und sagte dann in scherzhaftem Ton, er möge doch »mal die Kiemen auseinandermachen«, woraufhin er ihm aus dem Bierkrug zu trinken gab, den er bei sich hatte. Als er den Mann dabei bekleckerte, verschwand das Lächeln aus dessen Gesicht, aber Eyjólfur wollte natürlich nur einen Spaß machen. Dann zog der Mann weiter, hatte noch andere Höfe zu besuchen, und wie ich richtig vermutete, sollte er auch bei mir vorbeikommen. Ich war eingeladen. Aber das tat im Moment nichts zur Sache.

Wenig später setzten wir uns zu Eyjólfurs Frau und Schwiegermutter in die Sonne. Sie weigerten sich, mit uns zu trinken, was nicht weiter schlimm war, irgendwie aber auch ganz schön verklemmt. Zumal die Alte, sobald wir etwas sagten, was ihr nicht passte, grimmig vor sich hin murmelte, während diese blöde Kuh Thurídur die meiste Zeit schwieg, bis – und deswegen erlaube ich mir, sie Hexe und blöde Kuh zu nennen – bis das Gespräch auf die bevorstehende Hochzeit auf Flugumýri kam. Mein Bruder und ich waren davon ausgegangen, dass auch die beiden sich auf das Hochzeitsfest freuten, das lag ja auch nahe; schließlich wollten die Oberhäupter aller wichtigen Familien des Landes kommen: alle Anführer an einem Ort, Freunde wie Feinde. Da kämen schon einige unterhaltsame Männer und geniale Geschichtenerzähler zusammen, so viel war klar. Und an Essen und Trinken würde nur das Beste aufgeboten, was das Land hergab, und das tagelang. Und nächtelang! Da war es doch normal, dass Eyjólfur freudig und erregt über dieses Fest sprach, und genau das missfiel den beiden Frauen mehr als alles andere. Vigdís verzog das Gesicht und grummelte, woraufhin Eyjólfur anfing, seine Schwiegermutter ein bisschen zu ärgern. Er deutete an, dass Gissur sie nicht mochte und ihn aus diesem Grund gebeten hatte, den Skagafjord zu verlassen.

»Oder warum denkst du, dass er uns gebeten hat, von da wegzuziehen?«, fragte er dann in leichtem, scherzhaftem Ton und richtete die Frage an seine Frau Thurídur.

Und was antwortete die? An diesem Sonnentag, als alle nur lustig sein wollten und eine milde Brise wehte?

Sie sagte zu Eyjólfur: »Das hat er getan, weil er weiß, dass jedes alte Weib eher bereit wäre, meinen Vater zu rächen, als du! Weil er erkannt hat, dass du nur heiße Luft bist!«

Wie musste es sich anfühlen, so etwas ins Gesicht gesagt zu bekommen? An einem wunderschönen heiteren Tag, an dem niemand mit etwas Bösem rechnete? Und das von seiner eigenen Frau, wenn man ein so stolzer, großherziger und, ja, etwas empfindlicher Mann wie mein Bruder war?

Ich konnte zusehen, wie er bleich wurde. Erst bleich, dann stocksteif, dann fast blau. Wie ein Toter saß er da, als ob er sich nicht bewegen könnte. Nach einer Weile wollte ich seine Hand nehmen, da sprang er auf und stürmte wortlos in den Hof.

Und ich musste mit ansehen, wie seine Frau und seine Schwiegermutter grinsten! Die Alte sagte: »Warum hat dein Mann es denn auf einmal so eilig?«

Und ihre Tochter antwortete: »Da bin ich überfragt!«

All das schien ihr nicht mehr zu sein als ein kleiner Scherz. »Kalt ist der Frauen Wort«, sagt man. Hier wurde es wieder einmal bewiesen.

EYJÓLFUR

Ich wollte nicht mehr leben. Wie ein Sturm wütete der Wunsch in mir, mich vor ihren Augen umzubringen. Wie konnte man nur so grausam sein? Nun sah ich den abgehackten Kopf vor mir, obwohl ich hellwach war. Und die schwarzen Hunde schnappten von überallher nach mir. Doch dann kam mein Bruder Ásgrímur. Er war der beste Mensch auf der Welt. Er verstand meine Gefühle, er wollte niemandem etwas Böses. Und er stärkte mir den Rücken, sodass ich beschloss, zum Angriff überzugehen, Thurídur zu zeigen, dass ich kein Schwachkopf und Versager war.

Ich stand auf und legte mein Kettenhemd an, um die Kraft zu spüren, die von ihm ausging; das kalte Eisen ließ mich wieder Mut fassen. In dieser Rüstung musste ich nicht aufpassen, wohin ich ging, alle würden weichen. Sogar Thurídur. Von nun an werde ich nicht mehr mit ihr reden. Mit ihr hatte ich nichts mehr zu schaffen, bis sie kam und um Verzeihung bat. Um Vergebung. Am besten weinend.

»Ach, Eyjólfur.«

Haha. Ich legte meinen Gürtel an und befestigte das Schwert. Nahm die Axt und setzte meinen Helm auf. Dann ritten wir los, mein Bruder und ich. Verabschiedeten uns von niemandem. Sahen niemanden. Ohne ihn hätte ich mich nie noch einmal aufgerafft, ihm verdanke ich alles.

Ich war bereit gewesen, die Waffen niederzulegen wie alle anderen auch. Frieden zu schließen, zur Hochzeitsfeier zu kommen und es lustig zu haben. Aber Thurídurs Worte hatten das unmöglich gemacht. Ich lasse nicht zu, dass man so mit mir redet. Nun werden alle sehen, wozu Eyjólfur Ofsi fähig ist. Sollen sie sich doch an mir rächen, mich verbannen – egal, was ist das Leben schon wert, wenn es unter solchen Schmerzen und Demütigungen gelebt werden muss?

Wir beschlossen, nach Flugumýri zu reiten, sobald diese verdammte Hochzeitsfeier vorbei war und die Leute noch ihren Rausch ausschliefen. Dann wollten wir alle töten. Alle. Auch, wenn wir ihnen dazu das Dach über dem Kopf anzünden mussten. Dafür nehme ich noch einmal meine Kräfte zusammen. Wir ritten so unauffällig wie möglich von Hof zu Hof und baten die besten Männer, uns zu begleiten und mit uns eine Tat zu vollbringen, so groß, dass sie uns alle berühmt machen würde. Und wie erwartet konnten wir uns auf unsere Leute verlassen. Sie versprachen ihre Unterstützung, und das, obwohl sie nur wussten, dass wir uns an Gissur rächen wollten. Mehr wollten wir ihnen erst verraten, sobald unser Kriegszug begann.

Seit Tagen hatte ich nicht mehr mit Thurídur geredet. Und erst recht nicht mit ihrer Mutter. Ihre Gesichter will ich sehen, wenn sie erfahren, dass ich das ausgeführt habe, was ich nun plane. Eyjólfur Ofsi, Eyjólfur der Zornige!

HRAFN ODDSSON

Das Einzige, was die gute Laune trübte, als ich nach Flugumýri zu dem großen Hochzeitsfest ritt, war, dass meine Frau nicht mitkommen wollte. Sie konnte sich einfach nicht überwinden zu kommen, und ich konnte das irgendwie verstehen. Aber auf der anderen Seite war mir dieser Friedensschluss wichtiger als alles andere, und das war ihr wohl bewusst, denn sie versuchte nicht einmal, mich zu überreden, daheim zu bleiben. Aber es hätte nun einmal viel mehr hergemacht, wenn meine Frau an meiner Seite gewesen wäre, immerhin handelte es sich um eine Hochzeit.

Skalden-Sturla und Helga hatten sich mit ihrer frisch verheirateten Tochter Ingibjörg schon einen Tag eher auf den Weg gemacht und viele andere Gäste hier aus dem Westen auch, insgesamt mehr als sechzig Leute. Da war es fast ein bisschen kläglich, dass ich nur zwei Pferdeknechte dabeihatte. Aber nun, da die Kämpfe und Kriegszüge ein Ende hatten, gab es ja auch keinen Grund mehr, mit einem ganzen Trupp von Leibwächtern durch das Land zu reiten.

Genau dieser Gedanke war es, der mir das Herz leicht werden ließ und mich an diesem schönen Tag mit Freude erfüllte, als wir über die herbstlich verfärbte Heide ritten, während die Vögel sangen und aus dem Süden eine leichte Brise wehte. Solange ich denken konnte, hatte in diesem Land Unfriede geherrscht. Mein Großvater, von dem sich alle einig waren, was für ein verträglicher Mann er gewesen war, kam ums Leben, als Feinde seinen Hof umstellten und anzündeten. Spätestens seit dieser Zeit lebten alle meine Verwandten in Angst. Ich selbst war erst sechzehn, als ich das erste Mal in den Kampf zog. Ich hatte mich daran gewöhnt, über jedes Jahr froh zu sein, an dessen Ende ich noch am Leben war.

Hinzu kam, dass Gissur mir in Aussicht gestellt hatte, sein Stellvertreter zu werden. Skalden-Sturla sollte irgendeine Ehrenposition bekommen, dieses ganze weltliche Getue lag ihm ohnehin nicht. Und wenn erst einmal Friede herrschte, war es keine Kleinigkeit, der Stellvertreter des mächtigsten Mannes im ganzen Land zu sein – wer hätte sich das jemals träumen lassen?

Zum ersten Mal, seit ich denken konnte, bekam ich das Gefühl, dass uns bessere Zeiten bevorstanden.

Wir redeten wenig, meine Begleiter und ich, meine Gedanken waren mir genug. Als wir schon einige Zeit über die Hochebene geritten waren und uns dem Skagafjord näherten, wurde es kühl, der Wind drehte und brachte Schneeregen aus dem Norden. Ich hatte vor, auf Vídimýri zu übernachten, mein Schwager Eyjólfur Ofsi hatte mir eine Nachricht geschickt und wollte mich dort treffen. Er wollte wohl mit mir zusammen weiter zu dem Fest reiten. Ich wollte Flugumýri bereits am Mittag des nächsten Tages erreichen – Gissur erwartete mich und hatte mir einen königlichen Empfang versprochen.

Auf dem Weg über die Hochebene fragte ich mich, ob meine Schwägerin Thúrídur ihren Eyjólfur wohl auf das Fest begleiten würde, das der Mann ausrichtete, der ihren Vater erschlagen hatte. Wenn dem so wäre, wie würde sie dann darauf reagieren, dass ihre Schwester, meine Frau, nicht dabei war? Ich beschloss, keinen weiteren Gedanken daran zu verschwenden – das würde sich zeigen, und abgesehen davon konnte ich mir ohnehin nie einen Reim darauf machen, was in den Köpfen dieser Schwestern vorging.

Irgendwie fand ich es merkwürdig, dass Eyjólfur mit mir zusammen zu der Hochzeit reiten wollte, schließlich war das für ihn ein ziemlicher Umweg. Und noch mehr überraschte es mich, dass er an diesem Abend nicht zu unserem verabredeten Treffpunkt gekommen war und auch am nächsten Morgen nicht einmal eine Nachricht von ihm vorlag, an dem Sonnabend, an dem das große Fest begann.

Ich machte mich gerade zur Weiterreise bereit, da erschien sein Bruder Ásgrímur, der komischerweise allein unterwegs war und ziemlich merkwürdig reagierte, als ich fragte, wo Eyjólfur blieb. Er blinzelte verschwörerisch und flüsterte etwas, das ich nicht verstand. Mich wunderte das nicht allzu sehr, denn ich hatte diesen Ásgrímur noch nie verstanden, er war schon immer ein Sonderling gewesen.

Das war wohl auch der Grund dafür, warum ich es nicht richtig ernst nahm, als er meinte, er müsse mir etwas sagen, und mich zu einem der abseits gelegenen Ställe zog. Es ging mir lediglich auf die Nerven, ihm in aller Herrgottsfrühe über den ganzen Hofplatz hinterherzurennen wie ein dämlicher Hirtenhund. Dieser Kerl wusste offensichtlich nicht, welche Ehren mir schon bald zuteilwurden.

Dann erdreistete er sich, mir irgendeine geheime Aufgabe zu erteilen! Erst wollte er wissen, wann ich vorhatte, die Hochzeitsfeier auf Flugumýri wieder zu verlassen – als ob es ihm zustünde, mich auszufragen. Ich antwortete knapp, ich würde davon ausgehen, dass die Feier, die heute begann, den ganzen Sonntag dauerte und am Montag zu Ende ging. Dann würde ich mich am Dienstagmorgen auf den Heimweg machen, wie die anderen Gäste auch.

»Eyjólfur und ich müssen dich bitten, eine Nacht länger zu bleiben«, sagte Ásgrímur.

»Was? Warte mal, wo ist Eyjólfur überhaupt?«

»Wir wollen am Dienstagabend kommen, wenn nur noch Gissur und seine Söhne auf dem Hof sind. Und sie alle töten. Dazu brauchen wir dich und deine Männer. Wir werden den Hof stürmen, und ihr müsst Gissurs Leuten in den Rücken fallen, wenn sie versuchen, sich an den Türen zu verteidigen.«

Das war es, was ich irgendwie nicht ernst nehmen konnte. Ich fand es einfach nur albern, diesem Kerl zuzuhören, der da so dümmlich lächelnd vor mir stand. Mich überkam der Wunsch, diesen Schwachkopf zu schlagen.

Dann beruhigte ich mich und sagte: »Geh zu deinem Bruder Eyjólfur und sage ihm, er soll mit der Sauferei aufhören. Richte ihm das von mir aus. Sonst wird er sein Säufergewäsch bitter bereuen!«

Als wir den Stall erreicht hatten, packte Ásgrímur mich und ließ mich nicht mehr los.

»Eyjólfur ist nicht betrunken. Der bärtige Kolbeinn macht mit und viele andere auch. Du musst uns helfen.«

Ich riss mich los. Ich hatte es immer gehasst, wenn jemand versuchte, mich festzuhalten.

»Du hast mir überhaupt nichts zu befehlen«, zischte ich Ásgrímur an. »Wehe, du sagst mir noch einmal, was ich zu tun habe! Und untersteh dich, solche Torheiten auch nur zu denken!«

Dann stieß ich ihn von mir und ging fort. Zum Glück war mein Pferd schon gesattelt und meine Begleiter waren bereit, sodass wir uns sofort auf den Weg machen konnten. Ich verabschiedete mich von unserem Gastgeber, doch Ásgrímur, der aus der Richtung des Pferdestalls kam, als wir losritten, sah ich nicht einmal an.

GRÓA ÁLFSDÓTTIR

Der große Tag war gekommen. Die Gäste aus den Westfjorden trafen ein. Jemand hatte gehört, dass aus dem Bezirk Eyjafjord im Osten nicht so viele Leute kommen würden, doch Gissur fand das nicht schlimm. Er war viel zu froh darüber, wie gut sein Plan aufging, wie stattlich unsere drei Söhne waren und wie liebreizend Hallurs Braut Ingibjörg anzusehen war. Auf dem Hofplatz begrüßten Gissur und unser Sohn Ísleifur alle Gäste, die hohen wie die niedrigen. Allen boten sie aus einem großen Silberpokal zu trinken an, sodass sogar die, die nach der langen Reise in dem herbstlichen Wetter schlecht gelaunt ankamen, lächelnd ins Haus gingen. Gut bewirtet und herzlich umarmt. Die letzten Wochen hatten wir nichts anderes getan, als dieses Fest vorzubereiten, hatten den nördlichen und südlichen Teil des Hofes erweitern lassen, sodass dort nun jeweils Platz für Dutzende von Gästen war. Wir hatten Behänge und Stickereien besorgt, um alle Wände zu bedecken, Tische und Bänke waren gezimmert worden und Ehrensitze für die wichtigsten Leute, ganze Karawanen mit Essen und Getränken waren gekommen, nur das Beste, das es hier im Skagafjord und in Südisland gab – von allen berühmten Festen, die unsere Familie jemals gefeiert hatte, sollte dies das glanzvollste und prächtigste werden.

Schließlich kam Hrafn Oddsson und blickte ziemlich finster drein, da lief Gissur ihm mit dem Silberpokal über den Hofplatz entgegen. Sie tranken eine Weile und umarmten sich, und als er zu uns kam, lächelte auch er. Gissur hatte mir gesagt, dass Hrafn in diesem Friedensschluss die Schlüsselfigur sei. Solange er Hrafn als zuverlässigen Verbündeten hatte, könne nichts schiefgehen. Seine Frau war nicht mitgekommen, das lag an dieser alten Geschichte, dem Bösen, das all die Jahre wie ein Fluch auf uns gelastet und uns bitter und misstrauisch gemacht hatte und junge Männer lange vor der Zeit zu Greisen werden ließ. Aber meine Söhne hatten trotz alledem ein zuversichtliches Funkeln in den Augen, besonders Hallur und Ketilbjörn, von denen gesagt wurde, wie hübsch sie seien. Gissur wurde auch nicht müde zu wiederholen, wie ähnlich sie mir sahen, das war natürlich ein schönes Kompliment. Und es war gut, einen Mann zu haben, der einem Komplimente machte. Der Zeit hatte für das Schöne im Leben. Und wir werden ein schönes Leben haben, hier im Skagafjord, werden in Frieden unsere Arbeit tun und zusehen, wie unsere Familie gedeiht.

HRAFN ODDSSON

Es wunderte und bedrückte mich, wie sorglos alle feierten. Je länger das Fest dauerte, desto weniger konnte ich es aushalten, wie aufgekratzt die Leute waren, nur weil hier höfische Sitten herrschten. Gissur hatte lange am Königshof in Norwegen gelebt und wusste natürlich, wie man nach allen Regeln der Etikette feierte, wie die Sitzordnung zu gestalten war und die Reihenfolge, in der die Leute mit ihren Ansprachen zu Wort kamen – sogar die Kleidung mancher Gäste sah aus, als wären sie direkt aus dem königlichen Palast gekommen. Die Wände waren mit großen Ritterdarstellungen geschmückt, und viele dachten wohl, dass es in diesen großen Gebäuden von Flugumýri nun endlich eine Art isländischen Königshof geben würde, und verlebten vielleicht einfach nur deshalb die glücklichsten Tage ihres Lebens, weil sie dazugehörten. Zweifellos, diese Hochzeit hatte etwas sehr Majestätisches, allein schon aufgrund der Geschichten, die sich um sie rankten, die verfeindeten Familien und Heerführer, die nun die Waffen schweigen ließen und durch diese Heirat eine Verbindung eingegangen waren, die uns allen eine Zeit des Wohlstands und Friedens bringen würde – so mussten die meisten gedacht haben, als die Begeisterung ihren Höhepunkt erreichte, während Hallur und Ingibjörg, mitten im Saal stehend, all diese feinen Geschenke entgegennahmen und sich mit vor Rührung belegter Stimme bedankten, dieses hübsche, fröhliche und unverdorbene Paar, rein und weiß wie Schnee – und die Gäste glotzten sie mit einem derart rührseligen Blick an, dass mir fast schlecht geworden wäre.

Am liebsten hätte ich geschrien: Begreift ihr nicht, dass ihr vielleicht in Lebensgefahr schwebt? Dass all dies nur eitles Wunschdenken sein könnte? Aber ich konnte es nicht. Ich fluchte leise in meinen Trinkbecher, verfluchte meine Freunde und Waffenbrüder, sodass man nur dachte, ich sei schlecht gelaunt oder hätte vielleicht zu viel getrunken. Ergriffen von der gefühlsduseligen Herzlichkeit, die sich über die berauschten Gäste gelegt hatte, kamen die, von denen ich es am wenigsten erwartet hatte, mit Schmeicheleien zu mir und hätten mich am liebsten in die Arme genommen und abgeküsst, nur damit ich wieder lustig wurde. Doch ich ließ mir eigentlich nur die Freundlichkeiten meines Freundes Skalden-Sturla gefallen, der hatte ja auch wirklich einen Grund zur Freude. Die Hochzeit der eigenen Tochter zu erleben musste etwas Wunderschönes sein, da war es ganz natürlich, dass nicht nur seiner Frau, sondern auch ihm die Tränen in den Augen standen, wenn sie ihre Tochter ansahen, die fast noch ein Kind war, aber vorne vor den Gästen stand und Geschenke und Glückwünsche entgegennahm. Schwieriger fiel es mir, Gissurs Freundlichkeiten aufrichtig zu begegnen, die sich als ebenso überwältigend wie überraschend herausstellten. Er war trunken vor Freude oder Glück, auf jeden Fall aber: trunken. Ich musste zumindest versuchen, ihm vorzuspielen, dass ich ebenso fühlte wie er, wenn er mir wieder und wieder ewige Freundschaft versprach und in langen Reden mit leuchtenden Farben ausmalte, was wir in Zukunft alles gemeinsam zum Wohle des Landes tun würden. Doch die Worte, die Ásgrímur Thorsteinsson in diesem Pferdestall auf Vídimýri gesprochen hatte, gingen mir einfach nicht aus dem Kopf. Obwohl ich beschlossen hatte, sie nicht ernst zu nehmen, oder wohl eher versuchte zu verdrängen, was sie mir von ihrem Vorhaben erzählt hatten, schoss mir doch immer wieder dieser eine Gedanke durch den Kopf: Sie könnten es wirklich tun. Jedes Mal, wenn ich Gissur in seinem triumphalen Frohsinn sah, musste ich denken: Eigentlich solltest du wissen, dass du morgen tot sein könntest. Oder übermorgen. Und im selben Augenblick stieß ich mit ihm an, erwiderte seine Umarmung und versprach ihm ewige Freundschaft und Treue. Und fürchtete tief im Grunde meines Herzens, er könnte merken, dass ich ihm etwas vormachte; dass ich gegen meinen Willen Teil einer Verschwörung geworden war. So blieb mir nichts anderes übrig, als mich bis zur Gleichgültigkeit zu betrinken und mir einzureden, ich hätte alles vergessen.

Es war schon merkwürdig, einem Erzfeind wie Gissur plötzlich so nahe zu sein, aber er tat ja auch etwas dafür, kam uns entgegen, stieg von seinem hohen Ross und reichte uns die Hand oder genauer: Er drückte uns an sein Herz, und das immer wieder. Seinen Söhnen Hallur, Ísleifur und Ketilbjörn gegenüber freundlich zu sein war kein Problem, sie hatten uns nie etwas getan. Aber da waren eben auch Männer, die wir Sturlungen immer gehasst hatten, und zwar aus gutem Grund, und ich war mir sicher, dass sich das trotz der neuen familiären Bande zwischen Skalden-Sturla und Gissur nicht so bald ändern würde. Die meisten von uns empfanden regelrechten Ekel dabei, mit Leuten wie Árni dem Erbitterten unter einem Dach zu sein, diesem hinterhältigen Dreckskerl mit seinem Rattengesicht. Er hatte offensichtlich versucht, sich mit Männern aus unserem Lager zu unterhalten, um herauszufinden, ob wir inzwischen vergessen hatten, dass er Snorri Sturluson erschlagen hatte – »ich habe ja auch nur einen Befehl ausgeführt«, soll er gesagt haben, und man musste nicht näher beschreiben, was unsere Männer von derartigem Gefasel hielten. Ich hatte das Glück, auf diesem Fest einer der Ehrengäste zu sein, sodass ich mich nicht mit jedermann abgeben musste und Árni dem Erbitterten aus dem Weg gehen konnte. Für Skalden-Sturla galt das Gleiche, doch auch die Züge auf seinem vor Glück berauschten Gesicht verhärteten sich, wenn Árni der Erbitterte oder ähnliches Gesindel in seine Nähe kam; dann wandte er sich mit kaltem Blick ab, und ich hörte ihn wenig festliche Worte darüber murmeln, welchen Aufenthaltsort und welche Todesart er diesem Pack wünschte.

GISSUR

»Gott sei mit euch allen. Es ist mir eine große Ehre, euch hier auf dieser festlichen Zusammenkunft willkommen zu heißen, zu der wir geladen haben, ich und meine Frau Gróa, die hier an meiner Seite steht – die Frau, die mich mit diesen drei Söhnen gesegnet hat, die ich heute unter diesem Dach versammeln kann, unter dem unser Sohn Hallur die liebreizende Ingibjörg Sturludóttir aus Stadarhóll im Breiten Fjord zur Frau nimmt. Nun möchte ich alle Anwesenden bitten, zu ihren Ehren anzustoßen. Ihnen gehört die Zukunft – möge es ihnen wohlergehen. Unter den Anwesenden sehe ich nur die besten Menschen unseres Landes. Menschen, denen nur zu gut bekannt ist, wie Krieg und Hass uns Isländer in den letzten Jahren entzweit haben. Aber nun wird sich, mit Gottes Hilfe, alles zum Guten wenden, und das ist den vorzüglichen Männern zu verdanken, die heute hier zusammengekommen sind, allen voran dem Sturlungen-Oberhaupt Skalden-Sturla sowie Hrafn Oddsson, der Sturla und mir die Ehre erwiesen hat, unsere Einladung anzunehmen, und zu dieser freudigen Stunde zusammen mit uns hier oben sitzt. Desgleichen gebührt Thorsteinn Hjálmsson Dank für die Botschaften, die er zwischen uns hin und her gebracht hat, gesegnet seien die Boten des Friedens. Nun hoffe ich, unsere Versöhnung möge mit Gottes Gnade wohl gelingen. Mit dieser Zusammenkunft wollen wir erklären, einander auf ewig verbunden zu sein in einer Freundschaft, die mit dieser Hochzeit ihren Anfang nimmt. Ab jetzt werden wir die Waffen schweigen lassen und geloben, einander mit Wohlwollen zu bedenken, in Worten und in Taten.«

HALLUR GISSURARSON

Was bin ich froh, wenn das hier alles vorbei ist. Es ist nicht einfach, im Mittelpunkt des Interesses zu stehen und stundenlang immer dieselben Reden darüber zu hören, dass wir, Ingibjörg und ich, die Zukunft seien und dass die Hoffnungen des ganzen Landes auf uns ruhten. Ich muss ja immer antworten, weil Ingibjörg zu schüchtern ist und nur auf den Boden schaut. Ich finde es ohnehin nicht gerade angenehm, in ihrer Nähe zu sein, wir kennen uns ja gar nicht, obwohl, ich weiß nicht, sie ist bestimmt ein gutes Mädchen.

Am merkwürdigsten finde ich es, mit ihr in einem Bett schlafen zu müssen, und das in einem Haus voller Menschen. Doch auf der anderen Seite ist das vielleicht besser, denn so brauchen wir wenigstens keine Entschuldigung dafür, dass wir einfach nur daliegen und so tun, als wäre der andere gar nicht da; ich und dieses Mädchen, das noch am Daumen lutscht und mit Kuscheltieren schmust.

Die verlangten ganz schön viel von mir, im Mittelpunkt dieses riesigen Festes zu stehen, von dem viele sagten, es sei das prächtigste Fest, das unser Land je gesehen habe. Und auch wenn das vielleicht übertrieben war, musste ich mich und uns »Eheleute« nun diesen ganzen Menschen vorstellen, die ich nicht kannte und deren Namen ich sofort wieder vergaß, sodass ich mich regelrecht davor fürchtete, ihnen im Laufe der Feier noch einmal zu begegnen. Die Menge, die immer noch darauf wartete, uns kennenzulernen, wurde und wurde nicht kleiner – all das machte mir irgendwie Angst.

Obwohl die meisten natürlich um meinen Vater herumschwärmten. Dass er so beliebt war, hätte ich nicht gedacht. Oder respektiert. Vielleicht hatten die Leute auch Angst vor ihm, ich weiß nicht – fast alle Männer auf dem Fest wollten sich bei ihm einschmeicheln. Ich sah den ehrfürchtigen Ausdruck auf ihren Gesichtern. Und ich muss zugeben, dass er allein durch seine Anwesenheit alles dominierte, indem er einfach ruhig lächelnd und ein bisschen gedankenverloren dasaß, sich bescheiden gab und meinem Schwiegervater Skalden-Sturla ein Kompliment nach dem anderen machte, ihn für dieses lobte, sich für das bedankte. Und dann dieser Hrafn Oddsson, der mir ein ziemlich rätselhafter Mann zu sein schien; ich hatte schon einige Male mit ihm geredet, doch wenn er überhaupt einmal lächelte, verzog er nur den Mund zu einer Fratze, und seine Augen blieben ganz starr – ich wurde das Gefühl nicht los, dass er es vermied, Ingibjörg und mich anzusehen. Doch so waren manche Leute eben.

Natürlich beeindruckte es mich, meinen Vater auf diese Art in Aktion zu sehen; mir war zwar oft gesagt worden, was für eine herrschaftliche Ausstrahlung er hatte, aber wenn die Leute, allen voran die Bauern bei uns in Südisland, das mir gegenüber behaupteten, hatte ich bisher immer das Gefühl, das wären nur Schmeicheleien, von denen sie hofften, dass ich sie zu Hause weitersagte. Ich hatte meinen Vater mehr als sechs Jahre nicht gesehen, als er plötzlich im letzten Herbst nach Hause kam. Bei seiner Abreise muss ich elf, zwölf Jahre alt gewesen sein und konnte mich nicht daran erinnern, dass jemals solche Feste gefeiert wurden. Damals gab es eigentlich nur Zusammenkünfte zur Vorbereitung von Kriegszügen, und da war ich nie dabei. Aber nun sah ich, wie gut er sich auch auf einem Fest bewegen konnte. Meine Mutter war immer an seiner Seite, sie waren wie König und Königin. Ich merkte, wie er regelrecht unruhig wurde, wenn sie nicht da war, seine Augen wanderten suchend durch den Raum, und sobald er sie fand, gab er ihr mit Blicken zu verstehen, sie solle wieder zu ihm kommen. Im Laufe der Feier war ich ihr zweimal in einem anderen Teil des Hofes begegnet, da sagte sie: »Ich muss schnell zurück zu deinem Vater, bevor er nach mir schicken lässt.« Und ich spürte, dass sie das nicht störte. Mir war gar nicht bewusst, wie innig ihre Beziehung war. Es hätte mir gutgetan, das zu wissen, als ich noch jünger und weniger selbstsicher war als heute, aber ich will mich nicht beklagen. Plötzlich waren wir eine glückliche Familie, die von allen respektiert wurde und ein friedliches Leben lebte, wer hätte das gedacht?

Dennoch fiel es mir schwer, mich richtig wohlzufühlen. Irgendwie überforderte es mich, wie ich immer präsent sein musste, aber auch nicht zu sehr auffallen durfte und nicht wie meine Brüder laut lachen, Geschichten erzählen und fluchen konnte. Es war schade, dass meine Mutter zu beschäftigt war, um für mich da zu sein, doch dafür kümmerte sich meine Ziehmutter umso mehr um mich, Halla, die alle Gardafylja nannten. Sie brachte mir Essen und Trinken und half mir sogar bei der Kinderbetreuung, nahm mir Ingibjörg für eine Weile ab und ging mit ihr irgendwohin, wie jetzt gerade, sodass ich Zeit zum Nachdenken bekam.

Nun saß ich hier mit meinen Brüdern und ein paar anderen Jungs, wir Älteren hatten Bier in unseren Trinkbechern. Ingibjörg war inzwischen von ihrem kleinen Ausflug mit meiner Ziehmutter Halla zurück, saß aber bei ihren Eltern, sodass ich mich etwas entspannen konnte. Ich konnte mich glücklich schätzen, diese Feier miterleben zu dürfen, und wenn alles vorbei war, würde ich das sicherlich auch so empfinden. Trotzdem war da diese Angst. Ich hatte keine Ahnung, wie ich mit diesem Mädchen zusammenleben sollte. Hoffentlich lernte ich sie besser kennen. Bald würden wir einen Hof bekommen und anfangen, ihn zu bewirtschaften. Später müssten wir Brüder von unserem Vater die Macht übernehmen, davon sprach er zumindest immer – seine Stellung wird er uns vererben und vielleicht auch seine Kriege, wenngleich ich das nicht hoffe. Man sagte, dass nun alle versöhnt waren und friedlich miteinander leben würden. Mein Bruder Ísleifur hatte früher oft davon gesprochen, dass wir vielleicht einmal unseren Vater rächen müssten, wenn seine Kräfte ihn verließen und er besiegt würde. Ich hatte das Gefühl, Ísleifur fand diese Vorstellung spannend und würde mit Freuden an der Spitze unserer Männer in eine Schlacht reiten, wie in die Schlacht bei Örlygsstadir, wo mein Vater unsere Seite zum Sieg geführt hatte – ich hingegen fand das schon immer eine grauenhafte Vorstellung. Ein Heer von bewaffneten Feinden anzugreifen und dann nie mehr zu wissen, was die Dunkelheit vor dem Hof für einen bereithielt, wenn man sich schlafen legte, da hatte ich mir oft gewünscht, ein einfacher Bauer in einem abgelegenen Tal zu sein, mit wenigen, aber gutmütigen Nachbarn und vielleicht einer Frau und Kindern und friedlichem Vieh, um das ich mich kümmerte. Aber wenn ich so etwas sagte, lachten meine Brüder mich aus, und so hatte ich mich langsam damit abgefunden, dass mein Leben von Kampf und Unruhen geprägt sein könnte, weil das in unserer Familie nun einmal so war.

Deswegen will ich gar nicht bestreiten, wie sehr es mich erleichterte, meinen Vater da auf dem Ehrensitz zu sehen, wie er tagelang mit seinen Freunden und, was besonders schön war, seinen früheren Feinden feierte und friedlich mit ihnen plauderte wie mit alten Bekannten, und zu wissen, dass sich nun alle versöhnt hatten und feierlich gelobten, die Waffen schweigen zu lassen. Und wer weiß, nun, wo ich eine Frau hatte, erfüllte sich vielleicht wirklich mein Traum, als Bauer und friedliches Bezirksoberhaupt zu leben. Doch es gab noch genug Zeit, um darüber nachzudenken und zu reden, bessere Gelegenheiten als in dieser Runde von ausgelassenen Männern, die um mich herumsaßen und dauernd mit mir anstoßen wollten.

THORSTEINN GRENJA

Allein schon das Grinsen auf den Fressen dieser ganzen Leute. Da konnte man doch nur reinschlagen, da konnte man doch nur … Ich war mit den besten Absichten zu diesem Fest gekommen. Absichten, die ich nie hätte haben sollen. Ich hatte meinen Hass heruntergeschluckt, anders konnte man es nicht sagen, sonst wäre ich gar nicht erst gekommen, um mit diesen Sturlungen und dem ganzen Gesindel aus Südisland zu feiern. Dieses Lumpenpack bildete sich doch tatsächlich ein, für Frieden zu sorgen, nur weil sie sich untereinander vertrugen – als gehörte ihnen das Land ganz allein – wie arrogant war das denn? Als ich die Einladung zu diesem Fest erhielt, war mir erst gar nicht klar gewesen, was für eine Frechheit das war. Doch dann hörte ich, wie immer mehr Leute in meinem Heimatbezirk Eyjafjord sich darüber beschwerten, dass niemand sie nach ihrer Meinung gefragt hatte, bevor die sogenannten Oberhäupter des Landes ihren Frieden schlossen. Oder sollte man eher sagen: sich gegen uns verschworen hatten? Es war wirklich auffällig, wie wenige Leute aus meiner Gegend eingeladen waren. Wollte man mich für dumm verkaufen? Je länger dieses Gelage dauerte, desto klarer wurde mir, dass ich niemals hätte herkommen dürfen. Und der ganze Hass, die wahnsinnige Wut kamen wieder hoch, und das nicht ohne Grund.

Sicher, man hatte mich eingeladen, was mich, ehrlich gesagt, am Anfang sogar freute. Ich Schwachkopf hatte mich geehrt gefühlt. Ich war zwar kein Anführer oder Gode, aber doch ein recht wohlhabender Bauer, und dachte, dass ich auf diese Hochzeitsfeier gehen konnte, ohne mich unterordnen oder mit der Mütze in der Hand vor den großen Anführern verneigen zu müssen wie ein Wanderarbeiter oder Bettler. Aber sobald ich in Flugumýri ankam, spürte ich, dass nicht alle, denen die Gnade zuteilgeworden war, eine Einladung zu erhalten, auch freundlich empfangen wurden. Es fing schon bei den Schlafplätzen an, die den Gästen zugeteilt wurden. Sie hatten nämlich vergessen, mir einen Platz bei den freien Bauern und Landbesitzern zu geben, sodass ich in einer Scheune bei den Pferdeknechten und sonstigen Handlangern landete. Und das war noch nicht alles. Das Gastgeberpaar, Gissur und seine Göttergattin Gróa, standen auf dem Hofplatz und begrüßten die Ankommenden, aber als ich die Dame des Hauses begrüßen wollte, nahm sie mich gar nicht wahr. Die anderen sagten, sie habe mich übersehen, aber das konnte man mir nicht erzählen – so eine bodenlose Frechheit beging niemand aus Versehen. Dabei konnte sie eigentlich gar nichts gegen mich haben, wir waren uns noch nie begegnet – außer sie hatte irgendwelche Geschichten über mich gehört, die vielleicht mit diesem Spitznamen zu tun hatten, den irgendwelche Idioten mir angedichtet hatten: Grenja. Schreihals. Das musste es sein. Und vielleicht hätte ich sogar trotz alldem noch glauben mögen, dass Gróa mich auf dem Hofplatz nur übersehen hatte, wenn ich nicht an der Festtafel ganz außen auf einer der niedrigsten Bänke platziert worden wäre. Die hatten es doch darauf abgesehen, mich zu demütigen. Dann wurde ich in der ersten Nacht auch noch verprügelt wie eine streunende Hundetöle. Dabei hatte ich mir nur etwas Ruhe von den Pferdeknechten erbeten, mit denen ich meine Schlafstätte teilte, wenn man diesen versifften Scheunenboden so nennen wollte. Am nächsten Morgen beschwerte ich mich natürlich, doch hatte das jemanden interessiert? Nie hätte ich gedacht, dass meine Gastgeber so hartherzige Heuchler sein konnten. Und obwohl ich den Rest der Feier wie eine alte Jungfer allein mit meinem Becher in einer Ecke saß, nahm niemand Notiz von mir. Nirgendwo war man so einsam wie in einer Gruppe von fröhlichen Menschen. Ich wollte nur noch nach Hause. Manchmal kam mir sogar der Gedanke, mein Schwert zu holen und einfach auf die Leute loszugehen, ihnen das Lachen aus den Visagen zu schlagen.

HRAFN ODDSSON

Obwohl die zwei Tage des Feierns auf Flugumýri an meinem Körper nicht spurlos vorübergingen und mein Kopf sehr schwer geworden war, hatte sich bei mir am Montagmorgen doch ein gewisses Wohlbefinden eingestellt. Das gute Essen und Trinken, die Fröhlichkeit, das Gelächter und ganz allgemein die versöhnliche Stimmung hatten mir gutgetan. Alle bewunderten das junge Paar, dessen Hochzeit den Friedensschluss besiegelte. Und die Gastgeber ließen es an nichts fehlen, kümmerten sich so gut um mich auf diesem prachtvollen Hof, dass ich mich regelrecht wie ein Mann von Welt fühlte, so schön war es, dort aufzuwachen, noch eine Weile im Bett liegen zu bleiben und dem freundlichen Klang der Gespräche zu lauschen, die hier im Gebäude geführt wurden, vermischt mit dem heimeligen Klappern von Töpfen und dem Prasseln des Herdfeuers und den Essensdüften, die von dort zu mir drangen, dazu vielleicht noch das Lachen spielender Kinder, die durch die Flure liefen. Wenig später stand ich auf und bekam mein Frühstück, dann kam auch schon Gissur zu mir und freute sich sehr, mich zu sehen, zumal kaum jemand so früh am Morgen auf den Beinen war. Er bat mich, mit ihm zu kommen. Er wollte unter vier Augen etwas mit mir besprechen, und wir gingen in eine Ecke des Wohnraums, wo er uns einschenkte, bevor er das Wort ergriff: »Du hast es doch nicht eilig, von hier fortzukommen, oder? Wir sollten das Fest genießen, so lange es geht.«

Nun fühlte ich mich noch wohler, so ein guter Schluck am Vormittag ist nach einigen durchzechten Tagen doch das Allerbeste. Heute gab es kein formales Festprogramm mehr, keine Reden oder andere Darbietungen, es gab weder Erwartungen zu erfüllen noch Pflichten zu erledigen, und ich fand das Leben so angenehm wie nur selten zuvor. Bald kamen weitere Gäste aus den Betten, allesamt verschlafen und etwas benebelt. Sie lächelten, als sie Gissur und mich da mit unseren Bechern sitzen sahen. Einige tranken einen Schluck mit uns, andere hatten einen langen Weg vor sich und bereiteten ihre Abreise vor. Skalden-Sturla kam kurz hinzu, wollte aber zusammen mit seiner Frau die letzten Stunden mit seiner Tochter Ingibjörg verbringen, die bei ihrem frischgebackenen Ehemann auf Flugumýri zurückbleiben würde.

Dieses herzensgute Mädchen.

»Hier wird es ihr an nichts fehlen!«, rief ich Sturla zu, vielleicht, um ihn zu trösten, weil er sehr an seinen Kindern hing und ich spürte, wie schwer es ihm fiel, seine Tochter zurückzulassen. Und in dem Moment, indem ich das sagte, meinte ich es vollkommen ernst. Ich glaubte daran, dass sie es hier schön haben würde, doch im nächsten Augenblick musste ich wieder daran denken, dass nur ich wusste, dass vielleicht schon bald eine Meute bis an die Zähne bewaffneter Männer über den Hof herfallen würde, um Gissur und seine Söhne zu töten. Vielleicht hatten sie sich sogar schon auf den Weg gemacht, Männer mit Schwertern und vielleicht sogar Fackeln, weil sie vorhatten, niemanden zu verschonen – doch ich musste so tun, als ob alles in Ordnung wäre und ich nichts von irgendeiner Gefahr wüsste.

Doch so sehr mich dieser Gedanke auch erschreckte, ich verspürte noch immer dieses Wohlbefinden in mir und konnte den Gedanken einfach nicht zu Ende denken. Das war viel zu absurd, um irgendeinen Sinn zu ergeben. Also sagte ich mir, dass daraus nichts würde; das waren doch nur die Wahnvorstellungen von Eyjólfur Ofsi. Auf diese Art versuchte ich, meine schlimmsten Ängste zu verscheuchen, ohne sie allerdings gänzlich loszuwerden. Ich lehnte den Kopf an die Wand hinter mir, versuchte, meine Gedanken in den Griff zu bekommen, und schwieg. Als ich wieder zu mir kam, war Gissur aufgestanden und hatte mir nachgeschenkt. Ich sah ihm in die Augen. Er lächelte, ich muss wirklich bleich und ernst ausgesehen haben, denn er sagte: »Ich glaube, du kannst diese Erfrischung gebrauchen, mein Freund.«

Das war der Augenblick, in dem mir klar wurde, dass ich ihn warnen musste. Irgendwie musste das doch möglich sein. Aber dann musste ich zumindest andeuten, ich würde etwas wissen, von dem er nichts ahnte, etwas Handfesteres als einen Hinweis auf die Tatsache, dass wir in unsicheren Zeiten lebten, das war ja schließlich in den letzten Jahrzehnten keinem verborgen geblieben.

Was um alles in der Welt sollte ich tun?

Wenn ich wirklich andeutete, von einem Mordkomplott gegen ihn zu wissen, würde er nicht locker lassen, bevor ich ihm alles gesagt hatte, was ich wusste. So war Gissur nun einmal, sobald er Gefahr witterte, war er hartnäckiger und erbarmungsloser als alle anderen. Er würde nicht einmal davor zurückschrecken, mich festzunehmen und zu foltern. Und wenn ich ihm alles gesagt hatte, würde er seine Männer zu den Waffen rufen und Eyjólfur und alle seine Männer töten lassen – und wer konnte sagen, was dann aus meiner Schwägerin Thurídur wurde, der Schwester meiner Frau? Dann würden die Sturlungen mir zu Hause die Hölle heißmachen, meine Ehe wäre ruiniert und ebenso mein Ruf – wer respektierte schon einen Mann, der seine Familie ans Messer lieferte, um sich bei seinem schlimmsten Feind beliebt zu machen?

Also schwieg ich.

Gissur verschwand auf den Hofplatz, um einige Gäste zu verabschieden, die zur Heimreise bereit waren. Auch ich musste mich aufraffen und direkt in den Eyjafjord reiten, um diesem Eyjólfur seine Flausen auszutreiben; ich musste mir nur noch eine Entschuldigung ausdenken, warum ich mich von den Leuten trennte, die damit rechneten, dass wir zusammen nach Westen ritten, und mir ausdenken, wie ich wohlwollende Ermahnungen und Drohungen am besten mischte, um Eyjólfur Ofsi von seinem Vorhaben abzubringen. Da öffnete sich die Tür, und kein anderer als Eyjólfurs Bruder kam herein, dieser Schwachkopf Ásgrímur Thorsteinsson.

Er machte einen ruhigen, fast unbeteiligten Eindruck, ganz unaufgeregt und beherrscht. Wie ein ganz normaler Gast, der bei einem alten Bekannten vorbeischaut.

Ich konnte nicht beschreiben, wie erleichtert ich war, denn sein Kommen machte mir klar, dass die Brüder sich nicht auf den Weg gemacht hatten, um mit Waffen und Feuer hier einzufallen.

ÁSGRÍMUR THORSTEINSSON

Als ich Eyjólfur wiedertraf, nachdem ich Hrafn Oddsson gebeten hatte, uns bei dem Angriff auf Flugumýri zur Seite zu stehen, bekam mein Bruder einen Tobsuchtsanfall. Er wollte wissen, ob Hrafn nun zugestimmt hatte oder nicht, doch genau das konnte ich ihm irgendwie nicht sagen.

So war es nun einmal, Hrafn hatte mir ausweichend geantwortet. Richtig wurde mir das erst klar, als ich bereits auf dem Weg zurück nach Osten war. Hrafn hatte weder abgelehnt noch zugestimmt und nur Ausflüchte und halbherzige Beschimpfungen von sich gegeben. Eyjólfur lief umher und regte sich wahnsinnig auf, während ich versuchte, mein Gespräch mit Hrafn wiederzugeben, von dem ich dachte, ich hätte es noch einigermaßen im Kopf. Schließlich war es noch nicht lange her.

»Er hat hauptsächlich geschimpft und gesagt, du sollst mit der Sauferei aufhören.«

»Ich? Mit der Sauferei aufhören?!«

»Ja, sonst würdest du das bitter bereuen!«

»Hast du ihm etwa gesagt, ich bin besoffen?«

»Nein! Ich habe gesagt, dass du gerade nicht besoffen bist!«

»Und sonst? Hat er gesagt, dass er noch eine Nacht länger bleibt?«

»Er hat nur irgendwas von Säufergewäsch geredet. Und gesagt, dass ich ihm gar nichts zu befehlen habe.«

»Du hast ihm Befehle erteilt?«

»Nein! Ich war sehr höflich. Aber er ist einfach abgehauen. Ich glaube, er ist irgendwie beleidigt.«

»Also wissen wir nicht, ob er mit seinen Männern auf Flugumýri sein wird, um uns zu helfen, wenn wir kommen?«

»Nee, eigentlich nicht.«

Eyjólfur hatte sich hingesetzt und begann zu zittern. Ich sah, wie er die Fäuste ballte. Dann zischte er: »Wir reiten nach Flugumýri und töten Gissur, ob Hrafn Oddsson uns nun hilft oder nicht. Ich lasse mich nicht ungestraft einen Säufer nennen!«

Ich bereute es von ganzem Herzen, keine deutlichere Antwort von Hrafn bekommen zu haben, und wir beschlossen, dass ich nach Flugumýri reiten und dort so tun würde, als käme ich ganz zufällig vorbei. Dann würde ich versuchen, mit Hrafn unter vier Augen zu sprechen, um die Sache zu klären. Ich erreichte den Hof im Laufe des Montags.

Auf dem Hofplatz war ein ziemliches Gedränge, überall gesattelte Pferde und Leute, die sich zur Abreise bereit machten; Gissur war vollauf damit beschäftigt, mit großer Herzlichkeit die Gäste zu verabschieden, und ich sah, wie er Männer aus unseren Reihen küsste, was mich unglaublich beschämte – Feinde sind Feinde, sage ich immer. Bald merkte ich, dass er betrunken war, sah es an der dämlichen Freude in seinen Augen, ich hörte, wie er lallte, und lachte mir ins Fäustchen. Das würde einfacher werden als gedacht. Als er mich sah, winkte er mir zu, und im selben Augenblick kam sein Sohn Ísleifur mit zwei randvollen Bechern aus dem Haus, gab mir einen und stieß mit mir an. Umarmte mich, nachdem wir getrunken hatten. Fragte, warum ich nicht eher gekommen sei und wie es meinem Bruder Eyjólfur ginge. Ich versuchte, möglichst normale Antworten zu geben, behauptete, Eyjólfur habe eine Gürtelrose und ich sei anderweitig beschäftigt gewesen. Dann ging ich hinein, in diesen riesigen Hof, der sicherlich gut brennen würde!

Und ich musste nicht lange im Haus herumirren, da fand ich auch schon Hrafn. Er saß allein und zufrieden in einem prächtig eingerichteten Raum mit einem Becher in der Hand und futterte bestes Trockenfleisch.

»Da ist ja der Mann, mit dem ich reden wollte!«, sagte ich und schloss die Tür hinter mir; wir waren unter uns.

»Ich hoffe, du bist gekommen, um mir zu sagen, dass ihr euch eure versoffenen Ideen aus dem Kopf geschlagen habt«, sagte Hrafn und machte auf einmal einen erbärmlichen Eindruck auf mich. Er schien längst nicht mehr so selbstherrlich wie bei unserer letzten Begegnung.

»Ganz im Gegenteil«, sagte ich, »nichts kann uns aufhalten. Eyjólfur und ich sind keine Säufer und erst recht keine Feiglinge. Wir lassen Taten sprechen! Wirst du jetzt zu uns halten oder nicht?«

»Lass mich in Frieden«, sagte Hrafn nun wirklich in sehr kläglichem Ton.

»Ich habe dich etwas gefragt«, sagte ich, voller Freude, diesen großen Anführer so verzagt zu sehen.

»Nein, ich reite morgen früh fort«, sagte Hrafn und traute sich endlich, mir in die Augen zu sehen.

»Gissur hat deinen Schwiegervater umgebracht«, sagte ich, doch weiter kam ich nicht, denn da öffnete sich die Tür, und niemand anderer als besagter Gissur kam herein und breitete die Arme aus, als er mich sah.

»Willst du mich nicht bald einmal richtig besuchen, mein Freund?«, fragte er. »Und deinen Bruder Eyjólfur mitbringen?«

»Das haben wir in der Tat vor«, sagte ich und fügte übermütig hinzu: »Und den bärtigen Kolbeinn bringen wir auch mit!«

Ich sah, wie Hrafn, der hinter Gissur saß, zusammenzuckte, als ich das sagte. Aber Gissur verstand natürlich überhaupt nichts. Dachte nur, dass wir bald einmal alle gemütlich zusammensitzen würden. Tja!

Genug davon, ich verabschiedete mich, ritt nach Hause zu Eyjólfur und konnte ihm nun sicher sagen, dass Hrafn ein Feigling war. Es gab Leute, die taugten einfach nichts, wenn es darauf ankam.

Aber uns Brüder wird das nicht aufhalten. Wir hatten unsere härtesten Männer zusammengerufen, mehrere Dutzend, darunter so tapfere Krieger wie den bärtigen Kolbeinn. Er wird mitkommen. Wenn jetzt noch seine Brüder zu uns stoßen würden, wären wir die gefährlichste Truppe, die dieses Land je gesehen hat.

HRAFN ODDSSON

Ich hatte gehofft, mit einer kurzen, nicht allzu innigen Verabschiedung davonzukommen, indem ich am Dienstag so früh davonritt, dass nur die wenigsten wach waren und diese wenigen, in der morgendlichen Herbstkälte nach einem dreitägigen Gelage, nicht gerade zu innigen Umarmungen aufgelegt waren. Und das Glück wollte es so, dass wirklich kaum jemand auf den Beinen war, als ich mich aus dem Bett quälte. Alles war ruhig, und ich hörte nicht viel, außer dem Wind, der in der Fensteröffnung über mir pfiff. Ich schlich in Richtung Herdfeuer, wo die Köchinnen bereits zugange waren. Eine von ihnen holte einen großen Krug Quark aus der Vorratskammer, goss großzügig Sahne hinzu und hatte sogar noch große, saftige Krähenbeeren aufgetrieben. Während ich aß, bekam ich eine Wegzehrung, die für mich vorzubereiten diesen guten Frauen befohlen war, bevor ich mich auf den langen Ritt nach Hause machte: eine äußerst reichhaltige Wegzehrung mit Räucherfleisch, Würsten und Trockenfisch samt den dazugehörigen Beilagen. Wenig später traf ich auf einen meiner Begleiter und befahl ihm, die Pferde zu satteln und unsere Abreise vorzubereiten. Noch immer hatte ich weder Gissur noch jemand anderen von der Familie gesehen und hoffte schon, dass ich damit davonkäme, dass seine Mägde meine Grüße ausrichteten.

Doch auf dem Weg zur Tür begegnete ich Gissurs Frau Gróa, die offensichtlich schon eine Weile wach war, sich fein gemacht hatte und mich herzlich begrüßte. Wieder einmal war ich geradezu verwirrt von ihrer Schönheit und der Anmut ihrer Bewegungen, von ihrer ganzen Art und ihrem Lächeln, das bis zu den

Augen reichte, und ich spürte, dass der Friede, den wir geschlossen hatten, niemanden so glücklich machte wie sie. Umso mehr schmerzte mich nun die Erinnerung daran, was Ásgrímur Thorsteinsson mir angekündigt hatte, das Wissen darüber, was unmittelbar bevorstand, und ich brachte kaum ein Wort heraus, verabschiedete sie mit kaum mehr als einem Murmeln, bat sie, Gissur von mir zu grüßen, eilte hinaus und konnte nichts anderes tun, als mir einzureden, dass die Brüder Ásgrímur und Eyjólfur Ofsi, was auch immer sie vorhatten, doch wohl zumindest die Frauen und Kinder verschonen würden. Als ich mich bereits zum Ausgang gewandt hatte, hörte ich, wie sie mir fröhlich hinterherrief, ich könne mich von Gissur selbst verabschieden, er erwarte mich bereits.

Und das tat Gissur auch. Er stand bei den Ställen und sprach mit einem meiner Gefolgsleute, und auch sein jüngster Sohn Ketilbjörn war bereits wach. Als ich herauskam, lächelte Gissur, gab Ketilbjörn ein Zeichen und breitete die Arme aus. Nachdem er mich umarmt, mir eine gute Reise gewünscht und sich für die gemeinsamen Tage bedankt hatte und auch nicht vergaß, mir die besten Wünsche an meine Frau und Familie mit auf den Weg zu geben, kündigte er an, mir zum Zeichen seiner Verbundenheit ein Abschiedsgeschenk geben zu wollen. Im selben Moment führte sein Sohn Ketilbjörn ein prächtiges Pferd aus dem Stall, das in den letzten Tagen eines der wichtigsten Gesprächsthemen unter den Gästen gewesen war, die immer wieder zu den Ställen gingen, um es zu bewundern: einen gezähmten, fünf Jahre alten Hengst namens Sleipnir, den Gissur gerade erst seinem Nachbarn aus Djúpadalur abgekauft hatte und der, da waren sich alle einig, das beste und kräftigste aller Pferde im Skagafjord war. Gissur nahm Ketilbjörn die Zügel aus der Hand und gab sie mir, und obwohl der Hengst stolz war und den Kopf hoch trug, wie es alle guten Pferde taten, schnaubte er doch in meine Richtung und sah mich mit gutmütigem Blick an, da lachte Gissur und sagte: »Und du gefällst ihm sogar! Ihr werdet sicher lange etwas voneinander haben!«

Doch in meinem Kopf raste nur ein einziger Gedanke umher: Tu mir das nicht an!

Inzwischen war ich so aufgewühlt, dass ich gar nichts mehr sagen konnte. Vater und Sohn dachten natürlich, ich wäre so gerührt ob des Geschenks und der vielen Freundschaftsbekundungen, und da war sicherlich auch etwas dran. Ich musste etwas sagen und schaffte es, meine Stimme unter Kontrolle zu bekommen, bedankte mich für die Gastfreundschaft und dieses großzügige Geschenk, dann fügte ich hinzu: »Aber trotzdem möchte ich dich in Gottes Namen bitten, auf der Hut zu sein, mein Freund, denn Vorsicht ist besser als Nachsicht in unseren unsicheren Zeiten, das wissen wir nur zu gut.«

Doch Gissur antwortete launig: »Vielen Dank, mein lieber Hrafn, aber vor wem sollte ich mich denn jetzt noch in Acht nehmen müssen, nach alldem, was wir erreicht haben?«

Fast hätte ich einen Namen genannt, doch ich biss mir auf die Zunge. Und sagte dann: »Man weiß nie, was irgendwelche Verrückte oder Betrunkene sich einfallen lassen.«

Dann umarmten wir uns ein letztes Mal. Gissur küsste mich auf beide Wangen, und der kleine Ketilbjörn tat es ihm nach. Als ich gen Westen davonritt, dachte ich nur noch an Judas Ischariot.

BISCHOF HEINREKUR VON HÓLAR

Seiner Hoheit König Håkon schreibt mit Gottes und seinen eigenen Grüßen Heinrekur, den man nun Bischof von Hólar auf Island nennt.

Aus diesem Land gibt es folgende frohe Kunde zu vermelden, die mich von der äußerst lästigen Pflicht entbindet, den Ursachen der Feindseligkeiten und dilettantischen Intrigen auf den Grund zu gehen, die das Verhältnis der hiesigen Anführer untereinander in den letzten Jahren bestimmt haben; denn plötzlich scheint sich alles in Wohlgefallen aufzulösen.

Fast so, als ob, mit Verlaub, als ob nie etwas vorgefallen wäre.

Männer, die sich noch vor Wochen bis aufs Blut bekämpft haben, fallen sich nun auf einmal in die Arme, schließen Frieden und besiegeln diesen sogleich mit einer prächtigen Hochzeitsfeier; unter den Isländern herrscht eine derartige Eintracht, dass sie die Kirche als Mittlerin oder Helferin nicht mehr zu benötigen scheinen, vielleicht mit Ausnahme des einen oder anderen einheimischen Priesters, der die nötigsten Weihehandlungen vornimmt; der einzige Mann, der sich in letzter Zeit an meinen Bischofssitz in Hólar gewandt hat, war Scharten-Thorgils, Euer Gesandter, der Euch natürlich wohlbekannt ist, und der kam nur, um sich aus einer zutiefst misslichen Lage zu befreien, die ihm keine andere Wahl ließ, als entweder den Eid zu brechen, den er Eurer Hoheit gegenüber schwor, oder aber gegen seine eigenen Verwandten zu kämpfen; er kam hierher, am Rande der Erschöpfung, mitten in der Nacht. Seither hat er den Bischofssitz nicht verlassen, und niemand scheint sich um seinen Verbleib zu scheren oder ihn gar zu vermissen. Die Vereinbarungen, die diesem Land eine gute Zukunft geben sollen, sind zwischen Gissur Thorvaldsson und seinen Söhnen auf der einen und Skalden-Sturla sowie Hrafn Oddsson auf der anderen Seite getroffen worden. Sie haben ihre Figuren im Mächtespiel der Einheimischen so geschickt aufgestellt, dass sie nun scheinbar alles bestimmen.

Scharten-Thorgils spielte bei diesen Verhandlungen nicht die geringste Rolle; er spricht davon, im kommenden Sommer möglichst bald wieder nach Norwegen zu fahren und sich fortan aus den Angelegenheiten seiner Landsleute herauszuhalten.

Dass die Leute in diesem Land ihre Angelegenheiten entscheiden, ohne Scharten-Thorgils anzuhören, obwohl er doch in Eurem Auftrage hier ist, und dass die Leute es in derselben respektlosen Art für unnötig halten, dem höchsten Würdenträger der Kirche ihre Entscheidungen auch nur mitzuteilen, lässt mich natürlich beträchtlich daran zweifeln, dass die Isländer glauben, neben ihren eigenen noch andere Obrigkeiten zu benötigen, und demzufolge, ob es gelingen kann, dieses Volk zu Euren Untertanen zu machen. Sollten nun wirklich alle Einheimischen Frieden schließen und sich verbünden, werden sie sich wahrscheinlich nicht an Eure Hoheit wenden, falls es jemals Streit zu schlichten gäbe, so wie das in der Vergangenheit der Fall war. Doch die Beurteilung dieser Begebenheiten überlasse ich selbstverständlich Euch und werde währenddessen die Geschehnisse hier verfolgen, so gut ich es vermag und so lange ich mich noch in der Lage sehe, hier auszuharren.

Valete.

EYJÓLFUR

Die schwarzen Hunde halten mich die ganze Nacht wach. Der verfaulte Kopf lässt mich nicht aus den Augen.

Was soll ich nur tun?

KOLBEINN DER BÄRTIGE

Als ich Mödruvellir erreichte, wo Eyjólfur Ofsi und Ásgrímur ihre Männer sammelten, waren die meisten, die mit uns ziehen wollten, bereits dort und zum Aufbruch bereit. Manche waren sogar schon aufgesessen und warteten auf den Befehl zum Abmarsch, doch Eyjólfur tobte über den Hofplatz, hinein in die Häuser und wieder heraus, knallte mit den Türen und brüllte Befehle, während sein Bruder Ásgrímur ihm mit vor Begeisterung verklärtem Blick zusah. Dann kam Ásgrímur zu mir und sagte: »Nun greift Eyjólfur endlich durch. Ich habe immer gewusst, dass mein Bruder der große Anführer ist, der uns Isländern seit Jahren fehlt. Nun kann er zeigen, was in ihm steckt. Denkst du nicht, dass er noch siegreicher sein könnte als Thórdur Kakali?«

Ich antwortete nicht sofort. Irgendwie erwischte mich diese Frage auf dem falschen Fuß, denn je länger ich beobachtete, wie Eyjólfur umherraste, desto mehr war es mir ein Rätsel, was dieser Mann eigentlich vorhatte. Und als ich endlich etwas sagen wollte, war das schon gar nicht mehr nötig, denn Ásgrímur redete inzwischen mit irgendwelchen anderen Männern und legte offensichtlich keinen Wert mehr auf meine Meinung – für ihn gab es ohnehin nur eine mögliche Antwort. Schließlich kam eine kleine Gruppe von Männern, auf die man noch gewartet hatte, von den Inseln Hrísey und Flatey, glaube ich, und als sie mit schnaubenden Pferden auf den Hofplatz ritten, gab Eyjólfur das Zeichen zum Aufbruch. Wir ritten über die Öxnadalsheidi in Richtung Skagafjord.

Als wir die Berghänge zur Hochebene hinaufritten, sahen wir

vier Männer, die uns entgegenkamen, und ich spürte sofort, dass sie guter Dinge waren. Einen von ihnen kannte ich nun wirklich schon seit langer Zeit, es war niemand anderer als mein Bruder Björn Brocken, und kaum jemand konnte sich so freuen wie er, wenn es zu derartig zufälligen Begegnungen kam. Doch sein Lächeln verschwand, als er langsam bemerkte, dass hinter mir mehr als siebzig schwer bewaffnete Männer den Berghang heraufkamen, obwohl er die meisten Leute kannte und wusste, dass er von uns nichts zu befürchten hatte. Alle hielten an, und man begann zu reden. Björn Brocken und ich waren etwas verlegen, denn es war ungewöhnlich, dass wir Brüder uns auf einem Hochlandpfad entgegenkamen – wir waren es gewohnt, gemeinsam zu reiten, in dieselbe Richtung. Noch unangenehmer war allerdings, dass er genau dort herkam, wo ich hinwollte. Die vier kamen von der Hochzeitsfeier auf Flugumýri.

Jemand aus unserer Gruppe fragte, wie das Fest gewesen sei, und da fingen die vier wieder an zu lächeln. Das musste die lustigste und beste Feier gewesen sein, die dieses Land jemals gesehen hatte. An nichts hatte es gefehlt, sodass sie sehr satt und noch immer etwas benebelt waren. Da fiel Eyjólfur ihnen ins Wort – was sollte er auch für ein Interesse daran haben, hier an dieser Bergflanke zu stehen und über die Gastfreundschaft und Herzlichkeit der Leute zu plaudern, die wir im Begriff waren anzugreifen? Also verriet er, aus welchem Grund wir über die Hochebene nach Flugumýri ritten, und fragte die vier im selben Atemzug, ob sie willens seien, sich uns anzuschließen. Ich sah sofort, dass mein Bruder Björn nicht wusste, was er sagen sollte. Seinen Begleitern schien es ebenso zu gehen, nur einer meldete sich sofort und wollte nichts lieber als mit uns auf diesen Kriegszug gegen die Leute auf Flugumýri gehen. Ich kannte ihn, Thorsteinn Grenja hieß er, ich hatte einmal gehört, wie jemand ihn einen verdammten Dreckskerl nannte, wusste aber nicht mehr, wann oder wo das war. Grundlos erschien mir diese Beschimpfung hingegen nicht, er machte keinen guten Eindruck, und da ergriff auch schon jemand aus unserer Gruppe das Wort und protestierte dagegen, dass dieser Thorsteinn Grenja so schnell bereit war, seine großzügigen Gastgeber anzugreifen, und fragte ihn: »Ich dachte, die haben so ein tolles Fest gefeiert?«

Doch Thorsteinn Grenja behauptete genau das Gegenteil. Er fühlte sich geradezu tödlich beleidigt und überhäufte die Gastgeberin Gróa Álfsdóttir mit Schmähungen und regte sich dabei so auf, dass er fast anfing zu schreien. Noch nie hatte ich jemanden schlecht über sie reden hören, aber Thorsteinn Grenja spuckte Gift und Galle, weil Gróa Thorsteinn einen Platz zugewiesen hatte, der ihm gerade einmal für eine Altjungfer oder Hure gut genug erschien, und bei irgendeiner Gelegenheit seinen Gruß nicht erwidert hatte. Dann stieg er wieder auf sein Pferd und schloss sich unserer Gruppe an.

Die anderen drei hatten sich noch nicht entschieden, und es lag natürlich an mir, meinen Bruder Björn zu überzeugen. Ich wollte nichts lieber, als ihn an meiner Seite zu haben und am liebsten unseren dritten Bruder Svarthöfdi noch dazu – wir drei Brüder zusammen, so sollte es sein. Also fasste ich mein Pferd an den Zügeln, ging zu meinem Bruder und sagte: »Du wärst die beste Verstärkung, die wir uns für diesen Kriegszug wünschen könnten, Björn Brocken, willst du nicht mit uns reiten?«

Aber Antworten zu geben war nicht seine Stärke. Meist wandte er sich einfach ab, wenn er etwas gefragt wurde, und nun ließ er es nicht dabei bewenden, mir den Rücken zuzudrehen, auch sein Pferd machte eine Drehung. Wenn das Pferd jetzt noch Hosen trüge, hätte man ihre Hinterteile fast verwechseln können. Als ich näher kam, um mich an die Seite meines Bruders zu stellen, ging er einfach davon. Und ich hinterher. Wie lächerlich das aussah, er ging voraus, ich drei Schritte hinterher, und das, obwohl ich wusste, dass er, sollte ich stehen bleiben, das auch tun würde, um die Entfernung zwischen uns nicht zu groß werden zu lassen.

Doch wir gingen weiter. Schließlich war es ganz gut, sich von der Gruppe zu entfernen, damit sie unser Gespräch nicht mithörte. Ich ahnte, dass es schwierig werden würde.

»Nein, das will ich nicht«, sagte Björn schließlich. »Ich mache nicht mit bei so einem Blö… Blödsinn.«

Dann schwieg er. Schon solche Sätze konnte mein Bruder Björn Brocken nur unter äußerster Kraftanstrengung sagen.

Ich versuchte, ihn umzustimmen. Fragte, ob wir Brüder nicht zusammenhalten sollten. Da blieb er stehen und sah sich nach mir um.

»Und wo ist Svarthöfdi?«

Ja, ich musste zugeben, dass Svarthöfdi unter uns Brüdern nicht nur der älteste, sondern auch der klügste war, aber musste er deswegen in allem das Sagen haben? Durften wir denn gar nichts ohne ihn unternehmen? Doch Björn hatte das anders gemeint: Da Svarthöfdi nicht an diesem »Blödsinn« teilnahm, fand er es selbstverständlich, dass ich zu meinen Brüdern hielt. Und umkehrte.

Ich merkte, dass ich ihn nicht überzeugen konnte. Björn wollte Frieden, und der, so glaubte er, sei mit dieser Feier gekommen, deswegen waren alle so glücklich gewesen.

»Aber Thorsteinn kommt doch mit!«, sagte ich. »Und der war schließlich auch auf diesem Fest!«

Da drehte mein Bruder sich endlich voll und ganz zu mir um und sah mir direkt in die Augen: »Thorsteinn Grenja? Soll ich mir den zum Beispiel nehmen? Diesen Schreihals als Vo… Vorbild?« Dann spuckte er auf die Erde.

Es war aussichtslos. Das Einzige, was ich tun konnte, war, ihn in den Arm zu nehmen. Meinen Bruder.

»Ich habe geschworen, Snorri Sturluson zu rächen«, sagte ich und spürte, dass mein Tonfall etwas Entschuldigendes bekommen hatte.

Björn bestieg hastig sein Pferd.

»Eyjólfur ist nicht zu trauen«, sagte er dann, und das nicht gerade leise, so dass zumindest einige aus unserer Gruppe es gehört haben müssen. Aber Björn schien das nicht zu kümmern. Er ritt davon, die Bergflanke hinunter Richtung Osten. Ohne Gruß. Als seine beiden Begleiter das sahen, folgten sie ihm eilig. Ich kehrte zu Eyjólfur und Ásgrímur zurück, zu unserer Gruppe, die nun einen Mann mehr zählte: Thorsteinn Grenja.

ÁSGRÍMUR THORSTEINSSON

Wie oft hatte ich von diesem Tag geträumt. Endlich waren wir Brüder losgeritten, um eine Ruhmestat zu vollbringen. Ein großes Werk. Unsere Feinde zu vernichten, wie Helden es taten. Dabei war mein Bruder Eyjólfur natürlich der Anführer, ich war nur sein Stellvertreter, aber das sollte auch gar nicht anders sein. Er war der Ältere. Früher war ich oft froh gewesen, so einen großen Bruder zu haben. Zu dem alle aufsahen, den die Frauen anhimmelten. Natürlich war ich auch manchmal ein bisschen neidisch oder eifersüchtig auf ihn gewesen und fürchtete, dass nur er für seine Heldentaten berühmt werden würde und man mich dann in seinem Schatten kaum noch wahrnahm, aber diese Furcht verspüre ich schon lange nicht mehr. Ganz im Gegenteil, in letzter Zeit hatte ich eher Angst davor, dass er vielleicht überhaupt nie durch irgendetwas berühmt werden könnte. Und wenn schon aus ihm kein Held wurde, was wurde dann aus mir? Man würde mich einfach vergessen oder, noch schlimmer, überhaupt gar nicht erst an mich gedacht haben. Das waren die Dinge, die ich befürchtete, seit ich meinen Bruder Eyjólfur in letzter Zeit einmal besucht hatte und er nicht aus dem Bett aufstand. Zudem ließ er sich noch von seiner Frau verhöhnen: »Der kriegt den Hintern kaum noch hoch!«, hatte sie gesagt. Da bekam ich Angst. Wir Brüder waren doch echte Männer. Oder? Und trotzdem hatte ich nie gänzlich die Hoffnung darauf verloren, dass der Tag kommen würde, an dem mein Bruder sich aufraffen würde. Und dass mich nichts davon abbringen könnte, ihm zu folgen. Wie ein Schatten! Sein Stellvertreter. Sein Berater und Leibwächter. Der, der ihn nie enttäuschte; der, der unverdrossen an seiner Seite stand, treu bis ins Grab.

Aber das war wohl nicht die Zeit, um an so etwas zu denken.

Das Wetter war wie gemacht für die Durchführung eines großen Plans, es war Abend geworden, ruhig und kühl, und der Mond war bereits zu sehen. Wir hatten vor, im Morgengrauen auf Flugumýri anzukommen, wenn die meisten, vielleicht sogar alle, noch schliefen, und dann gleich zuzuschlagen, um die Sache zu einem siegreichen Ende zu bringen, bevor es Tag geworden war. Und wenn die Nachbarn bemerkten, was geschah, und zu ihren Waffen griffen, wären wir schon wieder fort, verschwunden, über alle Berge wie die Drachen im Märchen, die feuerspeienden Drachen – so waren wir. Wir hätten uns ein Wappen machen sollen, wie es sich für Helden und Krieger gehörte; ich musste das im Kopf behalten für die Zeit, in der unsere Tat uns zu berühmten Kriegern gemacht hatte. Dann werden wir die besten Schmiede und geschicktesten Handwerker anheuern, damit sie für jeden von uns einen Schild mit einem bunten Drachenbild anfertigen, einem feuerspeienden, furchterregenden Drachen. Wenn ich mir unsere Gruppe ansah, wurde mir sofort klar, dass hier echte Ritter unterwegs waren. Das spürte ich. Wir mochten vielleicht wie normale Bauern und Knechte auf dem Weg zum Schafsabtrieb aussehen, doch wir waren bewaffnet. Ich hatte einen anständigen Schild und eine gute Waffe, eine schwere Axt mit langem Schaft und scharfer Schneide. Eyjólfur war natürlich ebenfalls gut gerüstet, und auch die meisten anderen hatten zumindest irgendetwas, ein Schwert, einen Speer oder einen Hammer, einer oder zwei hatten Spitzhacken.

Dennoch wirkten unsere Männer etwas ängstlich, obwohl die Nacht noch nicht einmal ganz angebrochen war. Man musste etwas tun, um sie zu ermutigen, ihre Angriffslust zu steigern. Da kam mir ein Einfall, von dem ich Eyjólfur sofort erzählte.

KOLBEINN DER BÄRTIGE

Irgendwo auf dem Weg über die Hochebene von Öxnadalsheidi kam Ásgrímur zu mir, der Bruder von Eyjólfur. Er schaute ganz bedeutungsvoll und sagte, er habe gehört, dass wir auf unserem Weg an einer großen Höhle vorbeikämen, und fragte, ob ich wüsste, wo die genau sei. Ich hing noch immer meinen Grübeleien nach. Das Gespräch mit meinem Bruder, der diesen Kriegszug für Blödsinn hielt, hatte mich betrübt, sodass ich mich nicht direkt beeilte zu verstehen, was er meinte. Eine große Höhle? Nicht dass ich wüsste.

Doch, doch! Ásgrímur war ganz aufgekratzt. Er war sich sicher, dass es hier eine Höhle gab, die sich perfekt für eine Rast eignen würde, um den Pferden eine Verschnaufpause zu gönnen und bei den Männern den Kampfgeist zu wecken, und nun schien er sich daran zu erinnern, dass die Höhle nach einem berühmten Troll namens Skeljungur benannt sei.

»Ach, du meinst die Skeljungshöhle«, rief ich. »Das ist nicht mehr als ein größerer Felsspalt. Da passen wir nie im Leben alle hinein«, fügte ich hinzu und konnte nicht anders, als höhnisch aufzulachen.

Aber Ásgrímur war inzwischen so von sich überzeugt, dass er den Hohn in meinem Lachen gar nicht zu bemerken schien. Er behauptete, aus verlässlicher Quelle zu wissen, dass diese Skeljungshöhle mitnichten ein größerer Felsspalt sei, sondern durchaus den Namen Höhle verdiente.

Woraufhin ich etwas zurückrudern musste, denn, nun ja, Felsspalt war wohl doch etwas untertrieben, Höhle wäre wohl richtiger, aber eins war sicher, so viele Männer, wie wir waren, fanden da keinen Platz.

»Und ein paar Männer?«, fragte Ásgrímur. »Zum Beispiel der Anführer und seine Stellvertreter? Die anderen könnten ja auf dem Hang vor der Höhle stehen.«

»Tja«, sagte ich und zuckte mit den Schultern. »Das wird schon irgendwie gehen.«

»Das war es, was ich hören wollte«, sagte Ásgrímur und eilte zu seinem Bruder Eyjólfur Ofsi.

Schließlich hatten wir die Skeljungshöhle erreicht. Ásgrímur begann, die Fackeln anzuzünden, stieß seine lodernd in den Himmel und wies mich an, ihm zu folgen. Er sagte, er finde es nur richtig, wenn wir zwei mit Fackeln am Eingang der Höhle ständen, er und ich, jeder auf einer Seite von Eyjólfur, wie eine flammende Umrahmung für die Ansprache, die der Anführer halten würde, jetzt, an diesem Ort. Ich hielt das für sowohl unnötig als auch peinlich und lehnte dankend das Angebot ab, zusammen mit Ásgrímur als Eyjólfurs Stellvertreter zu posieren. Und auch kein anderer erklärte sich dazu bereit, außer Thorsteinn Grenja. Dann stellten sie sich auf und warteten auf Eyjólfur, den Redner.

Der war inzwischen abgesessen, trat eine Weile von einem Bein auf das andere und entfernte sich dann, um Wasser zu lassen. Dabei ließ er sich viel Zeit, und als er seine Kleidung wieder richtete, sah ich, wie seine Hände zitterten. Dann stellte er sich zwischen den Fackelträgern im Eingang der Höhle auf, die so niedrig war, dass er sich zu einer Seite neigen musste und nun wirklich nicht mehr besonders heldenhaft aussah. Er blickte über die Männer hinweg. Um Ruhe bitten musste er nicht, da alle ihn schon lange anstarrten und auf eine Botschaft warteten, dann sagte er endlich: »Wir ziehen nach Flugumýri und töten Gissur, seine Söhne und alle anderen, die wir töten können!«

Einige der Männer wurden unruhig, murrten und fragten: »Sind wir dazu nicht zu wenige?«

»Hat er nicht ein ganzes Heer zur Verteidigung?«

Eyjólfur versuchte, sie damit zu überzeugen, dass alle nach dem großen Fest erschöpft sein würden und dieser verdammte Schwachkopf Gissur zudem dachte, alle außer ihm seien Schwächlinge, die vor ihm kriechen, das hatte dieser sogenannte »Friedensschluss« ja bewiesen. Eyjólfur schlug sich eigentlich ganz gut, abgesehen davon, dass er Gissur für mein Dafürhalten etwas zu oft einen »verdammten Schwachkopf« nannte, denn auch wenn ich kaum jemanden so verabscheute wie Gissur und seine Leute aus dem Süden, man konnte wirklich nicht sagen, dass er ein Schwachkopf war.

Einige mochten unseren Plan nicht und wollten davonreiten, aber das waren nur fünf oder sechs. Eyjólfur Ofsi hatte sich in Rage geredet und nannte nun auch diese fünf oder sechs Männer »verdammte Schwachköpfe« und warf ihnen wüste Drohungen an den Kopf. Ich fand es eigentlich wichtiger, den genauen Schlachtplan zu besprechen, und fragte Eyjólfur so laut, dass alle in der Gruppe es hören konnten: »Und wenn wir nicht in den Hof hineinkommen, weil alle Zugänge verteidigt werden, was machen wir dann?«

»Wie ihr seht, haben wir Fackeln dabei!«, rief Ásgrímur da, »und die haben wir nicht ohne Grund mitgenommen. Wenn es nicht anders geht, zünden wir diesen verdammten Schwachköpfen das Dach über dem Kopf an!«

Nun murrten die Männer noch mehr. Und einige weitere überlegten, ob sie unter diesen Umständen mit uns ziehen wollten. So einen »Mordbrand« auf dem Gewissen zu haben war weder gut für den eigenen Ruf noch für das Seelenheil. Doch da begann der andere Fackelträger, mit Eyjólfur um die Wette zu schreien, Thorsteinn Grenja – und mir fiel plötzlich ein, dass es mein Bruder Svarthöfdi gewesen war, der ihn »einen ausgemachten Deckskerl« genannt hatte –, dieser Thorsteinn Grenja schrie so laut, dass sein Gesicht ganz blau wurde: »Wir fackeln Gissur und sein ganzes

Pack bei lebendigem Leibe ab!«, schrie er und fuchtelte mit Axt und Speer herum.

»Ja, ja«, riefen einige der jüngsten von Eyjólfurs Männern und wechselten nun auch die Gesichtsfarbe.

»Sollten wir nicht versuchen, die Frauen und Kinder zu verschonen?«, fragte ein Bauer aus Svalbardsströnd, und da begriff ich erst, dass Eyjólfur gesagt hatte, wir wollten alle töten, also auch die Frauen und Kinder.

»Nein, nein, die sollen alle verdammt noch mal brennen!«, brüllte Thorsteinn Grenja und wenig später auch die jungen Männer, und auch Eyjólfur stimmte in diesen schreienden Chor ein – der Anführer ließ sich von seinen Gefolgsleuten mitreißen! Ich reckte die Hand und brachte sie zur Ruhe.

»Ingibjörg Sturludóttir wohnt auf Flugumýri, eine der besten Töchter unserer Familie, und andere Sturlungen vielleicht auch. Wollt ihr die etwa auch verbrennen?«

Einige Männer zögerten, Eyjólfur zögerte, aber Thorsteinn Grenja brüllte: »Das sind Verräter! Die haben es verdient zu sterben! Zünden wir sie an! Zünden wir sie alle an!«

Das Geschrei griff wieder um sich. Ich ging zu Eyjólfur, packte ihn an den Schultern und sagte: »Wenn ihr die Tochter meines Freundes Sturla töten wollt, weiß ich nicht, auf welcher Seite ich kämpfen will.«

Da erschrak Eyjólfur, und ich spürte, wie ihn der Mut verließ. Er sah mich an, dann Thorsteinn Grenja und die Gruppe der schreienden Jungen. Schließlich versuchte er, sie zu übertönen.

»Die Frauen und Kinder lassen wir vorher heraus!«, rief er und sah mich an, als ob er nicht wüsste, was er tun sollte. Ich richtete den Finger auf ihn und sagte: »Wenn du die Tochter meines Freundes Skalden-Sturla töten willst, musst du erst mich töten.«

»Nein, nein«, rief Eyjólfur und nahm meine Hand, wie Kinder es taten, wenn sie Angst hatten oder ihnen etwas unheimlich war, und sagte: »Kolbeinn, bitte, lass mich jetzt nicht allein.«

THORSTEINN GRENJA

Meiner Meinung nach verschwendeten die anderen unnötig viel Kraft und Zeit damit, in den Hof eindringen zu wollen. Wenn man alle loswerden wollte, war es nun einmal am einfachsten und schnellsten, den Hof anzuzünden und dafür zu sorgen, dass niemand lebend herauskam. Das prächtige Gehöft des großen Gissur auf Flugumýri hatte zwei Eingänge, die Brüder Ásgrímur und Eyjólfur stürmten den einen und der bärtige Kolbeinn und viele andere den zweiten, während der Rest die Fensteröffnungen im Dach besetzte und versuchte, die Leute im Hof mit Speeren anzugreifen oder mit Pfeilen zu beschießen, wenn auch ohne großen Erfolg. Man musste dabei ziemlich vorsichtig sein, weil sie von drinnen mit Schwertern nach uns stachen, sodass wir die meiste Zeit damit beschäftigt waren, uns zu verteidigen, und ansonsten wenig erreichten; es war eine altbekannte Tatsache, dass es nichts nützte, in der Überzahl zu sein, wenn man versuchte, einen solide gebauten Hof zu stürmen. Die Vorteile lagen dann automatisch auf der Seite derer, die in den Gebäuden waren, weil auf so engem Raum gekämpft wurde, dass nur wenige Männer gleichzeitig zum Einsatz kamen. Dementsprechend schlecht kamen wir voran. Ich rief Eyjólfur Ofsi und seinem Bruder zu, dass das sinnlos sei und wir den Angriff lieber mit effektiveren Methoden zu Ende führen sollten, bevor das Pack von den Nachbarhöfen Wind von der Sache bekam und Gissur zu Hilfe eilte, und ich spürte, dass Eyjólfur ähnlich dachte, doch dieser verdammte bärtige Kolbeinn und seine Leute hatten es sich in den Kopf gesetzt, in den Hof einzudringen, und kämpften lange an den Eingängen herum, viel zu lange, wenn man mich fragte, denn viele von unseren Männern waren bereits übel verwundet, manche lagen nach all den Scharmützeln an den Türen sogar schon im Sterben, und als Eyjólfur endlich seinen Leuten befahl, den Teer und die Fackeln zu holen und brennendes Heu durch alle Öffnungen zu stopfen, da strömte eine Freude durch meine Adern, wie ich sie schon lange nicht mehr gespürt hatte. Kolbeinn und einige andere riefen zwar die ganze Zeit, wir sollten aufhören, weil sie das unnötig fanden und fast noch selbst drinnen mit verbrannt wären, aber man musste eben auf seine Anführer hören, alles andere war Befehlsverweigerung, wenn nicht gar Verrat.

Schon bald hatte das ganze Gehöft Feuer gefangen, und verzweifelte Rufe und Schmerzensschreie drangen zu uns heraus. Da war es mit diesen vornehmen Leuten nicht mehr weit her! Endlich konnten wir richtig etwas ausrichten, wobei man natürlich aufpassen musste, dass Gissur, seine Söhne und ihre engsten Verwandten nicht aus dem brennenden Hof entkamen, schließlich wäre es nicht gerade schön gewesen, den Rest des Lebens mit ihrer Rache rechnen zu müssen! Der bärtige Kolbeinn und seine Männer, die tatenlos auf dem Hofplatz standen und erschöpft und irgendwie fassungslos wirkten, riefen immer wieder, man solle die Frauen und Kinder herauslassen, anstatt etwas dagegen zu unternehmen, dass immer wieder jemand von diesem Ungeziefer versuchte, aus dem lodernden Gehöft zur Kirche zu laufen. Da hörte ich, wie jemand rief, dass Hallur Gissurarson herauskroch, der Bräutigam höchstselbst, doch einigen von uns gelang es zum Glück, ihn einzuholen und zu erledigen. Wenig später sah ich, wie der bärtige Kolbeinn endlich wieder in das Kampfgeschehen eingriff, als er auf einen Mann losging, der aus dem Hof flüchtete, ihn am Nacken packte und sofort erschlug.

Während des ganzen Kriegszuges hatte ich den Eindruck, dass der bärtige Kolbeinn nur halb bei der Sache war, doch nun, da er diesen Kerl angriff, schien ihn eine geradezu übermenschliche

Wut zu packen. Er ging so vor, dass ich ehrlich gesagt kaum hinsehen konnte, schlug ihm erst ein Ohr ab, dann einen Arm und ein Bein, und während der Mann noch zappelte und schrie, stach er ihm mit dem Schwert derart ins Gesicht, dass es fast gänzlich abgetrennt wurde; dann schlug er ihm den Kopf ab, schmiss ihn von sich wie ein Stück Abfall und schrie: »Erinnert sich niemand mehr an Snorri Sturluson?!«

So laut, dass es wohl noch im nächsten Tal zu hören war.

Später erfuhr ich, dass dieser Mann Árni der Erbitterte gewesen war, irgendein Kerl aus dem Süden, von dem ich noch nie gehört hatte.

Dann wurde es hektisch am Haupteingang. Einige Mägde wankten mit vor Rauch und Tränen geröteten Augen heraus, was ich zum Glück bemerkte, denn zwischen ihnen versuchte auch die feine Gróa, die Haushaltsvorsteherin selbst, sich davonzustehlen, was natürlich nicht infrage kam. Es gelang mir, sie aufzuhalten, doch dann stieß der bärtige Kolbeinn mich zur Seite, der sich inzwischen für eine Art Anführer des ganzen Unternehmens hielt, ein Mann, der einem so entschlossen Befehle erteilen konnte, dass man ihm einfach gehorchen musste. Das Nächste, das ich sah, war, wie er selbst halb im Feuer stand und wie ein Wahnsinninger winkte und schrie. Dann riss er mir meine gute Lederweste herunter, die ich als Rüstung trug, ja, er riss sie mir einfach vom Leib und stürzte sich damit in das Flammenmeer!

Ich wusste nicht, wie mir geschah. Was sollte ich denn davon halten?

Wenig später kam er hustend mit einem kleinen Mädchen auf den Armen wieder heraus. Sein Haar und sein Bart hatten, wie zu erwarten war, Feuer gefangen, was später noch ganz lustig werden sollte, denn als er sich den Ruß abgewaschen hatte, sah er plötzlich seinem Bruder Björn Brocken, mit dem ich die letzten Tage verbracht hatte, zum Verwechseln ähnlich. Björn Brocken hatte nie einen richtigen Bartwuchs gehabt, und jetzt, wo auch Kolbeinn seinen mächtigen Bart nicht mehr hatte, glichen die Brüder sich wie ein Ei dem anderen – nur dass Kolbeinns Gesicht über und über mit Brandblasen bedeckt war.

Es dauerte nicht mehr lange, dann stürzte das Gehöft ein. Das brennende Dach begrub alle unter sich, die noch darin waren, es gab kein Entkommen mehr. Der Bräutigam Hallur lag tot oder zumindest sterbend auf dem Hofplatz. Ásgrímur Thorsteinsson, ich und einige andere banden ihm ein Seil um die Füße und hängten es an ein Pferd, auf das wir unseren Anführer Eyjólfur Ofsi setzten. Dann schleifte er Hallur um das Gehöft herum, wie es zur Zeit unserer tapferen, stolzen Vorfahren gemacht wurde, als Männer noch Männer waren.

HÓLMSTEINN, BAUER AUF AKRAR

Ich konnte in dieser Nacht nicht richtig schlafen und ging, wie ich es dann manchmal tat, auf den Hofplatz hinaus, da sah ich die Flammen sofort. Im Nu war mir klar, dass der prächtige Hof von Flugumýri brannte, ich sprang auf eines meiner Pferde, das auf dem Hofplatz stand, und ritt ohne Sattel so schnell wie möglich in Richtung des Feuers, um mir einen Eindruck davon zu verschaffen, was passiert war, und merkte bald, dass dort gekämpft wurde. Feinde hatten den Hof umstellt, und ich hörte Schreie und das Klirren von Waffen. Dann tat ich das, was man in solchen Fällen eben tut, ich ritt zum nächsten Hof, um ihnen zu sagen, was vor sich ging, um die Leute zu warnen, Männer zu den Waffen zu rufen, so etwas in der Art. Ich rief so etwas wie: »Feuer«, und: »Gissur wird angegriffen«, und rechnete damit, dass man schnell aufstehen und alle kampffähigen Männer bereitmachen würde.

Aber kaum jemand rührte sich.

Ich dachte, ich träume. Konnte man sich eine wichtigere Nachricht vorstellen als die, die ich gerade den Leuten brachte?

Die nichts als gähnten.

Ich hatte unglaubliche Angst. Ich wurde Zeuge, wie direkt vor meiner Nase gemordet und gebrandschatzt wurde, und hatte doch auch Frau und Kinder und Vieh – wie oft hatte ich schon von Anführern gehört, die auf einen Kriegszug gingen, um in irgendwelchen Bezirken »alles Leben zu vernichten«, wer konnte da sagen, was sie als Nächstes taten? Ich beschloss, zum übernächsten Hof zu reiten, nach Djúpadalur, zu meinem Freund, dem Bauern Sólmundur. Ich wusste, dass er Gissur auf Flugumýri kannte.

Erst vor Kurzem hatte Gissur seinen berühmten Hengst Sleipnir gekauft, und ich war fest davon überzeugt, dass er wusste, was wir tun sollten und wie wir am besten unsere Männer bewaffneten, falls diese verbrecherische Bande als Nächstes auf uns losging, oder ob wir nicht sogar unseren guten Nachbarn auf Flugumýri zu Hilfe kommen sollten?

»Unseren guten Nachbarn?«, fragte mein Freund Sólmundur, den ich gar nicht erst wecken musste, denn die meisten Erwachsenen hatten das Geschrei und Waffengeklirr ohnehin schon gehört und den Widerschein der Flammen gesehen.

»Warum sollte ich diesen Gissur aus dem Süden einen guten Nachbarn nennen? Ich kenne ihn ja kaum. Der ist doch selbst schuld, wenn er einfach hierher zieht und dann nicht für seine Sicherheit sorgt. Der kann doch nicht davon ausgehen, dass wir einfachen Bauern ihn im Zweifelsfall verteidigen.«

»Aber diese Brandstifter, wer auch immer die sind«, sagte ich, aber er unterbrach mich und kratzte sich in aller Ruhe am Bart: »Jede Wette, dass die aus dem Eyjafjord sind. Die sind heimlich über die Hochebene geritten und haben ihn aus dem Hinterhalt angegriffen. In dem Moment, als Gissur seine alten Feinde verabschiedet hatte und ihnen satt und zufrieden hinterhersah, wie sie Richtung Westen nach Hause ritten, haben sie ihn aus dem Osten angegriffen. Damit hätte er rechnen müssen.«

»Ist doch egal, ob diese Kerle nun aus dem Eyjafjord kommen oder nicht«, fuhr ich fort. »Was, wenn die uns als Nächstes angreifen? Solchen Leuten ist doch alles zuzutrauen, wir müssen etwas unternehmen. Uns auf das Schlimmste vorbereiten!«

»Warum um alles in der Welt sollten die uns angreifen?«, fragte mein Nachbar Sólmundur und sah mich überrascht an. »Wir sind kleine Bauern, so haben die uns zumindest immer behandelt, oder? Was kümmert uns nun deren Zwist? Von allein haben wir uns da nie eingemischt. Gut, sie haben uns oft befohlen, unsere Höfe, unsere Pflichten und unsere Leute – die Einzigen, die uns etwas angehen – zu verlassen, nur um uns mit Steinen bewerfen und mit Schwertern abstechen zu lassen, aus Gründen, die wir noch nicht einmal verstehen wollen. Nun schlagen sich die Anführer gegenseitig die Köpfe ein, und solange ich nicht gezwungen werde, mich einzumischen, werde ich mir in dieser Nacht erlauben, einfach zuzuschauen.«

Mein Nachbar Sólmundur aus Djúpadalur war, wie gesagt, ein guter Kerl. Arm vielleicht, aber fleißig und rechtschaffen. Plötzlich fiel mir ein, dass sein Bruder in der Schlacht bei Haugsnes gefallen war, als ganz junger Mann, und ich verstand, was er meinte. Dennoch hatte ich immer noch Angst, es war einfach unheimlich, eine brandschatzende Mörderbande in unserer Nähe zu wissen. Und sich all die Qualen vorzustellen, die die Leute auf Flugumýri jetzt erleiden mussten.

»Und was wird Gissur Thorvaldsson tun, wenn er erfährt, dass wir keinen Finger gerührt haben, um ihm zu helfen?«

»Tja, wenn die es schaffen, ihn zu töten, natürlich überhaupt nichts. Wenn er, was ich nicht glaube, überleben sollte, wird er uns vielleicht töten. Aber wenn wir Nachbarn ihm jetzt zu Hilfe kommen, kann es genauso gut sein, dass wir mit Gissur niedergemetzelt werden. Daher sollten wir bleiben, wo wir sind. Ich finde, wir sollten uns darüber freuen, dass die Oberhäupter jetzt aufeinander losgehen. Vielleicht kommt ja irgendwann mal der Tag, an dem sie alle tot sind, und dann wird es sich in diesem Land sicher nicht schlechter leben als zuvor.«

INGIBJÖRG STURLUDÓTTIR

Das war alles so sonderbar und machte mir solche Angst: Für immer von zu Hause wegzugehen und dann dieser Männerkörper im Bett neben mir, dort, wo ich eigentlich nur meine Kuscheltiere haben wollte oder unsere Amme, doch dann waren meine Eltern weg, und ich blieb allein zurück hier in diesem großen, unbekannten Haus in dieser unbekannten Gegend. Bald nun war es Nacht geworden, und mir war gleichzeitig heiß und kalt, und ich drückte mein Kuscheltier an mich und schlief irgendwann wirklich ein, doch schon bald riss mich Geschrei und ein unglaublicher Lärm aus dem Schlaf. Ich begriff nicht sofort, was los war, doch wenig später wurde mir klar, dass der Lärm von Waffen kam, die aneinanderschlugen, dann sah ich, dass Hallur an einer der Fensteröffnungen stand und zusammen mit einem anderen Mann, den ich nicht kannte, mit Schwertern und Äxten auf irgendwelche Leute einhieb, die draußen standen, und lief nach vorn, barfuß und kaum bekleidet, mein Kuscheltier nahm ich mit, und die Leute rannten durcheinander, blutüberströmte Männer mit schmerzverzerrten Gesichtern lagen auf dem Gang, direkt vor mir, und niemand kümmerte sich um mich, und dann weiß ich nicht mehr, was passierte, bis ich hörte, wie jemand schrie: »Feuer, Feuer!«

Ich versuchte, mich weiter vorzutasten, und fasste an den Bund meines Nachtkleides, an dem ein Beutel befestigt war, in dem ich meine liebsten Sachen immer bei mir trug. Aber der Bund löste sich, und meine Füße verfingen sich darin, sodass ich fiel und dachte, nun wäre alles aus, doch dann schaffte ich es, wieder auf die Beine zu kommen und mich irgendwie weiterzukämpfen durch den Qualm.

Flammen, wohin ich auch sah, ihr greller Schein brach immer wieder durch die schwarzen Rauchschwaden, nun brannten schon die Wände, Funken flogen überall herum, das Feuer fraß sich an den Holzverkleidungen empor, und es war so heiß, dass ich mich nicht mehr bewegen konnte, und ich hörte die Schreie der Leute, die brannten oder von den Waffen getroffen wurden, und die Schreie der vor Angst verzweifelten Frauen und das Heulen der Kinder, sehen konnte ich nichts mehr, weil es so in den Augen brannte, und irgendwer packte mich und warf mich zu Boden, sodass ich laut aufschrie, doch es war nur Gissur, der mir sagte, ich solle mich hinlegen und die Nase so nah am Boden halten wie möglich, weil man da noch am ehesten atmen konnte, und dann hörte ich auch die Stimme seiner Frau Gróa. Sie sprachen nur wenige Worte, konnten kaum mehr als keuchen, und doch waren es liebevolle Dinge, die sie sich sagten, als ob sie sich voneinander verabschiedeten, und ich wusste nicht, wie mir geschah, bis Gissur rief, dass wir versuchen sollen, zur Tür zu kommen, weil Frauen und Kinder das Recht hätten, hinausgelassen zu werden, und Gróa sagte, ich solle ihr folgen. Der Qualm war so dicht, dass ich nicht wusste, in welche Richtung wir krochen, aber Gróa passte auf mich auf und zog mich hinter sich her, bis es etwas heller wurde. Wir waren im Gang zur Tür, der Rauch wurde weniger, und das Weinen der Kinder und das Jammern der Frauen wurden immer lauter, und am Ausgang standen Männer, die ihnen zuriefen, sie sollten schnell herauskommen, riesige Männer mit Eisenhelmen, die sich Tücher um das Gesicht gewickelt hatten, sodass ich keinen von ihnen erkannte. Ich folgte nur Gróa, wir standen auf, sie lief voran, da schrie einer der Männer laut auf, als er uns sah, und stieß Gróa mit aller Kraft zurück, und sie prallte mit dem Rücken gegen mich, sodass es mich zur Seite an eine der Wände drückte, dann fiel Gróa auf eine brennende Kiste hinter mir. Irgendetwas zerbrach. Ihre Kleider fingen Feuer. Etwas Loderndes stürzte auf sie herab. Da wusste ich, dass alles vorbei war, und wünschte mir nur noch, es möge schnell gehen, nur mein Kuscheltier war mir geblieben, und ich hatte schon das Gefühl, selbst zu brennen, so heiß war es um mich herum, so sehr brannten meine Augen, meine Kehle, meine Lungen, während die großen Männer in der Türöffnung noch immer riefen und mir zuwinkten, ich solle kommen – bestimmt wollten sie mich auch tiefer in das Flammenmeer hineinwerfen. Ich dachte an meine Mutter und sah meinen Heimathof vor mir, im Westen, in unserem Tal, und mir war schon, als ob mich aus dem Himmel jemand durch den schwarzen Rauch anlächelte, da sah ich, wie der größte von den großen Männern im Eingang in das Feuer sprang, direkt auf mich zu. Und als er mich packte, wusste ich, dass es vorbei war, an mehr erinnere ich mich nicht.

KOLBEINN DER BÄRTIGE

Ich sprach nicht mehr mit den anderen Männern. Mir gefielen die Leute auf diesem Kriegszug nicht, und immer öfter kam mir der Gedanke, dass meine Brüder recht hatten, als sie sagten, dass Eyjólfur Ofsi nicht in der Lage sei, so einen großen Trupp anzuführen. Dennoch fand ich, es war zu spät, um umzukehren. Irgendwie konnte ich das nicht, nach alldem, was passiert war, denn ich hatte mich trotz allem darauf eingelassen, Eyjólfur zu folgen, und konnte ihn jetzt nicht mit derart dummen und grausamen Männern wie Thorsteinn Grenja allein lassen – es gab kein Zurück mehr. Außerdem war ich davon überzeugt, dass wir draußen kämpfen würden, war mir sicher, dass Gissur Wachen aufgestellt hatte, die sofort Alarm schlugen, sodass alle seine waffenfähigen Männer auf dem Vorplatz wären, noch bevor wir den Hof erreichten. Wir kamen schnell voran, und als wir an dem Schlachtfeld von Örlygsstadir vorbeiritten, kam meine Kampfeslust zurück, als ich daran dachte, wie übel Gissur, Kolbeinn und ihre Schergen uns an diesem furchtbaren Ort zugerichtet hatten.

Dann bemerkten sie uns merkwürdigerweise erst, als wir bereits über die Hofwiese von Flugumýri liefen. Wir waren längst von den Pferden gestiegen, um uns so lautlos wie möglich anzuschleichen, doch erst, als wir schon zum Sturmlauf übergegangen waren, trafen wir auf drei Wachen in der Nähe des Gehöfts. Zwei bekamen große Angst und liefen einfach davon, wahrscheinlich hatten sie geschlafen und trauten sich deswegen nicht, Gissur Bescheid zu sagen. Nur der Dritte lief in Richtung Haupthaus und konnte noch etwas rufen, bevor wir ihn erschlugen. Als die ersten

Männer auf den Innenseiten der Türen und an den Fensteröffnungen erschienen, hatten wir schon mit gezogenen Waffen das Gehöft umstellt. Zwei unserer Leute trugen die Fackeln, Gísli und Eiríkur.

Wir versuchten, in das Haus einzudringen, und kämpften uns in den Eingangsbereich vor, weiter kamen wir nicht, da die Hofbewohner sich erbittert verteidigten. Schon bald riefen die ersten unserer Leute nach Feuer, während Eyjólfur Ofsi und einige andere schrien: »Die Bauern aus der Nachbarschaft sind bestimmt schon unterwegs, um Gissur zu helfen!« Sie fürchteten, dass die Nachbarn ihre Männer zu den Waffen riefen und herbeieilten. Dann hätten wir natürlich keine Chance mehr, aber ich glaubte einfach nicht daran, ich kannte die Leute hier im Skagafjord. Für ihren Anführer Kolbeinn den Jungen waren sie durchs Feuer gegangen, doch für ein gerade erst aus dem Süden hierhergezogenes Oberhaupt wie Gissur würden sie das sicher nicht tun. Aber das schien niemanden zu kümmern. Nachdem unsere ersten Männer in den Kämpfen an den Hofeingängen gefallen waren, begannen die anderen, Heu und Teer in die Tür- und Fensteröffnungen zu stopfen, und befahlen den Fackelträgern, beides anzuzünden. Ein Kerl namens Helgi begann, kleine Töpfe mit Teer zu verteilen, und sagte, wir sollten sie in Brand setzen und ins Haus und auf das Dach werfen. Bevor ich mich's versah, brannte alles lichterloh, und der Rauch wurde so dicht, dass er uns, die wir ganz vorne im Eingangsbereich kämpften, in den Augen brannte.

Nun versuchten natürlich manche der Männer, aus dem brennenden Hof zu fliehen, Schatten huschten an mir vorbei, und schon bemerkte ich, wie kein anderer als Árni der Erbitterte an mir vorbeilief, der Rädelsführer von Gissurs Leuten, als sie Snorri Sturluson auf Reykholt ermordeten. Ich streckte die Hand aus, hielt ihn am Hals fest, dann riss ich ihn in die Luft. Nachdem er ohne Erfolg mit seiner Axt nach mir schlug, versuchte das Rattengesicht, mich zu beißen.

Aber nicht lange.

Da fiel mir Ingibjörg Sturludóttir ein, die Tochter meines Freundes Skalden-Sturla, dieses feinen, großen Mannes. Ich kannte Ingibjörg, seit sie auf die Welt gekommen war, was noch gar nicht so lange her ist, sie war in meinen Augen noch ein Kind. Ich sah, wie einige Frauen sich abmühten, unter großem Geschrei aus der Haupttür zu entkommen, drängte unsere Männer zur Seite und fragte nach Ingibjörg, doch ich verstand nicht, was sie antworteten. Schließlich zeigte eine von ihnen in das brennende Haus hinein, und da sah ich das Kind auch schon; sie hatte völlig die Orientierung verloren, und ich rief ihr zu, meiner herzliebsten Ingibjörg, sie möge zu ihrem Verwandten Kolbeinn kommen. Aber sie stand einfach nur da, mitten im Feuer, da wusste ich, dass ich keine Zeit mehr verlieren durfte, riss irgendeinem Kerl neben mir seine Lederweste vom Leib, sprang damit hinein, wickelte sie um den Kopf der Kleinen und rannte durch die lodernden Flammen wieder hinaus. In meinem ganzen Leben hatte ich nie wieder solche Schmerzen verspürt, doch es hatte sich gelohnt, das Mädchen hatte es überlebt und wird keine bleibenden Schäden davontragen, zumindest keine körperlichen, und ich hoffte, dass auch ihre Seele sich eines Tages von alldem erholen würde, sie war doch noch ein Kind.

HALLFRÍDUR GARDAFYLJA

Ich danke unserem barmherzigen Herrn Jesus Christus, dass er mir in dem Durcheinander den Weg zum Ausgang wies. Irgendwann hatte jemand in den Rauch und das Weinen und jämmerliche Flehen, das aus jeder Ecke kam, hineingerufen, Frauen und Kinder sollten herauskommen, und ehe ich mich versah, hatte mich jemand gepackt und an den bewaffneten Männern vorbei in Richtung Tür gestoßen. Eine Weile irrte ich auf der gefrorenen Erde des Hofplatzes herum, erst dann begriff ich, dass ich unter freiem Himmel war und somit dem Grauen und der Lebensgefahr entkommen. Meine Augen brannten fürchterlich, ich konnte kaum etwas sehen, außer dem Mond am Himmel und dem Feuer, von dem eine höllische Hitze ausging. Irgendwann gelang es mir, zur Kirche zu kriechen, wie die anderen, denen in dieser furchtbaren Nacht Gnade gewährt worden war.

Oh, ich Arme, nun saß ich hier, zitternd vor Schrecken und Angst um meine Herren Gróa und Gissur, diese herzensguten Menschen, denen ich so lange gedient hatte und gefolgt war, als sie aus unserer geliebten Heimat im Süden an diesen unmenschlichen, grausamen Ort zogen – das hätten sie niemals tun dürfen. Immer wieder dachte ich an Gróa und Gissur und das Feuer, in dem sie gefangen waren, ohne dass ich etwas tun konnte. Ich dachte an meine drei geliebten Jungen, Gissurs und Gróas Söhne, diese wunderbaren Kinder, die ich so viele Male im Arm gehalten und in den Schlaf gesungen hatte. Wie oft hatten sie früher lieber in die Arme ihrer Halla gewollt als zu ihren Eltern, ich hätte diesen Kindern nicht näher sein können, wenn ich sie selbst unter

Schmerzen auf die Welt gebracht hätte – wie viele Nächte war ich glücklich eingeschlafen bei dem Gedanken an ihr helles Lachen und den liebevollen Blick, mit dem die Jungen mich angesehen hatten. In meinen Augen waren das immer meine Kinder gewesen. Inzwischen waren sie natürlich erwachsen, Hallur, mein Liebling, hatte geheiratet, doch Ísleifur nannte mich noch immer seine Amme, und an den kleinen Ketilbjörn wagte ich nicht einmal zu denken, auch er war in diesem brennenden Hof, alle drei waren sie dort. Ich wusste, dass ich sie niemals wiedersehen würde, und ohne sie gab es in meinem Leben keine Freude.

Immer mehr Leute schleppten sich in die Kirche. Obwohl ich mich fühlte, als sei das Licht meines Lebens erloschen, musste ich doch versuchen, denen zu helfen, die noch schlechter dran waren als ich, der Braut zum Beispiel, Gott segne dieses Kind, dem sogar einer der Kerle aus dem Lager unserer Feinde Erbarmen gezeigt hatte. Nun kauerte sie hier in der Kirche am Boden und drückte zitternd ihr Kuscheltier an sich. Dann erfuhr ich, dass die Angreifer endlich fort waren. Ein paar Leute von den Nachbarhöfen hatten sich hergewagt, betraten die Kirche, der Schrecken stand ihnen in die Gesichter geschrieben, als sie uns mit angsterfüllten Augen ansahen, uns, die wir dem Feuer entkommen waren, das offensichtlich langsam verlosch. Alle Dächer waren eingestürzt, keiner konnte mehr am Leben sein, doch Gott im Himmel, was war das? Die Leute fingen an, etwas zu rufen, das in meinen Ohren wie ein verwundertes »Gissur!« klang oder »Der Herr!«. Und im selben Augenblick wurde er auch schon von einem Mann hereingeführt, und obwohl die Leute ihn in alle möglichen Lumpen gehüllt hatten, sah ich sofort, dass er nicht aussah wie jemand, der mit Mühe und Not einer Feuersbrunst entkommen war. Im Gegenteil, er war fast blau vor Kälte, und seine Zähne klapperten so laut, dass es alles Jammern und Heulen in der Kirche übertönte.

Mir entfuhren Worte, die Menschen oft leichtfertig sagten, ohne dass ihnen etwas angemessen Ernsthaftes folgte: Ich traute meinen Augen nicht. Kein Zweifel, das war Gissur, der wie ich in dem brennenden Hof gefangen gewesen und doch so kalt war, dass ich sofort vermutete, eine unergründliche hohe Macht hatte ein Wunder vollbracht. Er war auferstanden aus den kalten Fängen des Todes, doch es ging ihm so schlecht, dass ich fürchtete, der Lebensfunke, den er in sich trug, könnte jederzeit wieder verlöschen. Er brachte vor Zittern kein Wort hervor, seine Augenhöhlen glichen schwarzen Löchern wie bei einer Leiche, und auch seine Nase war ganz schwarz, doch ansonsten war er weißer als weiß, weiß wie Quark, und als ich mich seiner annahm, versuchte, ihm irgendwie zu helfen, bekam ich das Gefühl, dass er sogar nach Quark roch. Er hustete und hustete, regelrechte Rauchwolken schienen aus seinen Lungen zu kommen, und seine Kleidung war durch und durch nass. Ich zog sie ihm aus und wickelte ihn in das wenige, was an trockenen Kleidern zur Hand war. Er zitterte so sehr, dass ich keine andere Möglichkeit sah, als seine Brust in meinen Schoß zu legen und mich mit meinem Oberkörper über ihn zu beugen, um zumindest die Herzgegend etwas zu wärmen, denn wenn das Herz kalt war, half alles andere auch nichts. Es dauerte nicht lange, bis ich erfuhr, warum er so nass und kalt gewesen war. Er war in die Vorratskammer gekrochen, die an der Außenwand des Hauses lag. Dort war hinter dem großen Quarkfass ein Bottich in die Erde eingegraben, in dem wir die Molke aufbewahrten, die bei der Quarkherstellung anfiel, wie ich nur zu gut wusste, da das seit Jahren eine meiner Aufgaben gewesen war, sowohl zu Hause im Süden als auch hier, und Gissur hatte es irgendwie geschafft, in diesen Bottich mit kalter Molke zu kriechen und dort mit dem ganzen Körper unterzutauchen, bis auf die Nase, die schwarz von dem dicken Qualm war, den er geatmet hatte. Und während die anderen jenseits der Wand verbrannten, zitterte er vor Kälte.

Als er aufhörte zu husten, dachte ich, er würde sterben, die letzten Kräfte schienen ihn zu verlassen, und obwohl ich versuchte, ihn warm zu reiben, wurde auch das Zittern schwächer und seine rasselnden Atemgeräusche wurden leiser. Dann durchfuhr ihn ein heftiges Zucken, und als auch das verebbt war, dachte ich, er wäre tot, rieb ihn jedoch trotzdem umso mehr und rieb und schlug und legte mein Ohr an sein Herz und spürte, dass dort drinnen noch immer etwas kämpfte. Dann fing er wieder an zu zittern, und ich spürte, wie er atmete, ohne dabei so ein rasselndes Geräusch von sich zu geben wie zuvor, und es dauerte nicht lange, bis er sogar auf die Beine kommen wollte. Er riss sich los und stand auf, fiel aber sofort wieder hin. Ich richtete ihn auf, er sah mir in die Augen und keuchte: »Hallfrídur, ich muss zu meiner Frau und meinen Söhnen.«

Und auch jetzt war er noch so stark und entschlossen, dass ich nichts sagen oder tun konnte, außer ihm zu helfen, sich zur Kirchentür zu schleppen, und als wir sie öffneten, fiel sein erster Blick auf die grauenhaft zugerichtete Leiche seines Sohnes Hallur in einer Pfütze aus Blut und Schlamm. Als Nächstes sah er das zusammengestürzte Gehöft und die von Angst gezeichneten Gesichter der Männer, die draußen standen und ihn so verschreckt ansahen, als ob sie einen Toten vor sich hätten, und er sank sofort wieder in meine Arme und zeigte keine Lebenszeichen mehr. Ich zog ihn zurück in die Kirche und versuchte wie zuvor, seine Herzgegend zwischen meinen Beinen und meiner Brust zu wärmen.

BISCHOF HEINREKUR VON HÓLAR

Seiner Hoheit König Håkon schreibt mit Gottes und seinen eigenen Grüßen Heinrekur, der Bischof von Hólar auf Island.

Vor einigen Tagen verfasste ich einen Brief, der Euch mit dem letzten Schiff überbracht werden sollte, das in diesem Herbst von hier fortsegelt, und schrieb Euch darin einige die hiesigen Angelegenheiten betreffende Neuigkeiten, von denen ich annahm, dass sie Euch wissenswert und hilfreich erscheinen dürften. Was sich jedoch seitdem ereignet hat, kann man mit Fug und Recht als unerhört und nachgerade als tragisch und ebenso unnötig bezeichnen, und da ich vorhabe, einen Mann von hier loszuschicken, sobald ich den Federkiel niedergelegt und den Brief versiegelt habe, in der Hoffnung, auch dieses Schreiben möge das letzte Schiff des Herbstes noch erreichen, kann es sein, dass diese beiden Briefe Euch zur selben Zeit überreicht werden. Sollte dem so sein, will ich Euch untertänigst bitten, meine Unwissenheit über die hiesigen Verhältnisse als Entschuldigung zu nehmen, wenn das Geschriebene Euch wie das Gebrabbel eines Betrunkenen oder Wahnsinnigen erscheinen mag – ferner will ich Euch bitten, dieses Dokument von Euch zu legen, falls Ihr es vor dem anderen zu lesen begonnen habt, Euch aber doch dafür zu wappnen, dass nichts von dem im ersten Brief Gesagten nunmehr Bestand hat. Doch unser allwissender Herr ist mein Zeuge, dass ich den ersten Brief aus aufrichtigster Überzeugung und im festen Glauben daran niederschrieb, die Dinge würden den Verlauf nehmen, den man wahrlich als den einzig rechten bezeichnen darf.

Wie beschrieben, schien ein umfassender Friedensschluss zwischen den großen Anführern bevorzustehen, die das Land seit mehr als einem Menschenalter mit ihren Machtkämpfen verheert hatten; alles schien sich in Wohlgefallen aufzulösen, alte Feinde fielen sich in die Arme und versprachen einander immerwährende Freundschaft, und um dies zu bestätigen, verheiratete man die Kinder der verfeindeten Familien miteinander und veranstaltete eine große, prächtige Hochzeitsfeier etwas weiter südlich von hier, um Eintracht und Frieden zu besiegeln. Auch ich und meine wichtigsten Gefährten waren zu dieser Feier geladen, aber da die Einladenden es nicht für nötig gehalten hatten, sich an den Bischofssitz zu wenden, was die Heiratszeremonie selbst betraf, hielten wir es nicht für schicklich, der Einladung zu folgen, und blieben, wo wir waren.

Doch genug davon.

Diese Feier fand statt, und erst gestern, am Tag, bevor ich diese Worte schreibe, machten satte, glückliche Hochzeitsgäste hier bei uns Rast und priesen die Feier und den friedlichen Geist, der nun zwischen den Anführern des Landes herrschte; man sagte, seit Menschengedenken sei hierzulande nicht so wunderbar gefeiert worden.

Da musste ich doch denken, Derartiges zeuge von einer aufrichtigen Geisteshaltung und guten Absichten.

Aber nur einen Tag später, heute Morgen, um genau zu sein, kamen andere Männer, die genau denselben Weg nach Flugumýri ritten, den die glücklichen Hochzeitsgäste wenige Tage zuvor genommen hatten, allerdings mit ganz anderen, genau gegenteiligen Absichten, und mit dem großen Friedensschluss und der Versöhnung war es bereits wieder vorbei. Die Familie der Sturlungen, die Gissur auf der Feier tagelang die heiligsten Eide schwor, schien die ganze Zeit an einer Verschwörung gegen ihn beteiligt zu sein! Und kaum hatten sie sich mit großen Geschenken im Gepäck verabschiedet, da umstellten schwer bewaffnete Männer aus ihren

Reihen das Gehöft, töteten alle, die sie fassen konnten, und verbrannten die anderen im Hof.

Und als ob das nicht genug wäre, machen nun Gerüchte die Runde, dass einer der wichtigsten Verbündeten der Sturlungen (und damit ist Hrafn Oddsson gemeint) mit der brandschatzenden Horde unter einer Decke steckte.

Und jetzt höre ich noch, dass es den Brandstiftern zwar gelungen ist, Gissurs wichtigste Leute, seine Söhne und seine Familie zu töten, er selbst aber ist lebend den Flammen entkommen.

Als Einziger!

Nun setze ich noch meinen Namen unter dieses Schreiben und sende umgehend einen Mann damit fort, in der Hoffnung, es möge das letzte Schiff erreichen. Mehr will ich Euch nicht zumuten; ich hoffe, Ihr möget mir diese voreilige Bemerkung vergeben, aber ich bin zu der Überzeugung gelangt, dass es die Mühe nicht lohnt, die Isländer zu Untertanen der norwegischen Krone zu machen. Es mag wohl am besten sein, wenn man sie auf ihrer armseligen Insel sich selbst überlässt. Ich hoffe, Ihr möget mir verzeihen, dass ich es nun aufgebe, einen vernünftigen Sinn im Denken und Tun der Leute zu suchen, die in diesem Lande siedeln.

Valete.

HELGA THÓRDARDÓTTIR

Wenn der Herrgott und unser heldenhafter Kolbeinn es nicht verhindert hätten, wäre meine geliebte kleine Ingibjörg nun nicht mehr am Leben.

Was soll ich sagen? Wie konnte so etwas passieren? Im Gegensatz zu vielen anderen Frauen beschwerte ich mich eigentlich nie über meinen Ehemann, denn mein Sturla hatte viele gute Seiten, aber ein guter Staatsmann und Heerführer, das ist er wirklich nie gewesen. Das lag ihm einfach nicht. Er hatte seine Bücher, sie waren seine Freude, er lebte für Wörter und Geschichten – wie zum Teufel war er darauf gekommen, sich plötzlich in die großen Machtkämpfe einmischen zu wollen?

Als er hörte, was passiert war, und unsere Tochter so verschreckt und übel zugerichtet wiedersah, traf ihn das natürlich genauso wie mich. Nun war auch ihm klar geworden, dass damit sein letzter Versuch gescheitert war, eine große Rolle in den hiesigen Machtkämpfen zu spielen, die es hier wohl immer geben wird.

Glück und Frieden! Nie mehr Hass und Krieg!

Und wie lange hatte es gehalten?

Einen Tag!

Nun ja, vielleicht sollte ich aufhören, anderen die Schuld zu geben. Ich hätte schließlich auch selbst darauf kommen können, dass an einem von Thorsteinn Hjálmsson aus Breidabólstadur vermittelten Friedensabkommen etwas faul sein musste. Sobald ich wusste, dass er der Vermittler war, hätte ich mich mit Händen und Füßen dagegen wehren müssen, meine Tochter wie eine Art

Geisel inmitten unserer Feinde zurückzulassen. Wie eine lebende Rückversicherung, weil wir sie sicher nicht angreifen würden, solange Ingibjörg bei ihnen war. Denn so sah das in meinen Augen inzwischen aus. Mein Mann, ja, eigentlich wir alle waren für dumm verkauft worden.

Mein über alles geliebtes Kind. Ob es sich jemals erholen wird?

Und was war zu Hrafn Oddsson zu sagen? Was dachte dieser Mistkerl eigentlich, wo er heute wäre, wenn mein Sturla und seine Verwandten ihm nicht geholfen hätten? Die ganze letzte Zeit hatte er sich verhalten wie ein echtes Oberhaupt, jemand, dem andere vertrauen sollten.

Pah!

Wer wird jemals wieder einem Mann vertrauen, der wusste, dass ein Angriff auf den Hof bevorstand, auf dem die junge Tochter seines besten Freundes, Verbündeten und Wohltäters wohnte, sich aber nicht traute, etwas zu sagen?

Und das wollten Männer sein? Da wäre es wohl besser, wenn wir Frauen mehr zu sagen hätten. Keine Frau, die ich kannte, war so dumm, so hinterhältig, falsch und feige wie die Männer, die dieses Unglück über uns brachten.

EYJÓLFUR

Nun war es gut, wenn man das so sagen konnte, es war gut, ich hatte genug, ich hatte zu viel, die Sache wuchs mir über den Kopf, ich konnte einfach nicht mehr. Was lauerte da draußen im Dunkeln?

Was hatte ich getan ?

Welche Rachegeister mochten sich in dieser furchtbar dichten Finsternis verbergen, die sich um uns gelegt hatte, um dieses Feuer, das wir mit menschlichen Körpern schürten? Ich musste weg, mich zurückziehen, am besten irgendwohin, wo es dunkel war oder wo Licht war, aber keine anderen Menschen; ich hatte genug und versuchte, die Leute zum Aufbruch zu bewegen. Ásgrímur schlug vor, so lange in der Nähe zu bleiben, bis wir die Ruine durchsuchen konnten, um sicherzugehen, dass wirklich alle tot waren, die uns sonst später gefährlich werden könnten, aber ich fand das unnötig. Wir sollten uns sofort auf den Weg machen, bevor jemand kam und uns angriff. Zum Glück gehorchte mein Bruder mir. Aber unter den anderen gab es einige, die zum Aufbruch noch nicht bereit waren, andere schienen sogar widerwillig zu sein. Der bärtige Kolbeinn fragte mich mit einem verstörend kalten Grinsen auf seinem verbrannten Gesicht, ob ich mir sicher sei, dass wir jetzt schon fortreiten sollten, und ich sagte nur: »JA!«

Mit all der Entschlossenheit, die ich zu diesem Zeitpunkt noch aufbringen konnte. Irgendwann zuckelten wir endlich los.

»Das hat aber ordentlich was gebracht heute Nacht«, rief Thorsteinn Grenja, und mein Herz schlug etwas leichter. Es war schön, solche ermutigenden Worte zu hören. Da stoppte der bärtige Kolbeinn sein Pferd und sagte: »Seht mal.«

»Was?«, sagten wir, »was?«, hielten ebenfalls unsere Pferde an und sahen uns um. Obwohl wir schon ein gutes Stück vom Hof, der Ruine des Hofs, entfernt waren, konnten wir deutlich sehen, wie jemand zur Kirche geführt oder eher geschleppt wurde.

»Ist das etwa Gissur?«, fragte Kolbeinn.

Nein, nein, das kann nicht sein, war mein erster Gedanke, und doch bekam ich einen riesigen Schreck. Zum Glück wiederholten das alle, die etwas sagten, nein, das konnte nicht angehen, Gissur konnte unmöglich noch am Leben sein.

Dann sagte ich es laut und versuchte, so selbstsicher und unerschrocken wie möglich zu klingen.

Da sah Kolbeinn mich erneut mit diesem kalten, skeptischen Grinsen an, schüttelte den versengten Kopf und sagte: »Wir wollen es mal nicht hoffen. Wir wollen es mal nicht hoffen.«

Sofort bekam ich das Gefühl, dass er sich freute. Als ob er mir den Tod voraussagen wollte, und ich sank in mich zusammen, allein auf meinem Pferd, in der Kälte des Morgens, der als blassgrauer, messerscharfer Rand über den Bergen im Osten aufstieg. Oder begriff der bärtige Kolbeinn nicht, was ich getan hatte und was mir das für Rachefeldzüge einbrocken konnte? Und nicht nur mir, uns allen, ja, auch ihm.

Ich konnte nicht hinsehen. Wir ritten an Haugsnes vorbei, dem Ort der furchtbaren Schlacht, in der mehr Männer gefallen waren als in jeder anderen Schlacht in unserem Land. Und ich erinnerte mich an die abgehackten Köpfe, die danach überall herumlagen, weil niemand die Kraft hatte, die Leichen fortzuschaffen, und plötzlich konnte ich das verstehen; sobald ich an die verbrannten Körper dachte, die in Flugumýri unter den Ruinen lagen, fing alles an, sich zu drehen. Ich wünschte, ich wäre nie hierhergekommen, und wollte Ásgrímur bitten, neben mir zu reiten, bei mir zu sein, aber er ritt zu weit vorn, und ich brachte kein Wort mehr hervor;

ich war allein, alle hatten mich verlassen, nur der abgehackte Kopf war noch da, der mich so oft ausgelacht hatte und mich nun aus seinen leeren Augenhöhlen ansah, jedes Mal, wenn ich irgendwo anders hinsah als auf die Mähne meines Pferdes.

HALLFRÍDUR GARDAFYLJA

Gissur starb nicht. Er hörte auf zu zittern, sein Atem hörte auf zu rasseln, er schien zu schlafen oder ohnmächtig geworden zu sein. Noch immer lag er in meinem Schoß, sodass ich mich kaum traute, mich zu bewegen, während die Zeit verging, es irgendwann hell wurde und die Männer von den Nachbarhöfen auftauchten. Manche hatten angefangen, in den Ruinen des Hofes zu stochern, und alle waren ziemlich aufgekratzt, doch sobald sie sahen, dass es Gissur war, der da in meinem Schoß lag, wurden sie schnell wieder ernst. Ich forderte die Leute auf, ihm etwas zum Anziehen zu geben, trockene Männerkleidung, und als ich diese bekam, öffneten sich plötzlich seine Augen, er sah sich in der Kirche um, dann trafen sich endlich unsere Blicke, und es war mir, als ob er etwas verstand, alles verstand.

Er setzte sich auf und zog sich an, dann stand er auf und wirkte so schwach, dass ich ihn sofort stützen wollte, er gab mir ein Zeichen, das nicht zu tun, aber ich stützte ihn trotzdem und führte ihn aus der Kirche über den Hofplatz zu der Ruine. Die Leute, die gekommen waren, hatten bereits einige Leichen herausgeholt. Obwohl die meisten bis zur Unkenntlichkeit verbrannt waren, erkannten wir zwei von ihnen sofort. Man hatte sie etwas abseits gelegt, beide zusammen auf einen Schild, und wir sahen die Überreste ihrer Kleidung und die Rüstung, die sich in den Oberkörper seines Sohnes eingebrannt hatte. Nachdem Gissur sich das alles angesehen hatte, wollte er etwas sagen, doch seine Stimme versagte, was vielleicht nur daran lag, dass er heiser war, denn nachdem er sich einmal und dann ein zweites Mal etwas kräftiger geräuspert hatte, sagte er mit überraschend fester Stimme: »Hallfrídur. Hier siehst du meine Frau Gróa und Ísleifur, meinen Sohn.«

Ganz gefasst. Doch als er wenig später zu Boden sah, war es, als ob Hagel aus seinen Augen fiele, und ich wusste, dass es auf Island noch sehr lange Zeit keinen Frieden geben würde.

BUCH VIER

Skalde

ZWISCHEN ISLAND UND DEN FÄRÖER-INSELN, 1276

Die Höhenzüge der Ostfjorde waren kaum im Meer versunken, schon kam ein schweres Unwetter auf und der alte Skalden-Sturla wurde furchtbar seekrank. Bald waren die Strapazen der Reise kaum noch auszuhalten und er kroch unter ein Beiboot, um sich zumindest vor dem Regen und der Gischt zu schützen, die auf das Deck des Schiffes peitschten, mit dem er sich gerade auf den Weg von Island nach Norwegen gemacht hatte. Viele Jahre zuvor, in seiner Saga über den Gesetzlosen Grettir, hatte Skalden-Sturla seinen Helden genau das Gleiche tun lassen. In der Geschichte, so wie Skalden-Sturla sie einst auf Kalbshaut niedergeschrieben hatte, hatte auch der nun wirklich nicht zimperliche Grettir unter einem Beiboot vor der Unbill des Wetters Schutz gesucht. Jetzt war Sturla auf einem ähnlichen Schiff unterwegs und hatte dasselbe Ziel, und auch er verkroch sich unter einem kieloben am Heck hängenden Boot unter einem Fell und wartete darauf, dass alles vorbeiging.

Allerdings hatte Grettir das alles irgendwie besser gemacht, hatte er doch die junge Frau des Steuermanns zu sich gelockt, um sich an ihr zu wärmen und ihr zum Zeitvertreib den Bauch zu streicheln. Skalden-Sturla hatte Grettir allerdings auch keine Seekrankheit angedichtet. Er selbst fühlte sich inzwischen so elend, dass er sich nur noch nach festem Boden unter den Füßen sehnte, aber ganz bestimmt nicht nach der Nähe einer Frau. Ganz abgesehen davon war sowieso keine an Bord. Doch selbst wenn das anders gewesen wäre, hätte der inzwischen sechzigjährige Sturla keine große Lust gehabt, sie zu sich zu locken, ganz unabhängig davon, ob eine mitreisende Frau – so es sie denn gegeben hätte – sich überhaupt hätte locken lassen. Sturla gingen ganz andere Gedanken durch den Kopf. Er dachte daran, wie viel lieber er zu Hause bei seiner Helga geblieben wäre, anstatt sich hier von den Wellen hin- und herschmeißen zu lassen. Ach, wäre Helga doch jetzt bloß bei ihm. Sie hätte sich um ihn gekümmert, ihm alles gebracht, was er brauchte, ihn besser zugedeckt, ihm über das verschwitzte, salzverkrustete Gesicht gestreichelt. Sie hätte ihm auch gesagt, dass alles wieder gut würde – und Helga war die Einzige, der Sturla das vielleicht sogar geglaubt hätte, obwohl die Dinge standen, wie sie nun einmal standen.

Wenn die Seeleute sich durch den dröhnenden Sturm Kommandos zuriefen, lag in ihren Stimmen eine deutlich hörbare Anspannung. Sie versuchten ständig, die Segel besser an den Wind anzupassen und diesen Kahn irgendwie zu steuern, der überall knarrte und krachte. Der Sturm wütete so sehr, dass Skalden-Sturla sich eigentlich seines baldigen Todes sicher war, und doch hatte er keine Angst. Er hatte sowieso nicht damit gerechnet, besonders alt zu werden. Sein halbes Leben lang hatte er befürchtet, einer der vielen Kämpfe in dieser Zeit der Schwerter würde ihn aus dem Leben reißen, bevor er all die Bücher geschrieben hatte, die er schreiben wollte. Jetzt jedoch dachte er nicht einmal mehr an seine Bücher, es ging ihm viel zu schlecht – selbst der Tod konnte nicht schlimmer sein als das hier, und wer weiß, vielleicht war er ja sogar eine Befreiung von diesem Elend, dieser Qual. Der Sturm hörte nicht auf. Er machte mit dem Schiff, was er wollte, das spürte Sturla selbst unter dem Beiboot, denn auch hier sammelte sich inzwischen jede Menge Wasser. Sturla wickelte sich noch fester in das Fell ein und wartete auf das, was kommen mochte. Er nickte sogar einige Male kurz ein, trotz des Sturms und des Geschreis der Männer, die nach Kräften versuchten, das Schiff auf Kurs zu halten. Um Skalden-Sturla kümmerte sich niemand. Nur sein Reisegefährte Hrafn Oddsson schaute gelegentlich nach ihm und sah ihn mit seinem durchdringenden Heiler-Blick an. Sturla ließ sich von ihm etwas Trinkwasser geben und die Decken richten, obwohl das schlechte Erinnerungen wachrief. Eigentlich hatte er sich vorgenommen, von diesem Hrafn Oddsson nie wieder einen Gefallen anzunehmen – es war schon schlimm genug, dass Hrafn und er überhaupt auf demselben Schiff waren.

Doch so war das nun einmal, wenn man vor Seekrankheit fast umkam.

Doch irgendwann ließ der Sturm nach, und Skalden-Sturla kam etwas zu Kräften. Er kroch unter dem Beiboot hervor und ließ sich frische Luft um die Nase wehen. Seine Reisegefährten saßen in dem Teil des Schiffes, über den eine Art Dach aus Häuten gespannt war: Hrafn Oddsson und Thorvardur, der Gode aus den Ostfjorden. Sie schliefen beide, nur ihre Diener blickten auf, als Skalden-Sturla hineinsah. Auch Sturla hatte einen Begleiter dabei, aber er war kein Diener, sondern eher ein Lehrling, Thórdur Narfason, und ihm ging es auf See noch dreckiger als seinem Lehrmeister. Sturla sah jetzt nach seinen Sachen, insbesondere nach den wertvollen Büchern, die er und sein verstorbener Onkel Snorri Sturluson eigenhändig geschrieben hatten. Die durften keinen Schaden nehmen, schließlich wollte er sie in Norwegen verkaufen und von dem Geld den Aufenthalt und die Heimreise bezahlen. Zum Glück war alles in Ordnung mit ihnen, die Handschriften lagen in Leder eingewickelt in einer stabilen Kiste verschlossen.

Die Schiffsbesatzung bestand aus norwegischen Seefahrern und Kaufleuten. Die waren ganz in Ordnung, also setzte Skalden-Sturla sich zu ihnen. Er versuchte sogar, etwas zu essen. Sie hofften, er würde ihnen eine Geschichte erzählen oder zumindest einige Verse vortragen, doch Sturla war nicht in Stimmung, er verlor nur ein paar höfliche Worte über das Wetter. Der Sturm hatte sie in Richtung Norden vom Kurs abgebracht, doch nun hatten sie das Schiff wieder unter Kontrolle gekriegt und machten gute Fahrt. Wenn das Wetter nicht wieder schlechter wurde, sollten sie ohne größere Probleme die Färöer-Inseln erreichen.

Sie waren später in Island losgesegelt als ursprünglich geplant. Es hatte ewig gedauert, das Schiff zum Auslaufen klarzumachen, und als sie endlich bereit gewesen waren, hatte tagelang die Windrichtung nicht gestimmt oder die Brandung war zu hoch gewesen. Sie hatten so lange an der Landungsstelle herumgehangen, dass Sturla schon kurz davor gewesen war, auf den Befehl des norwegischen Königs zu pfeifen und mit seinen Büchern zurück nach Hause in die westlichen Täler zu reiten. Der September war schon weit vorangeschritten, die ersten Herbststürme hatten sich angekündigt, fast hatte es so ausgesehen, als kämen sie in diesem Jahr überhaupt nicht mehr fort, worauf Sturla sogar gehofft hatte. Er hatte sich in seinem Leben mehr als genug in der Welt herumgetrieben, sich in Streitigkeiten eingemischt, die ihn nichts angingen, und sich darum bemüht, dass man ihn überall ehrte und gut von ihm sprach – jetzt wurde er langsam alt und wollte eigentlich nur noch eins: Bücher schreiben.

An diesem Nachmittag also, nachdem der Sturm sich weitgehend gelegt hatte, setzte Skalden-Sturla sich an die Bordwand und sah auf das endlose Meer hinaus, das blau unter der Herbstsonne glänzte. Endlich war er diese Seekrankheit los. Es ging ihm schon fast wieder gut, er hatte nicht einmal etwas dagegen, dass die beiden anderen isländischen Anführer sich zu ihm setzten, zuerst der Gode Thorvardur, der sich wie immer ein bisschen zu ernst nahm und, selbst wenn er über das Wetter redete, sprach, als hielte er eine staatsmännische Rede. Humor war ihm schon immer völlig fremd gewesen. Danach kam auch Hrafn Oddsson dazu. Er konnte durchaus lustig sein, doch dafür konnte man ihm nicht über den Weg trauen, das hatte sich in der Vergangenheit mehr als einmal gezeigt.

Skalden-Sturla musste genau aufpassen, was er sagte. Er hätte zwar jetzt, da es ihm besser ging, durchaus Lust gehabt, ein bisschen über gemeinsame Bekannte zu plaudern, doch wenn Hrafn Oddsson zuhörte, musste man sich immer in Acht nehmen. Hrafn merkte sich jedes zweideutige Wort, das andere sagten, und man konnte sich sicher sein, dass er es denen weitertratschte, die es nicht hören sollten, sobald er daraus einen Vorteil ziehen konnte. Also redete Skalden-Sturla ganz gegen seine Gewohnheit nur vollkommen banales, fast langweiliges Zeug. Er wählte seine Worte vorsichtig und blieb so ruhig, wie das Meer inzwischen geworden war.

Im Laufe des Abends verschlechterte sich das Wetter erneut, doch Sturla zog sich trotzdem nicht wieder unter das Beiboot zurück – die Seekrankheit kam hoffentlich nicht wieder. Stattdessen ging er zu seinem Schlafplatz in dem mit Leder bespannten Teil des Schiffes, holte seine Wachstafeln hervor und versuchte, ein Lobgedicht zu schreiben, das man dem norwegischen König vortragen könnte. So etwas wurde immer gern gesehen. Und gut bezahlt.

Wenig später bekamen sie günstigen Wind und machten gute Fahrt. Sie hatten ein anständiges Schiff, die Besatzung hatte es gut im Griff, und zwei Tage später erhoben sich vor ihrem Bug die Färöer-Inseln aus dem Meer. Doch zog auf einmal, wie aus dem Nichts, erneut ein Unwetter auf, das noch viel schlimmer war als das erste. Bald waren fast alle damit beschäftigt, Meerwasser von Deck zu schöpfen. Der Steuermann nahm Kurs auf Tórshavn, doch kurz bevor sie den Hafen erreichten, liefen sie auf einen Felsen, schlugen an der Backbordseite Leck und es lief so viel Wasser ins Schiff, dass es Schlagseite bekam. Um überhaupt noch eine Chance auf Rettung haben, befahl der Steuermann, alle Ladung über Bord zu werfen, doch als die Bücherkiste des Skalden an der Reihe war, warf Sturla sich darauf und rief – überraschend lebendig dafür, dass er wieder seekrank geworden war –, wenn sie die Kiste über Bord werfen wollten, müssten sie ihn schon mitwerfen.

Gott sei Dank kam es nicht wirklich so schlimm, vor den Färöer-Inseln im Herbst 1276. Es gelang ihnen, das Schiff an eine windgeschützte Stelle zwischen den Felsen zu steuern, und bald darauf wurden sie von Einheimischen gefunden, die ihnen halfen, es an Land zu ziehen. Die drei isländischen Anführer, ihre Begleiter und die norwegische Schiffsbesatzung bekamen ein Dach über den Kopf, trockene Kleider und Decken, ein warmes Bett und kräftigende Getränke. Dann schliefen sie friedlich ein.

Am nächsten Tag wurde ihnen bald klar, dass sie mit ihrem Schiff, das gestern vor Tórshavn fast gesunken wäre, in diesem Jahr wohl nicht mehr weiterfahren konnten. Und da es auf den Färöer-Inseln kein anderes Schiff gab, das seetüchtig genug gewesen wäre, um dem aufgewühlten herbstlichen Nordmeer zu trotzen, sah es so aus, als müssten sie wohl oder übel hier überwintern. Diese Aussicht gefiel niemandem besonders gut, doch Skalden-Sturla regte sich am allermeisten darüber auf. Er schimpfte und fluchte und sagte immer wieder, dass sie besser daran getan hätten, Island erst im nächsten Frühling zu verlassen, anstatt sofort alles stehen und liegen zu lassen, nur weil der König es so wolle. Und als der Schiffsführer endgültig bestätigte, dass sie das Schiff vor Wintereinbruch nicht mehr flott bekamen, kaufte Skalden-Sturla einen großen Vorrat an Met und Bier und begann, sich im großen Stile zu betrinken. Dabei redete er mit sich selbst, wobei ihn niemand wirklich verstand.

SKALDEN-STURLA

Auf dieser Reise werde ich draufgehen. So viel ist sicher. Es grenzt ja an ein Wunder, dass wir nicht jetzt schon alle tot sind. Doch was ändert das schon. Dann lebe ich halt noch ein bisschen in der Fremde und sterbe in ein, zwei Jahren.

Ich werde draufgehen …

Und es ist mir scheißegal!

Aber wenn es schon so kommen muss, dann bitte möglichst bald. Und mit etwas Stil. Am besten, man säuft sich zu Tode, so ist angeblich Kakali geendet – der heldenhafteste Anführer und Krieger, den Island je hervorgebracht hat. Oder den zumindest unsere Familie je hervorgebracht hat, und wir Sturlungen sind ja nun nicht gerade Betschwestern.

Vielleicht ist es gar nicht so schlecht zu wissen, dass ich auf dieser Reise sterben werde. Dass ich nie wieder nach Hause komme, zurück zu meiner Frau und meinen Leuten im Breiten Fjord, und in meine Schreibstube mit den ganzen Büchern, die ich eigentlich noch schreiben wollte in den Jahren, von denen ich dachte, dass sie mir noch blieben. Vor dem Tod an sich habe ich keine Angst. Wenn er nur bald käme! Als ich das letzte Mal nach Norwegen gesegelt bin, weil der norwegische König mich zu sich gerufen hat, habe ich acht Jahre bleiben müssen. Acht Jahre! Das habe ich nur aushalten können, weil alle guten Geister mit mir gewesen sind. Was sie dieses Mal eindeutig nicht sind – schließlich hat diese Reise alles andere als gut begonnen, wir wären ja fast schon hier vor den Färöer-Inseln mit Mann und Maus abgesoffen und müssen jetzt Monate an diesem öden Ort vergeuden.

Ach, was soll's. Wenn man sowieso bald sterben wird, muss man wenigstens nicht mehr höflich sein. Ich kann jetzt einfach meine Meinung sagen, und das habe ich auch getan! Hahaha, was die für ein Gesicht gemacht haben, der Gode Thorvardur und Hrafn Oddsson – ich entschuldige mich für gar nichts mehr, das habe ich nicht mehr nötig. Ich trinke einfach, bis ich für immer einschlafe.

Ist mir doch egal, wenn ich mich zum Teufel trinke!

THORVARDUR,
GODE AUS DEN OSTFJORDEN

Wir waren die wichtigsten isländischen Anführer und konnten uns mit Fug und Recht Statthalter des norwegischen Königs nennen, sonst hätte er uns wohl kaum zu sich gerufen. Angesichts dieser bedeutenden Rolle, die uns zufiel, war es wohl kaum angemessen, dass wir die Gastfreundschaft der färöischen Bauern dazu missbrauchten, uns von morgens bis abends zu besaufen. Doch genau das war es, was Skalden-Sturla tat. Er saß da, trank, sah uns voller Abscheu an und spottete und fluchte, wenn er in seinem Rausch überhaupt etwas rausbrachte, was seine Mitmenschen verstehen konnten. Warum hatten wir Anführer der Isländer überhaupt einen Mann in unseren Reihen, der zwar einen berühmten Vater hatte, eng mit Snorri Sturluson, Kakali und anderen großen Sturlungen verwandt war, aber schlussendlich doch nur ein gemeiner unehelicher Bastard? Ein Taugenichts, der überhaupt nichts gelten würde, wenn er nicht vom Ansehen seines Ziehvaters Snorri profitieren würde, der Sturla überhaupt erst zu dem Gelehrten und Skalden gemacht hatte, dessen Beredsamkeit und Kunstfertigkeit ihm heute in unserem Land so viel Respekt einbrachten. Auch wenn sich mir diese, mit Verlaub, nicht offenbarten. Was war denn bitte so bemerkenswert daran, wenn man alles über irgendwelche längst vergangenen Ereignisse wusste, die man sowieso lieber vergessen sollte, und das dann alles auch noch aufschrieb? Sturla wollte uns anderen doch nur immer wieder vorwerfen, was wir damals angeblich alles angerichtet hatten, dabei war keinesfalls erwiesen, wer woran die Schuld trug.

Die Vorstellung, die meine Landsleute davon haben, was als ehrenwert und edel gilt, ist gelinde gesagt sonderbar. Sonst hätten sie es ja wohl kaum zugelassen, dass ein Mann wie Skalden-Sturla zum Vertrauten seiner Majestät des Königs von Norwegen wurde – ein Mann, der sich aus Jux und Tollerei oder gar getrieben von krankhaften Wahnvorstellungen irgendwelche halbwahren, uralten Klatschgeschichten aus den Fingern saugte. Und dabei natürlich alle möglichen in der Gelehrtenausbildung erlernten Haarspaltereien und sprachlichen Winkelzüge anwandte, um die Übeltäter aus den eigenen Reihen in diesen Geschichten besser aussehen zu lassen.

So bin ich nun einmal, ich kann nichts dagegen tun: Respekt ist mir wichtig. Respekt und Wahrheit. Damit müssen sich die anderen abfinden, auch wenn diese Dinge in unserer schlimmen Zeit gemeinhin wenig gelten.

Ja. Ich bekenne es, ohne zu erröten. Ich lege Wert auf Respekt.

Und doch musste ich mir nun zusammen mit Hrafn Oddsson den lieben langen Tag dieses Skalden-Gefasel anhören. Sogar nachts hielt er seine Monologe. Während alle schliefen, redete Sturla wie ein Geist vor sich hin, in einem Tonfall, als würde er das Wort Gottes verkünden, dabei gab er doch nichts als Säufergewäsch von sich. Erzählte von Trollweibern, die es nie gab, und von Ereignissen, die so nie stattgefunden hatten.

HELGA

Ich hoffe nur, dass Sturlas Reise einigermaßen erfolgreich verläuft, damit er bald wieder nach Hause kommt. Er war ganz schön verzweifelt gewesen, als der König ihn wieder zu sich gerufen hatte, er war doch gerade erst so weit zur Ruhe gekommen, dass er sich wieder auf das konzentrieren konnte, worin er am besten war und was er am liebsten tat: Er hatte Kalbshäute zusammengetragen, Tinte angerührt und Thórdur Narfason als Gehilfen angestellt – nun sollte geschrieben und gedichtet werden, den ganzen Winter lang! Ich hatte mich schon richtig auf diese Zeit gefreut. Sturla wäre zufrieden gewesen und hätte gute Laune gehabt, wie immer, wenn er schrieb. Dafür hatte er sich in den letzten Jahren viel zu wenig Zeit genommen, vor allem aufgrund der Streitereien mit Hrafn Oddsson, die darin gipfelten, dass Sturla praktisch festgenommen und enteignet worden war. Fast wäre er sogar aus Island verbannt worden, wenn es ihm nicht im letzten Moment gelungen wäre, alles zu seinen Gunsten zu wenden, wofür ich ihn immer bewundern werde. Aber auch, wenn letztendlich alles gut ausgegangen ist, hatte ihn das doch alles sehr belastet.

Hinzu kam, dass er andauernd darauf aus war, Geld zu verdienen. Immer mischte er sich überall ein, wollte der einflussreichste Mann von ganz Westisland sein. Wie oft hatte ich ihm gesagt, er solle es ruhiger angehen lassen, wir hatten ja genug zum Beißen und Brennen, er sollte doch lieber hierbleiben und sich Zeit für seine Arbeiten als Gelehrter nehmen, zum Schreiben. Warum strebte er immer nach *noch* mehr Geld und Ruhm? Was hatte ihm das denn gebracht, außer Ärger und Seelenqual, und nicht nur ihm – uns allen? Ich kann kaum glauben, dass er diese ganzen Kämpfe und Mordbrände, in denen so viel Blut vergossen worden war, überlebt hatte, so oft wie er sich in Situationen gebracht hatte, in denen sein Leben nur noch von der Gnade Gottes abhängig gewesen war oder sogar, noch schlimmer, von der Gnade seiner Feinde. Jahrelang fragte ich mich beim Schlafengehen, ob wir den nächsten Morgen überhaupt erleben würden oder ob vorher das Haus angezündet würde, und ich wusste, dass es ihm ähnlich ging. Er hätte sich schon vor langer Zeit aus allem heraushalten sollen.

Manchmal fragte ich Sturla, was seinem berühmten Onkel Snorri Sturluson, der ja selbst ein großer Skaldendichter gewesen war, dieses rastlose Streben nach Macht und Wohlstand gebracht hätte, und die Antwort darauf war ziemlich einfach: nichts. Nichts außer Niederlagen und Sorgen. Es hatte ihn sogar das Leben gekostet. Dann fragte ich Sturla, was denn seiner Meinung nach Snorris Namen vor dem Vergessen bewahrte? Dass er Gesetzessprecher gewesen war und überall Land besaß, Macht und Reichtümer angehäuft hatte?

Nein.

Natürlich nicht. Es waren die Bücher, die er geschrieben hat! Die Verse, die er gedichtet hat. Mehr als dreißig Jahre nachdem er seinem Ehrgeiz und seiner Gier zum Opfer gefallen war und wie ein gemeiner Verbrecher in seinem Kellerversteck auf Reykholt erschlagen worden war, sprachen die Gelehrten noch immer landauf und landab über seine Bücher, schrieben sie ab, und in allen Nordländern zahlte man ein Vermögen für eine Abschrift seiner *Heimskringla*, in der Snorri die Geschichte der norwegischen Könige erzählt. Sturla beschäftigte immer Leute hier bei uns auf Stadarhóll, die Snorris Bücher abschrieben und auf das Herrlichste mit illuminierten Buchstaben und Illustrationen schmückten.

Meinem Mann einen Rat zu geben hatte eigentlich noch nie Sinn gehabt. Sturla musste immer alles am eigenen Leib erfahren. Wie oft hatte ich ihm schon vorgebetet, wie es Snorri ergangen war, in der Hoffnung, er würde daraus endlich eine Lehre ziehen? Doch er war immer viel zu sehr mit irgendwelchen Machtkämpfen beschäftigt, um an meine Worte auch nur einen Gedanken zu verschwenden. Hingehört hatte er natürlich, ihm entging ja nichts, er erinnerte sich auch nach Jahren noch an alles, was man irgendwann einmal gesagt hatte, an jede einzelne Kleinigkeit. Und dann sagte er mir plötzlich, vor ungefähr einem Jahr, dass Snorri Sturluson nur wegen seiner Bücher bis heute so bekannt sei – als wäre das eine ganz neue Erkenntnis! Und dass es wohl auch das wäre, das ihn selbst am glücklichsten machen würde: Geschichten und Verse.

Ich musste grinsen, als er mir diese »Erkenntnis« in bedeutungsschwerem Ton verkündete. Ich wusste, dass er mich damit nicht verhöhnen wollte und auch nicht vergessen hatte, dass ich ihm genau das schon so oft gesagt hatte. Aber er brauchte nun einmal dieses Gefühl, selbst auf etwas gekommen zu sein, um es wirklich glauben und sein Verhalten ändern zu können.

Wenn Sturla schrieb, ging es ihm gut. Er war alle Unruhe los, Angst und Zweifel waren verflogen, alles ging ihm leicht von der Hand. Er war bestens gelaunt, machte Witze und war freundlich. Seine Scherze kamen zwar oft ein bisschen zusammenhanglos daher und hatten wenig mit dem zu tun, was vorher in einem Gespräch gesagt worden war, doch wenn Sturla scherzte, bekamen alle anderen gute Laune. Sogar er selbst. Oft saß er dann geistesabwesend da, führte Selbstgespräche, aber selbst dann strahlte er etwas Beruhigendes aus. Doch als dieser Sommer nun zu Ende ging und er gerade erst richtig in Stimmung gekommen war, zitierte der norwegische König Sturla und die anderen isländischen Anführer an seinen Hof, um sich mit ihnen über das Verhältnis der Isländer zur norwegischen Krone zu beraten. Früher hätte Sturla sich gefreut, dass der König ihn für wichtig genug hielt, bei einer solchen Beratung dabei zu sein, doch nun vermieste es ihm die Laune. Alles um ihn herum verfinsterte sich. Ich musste ihn trösten, mir immer wieder das gleiche Gejammer anhören. Am ehesten konnte ich ihn noch aufmuntern, indem ich vorschlug, er solle den König darum bitten, die Isländer in Zukunft nicht mehr so mir nichts, dir nichts über das Nordmeer hinweg zu sich zu rufen. Vielleicht konnte Sturla sich zumindest das Recht aushandeln, dass er selbst aus Altersgründen derartige Rufe in Zukunft ablehnen dürfte.

Mein armer Mann.

Es ist zwar schon viele Jahre her, aber ich weiß noch genau, wie gut es Sturla damals gegangen war, nachdem Kakali ihn gebeten hatte, die große *Saga von den Sturlungen* zu schreiben. Zuvor war Sturla so ziemlich alles misslungen, was er im Kampf um die Macht im Land unternommen hatte. Er hatte sich mit Óraekja verbündet, dem Sohn von Snorri Sturluson, und nichts von dieser Verbindung gehabt außer Demütigungen und Verdruss. Davor hatte er mit den anderen Sturlungen in der Schlacht von Örlygsstadir eine verheerende Niederlage erlitten – es war fast ein Wunder, dass er überhaupt mit dem Leben davongekommen war. Danach war sein Cousin Kakali aus Norwegen zurückgekommen, um die Familienehre wiederherzustellen, und Sturla wusste nie, wie er sich ihm gegenüber verhalten sollte. Auf der einen Seite wollte Sturla seinen Cousin unterstützen, auf der anderen Seite traute er sich nicht, denn er hatte erst kurz zuvor mit Kolbeinn dem Jungen einen Friedensvertrag geschlossen und wollte den nicht brechen, auch wenn Kolbeinn ihm diesen Frieden mit Waffengewalt aufgezwungen hatte. Kolbeinn gab einen feuchten Dreck auf seine Versprechungen, wenn es hart auf hart kam – aber Sturla wollte unbedingt ein Mann sein, der sein Wort hielt. Also unterstützte er Kakali kaum. Als Kakali sich schließlich ohne seine Hilfe durchgesetzt hatte, befürchtete Sturla lange Zeit, Kakali würde ihm sein Zögern übelnehmen, und war rastlos und reizbar, schrieb nichts und trank mehr als gewöhnlich. Doch dann gab Kakali ihm diese Aufgabe: Er solle alles aufschreiben, was während der Kämpfe der letzten Zeit geschehen war – und eine lückenlose Aufzählung aller Gräueltaten, die Gissur und die Südisländer den Sturlungen angetan hatten. Denn Kakali war zusammen mit Gissur zum norwegischen König zitiert worden, um Rechenschaft abzulegen. Kakali sagte, wenn jemand all das Geschehene irgendwie darstellen könne, dann Sturla. Und nachdem Sturla begonnen hatte zu schreiben, hellte sich seine Stimmung schlagartig auf und mit ihr die Stimmung des ganzen Hofes. Sogar die Vögel schienen fröhlicher zu singen. Ich sah Sturla an, dass er immer glücklicher mit seinem Werk wurde, je weiter er vorankam, und als er mir einige Absätze zeigte, war mir sofort klar, dass er in der Tat zufrieden sein konnte. Es war absolut großartig. Schließlich kam Kakali zu uns auf den Hof, dieser laute, fröhliche Mann, der so überwältigend lachen konnte, und Sturla las ihm aus seiner Saga vor. Er hatte die Kalbshäute, auf die er sie geschrieben hatte, zusammennähen lassen und zu einer Rolle aufgewickelt. Während Sturla las, sprang Kakali immer wieder auf, unterbrach ihn mitten im Satz, umarmte ihn und küsste ihn auf beide Wangen. Und er lachte dazu sein lautes gellendes Lachen, das angeblich im ganzen Breiten Fjord die Robben von ihren Felsen aufgescheucht und dafür gesorgt hat, dass die Eiderenten sich ganz tief in ihre Nester drückten. Kakali nahm die Schriftrolle mit und las sie in Norwegen dem König vor, und allein das hatte gereicht, um den König davon zu überzeugen, dass er der mächtigste Mann von ganz Island war. Und so herrschte erst einmal Frieden, und Sturla genoss hohes Ansehen, denn Kakali hatte alles ihm zu verdanken. Wenn Sturla das tat, was er wirklich gut konnte, ging es uns allen gut.

Denn das konnte er wirklich. Schreiben. Erzählen.

Das reicht doch eigentlich, oder?

Doch jetzt waren die Sorgen wieder da. Als Sturla vor dreizehn Jahren das erste Mal zum König nach Norwegen musste, hatte ihm eine schwere Strafe gedroht. Manche hatten sogar gesagt, man würde ihn wegen Hochverrats hinrichten. Wahrscheinlich war das alles nur gut gegangen, weil König Håkon, der Sturla für einen Verräter hielt, auf den Orkney-Inseln ums Leben gekommen war, bevor Sturla Norwegen erreichte. Und der neue König, Magnus der Gesetzesverbesserer, und seine Frau Königin Ingeborg schienen Sturla sehr zu mögen. Sie verstanden sich so gut, dass König Magnus letztendlich nach mir und unseren Söhnen schickte. Wir wurden ganz selbstverständlich in den Hofstaat aufgenommen und blieben einige Jahre dort, sodass Sturla schon Ende fünfzig war, als er zurück nach Hause kam. Nun ist er zweiundsechzig.

Zweiundsechzig …

Das hatte Sturla in diesem Sommer ziemlich mitgenommen. Ganz plötzlich schien ihm bewusst geworden zu sein, dass er nicht mehr jung war. Warum ausgerechnet jetzt? Was war an diesem Alter so besonders? Irgendwann war er damit rausgerückt: Snorri Sturluson war zweiundsechzig Jahre alt gewesen, als er starb.

»Vielleicht ist das die Lebenszeit, die uns Skalden zusteht«, sagte Sturla. Ich hatte versucht, ihm diese Flausen aus dem Kopf zu treiben, erinnerte ihn daran, dass Snorri getötet worden war, erschlagen, dass er sonst sicher viel länger gelebt hätte. Aber meinen lieben Sturla beruhigte das nicht, das wusste ich, auch wenn er nicht mehr davon sprach. Es war eindeutig, dass ihm nun besonders viel daran gelegen war, alles aufzuschreiben, was er noch nicht geschrieben hatte. Daher gab es nichts Schlimmeres für ihn, als diesem königlichen Befehl zu folgen, eine erneute Reise ins Ungewisse anzutreten.

Ob ich ihn jemals wiedersehe?

SKALDEN-STURLA

Ich kann einfach nicht aufhören, daran zu denken, wie sinnlos es ist, dass wir diesen Winter auf den Färöer-Inseln verbringen müssen. Nur spät an den Abenden schaffe ich es, mich in einen Zustand zu bringen, in dem mir alles egal ist, am allermeisten ich selbst. Aber dann kommen die frühen Morgenstunden. Das reinste Grauen. Das reinste Grauen! Die Albträume, die Bilder in meinem Kopf, durch meine Adern fließt nichts als Finsternis, gegen die das Herz kaum noch ankommt. Jeden Morgen hier auf den Färöer-Inseln wird mir deutlicher klar, dass der Tod bald seine kalte Pranke um mich schließen wird. Was wird dann aus mir werden? Wenn ich vor meinen Richter trete und er meine Sünden bemessen wird, was wird dann aus einem Menschenkind, das seinen eigenen Schwurbruder im Stich gelassen hat? Meinen Schwurbruder Klaengur! Das war doch die Ur-Sünde, die erste Sünde, die die Welt jemals gesehen hat: dem eigenen Bruder den Tod bringen …

Ich kann so nicht leben. Aber ich kann so auch nicht sterben. Ich versuche, mich möglichst im Dunkeln zu halten. Auch die Dunkelheit ist böse und voller Schrecken, doch ist sie ein kleines bisschen besser als das Licht, das das Elend auch noch erhellt und mir umso deutlicher zeigt, wie schlimm es um mich steht.

Warum bin ich nicht bei meiner Helga? Dort könnte ich weinen. Hier darf so etwas natürlich niemand hören oder sehen. Mein Lehrling Thórdur Narfason kommt manchmal zu mir, bringt mir etwas zu essen oder zu trinken, und sein Blick, der eigentlich immer fröhlich ist, wird traurig und schwer, wenn er mich morgens sieht, bevor ich den ersten Becher Bier getrunken habe. Am liebsten würde ich ihn dann einfach bitten, meinen Kopf an seiner Schulter ruhen lassen zu dürfen, doch das würde sich herumsprechen und mein Ruf wäre endgültig ruiniert. Kein Isländer darf sehen, wie es mir wirklich geht.

Und dann kam eines Tages mein Freund Grímur, der hier in der Nähe den großen Hof Kirkjubaer besaß. Den schickte der Himmel! Wir hatten ein Jahr zusammen in Norwegen verbracht, als ich das letzte Mal dort gewesen war. Als er eines Morgens hier angekommen war, gab ich gleich zu, dass es mir nicht gutgehe, woraufhin er mich, herzlich wie er nun einmal war, einlud, bei sich auf Kirkjubaer zu wohnen und mich dort ein bisschen pflegen zu lassen. Wir machten uns sofort auf den Weg. Nun war ich zumindest erst einmal diese anderen Isländer los. Nicht einmal mein Lehrling Thórdur Narfason konnte nun noch sehen, wie es um mich stand, denn er war auf dem Weg auf die Nachbarinsel Nólsey, wo ein Bauer ihn den Winter über aufnehmen wollte. Wahrscheinlich werden wir uns nie wiedersehen. Nie mehr wird er mir helfen können, ein Buch zu schreiben. Ich reise ab jetzt allein und trete mit meinen Sünden, meinen untragbaren, unverzeihlichen Sünden vor meinen Schöpfer. Vor meinen Richter …

HRAFN ODDSSON

Skalden-Sturla ist kein einfacher Mensch. Er ist es nie gewesen. Ich weiß nie so recht, wie ich ihn nehmen soll. Dabei habe ich eigentlich ein ganz gutes Gespür dafür, wie man mit Leuten umgeht, das ist mir immer leichtgefallen, ich habe sogar mit Gissur reden können, als er mich damals festgenommen hatte, nachdem Eyjólfur Ofsi den Hof Flugumýri angezündet und Gissurs ganze Familie umgebracht hatte. Gissur brannte natürlich auf Rache und warf mir vor, ich hätte von der Sache gewusst und ihn nicht gewarnt. Dabei hatte ich das durchaus versucht, er hatte es nur nicht hören wollen. Doch auch das wollte er nun wiederum nicht hören, er war fest entschlossen, sich auf das Grausamste an mir zu rächen, doch sogar mit diesem Gissur, der vor Wut und Trauer tobte, konnte ich reden, und wir trennten uns in Freundschaft.

Das soll mir erst mal jemand nachmachen.

Skalden-Sturla hingegen hatte mir nach dem Mordbrand von Flugumýri nie wieder recht über den Weg getraut. Dabei hatte er gar nicht so viel verloren. Gut, Gissurs Sohn Hallur war Sturlas Schwiegersohn gewesen, aber das ja auch erst seit drei Tagen, und Sturlas Tochter Ingibjörg, die frischgebackene Braut, hatte immerhin überlebt. Das zwar auch nur, weil der bärtige Kolbeinn gerade noch rechtzeitig in den brennenden Hof gelaufen war und sie herausgeholt hatte, aber im Vergleich zu Gissur war Sturla nun wirklich glimpflich davongekommen, schließlich hatte Gissur seine Frau an die Flammen verloren, alle seine Söhne, und er selbst wäre auch fast gestorben. Doch trotzdem war es Sturla, der mir seitdem die kalte Schulter zeigte, mich mied und schnitt, spitze Bemerkungen machte und sich manchmal geradezu offen feindselig gab, obwohl wir seit dem Mordbrand von Flugumýri eigentlich Verbündete waren.

Kein Wunder also, dass mir die Aussicht, ausgerechnet mit Skalden-Sturla einen ganzen Winter auf den Färöer-Inseln festzusitzen, nicht besonders gut gefiel. Thorvardur, der Gode aus den Ostfjorden, war auch nicht gerade begeistert davon, und Skalden-Sturla erst recht nicht. Er tat die ganze Zeit so, als ob das alles unsere Schuld war. Wie denn das bitte schön? Waren wir nicht genauso in Seenot und Lebensgefahr geraten wie er? Hatten wir nicht vielmehr alles getan, um den seekranken, fast besinnungslosen Skalden zu retten und seine Bücherkiste noch dazu? Dafür könnte er sich ruhig mal bedanken. Diese Kiste war ihm schließlich ungemein wichtig, ich hatte den Eindruck, das Schiff mitsamt allen Männern war Skalden-Sturla ebenso egal gewesen wie sein eigenes Leben – Hauptsache, seine Bücher kamen unbeschadet an Land.

Thorvardur und ich wohnten bei Jóan, einem Großbauern in Thórshavn. Sturla bleib nur während der ersten Tage bei uns und zog dann weiter nach Kirkjubaer, wo er von Freunden erwartet wurde. Auf der einen Seite war ich erleichtert, ihn los zu sein, schließlich hatte er ziemlich miese Laune verbreitet. Doch irgendwie vermisste ich ihn auch. Denn eins musste man Sturla lassen: Wenn er in Erzähllaune kam, war er um einiges unterhaltsamer als dieser Thorvardur, dieser staubtrockene Gode aus den Ostfjorden, der keine einzige gute Geschichte kannte. Sturla war nun einmal der beste Geschichtenerzähler von ganz Island, das musste man ihm lassen, vielleicht war er sogar der unterhaltsamste Mensch der Welt. Wenn ich wirklich den ganzen Winter hier ausharren muss, sollte ich schon noch einmal versuchen, mich mit ihm gut zu stellen, irgendwann musste der Kerl sich doch mal wieder einkriegen. Er hat sich einen riesigen Vorrat an Met und Bier angelegt. Bald suche ich mir einen Vorwand, um nach Kirkjubaer zu reisen, und dann werde ich mit ihm trinken.

»Immer redest du von diesem Hrafn Oddsson …«

»Aber das stimmt doch gar nicht, mein Lieber. Ich rede nur ab und zu von ihm. Nur zu besonderen Anlässen! Ach Grímur, du bist echt in Ordnung, ich danke dir, dass ich den Winter über bei dir wohnen kann. Dir ist das Schicksal wohlgesonnen. Schon mein Onkel Snorri hat immer gesagt: Menschsein ist eine große Kunst!«

»Menschsein ist eine große Kunst?«

»Ja. Menschsein ist eine große Kunst.«

»Das hat Snorri Sturluson gesagt?«

»Ja. Der alte Snorri. Ich meine natürlich nicht meinen Sohn Snorri, den Priester am Königshof. Nein, Blödsinn, ich meine den anderen …«

»Ja, Snorri, der berühmte Skalde. Er muss ein guter Mann gewesen sein.«

»Gut? Snorri?! Das würde ich nicht unbedingt sagen. Aber er war auf jeden Fall ein großer Mann, dieser Schweinehund. Es ist eine große Kunst … Tja.«

»Und den König, den kennst du auch, nicht wahr?! Magnus den Gesetzesverbesserer?«

»Ja, den kenne ich allerdings.«

»Und ist der ein guter Mann?«

»Die wollten mich umbringen lassen! Diese Könige. In ihrer angeblich so unermesslichen Güte. Aber dazu wurden sie ja von Hrafn Oddsson angestiftet. Hüüüte dich vor seiner List! Aber ich habe sie auf meine Seite gezogen. Tja, das Menschsein. Das ist eine große Kunst, mein lieber Grímur!«

»Wie hast du das gemacht? Den König auf deine Seite gezogen?«

»Auf die Weise, auf die isländische Skalden die norwegischen Könige schon immer auf ihre Seite gezogen haben: Ich habe ein Lobgedicht auf ihn geschrieben.«

»Und das hat ihm gefallen?«

»Gefallen? Aber klar! Ach, keine Ahnung … Diese Könige finden es doch immer großartig, wenn jemand ein Lobgedicht auf sie schreibt. Aber eigentlich haben sie von Dichtung keinen blassen Schimmer, zumindest nicht König Magnus, der liest doch nur seine Gesetzestexte. Sag mal, haben wir gar nichts mehr zu trinken?«

»Doch, doch, mehr als genug!«

»Ich danke dir für deine Gastfreundschaft, Grímur! Du bist ein feiner Kerl. Menschsein ist eine große Kunst!«

»Du bist echt in Ordnung, Skalden-Sturla.«

»Jaaa. Weißt du, was er zu mir gesagt hat?«

»Snorri Sturluson?«

»Nein, König Magnus! Als ich ihm das Lobgedicht vorgetragen habe?«

»Was denn?«

»Er hat gesagt: ›Ich glaube, er dichtet besser als der Papst!‹ Hahaha!«

»So gut?«

»*Besser als der Papst!* Hahaha! Nun mal ganz ehrlich, mein lieber Grímur: Dichtet der Papst etwa? Dichtet der?«

»Na ja … Was ist denn mit den ganzen Psalmen?«

»Diese Päpste, das sind doch Staatsmänner, die können doch nicht dichten. Wir Sturlungen hingegen, wir dichten alle. Also, fast alle. Mein Vater konnte dichten. Und mein Bruder Ólafur Hvítaskáld ist ein berühmter Skalde. Und dann natürlich Snorri. Sogar Sturla Sighvatsson, Gott habe ihn selig, hat gedichtet. Doch der König nicht. Und der verstorbene Jarl Gissur auch nicht, abgesehen von einigen losen Versen, die er ab und zu hervorgebracht hat. Und erst recht nicht der Papst! Ja, Menschsein ist eine große Kunst! Schenkst du mir bitte nach? Was zum Teufel mache ich hier eigentlich? Mitten in der Nacht auf den Färöer-Inseln. Sturzbesoffen? Du bist schon wirklich in Ordnung, Grímur. Ich hätte nicht übel Lust, dir jetzt sofort eine reinzuhauen!«

»Nein, nein, nein!«

»Neeein! Du bist ja der beste Bauer auf den ganzen Färöer.«

»Und du der größte Skalde aller Nordländer!«

»Jaaa … Kannst du mich nicht nach Island zurückbringen? Ich muss schreiben. Ich muss nach Hause, zu meiner Helga, und dort in Ruhe schreiben!«

»Mein Boot ist viel zu klein. Kannst du nicht hier bei uns schreiben?«

»Da sagst du was … Kannst du mir Kalbshäute auftreiben?«

»Kalbshäute haben wir hier genug.«

»Hmm … Menschsein ist eine große Kunst, mein lieber Grímur! Ich hätte so Lust, dir eine reinzuhauen!«

Und mit diesen Worten erhob sich der Skalde. Er stand nach dem Trinken etwas wackelig auf seinen vom ständigen Sitzen auf Pferderücken krumm gewordenen Beinen und war doch eine imposante Gestalt. Er beugte sich mit gebieterischem Blick über seinen Trinkkumpanen.

»Aber nein!«

»Neeein! Du bist ja der beste Bauer auf den ganzen Färöer.«

»Und du der größte Skalde aller Nordländer!«

»Jaaa … Grímur!«

»Ja?«

»Weißt du, was ich gemacht habe, um am norwegischen Königshof mein Leben zu retten?«

»Ein Lobgedicht verfasst?«

»Ja. Und noch viel mehr als das. Viel mehr! Ich habe nämlich König Håkons gesamte Lebensgeschichte aufgeschrieben! Denn ich wusste, dass sie mich nicht töten würden, solange ich daran schrieb!«

»Es hat doch sicher Spaß gemacht, über Seine Majestät zu schreiben?«

»Spaß?! Spaß. Also jetzt mal ganz unter uns: Von Spaß konnte wirklich überhaupt keine Rede sein. Die haben mich ja die ganze Zeit überwacht! Ich musste alles genau so schreiben, dass es den Mächtigen gefiel. Ich durfte zum Beispiel nichts Gutes über Jarl Skule schreiben, obwohl der ein wirklich guter Freund von meinem Onkel Snorri gewesen ist. Und das nur, weil Jarl Skule einmal versucht hatte, König Håkon zu stürzen. Aber ich durfte natürlich auch nichts Schlechtes über ihn schreiben, weil er der Großvater von König Magnus gewesen ist. Tja. Von Spaß konnte also wirklich nicht die Rede sein, eher im Gegenteil!«

»Und was hast du dann gemacht?«

»Was ich gemacht habe? Ich … Du weißt doch, was ich gemacht habe! Ich habe geschrieben wie der Papst! Ich habe die Lebensgeschichte von Håkon genau so geschrieben, wie der Papst sie geschrieben hätte! Nur besser. Besser als der Papst!«

»Hahaha!«

»Hahaha! Tja. Ich hätte so große Lust, dir jetzt eine reinzuhauen, Grímur!«

»Aber nein!«

»Du bist echt in Ordnung.«

Und mit diesen Worten sank Sturla wieder auf seinen Stuhl zurück. Beide hielten sich an ihren Trinkbechern fest und sahen einander fest in die Augen – so wie es sich für einen hartgesottenen Seefahrer und Großbauern von den Färöer-Inseln und den berühmten Skalden aus Island gehörte.

CECILIA, HAUSHERRIN AUF KIRKJUBAER

Ich gebe es zu, ich war wirklich neugierig auf diesen berühmten isländischen Skalden gewesen. Mein Mann Grímur hatte so viel von ihrer gemeinsamen Zeit in Norwegen erzählt und so oft seine Verse zitiert, natürlich wollte ich ihn unbedingt kennenlernen. Er war hier herzlich willkommen, keine Frage. Aber das versoffene Wrack, das mein Mann dann schließlich anschleppte, war nun wirklich schwer mit all den Lobeshymnen in Einklang zu bringen, die ich über ihn gehört hatte. Dieser Mann hier konnte ja kaum sprechen, so betrunken war er jeden einzelnen Abend gewesen, und diese Abende zogen sich immer bis weit in die Nacht hinein – ich konnte kaum glauben, dass ein so berühmter Skalde so viel zusammenhangloses Zeug faseln konnte. Meinen Mann konnte ich meistens erst dann ins Bett bugsieren, wenn sich die beiden bis zum Erbrechen, ja, fast bis zur Besinnungslosigkeit betrunken hatten. Eines Morgens, als Grímur mal wieder jammernd und hundeelend neben mir aufwachte, sagte ich ihm deshalb, dass ich die Nase endgültig voll hatte. So ging das nicht weiter. Grímur musste sofort mit dem Trinken aufhören und seinen isländischen Freund am besten auch gleich dazu bewegen, dasselbe zu tun. Sonst soffen die beiden sich in diesem Winter noch ins Grab.

Wir hatten nicht viele Worte darüber verloren, und doch sah ich noch am selben Tag, wie Grímur zusammen mit dem isländischen Gast auf den Hofplatz trat, ihm auf ein Pferd half und selbst ein anderes bestieg. Wohin die Reise denn gehen solle, fragte ich.

»Er reist ab«, sagte Grímur, noch immer ganz erschöpft von der durchzechten Nacht. Dann ritten sie los, Grímur vorneweg, der

Skalde hinterher. Ich dachte nicht weiter darüber nach. Nahm einfach an, dass der Isländer den Rest des Winters woanders wohnen wollte, befahl einer der Mägde, sie solle seinen Schlafplatz saubermachen, wobei mir schließlich nichts anderes übrig blieb, als alle Decken, auf denen er gelegen hatte, zu verbrennen. Ich war richtig sauer, nahm mir aber vor, mir nichts anmerken zu lassen. Lüftete, so gut es ging.

Doch Grímur war schon sehr bald wieder zurück. Legte sich mit dem Gesicht zur Wand ins Bett, ohne ein Wort zu sagen. Ich fand das sonderbar, denn das konnte nur bedeuten, dass Skalden-Sturla den größten Teil des Weges ohne ortskundige Begleitung zurücklegen musste. Allein. Und ganz gleich, wohin er unterwegs war, das war keine gute Idee. Er hatte sich ja kaum auf dem Pferd halten können und kannte sich hier überhaupt nicht aus. Ich weckte meinen Mann und fragte, was aus unserem Gast geworden war. Ich hatte inzwischen ein ziemlich schlechtes Gefühl bei der ganzen Sache. Und so erfuhr ich, dass Grímur und Skalden-Sturla sich tatsächlich mitten auf der Hochebene verabschiedet hatten. Und das, obwohl es bereits dunkel geworden war und tödliche Klippen und Felsspalten auf dem Weg des Skalden lagen. Ich zögerte keinen Moment. Befahl allen Frauen und Männern auf unserem Hof, sich unverzüglich auf den Weg zu machen und nach ihm zu suchen. Auch ich ritt los, nur Grímur blieb zurück, zusammen mit den Alten und Kindern und mit dem Bischof. So weit kommt es noch, dass die Färöer ihre Gäste in hilflosem Zustand in die Wildnis ziehen lassen! Wir waren schließlich in allen nordischen Ländern für unsere Gastfreundschaft bekannt. Und mit Gottes Hilfe fanden wir den isländischen Skalden glücklicherweise bald. Er hatte sich einfach in eine Senke gelegt und war ganz nass vom Regen, kalt musste ihm auch gewesen sein. Und trotzdem wehrte er sich vehement dagegen, dass wir ihn mitnahmen. Ich ließ ihn in Decken wickeln und auf unseren Hof zurückbringen, er bekam trockene Kleider und wir versuchten, ihm etwas heiße Schafsmilch einzuflößen, doch er zitterte noch immer am ganzen Körper.

Solche Gelage, wie die beiden sie veranstaltet hatten, machten Männer nicht nur schwach und unerträglich, sondern auch dumm. Das hatte Grímur mit seiner unheilvollen Tat deutlich bewiesen. Mein eigener Mann hätte fast unseren Gast umgebracht.

SKALDEN-STURLA

Ein unendliches Schlachtfeld. Überall lodern Feuer, sogar der Himmel brennt, und trotzdem ist mir eiskalt, Angst überall, überall Geschrei. Klaengur, mein Schwurbruder, ich kann ihn sehen. Wir versuchen zu entkommen, wir müssen hier weg, doch er, mein Schwurbruder, hat keinen Kopf mehr – dabei habe ich doch geschworen, auf ihn aufzupassen! Nun hast du dein Seelenheil verwirkt, Skalden-Sturla! Ich muss weg, weg von diesem Geschrei und dem Krächzen der aasfressenden Vögel, aber Klaengur muss mitkommen. Ich halte seinen Kopf, weiße Fetzen hängen hinab, und irgendwann ist es so weit, wir kommen endlich davon. Er hält meine Hand, und dann schrecke ich hoch, mein Schwurbruder Klaengur hält meine Hand noch immer fest umschlossen, und nun hat er auch wieder einen Kopf, ich will ihn umarmen und weine laut vor Freude, doch plötzlich bemerke ich, dass dieser ein ganz anderer Kopf ist. Der Kopf von Bauer Grímur von den Färöer-Inseln.

Ich darf bloß nicht wieder einschlafen, dann kehrt der Albtraum zurück. Also versuche ich, etwas aus dem Becher zu trinken, den Grímur mir reicht, ich darf nicht wieder einschlafen, sonst lande ich wieder in diesem Albtraum oder gleich im Totenreich. Wenn ich dort nicht gerade schon gewesen bin – an dem Ort, an dem die Verdammten ihr Ende finden.

Ich versuche, mich an meine Gebete zu erinnern. *Sancta Maria, mater domini nostri Jesu Christi*, hat Snorris Sohn Óraekja gesungen, als sie ihn in die Höhle Surtshellir geführt haben, um ihn dort zu foltern, aber daran will ich jetzt nicht denken, an diese Höhle, die ist ja wie das Totenreich selbst. Ich versuche mir vorzustellen, ich wäre in einer Kirche, doch auch das ist keine gute Idee, denn ich muss sofort an die Kirche denken, in die ich nach der Schlacht von Örlygsstadir geflohen bin, aus der mein treuer Schwurbruder Klaengur mich gerettet hat. Und an die Kirche in Reykholt, in der ich einige Jahre später gewesen bin, als ich das Leben meines Schwurbruders *nicht* gerettet habe. Ich kann nicht wachen und nicht schlafen und nicht trinken; das Fieber brennt so heiß, mein Körper ist so kalt. Grímur, nimm meine Hand …

GRÍMUR, GROSSBAUER AUF KIRKJUBAER

Ich dachte wirklich, er würde sterben. Daran würde man mir natürlich die Schuld geben, und das vollkommen zu Recht. Andere würden vielleicht schlecht über mich reden, das war mir egal, aber meine eigene Feigheit – die hätte ich mir niemals verziehen, hätte mir nie verziehen, diesen großen Mann und Gelehrten in den Tod hinausgejagt zu haben, meinen Freund, der sich aus Seenot in mein Haus gerettet hatte. Der Gedanke an diese unverzeihliche Schuld setzte mir so zu, dass ich Tag und Nacht an seinem Bett wachte und ihm den Schweiß von der Stirn wischte. Er jammerte, zitterte, rief Namen. Einen Namen. Wälzte sich hin und her. Irgendeine Sache schien ihm Höllenqualen zu bereiten, zog ihn immer tiefer hinein in einen furchtbaren Fieberwahn, und doch starb er nicht. Schon bald spürte ich, wie das Fieber sank, wie er ruhiger atmete, seine Haut wieder Farbe annahm. Ich weinte fast vor Freude!

Skalden-Sturla erholte sich zusehends. Einige Abende später saßen wir zum ersten Mal wieder im großen Wohnraum unseres Hofes. Ich hatte ihn aufgesetzt, er hatte gegessen, konnte sprechen und sogar lächeln, auch wenn er natürlich noch sehr erschöpft war, genauso wie ich auch. Ich wusste, dass ihm etwas auf dem Herzen lag, und fragte ihn nach diesem Klaengur, dessen Name er in seinem Fieberwahn so oft gerufen hatte. Ich bot ihm an, den Priester zu holen oder meinetwegen auch gleich den Bischof, falls er sein Gewissen erleichtern wollte. Skalden-Sturla dachte darüber nach und fragte schließlich, ob er mir nicht lieber die

Geschichte von seinem Schwurbruder Klaengur erzählen solle. Sie könnte allerdings die ganze Nacht dauern, denn es war auch die Geschichte seiner eigenen Kindheit, die damit geendet hatte, dass in Island ein furchtbarer Bürgerkrieg begann, in dem alle diejenigen im Stich gelassen und verraten hatten, die sie am allerwenigsten hätten verraten dürfen.

Wir saßen die ganze Nacht zusammen. Und Sturla erzählte.

KINDHEITSJAHRE

Dass aus Sturla ein Skalde geworden war, war nicht nur das Verdienst seines berühmten Lehrmeisters Snorri Sturluson gewesen – seiner Großmutter Gudný hatte Sturla mindestens genauso viel zu verdanken. Sie war es schließlich gewesen, die Sturla zum ersten Mal nach Reykholt gebracht hatte, als ihr Sohn Snorri gerade im Ausland unterwegs gewesen war und sie in seiner Abwesenheit den Hof führen sollte. Sturla war damals erst vier Jahre alt.

Großmütter waren in Island schon immer der Ursprung aller Dichtkunst gewesen, das zeigt sich schon daran, dass das Wort *Edda* nicht nur der Titel von zwei bedeutenden isländischen Büchern ist, sondern auf Altnordisch auch *Urgroßmutter* heißt.

Großmutter Gudný konnte zwar nicht schreiben, aber sie konnte unendlich viele Geschichten erzählen. Sie erinnerte sich an alles, was sie in ihrem langen Leben jemals gehört und gesehen hatte. Und sie hatte ihren kleinen Enkel sofort ins Herz geschlossen, vielleicht weil er denselben Namen trug wie ihr verstorbener Mann: Sturla. Zumindest hatte sie oft gesagt, wie ähnlich der kleine Sturla seinem gleichnamigen Großvater doch sei, der wohl der beste Geschichtenerzähler gewesen war, der je auf Island gelebt hatte. Wenn der alte Sturla sprach, konnte sich niemand dem Zauber seiner Geschichten entziehen. Alle hörten zu. Doch nicht nur er konnte alles zu einer Geschichte machen – auch seine Frau konnte das. Sie konnte erzählen, was genau sich während der Besiedlung von Island ereignet hatte, was die ersten Siedler erlebt und getan hatten, die Guten wie die Bösen. Sie konnte von allen

Wundern und Merkwürdigkeiten erzählen, die sich in dieser fernen Zeit zugetragen hatten, und wusste alles über die Leute aus dem Laxár-Tal, über Ólafur Pfau, die schöne Gudrún Ósvífursdóttir und die vielen anderen. Sturla und seine Brüder taten nichts lieber, als ihrer Oma zuzuhören, wenn sie von ihrem Vorfahr, dem Goden Snorri, erzählte, zum Beispiel die Geschichte, wie die Gebeine des Goden viele Jahre nach seinem Tod von dem alten Friedhof in Saelingsdalstunga in die neu gebaute Kirche überführt worden waren, was Großmutter Gudný als Kind selbst erlebt hatte: Der Gode Snorri war ein weiser, wortgewandter Mann gewesen und mit einem derart langen glücklichen Leben gesegnet, dass die Leute völlig erstaunt waren, als sie nun seine Gebeine sahen: Da hatte dieser berühmte Mann doch wirklich ganz gewöhnliche Knochen, so wie jeder andere auch.

Der Gode Snorri hatte einen Sohn namens Halldór. Er wohnte im Laxár-Tal, und von diesem Halldór stammen die Sturlungen ab. Und auf ihn geht angeblich auch die dichterische Begabung der Sturlungen zurück: Er hatte zwar nie viel gesagt, aber das, was er sagte, klang jedes Mal, als hätte er es gedichtet. Er fuhr an den norwegischen Königshof, überwarf sich aber schon bald mit dem König und kehrte nach Island zurück. Der norwegische König schickte ihm ein Friedensangebot hinterher und wollte ihn zum höchsten Mann von ganz Island machen, doch sagte der Urvater der Sturlungen dazu nur: »Das macht er doch nur, um mich gleich danach an den höchsten Galgen zu hängen.«

Seitdem trugen viele Sturlungen den Namen Snorri, den Namen des alten Goden – so auch der berühmte Snorri Sturluson.

Oma Gudný war sehr reich, und als ihr Ehemann starb, war sie noch immer im besten Alter. Sie lebte als Witwe mit dem starken Ari zusammen, mit dem sie sogar ins Ausland reiste, von wo sie viele Geschichten für ihre Enkel mitbrachte, unter anderem die Geschichte davon, wie der starke Ari in Norwegen starb: Er hatte einigen Norwegern dabei geholfen, einen Mast zu tragen, der so schwer war, dass ihn nur sehr viele Männer zusammen hatten tragen können. Da die Norweger jedoch herausfinden wollten, ob der starke Ari wirklich so viel Kraft hatte, wie immer behauptet wurde, liefen sie alle gleichzeitig davon und ließen Ari mit dem Mast auf der Schulter zurück. Er knickte nicht ein und hielt den Mast, doch das schadete ihm so sehr, dass er wenig später starb.

Oma Gudný starb, als Skalden-Sturla erst sieben Jahre alt war, doch sie hatte ihn zu ihrem Erben gemacht.

Snorri Sturluson nahm dieses Erbe in Verwahrung.

Nun war es jedoch so, dass Snorri nie wieder hergeben wollte, was ihm einmal gehörte. Als Skalden-Sturla schließlich erwachsen geworden war und zusammen mit seinem Vater Thórdur, Snorris Bruder, sein Erbe einforderte, wich Snorri aus. Er sah sich nicht in der Lage, irgendetwas herauszugeben, und behauptete, das Erbe von Gudný gehöre eigentlich ihm, schließlich habe Gudný seinen rechtmäßigen Teil des Erbes auf ihren Vergnügungsreisen mit dem starken Ari verschwendet.

Das führte zum Zerwürfnis zwischen den Brüdern, wenn sie auch trotzdem ihren Feinden gegenüber zusammenhielten. Der Streit hielt an, solange sie lebten oder, genauer gesagt, bis Snorri genau seine Geldgier zum Verhängnis werden sollte, seine Unfähigkeit, etwas wieder herzugeben, was eigentlich nicht ihm, sondern seinen engsten Verwandten gehörte.

REYKHOLT ZU DEN KINDERTAGEN DES SKALDEN

Nicht allen war es gegeben, die Kunst zu beherrschen, Geschichten mit Buchstaben auf Kalbshäuten zu erzählen. Die Lateingelehrten in den Klöstern waren dazu fähig und natürlich auch die alten Weisen, wie der Alte Ari und der Gelehrte Saemundur, der die Lateinschule in Oddi gegründet hatte, wo der junge Snorri Sturluson alles lernen sollte, was er brauchte, um ein großer Skalde zu werden.

Später gründete Snorri selbst eine Dichterschule. Er holte begabte junge Männer zu sich nach Reykholt und unterwies sie im Schreiben. Einer von ihnen war der junge Skalden-Sturla gewesen. Anfangs war er kaum mehr als ein Kind gewesen, nicht älter als fünf oder sechs Jahre, doch versuchte er schon, möglichst viel Zeit in der Schreibstube bei Snorri und seinen vier, fünf Schülern und Gehilfen zu verbringen. Kinder hatten in der Schreibstube eigentlich nichts zu suchen, und wenn Sturla dort herumgetobt oder sich sonst irgendwie schlecht benommen hätte, wäre er sofort rausgeflogen, also hielt der Junge sich abseits und sah mit großen Augen zu, was die anderen taten. Er lauschte voller Bewunderung den Gesprächen der Erwachsenen und zerbrach sich den Kopf über die sonderbaren Worte und wichtigen Männer, die in ihren Gesprächen vorkamen. Ansonsten hielt der kleine Sturla sich meistens in der Nähe seiner Großmutter Gudný auf, die ihm die Mutter ersetzte und nicht nur liebevoll war, sondern ebenso humorvoll und klug. Gudný verfügte, wie gesagt, über einen riesigen Schatz an Geschichten aus vergangenen Tagen, von ihr lernte der junge Skalde, dass man nie früh genug anfangen konnte, sich besondere Menschen zu merken und besondere Formulierungen einzuprägen.

Als Sturla nach ein paar Jahren auf Reykholt für eine Zeit lang auf seinen Heimathof zurückkehrte, war es fast so, als würde sein Vater den unehelichen Sohn zum ersten Mal richtig wahrnehmen. Er sah ihn aufmerksam an, wenn er redete, und hörte ihm zu. Einmal, als das ganze Haus voller Besuch war, hörte Sturla seinen Vater vor all diesen Leuten sagen: »Der Junge, der erinnert sich nicht nur an alles, was man ihm sagt. Er kann auch gut davon erzählen – wie mein Bruder Snorri!«

Auch nachdem Sturlas Großmutter gestorben war, verbrachte er die Wintermonate weiterhin bei Snorri auf Reykholt und lernte alles, was auch die jungen Männer lernten, die Priester werden sollten. Die Sommer verbrachte er bei seinem Vater auf Snaefellsnes und half auf dem Hof mit. Eines Sommers besuchte ein berühmter Geistlicher Sturlas Heimathof, der von niemand anderem geschickt worden war als von dem heiligen Bischof Gudmundur dem Guten. Und nachdem Sturlas Vater den Geistlichen in einen kleinen Raum gebeten hatte, wo sie ungestört miteinander reden konnten, rief er seinen Sohn Sturla hinzu und sagte ihm, er solle an der offenen Tür stehen bleiben und zuhören. Ein solch wichtiges Gespräch musste jemand mithören, der sich später gut daran erinnern würde. Und als der junge Skalden-Sturla noch am selben Abend das Gespräch auf eine Kalbshaut niederschrieb und sich an viel mehr erinnerte als sein Vater, bat Thórdur seinen Bruder Snorri darum, Sturla endgültig bei sich aufzunehmen, um aus ihm einen Skaldendichter und Geschichtsschreiber zu machen. So kehrte Sturla nach dem Ende dieses Sommers als vollgültiger Lehrling in die Schreibstube von Reykholt zurück, als jüngster Mann, dem je diese Ehre zuteilgeworden war.

Sturlas großer Bruder Ólafur, der später als Ólafur Hvítaskáld in allen Nordländern bekannt sein sollte, war damals bereits als Lehrling auf Reykholt. Er war drei Jahre älter als Sturla, und Snorri hielt so viel von ihm, dass Ólafur ihm sogar bei der Niederschrift der Prosa-Edda helfen durfte.

Sturla hingegen musste am Anfang Kalbshäute reinigen, Schreibgeräte anspitzen und Tinte rühren – auch das waren verantwortungsvolle Tätigkeiten. Und sonst sollte er zuhören, wenn die älteren Männer abends miteinander sprachen. Snorri Sturluson war immer freundlich und gut gelaunt, Sturlas Bruder Ólafur erlaubte er sogar schon, an den Gesprächen der älteren Gelehrten teilzunehmen.

Unter den Lehrlingen waren auch Snorris Stiefsöhne vertreten, die seine Frau Hallveig aus einer früheren Verbindung mit in die Ehe gebracht hatte: Ormur und Klaengur Bjarnarson. Klaengur und Sturla waren fast gleich alt und wurden sofort Freunde, später sogar Schwurbrüder.

Auf Reykholt war fast alles bedeutender als anderswo in Island. Allein schon all die großen Gebäude! Wo gab es in Island sonst Häuser mit Dachböden und Kellern? Reykholt war fast schon eine kleine Stadt, mit großen und kleinen Gebäuden, die durch unterirdische Gänge miteinander verbunden waren, geschützt hinter einem befestigten Wall. Es gab sogar fließendes heißes Wasser, es gab Räume, die immer warm waren, und man musste sie nicht einmal heizen, man leitete einfach heißes Thermalwasser hinein. Snorri hatte sogar ein richtiges Brauhaus mit Steinfußboden und großen Holzbottichen. Dorthin ließ er heißen Dampf aus den Quellen leiten, die überall in der Nähe zu finden waren, sodass die Luft dort immer angenehm warm und feucht war, weswegen dort wohl auch das beste Bier von ganz Island gebraut wurde, aus Getreide, das direkt vor Ort wuchs und gemälzt wurde. Und dieses Bier brauchten sie auch, für die opulenten Feste, die auf Reykholt gefeiert wurden. Überall hatten die Leute Arbeit. In der Landwirtschaft, als Wachen, als Boten des berühmten Snorri. Und dann natürlich in der Schreibstube. Die Hauswirtschaft führte Hallveig, eine prächtige, ehrfurchteinflößende Frau. Alle achteten sie und gehorchten ihr ohne Widerrede, sogar Snorri selbst. Doch auch er hatte auf alles ein Auge, überwachte Arbeiten und Bautätigkeiten, reiste in seinem Bezirk und anderen Landesteilen umher. Und er beaufsichtigte natürlich auch die Arbeit in der Schreibstube, unterrichtete seine Lehrlinge, wann immer er Zeit fand: Snorri lehrte sie Metrik, Stil- und Verskunde, zeigte ihnen, wie man schöne Sprachbilder schuf und eine gute Geschichte begann, wie man Menschen beschrieb und wann in einer Geschichte der richtige Zeitpunkt dafür gekommen war, dies zu tun. Er schärfte ihnen ein, nie eine Geschichte zu beginnen, von der man nicht wusste, wie sie enden sollte, sorgte dafür, dass alle die Grammatik beherrschten und anständig Latein konnten, denn er wollte, dass jeder seiner Lehrlinge die Bücher in seiner Bibliothek lesen konnte. Außerdem ließ Snorri sie Schreibübungen auf rußgeschwärzten Glasscherben und Wachstafeln machen, besprach die Übungen mit großer Geduld, korrigierte und wies auf wenig Gelungenes hin – nur mit Lob geizte er. Er las ihnen aus seinen Werken vor und begründete, warum er eine Geschichte so erzählt hatte und nicht anders, wobei natürlich alle sehr viel lernten, denn er las großartige Werke vor, zum Beispiel seine *Saga von Egill*, über den berüchtigten Krieger aus Borg, der gleichzeitig ein großer Skalde war.

Die erfahrensten Lehrlinge durften mit Snorri zusammenarbeiten. Sie standen an den Pulten und schrieben für ihn, arbeiteten aber auch an eigenen Werken, wobei sie dann meist über Menschen oder Ereignisse schrieben, die Snorri für wichtig oder spannend hielt. Dann besprach er sich morgens mit seinen Gehilfen, ließ sie berichten, was sie an diesem Tag schreiben wollten, und machte dazu Vorschläge und gab Ratschläge, die die Texte immer verbesserten, darin war er ein echtes Genie.

Snorri war mittelgroß, genauso wie alle seine Brüder bei guter Gesundheit und etwas dicklich von dem angenehmen Leben, das er auf Reykholt führte. Er aß, trank und feierte gern, brauchte allerdings oft lange, um sich von einem der großen Gelage zu erholen. Tagelang blieb er dann manchmal verschwunden und es hieß, er liege krank im Bett. Besonders faszinierten ihn sein Leben lang Verbannte und Gesetzlose – Männer, die nach dem Urteil des Althings nicht mehr unter anderen Menschen leben durften, von jedem straffrei getötet werden konnten und daher gezwungen waren, in die Wildnis zu gehen. Snorri weckte auch in seinen Schülern das Interesse für diese Männer, zum Beispiel für Gísli Súrsson und Grettir Ásmundarson. Es war in der Tat Snorri, der Skalden-Sturla vorgeschlagen hatte, sich mit der Geschichte des gesetzlosen Grettir zu beschäftigen, die ihn dann so lange begleiten sollte. Natürlich hatte Sturla schon vorher von dem berühmten gesetzlosen Grettir gehört, alle isländischen Kinder hatten das getan. Aber es wäre ihm nie in den Sinn gekommen, dass er über diesen großen Mann einmal eine ganze Saga schreiben würde.

Als Sturla zum ersten Mal nach Reykholt kam, war er wie gesagt noch ein Kind gewesen. Er spielte mit Muscheln und hing am Rockzipfel seiner Oma. Doch als er später als Lehrling zurückkam, merkte er schnell, dass er sich durchaus mit den anderen Gehilfen messen konnte. Er wusste, dass er mindestens so gut sein würde wie sie: Sein Schwurbruder Klaengur verspürte gar keine große Lust, sich mit den anderen in der Kunst des Erzählens zu messen, das war nicht seine Sache, er konzentrierte sich lieber auf kirchliche Texte, Psalmen und Predigten. Und die anderen, zum Beispiel Styrmir Kárason, der kein Lehrling mehr war, sondern vielmehr Snorris rechte Hand, waren schon ziemlich alt. Styrmir arbeitete langsam, sehr gewissenhaft, und doch schrieb er nie so lebhaft und glanzvoll wie Snorri – genau wie dieser wollte Sturla einmal schreiben können. Immer wenn Styrmir Kárason den anderen aus seinen Entwürfen vorlas, merkte Sturla, dass er das um einiges besser erzählen könnte. Und dann war da noch der bereits erwähnte Ólafur Hvítaskáld, Sturlas Bruder. Der war wirklich gut. Snorri Sturluson schlug den Brüdern oft vor, Sagas über die Geschichte ihrer Familie zu schreiben, über ihre Vorfahren, die die Gegend am Breiten Fjord besiedelt hatten, und bald machte Sturla sich daran, wirklich über einen ihrer berühmten Vorfahren zu schreiben: über den Goden Snorri. Ólafur Hvítaskáld verließ wenig später das Land, gelangte als Hofskalde an den nordischen Königshöfen zu großem Ruhm und schrieb unter anderem eine große Geschichte der Dänenkönige. Er kam erst zwanzig Jahre später nach Hause zurück, befolgte dann aber sofort den Rat, den Snorri ihm während seiner Lehrzeit gegeben hatte, und schrieb die Geschichte der anderen großen Vorfahren seiner Familie aus dem Breiten Fjord auf, die Geschichte von Audur der Tiefsinnigen und ihren Nachfahren wie Ólafur Pfau zum Beispiel oder der schönen Gudrún Ósvífursdóttir.

Als Skalden-Sturla von diesem Vorhaben erfahren hatte, war er ein wenig enttäuscht gewesen. Auch er hatte diese Geschichte erzählen wollen. In Wirklichkeit hatte er vor langer Zeit sogar schon einmal damit begonnen, hatte den Anfang einer Geschichte geschrieben, die mit der Landnahme durch Audur die Tiefsinnige begann und dann von ihren Nachkommen und deren Lebenskampf erzählte – und doch war er nie weit gekommen, weil sein eigener Überlebenskampf ihn zu sehr beschäftigt hatte. Er hatte sogar schon einigen Leuten aus der Familie, seiner Frau, seinen Freunden und zu allem Überfluss auch einem so wichtigen Mann wie Kakali erzählt, dass er über diese Vorfahren schrieb. Und dann kam auf einmal sein weltmännischer Bruder Ólafur aus Norwegen zurück und hatte in Windeseile in die Tat umgesetzt, was er sich vorgenommen hatte. Das war für Sturla ein schwerer Schlag, hatte er doch sowieso schon immer das Gefühl, dass andere Skalden, die sich klugerweise aus allen Kriegen und Konflikten heraushielten, ihm zuvorkamen und die Geschichten, die ihm unter den Nägeln brannten, bereits aufgeschrieben hatten, während er monatelang im Land unterwegs sein musste, weil er sich in alle möglichen Streitigkeiten eingemischt hatte. Dabei gab es doch auf der Erde nichts Höheres als Geschichten über die großen Schicksale der Menschen auf Kalbshäute zu bringen. So gingen also die Jahre ins Land, und als Sturla auf die sechzig zuging, wurde der Gedanke immer unerträglicher, dass seine Zeit auf Erden nicht unendlich war.

Es gab noch etwas anderes, das ihn verwirrte: Sturla hatte immer gedacht, dass niemand in Island so gut schreiben kann, dass er es mit Snorri Sturluson aufnehmen könnte – einmal abgesehen von ihm selbst natürlich. Doch nun musste er sich eingestehen, dass die *Saga von den Leuten im Laxár-Tal*, die sein Bruder Ólafur Hvítaskáld geschaffen hatte, einfach genial war. Er hätte sie nur etwas anders erzählt, die Menschen anders beschrieben, sich mehr Humor erlaubt und weniger Feierlichkeit. Doch das sagte er natürlich niemandem, das hätte ja geklungen, als wäre er neidisch – nur mit seinem Gehilfen Thórdur Narfason sprach er darüber. Dieser liebte die *Saga von den Leuten aus dem Laxár-Tal* mehr als jede andere, wahrscheinlich gerade weil sie in so einem feierlichen Ton geschrieben war, das klang wie diese Ritterromane, die in der letzten Zeit immer häufiger vom europäischen Kontinent nach Island kamen. Doch gerade dieses ritterliche Getue fand Sturla übertrieben – er begriff nicht, warum sich jetzt hierzulande alle darin überboten, Geschichten des Ritters Parsifal abzuschreiben oder von Leuten, die einen Heiligen Gral suchten oder mit Lindwürmern kämpften und versuchten, mit Balladen die reine Liebe keuscher Witwen zu gewinnen – doch sein Gehilfe verschlang diese Bücher geradezu, las sie bis tief in die Nacht hinein, und als er diese Geschichten später ins Nordische übertrug, konnte er sie zu einem erstaunlich hohen Preis verkaufen.

Von den vielen Erinnerungen, die Skalden-Sturla an seine Lehrjahre auf Reykholt hatte, war ihm eine ganz besonders lebhaft im Gedächtnis geblieben: ein Besuch von Snorris Sohn. Óraekja.

Er war ungefähr zehn Jahre älter als Sturla. Sturla hatte Óraekja als Kind eigentlich immer gemocht, doch nun hatte er gehört, dass er seinem Vater Snorri einige Sorgen bereitete, denn er trank übermäßig viel. Als Sturla die älteren Gehilfen nach Óraekja fragte, grinsten die nur und sagten, dass es so schlimm nun auch wieder nicht sei. Óraekja mochte zwar ein sehr unartiges Kind gewesen sein, doch Snorri nehme sich die Sache viel zu sehr zu Herzen. Warum vertraute Snorri nicht darauf, dass sich alles finden werde, so wie bei Egill Skallagrímsson, der sei schließlich auch ein furchtbar aufsässiges Kind gewesen und ist dann immerhin der größte Skalde aller Nordländer geworden. Snorri hatte die *Saga von Egill* doch selbst aufgeschrieben. Der gute Junge würde sich schon zurechtwachsen. Na gut, Óraekja war inzwischen schon fast dreißig, aber waren nicht viele gute Männer etwas später dran und erwiesen sich doch als tauglich, wenn es darauf ankam? Doch Snorri sah das offenbar anders. Skalden-Sturla hatte bald bemerkt, dass es Snorri unangenehm war, wenn man über seinen Sohn sprach. Er wurde ganz finster und versuchte, das Gespräch abzubrechen.

An dem Tag, an dem Óraekja zu Besuch gekommen war, ging es im ohnehin schon lebhaften Reykholt besonders wild zu. Er hatte nämlich ziemlich illustre Begleiter dabei – allen voran die Dufgus-Söhne, die eher Riesen ähnelten als Menschen. Óraekja und seine Begleiter saßen schon mit Snorri in der großen Halle von Reykholt und unterhielten sich, als Sturla hinzukam. Óraekja warf Sturla einen Blick zu, sah ihn mit seinen flinken, strahlenden Augen an, konnte ihn aber wohl nicht gleich einordnen, sodass Snorri seinen Neffen vorstellte und ihm gegenüber von Sturla als einem »angehenden Skalden« sprach, woraufhin Sturla ganz weiche Knie bekam. Óraekja stand auf, umarmte Sturla mit großer Herzlichkeit, und die Dufgus-Söhne taten es ihm nach. Die waren wirklich unglaublich. Es waren insgesamt vier: Svarthöfdi, der bärtige Kolbeinn, Björn Brocken und einer, der Björn Kaegill hieß – alle vier schauten Sturla freundlich an, was in einem gewissen Widerspruch zu ihren grobschlächtigen, zerfurchten Gesichtern stand.

Den tiefsten Eindruck auf Sturla machte allerdings Óraekja selbst. Er redete viel und laut und lachte ständig. Es gab Männer, die vor lauter Lachen kaum ein Wort hervorbrachten, Óraekja hingegen konnte lachen und sprechen zur selben Zeit, das Lachen schwang in seinen Worten immer mit. In seinem ganzen Leben sollte Sturla nur einen Mann kennenlernen, der ähnlich laut und lebenslustig war, und das war Kakali. Den sollte Sturla allerdings erst zehn Jahre später richtig kennenlernen, nachdem Kakali aus Norwegen zurück nach Island gekommen war, um sich gegen Gissur und Kolbeinn den Jungen zu erheben, die seinen Vater und seine Brüder umgebracht hatten.

Man konnte sich kaum vorstellen, dass dieser Óraekja, so wie Sturla ihn hier auf Reykholt erlebte, irgendwo ernsthaften Ärger machen konnte. Óraekja umgab eine herzensgute Lebensfreude, die sich auf alle übertrug, die in seiner Nähe waren, sodass an den Abenden nicht nur Snorri, sondern auch die Lehrlinge und Gehilfen gern mit Óraekja und seinen Begleitern zusammensaßen. Sogar Leute, die sonst eher schweigsam waren, beteiligten sich plötzlich am Gespräch, warfen Dinge ein und alle lachten sie gemeinsam. Eines Sonntags spielten alle zusammen, übten Ringen und Saltos, wobei Óraekja so schnell und geschickt war, dass es kaum jemand mit ihm aufnehmen konnte. Er konnte sogar Wände hinauflaufen! Sie standen alle an der steilen Befestigungsmauer, die Reykholt umgab, dann nahm Óraekja Anlauf und rannte die Mauer in Windeseile hinauf, bis die Beine in die Luft flogen, dann machte er einen Salto und kam auf den Füßen wieder zum Stehen. Alle versuchten, ihm das nachzumachen, doch niemandem gelang es. Ein junger Knecht schaffte es zumindest, durch die Luft zu fliegen, doch er landete so übel, dass er kaum aufstehen konnte.

Alle mochten Óraekja. Sogar seine Stiefmutter Hallveig. Wenn sich jemand etwas zurückhaltender zeigte, war das höchstens Klaengur, der Schwurbruder von Skalden-Sturla, der ein leiblicher Sohn von Hallveig und damit Óraekjas Stiefbruder war. Wenn alle anderen über Óraekjas Geschichten lachten, hielt Klaengur sich lieber etwas abseits. Später, als Óraekja wieder fort war und man sich erzählte, er sei zu einer furchtbaren Sauftour aufgebrochen und mache mit seinen trinkfreudigen, streitlustigen Begleitern den Bauern in den Westfjorden das Leben schwer, sagte Klaengur zu Sturla: »Hätten wir etwa noch länger mit diesem Idioten lachen sollen?«

Klaengur war kein Gruppenmensch. Lärm, Gerede, Gelächter – all das war nicht seins. Klaengur war ziemlich dick und träge und hatte ständig das Gefühl, die anderen würden ihn deshalb verhöhnen. Es reichte schon, dass ein paar Leute laut auflachten oder auch nur lächelnd in seine Richtung sahen, schon schämte er sich. Wahrscheinlich hatte er schon allein deswegen Probleme mit Óraekja gehabt. Wahrscheinlich dachte er, dass dieser dauerlachende Hallodri sich die ganze Zeit über ihn lustig machte. Doch wenn Skalden-Sturla mit ihm allein war, war Klaengur wie ausgewechselt. Plötzlich war er höflich und aufmerksam, ja, er war sogar regelrecht gesprächig. Und er hegte eine grenzenlose Bewunderung für seinen Schwurbruder Sturla. Nichts fand er schöner, als zuzuhören, wenn er erzählte – es gab nicht viele Leute auf Reykholt, die Sturla auf diese Art und Weise respektierten, schließlich war er unehelich geboren und mehr durch Zufall hier gelandet, weil seine Oma ihn mitgebracht hatte wie eine Art Gepäckstück.

Thórdur, Sturlas Vater, hatte einen guten Freund aus Kindheitstagen. Dieser Freund, Halldór Oddsson, besuchte Thórdur oft. Halldór war Priester und erzählte gern mit lauter Stimme Geschichten. Der kleine Sturla liebte es, dabei zu sein, wenn sein Vater und Priester Halldór zusammensaßen, und am allerbesten war es, wenn sie von dem starken, gesetzlosen Grettir sprachen, dessen abenteuerliches Leben auf der Klippeninsel Drangey weit draußen im Skagafjord vor vielen Jahren sein Ende gefunden hatte. Sturla hörte mit allen Sinnen zu, und das oft bis spät in die Nacht hinein. Er versuchte, möglichst nicht aufzufallen, sog die Geschichten von Priester Halldór auf und war bald davon überzeugt, dass im Leben nichts wunderbarer oder begehrenswerter sein konnte, als auf diese Weise erzählen zu können.

Und als er nun mit seinem Schwurbruder Klaengur auf Reykholt war – mit diesem schwerfälligen Jungen, der am liebsten nur einen Freund im Leben haben wollte –, probierte Sturla genau das aus: Er erzählte Klaengur dieselben Geschichten, die er als Kind zu Hause von Priester Halldór gehört hatte, vor allem die vom gesetzlosen Grettir und seinem Kampf gegen die übermächtigen Gegner, die ihn aus dieser Welt genauso wie aus dem Jenseits heimsuchten. Einen besseren Zuhörer als Klaengur gab es nicht. Er bat Sturla immer wieder, ihm die Geschichten von Grettir zu erzählen. Und dabei veränderten sich die Geschichten natürlich. Unnötige Wendungen gingen verloren, andere, bessere, nahmen ihren Platz ein – Sturla und Klaengur passten gut zusammen, diese beiden Freunde, von denen der eine nichts lieber tat als zu erzählen und der andere am glücklichsten war, wenn er zuhören durfte.

SCHREIBEN

So wie Skalden-Sturla seinen Weg als Skalde auf Reykholt begann, hatte einst sein Lehrmeister Snorri Sturluson in der Lateinschule Oddi in Südisland begonnen. Und nun dachte Thórdur Narfason, Skalden-Sturlas unermüdlicher Lehrling und Gehilfe, dass auch er ein großer Skalde würde, wenn er nur bei einem in die Lehre ging. Dann konnte eigentlich gar nichts schiefgehen, er musste nur durchhalten und fleißig sein, dann würde auch er einmal für seine Dichtkunst bewundert werden – ganz wie sein Lehrmeister Skalden-Sturla und dessen berühmter Onkel Snorri. Dabei hatte Thórdur Narfason allerdings vergessen, dass Skalden-Sturla bei Snorri einer von vielen Lehrlingen gewesen war und dass er, Thórdur, auch nicht der einzige Lehrling von Sturla war. Und nur aus den wenigsten Lehrlingen wurden schließlich Dichter von Format. So stellte sich im Laufe der Jahre heraus, dass Thórdur Narfason, egal, wie viel er studierte, schrieb und arbeitete, kaum je etwas zustande brachte, von dem er nicht selbst sofort wusste, dass es kaum an die alltäglichsten Texte seiner Vorbilder heranreichte.

Viel später, mehr als zwanzig Jahre nachdem Skalden-Sturla von dieser Welt gegangen war, sollte sich Thórdur Narfason noch einmal mit den Sagas seines großen Lehrmeisters beschäftigen, indem er sie neu zusammensetzte: Er nahm Teile aus Sturlas Büchern heraus und fügte stattdessen Passagen ein, die er in anderen Büchern gelesen hatte und die ihm passend erschienen. Manchmal dachte er sich auch selbst etwas aus, das zwar nicht ganz gelungen war, aber immer von einem großen Respekt zeugte – er war offenbar fest davon überzeugt, das Werk seines verstorbenen Lehrmeisters damit zu verbessern. So fügte er in die *Saga von Grettir* alle möglichen Anmerkungen ein, die angeblich die Ansichten seines Lehrmeisters Skalden-Sturla wiedergaben, den er den *Gesetzessprecher Sturla Thórdarson* nannte. In der Episode, in der der gesetzlose Grettir bei einem Kampf seinen Speer verliert, fügte Thórdur Narfason später hinzu:

Der Speer, den Grettir verloren hatte, fand sich erst zu einer Zeit wieder, die die Leute noch erinnern, die heute leben. Kurz bevor der Gesetzessprecher Sturla Thórdarson starb, fand man den Speer auf einer Sumpfwiese, und heute nennt man diese Wiese Speermoor.

Wahrscheinlich wollte der Lehrling mit diesen Erläuterungen die oft unglaublichen Geschichten seines Meisters glaubwürdiger erscheinen lassen. Außerdem erweiterte er den Horizont der Saga dadurch, dass er Grettirs Halbbruder schließlich nach Konstantinopel reisen ließ, um dort seinen berühmten Bruder zu rächen – und um dann eine ebenso vornehme wie langbeinige Witwe kennenzulernen, eine Dame, wie sie in den Ritterromanen vorkommt, die Thórdur Narfason Zeit seines Lebens so gern gelesen hatte. Solche Stoffe wob er in die Geschichten seines Lehrmeisters ein, wobei nicht erwiesen ist, ob das dem Meister selbst als echte Verbesserung erschienen wäre.

Doch darüber sollten wir hier nicht zu viele Worte verlieren.

Denn all das war erst sehr viel später passiert als das, woran wir uns hier erinnern …

KLAENGUR BJARNARSON

Es war ein schöner Frühling. Obwohl der nichts Gutes mit sich brachte. Wenn ich heute an diesen Frühling zurückdenke, wird mir erst richtig bewusst, dass da immer etwas in der Luft gelegen hatte – etwas Unheilvolles, das niemand genau benennen konnte. Und doch war es da, immer, trotz des milden, windstillen Wetters.

Ich kann all das nicht besser erklären, ich verstehe es ja selbst nicht.

Ich spreche vom Frühling des Jahres 1238, als mein Onkel Gissur mich gebeten hatte, ihn zum Apavatn zu begleiten, wo er mit Sturla Sighvatsson eine Kleinigkeit besprechen wollte. Ich war zu diesem Zeitpunkt gerade erst wieder nach Südisland gezogen, nachdem ich einige Jahre auf Reykholt bei meinem Ziehvater Snorri und meiner Mutter Hallveig verbracht hatte. Manchmal vermisste ich meine Mutter und die Herzenswärme, die sie in Reykholt verbreitete, und ebenso vermisste ich Sturla, meinen Schwurbruder. Doch lebte er ja nun auch nicht mehr auf Reykholt. Er hatte geheiratet und sich auf dem Land seines Vaters in den westlichen Tälern niedergelassen. Wenn Reisende von dort zu uns kamen, ließ er mir immer Botschaften ausrichten, manchmal brachten sie mir sogar ein kleines Stück Kalbshaut mit einem schriftlichen Gruß von ihm mit, und selbst in diesen kleinen Botschaften spürte ich, wie sehr auch er mich vermisste – alles, was er schrieb, war wunderschön und sehr warmherzig zugleich. Einmal ließ er mir ausrichten, er arbeite an einem Buch über seine Vorfahren im Laxár-Tal.

Doch ich will ja von diesem merkwürdigen Frühjahr sprechen. Der Schnee war noch vor Ostern verschwunden, die Wiesen begannen zu grünen, und das Vieh fand viel früher wieder Futter als in jedem anderen Jahr, sodass eigentlich alles in bester Ordnung war.

Und doch war alles irgendwie sonderbar, denn diese Wärme, die über dem Land lag – sie hatte eine seltsame Stille mitgebracht.

Kein Wind wehte. Kein Bach plätscherte. Nicht einmal an Vogelgesang erinnere ich mich. Als hätte die Welt den Atem angehalten.

In diesem Frühling sollte ich wie gesagt mit meinem Onkel Gissur zum Apavatn reiten. Gissur hatte eigentlich nur aus alter Gewohnheit beschlossen, überhaupt einige Männer mitzunehmen, und bat mich, dabei zu sein, was mir natürlich eine Ehre war. Ich fühlte mich zwar eigentlich in Gruppen nicht besonders wohl, doch Gissur sagte, dass mein Freund und Schwurbruder Skalden-Sturla vielleicht auch dort wäre, deshalb wollte ich natürlich unbedingt mitreiten. Abgesehen davon war Gissur auch nicht der Mann, dem man eine Bitte abschlug. Gissur wusste, dass Sturla Sighvatsson jetzt seinen Namensvetter Skalden-Sturla als Ratgeber an seiner Seite hatte, was mich zunächst nicht wunderte oder beunruhigte – bis wir plötzlich auf unterschiedlichen Seiten in einem schrecklichen Streit standen! Wir Schwurbrüder, die bisher in nichts geteilter Meinung gewesen waren, standen uns in verfeindeten Lagern gegenüber, er in den Reihen der Angreifer, ich in denen der Verteidiger.

Auf dem Ritt zum Apavatn hing ich noch meinen Erinnerungen nach. Ich dachte daran, wie schön es gewesen war, als Sturla nach Reykholt kam. Vorher hatte es mir da eigentlich gar nicht so besonders gut gefallen. Obwohl meine Mutter dort lebte und mein Bruder Ormur auch, hatte ich nie das Gefühl gehabt, dort wirklich willkommen zu sein. Ich war eben nur Snorris Stiefsohn gewesen. Zuhause, das war für mich immer Árnesthing in Südisland geblieben, bei Onkel Gissur und dem Rest der Familie. Doch mit der Ankunft von Sturla war das alles vergessen gewesen. Ihm konnte ich vertrauen. Er war nicht so arrogant wie viele der anderen Sturlungen, wie Snorri oder sein Sohn Óraekja zum Beispiel. Ganz zu schweigen von diesem selbstverliebten Sturla Sighvatsson! Skalden-Sturla war ganz anders. Fast schien es mir, als würde tief in ihm ein ebenso schüchterner Mensch stecken, wie ich es war – deswegen verstanden wir einander so gut, nie hätte einer von uns den anderen gehänselt, wie es viele andere zum Spaß taten. Und ich wusste, auch mein Schwurbruder hatte manchmal das Gefühl, auf Reykholt nicht richtig akzeptiert zu sein – als würden seine Verwandten auf ihn herabsehen, weil er unehelich geboren war. Wenn er das Wort Bastard hörte, verletzte ihn das sehr. Aber meistens war er fröhlich, und er konnte immer etwas Lustiges sagen, darin erinnerte er mich an Sighvatur, den Bruder seines Vaters, der manchmal nach Reykholt zu Besuch kam und nie ein wirklich ernstes Wort sprechen konnte.

Was nicht heißen soll, dass mein Schwurbruder Sturla nicht ehrgeizig war. Er eignete sich in Windeseile all das Wissen an, das wir in Reykholt lernen konnten, sagte mir im Vertrauen, dass er der beste Skalde und Bücherschreiber werden wollte, den man bei uns je gesehen hatte, und ich wusste, dass er das ernst meinte, und traute es ihm auch zu. Er brachte Licht in die dunklen Tage und Nächte des Winters, indem er pausenlos Geschichten erzählte. Bald war er der beste Erzähler von uns allen geworden, abgesehen von Snorri selbst natürlich. Sturla wollte Snorri beeindrucken, er sehnte sich nach nichts so sehr wie nach dessen Lob, doch genau damit konnte Snorri unglaublich geizig sein, gegenüber Sturla noch mehr als gegenüber uns anderen. Er mäkelte und berichtigte, und wenn Sturla zur Hochform auflief, wurde Snorri ganz still, sagte überhaupt nichts mehr – ich verstand das nie, Sturla hatte doch Komplimente am meisten verdient.

Sturla konnte wirklich aus allem eine Geschichte machen. Das lag ihm irgendwie im Blut, deswegen war es ja so schön, mit ihm zusammen zu sein. Egal, was wir als Kinder taten, ob wir auf Reykholt den ganzen Tag nur spielten oder irgendwelche Aufgaben zu erledigen hatten – Sturla machte es zu einem Erlebnis.

Es hatte auf Reykholt immer wieder Tage gegeben, an denen wir uns eigentlich nur irgendwie die Zeit vertrieben. Wir wanderten durch die Gegend oder trieben uns zwischen den Häusern herum, redeten mit den Leuten und gingen zu den Pferden. Doch selbst aus solchen Tagen konnte Sturla eine gute Geschichte machen. Wenn wir abends gefragt wurden, was wir den ganzen Tag getrieben hatten, begann Sturla eine Geschichte zu erzählen, in der unser Tag klang wie ein sagenhaftes Märchen oder Abenteuer. Mir wäre überhaupt gar nichts Erzählenswertes in den Sinn gekommen, der Tag war eben so gewesen wie viele andere Tage auch – doch wenn Sturla davon erzählte, brachte er ihn zum Strahlen. Und er dachte sich nicht einmal etwas aus. Alles, was er erzählte, war auch wirklich so passiert, und doch merkte ich erst durch Sturlas Erzählen, was wir eigentlich für spannende Dinge erlebt und welche besonderen Leute wir getroffen hatten. Die alltäglichsten Gespräche, die wir mitgehört hatten, erwiesen sich nun plötzlich als lustig und interessant, manchmal schien sogar eine gewisse Weisheit in ihnen zu liegen. Ich übertreibe nicht. Sturla erzählen zu hören war faszinierend. Und das, was wir gemeinsam erlebt hatten, konnte ich erst wirklich erleben, wenn Sturla eine Geschichte daraus gemacht hatte.

1237

Skalden-Sturla hatte während seiner Kindheit immer wieder gehört, wie lobend und bewundernd die Leute von seinem Cousin Sturla Sighvatsson sprachen, der den gleichen Namen trug wie er und fünfzehn Jahre älter war. Eine der Geschichten, die Oma Gudný dem kleinen Skalden-Sturla auf Reykholt oft erzählt hatte, spielte in der Nacht, als Halldóra, die Frau von Sighvatur, einen Jungen zur Welt gebracht hatte: Sturla Sighvatsson. In derselben Nacht hatte Oma Gudný geträumt, der Junge würde den Namen Kampfstark bekommen. So war allen sofort klar, dass dieser Junge etwas Besonderes war. Später heiratete er die wunderschöne Solveig aus Südisland, zog mit ihr in die westlichen Täler, wurde wohlhabend und erwarb so viel Macht, dass er schließlich sogar seinen Onkel Snorri in den Schatten stellte. Außerdem beteten ihn viele Frauen an, und er bekam schließlich den Spitznamen Herr der Täler. Nach dem Angriff auf den Guten Bischof und seine Leute auf der Insel Grímsey musste der Herr der Täler bis nach Rom reisen und um Vergebung für seine Sünden bitten, auch von dieser Reise erzählte man sich viele Geschichten. Jedermann weiß, dass von einer solchen Reise nicht alle lebendig zurückkommen. Viele dachten damals offenbar, sie würden Sturla Sighvatsson nie wiedersehen, und taten daher in seinem Machtbereich, was sie wollten, insbesondere Snorris Sohn Óraekja, der mit seinen Schlägern und Saufkumpanen von Hof zu Hof zog und sich benahm, als ob all das ihm gehörte. Óraekja glaubte offenbar, ihm könne niemand ein Haar krümmen, mit seinem mächtigen Vater Snorri auf Reykholt im Westen und seinem Schwager Kolbeinn dem Jungen im Skagafjord im Osten. Unter den Übergriffen von Óraekja und seinen Freunden litten viele von Sturlas Verbündeten sehr.

Doch zwei Jahre später sprach sich auf einmal herum, dass Sturla Sighvatsson auf dem Rückweg nach Island sei und nicht nur seine Pilgerreise nach Rom überlebt, sondern auch noch die Gunst von König Håkon von Norwegen gewonnen habe, der ihn offenbar behandelt hatte, als wäre Sturla ein Jarl oder gar der Prinz von Island. Skalden-Sturla, der inzwischen um die zwanzig war, wunderte das alles kein bisschen, denn er bewunderte seinen älteren Cousin über alle Maßen. Kein Isländer konnte ihm das Wasser reichen! Einige Jahre zuvor hatte Skalden-Sturla gesehen, wie Sturla auf dem Althing aufgetreten war, und das hatte ihn so beeindruckt, dass er später in seiner großen Saga über die Kriege dieses Jahrhunderts schrieb:

Sturla ritt auf einem prächtigen weißen Pferd mit dem Namen Álftarleggur. Niemand hatte je ein schöneres, kräftigeres Pferd gesehen. Sturla trug einen roten Umhang, und ich denke, dass niemand auf dem Althing jemals einen so imposanten Mann gesehen hat.

Wahrscheinlich hatte auch deswegen kaum jemand damit gerechnet, dass es zu all diesen grausamen Kämpfen kommen könnte, nachdem der Herr der Täler von seiner Reise zum Heiligen Vater nach Rom zurückgekehrt war, am wenigsten Skalden-Sturla.

Warum hatte ausgerechnet sein Cousin Sturla Sighvatsson, dieser eindrucksvolle Mann, der wie kein anderer Menschen für sich gewinnen konnte, ein so schlimmes Schicksal erleiden müssen? Darüber zerbrach Skalden-Sturla sich sein Leben lang den Kopf. In einem anderen Buch, der *Saga von dem gesetzlosen Grettir*, der ebenfalls einen grausamen Tod sterben musste, schrieb Skalden-Sturla: *Man muss wohl feststellen, dass die fähigsten Männer nicht immer das glücklichste Schicksal haben.*

Und diese wichtige Lebensweisheit galt auch für Sturla Sighvatsson.

In Rom wurde Sturla für seine Misshandlungen an Bischof Gudmundur dem Guten und dessen Priestern ausgepeitscht. Später sollte er seinem jüngeren Namensvetter Skalden-Sturla ausführlich berichten, wie es ihm in der Ewigen Stadt ergangen war, wie er mit nacktem Oberkörper herumgeführt und mit Ruten und Tauen gepeitscht worden war.

»Und waren viele Leute dort, um es sich anzusehen?«, hatte der Skalde gefragt.

»Ja«, sagte Sturla Sighvatsson.

Dieses Gespräch fand im August 1238 statt, am Morgen des Tages, an dem Sturla das Heer der Sturlungen in die größte Schlacht führen würde, die sich bis zu diesem Tag in Island ereignet hatte, die Schlacht von Örlygsstadir.

»In Rom waren mehr Menschen zusammengekommen, als ich jemals gedacht hätte, sie könnten an einem Ort auf dieser Erde versammelt sein. Und mir war, als hätten mehr Leute geweint als zugeschlagen.«

Und weil der große Anführer Sturla Sighvatsson an diesem Tage gefallen war und das für Skalden-Sturla ein unerträglicher Verlust war, schrieb er später in seiner *Saga von den Sturlungen* die folgenden Zeilen:

Sturla erhielt in Rom die Absolution für alle seine Taten und auch für die seines Vaters. Er wurde von einer Kirche zur nächsten geführt und an allen Hauptkirchen vorbei und von vielen ausgepeitscht. Er trug es so tapfer wie möglich, doch die meisten Menschen standen dabei und trauerten und wehklagten sehr, dass ein so schöner Mann so schändlich zugerichtet wurde. Weder Frauen noch Männer konnten ihre Tränen halten.

KLAENGUR BJARNARSON

In diesem Frühjahr, als die Welt so unheimlich still gewesen war, machten wir uns auf den Weg zu dem Treffen mit den Sturlungen am Apavatn.

Zu diesem Zeitpunkt wohnte ich wie gesagt wieder in meinem Heimatbezirk, in der Nähe meines mächtigen Onkels Gissur Thorvaldsson. Es hatte sich bereits herumgesprochen, dass Sturla Sighvatsson nicht nur aus Rom zurückgekehrt war, sondern in Westisland auch gleich ein riesiges Heer aufgestellt hatte, um ein für alle Mal klarzustellen, dass er und nur er dort das Sagen hatte. Er hatte sogar meinen Ziehvater Snorri aus Reykholt vertrieben! Gissur und ich hielten das eigentlich für eine Sache, die die Sturlungen unter sich ausmachen sollten. Wir wollten uns am besten gar nicht einmischen. So hatte es Gissur immer gehalten, auch sein Vater schon: Wir Südisländer hielten uns aus allem raus, was außerhalb unseres Machtbereichs stattfand, tolerierten dafür aber auch keine Einmischung in unsere Angelegenheiten. Aber das änderte nichts daran, dass wir alle der Meinung waren, Sturla Sighvatsson habe den Bogen nun wirklich überspannt. Gerade erst hatte er Óraekja festnehmen lassen – Snorris Sohn! Seinen eigenen Cousin! Er hatte ihn als Gefangenen zu den Höhlen von Surtshellir geführt und seinen Männern befohlen, ihn zu blenden und zu entmannen. Ich konnte das kaum glauben, schließlich hatte ich mich immer gut mit Sturla Sighvatsson verstanden. Sicher, er war sehr von sich überzeugt und machthungrig war er auch, aber aus irgendeinem Grund machte ihn das nicht unsympathisch. Denn Sturla war auch unglaublich freundlich, und wenn er uns in Reykholt besuchte, sorgte er immer für gute Stimmung – ganz im Gegensatz zu Óraekja, der zwar auch nett und lustig sein konnte, doch trotzdem fühlte ich mich in seiner Gegenwart nie richtig wohl. Und langsam kam ja auch ans Licht, was Óraekja für ein gewalttätiger Kerl sein konnte. Ich hätte es eher *ihm* zugetraut, einen seiner nächsten Verwandten gefangen zu nehmen, als Sturla. Und man hörte ja auch bald, dass die Sache so eindeutig nicht gewesen war. Óraekja war nämlich von den Surtshellir-Höhlen ziemlich wohlbehalten zurückgekehrt. Das bestärkte mich in dem Glauben, dass man Sturla Sighvatsson vertrauen konnte und von ihm weder Hinterlist noch Grausamkeit fürchten musste, und das sagte ich auch den anderen Leuten bei uns im Süden. Als ob ich die Leute da im Westen alle bestens kennen würde, nur weil ich ein paar Jahre auf Reykholt verbracht hatte.

Ich sollte noch oft voller Schrecken an meine eigenen Worte denken. Wie konnte ich nur so leichtgläubig sein!

Sturla Sighvatsson hatte uns ausrichten lassen, er wolle mit Gissur einige Dinge besprechen. Gissur antwortete sofort und schlug vor, sich gleich am kommenden Tag zu treffen, das war der Pfingstsonntag des Jahres 1238. Und zwar am Apavatn. Das Ufer dieses Sees wurde oft für solche Zusammenkünfte genutzt, weil ihn alle West- und Südisländer passieren mussten, wenn sie zum Althing zogen.

Habe ich bereits erwähnt, dass dieses Frühjahr besonders warm gewesen war? Die Sonne schien fast jeden Tag, es sah nach einem guten Jahr aus, alle waren bester Laune. Im ganzen Land herrschte Ruhe und Zufriedenheit.

Das Treffen sollte um die Mittagszeit stattfinden. Gissur war am Morgen mit mir und den anderen Begleitern losgeritten, wir waren insgesamt elf und nur leicht bewaffnet, hatten unsere Speere dabei und Schilde, wie es damals üblich war, wenn Anführer über Land ritten. Kurz vor Mittag erreichten wir den Treffpunkt am Ufer des Sees. Es wehte jetzt doch ein steifer Wind aus Südwest, doch davon bekamen wir wenig mit, denn der See lag in einer Senke. Wir setzten uns, die Pferde und wir Männer tranken, manche stärkten sich mit Proviant, Sturla musste jeden Moment kommen. Ich hatte Gissur auf dem Weg gefragt, was sie denn zu besprechen hatten, und er meinte, es handele sich um eine kleine Meinungsverschiedenheit zwischen den Leuten aus dem Westen und uns Südisländern, eine Geldangelegenheit, eigentlich nicht der Rede wert. Gissur war ganz ruhig. Ich glaube, er hatte damals wirklich nichts geahnt, obwohl mir an seiner Arglosigkeit später manchmal Zweifel kamen.

Wir warteten eine Weile in der windstillen Senke. Gissur hatte jemandem befohlen, Ausschau zu halten, doch in dem warmen Sonnenschein wurden alle schläfrig, so hatten wir uns bald fast alle hingelegt und unsere Speere in die Erde gesteckt. Doch auf einmal legte unser Wachtposten die Hand über die Augen, um besser sehen zu können. Kniff die Augen zusammen. Er blickte angestrengt nach Südwesten, in die Richtung, aus der auch der Wind kam, und sagte: »Ich glaube, sie kommen.«

Die, die eingenickt waren, setzten sich auf. Und unser Wachposten sagte plötzlich mit angespannter Stimme: »Gissur, du solltest dir das ansehen.«

Wenig später war die Luft von dem Dröhnen unzähliger Hufe erfüllt. Wir erkannten, dass da ein ganzes Kriegerheer auf uns zukam, bis zu den Zähnen bewaffnet, und ehe wir uns versahen, hatten fast einhundert Männer die Senke umstellt. Wir sprangen panisch auf. Ich versuchte so hektisch, meinen Speer aus dem Boden zu ziehen, dass die Spitze abbrach, sie blieb einfach in der Erde stecken.

Wir waren auf einmal starr vor Angst. Und dann erhob sich auch Gissur und wandte sich Sturla Sighvatsson zu, der auf seinem leuchtenden Schimmel Álftarleggur die Truppe anführte. Sturla trug einen gefärbten Umhang, aber darüber ein Kettenhemd und einen Helm und einen großen, mit Schnitzereien verzierten Speer.

»Was ist hier los?«, fragte Gissur.

Sturla sagte nichts, dafür kamen seine Männer immer näher und drängten uns zusammen. Dann befahl Sturla: »Lasst eure Waffen fallen!«

Wir warfen Gissur einen kurzen Blick zu, sahen ihn nicken und legten sie auf die Erde. Einige von Sturlas Männern stiegen ab und nahmen sie an sich, und ich weiß noch genau, dass ich trotz aller Angst dachte, wie peinlich es sei, dass ich keine andere Waffe niederlegen konnte als einen Stock, denn so sah mein Speer ja jetzt aus ohne Spitze.

Ich dachte, sie würden uns an Ort und Stelle erschlagen. Und dann sah ich Skalden-Sturla, meinen Schwurbruder, in der Truppe der Sturlungen. Er sprang von seinem Pferd, zog mich an sich heran, bis wir Seite an Seite standen, und ich wusste, dass sie nun zumindest mich verschonen würden, was auch immer mit meinem Onkel Gissur und den anderen geschah.

Ich flüsterte meinem Schwurbruder Sturla zu: »Wollt ihr uns wirklich so betrügen? Uns erschlagen? Dann wärt ihr ja echte Ehrenmänner.«

Als Sturla antwortete, bemerkte ich, dass seine Stimme etwas zitterte: »Nein, natürlich wollen wir das nicht. Wir wollen nur mit euch reden. Glaube ich.«

Doch seine Stimme klang nicht besonders überzeugend. Er legte den Arm um mich.

An dieser Stelle lässt sich hinzufügen, dass im späteren 20. Jahrhundert, in den Kindertagen dessen, der diese Worte auf das Blatt setzt, ein Mädchen auf dem Hof Nedra-Apavatn dort spielte, wo laut der *Saga von den Sturlungen* dieses Treffen stattgefunden hatte. Die Erde war gerade umgegraben worden, um einen Kartoffelacker anzulegen. Das Mädchen stieß in der Erde auf einen harten Gegenstand, der sich bei näherer Betrachtung als Speerspitze aus dem 13. Jahrhundert erwies. Diese Speerspitze befindet sich heute im isländischen Nationalmuseum in Reykjavík.

GISSUR

Obwohl ich vollkommen schockiert war, ängstlich, gedemütigt, wütend und ehrlich gesagt den Tränen nah, als sie uns da am Apavatn einem nach dem andern die Hände auf dem Rücken fesselten und ich damit rechnete, dass sie uns einfach köpften, so habe ich doch trotzdem versucht, klar zu denken. Ich wusste sofort, was nun am allerwichtigsten war: Niemand durfte sehen, dass ich Angst hatte.

Das klingt jetzt vielleicht sonderbar, weil ich doch eigentlich so sorglos zu diesem Treffen geritten war, aber ich hatte vorher in der Tat immer wieder ein mulmiges Gefühl gehabt. Doch letztendlich hatte ich einfach nicht glauben wollen, dass Sturla etwas Böses im Schilde führte. Schließlich hatten wir eigentlich nie Ärger miteinander gehabt, ich habe ihn immer für einen Ehrenmann gehalten, er war ja auch immer höflich gewesen, sogar die Krieger, die mit ihm unterwegs waren, waren höfliche Männer. Keine Schlägertypen, wie sie sein Bruder Tumi um sich geschart hatte, als er noch lebte, und Sturla war auch kein unberechenbarer Säufer, wie Óraekja einer war, sein Cousin, mein früherer Schwager. Gut, man hatte das eine oder andere gehört. Zum Beispiel, dass er mit König Håkon von Norwegen einen geheimen Plan ausgeheckt hatte, ganz Island unter seine Kontrolle zu bringen, doch ich konnte mir nicht vorstellen, wie eine engere Anbindung an die norwegische Krone verhindern sollte, dass wir Südisländer in unserer Heimat für Frieden, Recht und Ordnung sorgten, wie wir es seit zwei Jahrhunderten getan hatten, ohne uns mit Leuten in anderen Landesteilen anzulegen. Hinzu kam, dass unsere beiden

Väter ihr ganzes Leben lang die besten Freunde gewesen waren. Und ganz abgesehen davon: Wenn ich nur mit einigen wenigen Leuten an den Apavatn kam und wir festgenommen oder erschlagen würden – was hatte Sturla denn davon? Ich wäre zwar aus dem Weg geräumt, aber wir Südisländer wären doch gemeinsam weiterhin genauso stark wie zuvor. Ein guter Nachfolger für mich hätte sich schnell gefunden, und das Erste, was der unternommen hätte, wäre natürlich ein riesiger Rachefeldzug gegen Sturla und die Sturlungen gewesen.

Also beschloss ich, mich ganz ruhig und furchtlos zu geben, denn wenn ich keine Angst zeigte, würde es ihnen deutlich schwerer fallen, mich einfach so zu köpfen. So konnte ich hoffentlich etwas Zeit gewinnen, um Sturla Sighvatsson eine Idee unterzujubeln. Ich musste ihm klarmachen, dass er nur eine Chance hätte, seinen Machtbereich auf Südisland auszudehnen: Nämlich die, dass ich ihm meine Macht persönlich übertrug! Einträchtig und in aller Freundschaft. Also flüsterte ich Sturla zu, dass es für mich völlig in Ordnung wäre, wenn er ab sofort im Namen von König Håkon in Südisland herrschen würde – schließlich hätte ich nicht das geringste Interesse daran, mich mit der norwegischen Krone anzulegen. Ich versprach ihm sogar, die anderen wichtigen Leute in Südisland ebenfalls davon zu überzeugen, dass das für uns alle das Beste wäre – und ich merkte sofort, dass Sturla mir sehr genau zuhörte. Er setzte sein verkniffenes Staatsmännergesicht auf und wirkte plötzlich ganz abgelenkt, er dachte ganz offenbar ernsthaft über meine Worte nach. Ich wartete, bis er wieder bereit war, mir zuzuhören, und fügte hinzu, dass ich, wenn der König es wolle, sofort nach Norwegen reisen und ihm meine Dienste anbieten würde, so wie Sturlas Bruder Kakali es einst getan hatte.

Noch immer hatte Sturla nicht geantwortet. Er wandte sich ab und blickte in die Ferne. Und als er sich schließlich umdrehte und mich ansah, hatte er wieder diesen verkniffenen bedeutungsvollen Gesichtsausdruck. Wenige Augenblicke später befahl er seinen Leuten mit harter Stimme, man solle uns Gefangene auf Pferde setzen. In diesem Moment war mir klar, dass wir zumindest eine Gnadenfrist bekommen hatten –, er hätte uns schließlich auch alle gleich dort am Ufer des Apavatn köpfen lassen können.

Dann ging es los. Wir Gefangenen zusammengedrängt und die hasserfüllten Krieger von Sturla Sighvatsson überall um uns herum. Sie behandelten uns nicht schlecht, doch in ihren Gesichtern sah man Wut. Ich hielt mich so gut es ging an der Seite von Onkel Gissur und achtete darauf, dass Skalden-Sturla in meiner Nähe blieb.

Am meisten wunderte mich, wie fröhlich Gissur war. Er plauderte gut gelaunt mit diesem und jenem und antwortete sofort, wenn jemand ihn ansprach. Sturla Sighvatsson hingegen sagte nichts. Und das, obwohl er doch eigentlich der wortgewandteste von allen Anwesenden war. Aber er blickte nur finster drein, und manchmal zeigte sich auf seinem Gesicht ein hässlicher Zug, der eigentlich nichts Gutes bedeuten konnte. Nachdem wir eine Weile scheinbar ziellos über die Hochebene geritten waren, hielten wir auf einen kleinen Hof zu, ich war zu aufgeregt, um mir den Namen zu merken. Dort wohnten Kleinbauern, die natürlich einen gehörigen Schreck bekamen, als dieser riesige Kriegertrupp auf sie zukam. Einer von Sturlas Männern sagte den Bauern, dass sie dort auf der Hofwiese für eine Nacht kampieren wollten. Sie würden sogar dafür bezahlen, was ungewöhnlich war. Sturla war noch immer still und versteinert gewesen. Es war eher mein Onkel Gissur, der Gefangene, der die Kleinbauern mit seiner ruhigen, freundlichen Art beruhigte – auch wenn die Kleinbauern sich gehörig wunderten, dass dieser große, berühmte Mann gefesselt wie ein Verbrecher über ihr Land geführt wurde.

Sturla Sighvatsson blieb feindselig und verbissen, und seine

Männer taten es ihm gleich. Manche von ihnen begannen nun doch, uns Gefangene zu beschimpfen, sie schubsten uns herum; einer warf mich zu Boden, und als ich aufstehen wollte, versuchte er, seine Gefährten zum Lachen zu bringen, indem er mich Fettsack nannte, doch darauf reagierte mein Schwurbruder Skalden-Sturla sofort sehr unwirsch, er schlug den Mann und wies ihn heftig zurecht, er nannte ihn einen Scheißkerl und sagte, er solle ihm aus den Augen gehen.

Sie hätten sich fast geprügelt, doch in diesem Moment blickte Sturla Sighvatsson endlich auf, machte eine Handbewegung in Richtung des Mannes, der mich geschubst hatte, und wies ihn an, sich zu beherrschen. Danach versuchte keiner mehr, mir etwas zu tun.

Am nächsten Tag zogen wir weiter, und ich hatte noch immer das Gefühl, dass wir kein richtiges Ziel hatten. Das Wetter war weiterhin unglaublich mild. Wir erreichten einen großen See und wollten ihn gerade an einer seichten Stelle durchqueren, als Sturla Sighvatsson anhielt und daraufhin auch alle anderen. Er saß eine Weile zusammengesunken auf seinem Pferd, ganz offenbar war er dabei, eine schwere Entscheidung zu treffen, dann jedoch blickte er auf und sagte: »Wir reiten weiter.«

Und wir durchquerten den See.

Das war der Augenblick gewesen, in dem Sturla entschieden hatte, uns nicht umzubringen. So erzählte es später zumindest mein Onkel Gissur. Neben Sturla auf seinem Pferd sitzend, hatte er in diesem Moment gespürt, dass Sturla Sighvatsson sich zu dieser schweren Entscheidung durchgerungen hatte. Und Gissur fügte hinzu, aschfahl und schmallippig, wie er immer wurde, wenn er an diese Ereignisse dachte: »Dabei hätte er gut daran getan, mich zu erschlagen, wo es schon so weit gekommen war. Wie konnte er nur glauben, dass ich ernsthaft vorhatte, Island zu verlassen und ihm die Kontrolle über meinen ganzen Bezirk zu überlassen? Es muss ihm doch klar gewesen sein, dass ich nur eins wollte: irgendwie freikommen, meine Männer sammeln und Rache nehmen, und zwar gnadenlos!«

Und genau so kam es. Mit gewinnendem Lächeln und heißen Schwüren versprach Gissur – so wahr ihm der allmächtige Gott helfe –, alles zu tun, was Sturla wollte. Bald darauf fand sich ein Bauer, der Gissur in Gewahrsam nahm, bis das nächste Schiff in Richtung Norwegen fuhr. Sturla bezahlte ihn gut und versprach, ihm nach Gissurs Abreise noch mehr Geld zu geben – wenn Gissur hingegen aus dem Gewahrsam entkam, drohte er dem Bauern, würde er ihn und alle seine Leute abschlachten. Gissur nahm mit den allerherzlichsten Worten Abschied von uns. Gott möge uns segnen! Als er dann auch noch sagte, dass wir uns wahrscheinlich niemals wiedersehen, hätte ich fast geweint, denn ich liebte meinen Onkel Gissur und glaubte wirklich, dass er für immer und ewig das Land verlassen würde. Sturla Sighvatsson schien das auch zu glauben. Er war erleichtert und redete nun plötzlich wieder ganz viel, während wir nach Südisland weiterritten und Gissur zurückließen. Und überall, wo wir im Süden hinkamen, stellte Sturla sich als derjenige vor, der jetzt das Sagen hatte. Erkundigte sich nach diesem und jenem. Gab Anweisungen. Befehle. Saß aufrecht und gebieterisch auf seinem Schimmel.

In Skálholt traf Sturla den Bischof. Sie setzten sich zum Trinken nieder, woraufhin Sturla bald noch redseliger wurde. Er sagte, Gissur sei eben seinen Plänen im Weg gewesen. Nun müsse er nur noch Kolbeinn den Jungen dazu bringen, seine Macht ebenfalls an ihn abzugeben oder sich ihm unterzuordnen, dann habe er alles erreicht. In Skálholt wohnte zu dieser Zeit auch ein anderer Verwandter von Gissur und mir, er trug den Namen Einar. Sturla lief ihm durch Zufall vor der Kirche in die Arme und begrüßte ihn überschwänglich. Ich sah, dass Einar fast weiß wurde vor Wut und durch zusammengebissene Zähne nur kurze Antworten zischte – und Sturla Sighvatsson schien wirklich nicht zu wissen, warum.

Er fragte uns ganz unschuldig, was denn mit dem alten Einar los sei.

Dann musste ich Abschied von meinem Schwurbrüder Skalden-Sturla nehmen, was mir ziemlich schwerfiel. Ich spürte, wie erleichtert er hingegen war, dass er mich nicht mehr beschützen musste. Es stand so viel Ungesagtes zwischen uns, dass wir uns beim Abschied nur anschwiegen. Wir umarmten uns kurz, dann ritt mein Schwurbruder mit den anderen Sturlungen zurück Richtung Westen.

Sie waren kaum außer Sicht, da rief mein Onkel Einar eine Gruppe von Männern zusammen. Er stattete sie mit guten Waffen aus und sagte, ich solle mit ihnen losreiten und Gissur befreien. Wir machten uns sofort auf den Weg.

Der Bauer, bei dem Gissur festgehalten wurde, hieß Ómar. Er zögerte. Sagte, er habe nicht das Recht, Gissur freizulassen, hatte aber natürlich Angst vor all den bewaffneten Männern, mit denen ich gekommen war. Er meinte, Gissur wolle doch wahrscheinlich gar nicht mit uns gehen, schließlich habe er versprochen, das Land zu verlassen und würde doch wohl nicht sein Wort brechen. Dann rief er Gissur durch eine Öffnung in der Wand des Schuppens, wo er eingesperrt war, die Frage zu, ob er etwa mit diesen Leuten ziehen wolle.

»Aber natürlich!«, schrie Gissur heraus.

Also wurde er befreit.

Während wir Gissur befreiten, war Onkel Einar über das Hochland nach Norden geeilt und beriet sich mit Kolbeinn dem Jungen. Schließlich schworen die Südisländer aus Gissurs Machtbereich und die Nordisländer aus dem Skagafjord einen heiligen Eid: Entweder sie sollten untergehen – oder Sturla. Und alle Sturlungen mit ihm.

REYKHOLT, 1221

Wenn Skalden-Sturla an seinen Schwurbruder Klaengur Bjarnarson dachte, kam ihm immer ein bestimmter Augenblick auf Reykholt in den Sinn. Er war gerade erst sieben Jahre alt gewesen, als seine Großmutter plötzlich starb. Sturla wollte das einfach nicht begreifen. Er konnte nicht einmal richtig traurig sein, denn dazu hätte er ja verstehen müssen, was geschehen war. Seine Oma war doch immer da gewesen und hatte auf ihn aufgepasst, wie sollte das denn anders sein – man hätte ihm ebenso gut sagen können, dass es die Erde nicht mehr gab, auf der er doch gerade stand, oder die Sonne, die gerade auf sein Gesicht schien. Doch letztendlich merkte er, dass sich etwas in seinem Leben verändert hatte, an der Einsamkeit, die ihn nun plötzlich inmitten all der Leute von Reykholt umgab. Unter all diesen Leuten gab es niemanden mehr, für den er der wichtigste Mensch auf der ganzen Welt war.

Da war es gut, einen Freund und Schwurbruder zu haben. Klaengur spürte, wie es Sturla ging, und achtete darauf, dass er nicht zu viel allein war. Klaengur war auch ziemlich einsam, er war anders als die anderen, sein Vater lebte nicht mehr, und seine Mutter Hallveig widmete sich nun ganz ihrem neuen Ehemann Snorri, der mit Klaengur nie richtig warm geworden war. Snorri hatte nur Augen für seinen Sohn Óraekja und fand alles großartig, was der sagte. Zu den anderen Jungen, auch zu seinen Stiefsöhnen, hielt er immer eine freundliche Distanz. Er unterrichtete sie geduldig, ohne dass sie ihm wirklich wichtig waren. Doch genau das waren Sturla und Klaengur füreinander. So wurde man zu Schwurbrüdern.

SOMMER, 1238

Nach den Ereignissen am Apavatn ahnten alle Isländer, dass sich etwas Großes ereignet hatte. Vielen erschienen im Traum Menschen, die Verse sprachen – so wie dieser hier, der sich wie ein Lauffeuer im ganzen Land verbreitete:

Seht euch vor, seht euch vor,
der Wind bringt uns bald Sturm.
Schutzlose Völker
werden im Blutregen stehen.
Klinge und Speer
werden viele zu Erben machen.
Nun ist sie da,
die Zeit der Schwerter.

Jeder Anführer rief seine Männer zusammen und bewaffnete sie. Ein Trupp von Gissurs und Kolbeinns Leuten zog in Richtung der westlichen Täler, erwischte Sturla Sighvatsson dort allerdings nicht. Der Bürgerkrieg hatte begonnen. Im August, bei strahlendem Sonnenschein und weiterhin warmem Wetter, zog Sturla mit einem riesigen Heer in den Skagafjord und traf dort auf seinen Vater und seine Brüder, die mit vielen Männern aus dem Eyjafjord gekommen waren. Sie umstellten Flugumýri, den Hof von Kolbeinn dem Jungen, den es nun zu beseitigen galt. Doch auch sie griffen ins Leere. Kolbeinn der Junge hatte mit seinen Männern den Bezirk schon verlassen.

Was dann passierte, ist bekannt. Kolbeinn der Junge ritt mit seinem riesigen Heer über das Hochland nach Süden und vereinte sich mit einem Heer der Südisländer unter der Führung von Gissur. Sighvatur, Sturla und Sturlas Brüder harrten mehr als eine Woche untätig in der Hitze des Skagafjords aus, die das Land fest im Griff hielt, und unter ihren Leuten breitete sich langsam die Angst aus. Sturla Sighvatsson war vollkommen ratlos und bat Skalden-Sturla um Hilfe, erzählte ihm von seinen schlechten Träumen und Gedanken und fragte den Skalden, ob Gissur und Kolbeinn ihn verschonen oder umbringen würden, sobald sie ihn erwischt hatten. Skalden-Sturla rechnete nicht damit, dass die beiden ihn verschonen würden, und sagte deshalb so wenig wie möglich. Tat so, als wüsste er es nicht. Dann schwieg Sturla Sighvatsson eine Weile und sagte daraufhin, wie zu sich selbst, mit sonderbar leerem Blick: »Ich würde sie zumindest am Leben lassen.«

Dann kam das Heer der Feinde. Die Schlacht von Örlygsstadir. Nie zuvor hatte Island eine größere Schlacht gesehen. Fast dreitausend Männer trafen an diesem Tag aufeinander, aber eine besonders blutige Schlacht war es nicht, dazu waren die Kräfte zu ungleich verteilt. Obwohl die Sturlungen mehr als eine Woche im Skagafjord gewartet hatten, waren sie völlig unvorbereitet und wurden vernichtend geschlagen. Sturla und sein alter Vater Sighvatur wurden niedergemetzelt. Viele bedeutende Sturlungen retteten sich in die Kirche von Miklabaer, die bald von Feinden umstellt war. In der Kirche herrschte Panik, manche schluchzten, als ihnen von draußen zugerufen wurde, sie würden alle sterben.

In dieser Kirche war auch Skalden-Sturla gewesen, und draußen, auf der anderen Seite, hatte sein Schwurbruder Klaengur gestanden, der natürlich mit seinem Onkel Gissur in diese Schlacht gezogen war. Gissur tobte vor Zorn. Er hatte Sturla Sighvatsson selbst den Kopf abgeschlagen und war über und über mit seinem Blut bedeckt. Und doch hörte er seinem Neffen Klaengur zu und rief dann in die Kirche hinein: »Skalden-Sturla, komm raus. Du sollst von mir Gnade erhalten.«

Die meisten anderen wurden enthauptet, auch die jüngeren Söhne von Sighvatur, darunter einer, der noch fast ein Kind war. Im Frühjahr hatten sechs Brüder im Land gelebt, nun waren es noch zwei: Tumi der Jüngere, der über die Berge fliehen konnte, aber danach zu nichts mehr zu gebrauchen war, und der berühmte Kakali, der sich in Norwegen durch die Gasthäuser prügelte.

ISLAND, 1238–40

Das große Sterben hatte begonnen. Die Sturlungen schleppten sich verängstigt und gedemütigt wieder auf ihre Höfe. Gissur und Kolbeinn hatten die Macht im ganzen Land inne, und jeder musste sich entscheiden, ob er für sie war oder gegen sie. Gissur, der eigentlich immer ein umgänglicher Mann gewesen war, entwickelte sich in kürzester Zeit zu einem furchtbaren Tyrann. Wenn seine Männer auch nur den Anschein erweckten, sie würden ihm nicht bedingungslos gehorchen, verstieß er sie oder ließ sie schlagen. Kolbeinn der Junge hingegen war schon immer ein rauer Mann gewesen. Bei ihm wunderte es niemanden, dass er nun mit grausamer Hand in Nordisland durchgriff: Er enteignete alle Erben von Sturlungen-Oberhaupt Sighvatur und riss ihren Besitz an sich. Sogar Sighvaturs Witwe Halldóra, einst eine der reichsten und würdevollsten Frauen der ganzen Insel, musste nun bettelnd von Hof zu Hof ziehen. Das hielten die meisten für ehrenrührig und außerdem gesetzeswidrig. Doch dann bekam Kolbeinn der Junge auch noch auf dem Gericht des Althings bestätigt, dass er rechtmäßig gehandelt habe. Nach der Verkündung des Urteils wurde er so übermütig, dass er einen Salto machen wollte. Er war so kräftig und geschickt, dass ihm das eigentlich immer gut gelang, doch nun misslang ihm der Sprung, und er knallte so heftig mit dem Kopf auf den Boden, dass das Kinn ihm das Brustbein brach, wovon er sich nie wieder vollkommen erholen sollte. Dieses fand Skalden-Sturla ein bemerkenswertes Zeichen: So wurden diejenigen bestraft, die mordeten und raubten.

Die vernichtende Niederlage der Sturlungen sorgte nicht nur hierzulande für großes Aufsehen, sondern auch in Norwegen. Was auch immer der verstorbene Sturla und König Håkon im Geheimen geplant hatten, konnte nun nicht mehr gelten. Um Zeit zu gewinnen, verbot der König allen seinen Gefolgsleuten, nach Island zu fahren, auch Snorri Sturluson, der damals bei Jarl Skule wohnte. Snorri ging das ziemlich gegen den Strich, denn er wollte unbedingt nach Hause, um sich um seinen Besitz zu kümmern. Nachdem er sich eine Zeit lang gefügt hatte, setzte er sich schließlich doch kurzerhand über das königliche Verbot hinweg, sagte: »Ich muss weg«, bestieg ein Schiff und kehrte nach Island zurück.

Das war ein Jahr nach der Schlacht von Örlygsstadir. Auch Snorris Frau Hallveig und sein Sohn Óraekja, die mit ihm in Norwegen gewesen waren, kehrten mit ihm zurück. Óraekja ging in die Westfjorde und versammelte die besagte Gruppe von Trunkenbolden um sich, mit denen er die ganze Gegend terrorisierte. Snorri und Hallveig zogen nach Reykholt zurück, wo Hallveigs Sohn Klaengur in der Zwischenzeit als Verwalter agiert hatte. Sowohl Mutter als auch Sohn freuten sich sehr über das Wiedersehen, anschließend ging Klaengur zurück in seine Heimat, nach Südisland, zu seinem Onkel Gissur.

Viele Sturlungen waren heilfroh über die Rückkehr des einflussreichen Snorri Sturluson. Sie hofften, er könne der Tyrannei von Kolbeinn dem Jungen und Gissur etwas entgegensetzen. Tumi Sighvatsson kam zu ihm, der seit der Schlacht von Örlygsstadir nicht mehr aufgehört hatte zu zittern. Er bat Snorri, ihm und seiner Mutter zu helfen, denn sie waren vollkommen mittellos, nachdem Kolbeinn ihr Erbe an sich gerissen hatte. Snorri sagte, er würde die Sache im nächsten Sommer vor den Althing bringen. Er hatte nie mit Kolbeinn Streit gehabt und war mit Gissur eigentlich immer befreundet gewesen. Außerdem wollte er seinen Ziehsohn Klaengur bitten zu vermitteln.

Gissur hatte nichts dagegen, die Sache mit Snorri und Tumi zu besprechen, doch als die beiden auf dem Althing im nächsten Sommer gerade ihr Lager aufschlagen wollten, kam plötzlich Kolbeinn der Junge mit vierhundert schwer bewaffneten Männern angeritten und sorgte für große Unruhe. Snorri und Tumi mussten sich rennend in die Kirche von Thingvellir flüchten, und auch als Gissur hinzukam, trauten sie sich nicht heraus, sie redeten nur aus der Kirche mit ihm, und man wurde sich nicht einig.

Zu allem, was Snorri sowieso schon plagte, wurde nun auch noch seine Frau Hallveig krank. Sie lag den ganzen Winter in Reykholt und wurde immer schwächer, bevor sie schließlich verstarb und Snorri untröstlich zurückließ. Nun war es ihm, als sei er ganz allein auf der Welt.

Er bereitete Hallveig eine äußerst ehrwürdige Bestattung. Snorris Sohn Óraekja kam ebenso wie Skalden-Sturla. Auch Hallveigs Söhne aus ihrer ersten Ehe kamen: Ormur und Klaengur. Skalden-Sturla und Klaengur, die Schwurbrüder, hatten sich seit der Schlacht von Örlygsstadir nicht gesehen. Es war offensichtlich, dass sie noch immer viel füreinander empfanden, und doch fiel es ihnen zum ersten Mal in ihrem Leben schwer, miteinander zu reden. Zwischen Snorri und seinen Stiefsöhnen Klaengur und Ormur herrschte Einigkeit, bis das Gespräch auf den Besitz von Hallveig kam. Sie war die reichste Frau Islands gewesen – und das schon, bevor sie Snorri geheiratet hatte, sodass Klaengur und Ormur nun ein beträchtliches Erbe erwarteten. Doch Snorri konnte wie gesagt nichts wieder hergeben, das er einmal in den Händen gehalten hatte, und speiste sie mit ein paar Büchern und anderem Kleinkram ab. Das Kostbarste, den Landbesitz, behielt er für sich. Klaengur und Ormur nahmen ihm das sehr übel. Insbesondere Klaengur war verärgert. Er wollte das große Vermögen seiner Mutter besitzen, denn wenn er reich wäre, würde ihn niemand mehr Fettsack nennen.

TUMI SIGHVATTSON DER JÜNGERE

In dem Jahr, als Snorri aus Norwegen zurückkehrte, wohnte ich bei Óraekja im Breiten Fjord. Óraekja hatte einige Arbeiten an seinem Hof in Angriff genommen, ich ging ihm und seinen Leuten zur Hand. Óraekja konnte ganz schön zupacken, wenn er in der richtigen Stimmung war, und er hatte sich in den Kopf gesetzt, auf seinem Hof eine heiße Badestelle anzulegen, ähnlich der, die sein Vater in Reykholt hatte. Óraekja bewohnte einen ganz annehmbaren Hof, nur heißes Thermalwasser gab es dort eigentlich nicht. Dabei köchelte Óraekja doch so gerne endlos lange Stunden im heißen Wasser und redete dabei mit interessanten Leuten – da stand er seinem Vater Snorri in nichts nach. Da es direkt am Hof aber nun mal kein heißes Wasser gab, musste Óraekja eine Wasserleitung von einer ziemlich weit entfernten Quelle bauen, und das Gesinde musste zusätzlich noch Wasser erhitzen und in das Bad tragen, damit es überhaupt etwas werden konnte mit der Badestelle. Doch schließlich war das Werk vollendet, und er teilte mir voller Stolz mit, er wolle die Badestelle weihen. Ich fragte etwas verwundert, ob das denn eine heilige Badestelle werden solle, doch er antwortete, er habe das nur so gesagt, er wolle sie halt mal ausprobieren. Dann fügte er hinzu, dass er seinen Vater ein wenig aufmuntern wolle, weil der arme Kerl doch nach dem Tod seiner Frau so niedergeschlagen war.

»Ja«, sagte ich. »Der Tod von Hallveig war für ihn ein schwerer Schlag«, und Óraekja fügte hinzu: »Das hatte uns nun wirklich gerade noch gefehlt.«

Ich fragte, warum, was Snorri denn derzeit noch alles belastete, und Óraekja antwortete, er habe nach der Beerdigung von Hallveig lange mit ihm geredet und Snorri habe regelrecht schwarzgesehen. Er sei sich darüber klar geworden, dass er nun bei der norwegischen Krone endgültig in Ungnade gefallen war, und das, obwohl er doch fast sein ganzes Leben lang nach deren Gunst gestrebt hatte. Sein enger Freund und lebenslanger Förderer Jarl Skule, einst der mächtigste Mann in ganz Norwegen, war im letzten Sommer erschlagen worden wie ein gemeiner Verbrecher, sodass er nun gar keinen Freund mehr am Königshof habe. Dafür umso mehr Feinde. Und auch das Schreiben wolle ihm nicht mehr gelingen, seit er die *Saga von Egill* beendet hatte. Ihm fiele einfach nichts mehr ein. Eigentlich kenne er ja das Gefühl, sich nach einem so großen Werk erst einmal ausgelaugt zu fühlen, doch langsam weiche diese Erschöpfung dem Gefühl, nie wieder etwas wirklich Gutes schreiben zu können.

Und ganz abgesehen von der Trauer um Hallveig, fand er es furchtbar, dass ihre Söhne, seine eigenen Stiefsöhne, ihm nun das Leben schwermachten mit ihren kleinlichen Forderungen. Und überall erzählten, er habe sie um das rechtmäßige Erbe ihrer Mutter betrogen.

»Und außerdem vermisst er natürlich seinen Bruder Sighvatur«, fügte Óraekja hinzu, bevor er verstummte und mir einen verstohlenen Blick zuwarf, als würde er bereuen, den Tod meines Vaters erwähnt zu haben, der mir bis heute keine Ruhe ließ.

Wir beschlossen zu feiern, um die Badestelle vielleicht nicht zu weihen, aber doch zumindest *ein*zuweihen, wobei der eigentliche Zweck der Feier der war, Snorri aufzuheitern. Óraekja wollte das Ganze im kleinen Kreis veranstalten: Nur er, Snorri und ich und dann noch Skalden-Sturla sollten teilnehmen.

»Wenn der dabei ist, wird es immer lustig«, sagte Óraekja.

Also ritt ich zu Skalden-Sturla und lud ihn ein, Óraekja ritt nach Reykholt, um seinen Vater zu holen, und bald waren wir alle vier zusammengekommen.

Zu trinken gab es genug. Ich wollte nicht mittrinken, und das war auch nicht schlimm, schließlich musste irgendjemand ja den Genies nachschenken, ganz abgesehen davon, dass ich während der Gespräche zwischen diesen dreien sowieso außen vor war. Ich konnte keine Geschichten erzählen wie sie, das konnte niemand. Wir aßen, dann setzten sie sich in die Quelle. Lobten sie. Ich hatte beobachtet, wie traurig Snorri den ganzen Abend dreingeblickt hatte, doch langsam wurde er lebhafter. Óraekja hatte vorher verfügt, dass während dieser Zusammenkunft nur über lange zurückliegende Dinge gesprochen werden durfte. Die Ereignisse der Gegenwart würden die Anwesenden zu traurig stimmen. Also erzählte Skalden-Sturla von dem Gesetzlosen Grettir, und es war eine große Freude, ihm zuzuhören, zumal wir ja hier im Breiten Fjord waren, also genau in der Gegend, wo Grettir einmal mit zwei ihm nicht unbedingt wohlgesonnenen Männern mitten im Winter in einem winzigen Boot hinaus auf den Fjord rudern musste, um einen Ochsen von einer Insel vor dem Fjord zu holen, der als Weihnachtsbraten vorgesehen war.

Schließlich war auch Snorri in Stimmung gekommen und erzählte fröhlich eine Geschichte nach der anderen. Óraekja wusste, wie sehr sein Vater opulente Feste mochte, also gab es guten Wein und Met aus Silberkelchen. Snorri erhob seinen Kelch und zitierte sich selbst: ein paar Verse, die er einmal darüber gedichtet hatte, dass sich die Trinkhörner mit Liedern und freundlichen Worten, guten Zaubern und Freudenrunen füllten, wenn man mit guten Männern zusammensaß. Wenig später zeigten Snorri und Óraekja mir einen Brief, den sie über Umwege aus Südisland erhalten hatten, allerdings nicht lesen konnten. Ich fragte, ob der Brief in einer fremden Sprache geschrieben sei, doch sie sagten, dass das nicht das Problem sei. Dann reichten sie ihn mir und fragten, ob ich daraus schlau würde.

Obwohl ich es gelinde gesagt vermessen fand, dass sie auch nur annahmen, ich könnte einen Brief lesen, den der größte Gelehrte des Landes nicht verstand, sah ich mir das Schriftstück an. Ich erkannte nicht einmal die Buchstaben. Das sei eine Art Geheimschrift, sagten sie.

»Verdammte Geheimrunen«, sagte Snorri dann und hatte ganz offenbar keine Lust mehr, einen weiteren Gedanken daran zu verschwenden.

Sie blieben nicht besonders lange in der heißen Badestelle, die ehrlich gesagt auch eher lauwarm war. Sie tranken im Haus weiter. Óraekja lachte und stellte Fragen, die Skalden erzählten eine Geschichte nach der anderen. Irgendwann standen die Männer sogar auf und tanzten, woraufhin einige andere Hofbewohner hinzukamen. Skalden-Sturla schlief gegen Morgen ein, doch Óraekja und Snorri waren unermüdlich. Irgendwann bat mich Óraekja sogar, die Pferde zu satteln, er wolle mit seinem Vater ausreiten. Doch ich tat so, als hörte ich das nicht, denn Óraekja hatte mir vorher ausdrücklich gesagt, dass er dieses Mal auf keinen Fall in Schwierigkeiten geraten wollte. Und wenn er betrunken durch die Lande ritt, endete das eigentlich immer in Schwierigkeiten. Schließlich verließen auch die beiden endlich ihre Kräfte, und ich zog mich zurück. Das Letzte, was ich von den beiden sah, war, wie sie Arm in Arm vor dem ergrauenden Morgenhimmel standen und schwankend in die Badestelle pinkelten.

Am Tag darauf bestieg Snorri sein Pferd und ritt nach Hause nach Reykholt, Óraekja gab ihm einige seiner Männer zur Begleitung mit. In Snorris traurige Gesichtszüge hatte sich immerhin ein Lachen gemischt. Auf dem Hofplatz küsste er uns alle. Und ritt dann seines Weges. Ich sollte ihn nie wiedersehen.

Wenig später verabschiedete sich auch Skalden-Sturla. Er hatte noch eine Weile versucht, den Brief mit den Geheimrunen zu entschlüsseln, und schließlich zu Óraekja gesagt: »Ich glaube, jemand will deinen Vater vor etwas warnen.«

»Wirklich? Wovor denn?«, fragte Óraekja.

»Das bekomme ich nicht raus«, sagte Sturla.

Dann sahen sie sich lange in die Augen. Mehr gab es dazu nicht zu sagen, zumal Snorri bereits fortgeritten war.

KLAENGUR BJARNARSON

Gissur war gerade aus dem Norden zurückgekehrt, wo er sich mit Kolbeinn dem Jungen besprochen hatte. Das war an sich nichts Ungewöhnliches, sie hatten immer etwas zu besprechen, doch nun ließ Gissur seinen wichtigen Anführern ausrichten, sie sollten ihre Männern bewaffnen und zu ihm kommen, er plane einen Kriegszug.

Es kamen viele. Unter anderen mein Bruder Ormur, der mich ziemlich besorgt fragte, was hier eigentlich los sei, doch das wusste ich auch nicht besser als er. Dann kam Gissur und stieg auf einen Hauklotz. Er hielt einen Brief in die Luft, den König Håkon angeblich ihm und Kolbeinn dem Jungen geschickt habe mit dem Befehl, Snorri Sturluson festzunehmen und nach Norwegen zu bringen, weil er dort als Hochverräter gelte.

Ormur beugte sich zu mir und flüsterte: »Genau das hatte ich befürchtet.« Dann sagte er lauter und direkt zu Gissur: »Und wenn Snorri sich weigert?«

»Dann wird er mit Waffengewalt gezwungen.«

Ormur sah mich an und sagte: »Wir können dabei nicht mitmachen. Snorri ist unser Ziehvater.«

Dann fügte Gissur, ohne uns Brüder aus den Augen zu lassen, hinzu, dass er Snorri auf diesem Kriegszug auch die Besitztümer abnehmen würde, die aus dem Erbe unserer Mutter kamen und rechtmäßig meinem Bruder und mir gehörten.

»Ich kann trotzdem nicht dabei sein, wenn Snorri erschlagen wird«, antwortete Ormur.

Da erwiderte Gissur: »Vielleicht kommt es ja nicht so weit.«

Ormur schüttelte den Kopf und sah mich an.

»Ich mache da nicht mit.«

Er wartete auf meine Reaktion.

»Du hast gehört, was Gissur gesagt hat. Es kann sein, dass sie gar keine Gewalt anwenden müssen. Vielleicht können wir es schon allein dadurch verhindern, dass wir dabei sind«, sagte ich.

Ormur antwortete nicht. Er ging einfach über den Hof, setzte sich auf sein Pferd und ritt davon. Gissur sah ihm hinterher und machte eine Handbewegung, die zeigte, dass er dazu nichts mehr zu sagen habe. Dann sah er mich an. Ich konnte ihn einfach nicht im Stich lassen, er war doch mein Onkel. Also beschloss ich zu glauben, dass es schon nicht so schlimm kommen würde.

Wir ritten über die Thingvellir in Richtung Borgar-Fjord. Auf dem Weg bedankte sich Gissur bei mir, dafür, dass ich mitgekommen war. Doch er verstand auch, warum Ormur es nicht gekonnt hatte. Wir waren ungefähr siebzig Mann. Ich fragte Gissur, ob wir denn genug seien, schließlich sei kaum ein Ort in Island so gut befestigt wie Reykholt und Óraekja würde bestimmt seine Leute aus den ganzen westlichen Tälern zusammenrufen, sobald er erfuhr, dass wir auf dem Weg nach Reykholt waren. Gissur grinste und sagte, ich solle mir um Óraekja keine Sorgen machen, was ich zunächst merkwürdig fand. Bis ich erfuhr, dass Kolbeinn der Junge mit seinen Männern von Norden nahte und damit allen Feinden, die Snorri aus dieser Richtung zur Hilfe kommen wollten, den Weg abschnitt.

Die meisten, die mit uns ritten, kannte ich. Das waren allesamt ehrenhafte Männer, bis auf Árni den Erbitterten, der war in ganz Island als Mörder verschrien. Erst in diesem Sommer hatte er einen guten Mann umgebracht, der ihm gar nichts getan hatte – für Geld! Danach hatte er bei Gissur Schutz vor Vergeltungsaktionen gesucht. Aus irgendeinem Grund waren solche Männer bei meinen geschätzten Verwandten in letzter Zeit immer öfter willkommen.

Wir erreichten Reykholt mitten in der Nacht. Ich rechnete mit einer langen Belagerung und den dazugehörigen langwierigen Verhandlungen – in die hatte ich ja schließlich vor, mich einzubringen, um auf eine friedliche Lösung hinzuwirken. Doch niemand hielt Wacht. Keiner kam, um das stolze Reykholt zu verteidigen, alle schliefen und wachten erst auf, nachdem wir mit unseren Leitern den Befestigungswall schon überwunden hatten und die Häuser stürmten. Überall war panisches Geschrei zu hören. Ängstliche Gesichter sahen uns aus den Betten an. Gissur stürmte in Snorris Schlafkammer. Doch dort war niemand – es sah allerdings so aus, als sei hier vor Kurzem schon noch jemand gewesen. Der Priester kam und fragte Gissur zitternd vor Furcht, was das alles hier zu bedeuten habe. Gissur antwortete: »Ich suche Snorri. Wo ist er?«

Der Priester sagte, er werde keinen Menschen ausliefern, der getötet werden solle. Gissur sagte, er wolle nur mit Snorri verhandeln, aber wenn er ihn nicht finden würde, dann ginge das eben nicht. Daraufhin machte der Priester eine Handbewegung. Gissur sah mit zusammengekniffenen Augen einige seiner Männer an, unter denen auch Árni der Erbitterte war und ein anderer berüchtigter Schläger namens Símon. Sie verschwanden in einem langen Gang und kamen zu einer Treppe, die nach unten führte. Gissur gab ausgerechnet Árni dem Erbitterten und Símon ein Zeichen, dort hinunterzugehen. Ich wollte ihnen folgen, versuchen, die Lage irgendwie unter Kontrolle zu behalten, doch Gissur griff meine Hand und sagte: »Lass uns hier warten.«

»Worauf denn?«, fragte ich. Gissur zuckte mit den Schultern.

»Darauf, ob sie ihn finden.«

Sein Griff um meine Hand wurde fester, ich merkte, wie er zitterte. Kurze Zeit später hörte man von unten lautes Rufen. Snorri bat sie, ihn nicht zu erschlagen, er wollte mit Gissur reden. Es folgte ein Tumult. Und ein Schrei.

Sie kamen wieder nach oben. Símon mit Blutspritzern im Gesicht und Árni mit Blut an den Händen.

Wir verschanzten uns eine Woche lang auf Reykholt, doch alles blieb ruhig. Dann zog Gissur zurück nach Südisland, ließ mich mit einigen seiner Männer zurück und übertrug mir die Oberaufsicht über Reykolt. Ich kannte hier ja alles. Und alle. All diese Leute auf Reykholt, die nun meinem Blick auswichen und nur das Nötigste mit mir redeten, bis ich es bald aufgab, sie anzusprechen.

Ich fühlte mich furchtbar dort.

Doch noch schlimmer wäre es gewesen, zurück nach Hause zu reiten und nach alldem, was passiert war, meinem Bruder Ormur in die Augen zu sehen.

SKALDEN-STURLA

Snorri Sturluson erschlagen? Als ich davon erfuhr, musste ich mich erst einmal hinlegen, so nahe war es mir gegangen. Warum nur? Sicher, Snorri hatte seine Fehler, seine Geldgier ging allen auf die Nerven, aber hatte er jemals Gewalt angewendet? Nein. Er hatte immer versucht, Kämpfe zu vermeiden, auch wenn ihm das bei manch einem den Ruf eines Feiglings einbrachte. Er versuchte immer zu schlichten und zu vermitteln, er glaubte daran, dass man alle Leute zur Vernunft bringen konnte, ganz gleich, wie sehr sie rasten vor Wut. Wie oft hatte ich gehört, dass Snorri gestandene Männer getadelt hatte, weil sie lieber kämpfen wollten als verhandeln. Snorri wurde nicht müde zu behaupten, dass Gewalt nur den dummen und bösen Menschen nutzte.

Ich hatte Snorri zuletzt bei der Einweihung von Óraekjas Badestelle getroffen. Ich sehe noch deutlich vor mir, wie er auflebte, als wir dort saßen und uns Geschichten erzählten. Das ist doch wirklich das Schöne am Leben, hatte er gesagt. Doch kurz darauf musste ihn wieder die Schwermut befallen haben – sonst hätte er Reykholt sicher besser verteidigt und sie hätten ihn nicht einfach so erschlagen können.

Dass ausgerechnet Gissur seinen ehemaligen Schwiegervater erschlagen hatte, verstand ich noch viel weniger. Jetzt musste nun wirklich allen endgültig klar geworden sein, wie sich nach den Ereignissen am Apavatn und der Schlacht von Örlygsstadir alles verändert hatte. Das Land wurde nun nur noch von kurzsichtigem Handeln und Hass beherrscht, Weitblick und Friedfertigkeit galten nichts mehr.

Doch da war eine Sache, die ich noch weniger verstand als alles andere: Dass mein Schwurbruder Klaengur bei dem Kriegszug gegen unseren Ziehvater Snorri dabei gewesen war. Sicher, die beiden hatten sich manchmal um Geld gestritten, aber das konnte doch nicht der Grund dafür gewesen sein! Ich verstand es einfach nicht, ich weigerte mich regelrecht, es zu glauben, wollte nichts davon hören, bevor ich nicht mit Klaengur selbst geredet hatte. Klaengur war doch immer ein zurückhaltender Mann gewesen, vielleicht sogar ängstlich. Wenn andere sich stritten, hielt er sich normalerweise raus.

Ich schickte Óraekja eine Nachricht. Er antwortete sofort und wollte mich schnellstmöglich treffen. Wir Verwandten mussten nun erst recht zusammenhalten und uns gegenseitig beschützen. Ich wollte wissen, wie Óraekja auf den Mord an seinem Vater reagieren würde. Er konnte so unberechenbar sein. Doch als wir uns trafen, war Óraekja einfach nur niedergeschlagen. Und er war die Ruhe selbst. Er lachte nicht mehr, wenn er sprach, so wie er es sonst getan hatte. Er war ganz blass geworden, und sein Blick wirkte hart. Er sagte, wir müssten nun jeden Schritt genau bedenken – was auch immer wir taten, es müsste gut vorbereitet sein. Aber irgendetwas müssten wir tun.

»Du hältst doch zu mir, Skalden-Sturla?«, fragte er dann und sah mir in die Augen. Ich wunderte mich über die Frage, ich hielt das für selbstverständlich, doch Óraekja sagte, er habe den Eindruck, nun niemandem mehr trauen zu können, schließlich habe sich sogar mein Halbbruder Bödvar auf die Seite von Gissur geschlagen und würde nun für diesen hier in den westlichen Tälern die Leute aushorchen. Bödvar habe Gissur sogar seinen Sohn Scharten-Thorgils als Pfand übergeben, um Gissur zu beweisen, dass er nun auf seiner Seite stand. Um meinen Halbbruder zumindest ein wenig zu verteidigen, sagte ich, dass Óraekjas Schwager und Freund, Kolbeinn der Junge, auch nicht besser sei. Alle wussten, dass er auf Gissurs Seite an dem Kriegszug gegen Snorri teilgenommen hatte, doch Óraekja weigerte sich standhaft, das zu glauben. Er wollte nichts mehr davon hören und warf mir nun wiederum vor, dass auch mein Schwurbruder Klaengur zu unseren Feinden übergelaufen sei. Das wiederum wollte ich nicht glauben, sodass Óraekja und ich uns bald regelrecht anschrien, doch dann wurde uns klar, wie dumm das war. Wir fielen uns in die Arme und schworen uns ewige Treue. Ich ritt wieder nach Hause.

Ich nahm allerdings nicht den direkten Weg, sondern ritt vorher noch zu Bödvar und rügte meinen Halbbruder sehr dafür, dass er Gissur bei diesen grausamen Taten gegen uns Sturlungen unterstützte. Bödvar war am Boden zerstört. Er sagte, er habe keine andere Wahl gehabt. Er bat mich zu bedenken, dass Gissur und Kolbeinn nun das ganze Land beherrschten und allen kleineren Männern nichts anderes übrig bleibe, als ihren Befehlen zu folgen. Er flehte mich an, Óraekja auf gar keinen Fall bei einem seiner halb garen Rachepläne zu unterstützen – man wisse doch, dass er zu unüberlegten Aktionen neigte, und in diesen Zeiten gebe es nichts Schlimmeres als diese. So sprach mein Halbbruder Bödvar, der von allen Leuten in unserer friedlichen Familie immer der Friedlichste gewesen war. Jetzt hatte er nur noch Angst.

Ich ritt allein nach Hause, sank auf meinem Pferd immer weiter in mich zusammen und dachte an Onkel Snorri, der mir das Schreiben beigebracht hatte …

Snorri, dieser verrückte Kerl. Dieser wunderbare, verrückte Kerl. Er hatte einem schon ganz schön auf die Nerven gehen können, so selbstverliebt wie er gewesen war, seine Eitelkeit und Gier waren ja manchmal fast lächerlich gewesen, aber das hatte er doch alles nicht böse gemeint. Snorri hatte einfach gedacht, dass die Reichtümer der Welt in erster Linie für ihn da gewesen waren, sonst hätten die Mächte des Himmels ihn ja wohl kaum zum reichsten Mann des Landes gemacht. Gut, er hatte sich vielleicht das eine oder andere Erbe unter den Nagel gerissen – darunter auch Dinge, die eigentlich mir zugestanden hatten –, doch das hatte er wirklich nur getan, weil er es gerecht fand. Snorri hatte nie geraubt oder Gewalt angewendet, niemals. Alles, was er besaß, hatte die Welt ihm in den Schoß gelegt, diese Welt, über die ich ihn einmal hatte sagen hören, dass er in ihrem ganzen Treiben ohnehin keinen Sinn sehe.

Oder … wie war das gewesen? Doch, ich war bei Snorri in Reykholt gewesen. Snorri war damals gerade fünfzig geworden, und das machte ihm zu schaffen. Er sah seine Kräfte schwinden. Das Leben war doch mit fünfzig größtenteils vorbei, der Spaß, den es einem geben konnte, ausgekostet, und die Zukunft hielt nichts außer grauem Alter und Tod bereit, so war es doch. Er saß allein in seiner Stube und trank und sprach mit sich selbst, sank immer weiter in sich zusammen, schlief auf seinem Sitz ein, wachte in derselben Position wieder auf und griff erneut nach dem Metbecher. Die anderen gingen ihm aus dem Weg. Als ich an ihm vorbeiging, rief Snorri nach mir.

»Komm doch mal her, Freund.«

Er brauchte jemanden, der ihm zuhörte.

»Du kennst doch meine Bücher, meine *Heimskringla* über die norwegischen Könige.« Deswegen wollte er also mit mir reden. Er wusste, dass ich seit meiner Lehrzeit alle seine Bücher kannte. Und obwohl Snorri weiterhin fest davon überzeugt war, dass niemand bessere Bücher schreiben konnte als er, musste er doch ständig dafür gelobt werden. Er brauchte Lob wie die Luft zum Atmen, musste immer wieder hören, wie Leute bewundernd von seinen Büchern sprachen. Snorri hingegen lobte andere ja fast nie, und wenn er einmal lobende Worte fand, dann eigentlich immer für Leute, die gar nichts Besonderes getan hatten. Wie dem auch sei, wir sprachen also über seine Skaldendichtung. Nun, mit fünfzig, fand Snorri auf einmal, die Isländer hätten seine Dichtung nie richtig zu schätzen gewusst. Nur ich, sagte er, habe deren Wert schon immer erkannt, und ließ sich das fünfmal von mir bestätigen, natürlich geschmückt mit den entsprechenden Zitaten aus seinem Werk. Snorri hörte zufrieden zu und sagte dann: »Du bist ein guter Freund!«

Leuten, die seine eigenen Werke zitierten, konnte er durchaus Komplimente machen. Doch dann wurde Snorri wieder nachdenklich und sprach von Óraekja, seinem Sohn. Ich sah Tränen in seinen Augen. Óraekja sei ein guter Junge, sagte er, es gebe nur kaum jemanden, der ihn wirklich verstehe.

»Er ist ein guter Junge. Ich habe doch nur den einen.«

Damals war Snorris anderer Sohn bereits gestorben, und Snorri hatte lange gebraucht, um sich davon zu erholen – zumal Hallveig und er zur selben Zeit den Tod zweier Töchter im Kindesalter betrauern mussten. Snorri war damals zumute, als hätte die ganze Welt sich gegen ihn verschworen. Natürlich bestätigte ich ihm jetzt, dass Óraekja ein guter Junge sei, dass auf meine Freundschaft mit ihm nie ein Schatten fallen würde.

»Ja«, sagte Snorri und nickte. »Denkst du nicht auch, er könnte Skalde werden? Und ein ziemlich guter sogar?«

Ich glaubte das eigentlich nicht. Óraekja war viel zu ungeduldig, um jemals ein ganzes Buch schreiben zu können, doch das konnte ich Snorri so natürlich nicht sagen, also wich ich aus.

»Aber natürlich. Er ist so vielfältig begabt, er könnte alles Mögliche werden.« Doch Snorri durchschaute das sofort. Er musste jetzt in diesem Moment hören, dass Óraekja ein guter Skalde werden und die Arbeit seines Vaters weiterführen konnte, offenbar fand er, dass niemand sein Werk nach seinem Tod besser bewahren könnte, als sein eigener Sohn. Ich hingegen wollte nur noch raus aus diesem Gespräch. Mit einem so betrunkenen Mann zu reden war kein Vergnügen, wenn man selbst völlig nüchtern war. Snorri Sturluson sah mich an. Die Tränen flossen jetzt über sein Gesicht. Er schwieg eine Weile und fragte dann: »Kannst du dir das vorstellen? Dass es *mich* irgendwann einmal nicht mehr gibt?«

Und nun gab es ihn nicht mehr. Die Welt war durch seinen Tod ärmer geworden. Snorri mochte sparsam mit Lob gewesen sein, aber mit seinem Wissen und seiner Weisheit war er nie geizig umgegangen. Einmal hatte er uns auf Reykholt die Aufgabe gegeben, über Gesetzlose zu schreiben, die gezwungen waren, in der Wildnis zu leben. Mir fiel zuallererst der starke Grettir ein. Wir hatten schon öfter in der Schreibstube darüber gesprochen, dass Grettirs Feinde ihn nur mit Hexerei hatten besiegen können. Sein größter Feind Thorbjörn Öngull, dem ein großer Teil der Insel Drangey gehört hatte, auf die Grettir sich gegen Ende seines Lebens zurückgezogen hatte, hatte lange versucht, ihn von dort zu vertreiben. Nachdem es ihm mit Waffengewalt nicht gelingen wollte, ruderte er schließlich mit seiner alten, zauberkundigen Amme zur Insel, in der Hoffnung, sie könnte Grettir verunsichern. Ich hatte versucht, diese Geschichte auf meiner Wachstafel zu erzählen. Für den jungen Lehrling, der ich damals gewesen war, stellte das keine leichte Aufgabe dar: Ich musste beschreiben, was Grettir oben auf dieser steilen Klippeninsel tat, und gleichzeitig von Thorbjörn Öngull und seiner zauberkundigen Amme dort unten in ihrem kleinen Boot erzählen.

»Hier passieren mehrere Geschichten gleichzeitig, und doch werde ich sie hintereinander erzählen«, begann ich, erzählte von Grettir und schrieb später: *Jetzt geht die Geschichte unten im Boot weiter.*

Doch als ich das den anderen zeigte, waren sie nicht gerade begeistert. Snorri am allerwenigsten.

»Das ist zu kompliziert«, sagte er. »Du musst das mit viel mehr Abstand betrachten. Vogelperspektive – du musst gleichzeitig auf der Insel und im Boot sein und an allen anderen Orten auch.«

Ich versuchte es immer wieder, aber die Geschichte kam einfach nicht in Gang. Erst viele Jahre später konnte ich meinem Lehrmeister die endgültige, auf Kalbshaut geschriebene *Saga von Grettir* vorlegen:

Thorbjörn Öngull versuchte eine Weile, Grettir dazu zu überreden, die Insel zu verlassen, doch merkte er, dass er damit nichts erreichen würde. Er sagte: »Nun weiß ich wohl, mit welchen Teufeln ich es hier zu tun habe. Ein paar Tage werden vergehen, dann komme ich wieder.«

»Wenn du nie wiederkommst, wäre es auch kein großer Verlust«, sagte Grettir.

Die alte Frau lag im Heck unter einigen Kleidern versteckt. Grettir hatte sie bisher nicht bemerkt. Nun rührte sie sich und sprach: »Grettir, ich sage dir, dass dein Heil dich bald verlassen wird, alle Gunst und Gnade, aller Schutz und alle Stärke, je länger du lebst, desto mehr. Die meisten deiner glücklichen Tage hast du nun bereits erlebt.«

Und als Grettir das hörte, erschrak er sehr und sprach zu sich: »Ich weiß, dass sie mir Böses bringen wird. Doch wo sie mich nun ohnehin schon besucht, gebe ich ihr wenigstens noch etwas mit auf den Weg.«

Dann packte er einen großen Stein, schmiss ihn auf das Boot und traf genau die Decke, unter der die alte Frau lag.

Niemand hätte je damit gerechnet, dass jemand einen Stein so weit werfen kann. Im nächsten Augenblick hörte man einen lauten Schrei. Der Stein hatte die alte Frau getroffen und ihr den Oberschenkel gebrochen.

Die Leute lachten sehr über Thorbjörns Fahrt mit der alten Frau und fanden, Grettir sei wieder einmal der Klügere gewesen. Thorbjörn ärgerte sich über diese Worte sehr.

Nun war es sogar ganz gut, dass ich wusste, wie sparsam Snorri mit Lob umging, wenn es um die Werke anderer Skalden ging – erst recht, wenn sie gut waren. Denn er blätterte lange in meiner Saga herum. Und sagte dann gar nichts. Er war wohl mit anderen Dingen beschäftigt.

Snorri war eines immer sehr wichtig: dass man mit großen

Worten sparsam umging. Gerade, wenn man etwas besonders Unerhörtes beschreiben wollte, war es viel eindrucksvoller, wenn man bescheidene Worte wählte.

»Große Ereignisse werden durch große Worte nicht größer«, war einer seiner Lehrsätze gewesen. Das hatte ich immer versucht zu befolgen, auch in einer anderen Episode der *Saga von Grettir*: Grettir rudert mit zwei zwielichtigen Schwurbrüdern mitten im Winter in einem kleinen Boot auf den Breiten Fjord hinaus, um von einer Insel einen Ochsen für das Weihnachtsessen zu holen. Auf dem Rückweg geraten sie in ein großes Unwetter und bald sind die stärksten Männer von ganz Island ernsthaft in Seenot geraten, mit einem ausgewachsenen Ochsen in ihrem schwankenden Kahn. Als die Ruder aus den Dollen brechen, greift Grettir kurzerhand zwei Planken, die im Boot liegen, schlägt Löcher in die Bordwand, klemmt die Planken dort ein und rudert so heftig, dass das ganze Boot kracht. Als ich das erzählen wollte, dachte ich an Snorris Rat und schrieb einfach nur:

Da es ein ziemlich brauchbares Boot war und die Männer durchaus kräftig, schafften sie es an Land.

Ein weiterer Lehrsatz von Snorri lautete: »Humor ist jeder Geschichte schönste Zier.« Auch das war ihm sehr wichtig, er schärfte uns Lehrlingen ein, nie damit zu sparen. Wie tragisch eine Geschichte auch sein mochte – ein wenig schwarzer Humor machte sie noch besser. Und als ich später meine große *Saga von den Sturlungen* über dieses kriegerische Jahrhundert begann – die mich über so viele Jahre immer wieder beschäftigen sollte – und davon berichtete, was sich nach Snorris Ermordung ereignet hatte, befolgte ich auch diesen Rat: Óraekja hatte nämlich doch, kurz nachdem er mir versprochen hatte, nicht überstürzt zu handeln, ein großes Heer aufgestellt und war zum Bischofssitz nach Skálholt gezogen, um sich an den Mördern seines Vaters zu rächen. Es gelingt ihm, den Bischofssitz zu umstellen, auf einmal stürmt ein Mann namens Eiríkur Birkibeinn aus dem Bischofssitz direkt auf ihn zu und versucht, die Angreifer mit lautem Rufen zu beschwichtigen. Ich beschrieb das so:

Eiríkur Birkibeinn lief rufend herbei, auf einmal warf jemand einen Stein, der ihn so hart am Ohr traf, dass es ihm die Beine bis über den Kopf hochwirbelte. Daraufhin stellte Eiríkur Birkibeinn sein Rufen ein.

DIE ZEIT DER SCHWERTER

Nun passierten viele Dinge gleichzeitig.

Snorri wurde also im Herbst 1241 erschlagen und um Weihnachten im selben Jahr hatte Óraekja das bereits erwähnte Heer aus den westlichen Tälern und den Westfjorden aufgestellt. Viele tapfere Männer waren dabei, so zum Beispiel die Dufgus-Söhne, die später an Kakalis Seite kämpfen sollten. Am Tag vor Weihnachten griff das Heer dann Reykholt an, wo sich noch einige von Snorris Mördern aufhielten. Anschließend wollten sie nach Südisland weiterreiten, um sich an Gissur und seinen Männern zu rächen. In Óraekjas Heer ritt auch Skalden-Sturla. Er hatte keine andere Wahl gehabt, auch wenn er vor Angst fast umkam, weil er wusste, dass sich auch sein Schwurbruder Klaengur auf Reykholt aufhielt. Óraekja tobte vor Wut und brannte vor Rachlust – wie sollte Sturla seinen Schwurbruder vor ihm schützen können?

Sturla rechnete mit einer langen Belagerung, schließlich waren auf Reykholt viele kampferprobte Männer zurückgeblieben. Hinzu kam, dass die Verteidiger von Reykholt einiges an Zeit hatten, um sich vorzubereiten, weil Óraekja mit seinem Heer erst noch die wasserreiche Hvítá überqueren musste. Und das würde dauern, weil bestimmt an allen Furten Männer aus Reykholt Wache hielten. Doch dann fand Óraekja eine Furt, die seine Feinde offenbar vergessen hatten. Sie überquerten den Fluss viel schneller als gedacht und erreichten Reykholt zu einer Zeit, als noch niemand mit ihnen rechnete. Sie legten sofort Leitern an die Mauer, die Reykholt schützte, und ehe die Verteidiger sie auch nur bemerkt hatten, waren Óraekjas beste Krieger schon eingedrungen und hatten ihre Feinde überwältigt.

Und dann passierte das, was niemals hätte passieren dürfen: Óraekja ließ Klaengur hinrichten. Skalden-Sturlas geliebten Schwurbruder. Óraekja ließ sich nicht davon abhalten, dass Klaengur sein eigener Stiefbruder war – sie hatten sich nie richtig gemocht. Während dies geschah, war Sturla in der Kirche gewesen und hatte für Klaengurs Leben gebetet. Klaengur, den er versprochen hatte zu beschützen, Klaengur, der ihm einst das Leben gerettet hatte, als das Blut der Schlacht von Örlygsstadir noch an ihren Händen klebte. Doch Skalden-Sturla betete. Er war nicht auf dem Hofplatz, als Klaengur mit dem Gesicht in den Weihnachtsschnee gedrückt wurde und Óraekja einem Schergen befahl, das Schwert zu erheben …

Óraekja blieb bis zum ersten Tag des neuen Jahres mit seinem Heer auf Reykholt. Es kamen sogar noch mehr Männer und schlossen sich ihnen an, sodass sie schließlich mit fünfhundert gut bewaffneten und festentschlossenen Kriegern weiter zum Bischofssitz von Skálholt ritten, um sich an Gissur zu rächen. Skalden-Sturla saß schweigend auf seinem Pferd. Er wäre am liebsten nach Hause geritten, doch traute er sich nicht. Sie ritten über die Thingvellir. In Südisland hatte niemand mit einem so großen Heer gerechnet. Als Gissur davon erfuhr, sah er keine andere Möglichkeit mehr, als mit seiner Familie und den wichtigsten Gefolgsleuten zum Bischofssitz von Skálholt zu fliehen, Boten in die umliegenden Landkreise zu schicken und auf Hilfe zu warten.

Óraekja ließ den Bischofssitz umstellen. Es kam zu kleineren Kämpfen. Eiríkur Birkibeinn lief auf sie zu und versuchte, sie zu beschwichtigen, bis er besagten Stein an den Kopf bekam. Dann kam Bischof Sigvardur mit einem Priester im Schlepptau heraus.

Die Mitra schief auf dem Kopf, fuchtelte er mit einem Kruzifix und der Heiligen Schrift herum und begann, die Angreifer wortreich zu exkommunizieren. Das brachte Óraekja und seine Männer, die keine Feinde Gottes und seiner irdischen Stellvertreter sein wollten, dazu, die Waffen sinken zu lassen. Und nachdem Óraekja Gissurs Leben bereits in den Händen gehalten hatte, schlossen sie nun einen Waffenstillstand und gelobten, die ganze Sache vor Gericht von vernünftigen Männern entscheiden zu lassen. So kam Gissur mit dem Schrecken davon, und Óraekja zog mit seinem Heer wieder ab.

Als Nächstes mischte Ormur Bjarnarson sich ein. Er wollte den Mord an seinem Bruder Klaengur vor Gericht bringen und bat Gissur dabei um Hilfe. Gissur sagte, er habe zwar eigentlich gerade erst mit Óraekja einen vorläufigen Frieden geschlossen, sagte aber trotzdem seine Unterstützung zu, schließlich hatten Óraekja und er bei den Verhandlungen ja nicht über Klaengur gesprochen. Also bat er Óraekja im Frühling zu einer erneuten Zusammenkunft in den Borgar-Fjord, um zumindest eine Geldbuße für Klaengurs Leben zu erwirken. Óraekja wollte um jeden Preis, dass Skalden-Sturla ihn zu diesem Treffen begleitete, denn ohne dessen Verhandlungsgeschick fühlte er sich Gissur nicht gewachsen, doch Sturla wollte sich eigentlich nicht in diese Sache einmischen. Die Gedanken an das Schicksal seines Schwurbruders hatten ihn den ganzen Winter geplagt, doch nun hatte er gerade seine Helga geheiratet und die kleine Ingibjörg war geboren, die später die Schwiegertochter von Gissur werden sollte. Wenn auch nur kurz, da die Ehe nur einige Tage lang hielt und mit dem Mordbrand von Flugumýri endete. Helga hatte Sturla ausdrücklich davor gewarnt, sich weiterhin in die Streitigkeiten anderer Leute einzumischen. Das bringe doch nichts als Ärger, der ihm jegliche Freude am Leben nehme. Und doch ließ Sturla sich überreden. Auf dem Weg fragte er Óraekja, ob sie Gissur denn überhaupt vertrauen könnten, schließlich sei es inzwischen geradezu Mode, Leute zu Friedensverhandlungen zu bitten, um sie dann in einen Hinterhalt zu locken. Óraekja lachte nur und sagte, Sturla solle sich keine Sorgen machen. Bei der Zusammenkunft seien beide isländischen Bischöfe dabei und außerdem Kolbeinn der Junge, und der würde keinen Hinterhalt zulassen, schließlich war er, Óraekja, ja sein eigener Schwager. Außerdem musste Gissur doch dankbar dafür sein, dass Óraekja ihn bei der Belagerung von Skálholt verschont hatte. Doch dann kam es, wie es eben kommen musste: Gissur und Kolbeinn empfingen Óraekja und Sturla mit schwer bewaffneten Kriegern, nahmen sie fest und brachten sie nach Nordisland. Die Bischöfe konnten noch so viel protestieren, »Verrat« rufen und sich in ihrer Ehre gekränkt sehen – Gissur und Kolbeinn hörten ihnen gar nicht zu. Bald erfuhren die beiden Gefangenen, dass im Eyjafjord ein Schiff lag, das nur noch auf sie wartete, um dann sofort in See zu stechen und sie außer Landes zu bringen. Und zwar für immer. Für Sturla war das eine furchtbare Vorstellung. Er dachte an seine Frau Helga, die er über alles liebte, und an seine Tochter Ingibjörg. Würde er sie nie wiedersehen? Als sie über die Öxnadalsheidi ritten, konnte Óraekja ihn ein bisschen aufmuntern, als er sagte: »Wir haben auch schon mal besser ausgesehen«, doch das währte nicht lang, denn schon bald kam der Eyjafjord in Sicht und sie erblickten das Schiff, das dort vor Anker lag, und das Beiboot, das schon am Strand darauf wartete, sie an Bord zu bringen.

Doch an diesem Strand warteten auch drei mächtige Großbauern aus Westisland, die Sturlas Frau Helga eilig losgeschickt hatte. Sie waren Tag und Nacht geritten, um sich persönlich bei Gissur und Kolbeinn für die friedfertigen Absichten von Skalden-Sturla zu verbürgen, wenn er jetzt nicht gezwungen würde, das Land zu verlassen. Das sorgte für einiges Aufsehen, denn diese Großbauern waren so reich, dass sogar Kolbeinn und Gissur sie lieber als Freunde haben wollten, als sie mit so einer Kleinigkeit zu verprellen. So konnte Skalden-Sturla schließlich als freier Mann mit ihnen nach Hause reiten. Óraekja hingegen wurde mit dem Schiff nach Norwegen gebracht und starb dort wenig später an einer Krankheit.

SKALDEN-STURLA (IST MEIN BRUDER IN GEFAHR?)

Was war dort auf Reykholt bloß geschehen?

Es war Weihnachten. Sie hatten Klaengur festgenommen. Ich bat um Gnade für ihn. Inständig. Immer wieder. Und nicht nur ich bat Óraekja darum, auch andere Sturlungen und Freunde von Klaengur setzten sich für ihn ein. Óraekja hatte es versprochen. Am heiligen Weihnachtsfest werde er niemanden köpfen, hatte er gesagt. Dennoch hörte ich nicht auf, um Gnade für Klaengur zu bitten, denn ich wusste, dass Óraekja unter großem Druck stand, sich an den Leuten zu rächen, die dabei gewesen waren, als sein Vater Snorri umgebracht worden war – und wenn Óraekja unter Druck stand, wurde er noch unberechenbarer, als er es ohnehin schon war. Am nächsten Morgen blieb ich nach der Weihnachtsmesse lange in der Kirche und betete für das Leben meines Schwurbruders …

Ich kann davon eigentlich gar nicht erzählen. Nicht einmal darüber nachdenken kann ich.

Sicher, ich hatte in meiner *Saga von den Sturlungen* von allen Kämpfen und Schlachten dieser Zeit berichtet, doch da ich eben von *allem* berichtete, war es mir leichtgefallen, das Wichtige zwischen allen möglichen Nebensächlichkeiten zu verstecken. Ich hatte es so geschrieben, dass man kaum bemerken konnte, dass ich all das aus nächster Nähe mitbekommen hatte, die Hinrichtung von Klaengur erschien einfach nur als ein Ereignis in einer endlos langen Reihe von Tötungen – anders hätte ich wahrscheinlich gar nicht über ihn schreiben können, über meinen Schwurbruder und besten Freund, dem ich versprochen hatte, *geschworen* hatte, ihn zu beschützen, so wie er mich beschützt hatte. Klaengur, dieser dickliche, schweigsame Junge, der ungern unter Leuten war und eigentlich am liebsten alleine blieb oder sich von mir Geschichten erzählen ließ, hatte auf mich aufgepasst, als ich nach der Schlacht von Örlygsstadir in die Kirche fliehen musste, die bald von schwer bewaffneten, hasserfüllten Feinden umstellt gewesen war. Sie schlugen mit ihren Waffen gegen die Tür und drohten, die Kirche einzureißen, schließlich sei sie ohnehin entweiht, wenn so ein Pack darin saß wie wir. Wir Sturlungen seien schließlich im Skagafjord eingedrungen und könnten daher wohl kaum in einer der hiesigen Kirchen auf Schutz hoffen.

»Früher oder später müsst ihr euren natürlichen Bedürfnissen gehorchen und dann werdet ihr erschlagen wie die Hunde, die auf der Latrine sitzen!«, riefen Gissurs und Kolbeinns Männer von draußen und schlugen mit den Streitäxten auf ihre Schilde. »Oder ihr beschmutzt die Kirche und kommt dafür gleich in die Hölle, nachdem wir euch in Stücke geschlagen haben!«

Viele von uns saßen da wie gelähmt. Mit hängenden Köpfen und leerem Blick, wie Männer ihn oft haben, wenn sie auf den sicheren Tod warten. Und zwischen ihnen saß ich und wusste nicht, ob ich verzweifeln sollte oder hoffen durfte. Ich blickte auf den Altar mit dem Bild unseres Erlösers, der sein Kreuz nach Golgatha trug. Auf einmal erschien das Gesicht von Klaengur an einer Fensteröffnung, und neben ihm stand kein Geringerer als der Anführer Gissur selbst. Gissur, der überhaupt nicht in Stimmung war, mit irgendwas oder irgendwem Frieden zu schließen, schon gar nicht mit einem der Sturlungen, die ihn erst vor wenigen Wochen am Apavatn so schändlich betrogen hatten, und doch sagte er – Klaengur hielt währenddessen mit flehendem Gesichtsausdruck seinen Arm, weil er fürchtete, sonst die Aufmerksamkeit des mächtigen Verwandten zu verlieren, dem andauernd irgendwelche seiner Krieger zuriefen, dass keiner von dem

Dreckskerlen in der Kirche am Leben bleiben dürfe – mit einer Stimme, aus der jegliches Gefühl gewichen war: »Skalden-Sturla, komm raus. Du sollst von mir Gnade erhalten.«

Das hatte Gissur gesagt. Er war ganz heiser und von alldem Gemetzel unendlich erschöpft.

Dieser Tag in der Kirche im Skagafjord ist nun fast drei Jahre her. Und nun saß ich wieder in einer Kirche, diesmal in Reykholt, an Weihnachten. Ich betete und betete, und doch war da diese eine Frage in meinem Kopf, die alle meine Gebete übertönte: »Ist mein Bruder in Gefahr?«

Ich war sehr lange in der Kirche. Vielleicht nicht lange genug. Oder ich habe nicht intensiv genug gebetet, um erhört zu werden. Vielleicht war ich aber auch zu lange in der Kirche gewesen, und hätte stattdessen rausgehen sollen, um meinen Schwurbruder mit allen Mitteln zu verteidigen. Denn eigentlich hätte ich mir denken können, was Óraekja tun würde, obwohl er versprochen hatte, Klaengur zu verschonen.

Als ich aus der Kirche trat, war es hell geworden, und Klaengur lag nicht weit von der Kirche entfernt im Schnee. Dort lag der Körper. Und ein Stück weiter weg lag sein Kopf. Der Blutfleck, der sich um seinen Körper herum ausbreitete, war noch so warm, dass etwas Dampf aufstieg. Weiße Fetzen am Stumpf seines Halses. Mir kamen die Worte aus einem Buch von Snorri Sturluson in den Sinn, in dem ein sterbender Mann sich einen Pfeil aus der Brust zieht, weiße Fetzen von Fett daran sieht und sich freut, dass er in seinem Leben so gut zu essen bekommen hat. Wenn ich an diese Episode denke, spüre ich jedes Mal einen Stich im Herzen – die Erinnerung an diesen furchtbaren Weihnachtsmorgen von Reykholt.

DIE LEUTE AUF EYR

Die Zeit zwischen 1237, als Sturla Sighvatsson von seiner Pilgerreise nach Rom nach Island zurückgekommen war und nach der Macht im ganzen Land griff, bis zum Jahr 1241, als Snorri und später auch Klaengur in Reykholt erschlagen wurden, war schlimm gewesen. Aber man hatte es doch irgendwie aushalten können, schließlich hatte es zwischendurch auch immer wieder lichte Momente gegeben: Der junge Skalden-Sturla hatte seine Helga geheiratet, eine Tochter bekommen und sich niedergelassen. Und er hatte ein Buch geschrieben:

Anfang 1237 hatte Skalden-Sturlas Vater Thórdur seinem Sohn eine Nachricht geschickt und ihn gebeten, zu sich nach Eyr zu kommen. Sturla wusste, dass er für immer von Reykholt Abschied nehmen würde – seine Lehrlingszeit war nun vorbei. Er hatte das dreiundzwanzigste Lebensjahr erreicht, und war fest entschlossen, irgendwie einen Weg zu finden, um sein Leben dem Schreiben von Büchern zu widmen, nichts sonst verschaffte ihm eine solche Befriedigung. Doch dafür ins Kloster zu gehen und dem Leben den Rücken zuzukehren, das fand er dann doch nicht besonders verlockend.

Skalden-Sturlas Vater war krank geworden. Er lag die meiste Zeit im Bett und bekam schlecht Luft. Die Leute auf seinem Hof beteten zwar noch, er möge sich bald erholen, doch Thórdur machte sich daran, seine Angelegenheiten zu regeln, solange er noch dazu in der Lage war. Er hatte eine Frau gefunden, mit der er seinen Sturla verheiraten wollte: Helga. Sobald Skalden-Sturla angekommen war, nahm Thórdur seine letzte Kraft zusammen, erhob sich von seinem Krankenlager, und sie ritten gemeinsam zu Helgas Heimathof.

Eigentlich war Helga eine viel zu gute Partie für Sturla, der ja nur ein unehelicher Sohn von Thórdur war, doch offenbar fanden die Eltern von Helga Gefallen an dem jungen Mann, von dessen Gelehrsamkeit man schon weithin sprach, und Helga mochte ihn umso mehr. Also wurde die Sache beschlossen. Sie hielten Hochzeit.

Bald darauf wurde Thórdur immer kränker und starb im Frühjahr, als die Thorshühnchen und Odinshühnchen gerade aus dem Süden zurück nach Island gekommen waren und wieder an den Stränden des Breiten Fjords umherliefen. Thórdur hatte seinem Sohn aufgetragen, die Landwirtschaft auf Eyr zu übernehmen, doch meistens hielten sie sich auf Stadarhóll auf, einem guten Hof mit umfangreichem Landbesitz, den Helga in die Ehe eingebracht hatte.

Helga war lebenslustig, freundlich und hübsch. Allein deshalb wären es glückliche Tage für Sturla gewesen, doch sie wurden noch besser, weil Helga ihrem Mann viel Arbeit abnahm. Ohne Mühe führte Helga nicht nur den Haushalt, sie kümmerte sich auch um den Hof und die Landwirtschaft, sodass Skalden-Sturla viel Zeit zum Lesen und Schreiben blieb. Er wohnte jetzt mitten in dem Gebiet, in dem seine ersten Vorfahren sich niedergelassen hatten, deshalb lag es nahe, dass er deren Geschichte aufschrieb. So entstand in den nächsten drei Jahren die *Saga von den Leuten auf Eyr*. Irgendwie war es Sturla gelungen, diese Saga zu schreiben, obwohl im Land immer mehr Unfrieden herrschte:

Das war zu der Zeit, als König Harald Schönhaar in Norwegen an die Macht kam. Wegen des Unfriedens, der dadurch entstand, gaben viele vornehme Männer ihre angestammten Güter in Norwegen auf. Einige von ihnen zogen über das Gebirge Kjöl nach Osten, andere fuhren westwärts über das Meer. Es gab auch einige, die den Winter auf den Hebriden oder auf den Orkneys verbrachten.

Die Saga wurde abgeschrieben und verbreitete sich rasch, gefiel aber nicht allen, denn ein berühmter Vorfahr der Sturlungen kam darin nicht so gut weg, wie viele aus der Familie es sich gewünscht hätten: Gode Snorri. In der *Saga von den Leuten auf Eyr* wird er zwar als erfolgreicher und mächtiger, aber eben auch als hinterlistiger Mann dargestellt, der vor keiner Intrige zurückschreckt. Manchmal zeigt er großen Mut, in anderen Situationen legt er hingegen eine Zögerlichkeit an den Tag, die schon an Feigheit grenzt. Wie eine Spinne spinnt er, angetrieben von einer kühlen, klebrigen Geltungssucht, seine Fäden. Der Gode Snorri, auf den viele Sturlungen so unendlich stolz waren, denkt in dieser Geschichte immer zuerst an seinen eigenen Vorteil. Wenn er friedlich agiert, geschieht das nicht aus Güte, sondern aus Gleichgültigkeit, und wenn er grausam ist, handelt er nicht aufgrund von leidenschaftlicher Wut, sondern aus kaltem Kalkül.

Skalden-Sturla geriet über diese Darstellung des Goden Snorri mit einigen Leuten in Streit. Allen voran machte sein eigener Bruder Bödvar ihm heftige Vorwürfe. In späteren Werken sollte Sturla dann auch wesentlich freundlicher über den Goden Snorri schreiben, zum Beispiel in der *Saga von Grettir dem Gesetzlosen*. Dort gibt es eine Episode, in der der Sohn des Goden in die wilde Berggegend zieht, in der der Gesetzlose Zuflucht gesucht hat, und ihn töten will. Grettir überwältigt ihn und könnte ihn ohne Probleme töten, doch er verschont ihn, weil er so großen Respekt vor den Taten des Goden hat. Nachdem Snorri der Gode das erfährt, setzt er sich immer wieder für den gesetzlosen Grettir ein. Auch in Skalden-Sturlas *Kristni Saga* gibt es eine solche Szene. Hier überlegen die Isländer auf dem Allthing, ob sie den christlichen Glauben annehmen sollen oder nicht. Die Gegner der Christianisierung berichten von einem Vulkanausbruch in der Nähe der Thing-Stätte und behaupten, die heidnischen Götter seien in Zorn geraten. Und der Gode Snorri bietet seine volle Redekunst auf, um eine Lanze für die Christianisierung zu brechen, indem er, so berichtet es Skalden-Sturla, sagt: »*Und auf wen waren die Götter böse, als Vulkane die Lava ausspuckten, auf der wir seit Jahrhunderten hier stehen?*«

Damit war das isländische Christentum gerettet.

AUF KIRKJUBAER

»Ich werde nie wieder ein Wort darüber schreiben können«, dachte Sturla still für sich, nachdem er seinem Freund und Gastgeber Grímur auf den Färöer-Inseln die Geschichte vom Anfang der Zeit der Schwerter und dem furchtbaren Ende seines Schwurbruders Klaengur erzählt hatte. Dem Skalden versagte die Stimme. Er kämpfte mit den Tränen. Doch sein Freund Grímur war noch immer so tief in der Geschichte versunken, wie die Welt draußen, die sie durch die Fensterluken sahen, im Dunst des Morgengrauens versunken war. Grímur hatte noch nie jemanden eine so beeindruckende Geschichte erzählen hören. Oh, Schmerz der Welt. Die Isländer mussten es wirklich schwer haben bei all diesen Kämpfen, zum Glück war es auf den Färöer-Inseln friedlich. Nun verstand Grímur die Albträume seines Freundes – Sturlas rauschhafte Benommenheit hatte den Großbauern angesteckt, er brachte kein Wort mehr hervor, saß da wie gelähmt.

Der Skalde hatte noch nie ausführlich über diese Ereignisse geschrieben, weil er sie einfach nicht nahe genug an sich heranlassen konnte. Er hatte nicht einmal über diese Ereignisse gesprochen, außer mit seiner Helga, und das auch nur unmittelbar nachdem das alles geschehen war und ihn Albträume nachts aus dem Schlaf in die schweißverklebte Wirklichkeit der Winternächte rissen, aus einem Schlaf, der eigentlich gar kein Schlaf gewesen war. Aber nun, hier auf den Färöer-Inseln, war er diesen Ereignissen Stück für Stück nähergekommen.

Dann jedoch wich die Erinnerung an dieses ganze Blutvergießen dem Skalden ziemlich plötzlich aus dem Sinn. All diese

Ereignisse, die ihn wochenlang durch alle wachen und schlafenden Stunden verfolgt hatten, machten einem Gedanken Platz, der sich ihm plötzlich regelrecht aufdrängte, als er sich in der Wohnstube von Kirkjubaer umsah. Hier, auf diesem Hof, hatte der norwegische König Sverrir Sigurdsson seine Kindheit verbracht – als schüchternes Ziehkind, von dem niemand gedacht hätte, dass es sich einmal das ganze norwegische Königreich erkämpfen würde. Der Gedanke an diese Geschichte hellte die Stimmung des Skalden schlagartig auf. Es gab einen Lichtschein in der Finsternis, wenn auch nur für kurze Zeit.

So saß Skalden-Sturla mit Bauer Grímur im Morgengrauen. Abgesehen von weit entferntem Schnarchen und einem gelegentlichen Knarren in den Dachbalken, war es auf dem Hof absolut still. Der Skalde erinnerte sich wieder an den Satz, den er vor Kurzem gesagt hatte: »Ich werde nie wieder ein Wort darüber schreiben können.«

Doch dieses Mal sprach er ihn laut aus, sodass Grímur aufblickte und seinen Gast mit tiefer Bewegtheit in den Augen ansah. In diesem Moment wurde Sturla klar, dass es ihm jetzt trotz allem besser ging. Vielleicht half es wirklich gegen manche Seelenqualen, wenn man darüber sprach, und dann konnte es natürlich auch tröstlich sein, wenn man mit jemandem zusammensaß, der ähnlich aufgewühlt war wie man selbst.

Skalden-Sturla fielen folgende Zeilen aus der *Lieder-Edda* ein:

Sorge frisst dein Herz,
wenn du keinem mehr
von deinen Gedanken sprichst.

SKALDEN-STURLA

Als ich die ganze traurige Geschichte zu Ende erzählt hatte, war bereits der nächste Tag angebrochen, und mir blieb nichts anderes übrig, als mich ins Bett zu schleppen.

Merkwürdigerweise nickte ich rasch ein, schlief gut und lange und hatte keine Albträume. Als ich aufwachte, ging es mir besser, sowohl körperlich als auch seelisch.

Einige Tage vergingen, ohne dass wir tranken. Ich ließ die Bücher holen, die ich mit nach Norwegen nehmen wollte, und las darin. Doch je länger die Tage wurden, desto mehr Langeweile kam auf. Wie lange musste ich hier bloß noch bleiben? Ich wollte doch einfach nur nach Hause, dachte ich, auch wenn ich wusste, dass ich meine Heimat wohl niemals wirklich wiedersehen würde. Ich musste mich aufmuntern. Etwas trinken. Warum sollte ich mir das nicht gönnen? Es musste ja nicht viel sein, nur ein Becher, mit *guten Zaubern und Freudenrunen*, um mit Snorris Worten zu sprechen.

GRÍMUR,
GROSSBAUER AUF KIRKJUBAER

Als ich sah, dass der Skalde wieder angefangen hatte zu trinken, war ich nicht gerade begeistert. Er war eine Zeit lang angenehm ruhig gewesen. Als er die Met-Fässer erneut öffnen ließ, blieb das zwar auch erst einmal so, doch bald bekam ich das ungute Gefühl, dass wir uns im Kreis drehten, dass alles werden würde, wie es schon einmal gewesen war. Eine Plage, ihn als Gast zu haben. Mir war völlig unklar, wie er es in seinem Alter überhaupt durchhielt, so viele Abende nacheinander so viel zu trinken und dabei diese endlosen, unverständlichen Selbstgespräche zu führen. Und bald begann er auch wieder, ganze Tage und Nächte auf den Beinen zu sein, sodass meine Leute mich fragten, ob man diesen Mann nicht irgendwie loswerden könne. Und auch wenn ich ihn mochte und es immer wieder Momente gab, in denen er unglaublich unterhaltsam sein konnte, fing ich doch bald an, dasselbe zu denken: So ging es einfach nicht weiter. Es wäre eine Zumutung, wenn er den ganzen Winter bei uns blieb, und wer weiß, vielleicht sogar noch länger – so lange, bis das nächste Schiff nach Norwegen ablegte. Ich versuchte, das Thema vorsichtig anzusprechen, doch Skalden-Sturla antwortete nur ausweichend. Also fasste ich mir eines Tages ein Herz und sprach das Problem ganz direkt an. Sagte ihm zum allerersten Mal, dass er mich mit seinem Benehmen in ziemliche Schwierigkeiten brachte. Das war früh am Morgen gewesen. Sturla war gerade aufgewacht, und als er mich angehört hatte, wurde er nicht wütend, wie ich es befürchtet hatte, nein, seine Augen füllten sich mit Tränen und er bat um Verzeihung, nannte mich seinen Freund und sagte nur, dass es ihm im Moment nicht besonders gut gehe. Was er denn nur tun solle, fragte er mich.

Jetzt war guter Rat natürlich teuer. Sturla wollte eigentlich nur zurück nach Hause, um in Ruhe schreiben zu können. Mir wurde endgültig klar, dass ich ihn nur aufmuntern konnte, wenn ich mit ihm über Bücher und Sagas sprach. Sowohl über die, die seine Verwandten und andere Skalden früher geschrieben hatten, als auch über die, die er noch vorhatte zu schreiben. Sobald wir darüber sprachen, vergaß er all seine Sorgen. Und seinen Durst. Ich fragte ihn, warum er diesen Winter nicht nutzte, um unsere Geschichte aufzuschreiben, die Geschichte der Leute auf den Färöer-Inseln. Hier hatte sich schließlich auch einiges ereignet, was erwähnenswert wäre. Doch Sturla sagte, sein Onkel Snorri habe genau das bereits getan. Daraufhin fragte ich, ob er uns diese Saga nicht vorlesen könne, schließlich gab es hier kaum jemanden, der der Kunst des Lesens und Schreibens mächtig war, die so viele Isländer beherrschten. Sturla sagte, dass er uns in dieser Sache sicherlich helfen könne, und fügte hinzu, er habe in seiner Bücherkiste auch die *Heimskringla* seines Onkels Snorri Sturluson dabei, die er in Norwegen verkaufen wolle, wo viel Geld dafür zu bekommen sei – schließlich gehe es darin um die Geschichte der norwegischen Könige und ihre guten und schlechten Taten.

Kurz darauf beschlossen wir, hier auf dem Hof eine Zusammenkunft anzuberaumen, damit alle hören konnten, wie Skalden-Sturla aus der Färingersaga seines Onkels Snorri vorlas. Ich merkte sofort, wie gut Sturla dieser Plan gefiel. Er ließ sich die Bücherkiste bringen, sie knarrte beeindruckend, als er sie öffnete. Er blätterte stundenlang in den Büchern aus Kalbshaut und schien darüber alles andere zu vergessen, sogar den Met.

Bei uns auf dem Hof machte sich gewaltige Vorfreude breit. Ich schickte Leute zu den Nachbarhöfen und lud meine Freunde ein, ich schickte sogar Booten zu allen Leuten auf den Nachbarinseln, von denen ich annahm, dass sie Interesse an den weisen Worten hatten, die der berühmte Snorri Sturluson über uns Färinger niedergeschrieben hatte. Sie kamen alle. Ich hatte es auch nicht anders erwartet. Alle fanden sich an dem besagten Morgen bei uns ein, zu Pferd oder mit dem Boot, Männer, Frauen, Väter, Großmütter, Söhne, der Andrang war groß. Bald wurde mir klar, dass diese vielen Menschen nur in der Kirche Platz finden würden, und ich fragte den Skalden, ob in den Büchern von Snorri denn Dinge stünden, die sich für einen heiligen Ort nicht ziemten. Er sagte, ich könne ganz beruhigt sein: Die Sturlungen seien allesamt gute Christenmenschen und schrieben nur das, was dem lieben Gott gefiel. So versammelten sich alle, selbstverständlich mit der Erlaubnis des Bischofs, in der Kirche. Skalden-Sturla brachte zwei große Bücher mit. Was waren die doch schön anzusehen! Alle wollten einen Blick darauf werfen. Sturla blätterte behutsam eine Seite nach der anderen auf. Auf vielen waren die Anfangsbuchstaben mit prächtigen Farben und Bildern verziert, sodass einige der Zuschauer allein von der Schönheit dieses Anblicks feuchte Augen bekamen. Keiner traute sich, die Bücher zu berühren, außer Sturla, und selbst er berührte die Seiten äußerst behutsam. Die Herbstsonne schien durch die Fensterluken in unsere weiße, aus Stein gebaute Kirche herein, als der Skalde seine Lesung begann. Er war ganz blass, seine Haut war fast grau, die Stimme zögerlich, seine Hände zitterten. Doch je mehr er las, desto stärker wurde seine Stimme und auch das Zittern verschwand, seine Augen begannen zu glänzen und seine Haut bekam Farbe. Es war, als würde der Skalde Lebensenergie aus diesen Worten saugen, als wäre der Text ihm eine Medizin.

Sturla kündigte an, er wolle am Anfang etwas über die Geschichte von König Ólaf den Heiligen lesen, der das Christentum nach Norwegen gebracht hatte, denn der Heilige Ólaf habe sich auch »in Island, Grönland und auf den Färöern viele Freunde gemacht«. Er hatte den Isländern anständiges Bauholz geschickt, damit sie auf den Thingvellir eine Kirche bauen konnten, und sogar eine Glocke mitgeschickt, die dort heute noch zu finden war. Als Gegenleistung dafür forderte Ólaf, dass die Isländer ihm die Insel Grímsey schenkten, die ganz im Norden von Island weit draußen im Meer lag, und angesehene Männer sorgten dafür, dass die Isländer König Ólaf diesen Wunsch erfüllten.

Auf einmal unterbrach ein färöischer Bauer namens Einar die Lesung und hielt eine Rede. Er fand es alles andere als gut, dass die Isländer dem norwegischen König einfach so einen Teil ihres Landes schenkten.

»Wenn die Isländer die Freiheit behalten wollen, die sie seit Anbeginn genossen haben, dürfen sie dem König das nicht erlauben. Sie dürfen ihm kein Land schenken und auch keine Steuern bezahlen!«

Einar sagte noch viele andere Dinge über Snorris Buch, doch Skalden-Sturla ließ sich nicht beirren, las die Stelle einfach noch einmal vor, dieses Mal mit umso größerem Nachdruck, um dann genauso weiterzulesen. Bald kam die Stelle, die davon erzählte, dass die wichtigsten Anführer der Färöer-Inseln von König Ólaf dem Heiligen nach Norwegen zitiert wurden. König Ólafur forderte, dass alle Einwohner der Färöer-Inseln Steuern zahlten und die norwegischen Gesetze übernahmen. Die Anführer der Färöer akzeptierten das gezwungenermaßen, und daraufhin ließ der König ein Schiff mit vielen kampferprobten Männern auslaufen, um die Steuern einzutreiben.

Doch dieses Schiff verschwand. Niemand hörte oder sah es jemals wieder. Daraufhin schickte der König ein zweites Schiff mit noch mehr Männern los, doch auch dieses Schiff verschwand spurlos.

Und viele rätselten, was mit diesen Schiffen passiert sein mochte, las Sturla, und alle Färinger in der Kirche lachten, wenn auch zum Teil etwas verhalten, hatten die meisten doch bis jetzt mit ernsten

Gesichtern dagesessen. Daraufhin wiederholte Sturla den letzten Satz noch einmal mit einem Lächeln auf den Lippen.

Schließlich schickte König Ólaf einen berüchtigten Wikinger und Plünderer namens Karl los, der allerdings *aus einer guten Familie kam und in vieler Hinsicht ein hervorragender Mann war.* In Tórshavn traf Karl auf einige wichtige Bauern. Sie hießen Leif, Gilli und dann kam noch ein anderer namens Thrándur hinzu. Dieser lobte Ólaf den Heiligen und den Wikinger Karl in höchsten Tönen und bot Karl an, den Winter über bei ihm zu bleiben, und versprach außerdem, ihn in allem zu unterstützen, was er vorhatte.

Und um es kurz zu machen, endete die Reise des großen Wikingers Karl zu den Färöern damit, dass Thrándur ihn hinterlistig töten ließ. Skalden-Sturla beendete die Lesung mit den Worten: *Und auch nach dem Tod von Karl gäbe es von Thrándur und seiner Familie noch einiges zu berichten.*

Es vergingen einige Augenblicke, bis ich bemerkte, dass Sturla die Lesung beendet hatte. Ich wünschte, sie hätte ewig gedauert, und war mit diesem Wunsch nicht alleine. Die Leute trauten sich nicht einmal, sich zu räuspern. Schließlich ergriff einer meiner Freunde das Wort und fragte: »Und was gibt es da zu berichten?«

Sturla lächelte.

»Ich dachte, das könntet ihr mir vielleicht sagen?«

Alle schwiegen, was nur verständlich war. Wer traute sich schon, einer Saga des berühmten Snorri etwas hinzuzufügen! Dann lockerte sich die Stimmung in der Kirche langsam. Einer, der ein Nachfahre dieses berühmten Thrándur war – ein energischer Mann, der bis auf einen dunklen Flaum auf der Oberlippe bartlos war –, erhob sich. Er nannte seinen Namen und den Namen seiner Familie, bat um Verzeihung für sein Vorpreschen, dankte für die Lesung und fragte Sturla dann, ob er wisse, was die Isländer im Allgemeinen und Snorri im Besonderen denn von seinem Vorfahren Thrándur hielten? Er fügte hinzu, dass er natürlich wisse, dass Skalden-Sturla ein guter Freund des norwegischen Königs sei und betonte, dass er selbst die Handlungen seines Vorfahren Thrándur keinesfalls gutheiße. Aber dennoch erinnere man sich hier auf den Färöern an diesen Thrándur ganz gern.

Skalden-Sturla dachte nach und begann zu versichern, dass wir natürlich allesamt der norwegischen Krone treu seien und daher niemand die schändlichen Taten des alten Thrándur gutheißen würde. Er würde sich niemals erlauben, etwas zu sagen, das auch nur den kleinsten Tadel an der norwegischen Krone in sich trüge, das sei ihm vor vielen Jahren einmal fast zum Verhängnis geworden, denn es bewahrheite sich schließlich immer wieder, was ein anderer isländischer Skalde bereits vor langer Zeit geschrieben hatte: *Zahlreich sind des Königs Ohren*.

Dennoch könne er sagen, hier, ganz unter Freunden, dass sein Onkel Snorri diesem Thrándur irgendwie wohlgesonnen gewesen sein muss. Sonst hätte er ihn und die anderen aufrührerischen Bauern von den Färöern nicht so ausführlich in seiner Saga zu Wort kommen lassen, als sie sich dagegen aussprachen, ein Teil des norwegischen Königreichs zu werden, allein schon, weil der König dann Steuern von ihnen fordern konnte. Und sie hätten ruhig, so Sturla, noch hinzufügen können, dass der König noch ganz andere Sachen fordern könne, wie zum Beispiel, dass seine Gefolgsleute auf ihren Höfen alles stehen und liegen lassen müssen, um sich auf lange, gefährliche Seereisen zu machen, nur um ihn zu treffen, sodass man sich herumgescheucht fühle wie ein Schaf beim herbstlichen Almabtrieb.

Auf einmal rief aus einer Kirchenbank ein alter Mann, der kaum noch Zähne im Mund hatte: »Thrándur muss ein verdammt guter Redner gewesen sein!«

»Ja, so hat Snorri es zumindest aufgeschrieben«, sagte Sturla und legte die Hand auf das geschlossene Buch.

Das verblüffte die Bauern sehr. Wolle Sturla damit etwa sagen, Snorri habe sich das alles nur ausgedacht? Das sei sicherlich nicht der Fall, sagte Sturla. Aber Menschen erzählten eben unterschiedliche Geschichten über dieselben Dinge.

Doch das wollten viele nicht verstehen. Schließlich gab es doch immer noch eine Wahrheit. Man sagt die Wahrheit. Oder man lügt.

»Und was ist mit der Bibel?«, fragte Skalden-Sturla sie. »Hier wird doch sicher niemand behaupten, die Evangelisten würden lügen, und doch erzählen sie unterschiedliche Geschichten über das Leben von Jesus, das werden mir eure lateinkundigen Gelehrten doch sicher bestätigen.«

Und bei den letzten Worten sah Sturla unseren Bischof an, der mit Stab und Stola ganz vorne saß, sich nun höchstpersönlich erhob und verkündete, der isländische Skalde habe recht. Daraufhin wurde nicht weiter diskutiert.

Dann erhob sich abermals der Nachfahre des alten Thrándur und wunderte sich darüber, dass Snorri in seiner Saga Grímur Kamban nicht erwähnte, obwohl er es gewesen sei, der hier zuallererst gesiedelt hatte. Man erzähle sich, und das wisse man nun wirklich aus verlässlicher Quelle, dieser Grímur sei mit einer gewissen Ólöf verheiratet gewesen, die wiederum eine Verbindung zu Audur der Tiefsinnigen hatte, der großen isländischen Siedlerin, die, so habe er gehört, in Island bis heute sehr berühmt sei und viele bedeutende Nachkommen habe. Ob Sturla diese Leute kenne.

Nun strahlte Sturla über das ganze Gesicht. Das hatte er diesen Winter noch kein einziges Mal getan, ohne betrunken zu sein. Ja, sagte er, diese Leute kenne er durchaus. Audur die Tiefsinnige habe in den westlichen Tälern gewohnt, wo auch seine Familie herkomme. Und sein Bruder Ólafur Hvítaskáld habe über Audur und ihre Nachfahren ein Buch geschrieben. Darin spiele auch der Gode Snorri eine große Rolle, von dem auch in vielen seiner eigenen Bücher die Rede sei.

»Und auch ich stamme von dem Goden Snorri ab«, sagte Sturla.

»Eigentlich komme ich also aus der Familie der Snorrungen. Obwohl man uns jetzt anders nennt.«

»Du meinst die Sturlungen?«, sagte ich.

»Ja«, sagte Sturla und machte ein Gesicht, als sei dieses Thema damit erledigt.

Die Sonne ging langsam unter, und in der Kirche wurde es dunkel. Die Leute spürten, dass diese Zusammenkunft sich dem Ende näherte, einige machten sich schon bereit für die Rückreise. Von mir verabschiedeten sich natürlich alle, doch nicht alle hatten den Mut, auch den Skalden zu verabschieden. Er zog sich mit den Büchern zurück, und ich holte ihn wenig später hinzu, als ich mit meinen engsten Freunden zusammensaß, die ich natürlich nicht ohne Bewirtung gehen lassen wollte.

Die Wohnstube wurde eingeheizt, und ich ließ ordentlich auftragen. Ich spürte, dass meine Freunde anfangs etwas schüchtern waren, doch der Skalde zeigte sich nun offener als in der Kirche. Das Vorlesen hatte ihn regelrecht beseelt, er redete freundlich mit allen und jedem, und ich sah ihm an, dass er sich wohlfühlte. Der Met machte auch meine Freunde lockerer, sodass sie sich schließlich sogar trauten, auf Sturlas Fragen zu antworten. Alle wollten am liebsten über das reden, was soeben vorgelesen worden war. Wir sprachen über den alten Thrándur und unsere anderen Anführer aus vergangener Zeit, auch immer wieder über den besagten ersten Siedler, Grímur Kamban, dessen Name ich trage.

»Snorri hätte ihn ruhig mal erwähnen können!«, rief jemand. Und dann fielen uns immer mehr Ereignisse und Personen ein, die in Snorris Saga fehlten. Und Skalden-Sturla, der anfangs nicht hatte glauben wollen, dass im Buch seines Verwandten Snorri etwas Wichtiges fehlen konnte, hörte immer aufmerksamer zu.

»Was erzählt man sich eigentlich über Thrándur? Wie würde man ihn als Menschen beschreiben«, fragte Sturla.

»Als Mensch?«, fragten einige von uns.

»Ja. Wie hat er ausgesehen? Wie war er?«

»Er muss ein hübscher Mann gewesen sein«, sagte jemand. »Rote Haare, oder?«

Ein anderer hatte wiederum gehört, er habe ziemlich grimmig ausgesehen. Aber er sei ein kluger Mann gewesen, so viel sei klar. Klug, gerissen, aber auch ziemlich aufbrausend. Sturla erzählte von dem Goden Snorri, und viele fanden, dass er und Thrándur sich sehr ähnlich waren. Sturla erzählte auch von dem Gesetzlosen Grettir, und auch hier stellten meine Freunde Ähnlichkeiten zu Thrándur fest, nicht nur was das Aussehen anging.

Sturla erhob sich, ging zu seiner Schlafkammer, kam mit einer Tafel zurück und fing an, mit einem kleinen Stab darauf herumzukratzen. Was sollte das denn jetzt? Ja, sagte er, das sei eine Wachstafel. Darauf könne man Buchstaben schreiben. Und dann wegwischen und neue schreiben. Sturla schrieb eine Weile und las dann vor:

Thrándur war gut anzusehen, galt aber als ein Mann von dunklem Gemüt. Auf dem Kopf trug er rotes Haar, hatte Sommersprossen im Gesicht, und doch sah er ziemlich finster aus.

Alle waren voll des Lobes für die Worte des Skalden. Es wurde kräftig auf ihn getrunken, doch Sturla schob das Trinkhorn beiseite und wurde nachdenklich. Vielleicht hörte er aber auch nur besonders aufmerksam zu, denn meine Gäste redeten jetzt wild durcheinander, um Sturlas Beschreibung von Thrándur etwas hinzuzufügen. Schließlich sah ich, wie Sturla den Text auf der Wachstafel fortwischte und erneut etwas schrieb.

Dann las er uns vor:

Thrándur war groß gewachsen, rothaarig, rotbärtig und hatte Sommersprossen. Er blickte meist finster drein und war auch finster von Gemüt, war listig und schlau im Spinnen von Intrigen, unverträglich und übergriffig im Umgang mit kleinen Leuten, wogegen er den Mächtigen immer nach dem Mund redete, aber auch das nie ohne Hintergedanken tat.

Wir waren sprachlos.

König Magnus der Gesetzesverbesserer hatte recht: Sturla dichtete wirklich besser als der Papst.

Wenig später zog Sturla sich mit der Wachstafel in seine Schlafkammer zurück. Er hatte uns zum Abschied alle geküsst. Wir saßen noch eine Weile zusammen, sprachen aber nur leise, wie aus Ehrfrucht vor dem Zauber der Dichtung, den wir hier viel zu selten erleben.

Sturla sagte mir später, dass dieser Zauber erst entstehe, wenn man sich viele Jahre seines Lebens der Dichtkunst gewidmet hatte. Die, die das getan hatten, konnten Menschen so beschreiben, andere nicht.

AUF KIRKJUBAER

Am nächsten Morgen fragte Skalden-Sturla den Bauern Grímur, ob eine Magd ihm ein Bad bereiten könne. Wenig später sah man den Skalden unweit des Hofes im Meer schwimmen, was viele bewunderten, denn es war bereits Oktober und das Meer sehr kalt. Nachdem er geschwommen und lange im heißen Bad gesessen hatte, ließ er sich von einem handwerklich begabten Jungen ein Schreibpult zimmern. Als es fertig war, legte er Kalbshäute darauf, legte sein Tintengefäß, seine Schreibgeräte und Wachstafeln bereit, und wenig später erschienen auch schon die ersten Buchstaben auf dem Pergament.

Ein Mann hieß Grímur Kamban. Er siedelte als Erster auf den Färöer-Inseln. Das war zu der Zeit von König Harald Schönhaar, der mit seinen Übergriffen viele Männer aus Norwegen vertrieben hatte, von denen sich manche auf den Färöern niederließen, manche suchten sich aber auch andere unbewohnte Länder.

Er stand bis abends an seinem Pult. Unterbrach seine Arbeit nur einmal am Tag zur Essenszeit und war unglaublich mild gestimmt, allerdings auch ziemlich geistesabwesend. Er murmelte dauernd irgendwelche Dinge vor sich hin, und wenn ihn jemand etwas fragte, antwortete er erst spät darauf. So vergingen die nächsten Tage. Er schlief wenig und sah trotzdem von Tag zu Tag besser aus. Schwamm und badete am Morgen. Trank manchmal mit Bauer Grímur abends einen Becher Met, aber nie mehr, er war sanft und freundlich, lebte aber letztendlich in diesen Tagen in seiner eigenen Welt. Eines Tages nahm er sich einige Bootsmänner, die ihn nach Austurcy bringen sollten, wo der besagte Thrándur damals gewohnt hatte. Er sah sich dort um, machte sich mit den Wegen und der Landschaft vertraut und sprach mit allen Leuten dort, die sich in der Geschichte auskannten. Alle nahmen ihn gastfreundlich auf. Das waren glückliche Tage.

Sturla hatte anfangs gedacht, es würde ihn stören, dass sein Schreiber nicht bei ihm war. Er hatte schon befürchtet, ohne Thórdur Narfason nie wieder ein Wort auf Pergament bringen zu können – und ließ dennoch nicht nach ihm schicken, sondern schwang selbst Griffel und Federkiel.

Das schien seine Freude sogar noch zu steigern. Oh, wie glücklich es ihn machte, wenn er sah, wie die Wörter und Sätze wie aus dem Nichts auf den Kalbshäuten erschienen. Manchmal bekam er das Gefühl, die Worte würden vor seinen Augen tanzen, dann musste er sich setzen und die Augen schließen. Doch schon bald öffnete er sie wieder und las das, was er geschrieben hatte.

Es gab auch einen Mann namens Hafgrímur. Er war ein großer Hitzkopf und Streithahn und galt nicht als sehr klug. Er machte oft mit einem anderen Mann gemeinsame Sache, der hieß Eldjárn Kambhöttur. Der redete viel und meist schlecht über Menschen, arbeitete wenig, war dumm und böswillig, er log, zankte und verleumdete …

Bald war eine ganze große Buchseite beschrieben und dann noch eine und eine dritte, die Saga wurde länger und länger.

Wenige Wochen später war sie fertig. Im Vergleich zu Sturlas größten Sagas war sie vielleicht nicht besonders lang, und doch erzählte sie von großen Ereignissen. Er las Grímur den Anfang vor, und Grímur fand, auf seinem Hof sei etwas Wunderbares geschehen. Ihm war fast so, als wäre das Christuskind in seinem eigenen Stall zur Welt gekommen. Und als der Skalde sich daran machte, die Färingersaga abzuschreiben und die Seiten und Buchstaben zu schmücken und zu verzieren, und als er sie dann band, so gut er konnte, und dem Bauern Grímur als Dank für dessen

Gastfreundschaft schenkte, schien das dem Bauern eine mehr als angemessene Bezahlung für diesen schweren Winter zu sein, und er sagte, der Skalde könne bis zum Ende seines Lebens bei ihm bleiben, ohne in seiner Schuld zu stehen, so er denn wolle.

KIRKJUBAER – TÓRSHAVN

Auf allen Färöer-Inseln sprach sich schnell herum, dass der schiffbrüchige isländische Skalde, der den Winter über bei Grímur auf Kirkjubaer wohnte, ein Buch über die Besiedlung der Färöer geschrieben hatte, eine *Saga der Leute von den Färöer.* Sturla war regelrecht überrascht, wie viel Aufsehen seine Saga erregte. Immer wieder kamen Leute unter fadenscheinigen Vorwänden auf Grímurs Hof zu Besuch, um das Buch in Augenschein nehmen zu können, und einige Auserwählte durften es sogar vorsichtig anfassen und ein wenig darin blättern. Doch was dort geschrieben stand, wusste niemand außer Grímur selbst, dem der Skalde den Anfang vorgelesen hatte, von dem dieser nun allen erzählte. Alle waren sich einig, dass es ihnen eine große Ehre und Freude wäre, wenn der isländische Skalde eine weitere Lesung in der Steinkirche von Kirkjubaer halten würde.

Doch aus irgendeinem Grund wollte Sturla das nicht. Nicht, dass er an der Qualität seiner Saga zweifelte, aber die Erfahrung hatte ihm gezeigt, dass bei solchen Anlässen immer Leute auf den Plan traten, die einem vorwarfen, man hätte alles anders erzählen sollen, weil es doch so und so gewesen sei.

Und darüber auch nur nachzudenken, dazu hatte er überhaupt keine Lust. Es lief doch gerade so gut, er wollte seinen Gehilfen Thórdur Narfason hierher holen und an den Büchern arbeiten, die er dringend fertigstellen wollte. Als Grímur die Lesung in der Steinkirche später noch einmal ansprach und Sturla nicht länger ausweichend antworten konnte, ohne undankbar zu erscheinen, sagte er, er müsste dringend nach Tórshavn, um sich dort mit seinen Reisegefährten zu beraten, sodass die Lesung aus seiner Saga bis zu seiner Rückkehr warten müsse. Die hoffentlich bald erfolge.

Nebelschwaden hingen über dem Land und es nieselte, als er sich auf den Weg gemacht hatte und an der Küste entlangritt. Bauer Grímur hatte ihm einen Knecht als Begleiter mitgegeben und ein Lastpferd, das die Bücherkiste trug, die er nicht aus den Augen ließ. So kamen sie nach Tórshavn und ritten direkt zu dem angesehenen Großbauern, der die schiffbrüchigen isländischen Anführer bei sich aufgenommen hatte, bis sie ihre Reise im nächsten Sommer fortsetzen konnten. Dort war es gewesen, wo Sturla sich in den ersten Tagen seines Aufenthalts so unwohl gefühlt hatte, dass er überstürzt nach Kirkjubaer aufgebrochen war. Doch nun wurde er empfangen wie ein Ehrengast. Kaum war er angekommen, wurde auch schon ein Festmahl mit Fisch, Hammelschmalz und Trockenfleisch aufgetragen, und im nächsten Moment waren sie auch schon hinzugekommen und zu beiden Seiten an der Tafel platziert: die beiden anderen isländischen Anführer.

Hrafn und Thorvardur waren jünger als Sturla, sie waren um die fünfzig, hatten aber sonst wenig gemeinsam. Hrafn redete gern, war meistens gut gelaunt und eigentlich immer mit den Leuten einer Meinung, mit denen er gerade sprach. Er wiederholte gern deren Worte und lachte herzlich, besonders, wenn jemand versuchte, originell zu sein. Er war stark, hatte breite Schultern und funkelnde blaue Augen. Er war ein guter Handwerker und Naturheiler, wie viele seiner Vorfahren auch. Thorvardur hingegen war hager und hochgewachsen, ein eher dunkler Typ, geschmeidig in seinen Bewegungen, konnte aber durchaus mit Waffen umgehen, wenn es drauf ankam. Außerdem war er über die Maßen misstrauisch und konnte sehr wortkarg sein. Man bekam eigentlich nichts aus ihm heraus, außer ein paar beleidigter Worte, denn er zweifelte immer daran, dass die Leute ihn genügend respektierten. Doch auf ihre jeweils eigene Art und Weise freuten sich die beiden so sehr über die Ankunft des Skalden, dass der rasch das Gefühl bekam, als seien Hrafn und Thorvardur einander überdrüssig geworden.

HRAFN ODDSSON

Wie wunderbar, dass er wieder da war. Und dann war er auch noch so guter Laune; wie in seinen besten Tagen, schlagfertig und fröhlich, und in allem, was er sagte, schwang dieser hintergründige Humor mit, für den Skalden-Sturla so berühmt war. Er warf mit Komplimenten um sich und lobte umso mehr, je weniger Anlass dazu bestand – ich hoffe sehr, dass er eine Weile bei uns bleibt, sonst halte ich diesen Winter hier nicht aus. Ich muss dafür sorgen, dass er mir wohlgesonnen ist.

Meistens gelingt mir das ganz gut. Der Preis dafür ist natürlich, dass man so einiges runterschlucken muss, aber was soll's?! Man muss eben ein Gespür dafür haben, was die Leute hören wollen, dann ergibt sich alles andere ganz von selbst. So einfach ist das. Doch Sturla ist komplizierter als andere. Er ist nicht nur nachtragend, er durchschaut einen auch schnell. Und dann waren da natürlich auch noch die Geschichten, die in den letzten Jahren in Island zwischen uns vorgefallen waren. Warum musste es auch ausgerechnet die Hochzeit seiner Tochter gewesen sein, die gerade auf Flugumýri gefeiert wurde, als ich von dem bevorstehenden Angriff von Eyjólfur Ofsi erfuhr und niemanden gewarnt hatte? Später geriet ich dann mit dem Sohn von Skalden-Sturla ein wenig aneinander, der daraufhin gleich einen Kriegszug gegen mich anzettelte, an dem auch Skalden-Sturla selbst teilnahm, obwohl ich damals bereits zum Stellvertreter des norwegischen Königs in Island ernannt worden war, sodass dieser Kriegszug nichts anderes war als Hochverrat – ein Kriegszug gegen keinen Geringeren als den König selbst. Doch auch in diesem Fall war ich ruhig geblieben und hatte nur das getan, was die Gesetze vorschrieben. Ich erwirkte ein Urteil gegen Sturla, trieb eine Geldstrafe von ihm ein und sorgte dafür, dass der König ihn zu sich nach Norwegen zitierte. Was sich dann allerdings als reiner Siegeszug für ihn erwies: Er wurde am Königshof für seine Dichtkunst dermaßen verehrt, dass er mit höheren und feineren Titeln zurück nach Hause kam, als ich sie selbst hatte! Er sollte mir also dankbar sein. Das hatte ich ihm auch mal gesagt, im Spaß natürlich, aber mit diesen Dingen durfte man ihm nicht kommen, sonst packte ihn die Wut.

Wenn ich den Winter aber jetzt in dieser Einöde aushalten will, muss ich dafür sorgen, dass er mir wohlgesonnen ist. Ich liebe ihn doch und wäre nichts lieber als sein bester Freund. So wie ich immer der beste Freund von seinem Cousin Kakali gewesen bin.

ISLAND, IM SOMMER 1276

Skalden-Sturla hatte gerade wieder angefangen zu schreiben. Er hatte gleich gewusst, dass ihm der Teil der *Saga von den Sturlungen*, den er jetzt aufschreiben wollte, schwerfallen und ihn lange beschäftigen würde – dann kam die Nachricht des Königs, Sturla möge zu ihm kommen. Damit waren alle Pläne hinfällig geworden …

Dabei hatte der Skalde sich doch gerade erst wieder in seine Schreibstube getraut. Eine Zeit lang hatte er sich nicht vorstellen können, jemals wieder etwas zu schreiben. So war das manchmal: Er hatte Angst vor der Anstrengung des Schreibens gehabt, vor der riesigen Fülle an Menschen, Ereignissen und Ideen, die er irgendwie in einen Zusammenhang bringen musste. Es war immer schwer, einen roten Faden zu finden, der eine verzweigte Geschichte zusammenhält, und wenn es in dieser Geschichte auch noch um Ereignisse ging, die ihn selbst tief berührten, war es umso schwerer. Wie konnte er das alles zu einer Geschichte verweben, die der Wahrheit gerecht wurde, aber auch so lebendig erzählt war, dass man sie lesen oder hören wollte? Denn genau darauf kam es doch an.

Er legte den Federkiel beiseite und verschloss das Tintengefäß mit zitternder Hand. Soeben hatte er das Kapitel über den Mordbrand von Flugumýri beendet. Er hatte erzählt, wie sie den Hof angezündet hatten, von all den Menschen, die sich noch darin aufhielten. Wie seine eigene Tochter gerade noch schwer verletzt den Flammen entkommen war. Und wie der Junge, den sie gerade geheiratet hatte, der freundliche, vielversprechende Hallur

Gissurarson mit schweren Verbrennungen aus dem brennenden Hof gekrochen war und draußen von den Brandstiftern misshandelt und an ein Pferd gebunden wurde, das ihn so lange um die noch brennende Ruine des Hofes schleifte, bis er nicht mehr lebte. Skalden-Sturla hatte es geschafft, diese Geschichte in eine Form zu bringen, doch nun war er so erschöpft, dass er sich erholen musste. Ach, wie gut, dass er seine Frau Helga hatte. Sie nahm ihm auf dem Hof alle Arbeit ab, sorgte dafür, dass die anderen ihn in Ruhe ließen und er trotzdem alles bekam, was er brauchte. Einen halben Monat später kroch der Skalde wieder hervor, beschäftigte sich mit diesem und jenem, doch allein bei dem Gedanken an seine Schreibstube und die unvollendeten Bücher, die ihn dort erwarteten, bekam er Kopfschmerzen.

Doch es ist wohl nur der Tod, der einen Skalden endgültig von den Wörtern trennt. Manche Geschichten mussten einfach aufgeschrieben werden, und manchmal machte das ja sogar Spaß. So spürte auch Skalden-Sturla bald, wie es ihn allmählich wieder zum Schreiben hinzog. Eigentlich wollte er über die ersten isländischen Siedler und ihre Nachfahren schreiben, darüber, was diese großen Männer und Frauen vor über zweihundert Jahren erlebt hatten. Er wollte noch so viele Sagas über ihr Leben schreiben, in seiner ihm so eigenen Sprache, in der sich nostalgische Melancholie immer wieder mit einem Humor vermischte, durch den das Leben irgendwie etwas erträglicher erschien.

Doch vorher musste er dieses schreckliche Buch beenden. Über die Kämpfe und Schlachten, die er selbst miterlebt hatte und in die er auf so tragische Weise verwickelt war. Denn all das war ja nicht vorbei gewesen, nachdem Eyjólfur Ofsi und seine Helfershelfer nach der Hochzeit auf Flugumýri den Hof angezündet und Gissurs ganze Familie umgebracht hatten, denn der Einzige, der überlebt hatte, war ausgerechnet Gissur selbst gewesen! Seine Augen waren starr gewesen, wie gefroren vor Schock, und doch konnte man ahnen, welche Rachsucht unter diesem Eispanzer brodelte, wie im Inneren eines unter einem Gletscher verborgenen Vulkans. Dem Skalden war klar geworden, dass ihn diese Ereignisse noch lange beschäftigen würden, und nun hatte er gerade wieder mit seinem unermüdlichen Gehilfen Thórdur Narfason die Arbeit aufgenommen.

Erst einmal mussten sie lüften und aufräumen. Mäuse huschten über den Fußboden, sie mussten sie vertreiben, bevor sie die kostbaren Kalbshäute anfraßen, die noch unbeschrieben aufgestapelt in der Stube lagen. Thórdur wusste, wie schnell solche Widrigkeiten den Skalden entmutigen konnten, und machte sich mit Feuereifer an die Arbeit. Innerhalb kürzester Zeit war alles sauber und gut beleuchtet und oben auf dem Stapel mit den Kalbshäuten lag eine Tigerkatze, grau mit gelben Streifen, die die beiden Männer zufrieden anblinzelte: den Älteren, der zurückgelehnt auf einem gepolsterten Sitz lag und der trotz seiner sechzig Jahre in seinen Bewegungen noch fast mühelos erschien, und den Jüngeren mit den blauen Augen und der hellen Haut, der mit fließenden Bewegungen die Tinte anrührte, Federkiele vorbereitete und vor Arbeitseifer und Vorfreude fast platzte. Und der doch nur so wenig von dem verstand, was seinen Lehrmeister umtrieb.

Letztendlich ahnte Thórdur es. Und Skalden-Sturla selbst ahnte es auch. Nur die Katze kümmerte es herzlich wenig. Wie sollte Thórdur aber diese eigentlich unbegreifliche Aufgabe vollständig begreifen? Es ging doch um nichts Geringeres als darum, all die Kämpfe und Konflikte, Scharmützel und Schlachten, Allianzen und Intrigen, über die keiner mehr einen Überblick hatte, zu ordnen und zu begreifen – wie sollte das gelingen?

Thórdur Narfason wusste, dass es nur einen gab, der das vielleicht schaffen konnte: sein Lehrmeister Sturla. Und er wollte ihm dabei helfen. Vielleicht konnten sie diese Sache ja doch in nicht allzu langer Zeit abschließen und sich dann angenehmeren Themen zuwenden – sich mit Leuten beschäftigen, die vor langer Zeit gelebt hatten, als die Helden noch edel waren und hehre Ziele hatten und die Frauen noch wohlerzogen waren und schön. Die Zeiten, in denen man Freund und Feind noch klar trennen konnte. Das, fand Thórdur, wäre doch eine viel schönere Arbeit als das Wühlen in diesen unübersichtlichen, schmutzigen Tragödien der Gegenwart.

Skalden-Sturla war schon lange mit diesem Buch beschäftigt. Immer wieder hatte er in den letzten fünfzehn Jahren daran gearbeitet. Er hatte über den Aufstieg von Sturla Sighvatsson geschrieben und über die Schlacht von Örlygsstadir, die er selbst nur durch Gottes Gnade überlebt hatte. Er hatte erzählt, wie Snorri Sturluson zu Tode gekommen war und wie Kakali sich die Vorherrschaft über ganz Island erkämpft hatte. Nun war es ihm sogar gelungen, über den Mordbrand bei der Hochzeit auf Flugumýri zu schreiben, doch all das hatte ihm viel abverlangt. Sonderbar, wie viel schwerer es war, über den gewaltsamen Tod von Männern zu schreiben, die man selbst gekannt hatte oder sogar selbst hatte sterben sehen, als davon zu erzählen, wie sich die Krieger der Vergangenheit gegenseitig die Köpfe abschlugen. Männer, um die sich schon viele Geschichten rankten und die der Skalde natürlich nicht persönlich gekannt hatte. Skalden-Sturla wusste noch sehr gut, wie viel es ihm abverlangt hatte, über den Tod der Söhne von Thorvaldur aus den Westfjorden zu schreiben, dieser hübschen Jungen, die Sturla Sighvatsson einst hatte umbringen lassen, obwohl sie eigentlich nichts Schlimmes getan hatten, außer den Zorn des mächtigen Sturla auf sich zu ziehen. Und die Beschreibung des Mordbrands nach der Hochzeit auf Flugumýri hatte Skalden-Sturla so mitgenommen, dass er zwei Wochen im Bett gelegen und sich regelrecht davor gefürchtet hatte, weiterzuschreiben – wie anders, fast erholsam, war es da gewesen, die *Saga von den Leuten auf Eyr* zu schreiben, deren Geschichten schon vor so langer Zeit geschehen waren.

Hinzu kam, dass Skalden-Sturla diese ganzen grausamen Taten ja nicht nur aufschreiben wollte, sondern auch noch versuchen wollte, irgendeinen Zusammenhang, einen roten Faden in diesem ganzen Blutvergießen zu erkennen, doch wie sollte das gehen? Nach dem Mordbrand von Flugumýri waren nun wirklich alle Trennlinien zwischen Freunden und Feinden endgültig verwischt worden. Bis dahin hatten die Sturlungen einen Krieg gegen Kolbeinn den Jungen und Gissur geführt. Doch nach Flugumýri kämpfte jeder gegen jeden, Verwandte, selbst Brüder, schlugen sich gegenseitig die Köpfe ein. In solch einer Geschichte den Überblick behalten? Unmöglich.

Doch Thórdur Narfason schien nichts unmöglich. Schon gar nicht, wenn Skalden-Sturla es anpackte. Was war es doch für ein Glück, diesem Mann, den er wie einen Halbgott verehrte, eine Hilfe zu sein. Thórdur fand nichts interessanter als Männer, die schöne Literatur schreiben konnten. Er träumte davon, eines Tages einer von ihnen sein zu können. Bis jetzt war ihm das nicht geglückt, aber vielleicht gelang es ihm ja, wenn er lange genug mit einem Genie wie Sturla arbeitete. Schließlich hatte sein Meister als junger Mann von Snorri Sturluson gelernt, und heute war Skalden-Sturla selbst der angesehenste Skalde von ganz Island – trotz seiner manchmal finsteren Launen und seines unberechenbaren, sonderbaren Humors.

In den drei vergangenen Tagen hatten sie nur wenig geschrieben. Sturla überlegte hin und her, sie entwarfen Sätze und Absätze auf den Wachstafeln, doch Sturla war nie vollauf zufrieden, sodass Thórdur letztendlich nur Folgendes in Reinschrift bringen konnte: *Von den Brandmördern von Flugumýri ist zu berichten, dass sie zuerst nach Hofsstadur ritten und von dort nach Hólar, um sich unter den Schutz von Bischof Heinrekur zu stellen. Der Bischof nahm sie gut auf, verpflegte sie in seiner guten Stube und ließ sie bei sich schlafen. In Hólar hielt sich zur selben Zeit auch Hrafn Oddsson mit seinen Begleitern auf und ritt gemeinsam mit den Brandmördern weiter. Dort in Hólar erfuhren sie auch, dass Gissur den Mordbrand überlebt hatte. Viele der Männer konnten das nicht glauben und wurden sehr still. Hrafn Oddsson sagte, das bedeute für viele von ihnen den sicheren Tod.*

Wenn sie in diesem Tempo weitermachten, würde alles noch sehr lange dauern. Thórdur platzte fast vor Ungeduld und wollte schneller vorangehen, doch Skalden-Sturla hatte das Gefühl, Thórdur würde die Geschehnisse noch nicht gut genug verstehen – zum Beispiel die Tatsache, dass Hrafn Oddsson plötzlich mit den Brandstiftern gemeinsame Sache machte, obwohl er die ganze Hochzeitsfeier hindurch mit Gissur und seinen Söhnen zusammengesessen, sie geküsst und mit ihnen auf ewige Freundschaft getrunken und alles angenommen hatte, was das Fest an Essen und Trinken hergegeben hatte, auch die wertvollen Geschenke hatte er nicht abgelehnt: Hrafn war auf Gissurs schönstem Pferd von Flugumýri davongeritten, kurz bevor die Brandmörder kamen. Und mit diesem Pferd ritt er nun an der Seite von Eyjólfur Ofsi und den anderen Brandstiftern, während von Flugumýri nur noch die Kirche stand und der Teil des Hofes, in dem die Vorräte aufbewahrt wurden und der Molkebottich stand, in dem Gissur überlebt hatte, während seine Frau, seine Söhne und seine besten Freunde in den Flammen den Tod gefunden hatten.

Sturlas Saga konnte nur funktionieren, wenn sie einen Überblick bekamen, wenn sie irgendwie begriffen, wie es dazu gekommen war, dass nun jeder gegen jeden kämpften. Gegenüber seinem Cousin Kakali hatte Skalden-Sturla einst gesagt, dass in Island oft Kleinigkeiten wie Verleumdungen und Spott zu großem Blutvergießen führen konnten. Aber das war doch keine Erklärung für diesen Bürgerkrieg, zu dem sich diese vielen schrecklichen Geschehnisse inzwischen ausgewachsen hatten.

Sturla hatte einmal zu Kakali gesagt: »Seit einem halben Jahrhundert befinden wir uns hier mehr oder weniger in einem Bürgerkrieg, und wenn ich es richtig sehe, gibt es dafür keinen wirklichen Grund! Jedes Jahr gibt es Kämpfe mit vielen Toten, jedes

Jahr werden Männer gefoltert und geköpft und Höfe niedergebrannt, Frauen und Kinder verlieren das Dach über dem Kopf, und niemand weiß, warum.«

Und nachdem Skalden-Sturla im besagten Gespräch mit Kakali die großen Bürgerkriege in Norwegen als Gegenbeispiel für Kriege angeführt hatte, in denen es wirklich um etwas ging, nämlich um die Frage, ob man das Land unter einem König vereinen sollte oder ob das Land christlich werden oder heidnisch bleiben sollte, hatte er hinzugefügt:

Hier begegnet vielleicht ein Bauerntrampel einer Magd aus dem Nachbarbezirk und wenig später bekommt die Magd einen dicken Bauch. Sie werden sich nicht einig, ob zwischen dem einen und dem anderen ein Zusammenhang besteht, und sie verklagt ihn vor ihrem Goden oder der Knecht beschwert sich bei seinem Bezirksanführer, dass sie ihn verleumdet. Nun schicken die Goden und Anführer Boten mit Anklagen und Strafandrohungen zwischen den Bezirken hin und her, und früher oder später fühlt sich einer dieser Boten tödlich beleidigt oder er bezieht Prügel. Das darf die Gegenseite natürlich nicht auf sich sitzen lassen und bringt einen Sohn der anderen Familie um, woraufhin diese betroffene Familie eines Nachts loszieht, um der Gegenseite den Hof über dem Kopf abzufackeln. Daraufhin folgen dann Schlachten und Kriegszüge und Rachefeldzüge, die sich über mehrere Generationen hinweg fortsetzen, denn nun geht es plötzlich um die Ehre zweier angesehener Großfamilien. Und an den Bauerntrampel und die Magd, an die erinnert sich niemand mehr. Und auch nicht an das Kind, das aus ihrem Treffen hervorgegangen ist.

Hatte Sturla zu oft betont, was für absurd kleine Auslöser diese Kämpfe früher zum Teil gehabt hatten? Lag es daran, dass jüngere Leute wie sein Gehilfe Thórdur Narfason nicht mehr begriffen, wie ernst all das jetzt geworden war?

Denn es ging ja schon lange nicht mehr um Kleinigkeiten. Ein jeder hatte so viele Wunden davongetragen, musste Rache üben, dass eigentlich niemand mehr ohne Angst leben konnte. Elmsfeuer leuchteten im ganzen Land auf Schwerterklingen und Speerspitzen, es gab überall böse Omen, unheilverheißende Träume – das Land bebte vor Zorn, die Leute hatten panische Angst. Und so beschloss Skalden-Sturla, seinem Gehilfen noch einmal die ganze Geschichte zu erzählen, bevor sie weiterschrieben, schließlich hatte sich vieles, was sie jetzt aufschrieben, zu einer Zeit ereignet, als Thórdur noch gar nicht auf der Welt gewesen war. Und schließlich mussten sie beide genau wissen, worum es hier wirklich ging, wenn ihre Saga gelingen sollte.

SCHREIBSTUBE AUF STADARHÓLL, IM SPÄTSOMMER 1276

Also erzählte Skalden-Sturla seinem Gehilfen, wie es zum Mordbrand von Flugumýri gekommen war. Besonders das Schicksal von Ingibjörg, der Tochter des Skalden, ging Thórdur Narfason sehr nahe. Sie waren fast gleich alt, er warf heimlich ein Auge auf sie und konnte ein ganz verträumtes Gesicht bekommen, wenn er an sie dachte. Da die Geschichte über den Mordbrand von Flugumýri Thórdur aber eigentlich bekannt war, hielten sie sich hiermit nicht zu lange auf.

»Hieran zeigt sich eins«, sagte Skalden-Sturla also zu seinem Gehilfen. »Diese ganzen Morde mögen uns vielleicht unnötig und sinnlos erscheinen – dennoch töten die Leute nicht aus reiner Langeweile.«

Er forderte, Thórdur solle sich bereit machen. Er habe nun vor, sofort weiterzumachen mit der verworrenen Geschichte davon, was *nach* dem Mordbrand von Flugumýri geschehen war. Jetzt gehe die Arbeit richtig los.

»Bis zum Mordbrand hatten die Sturlungen, allen voran Sturla Sighvatsson und dann später sein Bruder Kakali, gegen Gissur Thorvaldsson und Kolbeinn den Jungen gekämpft. So viel ist klar, oder?«

»Ja, natürlich.« Thórdur Narfason nickte eifrig. Die Gefühle, die die Geschichte über das Schicksal von Ingibjörg in ihm ausgelöst hatte, waren wieder verschwunden – das ist der Vorteil derer, die schnell zu Tränen gerührt sind, deren Tränen trocknen meistens auch schnell. Thórdur stand ganz aufrecht da, er war voll bei der Sache, sein Arbeitseifer war endgültig zurückgekehrt. Was brachte es doch für einen Spaß, dem Meister zuzuhören.

»Der unglückselige Eyjólfur Ofsi reitet also mit seinen Leuten, darunter auch mein Verwandter, der eigentlich unbescholtene bärtige Kolbeinn, zum Bischofssitz nach Hólar.«

»Das weiß ich, das haben wir doch schon aufgeschrieben«, sagte Thórdur und sah auf eine Kalbshaut: *»Der Bischof nahm sie gut auf und verpflegte sie in seiner guten Stube und ließ sie bei sich schlafen …«*

»Ja«, sagte der Skalde. »Aber sie waren ja nicht zum Schlafen gekommen, sondern um nach ihrer frevelhaften Tat mit dem Bischof Frieden zu schließen. Und mit Gott. Eigentlich kein einfaches Unterfangen. Doch dann nimmt der Bischof, dieser sonderbare Norweger namens Heinrekur, sie so freundlich auf! Diese ganze Mörderbande! Und das, obwohl er erst ein Jahr zuvor auf der Reise nach Island nicht nur das Schiff mit Gissur geteilt hatte, sondern auch dessen Mission: dem Land Frieden bescheren und es unter die Kontrolle der norwegischen Krone bringen. Nun verhielt er sich aber so, dass ihm schien, er hätte einen noch verlässlicheren Verbündeten gefunden – Eyjólfur Ofsi, diesen Mörder. Dieses Nervenwrack!«

Thórdur hörte nun wieder sehr genau zu. Das war ihm neu.

»Was war dieser Bischof denn für ein Mann?«, fragte er. »Ich habe ihn nur einmal kurz gesehen, als ich noch sehr jung war.«

»Ich weiß es nicht«, sagte Sturla. »Ich bin aus ihm nie richtig schlau geworden. Vielleicht ist er einfach nicht besonders klug? *Dumm* darf man einen Bischof ja nicht nennen. Ich habe mir aber einige Jahre später am Königshof in Norwegen den Brief angesehen, den Brief, den Bischof Heinrekur an König Håkon geschickt hatte, weißt du? Den Brief, in dem er behauptet, sich in Island jetzt so gut auszukennen, dass er dem König alle Vorfälle und Menschen erklären könne. Aber diesem Brief merkte man an, dass dieser Bischof immer weniger zu verstehen schien, je mehr er sich mit den Ereignissen hier beschäftigte und je mehr Akteure er kennenlernte!

Ich kann mir das eigentlich nur so erklären, dass der Bischof diesen Brief an den König sofort geschrieben hatte, nachdem die Brandmörder bei ihm auf dem Bischofssitz angekommen waren. Zu einem Zeitpunkt also, als er noch dachte, Eyjólfur Ofsi habe einen großen Sieg errungen, weil es ihm gelungen war, Gissur umzubringen durch seinen Mordbrand, der – und merk dir gut, was ich jetzt sage – *der allen klugen Männern als das schlimmste Verbrechen galt, was sich jemals in Island zugetragen hat – möge Gott es denen vergeben, die es angerichtet hatten.*«

Thórdur schrieb diese letzten Worte auf eine Wachstafel und fragte den Skalden, ob er sie gleich in Reinschrift bringen solle.

»Normalerweise sollte man über etwas, das in der Vergangenheit geschehen ist, nicht auf diese Weise urteilen«, sagte Sturla. »Außer, etwas ist besonders folgenreich gewesen. Oder besonders verwerflich. Und das ist hier beides der Fall.«

Sturla schaute Thórdur aufmerksam an.

»Was dann geschah, wirst du vielleicht schon wissen, zumindest zum Teil«, fuhr Skalden-Sturla fort. »Als Eyjólfur mit seinen Männern den Bischofssitz erreicht hatte, war Hrafn Oddsson bereits vor Ort. Er war am Tag zuvor direkt von der Hochzeitsfeier, wo er in bester Laune mit allen gefeiert hatte, wie es eben seine Art war, hierher zum Bischof gekommen. Noch am Tag zuvor hatte er Gissur und seine Leute mit Küssen überhäuft und große Abschiedsgeschenke bekommen! Doch nun, in Hólar, schloss er Eyjólfur in die Arme. Er wollte sich mit diesem verrückten Kerl gut stellen, der offenbar das geschafft hatte, was viele vor ihm erfolglos versucht hatten – Gissur aus dem Weg zu räumen. Eyjólfur war völlig verwirrt, fast schien es, als würde er seine Tat bereuen, so wurde es mir zumindest erzählt – und wen würde das auch wundern? Aber dennoch waren offenbar alle guter Laune gewesen. Voller Hoffnung und Freude. Man sagte mir, sogar seine Hochwürden, der Bischof, habe gelacht.«

»Verrückt«, sagte Thórdur.

»Aber wie wir, glaube ich, schon geschrieben haben, hielt diese Freude nicht lange an. Schon bald erreichte Hólar eine Nachricht, die noch unglaublicher war als alles, was bisher geschehen war: Gissur hatte den Mordbrand von Flugumýri überlebt. Als Einziger aus seiner Familie! Plötzlich herrschte ungläubiges Schweigen. Es war Hrafn Oddsson, der es schließlich brach, um etwas zu sagen, das geradezu hellseherisch klang, wenn man eigentlich auch über keine prophetische Gabe verfügen musste, um zu erkennen, was er erkannt hatte. Er sagte, dass diese Vorkommnisse viele von ihnen das Leben kosten würde. An dieser Stelle haben wir damals aufgehört, oder?«

»Ja«, sagte Sturlas Gehilfe. »Genau an dieser Stelle.«

»Als sich herumsprach, dass Gissur noch am Leben sei, ritten natürlich viele Südisländer sofort nach Flugumýri, um ihm zu helfen – darunter auch einige, die sich in der Nacht, als der Hof in Flammen stand, nicht getraut hatten, ihm beizustehen. Auch dass die Brandmörder sich in Hólar aufhielten, sprach sich schnell herum. Einige wollten sofort zu einem Rachefeldzug aufbrechen, doch Gissur war für eine solche Aktion nicht zu haben. Wie er mir später sagte, wäre es ihm nie in den Sinn gekommen, einen heiligen Ort anzugreifen. Nie!

Und er hatte wahrscheinlich auch einfach zu wenige Männer und war wohl zu erschöpft, um diesen Angriff wirklich zu wagen.

Die Brandmörder flohen zusammen mit Hrafn Oddsson nach Norden und verschanzten sich im Hörgárdal, denn ihnen war klar, dass Gissur eine furchtbare Vergeltungsaktion plante. Wenn er schon nach dem Verrat am Ufer des Apavatn so wütend gewesen war wie ein Bär, den man aus seinem Winterschlaf gerissen hatte, was würde dann jetzt geschehen?«

»Ich hätte zumindest um keinen Preis mit denen tauschen wollen, die zu Gissurs Feinden geworden waren«, sagte Thórdur.

»Gissur rief eine Unmenge von Männern zusammen, hauptsächlich Südisländer, denn denen vertraute er am meisten. Er zog in den Eyjafjord, um alle Brandmörder zu töten, die er finden konnte, doch waren die wichtigsten bereits geflohen, sodass er eigentlich nur Helfershelfer erwischte: die Männer, die die Fackeln getragen hatten, und ähnliches. Gissur ließ sie trotzdem hängen, legte Höfe in Schutt und Asche und blieb so lange, bis seine Männer in der ganzen Gegend das Vieh getötet und verspeist hatten.

Doch die eigentlichen Brandmörder bekam er nicht zu fassen. Und als schließlich einige Männer einen Waffenstillstand verhandeln wollten, um weiteres Blutvergießen zu verhindern, ließ Gissur sich darauf ein. Er verließ den Eyjafjord und tat so, als würde er nach Westen ziehen. Er ließ die Nachricht verbreiten, er habe dort wichtige Dinge zu erledigen, und blieb einige Tage hier bei uns auf Stadarhóll. Mit den Brandmördern wurde vereinbart, dass sie sich möglichst weit in den Osten des Landes zurückziehen sollten. Jenseits des Eyjafjords.

Nachdem sich aber herumgesprochen hatte, dass Gissur nach Westen gezogen war, kehrten einige der Brandmörder heimlich nach Hause in den Eyjafjord zurück, unter ihnen auch der bärtige Kolbeinn – ich glaube, er hatte dort eine Frau und konnte nicht anders, als zu ihr zurückzukehren.

Doch das hätte er besser nicht getan. Denn Gissur hatte weder vor, in Westisland zu bleiben, noch sich an irgendeinen Waffenstillstand zu halten. Er eilte mit seinen Männern vielmehr über den nächstbesten Bergpass in den Eyjafjord zurück und brachte alle Brandmörder um, die sich zurückgewagt hatten, darunter auch den bärtigen Kolbeinn, diesen großen Krieger.«

»Um den umzubringen, hat Gissur sicherlich ganz schön viele Männer gebraucht«, sagte Thórdur. »Diese Dufgus-Söhne waren ja alles andere als harmlos.«

»Das stimmt«, sagte der Skalde. »Vom Tod des bärtigen Kolbeinn gibt es in der Tat einiges zu erzählen: Als Gissur und seine Männer ihn erwischten, war der bärtige Kolbeinn gerade im Bett gewesen. Manche sagen, er hatte nicht einmal Hosen an, auf jeden Fall war er vollkommen unbewaffnet gewesen. Gissurs schwer bewaffnete Männer hatten ihn bald umstellt. Aber als sie den Befehl bekamen, ihn zu töten, riss der bärtige Kolbeinn jedes Mal, wenn einer von Gissurs Männern nach ihm schlug, einen Mann aus Gissurs Truppe an sich, hielt ihn vor sich wie einen Schutzschild und schien dabei unglaublichen Spaß zu haben. Als sei das alles nur ein Zeitvertreib. Als Kolbeinn endlich überwältigt war, hatten viele seiner Gegner blutige Wunden.

Auf diesem Kriegszug erwischte Gissur auch andere Brandmörder und ließ sie allesamt erbarmungslos töten. Doch ihren Anführer, Eyjólfur Ofsi, den bekam er einfach nicht zu fassen.«

»Dieser Eyjólfur wusste wahrscheinlich kaum noch, was er tun sollte, vor lauter Angst«, sagte Thórdur. »Und was war mit Hrafn Oddsson?«

»Hrafn war bei Eyjólfur. Darüber sprechen wir später. Erst mal geschah etwas, womit eigentlich alle schon längst gerechnet hatten: Bischof Heinrekur hatte die Nase voll. Dieses Blutvergießen musste aufhören! Nachdem er erst die Brandmörder so freundlich aufgenommen hatte, als das Blut von Flugumýri noch an deren Händen klebte, regte er sich nun unglaublich darüber auf, dass Gissur das Friedensabkommen gebrochen hatte, und verhängte den Großen Kirchenbann über Gissur und alle, die bei seinem Rachefeldzug dabei gewesen waren.«

»Oh. Den Großen Kirchenbann?«

»Ja. Gissur und seine wichtigsten Leute waren exkommuniziert. Gissur hatte allerdings in der Zwischenzeit seinen Rachedurst mehr oder weniger gestillt. Er hatte viele Brandmörder umgebracht und mit dem bärtigen Kolbeinn auch einen der Anführer. Und da er nun bei dem Oberhaupt der isländischen Kirche in Ungnade gefallen war, sah er keine andere Möglichkeit, als nach Norwegen zu gehen und sich mit seinem Herren, König Håkon, zu beraten. Also zog er nach Süden und wartete dort auf ein Schiff.

Doch dort in Südisland hielt sich inzwischen auch Hrafn Oddsson auf. Und nun trug sich eines der unglaublichsten Ereignisse zu, die in dieser ganzen Zeit der Schwerter geschehen waren: Hrafn schlägt Gissur einen Friedensschluss vor – und Gissur nimmt an!«

»Wirklich?«

»Ja. Hrafn hatte es irgendwie hinbekommen. Und das, obwohl Gissur der Sinn nach allem Möglichen stand, nur nicht nach Frieden. Schon gar nicht mit Hrafn, der ihn so schändlich hintergangen hatte.

Darüber zu schreiben wird nicht einfach werden: Wie kam Hrafn auf die Idee, Gissur einen Friedensschluss anzubieten? Es waren ja erst wenige Monate vergangen, seit Gissur seine Frau und die Söhne beim Mordbrand von Flugumýri verloren hatte, von dem Hrafn die ganze Zeit gewusst und vor dem er doch niemanden gewarnt hatte. Er hatte während der ganzen Hochzeit mit Menschen getrunken, gefeiert und gelacht, von denen er wusste, dass sie die nächste Nacht nicht überleben würden. Und als er dann, über und über mit Geschenken beladen, davonritt, hatte er gewusst, dass Eyjólfur und die Mörder schon unterwegs waren!

Wie konnte Hrafn also ernsthaft denken, Gissur würde sich gemütlich mit ihm hinsetzen und einen Friedensvertrag aushandeln? Denn auch wenn Gissur seine Trauer still erduldete und nie eine Miene verzog, wussten doch alle, dass in seinem Kopf noch immer die Flammen von Flugumýri wüteten.«

»Weiß man, ob Hrafn zu Pferd zu diesen Friedensverhandlungen gekommen ist?«

»Zu Pferd? Meinst du mit dem berühmten Hengst, den Gissur ihm am Tag vor dem Mordbrand geschenkt hatte?«

»Ja.«

»Das weiß ich nicht. Aber so wie ich Hrafn kenne, ist das durchaus möglich. Hrafn denkt eben, er kann alle bequatschen, bis sie ihm wieder wohlgesonnen sind, egal, was er getan hat. Das hat er mir selbst einmal gesagt. Aber als er zu diesen Verhandlungen kam, ließ Gissur ihn sofort entwaffnen und nahm ihn gefangen. Einen ganzen Tag lang beschimpfte Gissur ihn, stieß wüste Drohungen aus und betonte hundertmal, dass er dieses Mal keine Gnade finden würde – um ihn dann schließlich einfach freizulassen! Er hatte sich von Hrafns schönem Gerede einwickeln lassen, genau wie alle anderen auch. Gissur sagte mir später einmal, dass er Hrafn blenden lassen wollte. Und entmannen! Und doch befahl er seinen Männern, ihn in Frieden ziehen zu lassen.«

»Wie hat Hrafn das geschafft?«

»Offenbar hatte er Gissur versprochen, ab jetzt immer an seiner Seite zu stehen und alles zu tun, was Gissur von ihm verlangte. Er schwor alle Eide, die unsere Sprache hergibt. Er versprach sogar, Gissur Eyjólfur Ofsi ans Messer zu liefern. Und Gissur, dieser verbitterte Mann, der in seinem Leben so oft betrogen worden war, glaubte am Ende dieses Tages, dass Hrafn eigentlich ein braver Kerl und aufrichtiger Freund wäre. Also erklärten sie sich zu Verbündeten bis in alle Ewigkeit.«

»Und wie lange hielt das?«

»Das hielt, würde ich sagen, einige Wochen. So lange, bis Hrafn erfuhr, dass Gissur nach Norwegen fahren wollte, um den König endgültig auf seine Seite zu ziehen. Hrafn zettelte daraufhin einen Kriegszug an, um Gissur zu töten, bevor er sein Schiff erreichen konnte. Doch dieser Kriegszug verlief erfolglos. Als sie in Südisland ankamen, war Gissur bereits auf und davon. Und so endete ein weiterer der vielen vergeblichen Versuche, Gissur das Leben zu nehmen.

Etwas später begegnete ich Hrafn. Eigentlich hatte ich gar keine Lust, mit ihm zu reden, und doch konnte ich nicht anders. Ich musste ihn einfach fragen, warum um alles in der Welt er zu diesem Kriegszug aufgebrochen war. Und du wirst nicht glauben können, was er mir geantwortet hat. Er hat gesagt: ›Na ja, das war doch nicht böse gemeint.‹ Wie bitte? Haha!«

»Hrafn Oddsson ist ein wirklich ungewöhnlicher Mann!«

»Das kann man wohl sagen. Gissur hatte also Island verlassen, um sich mit König Håkon zu beraten. Viele dachten, jetzt würden friedlichere Zeiten anbrechen. Sie hofften, der König würde nun Kakali erlauben, zurück nach Island zu gehen – denn als Kakali die Macht im Land innegehabt hatte, hatte es zumindest Frieden gegeben. Doch kam es so nicht. Stattdessen gingen die Kämpfe weiter, es wurde sogar alles noch unübersichtlicher als zuvor. Doch davon erzähle ich dir, wenn wir dies alles aufgeschrieben haben.«

Bald war es Nacht geworden, doch in der Schreibstube brannten noch immer die Lichter. Ein Federkiel kratzte über Pergament.

Alles war in bester Ordnung, doch schon am nächsten Tag erhielt Sturla den Befehl, er solle sofort ein Schiff nehmen und über das bereits herbstlich aufgewühlte Meer zum König von Norwegen reisen.

INGIBJÖRG STURLUDÓTTIR

Meine Albträume waren immer dieselben. Selbst, wenn ich aufwachte, weil mich jemand in den Arm genommen hatte, dauerte es oft noch lange, bis ich merkte, dass ich nicht mehr auf dem Hof von Flugumýri war, mitten in der Nacht, in der Nähe der Tür, dass ich nicht dastand und schrie, weil um mich herum nichts als Flammen waren, und ich mich trotzdem nicht raustraute. Ich träumte den ganzen ersten Winter über, den ich in Südisland bei den guten Menschen von Oddi verbrachte, die mich aufgenommen hatten und alle möglichen Heilkünste beherrschten, mit denen sie versuchten, mir zu helfen und mir Besserung zu verschaffen. Als der Sommer kam, ging es mir langsam besser. Meine Eltern holten mich nach Hause, nach Stadarhóll. Doch dann kam der Herbst mit seinen schwarzen Nächten, und mit ihm kehrten auch die Albträume zurück, wenngleich seltener als im Jahr zuvor. Mein Vater saß lange bei mir, las mir vor und erzählte Geschichten. Auch ihm steckte der Schreck noch in den Knochen, ich hatte ihn noch nie zuvor so ernst und blass gesehen. Mutter schlief oft an meiner Seite. Wenn sie mich tröstete, konnte ich mich einfach nicht mehr schlecht fühlen. Doch wenn sie tagsüber unseren Knechten und Mägden ihre Befehle gab, hörte ich in ihrer lauten Stimme etwas, das mir verriet, dass auch sie noch immer unglaublich aufgewühlt war. Immer wieder sagte sie, dass sich von nun an aus unserer Familie niemand mehr ohne ihre Erlaubnis in die Machtkämpfe des Landes einmischen durfte. Damit meinte sie natürlich meinen Vater, das war allen klar, und doch machte sie ihm nie direkte Vorwürfe.

Gissur hatte mich oft auf Oddi besucht und kam auch hierher nach Stadarhóll. Er brachte Geschenke mit, sagte *mein Kind* zu mir und bekräftigte, dass ich immer seine geliebte Schwiegertochter bleiben werde. Ich freute mich über seine liebevollen Worte, und doch drehte sich mir jedes Mal der Magen um, wenn er zu uns kam. Sein Anblick erinnerte mich an diese furchtbare Nacht, an den brennenden Hof, in dem er genauso gefangen gewesen war wie ich. Ich habe noch heute die Worte im Ohr, mit denen Gissur und seine Frau Gróa sich voneinander verabschiedeten, als klar schien, dass sie von den Angreifern rausgelassen und überleben würde, wohingegen Gissur der sichere Tod bevorstand. Wer hätte damals ahnen können, dass es genau andersherum kommen würde? Denn auch damals, in dem brennenden Hof, war Gissur auf eine Weise ruhig geblieben, die ich einfach nicht begreifen konnte – ebenso wenig wie ich jetzt begriff, dass er nicht den geringsten Ausdruck seiner Gefühle zeigte, auch wenn ich in seinen Augen eine tiefe, zornige Trauer sah. Ich wusste, wie sehr er sich nach Vergeltung sehnte. Wusste, dass er weder aß noch schlief, wenn er die Gelegenheit witterte, einen der Brandmörder zu töten, auch wenn er sich hier bei uns so ruhig und freundlich gab.

Wenn Gissur zu uns auf den Hof kam, wurden alle ganz still. Mir kam es fast so vor, als würden auch die Rufe der Tiere leiser und sogar der Wind stiller werden, auch wenn er sonst noch so laut heulte. Und ganz gleich, wie sehr er mich bei seinen Besuchen mit Zuneigungen überschüttete, musste ich doch immer daran denken, dass er schon am nächsten Tag vielleicht wieder mit einem Heer durch das Land zog, um Menschen zu jagen und zu töten. Er war immer gut gekleidet, gern in einem grünen Mantel mit Fellschuhen, doch einmal, als er bei mir saß und meine Hand hielt, sah ich, dass seine Kleidung mit Blutspritzern übersät war. Frisches Blut, die Spritzer waren noch ganz rot. Dabei hatte er doch eine Frau dabeigehabt, eine junge Bauerstochter, die er aus dem Norden geholt und sofort geheiratet hatte. Ich verstand das alles nicht, er hatte seine Gróa doch so geliebt, dass ich dachte, er würde nie eine andere Frau wollen. Einmal sprach ich ihn darauf an, woraufhin ein schwaches, kaltes Lächeln um seine Mundwinkel spielte, und er sagte, er könne nachts eben nicht alleine sein. Ich verstand das gut. Nichts war schlimmer, als nachts alleine zu liegen, nach alldem, was passiert war.

Im ersten Winter nach dem Mordbrand hatte ich nichts davon wissen wollen, was um uns herum im Land geschah. Selbst wenn die Leute direkt neben mir darüber sprachen, hörte ich nicht hin. Doch nun hatte ich längst begonnen, darauf zu achten. Ich fing an, Fragen zu stellen, hörte genau zu, wenn meine Mutter wieder einmal Schlechtes über Hrafn Oddsson erzählte – warum tat sie das? Mein Vater und Hrafn waren doch immer Freunde und Verbündete gewesen. Hrafn Oddsson war ein fröhlicher, gutmütiger Mann. Wenn er mit mir sprach, fühlte ich mich immer wohl, auf meiner Hochzeit war er so nett zu mir gewesen, hatte andauernd sein Glas erhoben, auf mein Wohl getrunken und von Freundschaft und Frieden und den guten Zeiten gesprochen, die uns bevorstanden. Jetzt aber musste ich erfahren, dass er die ganze Zeit gewusst hatte, was kommen würde. Dass die Brandmörder ihn eingeweiht hatten, als sie bereits auf dem Weg nach Flugumýri gewesen waren, als er uns auf dem Hofplatz zum Abschied küsste, hatte er alles gewusst – das konnte doch nicht sein! Wenig später erfuhr ich auch noch, dass Gissur ausgerechnet den bärtigen Kolbeinn, der mich aus dem Feuer gerettet hatte, erbarmungslos gejagt und umgebracht hatte. In dieser Zeit kehrten meine schlimmen Gedanken mit voller Wucht zurück, und mir wurde ein für alle Mal klar, wie falsch die Menschen waren und wie grausam diese Welt. Hrafn Oddsson hatte mir gegenüber nie ein böses Wort gesprochen, und doch hatte er das getan, was er getan hatte. Gissur hatte sich rührend um mich gekümmert und dann gnadenlos meinen Lebensretter Kolbeinn getötet, den lieben bärtigen

Kolbeinn, von dem ich nun erfuhr, dass er auch einer von denen gewesen war, die uns das Dach über dem Kopf angezündet und meinen Mann Hallur getötet hatten. Wie kann man in so einer Welt leben? Nun kamen die Winternächte, und sie waren dunkler als jemals zuvor. Sobald ich mich ins Bett legte, hörte ich den Wind heulen wie ein böses Gespenst.

HELGA

Es hatte mich so sehr gefreut, dass mein Mann gut mit dem Schreiben vorankam. Ich wusste ja, wie wichtig das für seinen Seelenfrieden war, wie unglücklich er war, wenn ihn etwas vom Schreiben abhielt. Es war gut, dass sein Gehilfe Thórdur Narfason bei ihm war und ihn mit seiner jugendlichen Begeisterung ansteckte. Ich hatte zwar den Eindruck, dass Sturla die Meinung seines Gehilfen nicht besonders interessierte, doch die Bewunderung, mit der Thórdur seinem Lehrmeister zuhörte, tat Sturla unglaublich gut. Es war fast schon unheimlich zu beobachten, wie sehr Thórdur an den Lippen meines Mannes hing, ich konnte sie ja beobachten, wenn sie zum Essen aus der Schreibstube zu uns kamen. Aber warum eigentlich nicht, es gab schließlich weit und breit keinen unterhaltsameren Mann als Sturla, wenn er einmal in Stimmung gekommen war. Wer sonst konnte so erzählen, dass man alle Sorgen des Alltags vergaß?

Ich wünschte nur, wir hätten endlich Frieden, verdammt noch mal!

Und eines Tages kamen dann plötzlich die norwegischen Gesandten mit dem Brief des Königs. Ich holte natürlich sofort meinen Mann aus der Schreibstube, obwohl ich wusste, dass er eigentlich nicht gestört werden wollte. Ich setzte mich dazu, als die Gesandten sich mit Siegelbriefen auswiesen und ihr Anliegen vortrugen: Die wichtigsten isländischen Anführer sollten sofort ihre Sachen packen und nach Norwegen kommen, das Schiff, das die Gesandten hierher gebracht hatte, warte auf sie. Selbst mein bestens mit geschriebener und gesprochener Sprache vertrauter

Ehemann brauchte eine gewisse Zeit, um zu verstehen, was sie sagten. Was sollte er? Abreisen? Wohin denn? Nach Norwegen und zwar sofort? Konnte das denn nicht warten bis zum nächsten Jahr? Sturla hoffte offenbar, er könne im Frühjahr gleich das erste Schiff nehmen, in Norwegen schnell alles von ihm Verlangte erledigen und dann noch im selben Sommer wieder nach Island zurückkommen. Würde er hingegen jetzt fahren, müsste er den ganzen Winter über in Norwegen bleiben, das war klar, aber ebenso klar war natürlich, dass es keinen Sinn hatte, mit diesen hochnäsigen, vom König höchstpersönlich geschickten Gesandten zu verhandeln. Sie rangen sich ein schmales Lächeln ab und sagten, dass es nicht so sehr darum gehe, wann die isländischen Anführer Zeit hätten, sondern vielmehr darum, wann es dem König neben der Erledigung der dringenden Amtsgeschäfte seines großen Reiches möglich sei, sich um die isländischen Angelegenheiten zu kümmern, und das sei nun einmal genau jetzt. Es gebe ja nun wirklich genug zu tun, man müsse die isländischen Gesetze durchsehen und – natürlich im Sinne des Königs und zum Wohle der Isländer – ändern. Es sei ja offensichtlich, dass die isländischen Gesetze dem Land in ihrer derzeitigen Form wenig nützten, und sie zu verbessern sei dem König das wichtigste Anliegen, man nenne ihn nicht umsonst König Magnus den Gesetzesverbesserer.

Es half kein Flehen und kein Jammern. Wenig später verabschiedeten die Gesandten sich ähnlich plötzlich, wie sie gekommen waren, und Sturla wurde sehr still.

Er wusste genau, dass seine Auslandsreisen nie unter einem guten Stern standen. Sturla war ja nicht wie Snorri, der immer Fernweh gehabt hatte und deshalb sehr gerne seine isländische Heimat verlassen hatte, um etwas von der Welt zu sehen – Sturla reiste nur, wenn er musste. Schon zu seiner ersten Reise nach Norwegen, vor ungefähr fünfzehn Jahren, war er nur aufgebrochen, weil man ihn dazu gezwungen hatte. Das war nach seinem großen

Streit mit Hrafn Oddsson gewesen: Hrafn hatte sich mit seinen Schmeicheleien beim norwegischen König die Macht über den ganzen Borgar-Fjord ergaunert, woraufhin Sturla ein Heer aufstellen und ihn angreifen wollte, doch Hrafn bekam Wind davon und ließ meinen Mann festnehmen. Hrafn nahm sich so wichtig, dass er Sturla des Hochverrats beschuldigte. Er behauptete allen Ernstes, ein Angriff auf ihn als Statthalter der norwegischen Krone wäre wie ein Angriff auf den König selbst!

Pah! Es handelte sich hier um Hrafn Oddsson, einen Bauernsohn aus dem Arnarfjord! Hrafn beschlagnahmte einen großen Teil von Sturlas Besitz, sodass wir fast ernsthaft in Schwierigkeiten gekommen wären, wenn ich vorher nicht einige Wertsachen versteckt und in Sicherheit gebracht hätte. Hrafn setzte Sturla als seinen Gefangenen auf ein Schiff nach Norwegen und gab dem Schiff auch noch einen Brief mit allen möglichen Anschuldigungen und Verunglimpfungen mit, auf dass der König über ihn richten möge. Manche dachten schon, Sturla käme nie zurück. Doch kam es zum Glück anders: Der König war begeistert von Sturlas Dichtkunst und Klugheit, ernannte ihn zum königlichen Hofskalden und Gesetzessprecher – damit war Sturla der wichtigste isländische Stellvertreter der norwegischen Krone, und nicht mehr Hrafn.

Aber seitdem hatte er natürlich diese ganzen Verpflichtungen am Hals und musste damit leben, dass sein Herr und Gebieter ihn jederzeit mir nichts, dir nichts nach Norwegen zitieren konnte, und so war es nun geschehen.

Und das auch noch in Begleitung von Hrafn Oddsson! Das war fast das Schlimmste an der ganzen Sache. Sie mussten sofort nach Norwegen, das Schiff warte schon auf sie, obwohl es eigentlich gar nicht mehr warten konnte, war es doch schon fast Herbst, das Wetter wurde mit jedem Tag schlechter. Und es sollte noch ein dritter Anführer mit ihnen reisen: Thorvardur, der Gode aus den Ostfjorden.

Auch auf den Letztgenannten gab Sturla nicht viel. Einmal hatte er mir gesagt: »Dieser Thorvardur kann einfach nicht lächeln und versucht es damit auszugleichen, dass er die Zähne zeigt.«

Schweigen legte sich über unseren Hof. Sogar aus dem Gesicht des eifrigen Thórdur Narfason war alle Freude verschwunden. Er bot an, als Diener und Begleiter mitzufahren, doch Sturla war davon nicht gerade begeistert.

Er sagte, er wolle seinem jungen Gehilfen das alles nicht zumuten, doch in Wirklichkeit dachte er wohl an die Kosten, die das verursachen würde, wie immer. Es war nun einmal teurer, in Begleitung zu reisen, als alleine, und Sturla hatte irgendwie immer Angst, dass ihm das Geld ausging. Also sprach ich mit Thórdur unter vier Augen und bezahlte ihm die Reise aus meiner eigenen Tasche. Es kam überhaupt nicht infrage, dass Sturla alleine aufbrach, denn auf die anderen Anführer war sicherlich kein Verlass, falls etwas ernsthaft Bedrohliches vorfiel.

Ob ich ihn jemals wiedersehe?

THÓRDUR NARFASON

Es machte mir schier unaussprechliche Freude zu hören, dass mein Lehrmeister Sturla in diesem Winter, den wir auf den Färöer-Inseln verbringen mussten, ein Buch geschrieben hatte. Obwohl Sturla auf Kirkjubaer war und ich den ersten Teil des Winters bei einem Bauern auf der Insel Nólsey als eine Art Hausknecht lebte, hatte ich rasch davon erfahren. Dabei hatte ich schon gedacht, mein Lehrmeister würde gar nicht mehr schreiben, sondern nur noch trinken und seinem Gastgeber Scherereien machen, was ich mich natürlich nie getraut hätte, ihm das so zu sagen – er durfte nie erfahren, dass das für uns alle so offensichtlich gewesen war. Als wir in der ersten Zeit hier auf den Färöern noch gemeinsam in Tórshavn waren, hatte er mich gemieden und die ganze Zeit versucht, sein würdevolles Anführergesicht zu wahren, wenn unsere Wege sich kreuzten. Eines Morgens hatte ich ihn gesehen, ganz aufgequollen, mit zitternden Händen, ich wusste natürlich sofort, dass er tagelang getrunken hatte, und doch versuchte er, mir weiszumachen, er sei unglaublich beschäftigt, mit wichtigen Beratungen »und solchen Sachen«. Und ein anderes Mal, als er ganz allein irgendwo saß und sich betrank, ließ er mir ausrichten, er sei mit verschiedenen Arbeiten beschäftigt, nur damit ich mich nicht zu ihm setzte und ihn störte. Das war wohl auch der Grund, warum er nicht gewollt hatte, dass ich ihn überhaupt auf diese Reise begleitete: Ich sollte nicht erfahren, wie es wirklich um ihn stand.

Dabei wäre ich doch so gerne bei ihm gewesen. Hätte so gerne versucht, ihm das Leben leichter zu machen, doch er wollte mich ja nur in der Nähe haben, wenn er in seinem Element war, wenn er Bücher schrieb. Und eigentlich ging es mir ja auch ganz gut, hier in der Einöde, auf der Insel Nólsey.

Aber nun, da ich erfuhr, dass er wieder schrieb, hätte ich ihm liebend gern bei der Arbeit geholfen. Als ich zum ersten Mal davon gehört hatte, war ich für einen Moment ins Grübeln gekommen. Warum hatte er mich nicht zu Hilfe geholt? Ich konnte mich des traurigen Gedankens nicht erwehren, er hätte sich von mir abgewandt und wollte mich fortan nicht mehr als Freund und Gehilfen haben. Ich überlegte, ob ich etwas Falsches gesagt oder getan hatte, doch ich fand einfach keinen Grund dafür, wahrscheinlich war mein Lehrmeister einfach unberechenbar und wunderlich geworden. Doch dann kam ein Mann mit einem Boot zu uns und richtete meinem Hausherren aus, Thórdur Narfason solle zu seinem Meister kommen und den Rest des Winters bei ihm bleiben.

Und es war mir, als würde plötzlich ein Licht durch den dunklen Winter strahlen. Wie der Stern der heiligen Weihnachtsnacht.

TÓRSHAVN, SCHREIBSTUBE

Man hatte dem Skalden eine gute Unterkunft zur Verfügung gestellt, ein kleines Nebengebäude mit einer Feuerstelle. Er hatte dort ein Schreibpult aufstellen lassen und Kalbshäute und Schreibgerät heranschaffen lassen, nun hatte er alles, was er brauchte, nur die Tigerkatze fehlte. Es war ihm zwar gelungen, mithilfe von Essensresten und isländischen Katzenlauten am Hafen Freundschaft mit einer streunenden Katze zu schließen, doch es hatte keinen Sinn, diese Katze im Haus zu halten, denn sie markierte ihr Revier überall: auch an den Büchern und Kalbshäuten. Also beschränkte der Skalde sich auf einige Zusammenkünfte im Türrahmen. Als Thórdur Narfason ankam, herrschte große Freude. Die beiden machten sich gleich an die Arbeit. Sonst brauchte Skalden-Sturla oft lange, bis er in Gang kam, doch nun war er geradezu ungeduldig, wollte sofort wieder dort anfangen, wo sie in Island ihre Arbeit hatten unterbrechen müssen, als der König ihm befohlen hatte, sich auf diese Reise zu begeben. Sturla konnte es kaum erwarten, von alldem zu erzählen, was nach dem Mordbrand von Flugumýri geschehen war.

Bald kamen sie so gut voran, dass Sturla sich ein wenig beruhigte. Wie so vielen Menschen tat es Sturla unglaublich gut, etwas zu tun, was ihm gelang – niemand fühlt sich so lebendig wie jemand, der etwas schrieb, das gut war. Er sprang andauernd von seinem Sitz auf, wanderte hin und her, sah seinem Gehilfen über die Schulter, während er ihm die Geschichten diktierte. Sie hatten im Nu die Stelle erreicht, wo Gissur das Land verlassen hatte.

Offenbar war es eine gute Idee gewesen, dass Skalden-Sturla seinem Gehilfen erst einen größeren Teil der Geschichte im Zusammenhang erzählte, bevor sie sich ans Schreiben machten. Sturla beschloss, auf dieselbe Art fortzufahren, und sagte: »Jetzt treten zwei neue Männer auf den Plan: der Gode Thorvardur aus den Ostfjorden. Und sein Bruder Oddur.«

»Oddur und Thorvardur«, wiederholte der Gehilfe.«

»Genau. Beide sind auf ihre Art denkwürdige Männer. Thorvardur ist etwas älter als ich und dauernd beleidigt, aber das weißt du ja inzwischen aus eigener Erfahrung, wir sind ja schon lange genug mit ihm unterwegs. So ist er schon immer gewesen. Er denkt immer, alle würden ihn ignorieren und benachteiligen, weil er aus einer nicht ganz so guten Familie kommt wie einige andere Anführer – und vielleicht ist sogar etwas dran an seiner Vermutung. Sein Bruder Oddur hingegen ist früher einmal ein großer Kämpfer gewesen und galt als einer der vielversprechendsten Männer überhaupt.

Ich weiß nicht, warum, aber die Anführer aus den Ostfjorden hatten sich lange Zeit kaum in die Kämpfe eingemischt, die damals in Island tobten. Es kam sogar so weit, dass die anderen Anführer sie gar nicht mehr um Unterstützung baten, wenn sie wieder einmal Verbündete suchten. Wodurch Thorvardur sich natürlich ignoriert und benachteiligt fühlte. Als Gissur nach dem Mordbrand von Flugumýri nach Norwegen gegangen war, witterte Thorvardur eine Gelegenheit, endlich seinen Einfluss in Nordisland zu stärken: Er wollte nicht mehr nur der Gode der Ostfjorde sein, sondern auch nach dem Godenamt im Eyjafjord greifen. Damit würde er ein Nachfolger des bis heute weithin respektierten Sturlungen-Oberhaupts Sighvatur sein, und das würde sein Ansehen um einiges steigern. Er fand einen Weg, seinen gesetzlichen Anspruch auf das dortige Godenamt anzumelden, dann freundete er sich mit Eyjólfur Ofsi und Hrafn Oddsson an, verbündete sich mit ihnen, mit der Begründung, Gissur habe auf dem Rachefeldzug gegen die Brandmörder von Flugumýri einen seiner entfernten Verwandten getötet.

Wenig später erfuhr Thorvardur jedoch, dass sein Bruder Oddur sich ausgerechnet mit Gissur verbündet hatte. Gissur hatte Oddur kurz vor seiner Abreise im Skagafjord als Stellvertreter eingesetzt und ihn damit zum mächtigsten Mann von ganz Nordisland gemacht – zum Anführer aller Feinde von Eyjólfur und Hrafn. Thorvardur war wieder einmal ins Abseits geraten.«

»Warum hat Gissur denn ausgerechnet Oddur auserkoren? Kannten die sich denn besonders gut? Waren die verwandt?«, fragte Thórdur Narfason.

»Nein, das nicht. Gissur wollte wohl sicherstellen, dass die Leute aus den Ostfjorden sich nicht mit seinen Feinden verbündeten, und das hatte ja auch bestens geklappt, denn sobald Thorvardur erfuhr, dass sein Bruder Gissurs Stellvertreter geworden war, zog er wieder nach Hause und sagte sich von Hrafn und Eyjólfur los – natürlich nicht, ohne wieder einmal tödlich beleidigt zu sein und sich wieder einmal auf das Schändlichste ignoriert und benachteiligt zu fühlen.

Bald sprachen alle davon, was dieser junge Oddur doch für ein guter Mann sei. Manche fühlten sich gar an Kolbeinn den Jungen erinnert. Mit zwanzig Jahren war er bereits so geschickt und so stark gewesen, dass niemand es im Kampf mit ihm aufnehmen konnte. Er konnte offenbar so hoch springen, wie er groß war. Und das in voller Rüstung! Nach vorn und auch nach hinten! Und sein Schwert führte er so schnell, dass es aussah, als wäre er zwei Personen. Außerdem war er höflich, konnte gut reden und sah gut aus.«

»Alles auf einmal?«

»Ja. Er hatte das Zeug zu einem großen Anführer, da waren sich alle einig. Sonst hätte Gissur ihn wohl kaum zu seinem Stellvertreter im Skagafjord gemacht.«

Die Einheimischen nahmen ihn gut auf, zumindest am Anfang. Er hatte ja auch einen fulminanten Einstand gegeben, indem er gleich nach seiner Ankunft seine neuen Männer bewaffnete, mit ihnen auf einen Kriegszug zog und zwei der letzten noch lebenden Brandmörder von Flugumýri tötete, die sich dort in der Gegend aufhielten.

Aber auch für Oddur galt der Satz, den man über andere gute Männer wie Sturla Sighvatsson oder den gesetzlosen Grettir sagte: Die fähigsten Männer ereilt nicht unbedingt auch das glücklichste Schicksal. So zerstritt Oddur sich bald wegen irgendwelcher Kleinigkeiten mit den Großbauern im Skagafjord, machte ihnen das Leben schwer und brachte viele Einheimische gegen sich auf. Dann zog er zu allem Überfluss auch noch den Ärger von Bischof Heinrekur auf sich, woraufhin dieser unberechenbare norwegische Kirchenmann ihn exkommunizierte.

Damit war es für den armen Oddur eigentlich gelaufen. Er sah sich schon als exkommunizierten Mann in den Feuern der Hölle schmoren und wurde ziemlich wortkarg, konnte nicht mehr schlafen und tappte durch die Gegend wie ein Geist, murmelte Gebete und las seine Psalmen – Einheimische sagten mir, er sei regelrecht verrückt geworden.

Und dann tat er auch wirklich etwas vollkommen Verrücktes. Oder zumindest etwas sehr Dummes, eine der größten Dummheiten in dieser an Dummheit wirklich nicht armen Zeit: Oddur wollte den Bischof mit Gewalt dazu zwingen, den Kirchenbann aufzuheben! Er zog mit einem Trupp bewaffneter Männer zu einem Hof, wo der Bischof gerade eine Messe gehalten hatte und nun zu Tisch saß. Platzte einfach herein. Stand plötzlich in der Tür, bettelte, der Bischof möge ihn wieder in die Gemeinschaft der Rechtgläubigen aufnehmen, heulte dabei Rotz und Wasser und drohte gleichzeitig mit seinem gezückten Schwert. Den Männern, die ihn begleiteten, muss das ziemlich peinlich gewesen sein.

Gott, vergib mir, wenn ich das so sage, aber Bischof Heinrekur war ein Sturkopf. Je lauter Oddur jammerte, umso verstockter wurde er, und dann packte Oddur ihn und zog ihn aus dem Haus. Der Bischof kreischte und heulte und schlug um sich, Essen und Geschirr flogen durch die Luft, doch schließlich fand er sich, verschnürt wie ein Heubündel, auf einem Pferd wieder. Oddur brachte ihn nach Flugumýri, wo oberhalb der Ruine des Hofes noch ein befestigtes Gebäude stand. Dort sperrte er den Bischof ein, ließ ihn bei kärglicher Kost eine Weile sitzen und hoffte, das würde den Kirchenmann gnädig stimmen!«

»Klingt nicht gerade erfolgsversprechend«, sagte der Lehrling. »Komisch, dass so ein kluger Mann wie Oddur so etwas tut.«

Skalden-Sturla lachte, wenn auch nur kurz. Dann verfinsterte sich seine Miene erneut, denn er dachte an das, was danach geschehen war.

HEINREKUR, BISCHOF VON HÓLAR

Seiner Hoheit König Håkon schreibt mit Gottes und den seinigen Grüßen Heinrekur, den man nun Bischof von Hólar auf Island nennt.

Nun hat sich das ereignet, was ich seit Langem befürchtet und prophezeit – die Isländer haben sich gegen ihren Bischof erhoben mit einer Tat, die frevelhaft zu nennen noch untertrieben wäre. Zu etwas anderem scheinen diejenigen, die in diesem Lande siedeln, nicht fähig zu sein. Wie in meinen ersten Briefen dargestellt, haben die Isländer schon immer zur bloßen Ergötzung ihrer Gemüter ihre Bischöfe drangsaliert, allen voran meinen Vorgänger Gudmundur Arason, der für seinen unerschütterlichen Glauben und sein entbehrungsreiches Leben weithin bekannt war, was die Isländer nicht davon abhielt, ihn wie einen gemeinen Verbrecher ganze Winter lang in einem Kellerloch einzusperren und ihn, auf einem Holzbrett hinten an ein Pferd gebunden, über Stock und Stein zu schleifen.

Und nun bin eben ich der, der als demütiger Diener Gottes fern der geliebten Heimat eine ähnliche Behandlung erfährt.

Die Ursache meiner Plagen ist, dass Gissur Thorvaldsson aus dem Land vertrieben worden ist und sich nun auf dem Seeweg zu Euch befindet. Mit der Wahrung seiner Angelegenheit im Bezirk Skagafjord, in welchem auch mein Bischofssitz gelegen, hat Gissur einen Jüngling aus einem weit entfernten Teil des Landes betraut. Dies geschah wohlgemerkt ohne mit uns Rücksprache zu halten. In früheren Briefen habe ich Euch bereits von Gissurs Neigung zu Alleingängen und Geheimbündelei berichtet, in der sich nichts anderes offenbart als eine eklatante Geringschätzung der geistlichen Obrigkeit.

Und auch dieser junge Stellvertreter, Oddur mit Namen, sah sich nie bemüßigt, seinen Bischof um eine consultatio anzusuchen, bevor er in einer Weise in die Geschicke des Bezirks eingriff, die an Frechheit und verblendeter Selbstüberschätzung kaum zu überbieten war. Dieser Oddur, ich habe ihn immer für einen eingebildeten Gecken gehalten, agierte dabei derart ruchlos und gotteslästerlich, dass ich es für nötig hielt, ihn aus der Gemeinschaft der Gläubigen zu bannen, in der Hoffnung, das möge ihm zeigen, wo sein angestammter Platz im Weltgefüge ist.

Doch weit gefehlt. Anstatt sich demütig zu mäßigen, griff mich dieser Oddur mit einer Truppe von Schurken an und forderte, mit gezogener Waffe drohend, ich möge den Kirchenbann aufheben. Und als ich mich weigerte und ihm befahl, mir aus den Augen zu gehen, ließ er mich ergreifen und binden und warf mich in ein kaltes, moderiges, fensterloses Verlies, wo ich tagelang vor mich hindämmern musste wie ein Fuchs in der Falle.

Ich! Der Bischof höchst selbst!

Was danach geschah, ist vielleicht nicht unbedingt berichtenswert, grämt mich aber nicht minder als das bereits Erwähnte. Als meine Häscher mich an den Beinen gepackt hatten und sich daran machten, mich von dannen zu schleifen, konnte ich meinen Männern gerade noch zurufen, sie sollten sofort bei allen wichtigen Anführern des Landes die traurige Kunde verbreiten, dass ihr Stellvertreter Gottes in Banden lag. Ich rechnete natürlich damit, dass sie allesamt eiligst geritten kämen, um mir zu Hilfe zu kommen!

Doch keiner der Anführer hatte auch nur einen Finger gerührt! Meine Priester mussten abermals eilige Boten in alle Landesteile aussenden, die nicht nur diese traurige Kunde überbrachten, sondern auch die Drohung, dass alle exkommuniziert würden, die ihrem Bischof nicht zu Hilfe kämen – erst dann machten sie sich auf den Weg. Es dauerte eine geschlagene Woche, bis ein wildes Konglomerat aus Süd- und Westisländern endlich hier erschien, doch ward ich zu diesem Zeitpunkt schon wieder freigelassen. Dieser Oddur hatte inzwischen eingesehen, dass ich eher bis zur süßen Todesstunde des Märtyrers in diesem Kellerloch schmorte, als mich ihm zu beugen, und daraufhin angeordnet, mich loszubinden, die Luke zu meinem Verlies offen stehend zurückzulassen, während er eiligst aus dem Bezirk floh. Und erst zwei Tage später kamen die wichtigsten Männer des Landes in den Skagafjord, um ihrem obersten Hirten zu helfen, was *notabene* ihre Pflicht ist!

Und selbst dann konnte ich mich des Eindrucks nicht erwehren, dass sie diese Mission eher widerwillig angetreten waren, denn die Männer aus dieser zusammengewürfelten Helfertruppe taten immer wieder ihren Unmut kund.

Sie wurden angeführt von Eyjólfur Ofsi und Hrafn Oddsson und dann noch von dem Eurer Hoheit wohlbekannten Skalden-Sturla aus den westlichen Tälern. Dieser Skalden-Sturla ist mir schon immer ein Rätsel gewesen. Hierzulande lobt man seine Weisheit und Dichtkunst in den höchsten Tönen, doch meiner Wenigkeit gegenüber offenbaren sich diese Qualitäten nicht. Nachdem er so schändlich spät zu meiner Rettung erschienen war, lief er mit verkniffener Miene herum, und aus ihm war kaum ein Wort herauszubekommen, bis auf gelegentliche Befehle, die er weniger aussprach als vielmehr bellte. Und die mir, und wohl nicht nur mir, vollkommen unverständlich waren. Ich wollte mich mit den wichtigsten Anführern beraten, doch die Verstocktheit dieses Skalden ließ das Vorhaben scheitern. Er schien gar nicht zuzuhören, wenn Eyjólfur Ofsi oder Hrafn Oddsson etwas vorschlugen, und wandte ihnen schließlich gar den Rücken zu, tat so, als wären sie gar nicht da. Man hätte doch erwartet, dass die isländischen Anführer ihre kleinbäuerlichen Konflikte vergaßen, sobald sich jemand mit Gewalt gegen ihren höchsten geistlichen Hirten wandte. Doch dazu war in diesem ganzen Helfertrupp offenbar keine Menschenseele bereit. Allmählich erfuhr ich, dass viele von ihnen nur mit wüsten Drohungen – und einige gar nur mit Waffengewalt – dazu gezwungen werden konnten, ihrem Bischof zu Hilfe zu kommen. Und als sich nun herausgestellt hatte, dass ihre Aufgabe hier im Skagafjord bereits erledigt gewesen und Oddur über alle Berge war und sich nun in den Ostfjorden bei seinem Bruder, dem Goden Thorvardur, versteckte, befahl Skalden-Sturla seinen Männern kurzerhand, aufzusitzen, und fort waren sie ohne ein Wort des Abschieds, abgesehen von ein paar unverständlichen Lauten, die Sturla in meine Richtung ausstieß, als er schon auf seinem Pferd saß.

Am besten, man exkommuniziert dieses ganze Volk. *In toto*!

Valete.

TÓRSHAVN AUF DEN FÄRÖERN

»Tja, so war es im Großen und Ganzen gewesen«, sagte Sturla, nachdem er den Brief von Bischof Heinrekur, den er einmal in der Briefesammlung des verstorbenen Königs Håkon im norwegischen Bergen gesehen hatte, erstaunlich genau aus dem Gedächtnis rekonstruiert hatte.

»Kein Wunder, dass unsere Männer nur widerwillig in den Skagafjord geritten waren, um den Bischof zu retten. Wir fanden diese Aktion vollkommen unnötig, schließlich hätten die Leute aus dem Skagafjord den Bischof ja ohne Probleme selbst befreien können, hätten sie es nur gewollt – es war schließlich ihr Bischof gewesen. Und dann zeichnete sich ja auch schnell ab, dass es genau so gekommen war, wie wir erwartet hatten: Der arme Oddur hatte einfach ein bisschen die Nerven verloren, aber dem Bischof letztendlich kein Haar gekrümmt. Wir fanden ihn vollkommen unversehrt vor, er war einfach nur sehr beleidigt. Da hatte ich natürlich erst recht keine Lust mehr, mich mit Eyjólfur Ofsi und Hrafn Oddsson abzugeben, nach alldem, was sie meiner Tochter bei ihrer verbrecherischen Tat auf Flugumýri angetan hatten.«

»Doch dann kam Oddur in den Skagafjord zurück, oder?«, fragte Thórdur.

»Ja. Er kam zurück und ließ sich auf Geldingaholt nieder. Er hatte keine andere Wahl, schließlich hatte er Gissur versprochen, den Bezirk zu führen. Doch nach alldem, was er angerichtet hatte, wollte ihn kaum noch jemand unterstützen. Es dauerte nicht lange, bis Eyjólfur und Hrafn mit einer Gruppe gut bewaffneter

Männer eintrafen. Sie umstellten Geldingaholt, wo Oddur völlig schutzlos mit einigen Frauen, Kindern und Knechten saß – die wenigen Mitstreiter, die ihm geblieben waren, hatten sich aus dem Staub gemacht, als sie erfahren hatten, welche hartgesottene Kämpfertruppe sich ihnen näherte.

Oddur hatte gegen diese Übermacht natürlich keine Chance, bewies aber ein letztes Mal, dass er ein wirklich großer Krieger war. Er verschanzte sich im Haus und schlug die Angreifer immer wieder zurück, bis sie schließlich das Dach einrissen. Dann stand er allein da, mit Schwert und Schild«, sagte Skalden-Sturla und legte seinem Gehilfen die Hand auf die Schulter. »Schreib das am besten gleich auf: *Mit Schwert und Schild war er der Geschickteste von allen Männern, die damals in Island lebten.* Denn das kann man auf jeden Fall so sagen. Niemand konnte ihn verwunden, solange er bei Kräften war. Schreib: *Er schützte sich mit seinem Schild und schlug mit dem Schwert, dass es nur so um ihn herumwirbelte. Dann sprang er aus dem Haus. Niemand hatte je einen Menschen gekannt, der so weit und so hoch springen konnte wie er. Er verteidigte sich so gut, dass niemandem ein anderer Mann aus dieser Zeit einfiel, der so lange gegen eine solche Übermacht durchgehalten hätte.*«

»Aus dieser Zeit …«, murmelte Thórdur Narfason, während er schrieb.

»Ja, aus dieser Zeit«, sagte Sturla. »Früher, zur Zeit der großen Helden, hatte es natürlich ähnlich gute Krieger gegeben, zum Beispiel Gunnar von Hlídarendi. Aber das nur am Rande. Irgendwann verließen auch Oddur seine Kräfte. Seine Sprünge wurden kürzer, sein Schwert wirbelte immer langsamer, er konnte vor lauter Erschöpfung kaum noch atmen. Wie es dann geendet hat, kann man sich denken.

Als ich von Oddurs Tod erfuhr, dachte ich, ganz unter uns gesagt, es würde erst einmal Frieden einkehren. Eyjólfur Ofsi und Hrafn Oddsson waren nun die unangefochten mächtigsten Männer. Zumindest so lange, bis Gissur nach Island zurückkommen würde.«

»Aber so kam es nicht?«

»Nein. Ganz und gar nicht. Es formten sich sofort neue Allianzen, und wie so oft sollten die, die eben noch den Sieg davongetragen hatten, die Nächsten sein, die fielen. Neue Sieger stiegen empor, die eine Weile obenauf waren, um dann selbst wieder zu fallen. Und bald waren nur noch die Anführer übrig, die bis heute das Sagen haben.

Aber ehe wir von denen erzählen, sollte ich meine Zusammenfassung zu einem Ende bringen: Nach dem Tod von Oddur war ich wohl nicht der Einzige gewesen, der geglaubt hatte, die schlimmsten Kämpfe wären endlich vorbei, schließlich hatten Eyjólfur und Hrafn nicht nur gewonnen, sie erhielten auch durch Bischof Heinrekur die Unterstützung der norwegischen Krone. Doch alle, die das glaubten, hatten unterschätzt, welch zerstörerische Kraft in den Herzen unzufriedener Männer wohnt. Thorvardur, der dauerbeleidigte Gode aus den Ostfjorden, hatte zu dieser Zeit wie gesagt schon viel in sich hineingefressen. Er hielt sich weiterhin für den rechtmäßigen Goden und Anführer der Leute aus dem Eyjafjord und fühlte sich wie immer benachteiligt und ignoriert, weil niemand diese Ansicht teilte. Hinzu kam, dass seine ehemaligen Verbündeten, Eyjólfur und Hrafn, seinen Bruder Oddur umgebracht hatten. Deshalb war Thorvardur regelrecht verpflichtet, Rache zu nehmen.

Auf sich allein gestellt, konnte er nicht viel ausrichten. So kam er auf die geniale Idee, einen anderen andauernd unzufriedenen Mann, den man nie für voll genommen hatte, als Verbündeten zu gewinnen: Scharten-Thorgils, den Sohn meines Halbbruders Bödvar!

Thorgils war lange am Hof des norwegischen Königs gewesen und hatte dort gelernt zu kämpfen. Wie Kakali. Er war mit einer gespaltenen Oberlippe zur Welt gekommen, die Kakali damals in

Norwegen vor dem versammelten Hofstaat von einem Heiler und einer Näherin hatte zusammennähen lassen, um den König zu amüsieren, und ich weiß aus sicherer Quelle, dass Thorgils dabei keine Miene verzogen hatte. Besonders zimperlich war er also nicht. Bald sprach sich herum, dass er keine Angst vor Schmerzen hatte, manche sagten, er fürchte sich nicht einmal vor dem Tod.

Wenig später kehrte Thorgils, der mittlerweile wie ein richtiger Krieger aussah, nach Island zurück. Er nahm dasselbe Schiff, das auch Gissur und Bischof Heinrekur nach Island brachte und war, wie Gissur auch, vom König höchstpersönlich beauftragt worden, die norwegischen Interessen in Island zu vertreten, sodass Thorgils nun zumindest damit rechnete, irgendwo Bezirksanführer zu werden. Doch dazu kam es nie. Man sagt, der König habe ihm sogar die Ländereien und das Vermögen des getöteten Snorri Sturluson übertragen, die der König als sein Eigentum ansah, weil Snorri sich des Hochverrats schuldig gemacht hatte. Doch hierzulande gab es viele, darunter auch mich, die die Sichtweise der norwegischen Krone nicht teilten. Niemand scherte sich um die Machtansprüche von Scharten-Thorgils, sodass ihm letztendlich nichts anderes übrig blieb, als sich nach Hólar auf den Bischofssitz von Heinrekur zurückzuziehen. Damit hatte er sich vollkommen ins Abseits gebracht: Er wurde nicht zurate gezogen, als Gissur mit den anderen isländischen Anführern einen Friedensschluss aushandeln wollte. Er war nicht auf die Hochzeit nach Flugumýri eingeladen worden, hatte aber auch die Brandmörder nicht unterstützt. Und auch an den Kämpfen, die auf den Mordbrand folgten, war er nicht beteiligt gewesen, nur bei dieser ebenso ereignis- wie nutzlosen Hilfsaktion, um den Bischof Heinrekur im Skagafjord aus Oddurs Händen zu befreien, war er dabei gewesen.

Als wir anlässlich dieser Hilfsaktion damals zusammen im Skagafjord waren, wies Scharten-Thorgils mich und ein paar wichtige Großbauern aus der Gegend noch einmal darauf hin, dass er vom König dazu bestimmt worden sei, dort Bezirksanführer zu werden. Doch auch jetzt wollte das niemand hören – am allerwenigsten die Bauern aus dem Skagafjord. Also verschwand Thorgils wieder von der Bildfläche und grämte sich umso mehr.

Doch dann kam Thorvardur, der Gode aus den Ostfjorden, auf besagte geniale Idee. Er brauchte einen guten Krieger, der ihn unterstützte und schlug Scharten-Thorgils vor, dass sie zusammen Eyjólfur und Hrafn angriffen und damit den Mord an Oddur rächten. Zum Dank dafür sollte Thorgils endlich Anführer im Skagafjord werden. Danach hatte Thorgils sich so lange gesehnt, dass er dieses Angebot einfach nicht ausschlagen konnte.

Ich weiß das alles aus erster Hand, weil Scharten-Thorgils direkt zu mir gekommen ist, nachdem er dieses Angebot von Thorvardur erhalten hatte. Er kam nach Stadarhóll und fragte mich, ob ich ihn bei dem Angriff auf Hrafn und Eyólfur unterstützen würde, und zwar mit so vielen Männern wie möglich. Das brachte mich ziemlich in Bedrängnis. Vor allem, weil meine Frau Helga ...« – Skalden-Sturla senkte die Stimme und warf einen Seitenblick zur Tür, als wären wir noch bei ihm zu Hause, in der Schreibstube auf Stadarhóll – »strikt dagegen war, dass ich mich noch einmal in diese Machtkämpfe einmischte, die sie im Wechsel als reinen Wahnsinn und als Kinderkram bezeichnete. Doch auf der anderen Seite war die Aussicht, sich an Eyjólfur Ofsi zu rächen, ziemlich verlockend – immerhin hatte er den vielversprechendsten Friedensschluss seit langer Zeit sabotiert, meinen Schwiegersohn getötet und sogar fast meine Tochter. Außerdem schätzte ich meinen Verwandten Scharten-Thorgils einfach. Er war ein guter Mann. Als er nun mit Thorvardur und einem bereits ziemlich beachtlichen Heer zu mir kam und mir von seinem geplanten Kriegszug erzählte, rief ich meine wichtigsten Männer zusammen, schloss mich ihnen an, und bald darauf trafen wir auch schon im Eyjafjord auf unsere Feinde. Ich will nicht prahlen, aber wir schlugen uns sehr gut. Thorgils führte uns an wie ein mit allen Wassern gewaschener Heerführer, das hatte er wohl in Norwegen gelernt, genau wie sein Verwandter Kakali. So siegten wir schnell, und Eyjólfur Ofsi fiel.«

»Und Hrafn Oddsson?«, fragte Thórdur.

»Hrafn Oddsson kam natürlich davon. Er war klug genug gewesen, sich aus dem Schlachtgetümmel davonzuschleichen, sobald sich abzeichnete, dass es für ihn und seine Leute nicht gut ausgehen würde. Danach tat er so, als sei er eigentlich von Anfang an nicht richtig dabei gewesen – er hatte doch nur gewollt, dass sich alle wieder vertrugen. Hrafn konnte sich gar nicht schnell genug mit Scharten-Thorgils gutstellen, der nun das war, was er sich immer gewünscht hatte: Bezirksanführer im Skagafjord. Es stellte sich schnell heraus, dass er sich dazu ganz hervorragend eignete.

Der Gode Thorvardur hingegen war noch immer beleidigt und fühlte sich natürlich ignoriert und benachteiligt. Scharten-Thorgils hatte ihm zwar ermöglicht, seinen Bruder zu rächen, und Thorvardur war natürlich weiterhin Gode in den Ostfjorden, aber es ärgerte ihn mehr und mehr, dass er nicht auch noch Gode im Eyjafjord war. Und er fand, dass Thorgils daran schuld wäre, obwohl es in Wirklichkeit eher daran lag, dass die Leute im Eyjafjord nichts mit ihm zu tun haben wollten.

Dieser Hass und Groll von Thorvardur – das kannst du dir einfach nicht vorstellen. Eines Abends erfuhr er, dass Scharten-Thorgils in den Eyjafjord gekommen war, um nichts Böses ahnend den Hof Hrafnagil zu besuchen. Thorvardur ließ alles stehen und liegen, ritt mit ein paar Männern los, stürmte den Hof, zog Thorgils aus dem Bett und köpfte ihn noch auf dem Hofplatz!«

Sturla hatte sich in Rage geredet. Er lief wild gestikulierend im Raum auf und ab. Der Lehrling wollte den Meister fragen, was Thorvardur mit dieser Tat erreicht habe, doch stellte Sturla die Frage schon selbst und lieferte die Antwort gleich mit: »Und was hat ihm das alles gebracht? Nach dieser Tat verachtete ihn natürlich ganz Nordisland. Ihm blieb nichts anderes übrig, als sich in die Ostfjorde zurückzuziehen, ohne seinem Ziel auch nur einen Schritt nähergekommen zu sein – er hatte nur einen guten Mann getötet, der auch noch sein bester Verbündeter gewesen war!

Nach dieser Geschichte ließ das Blutvergießen langsam nach. Endlich. Wenn auch vielleicht nur, weil es eigentlich niemanden mehr gab, den man hätte töten können. Nachdem König Håkon von alldem erfahren hatte, schickte er Gissur erneut nach Island zurück. Und dieses Mal gab er ihm eine königliche Fanfare und ein Banner mit dem Wappen der norwegischen Krone mit auf den Weg, um den Isländern ein für alle Mal klarzumachen, dass Gissur als Jarl über das ganze Land herrschen sollte und alle ihm zu gehorchen hatten.

Also auch ich. Und Hrafn Oddsson. Und Thorvardur. Wir, die wir als Einzige von den sogenannten Anführern Islands überlebt und noch etwas zu sagen hatten. Wir waren noch da. Und natürlich der neue Jarl.«

KAKALI

Diese Tage, diese endlosen, eintönigen Tage. Warum hielt man mich hier fest, zu dieser Zeit, in der doch so viel zu tun wäre, in Island, in meiner Heimat? Meine Landsleute brauchten mich doch. Die Männer, die ihre Geschicke derzeit bestimmten, überschätzten sich ganz offenbar in kaum zu beschreibendem Maße, wenn sie nicht gar wahnsinnig geworden waren. Die wenigen noch verbliebenen Anführer, die diesen Namen verdienten, bekämpften sich ohne Sinn und Verstand – wie oft hatte ich König Håkon gesagt, er solle mir erlauben, nach Island zurückzukehren, doch er ließ mich hier tatenlos versauern. Sagte, er würde darüber nachdenken, und dann geschah nichts, dabei musste ich doch nach Hause! Was sollte das?

Längst kursierten auch in Island Gerüchte darüber, wie ich hier lebte. Die Leute dachten, ich würde hier Tag und Nacht betrunken sein. Das war zwar etwas übertrieben, aber auf der anderen Seite … Was blieb mir denn anderes übrig? Die Tage zogen sich grau und schwer dahin, die Langeweile drang in jede Faser meines Körpers ein; immer öfter träumte ich, wieder in meiner Heimat zu sein, doch dann wachte ich auf und stellte enttäuscht fest, dass nur ein neuer Tag angebrochen war. Ein Tag in Norwegen. Wenn ich doch nur wüsste, dass ich nach Hause könnte, im nächsten Frühjahr oder von mir aus auch erst im Sommer, dann wäre das alles auszuhalten, dann könnte ich die Trinkhörner beiseiteschieben, meine Heimreise vorbereiten, doch ohne irgendeine Aussicht war das doch kein Leben. Tatenlos musste ich miterleben, wie die Nachrichten von zu Hause von immer schlimmeren Ereignissen berichteten. Dummköpfe und Versager zerstörten das Land durch Mord und Verrat. Sicher, man hielt mir vor, ich sei in Island kein guter Statthalter des Königs gewesen, aber zu meiner Zeit hatte es immerhin Frieden gegeben. Frieden und Ruhe und Wohlstand – und das gäbe es noch immer, wenn nicht falsche Zungen den König dazu bewogen hätten, mich erneut nach Norwegen zu zitieren und mich nicht mehr gehen zu lassen. Wenn der König Stärke zeigen würde, würde er mich wenigstens in den Kerker sperren, wie sich das für einen Krieger in Gefangenschaft geziemt. Aber nein, er hatte mich zu einem seiner königlichen Verwalter ernannt. Verwalter wovon denn, bitte? Ich konnte hier doch nichts ausrichten. Ich hatte ihn nie darum gebeten, mich in einer angenehmen Unterkunft am Königshof zu beherbergen, mir Diener und Dienerinnen zur Verfügung zu stellen. So konnte ich zwar immer in netter Gesellschaft essen und trinken, konnte mich prügeln und den Frauen hinterherstellen, aber dafür lohnte es sich doch nicht zu leben! Ich war es dermaßen leid, hier zu versauern. Als Krieger in einem Land, in dem es keinen Krieg gab.

Manch einen Tag hatte ich mir vorgenommen, nicht zu trinken. War aus den Nebeln des Schlafs in das Morgengrau gekrochen mit dem felsenfesten Vorsatz, an diesem Tag weder Met noch Bier anzurühren, um am nächsten besser aufzuwachen, ohne aufgequollene Zunge, geschwollene Augen, mit nichts als Reue und dunklen Vorahnungen im Herzen. Doch dann verging der Tag so langsam. Wie sollte man den denn aushalten? Mir blieb nur eins. Der Rausch konnte mich zumindest im Geiste zurück an den Eyjafjord bringen, in die westlichen Täler, an irgendeinen Ort, Hauptsache, er war auf Island – selbst das war so viel besser, als hier zu ersticken. Verdammt, ich brauche was zu trinken, ich will kämpfen, lieber sterben, als hier zu versauern und dauernd zu hören, wie Island vor die Hunde geht!

Vielleicht sollte ich einfach König Håkon stürzen. Ihn mit ein paar guten Männern angreifen, das wäre gar nicht schwer. Und nachdem ich hier die Macht übernommen hätte, würde ich nach Hause fahren. Sofort.

TÓRSHAVN

Sturla und sein Lehrling Thórdur Narfason kamen gut voran. Die Tage waren kurz, auf dem Hof es gab wenig zu tun, sodass einige Leute dem Skalden zur Hand gehen wollten, die Schreibstube einheizten und für gute Beleuchtung sorgten, ihm Essen und Trinken brachten. Fast wie zu Hause in Island. Und solange er arbeitete, konnte Skalden-Sturla die finsteren Gedanken an die eigene Vergänglichkeit verdrängen, die Gespenster der Nacht, die ihn daran erinnerten, dass er wohlmöglich nie wieder nach Hause käme.

Wenn da nicht diese *Saga von den Sturlungen* wäre, mit der er noch immer nicht fertig war. Sie rief so viele schmerzhafte Erinnerungen in ihm wach; er musste von seinen eigenen Niederlagen erzählen, von seiner Angst, seiner Furcht und vom Verlust seiner Freunde und Verwandten. Er hatte schließlich selbst mit ansehen müssen, wie einige der Männer erschlagen worden waren, von deren Tod er nun erzählen musste. Die meisten waren noch jung gewesen, unschuldig eigentlich, und doch hatte er sie verwundet und schreiend auf dem Schlachtfeld liegen sehen, während die Feinde mit wutverzerrten Gesichtern auf sie einschlugen. Oder er musste von denen erzählen, die gefangen genommen worden waren und nur noch darum flehten, noch einen Priester sehen zu dürfen, damit sie nicht der ewigen Verdammnis anheimfielen, sobald man sie erschlug – ein Wunsch, der nur selten erfüllt wurde. Der Dufgus-Sohn Björn Kaegill mochte vielleicht lachend gestorben sein, doch viel häufiger geschah es, dass die Sterbenden vor Qual so elend weinten und schrien, dass es diejenigen, die es mit ansahen, noch monate-, wenn nicht jahrelang bis in den Schlaf verfolgte.

Es half Skalden-Sturla sehr, dass der junge Thórdur Narfason ihm jetzt Gesellschaft leistete. Er war so zuversichtlich, so lebensfroh. Abgesehen davon war es vielleicht noch wichtiger, wie gebannt er dem Skalden zuhörte. Man sah es in seinen Augen, ja, man hörte es sogar an der Art, wie er atmete, an der Art, wie er lachte, wenn Sturla besonders gut erzählte – das bedeutete Sturla viel.

Wenn der Abend nahte und sie die Arbeit niederlegten, zog Thórdur sich in seine Unterkunft zurück. Der Skalde hingegen lief oft noch lange durch die Gegend. Es war ein milder Winter auf den Färöer-Inseln. Der Schnee blieb selten liegen, sodass man gut am Strand entlanggehen und der Brandung zuhören konnte. Manchmal traf er Menschen. Sie begrüßten ihn freundlich. Auf den Färöer-Inseln konnte man sich sicher sein, dass die Leute in Frieden kamen. Für einen Mann wie Skalden-Sturla, der sein ganzes Erwachsenenalter im Bürgerkrieg verbracht hatte, war das etwas Besonderes. Inzwischen kannten hier auf den Färöern fast alle den Skalden. Sie wollten ihm helfen, luden ihn auf ihre Höfe ein, in ihre gut geheizten Stuben, wo mit der allseits bekannten Gastfreundschaft der Färinger Essen und Trinken aufgetragen wurde. Manchmal saß er ganze Abende auf einem Hof herum, während immer mehr Leute hinzukamen, in der Adventszeit wurde manchmal sogar gesungen und getanzt.

Doch meistens verbrachte er die Tage allein in Tórshavn. Er plauderte ein wenig mit den Leuten dort oder den isländischen und norwegischen Schiffbrüchigen, die den Winter auf den Färöer-Inseln verbringen mussten, genau wie er. Sogar mit Hrafn Oddsson und dem Goden Thorvardur verbrachte er einige lustige Stunden, wobei er es allerdings vermied, über die Dinge zu reden, die er in seiner Schreibstube gerade aus seiner Erinnerung wachrief. Er stellte die Taten der anderen isländischen Anführer zwar nicht schlechter dar, als sie gewesen waren, doch es war klar, dass sie vieles anders erinnert hätten als er.

Dann kam das Weihnachtsfest, und die Leute von den Färöern bewiesen wieder einmal, dass sie zu Recht als lebenslustige Leute galten. Es wurde viel gegessen und getrunken – darum ließ der Skalde sich nicht lange bitten. Er gab Gedichte zum Besten, die er selbst geschrieben oder in Reykholt von Snorri Sturluson gelernt hatte, erzählte von Geistern und Trollweibern und von Kriegern aus der guten alten Zeit, von Egill Skallagrímsson und dessen Vorfahren und von vielen anderen, die vor König Harald Schönhaar aus Norwegen geflohen waren, nach Island, auf diese raue, schwer zu besiedelnde Insel. Das waren die Männer und Frauen, die die Dichtkunst aus Norwegen mit nach Island genommen hatten, und dort war sie seitdem zu Hause.

Nach dem Weihnachtsfest wurden die Tage wieder länger. Man konnte zumindest langsam anfangen, sich auf den Frühling zu freuen und auf die Schiffe, die er bringen würde. Mit einem dieser Schiffe würden die isländischen Anführer ihre Reise fortsetzen und anschließend möglichst schnell nach Island zurückkehren. Skalden-Sturla schwor sich, dass er, wenn er seine Heimat überhaupt jemals wiedersah, um nichts auf der Welt noch einmal auf dieses Meer hinausfahren würde. Auch nicht, wenn der König es befahl. Auf gar keinen Fall!

Es kam das neue Jahr, das den alten Skalden mit großer Zuversicht erfüllte. So war es oft gewesen. Am Anfang eines neuen Jahres konnte er so gut arbeiten wie nie. Die Tage wurden langsam heller und gaben ihm das Gefühl, dass eine neue Zeit gekommen war – ein unberührtes Jahr war wie ein unbeschriebenes Blatt. Er verbrachte viel Zeit in seiner Schreibstube, Thórdur Narfason stand eifrig schreibend am Pult.

Wenig später kam Bauer Grímur aus Kirkjubaer zu Besuch. Er hatte in Tórshavn etwas zu erledigen, und die beiden freuten sich sehr, einander zu sehen. Grímur betonte, dass der Dichter bei ihm jederzeit willkommen sei. Skalden-Sturla dankte ihm und sagte, er werde zurück nach Kirkjubaer kommen, sobald er hier alles erledigt hatte. Er wusste natürlich noch genau, dass er Kirkjubaer verlassen hatte, um nicht aus seiner Saga über die Leute auf den Färöern vorlesen zu müssen, doch je länger er in Tórshavn blieb, desto klarer wurde ihm, dass das keinen Sinn hatte. Inzwischen wussten ja sowieso alle, dass er diese Saga geschrieben hatte, und brannten darauf, sie zu hören. Sturla erfuhr, dass Bauer Grímur unter anderem nach Tórshavn gekommen war, um den Leuten dort das wunderbare Buch zu zeigen, das Skalden-Sturla aus dieser Saga gemacht und Grímur geschenkt hatte. Sofort fragten sich viele Leute, wann es denn endlich eine Lesung aus dem Buch gebe, schließlich müsste man doch alle wichtigen Bauern von den ganzen Färöer-Inseln rechtzeitig informieren. Niemand kam auf die Idee, dass der Skalde irgendetwas dagegen einzuwenden haben könnte, aus diesem Werk vorzulesen, wo er doch die Menschen bei allen möglichen Zusammenkünften mit seinen Geschichten so gern unterhielt.

Skalden-Sturla wusste sich nicht anders zu helfen, als eine Krankheit zu erfinden, mit der Heiserkeit und Stimmverlust einhergingen. So erkaufte er sich eine kurze Gnadenfrist und versteckte sich ganze Abende und Nächte in seiner Schreibstube. Bald darauf ließ er allen ausrichten, er habe Gürtelrose.

THORVARDUR,
GODE AUS DEN OSTFJORDEN

Skalden-Sturlas Verhalten war seiner Stellung als Anführer jetzt deutlich angemessener als zu Beginn unseres Aufenthalts auf den Färöer-Inseln. Das wurde aber auch Zeit. Keine Trinkgelage mehr und auch nichts mehr von diesem hochmütigen, beleidigenden Gewäsch. Offenbar hatte er eingesehen, dass sich Männer von unserem Rang so nicht benehmen durften.

Es nahm mich weiterhin Wunder, wie sehr die Einheimischen ihn wertschätzten. Mehr als einmal hatte ich versucht, darauf hinzuweisen, dass ich beispielsweise aus einer viel ehrwürdigeren Familie stammte als dieser unehelich geborene Kerl. (Das Wort Bastard habe ich nicht benutzen wollen, damit sich nicht herumsprach, dass solche Leute in Island überhaupt zu Anführern aufsteigen konnten.) Die Bewunderung, die man diesem isländischen Skalden entgegenbrachte, war wirklich höchst sonderbar. Schließlich hatte es auch in meiner Familie viele wackere Männer gegeben, die fleißig ihre Verse schmiedeten. Und wer bewunderte die? Doch offenbar konnte man es in dieser Welt nur zu Ruhm und Ansehen bringen, wenn man es so anstellte wie Skalden-Sturla: Man musste sich irgendwelche unglaubwürdigen Geschichten über Verbrecher, Unruhestifter und Gesetzlose aus den Fingern saugen und die dann auch noch mit übler Nachrede verzieren.

Wie dem auch sei, Sturla war wieder da. Er war die Nettigkeit in Person, erwies mir seinen Respekt und hörte aufmerksam zu, wenn ich sprach. Und doch war es immer noch schwer, sich mit ihm zu unterhalten, weil man nie wusste, welche seiner Worte er ernst meinte und welche nicht. Er hatte die Angewohnheit, mich über den grünen Klee zu loben, was mich anfangs natürlich freute, bis ich anfing, mich zu fragen, wofür genau er mir eigentlich so viele Komplimente machte. War das alles etwa einfach nur so dahingesagt? Seit meiner Ankunft auf den Färöern hatte ich vor, eine große Zusammenkunft abzuhalten, bei der wir isländischen Anführer uns mit den wichtigsten Männern der Färinger zusammensetzten und Rat hielten: mit dem Gesetzessprecher, allen Großbauern, dem Bischof und so weiter. Das gebot doch allein schon die Höflichkeit. Doch stattdessen saßen wir hier herum und mussten uns von Mägden und Knechten irgendwelche Klatschgeschichten erzählen lassen. Hrafn Oddsson hatte ich schon einige Male von meiner Idee erzählt, und er fand sie offenbar gut – aber nur wenn Skalden-Sturla dabei wäre. Nun war Sturla hier. Ich hatte ihn schon einige Male darauf angesprochen, woraufhin er mich jedes Mal mit Komplimenten überschüttete: »Mein lieber Thorvardur. Mit anderen Anführern reden, das kannst du doch so gut!«

Womit er natürlich recht hatte. Es freute mich auch, dass das nicht unbemerkt geblieben war, doch auf der anderen Seite sagte Sturla jetzt ständig solche Sachen, lobte und pries, und dann wusste man doch wieder nicht, woran man war, ich wusste nicht, ob er eine solche Zusammenkunft nun wollte oder nicht. Dabei wäre er doch eigentlich derjenige, der sich für so eine Sache einsetzen müsste. Dann würde bestimmt etwas daraus werden, denn das Wort eines Skalden, das hatte Gewicht – auch wenn ich noch immer nicht begreife, warum. Aus irgendeinem Grund hielten die Leute Skalden-Sturlas Worte für wertvoller als die meinigen. Und das, obwohl ich aus einer viel ehrwürdigeren Familie stamme als er.

TÓRSHAVN

Skalden-Sturla fühlte sich mit jedem Tag wohler, den er in Tórshavn verbrachte und an seiner *Saga von den Sturlungen* schrieb. Nichts beruhigte seine Seele so sehr wie die Arbeit an einem Werk, die langsam, aber sicher voranschritt. Geschichte und Personen nahmen täglich deutlichere Gestalt an. Eines Abends hatte er sich nach getaner Arbeit noch ein wenig hingelegt. Thórdur hatte die Schreibstube bereits verlassen, Sturla lag auf seiner gepolsterten Bank und ließ die Geschichte, die er gerade im Begriff war zu schreiben, vor seinem inneren Auge ablaufen. Das Heulen des Windes wurde stärker, fuhr durch die zugige Schreibstube, brachte die Flammen der Lampen erst zum Flackern und ließ es dann um Sturla herum dunkel werden. Dieser steife Wind aus Süden wehte schon seit einigen Tagen. Er hatte zwar wärmeres Wetter gebracht, aber auch jede Menge Regen – deshalb gab es wenig anderes zu tun, als am Stehpult zu stehen. Schließlich rappelte Sturla sich auf und überprüfte noch einmal, ob seine Bücher und Handschriften gut genug verpackt waren, damit sie nicht feucht wurden. Auf einmal bemerkte er, dass draußen ungewöhnlich viele Leute zu hören waren, sogar Pferde. Doch er war so in seiner Arbeit versunken, dass er nicht weiter darüber nachdachte. Auch, dass draußen bald immer mehr Leute laut durcheinanderredeten und lachten, bekam Sturla kaum mit. Erst als jemand mit dröhnender Stimme eine Rede hielt, die andere Leute immer wieder mit gut gelaunten Zwischenrufen unterbrachen, wurde Sturla hellhörig.

Weihnachten war vorbei. Und bis Ostern dauerte es noch eine Weile. War das vielleicht eine Hochzeitsfeier, von der er nichts mitbekommen hatte? Er hatte ja diese Krankheit erfunden, um ein paar Tage Ruhe zu haben, doch die Welt hatte sich natürlich weitergedreht, während er sich in seine Geschichten geflüchtet hatte. Das Treiben auf dem Hofplatz hatte ihn jetzt neugierig gemacht. Vielleicht wäre es ja ganz schön, mal wieder unter Leuten zu sein, dachte Sturla, zog sich einen Lederumhang mit Kapuze über und ging hinaus in den Regen.

Er sah sofort, dass in der großen Halle, die sonst nur für Thing-Versammlungen genutzt wurde, eine feierliche Zusammenkunft stattfand. Er ging hinein.

Von drinnen drang eine klangvolle, aber dennoch weinerliche Stimme nach draußen, die er sofort erkannte: Dort sprach ein Mann, so laut er konnte, oder vielmehr: Er las, so laut er konnte, etwas vor. Als der Skalde mit seinem Kapuzenumhang in die Halle geschlichen war, sah er den Goden Thorvardur auf einem hohen Podest am Ende des Raumes stehen. Er las einer großen, angespannt zuhörenden Menschenmenge vor. Sturla erkannte bald seinen eigenen Text. Schließlich hatte er ihn erst einige Wochen zuvor aufgeschrieben, es war tatsächlich seine Saga über Thrándur und die Leute auf den Färöern. Thorvardur las aus dem Buch, das Skalden-Sturla seinem Freund Grímur auf Kirkjubaer geschenkt hatte, und dieser saß seelenruhig ganz vorn auf einer Bank neben Hrafn Oddsson. Grímur versuchte, ein feierliches Gesicht zu machen, konnte seine Begeisterung aber kaum verbergen. Hrafn lächelte, wie immer, und blickte sich aufmerksam um; betrachtete die Mienen der Zuhörer, beobachtete ihre Reaktionen – er wollte wissen, woher der Wind wehte, um dann sein Fähnchen hineinzuhängen.

Thorvardur las zwar laut, aber nicht besonders gut. Er klang feierlich, wie ein Bischof, der die Weihnachtsmesse las. Und das schien er schon eine ganze Weile zu tun, Sturla merkte sofort, dass er sich bereits dem Ende der Saga näherte. Wie Sturla vermutet hatte, nahmen die Leute die Saga unterschiedlich gut auf.

Die Nachfahren von Thrándur, der eine der Hauptpersonen war, machten zornige Gesichter. Einige unter ihnen murrten halblaut vor sich hin, jemand schimpfte in die Lesung hinein, andere riefen »Pscht«.

Thorvardur unterbrach seine Lesung und sah mit seinem dauerbeleidigten Gesicht in die Menge, als ob diese Zwischenrufe ihm galten und nicht der Saga, dann setzte er die Lesung fort.

»Niemand kann in einer Nacht die ganze Ost-Insel umrunden!«, rief auf einmal einer der Vorfahren Thrándurs. »Das ist genauso ein Blödsinn wie alles andere auch!«

Thorvardur reagierte, indem er die letzten Sätze noch einmal vorlas:

›Erhebt euch‹, sagte sie. ›Zieht in dieser Nacht einmal um die Ost-Insel und zerschlagt jedes Schiff, das ihr finden könnt, sodass sich nichts Seetüchtiges mehr findet.‹ Und das taten sie.

Skalden-Sturla dachte sich gerade, dass er doch ganz froh sei, dass er diesen Umhang trug und sich die Kapuze tief ins Gesicht gezogen hatte, denn so hatte keiner bemerkt, wer da aus dem Regen hereingekommen war, als er bemerkte, wie ein Mann ihn anstarrte. Der stieß seine Sitznachbarn an, zeigte auf ihn, und sie wurden unruhig. Sturla nahm die Kapuze ab. Nun war es wohl doch besser, aufrecht dazustehen, anstatt sich zu verstecken. So hörte er der Lesung zu, bis Thorvardur am Ende angekommen war und das Buch mit feierlichem Gesichtsausdruck schloss.

Die meisten Leuten in der Halle waren bestens gelaunt. Einige riefen, diese Saga sei ein großartiges Werk. Doch es gab eben auch einige unter ihnen, die sich unglaublich aufregten. Ein Nachfahr von Thrándur sprang auf und fragte Thorvardur, der noch immer auf dem Podest stand, wie er sich erdreisten könne, Thrándur, diesen großen Anführer und Helden, als einen solchen Übeltäter, Verräter und Kleingeist darzustellen. Skalden-Sturla verletzten diese Rufe so sehr, dass er fast mit erhobener Faust auf seinen Kritiker losgegangen wäre. Als dieser Mann dann noch rief, dass die Saga voller Fehler sei, dass die Inseln falsche Namen trugen, Dímon mit Skúfey verwechselt worden sein, und Thorvardur sich Ruhe ausbat und mit nörgelnder Stimme in den Saal hineinrief: »Ich hätte niemals Dímon und Skúfey verwechselt«, hatte Sturla die Nase endgültig voll. Er stürmte auf das Podest und unterbrach Thorvardur, der sofort beleidigt verstummte und sich benachteiligt fühlte. Sturla rief, den meisten Anwesenden müsse doch klar sein, dass er diese Saga verfasst habe. Er verbitte sich die Unterstellung, er habe Thrándur als einen zu schlechten Menschen dargestellt, schließlich gehe Thrándur ganz klar als Sieger aus der ganzen Geschichte hervor. Er habe ihn zwar als hinterhältigen Mann beschrieben, aber eben auch als vorausschauend und klug – damit habe Thrándur dieselben Wesenszüge wie ein berühmter Mann aus seiner eigenen Familie, sein Urahn, der noch heute vielen ein Vorbild sei: wie der Gode Snorri aus dem Breiten Fjord in Island!

Doch Thrándur und seine Begleiter hörten ihm nicht zu. Sie sprangen auf und liefen schimpfend in Richtung Tür. Da verdunkelte sich der Geist des Skalden. Der Seelenfrieden, den er in den letzten Tagen empfunden hatte, hatte sich verflüchtigt.

»Warum hast du das hier vorgelesen?«, herrschte der Skalde den Goden Thorvardur an.

»Na, weil sie mich darum gebeten haben. Ich respektiere die Wünsche meiner Gastgeber, so wie es sich für einen Mann meines Standes gehört. Im Gegensatz zu manchen anderen, die …«

Sturla hatte genug gehört. Er ging hinaus in den Regen, allein. Fort von den Häusern. Den vielen Leuten, die ihn zum Essen und Trinken einladen wollten, antwortete er nicht.

TÓRSHAVN

Die Freude, die Skalden-Sturla in den vergangenen Wochen an seiner Arbeit empfunden hatte, und mit ihr seine Lebensfreude waren dahin. Denn natürlich hatte Thorvardurs Lesung aus Sturlas Saga das Leben der Menschen auf den Färöer-Inseln ordentlich durcheinandergebracht. Und wer schrieb schon gerne, wenn ihm das nichts als Schimpf und Schande einbrachte und jede Menge kleingeistiger Kritteleien? Auch wenn es sicher übertrieben war, hatte Sturla nun das Gefühl, alle würden denken, er habe Blödsinn geschrieben – was galt denn schon die Saga eines Mannes, der nicht einmal ein paar Inseln die richtigen Namen geben konnte? Hinzu kam, dass die Nachfahren von Thrándur sich nicht etwas beruhigt hatten, sondern wirklich tödlich beleidigt waren und mit wüsten Drohungen forderten, er solle seine Saga umschreiben. Skalden-Sturla hatte versucht, mit ihnen zu reden, doch das hatte sich als vollkommen sinnlos erwiesen, ganz gleich, wie sehr er sich auch bemühte. Sturla überlegte deshalb, ob er nicht wieder nach Kirkjubaer gehen sollte, dort herrschte wenigstens Friede, doch andererseits wusste er, dass es ihm irgendwie guttat, in der Nähe von Hrafn Oddsson zu sein.

Denn Hrafn hatte sich, zu Sturlas großer Verwunderung, sofort und kompromisslos auf seine Seite geschlagen. Bei jeder Gelegenheit lobte er die Saga, und die Art und Weise, wie er über die Geschichte und Personenbeschreibungen sprach, ließ erkennen, dass er sehr genau zugehört hatte. Er imitierte sogar gelegentlich auf urkomische Weise die weinerliche Art, mit der Thorvardur vorgelesen hatte, und die dummen Anmerkungen der Leute, die einfach keinen Sinn für die schöne Kunst des Erzählens besaßen, kamen auch nicht zu kurz in seiner Erzählung. Anfangs reagierte Sturla auf Hrafns lobende Worte ziemlich misstrauisch, schließlich hatte die Erfahrung ihn immer wieder gelehrt, dass den Schmeicheleien dieses Mannes nicht zu trauen war, doch wurde ihm langsam klar, dass Hrafn eben einfach klüger und vernünftiger war, als die meisten anderen es waren. Das musste man ihm lassen.

»Dieser Hraaafn …«, dachte der Skalde. »Der hat wirklich viele Fehler. Aber man darf nicht vergessen, dass er auch seine Vorzüge hat.«

Gegen Ende des Winters ging der Dichter eines Abends am Strand entlang, wie er es oft und gerne tat, und plötzlich sah er ein Schiff. Offenbar lag es noch nicht lange dort. Es war ziemlich groß, und an der ungewöhnlichen Form, die sowohl das Schiff als auch die Segel hatten, erkannte er sofort, dass es nicht aus Norwegen kam. Dann hörte er eine fremde Sprache. Das mussten Iren sein. Woher die wohl kamen, jetzt um diese Jahreszeit? Sturla sprach sie an und stellte sich vor. Sie seien froh, an Land zu sein, denn sie seien in ziemlich schwere Seenot geraten. Sie seien erst seit einigen Stunden hier, haben erst einmal ausgeruht, sich das Salz abgewaschen und wollten sich nun ein bisschen zerstreuen. Sie fragten den Skalden, wo man denn hier Bier oder Met bekommen könne. Und da Sturla aus Erfahrung wusste, dass die Iren oft lustige Leute waren und die meisten die nordische Sprache ganz gut beherrschten, lud er sie ein, ihm zu folgen. Sein Vorrat an Getränken war schließlich noch ziemlich groß.

Die Iren hatten im wahrsten Sinne des Wortes eine Irrfahrt hinter sich. Eigentlich hatten sie zu einer Insel nördlich von Schottland segeln wollen, ihre Reise habe sogar mit gutem, beständigem Wind begonnen. Doch dann sei aus heiterem Himmel ein Sturm aufgezogen und habe sie nach Norden abgetrieben. Schließlich sei ihnen nichts anderes übrig geblieben, als zu allen guten Geistern, der Heiligen Jungfrau Maria und ihrem Schutzheiligen Brendan zu beten, sie mögen zumindest die Färöer-Inseln erreichen. Und sie waren erhört worden.

Das waren ausgenommen sympathische Männer. Ihre Gesichtszüge wirkten irgendwie müde, fast traurig, doch sobald jemand etwas Lustiges oder Schönes sagte, fingen ihre Augen an zu leuchten. Und alle konnten sie erzählen. Ständig fielen ihnen neue Geschichten ein. Für den Skalden war das ein großes Glück. Der Steuermann hieß Níell. Er war der Klügste unter ihnen, interessierte sich sehr für Geschichten aus vergangener Zeit und konnte die irische Sprache lesen. Er hatte gehört, dass niemand die alten Geschichten so gut kannte wie die isländischen Skalden – und zwar nicht nur ihre eigenen Geschichten, sondern auch die der anderen Länder. Umso größer war seine Freude, als er bemerkte, dass der Mann, den sie am Strand kennengelernt hatten, wirklich all diese Geschichten erzählen konnte, Geschichten aus seinem eigenen Land, aber auch die über die norwegischen Könige und sogar die der Leute von den Färöern! Níell fragte, ob Island wirklich so rau und unwirtlich sei, dass man nur wenig Zeit mit Ackerbau und Landwirtschaft verbringen konnte und daher die Muße habe, zu dichten und sogar Geschichten aus anderen Ländern aufzuschreiben. Sturla hatte das noch nie gehört und auch noch nie darüber nachgedacht, fand diese Theorie aber nicht schlecht. Dennoch fragte er zurück, warum dann im noch raueren, noch unwirtlicheren Grönland nicht noch mehr Geschichten erzählt wurden.

Sturla erzählte den Iren von einer berühmten Urahnin seiner Familie: Prinzessin Melkorka von Irland, die als junges Mädchen entführt und später von einem Isländer namens Höskuldur auf einem Sklavenmarkt gekauft worden war, der sie zu seiner Leibeigenen machte und mit ihr ein Kind namens Ólafur Pfau bekam. Dieser Ólafur Pfau ging als junger Mann nach Irland und suchte dort König Myrkjartan auf, Melkorkas Vater, seinen Großvater, der so endlich erfuhr, was aus seiner Tochter geworden war. Níell und die anderen Iren waren von dieser Geschichte sehr bewegt und stießen oft auf den isländischen Skalden an. Sie sagten, Gott werde Sturla sicher für seine Erzählkunst belohnen und für das Vergnügen, das er anderen Leuten damit bereite. Sie könnten zwar längst nicht so gut erzählen wie er, doch auch sie würden viele Geschichten kennen, zum Beispiel die Geschichte über die große Schlacht von Clontarf, die sich vor langer Zeit in Irland ereignet hatte.

Doch, doch, auch Skalden-Sturla kannte die Schlacht von Clontarf. Dort hatten auch viele Isländer gekämpft, darunter einige, die kurz zuvor in Island den Hof Bergthórshvóll angezündet hatten, den Hof des weisen Njáll. Also erzählte Sturla den Iren von diesem Mordbrand, der sich vor fast dreihundert Jahren abgespielt hatte. Fast hätte er ihnen sogar verraten, dass ein wichtiger Anführer der damaligen Brandstifter ein Vorfahr des Goden Thorvardur sei, der hier ebenfalls den Winter verbrachte, doch verkniff er sich diesen Hinweis. Steuermann Níell fand es bemerkenswert, dass der Bauer, der bei diesem Angriff in seinem Hof verbrannte, Njáll hieß, fast genauso wie er. Ob er vielleicht irische Wurzeln gehabt hatte, dieser weise Njáll? Darüber hatte Skalden-Sturla nie nachgedacht. War an dieser Theorie vielleicht etwas dran? Sturla erzählte den Iren immer mehr Geschichten von Njáll, aber auch welche von den anderen Helden, die zu dessen Zeit gelebt hatten, vor allem von Njálls Freund Gunnar von Hlídarendi, der in voller Rüstung höher hatte springen können, als er groß gewesen war, und weder Verwundung gefürchtet hatte noch den Tod. Er hatte eine Frau namens Hallgerdur gehabt, die eine Halbschwester der besagten Prinzessin Melkorka gewesen war; in der Welt hing alles irgendwie zusammen. Der Skalde erzählte von der wunderschönen Hallgerdur mit dem langen Haar, die so viel Pech im Leben gehabt hatte, besonders in der Wahl ihrer Ehemänner, die einer nach dem anderen gestorben waren, manche davon mit ihrer tatkräftigen Hilfe. In Hallgerdurs Familie mütterlicherseits hatte es viele gewalttätige Männer gegeben.

Sturla war nun richtig in Fahrt gekommen. Wie war es doch schön, mit Leuten zusammenzusitzen, die so gern zuhörten! Während er immer mehr von Hallgerdur erzählte, wurde ihm klar, dass deren großartige Geschichte eigentlich noch nie richtig aufgeschrieben worden war. Warum quälte er sich so und berichtete von dem Mordbrand von Flugumýri und den anderen Tragödien seiner Zeit? Gab es nicht genug Geschichten zu erzählen, die angenehm weit in der Vergangenheit lagen, wie zum Beispiel dieser Mordbrand am Hof des weisen Njáll?

SKALDEN-STURLA

Mein Gehilfe Thórdur Narfason und ich hatten in Tórshavn gemeinsam viele dunkle Abende verbracht und auf den Frühling gewartet. Wir beschäftigten uns so gut wie möglich, indem wir Bücher abschrieben oder uns unterhielten, wobei mir bald auffiel, dass Thórdur das Gespräch immer wieder auf Gissur Thorvaldsson lenkte. Er wollte unbedingt wissen, was ich von ihm hielt. Thórdur wollte alles über ihn wissen, über seine Niederlagen und über seine Siege. Einmal fragte er mich, ob Gissur wirklich wie ein Edelmann ausgesehen und sich auch so verhalten habe, und ich musste das meinem Gehilfen gegenüber wohl oder übel bestätigen. Ja, das könne man so sagen. Und damit nicht genug. Ich musste gestehen, dass ich als junger Mann Gissur immer beneidet hatte. Er schien einfach alles zu haben, dieser gut aussehende, wortgewandte Mann aus bester Familie. Als legitimer Sohn seines Vaters hatte er dessen Macht und Wohlstand geerbt – genau das, was mir als unehelich Geborenem nicht gegeben war, obwohl auch mein Vater ein angesehener Gode gewesen war.

Doch im Laufe unseres Lebens beneidete ich Gissur immer weniger für die Macht, die ihm von Geburt an sicher gewesen war.

Aber wo waren wir stehengeblieben? Ach ja, Gissur kam also mit einem Banner und anderen Insignien der norwegischen Krone nach Island zurück. Der König hatte ihn zum Jarl ernannt. Nichts weniger als das. Abgesehen von Königen, Kaisern und dem Papst waren die Jarle die wichtigsten und mächtigsten Männer der Welt. Manche Isländer stammten vielleicht von norwegischen

Jarlen ab, doch selbst diesen Titel zu tragen – das war noch keinem Isländer vor ihm vergönnt gewesen.

Gissur Thorvaldsson trug den Titel mit vollem Recht. Er war von König Håkon höchstpersönlich zum Herrscher über Island ernannt worden, und eigentlich hätte man doch erwarten können, dass Gissur sich darüber freute, doch weit gefehlt. Zu diesem Zeitpunkt war Gissur wahrscheinlich überhaupt nicht mehr in der Lage gewesen, sich über irgendwas zu freuen, er war jetzt nur noch ein alternder, besiegter, verbitterter Mann, der seine Familie und so gut wie alle seine Freunde verloren hatte. Und nun kam er als Jarl in seine Heimat zurück und wurde doch noch immer von so vielen Leuten gehasst und verleumdet.

Ich war mit Gissur nie richtig warm geworden. Wir hatten so oft in unserem Leben in unterschiedlichen Lagern gekämpft, Frontlinien hatten uns getrennt, die weder er noch ich gezogen hatten. Wir waren so oft Feinde gewesen, ohne uns wirklich zu hassen – und wenn wir dann doch einmal Seite an Seite gekämpft hatten, taten wir das, ohne wirklich zu Freunden zu werden. Das änderte sich auch nicht durch die Hochzeit meiner Tochter Ingibjörg und seines Sohnes Hallur auf Flugumýri.

Und trotz allem hatte ich Gissur doch eigentlich immer gemocht. Ich war noch sehr jung gewesen, als wir uns zum ersten Mal trafen, fast noch ein Kind. Gissur war fünf Jahre älter, ein ruhiger Mann, der nicht viel sagte, und doch mit flinken Augen und lebendigem Blick alles um sich herum betrachtete. Er lachte gern. Damals. Und wenn er dann mal etwas sagte, hatte das Hand und Fuß. Nachdem er von seinem Vater die Macht im großen Bezirk südlich der Berge übernahm, in dem so viele Menschen wohnten und in dem auch der Bischofssitz Skálholt lag, hielt er sich anfangs so gut es ging aus allen Konflikten raus. Doch bald führte genau diese Zurückhaltung dazu, dass die Leute ihn für einen hinterlistigen Taktierer hielten, der keinem verriet, was er wirklich dachte. Gissur wollte mit allen gut Freund sein – was sollte man davon halten? Es führte auf jeden Fall dazu, dass bald alle dachten, Gissur habe nur seinen eigenen Vorteil im Kopf und würde nur zu seinen Freunden stehen, wenn es ihm in den Kram passte. Dabei war Gissur eigentlich gar kein verlogener Mensch. Man konnte ihm durchaus vertrauen, zumindest in dem Maße, in dem man in dieser Zeit überhaupt irgendjemandem vertrauen konnte. Gissur wollte einfach nur keinen Ärger. Er wollte nur in Frieden leben.

Doch das war ihm als Anführer eines so großen und reichen Bezirks natürlich nicht vergönnt, was ihm allerspätestens klar geworden war, nachdem Sturla Sighvatsson ihn am Apavatn gefangen genommen hatte und es ihm nur durch ein Wunder gelang, seinen Kopf mit geschicktem Reden aus der Schlinge zu ziehen. Ich hatte damals auf der Seite seiner Feinde gestanden, auf der Seite Sturla Sighvatssons, meines Cousins. Und im selben Herbst standen wir uns wieder feindlich gegenüber, als Gissurs Heer uns Sturlungen in der Schlacht von Örlygsstadir so vernichtend geschlagen hatte. Du erinnerst dich bestimmt: Gissur hatte alle wichtigen Sturlungen köpfen lassen, und ich hatte nur überlebt, weil mein Schwurbruder Klaengur Gissur überreden konnte, mich zu verschonen. Auch nachdem Gissur wenig später Snorri Sturluson töten ließ, mussten wir wieder gegeneinander kämpfen, und so sehr es mich ärgerte, dass Gissur immer hinterlistiger wurde und schließlich kaum noch Wort hielt, konnte ich ihn doch nicht verurteilen. Ich hatte schließlich auch mein Wort gebrochen, indem ich meinen Schwurbruder Klaengur nicht gerettet hatte, als Óraekja auf Reykholt das Schwert gegen ihn erhob.

Doch fanden Gissur und ich letztendlich doch zueinander. Nach all den Jahren, in denen wir uns bekriegt hatten, bot er mir an, dass sein Sohn Hallur meine Tochter Ingibjörg heiratete. Du kannst dir nicht vorstellen, wie erleichtert ich damals gewesen war – wenn dieser Friede doch nur eine Chance bekommen hätte! Wenn dieser unglückselige Eyjólfur Ofsi Gissur und seiner ganzen Familie nicht das Dach über dem Kopf angezündet hätte, wäre alles besser gekommen, unzählige Menschen wären heute noch am Leben, und wir hätten endlich in Frieden leben können!

Doch nach dem Mordbrand von Flugumýri war Gissur ein gebrochener Mann. Viele merkten das nicht, sie hatten viel zu große Angst vor seiner Wut und seinen Vergeltungsschlägen, aber ich konnte es sehen. Ich hatte schon über so viele Menschen geschrieben, ihr Schicksal, Freud und Leid mit ihnen geteilt, dass ich sofort die abgrundtiefe Trauer spürte, die alles andere ausgelöscht hatte, was einmal Gissurs Seele gewesen war. Und nachdem Gissur dann auch noch ein Gedicht darüber verfasst hatte, wie sehr er seine Frau und seine Söhne vermisste, konnte ich ihn erst recht nicht mehr hassen:

Das Feuer, das die Frau mir nahm
und alle meine Söhne,
brennt weiter in meinen Gedanken,
lässt mich nie vergessen mein Leid.

Als Gissur nun mit der Jarls-Würde aus Norwegen zurückkam, verlauten ließ, dass die Isländer sich ihm unterwerfen und dem König Steuern zahlen sollten und damit überall auf taube Ohren stieß, schlug er mir erneut einen Friedensschluss vor. Er bot mir an, mich zum Anführer im ganzen Borgarfjord zu machen. Damit wäre ich der mächtigste Mann in West-Island und hätte eine ähnliche Stellung inne wie einst Snorri Sturluson – mit entsprechenden Einnahmen und der entsprechenden Sicherheit. Doch eigentlich hätte Gissur, Jarl hin oder her, ein so großzügiges Angebot gar nicht aussprechen dürfen, ohne vorher den König um Erlaubnis zu fragen. So währte mein Glück nicht lange, denn bald hielt Hrafn Oddsson – dieser elende Schmeichler, der wie ein Schafsköttel immer oben schwamm, egal, wie unruhig das Wasser war – plötzlich einen Brief des Königs in den Händen, der ihn selbst zum Machthaber des Borgarfjords ernannte, und ich musste mich wieder in die westlichen Täler zurückziehen. Ich fühlte mich wieder einmal von Gissur hintergangen und wurde so wütend, dass ich ein Spottgedicht über ihn schrieb, ein langes Gedicht mit vielen Versen über die Verlogenheit unseres unfähigen Jarls.

Doch später wurde mir klar, dass auch diese Sache nur ein weiteres Beispiel dafür gewesen war, wie übel das Schicksal Gissur mitspielte. Dass er vom König zum Jarl ernannt worden war, war, wie alle seine Siege, auch eine Niederlage gewesen. Der König hatte ihm schließlich ein Banner mit dem Wappen der Krone aus Norwegen mitgegeben, deshalb musste Gissur doch davon ausgehen, dass er in Island schalten und walten konnte, wie er wollte. Wie hätte Gissur denn ahnen können, dass der König wenig später Hrafn Oddsson zu einem ähnlich mächtigen Mann wie ihn ernannte, ohne es für nötig zu halten, sich mit seinem Jarl auch nur zu beraten?

Zu allem Überfluss hatten es weiterhin alle möglichen Unruhestifter und Streithähne auf Island abgesehen. Gissur hatte sicherlich angenommen, dass sein feiner Titel ihm das Leben leichter machen und ihm diese finsteren Gestalten vom Leib halten würde, doch war eher das Gegenteil der Fall. Einer der Unruhestifter hieß Thórdur Andrésson. Er war noch ziemlich jung und kam aus einer ehrwürdigen Familie, die zwar auch mit dem damaligen norwegischen König eng verwandt war, aber dennoch in den letzten Jahren einiges an Ansehen und Einfluss verloren hatte, während Gissur immer mächtiger geworden war. Was die jungen, ehrgeizigen Männer aus dieser Familie davon hielten, dass Gissur nun auch noch zum Jarl ernannt worden war, kann man sich denken.

Mit dieser Schande konnte Thórdur Andrésson nicht leben. Der Frust grub sich immer tiefer in seine Eingeweide, wie ein Wurm.

HALLFRÍDUR GARDAFYLJA

Ich hätte nie gedacht, dass Gissur jemals wieder hier herumlaufen würde. Unermüdlich war er auf den Beinen, ritt hierhin, dorthin, um seine Rachefeldzüge vorzubereiten, immer in größter Eile. Was war nur aus diesem einst so ruhigen Mann geworden? Es war doch noch gar nicht lange her, als ich ihn in der Kirche von Flugumýri in den Armen gehalten und fest damit gerechnet hatte, er würde seine letzten Atemzüge tun. Ich hatte zwar seinen Körper gerieben, um ihn aufzuwärmen, doch das tat ich eigentlich nur, um ihm etwas Linderung zu verschaffen, bevor er starb. Mir wäre nie in den Sinn gekommen, dass er diesen Mordbrand überleben könnte, geschweige denn, dass dieser rußverschmierte Mann, der sich in meinen Armen die Lunge aus dem Leib hustete und aus seinen vom Rauch geschädigten Augen kaum noch etwas sah, schon kurze Zeit später wieder Kriegszüge anzetteln würde. Doch so war es nun einmal. Gissur schien nicht einmal wirklich Schlaf zu brauchen. Manchmal, wenn ich schon längst tief und fest in meine Träumen versunken war, wachte ich davon auf, dass er hereinkam und sich kurz zur Ruhe legte, doch wenn ich dann früh morgens aufstand, um für die Leute auf dem Hof Essen zuzubereiten, war er schon längst wieder vollständig bekleidet auf den Beinen, und doch wirkte er nie unausgeschlafen, müde oder gar erschöpft – ganz im Gegenteil, ich hatte ihn noch nie so energisch und entschlossen erlebt.

Ich wusste natürlich, warum er keine Ruhe fand. Die Geister, von denen er besessen war, gönnten sie ihm einfach nicht. Sie verfolgten ihn auf Schritt und Tritt, ganz gleich, wie sehr er rannte und wie schnell er auch ritt. Alle Menschen in Gissurs Nähe wurden von dieser unglaublichen Unruhe gepackt. Gissurs Frau, die selige Gróa, meine Hausherrin, die ich immer ehren werde, war im Geiste immer bei ihm. Das entging mir nicht, dafür kannte ich Gissur viel zu gut, ich hatte schließlich die meiste Zeit meines Lebens mit ihm verbracht, das erschien mir so unglaublich lang. Warum war ich überhaupt noch hier, während so viele junge Menschen gestorben waren, deren Leben doch gerade erst begonnen hatte? Warum waren die drei Jungen nicht mehr da, Gissurs Söhne, die ich so geliebt hatte, als wären es meine eigenen gewesen? Auch ihre Geister ließen uns nicht los, dabei mussten wir sie nicht einmal fürchten, gehörten sie doch zur Familie. Doch ich wusste, dass vielen unwohl war. Das junge Mädchen zum Beispiel, das aus einem weit entfernten Teil des Landes kam und Gissurs Frau gewesen war, war einfach nur verängstigt. Sie spürte natürlich die Unruhe, die sie umgab, sie fuhr andauernd erschrocken zusammen und wusste nicht einmal, warum. Einmal hatte sie versucht, mir von ihrer Angst zu erzählen, doch das war unnötig – ich musste ihr ja nur in die Augen sehen, dann wusste ich, wie es ihr erging. Und dann waren da noch die Geister, die Gissur verfolgten und ihm nicht gerade wohlgesinnt waren: verwundete Männer. Männer, die Gissur im Kampf getötet hatte. Männer, die Gissur hatte köpfen lassen – die lebenden Sturlungen waren schon schlimm genug, doch die Toten waren noch viel grausamer. Ein kalter Windhauch folgte ihm überall hin, selbst zu uns auf den Hof. Alle spürten das. Ich kann viel von dem erahnen, was Gissur durch den Kopf geht, wenn er diesen Windhauch spürt. Doch sprechen würde ich darüber nie.

ORMUR BJARNARSON

Mein Onkel Gissur war Jarl geworden. Das war natürlich eine Freude für unsere Familie und entschädigte zumindest teilweise dafür, wie übel uns das Schicksal in den letzten Jahren mitgespielt hatte. Ich hatte sowohl meinen Vater im Kampf verloren als auch meinen Bruder Klaengur; auch unser Ziehvater Snorri Sturluson war tot. Von dem Unheil, das Gissur widerfahren war, ganz zu schweigen. Doch nun würden bessere Zeiten anbrechen. Friedlichere Zeiten. Dachten wir. Es konnte gar nicht anders sein. Ein Jarl war ein Jarl, ein Statthalter und Stellvertreter des Königs und damit legitimiert von Gottes Gnaden. Und anfangs sah ja auch wirklich alles gut aus. Gissur versöhnte sich mit allen anderen wichtigen Männern im Land – sogar mit Skalden-Sturla, der offenbar endlich darüber hinweggekommen war, dass er meinen Bruder Klaengur auf Reykholt im Stich gelassen hatte, seinen besten Freund und Schwurbruder. Es nützte ja nichts, sich ewig für die Fehler der Vergangenheit zu schelten, das hatte die Vergangenheit nun wirklich oft genug gezeigt.

Wenn da nicht dieser Thórdur Andrésson gewesen wäre, der uns bei jeder Gelegenheit anpöbelte und schmähte. Gleich auf dem ersten Althing nach Gissurs Heimkehr schimpfte er mit vor Zorn zitternder Stimme, das hatte ich selbst erlebt. Gissur tat so, als würde er das alles gar nicht hören. Er hielt es für unter seiner Jarls-Würde, sich mit solchen geringen Männern wie Thórdur Andrésson abzugeben, obwohl doch auch Gissur eigentlich inzwischen gewusst haben musste, dass diese verbitterten, kleinen Männer oft die größten Probleme machten. Nach dem

Althing zog Gissur nach Norden in den Skagafjord. Ich blieb im Süden, und es dauerte nicht lange, bis mir das Gerücht zu Ohren kam, Thórdur Andrésson trachte Gissur nach dem Leben. Natürlich kam uns das erst mal ziemlich abwegig vor. Wer war er schon, dieser armselige Kerl, im Verglich zu Gissur, dem Jarl von Island? Dann hörte ich jedoch, dass Thórdur Andrésson einen Boten zu seinen Verwandten und alten Freunden in Gissurs Bezirk geschickt hatte, um sie zu einem Angriff auf ihn anzustiften. Ich zögerte nicht mehr. Ich nahm mir einen Mann als Begleiter mit und ritt nach Norden in den Skagafjord, um Gissur von diesem Gerücht zu berichten und ihm zu sagen, er solle vorsichtig sein.

Das war alles so lächerlich. Und gleichzeitig so traurig …

Gissur nahm mich gut auf. Er wohnte jetzt auf Reynistadur, das war ein schöner Hof, wenn auch für einen Jarl vielleicht ein bisschen klein. Gissur sah blass aus, wirkte kränklich und schien merkwürdig desinteressiert an dem, was ich zu sagen hatte. Ja, auch er habe schon etwas Ähnliches gehört. Einer der Bauern, den Thórdur Andrésson auf seine Seite ziehen wollte, war sofort zu Gissur geritten und hatte ihn gebeten, wachsam zu sein, wollte allerdings nicht recht sagen, warum. Doch nun wurde Gissur die Sache klar, und er musste wohl oder übel etwas tun. Er seufzte, als ob er das alles leid wäre. Er bat mich, ihn zu begleiten, trommelte einige Männer zusammen, und wenig später ritten wir auch schon los, um den Boten gefangen zu nehmen, der unter den Bauern in Gissurs Bezirk Thórdurs verschwörerisches Angebot verbreitete. Man hatte gehört, er halte sich noch immer im Bezirk auf, um einer Witwe auf Hegranes den Hof zu machen.

Als wir bald darauf in scharfem Galopp auf den Hofplatz der Witwe von Hegranes stürmten, sahen wir tatsächlich einen Mann von dem Hof rennen, der sich mit den Händen die Hose festhielt, bis sie ihm schließlich doch herunterrutschte und ihn zu Fall brachte. Wir packten ihn. Ich hörte etwas, das ich zuerst für einen

Panikschrei hielt, doch dann stellte sich heraus, dass der Mann lachte. Er war so kitzlig, dass er, wenn man ihn nur berührte, fast blau anlief vor Lachen. Er wurde Gissur vorgeführt und nach dem Grund seines Kommens gefragt, und als er ausweichend antwortete, befahl der Jarl, ihn zu durchsuchen, wobei der Mann vor Lachen fast erstickte. Wir fanden einen Brief von Thórdur Andrésson. Offenbar hatte niemand von den Bauern, die der Bote hier im Skagafjord besucht hatte, den Brief behalten wollen. Alle hatten gesagt, er solle den mal schön wieder mitnehmen. In diesem Brief befahl Thórdur Andrésson seinen Verwandten, ihre Männer zu bewaffnen und sich an einem bestimmten Tag bereitzuhalten, an dem er heimlich in den Bezirk käme. Dann wollte er mit ihnen nach Reynistadur reiten, in der Nacht angreifen, den Jarl überrumpeln und töten. Der dauerlachende Bote wurde verprügelt, entkleidet und in den Fluss geschmissen. Das Letzte, was ich von ihm sah, war, wie er sich gerade noch mühsam wieder ans Ufer kämpfen konnte. Das Lachen war ihm eindeutig vergangen.

Wie erwartet, hatte Gissurs Geduld nun ihr Ende gefunden. Er rief seine Krieger zusammen, bat Skalden-Sturla, ihn mit seinen Männern aus den westlichen Tälern zu unterstützen, dann ritten sie nach Süden, um Thórdur Andrésson zu stellen. Als der davon erfuhr, floh er in den Wald von Thórsmörk, doch das hatte er zuvor schon so oft getan, dass man ihn ziemlich schnell fand.

Doch mit dem, was dann geschah, hatte niemand gerechnet: Gissur bot an, Thórdur Andrésson zu verschonen, wenn er sich ihm unterwerfen und ihm treu dienen würde, so lange er lebte. Das brachte Gissur einiges Ansehen, denn viele fanden, dass es unter der Würde eines Jarls gewesen wäre, einen derart unwichtigen Mann hinzurichten. Thórdur Andrésson wohnte im nächsten Winter auf Gissurs Hof und war so froh, noch am Leben zu sein, dass er nichts Böses anstellte. Dann durfte er irgendwann wieder nach Hause, heiratete, bekam Kinder, und damit dachten eigentlich alle, die Sache wäre aus der Welt.

Doch das war falsch. Im nächsten Sommer hatte Gissur länger in Südisland zu tun, ritt von einem Ort zum anderen und hatte nur wenige Männer dabei. Eines Tages, als ich ihn durch Zufall begleitete, ritten wir bei bestem Wetter am Ufer der Hvítá entlang, plötzlich hörten wir eilig herannahendes Hufgetrappel, und ehe wir's uns versahen, hatte Thórdur Andrésson uns mit einem anderen Mann den Weg abgeschnitten. Sie hatten große Streitäxte dabei. Niemand von uns hatte Zeit, zu den Waffen zu greifen, also beschloss Gissur, in den Fluss hineinzureiten, der an dieser Stelle jedoch sehr schnell tief wurde, sodass sein Pferd bald schwimmen musste. Thórdur Andrésson ritt hinterher, kam Gissur bald bedrohlich nah, hob die Axt, holte aus, und die Tage meines berühmten Onkels Gissur Thorvaldsson schienen gezählt. Doch in dem Moment, als Thórdur Andrésson zuschlug, verlor auch sein Pferd den Grund unter den Füßen und musste schwimmen, sodass Thórdur Gissur verfehlte und stattdessen sein Pferd traf. Der Sattel löste sich, Gissur rutschte unter den Bauch seines Pferdes, während Thórdur Andrésson von den Fluten des reißenden Flusses davongetragen wurde. Der Mann, der Thórdur Andrésson begleitet hatte, floh, während wir anderen mit Leibeskräften versuchten, unseren Jarl aus dem Fluss zu retten.

Mit Gottes Hilfe gelang es uns, Gissur an Land zu ziehen. Er lag lange am Ufer und hustete. Das Pferd mussten wir töten, dieses wunderbare Tier mit dem hellgoldenen Fell – es war das einzige Pferd im ganzen Skagafjord, das eines Jarls würdig gewesen war. Nun würde man Gissurs Stellung nur noch an seiner feinen, grün gefärbten Kleidung erkennen, die hier am Ufer allerdings vollkommen durchnässt war.

Am nächsten Tag erfuhren wir, dass Thórdur Andrésson überlebt hatte und wieder nach Osten geflohen war. Gissur rief erneut seine Männer zusammen und ritt abermals in den Wald von Thórsmörk, wo seine Hunde bald Witterung aufnahmen. Wir suchten fast den ganzen Tag, doch alles blieb ruhig, die Sonne schien, ein paar Vögel sangen, eine leichte Brise raschelte durch die Blätter der Polarbirken.

Die Hunde fanden Thórdur Andrésson am Fuße eines Berges. Er hatte sich hinter einem Busch versteckt. Ich war es, der ihn dort fand, hatte nichtsahnend hinter den Busch geschaut und sah direkt in seine angsterfüllten, aufgerissenen Augen. Er wurde auf eine Lichtung gezogen, gefesselt und abgeführt. Und schrie dabei die ganze Zeit. Er rief Gissurs Namen, doch Gissur hörte ihn nicht, oder er tat zumindest so, als würde er ihn nicht hören. Und irgendwie gelang es Thórdur Andrésson, zu Gissur zu laufen, und er sagte: »Gissur, ich flehe dich an, verzeih mir.« Gissur machte eine abfällige Handbewegung und lächelte. Doch es war kein kaltes, erbarmungsloses Lächeln – vielmehr war mir, als ob er das alles einfach nur albern fand.

Nachdem Thórdur Andrésson nun Gissurs Aufmerksamkeit auf sich gezogen hatte, schwieg er einen Augenblick. Obwohl Gissur auf einem Pferd saß und Thórdur nebenherlief, konnte er gut mit ihm Schritt halten, und er begann in einem fort zu schreien: »Mein ist der Kummer, schwerer als Blei. Mein ist der Kummer, schwerer als Blei. Mein ist der Kummer …«

Ich fand das ziemlich unangenehm.

Inzwischen hatte starker Regen eingesetzt. Bald waren wir alle durchnässt und ließen die Köpfe ziemlich hängen. Am späten Abend erreichten wir einen Hof. Dort wurde der Gefangene in einen Schuppen gesperrt und gut bewacht – keiner unterschätzte jetzt noch die Gefahr, die von diesem Mann ausging. Gissur ging mit uns in die Wohnstube, wo wir Essen bekamen und unsere Kleider trocknen konnten. Ich fragte, was er mit Thórdur vorhatte. Gissur sah mich eine Weile wortlos an, und ich hatte schon wieder das Gefühl, in seinem Gesicht diesen sonderbar amüsierten Ausdruck zu sehen, den ich einfach nicht deuten konnte.

Am nächsten Morgen wachte ich davon auf, dass jemand an die Tür zu der Stube klopfte, in der wir schliefen. Ein Hofbewohner teilte Gissur mit, eine Frau sei gekommen und wolle mit ihm sprechen.

»Was für eine Frau?«, fragte Gissur.

Es war die Ehefrau von Thórdur Andrésson. Sie hatte sogar ihre zwei kleinen Kinder mitgebracht. Doch Gissur machte nur wieder diese abfällige Handbewegung: »Ich will nicht mit ihr reden. Sie hat hier nichts zu suchen«, sagte er leise, aber bestimmt. Wenig später ging ich hinaus auf den Hofplatz und sah einige Männer, die die junge Frau und ihre beiden Kinder vom Hof fortzogen. Sie versuchte, sich zu wehren, schließlich gab sie jedoch auf. Ich wandte mich um und sah Gissurs Gesicht an einer Fensterluke des Hofes. Er sah der Frau hinterher, während sie mit ihren Kindern im Morgengrau verschwand.

Noch immer schüttete es wie aus Eimern. Gissur beorderte uns alle auf den Hofplatz und ließ den Gefangenen holen. Thórdur Andrésson wurde in den Matsch geworfen. Er war ein gut aussehender Mann, blond, mit schöner heller Haut. Er kroch zu Gissur hin und sagte: »Gissur, mein Jarl, ich bitte dich! Vergib mir, was ich getan habe.«

Gissur antwortete ohne nachzudenken: »Das werde ich tun. Sobald du tot bist.«

Thórdur Andrésson riss sich los und wollte davonlaufen, doch die Männer hatten ihn schnell wieder gefasst und drückten ihn in den Schlamm. Dann gab Gissur ein unmissverständliches Zeichen, und zwanzig Männer oder sogar noch mehr erhoben ihre Äxte und Schwerter und schlugen nach dem auf dem Boden liegenden Mann. Auch als Thórdur Andrésson längst tot war, gab Gissur ihnen keinen Befehl, aufzuhören. Mich wunderte das, und als ich ihm einen Blick zuwarf, sah ich an seinen Augen, dass er gar nicht mehr hier war, hier bei uns, im südisländischen Regen.

Nach diesen Ereignissen hatte Gissur erst recht keine Freude mehr an seinem ehrenvollen Titel. Ihn freute überhaupt nichts mehr. Ich blieb noch längere Zeit bei ihm, doch er war schweigsam und schickte auch die junge Frau wieder fort, die er hergeholt hatte. Er magerte ab, und seine Haut wurde grau. Schließlich bat er mich, nach Kjalarnes zu reiten und von dort auf die nahegelegene Insel Videy überzusetzen, die in der Faxa-Bucht lag. Denn Gissurs Vater Thorvaldur hatte dort auf seine alten Tage ein Kloster gegründet. Und mein Onkel gab mir nun den Auftrag, die Mönche darum zu bitten, ihn aufzunehmen.

Wenig später zog Gissur in das Kloster, dort lebte er nur noch kurze Zeit – er ist auf der Insel beerdigt.

SKALDEN-STURLA

Von der Hinrichtung Thórdur Andréssons hatte ich viele Augenzeugen berichten hören. Das war wichtig für meine *Saga von den Sturlungen*, schließlich wollte ich über alle wichtigen Ereignisse der Zeit der Schwerter berichten, und das möglichst genau:

Einer von Gissurs Männern, er trug den Namen Sigurdur, hielt Thórdur fest, allerdings nur an dessen Kragen. So gelang es Thórdur Andrésson, sich loszureißen. Er wollte fortrennen, doch Andrés Gjafvaldsson brachte ihn zu Fall. Thórdur Andrésson lag nun auf dem Boden und machte mit den Händen das Zeichen des Kreuzes. Geirmundur der Dieb schlug ihm mit der Streitaxt Gylta in den Hals. Jarl Gissur fasste in die Wunde und befahl Geirmundur dann, er solle abermals zuschlagen. Und dieser tat es.

Und so sehr ich immer versuchte, nichts als die Wahrheit zu schreiben, verschwieg ich doch das, was ich einfach nicht glauben konnte, auch wenn es mir viele Augenzeugen erzählt hatten: dass Jarl Gissur seine Männer immer weiter auf Thórdur Andrésson einschlagen ließ, auch als dessen Fleisch und Blut schon längst nicht mehr vom Schlamm des Hofplatzes zu unterscheiden waren.

ZWISCHEN ISLAND UND DEN FÄRÖER-INSELN, 1277

Der Frühlingsanfang auf den Färöer-Inseln war schön. Die Zugvögel kamen zurück und ließen sich auf den Felsen nieder, die Berghänge wurden von Tag zu Tag grüner, man hörte die ersten Lämmer, und an den Südwänden der Höfe waren die Butterblumen zu sehen. Skalden-Sturla genoss diese Zeit sehr, der Frühling ließ ihn immer an neugeborene Kinder denken und an die Küken der Eiderenten am Breiten Fjord, zu Hause, in Island.

Eines Tages legten gleich zwei Schiffe aus Norwegen an. Eines der beiden war auf dem Weg nach Island und es wurde beschlossen, dass Thórdur Narfason mit diesem Schiff nach Hause fuhr. Er hatte Frau und Kinder – Sturla wusste, dass er sie vermisste. Obwohl Thórdur mehrmals bekräftigte, er wolle dem Meister nach Norwegen folgen, merkten doch alle, wie froh er über diesen Beschluss war. Zum Abschied sagte er, dass Sturla doch auch bald wieder nach Hause käme und sie dann ihre Arbeit in der Schreibstube am Breiten Fjord wieder aufnehmen würden. Und jetzt, in seiner guten Frühlingsstimmung, stimmte der Skalde ihm sogar zu. Ja, er komme bald nach Hause. Im Winter hätte er sicher ganz anders geantwortet, hätte gesagt, dass er fest damit rechne, auf dieser Reise zu sterben, doch nun schien ihm irgendwie eine Last von der Seele genommen. Das Schiff, das Skalden-Sturla hierher gebracht hatte, war immer noch nicht wieder seetauglich gemacht worden, weil es auf den ganzen Färöern keine Planken gab, die lang genug waren, also kauften Sturla, Hrafn und der Gode Thorvardur sich eine Passage mit dem gerade angekommenen Schiff, das direkt nach Norwegen zurücksegeln sollte. Es war ziemlich klein und eigentlich bereits voll beladen mit Trockenfisch, Wolle und Lebertran, sogar lebendige Lämmer waren an Bord, doch die drei isländischen Anführer mussten nun wirklich dringend zu König Magnus dem Gesetzesverbesserer.

Die Seemänner waren schwer beeindruckt davon, Männer an Bord zu haben, die unterwegs zum König waren, und versprachen, ihretwegen einen Umweg über Bergen zu machen, obwohl sie eigentlich nach Stavanger wollten.

Der Wind stand günstig und die Überfahrt war ruhig. Wenn es doch immer so sein könnte, dachte Skalden-Sturla, der sich an Bord sehr wohlfühlte. Er sah hinaus auf das Meer, das sich grünblau in alle Richtungen streckte, beobachtete, wie die See am Bug des Schiffes schäumte und hörte dem Knarren der Planken zu. Das ruhige Schaukeln und der gleichmäßige, sanfte Wind regten seine Gedanken an.

Und auf einmal dachte Skalden-Sturla etwas, das ihn vollkommen überraschte. War dieser Aufenthalt, dieser ganze Winter auf den Färöer-Inseln, trotz aller Widrigkeiten vielleicht sogar ganz schön gewesen? Immerhin hatte sich für ihn in den letzten Monaten vieles geklärt, er hatte Dinge begriffen, die ihm lange unverständlich gewesen waren, hatte einen Überblick über die Ereignisse der Zeit der Schwerter bekommen. Er hatte etliche neue Seiten für seine *Saga von den Sturlungen* geschrieben und dazu noch ein ganzes Buch über die Geschichte der Leute von den Färöern. Dass dieses Buch dort den einen oder anderen verärgert hatte, war kein Grund zur Sorge. Anders als die Isländer musste man bei den Färöern keine Angst haben, dass sie einen gleich erschlugen oder einem mitten in der Nacht das Dach über dem Kopf anzündeten, nur weil sie sich beleidigt fühlten.

Nach ungefähr vier Tagen auf dem Meer kam Land in Sicht. Inseln, Felsen, Riffe, und wenig später erhob sich Norwegen mit seinen Wäldern und Fjorden aus dem Meer. Die Isländer gingen in Bergen von Bord und meldeten ihre Ankunft am Königshof. König Magnus selbst war nicht anwesend – wie sollte er auch wissen, dass die Isländer ausgerechnet jetzt ankamen. Nun segelte er gerade die lange Küste von Norwegen entlang, denn er bereiste einmal im Jahr sein gesamtes Königreich. Sturla war einmal auf einer solchen Fahrt dabei gewesen, hatte sich mit dem Königsehepaar angefreundet, sodass er zum Hofskalden ernannt worden war und von König Magnus den Auftrag bekommen hatte, ein Buch über das Leben seines Vaters König Håkon zu schreiben. Als er es fertiggestellt hatte, hatte König Magnus ihn mit Ehrungen und Titeln überhäuft, sodass Skalden-Sturla nun auch in der Abwesenheit des Königs der würdevollste Empfang bereitet wurde, den man sich vorstellen konnte. Ihm wurde eine geräumige Unterkunft mit fellbespannten Wänden zur Verfügung gestellt, ein Diener, eine Magd, und alle verneigten sich vor ihm, was dem Skalden seinen Aufenthalt sehr angenehm machte. Auch wenn er vielleicht lange auf die Rückkehr des Königs warten musste, galt er hier doch zumindest als wichtiger Mann. Sturla konnte sich immer wieder darüber freuen, wie er hofiert wurde – insbesondere, wenn er dabei das Gesicht des Goden Thorvardur aus den Ostfjorden beobachten konnte, der nun noch beleidigter dreinblickte, als er das sowieso schon immer tat. Hrafn Oddsson hingegen tat einfach so, als würde er überhaupt nicht mitbekommen, dass die Höflinge Skalden-Sturla bevorzugt behandelten.

Ein weiterer Grund zur Freude für Skalden-Sturla war natürlich, dass einer seiner Söhne hier am norwegischen Königshof lebte. Helga und Sturla hatten insgesamt vier Kinder: Ingibjörg, die in ihrer Hochzeitsnacht nur knapp den Flammen von Flugumýri entging, war die Älteste. Dann kam eine zweite Tochter, die den Namen von Sturlas geliebter Großmutter trug: Gudný. Und dann gab es die beiden Söhne Thórdur und Snorri, die nach Norwegen gekommen waren, als Sturla sich zum ersten Mal hier aufgehalten hatte. Thórdur, der immer der ruhigere der beiden Brüder gewesen war, war hiergeblieben, um sich zum Priester ausbilden zu lassen. Seinen Sohn zu sehen linderte das Heimweh von Skalden-Sturla sehr.

Bald hatte auch König Magnus von der Ankunft der drei isländischen Anführer erfahren und schickte einen Boten von unterwegs. Er erteilte Skalden-Sturla uneingeschränkten Zugang zu seinem Geheimarchiv, in dem Briefe, Dokumente und andere wichtige Schriftstücke sorgsam unter Verschluss gehalten wurden. Diese Nachricht verbesserte Sturlas Laune noch deutlicher. Nun konnte er sich den ganzen Tag mit interessanten Dokumenten beschäftigen. Er ließ sich alle möglichen Speisen in sein prächtiges Quartier bringen und hielt seine Bediensteten ziemlich auf Trab. Wenn er Besuch bekam, empfing der Skalde ihn fast so, als wäre er selbst der König – und alle Mitglieder des Hofstaats zollten ihm Respekt, als sei das die selbstverständlichste Sache der Welt. So waren beileibe nicht alle Isländer am norwegischen Königshof empfangen worden, doch es war ja auch noch nie jemand da gewesen, der die Erlaubnis hatte, in der Abwesenheit des Königs dessen geheimste Schriftstücke zu lesen.

Als der König und seine Frau endlich von ihrer Reise zurückkamen, begrüßten sie den isländischen Skalden wie einen alten Freund. Dann wurden Hrafn und Thorvardur hinzugerufen. Der König hatte viel mit ihnen zu besprechen. Er wollte wissen, ob die Isländer bereits die Gesetzesänderungen umgesetzt hatten, die er angeordnet hatte, wollte erfahren, wie es um das Verhältnis zur Kirche bestellt war, und äußerte sich besorgt darüber, dass er aus Island weniger Steuern zu verzeichnen hatte als erwartet. Nach dem Ende ihrer ersten Sitzung verabschiedete der König Hrafn und Thorvardur mit äußerster Höflichkeit und bat Skalden-Sturla darum, noch etwas zu bleiben. Er habe mit ihm noch eine besondere Angelegenheit zu besprechen, schließlich habe er ihm nicht ohne Grund erlaubt, sich in seinem Archiv umsehen zu dürfen. Der König bat Skalden-Sturla darum, eine Saga über sich zu schreiben, über das Leben von König Magnus dem Gesetzesverbesserer, und diese Saga sollte möglichst große Ähnlichkeit mit der großartigen Saga haben, die Sturla einige Jahre zuvor über den Vater des Königs, Håkon, verfasst hatte.

Das brachte Sturla in große Schwierigkeiten. Er hatte gehofft, seine Aufgaben in Norwegen so schnell wie möglich erledigen zu können, um noch im selben Sommer nach Island zurückzukehren und es nie wieder verlassen zu müssen. Wenn er nun eine Saga über den König schreiben musste, konnte er das vergessen. Er wusste zwar auch, wie gut der König ihn dafür belohnen würde, doch eigentlich hatte Sturla inzwischen genug feine Titel, und auch an Geld fehlte es ihm nicht. Er hatte die Königs-Sagas und alle anderen Bücher, die er aus Island mitgebracht hatte, für sehr gutes Geld verkauft. Er hatte alles, was er brauchte.

Aber es war natürlich ein Ding der Unmöglichkeit, dem König eine solche Bitte abzuschlagen. Dem König war zu gehorchen, so sah die göttliche Ordnung es nun einmal vor, also stimmte Sturla zu. Sie einigten sich darauf, dass er den Sommer dazu nutzen werde, um sich gründlich in alle Schriftstücke des Königs einzuarbeiten, und dann würden sie anfangen. Der König würde erzählen, Sturla würde schreiben und das, was König Magnus erzählte, durch sein Wissen aus dem königlichen Archiv ergänzen.

Natürlich war es kein Problem für Skalden-Sturla, eine solche Saga zu schreiben. Gleichwohl ahnte er, dass er sich auf einen Auftrag eingelassen hatte, bei dem die Anwendung vieler Kunstgriffe und Erzählweisen, die er sonst beim Schreiben so gern nutzte, unmöglich war, zum Beispiel jegliche Form von Zweideutigkeit oder humorvoller Ironie. Diese wichtigen Mittel der Erzählkunst, die Sturla mehr bedeuteten als alles andere, hatten in einer solch staatstragenden Saga über das Leben eines Königs nichts zu suchen – zumindest nicht in einer Saga über das Leben von Magnus dem Gesetzesverbesserer, der weder Humor hatte noch empfänglich für Zweideutigkeiten und Anspielungen war. Was diesem

König gefiel, waren Worte wie in Stein gehauen, und dann entschied der König höchstselbst, wem es vergönnt war, diese zu lesen. König Magnus war ein Mann der Gesetzestexte, und in denen kam es schließlich gerade darauf an, Zweideutigkeiten und Anspielungen zu vermeiden – alles musste klar und eindeutig formuliert sein. Außerdem ging König Magnus davon aus, dass das, was er erzählte, die reine Wahrheit war und nicht bloß eine von vielen möglichen Sichtweisen auf ein Ereignis, das man auch ganz anders hätte darstellen können. Wenn Skalden-Sturla nun über jemanden schrieb, der eine so hohe Meinung von sich hatte, blieb für Humor kein Platz, er wurde vom schieren Gewicht der vermeintlich einzigen Wahrheit erdrückt. Etwas, das König Magnus berichtete, mit derselben augenzwinkernden Distanz aufzuschreiben, die Sturlas Bücher eigentlich erst zum Leben erweckte, würde der König als Zweifel an seiner Unfehlbarkeit und damit als Verrat auffassen. Natürlich würde Sturla auch eine Saga gelingen, wie der König sie sich eben wünschte. Es schien ihm nur so, als würde man einen Zimmermannsmeister damit beauftragen, eine neue Tür für einen Kuhstall zu bauen. Er überlegte, ob Thorvardur für diese Aufgabe nicht vielleicht besser geeignet wäre als er selbst – schließlich war auch Thorvardur ein ernster, staubtrockener, für jede Form von Zwischentönen unempfänglicher Mensch. Aber Thorvardur war eben kein berühmter Skalde, so wie Sturla einer war, denn allein sein Name verlieh auch den kunstlosesten Werken einen gewissen Glanz. Wenn die Leute wussten, dass der berühmte Skalden-Sturla die Saga über König Magnus den Gesetzesverbesserer verfasst hatte, würden sie dem Werk sofort mit großer Ehrfurcht begegnen, auch wenn der Hofskalde die wichtigsten Mittel seiner Erzählkunst gar nicht hatte einsetzen können. Also machte Sturla sich daran, ein Werk zu schreiben, dem sämtlicher Zauber ausgetrieben worden war – oder vielmehr eines, in das man ihn gar nicht erst hineingelassen hatte.

INGEBORG ERIKSDATTER, KÖNIGIN VON NORWEGEN

Dieser isländische Skalde ist wirklich ein ungewöhnlicher Mann. Ich hoffe, er bleibt noch lange bei uns am Hof. Er redet anders als alle anderen Menschen, die ich kenne – wenn er spricht, dann ist das fast eine Art Musik.

Dass Sturla so ein besonderer Mensch war, sah man ihm nicht sofort an. Er war ein kräftiger, nicht mehr ganz junger Mann; sein Bart und Haupthaar waren bereits ergraut, und in seinem Gesicht, das sicherlich einmal sehr schön gewesen war, sah ich nun deutlich mehr Falten als bei unserer ersten Begegnung, die noch gar nicht so lange zurücklag. Doch wenn er seine raue Stimme erhob und mich mit seinen wachen Augen ansah, spürte ich sofort, über welche Lebenskraft er noch immer verfügte. Mit den meisten Menschen, mit denen ich hier bei Hofe sprach, tauschte ich lediglich ein paar Worte aus. Sie wollten mir etwas mitteilen, das ich wissen sollte. Doch wenn Skalden-Sturla redete, bekam unsere nordische Sprache plötzlich einen fast magischen Glanz. Ich konnte ihm ewig zuhören, ohne darauf zu achten, worauf er eigentlich hinauswollte, ohne darauf zu warten, wann denn nun die wichtigen Informationen kamen, die er mir mitteilen wollte. Sturla redete so mitreißend, dass ich das Gefühl bekam, ich würde von einem ungezähmten Pferd davongetragen, das selbst entschied, an welche fremden Orte es mich brachte. Wenn er von anderen Menschen erzählte, erschienen sie sofort vor meinem inneren Auge und sie wirkten alle so bemerkenswert, wie er selbst es war. Selbst wenn er einfach nur so dahinredete, war seine Sprache kunstvoller als die, die andere nach langen Überlegungen hervorbrachten, der ganze Hofstaat hing an seinen Lippen – sogar unsere Bischöfe hörten ihm begeistert zu.

Während unserer Zusammenkünfte hier am Hof kam es oft vor, dass viele Leute durcheinanderredeten. An diesem Geplapper beteiligte Skalden-Sturla sich nie. Doch wenn er dann doch einmal das Wort ergriff, verstummten alle anderen sofort. Sie hörten ihm alle zu, bis er in seinem isländischen Tonfall zu Ende gesprochen hatte, erst dann setzte das große Stimmengewirr langsam wieder ein, während Skalden-Sturla in seiner eigenen Welt zu verschwinden schien. An den Abenden sah ich ihn oft lange Zeit einfach nur mit geschlossenen Augen dasitzen, als nehme er gar nicht wahr, was um ihn herum geschah. Einmal hatte ich mir ein Herz gefasst und gefragt, warum er denn so schweigsam sei, und er gab mir eine ziemlich sonderbare Antwort. Er sagte: »Wenn ich nicht im Mittelpunkt eines Gespräches stehe, schlafe ich ein.«

NORWEGEN, 1277

Der Skalde verbrachte viele lange Tage mit der Niederschrift der Saga über König Magnus, den Gesetzesverbesserer. Er wollte sie möglichst schnell beenden, er hatte das Gefühl, mit diesem ungeliebten Auftragswerk wertvolle Zeit zu verschwenden, auch wenn er sich über die Bedingungen, unter denen er hier am Hof lebte und arbeitete, nun wirklich nicht beklagen konnte. Doch er kam nicht so schnell voran, wie er es sich wünschte, denn er musste alles, was er geschrieben hatte, von König Magnus absegnen lassen, und dafür hatte der König nicht immer Zeit – und wenn er Zeit hatte, vergaß er manchmal, den Skalden zu sich zu bitten, oder er war einfach zu müde, um ihn zu empfangen. Und Sturla konnte sich natürlich nicht erlauben, den König zu bedrängen.

Sturla war davon ausgegangen, dass seine Reisegefährten Hrafn Oddsson und der Gode Thorvardur noch im selben Sommer nach Island zurückfahren würden, während ihm mit seinem halb fertigen Buch noch ein arbeitsamer Winter in Norwegen bevorstand. Dieser Gedanke gefiel ihm ganz und gar nicht, befürchtete er doch, die beiden würden zu Hause Gerüchte über ihn verbreiten und Geschichten über die gemeinsame Reise erzählen, die schlichtweg nicht stimmten. Aber dann erfuhr der Skalde zu seiner großen Erleichterung, dass König Magnus Hrafn und Thorvardur befohlen hatte, so lange zu bleiben, bis Sturla mit seiner Saga fertig war. Offenbar wollte er, dass sie alle gleichzeitig nach Island zurückkehrten, also beschäftigte er Hrafn und Thorvardur mit irgendwelchen Kleinigkeiten, so gut es ging – doch die meiste Zeit saßen sie mehr oder weniger untätig herum.

Im Laufe des Winters kam Sturla mit seiner Saga gut voran. Der König lobte sie sehr, und Sturla tat wirklich alles, um genau so zu schreiben, wie der König es sich wünschte, auch wenn ihm klar war, dass diese Saga nicht den Ansprüchen genügte, die er eigentlich seit seiner Lehrzeit bei dem großen Snorri Sturluson an seine Werke stellte.

Ja, er hatte Heimweh. Er träumte nachts vom Frühlingsanfang zu Hause. Es gab nichts Schöneres im Leben als einen Frühling im Breiten Fjord, wenn die Farben zurückkehrten und das Leben an Land, auf See und in der Luft erwachte, wenn die Vögel wieder sangen und die Fliegen wieder summend durch die Lüfte flogen. Für Sturla gab es keinen schöneren Ort. Umso unerträglicher war es ihm, dass viele Leute hier am Hof sich einen Spaß daraus machten, abfällig über Island zu sprechen. Selbst in Gegenwart des Königs bezeichnete der Gode Thorvardur Island immer wieder als »Außenposten«, als »Einöde«, deren Bewohner allesamt »Bauerntrampel« waren. »Einöde!« Was sollte denn das auf einmal? Hrafn begann bald, das Gerede des Goden Thorvardur nachzuäffen, und nachdem er merkte, wie sehr den Norwegern dieses Geschwätz gefiel, übertraf er ihn sogar darin. Wer Hrafn zuhörte, bekam bald den Eindruck, Island sei nichts weiter als ein von Vogelschiss besudelter Felsen, auf dem sturmzerzauste, armselige Bewohner bei schlechter Kost ihr Dasein fristeten, und je öfter Skalden-Sturla sich dieses Gewäsch anhören musste, desto mehr vergiftete es seine Laune. Hatte Hrafn die erhabene Schönheit seiner Heimat denn vollkommen vergessen? Island war doch keine »Einöde«, Island war das Land der großen Krieger und Skalden! Ab und zu versuchte er, diesem Gerede etwas entgegenzusetzen, doch die Norweger verdrehten daraufhin nur die Augen und lächelten milde. Wenn er mit Hrafn unter vier Augen sprach, gab der ihm natürlich recht, erklärte ihm dann aber, dass man die Norweger eben ein bisschen unterhalten müsse, um sicherzustellen, dass sie ihnen wohlgesonnen blieben.

Hätte Snorri Sturluson Island jemals als »Außenposten« bezeichnet? Oder Kakali? Natürlich nicht. Snorri war ja selbst während seiner Zeit in Norwegen vor Heimweh fast umgekommen und wollte nichts sehnlicher als zurückkehren, ganz gleich, wie viel Ansehen er am Hof von Jarl Skule genoss. Dann hatte er es ja auch einfach gesagt: »Ich muss weg«, und war zurück nach Island gegangen, obwohl König Håkon ihm das ausdrücklich verboten hatte. Und als Kakali einige Jahre nach seinem großen Sieg gegen Kolbeinn den Jungen nach Norwegen kommen musste, um sich mit dem König zu beraten, hatte ihn auch die ganze Zeit Heimweh geplagt. Bis heute erzählt man sich hier, was geschah, als König Håkon nach dem Mordbrand von Flugumýri endlich eingesehen hatte, dass es keinem außer Kakali gelingen würde, in Island für Frieden zu sorgen: Håkon ließ Kakali ausrichten, er solle sofort nach Island zurückkehren, und Kakali nahm diese Nachricht so begeistert auf, dass er sofort ein rauschendes Abschiedsfest feierte, auf dem er Unmengen von Met trank, und dass er dann in die Runde rief: »Jetzt fahre ich nach Hause. Und wenn ich einmal da bin, bekommt mich von dort niemand wieder weg!«

Wenig später brach Kakali auf seinem Abschiedsfest zusammen, und es befiel ihn eine Krankheit, die so aggressiv war, dass sie diesen großen Krieger dahingerafft hatte, noch bevor das Morgengrau über die Berge von Ostnorwegen gekrochen war. Skalden-Sturla kannte die Gerüchte, dass ihn jemand vergiftet hatte. Manche vermuteten, ein königstreuer Gast habe aus Kakalis Worten geschlossen, er wolle dem König seine Treue verwehren und nicht mehr nach Norwegen kommen, auch wenn sein Herr das befahl. Andere meinten, Gissur, der zu dieser Zeit ebenfalls in Norwegen war, habe ihn vergiftet und damit seinen ärgsten Widersacher aus dem Weg geräumt. Skalden-Sturla wusste nicht, ob er diese Gerüchte glauben sollte, aber es war immerhin erwiesen, dass König Håkon nun keine andere Wahl gehabt hatte, als Gissur zum Jarl zu machen und ihn an Kakalis Stelle nach Island zu schicken.

Irgendwann ging auch der Winter vorbei, in dem Sturla seine Saga über König Magnus fertig schreiben musste, und obwohl er vor Heimweh fast umkam, musste er sich doch eingestehen, dass auch der Frühling in Norwegen seine schönen Seiten hatte. Das milde Wetter und die länger werdenden Tage erfüllten Sturla mit der Hoffnung, nun wirklich bald zurück nach Island zu können. Denn Sturla war nun nicht nur mit seiner Saga fertig, er hatte auch sonst alles erledigt, was er in Norwegen zu tun hatte: Er war mit dem König sämtliche isländischen Gesetze durchgegangen, hatte viele davon verbessert und einige neu geschrieben. An dieser Arbeit hatten sich natürlich auch Hrafn und der Gode Thordvardur beteiligt, doch ebenso oft hatte Sturla allein mit König Magnus zusammengesessen. Der König besaß ein atemberaubend schönes Buch, das im Süden von Europa von einem Gelehrten namens Vinzenz von Beauvais geschrieben worden war. Dieses Buch hieß *Speculum historiale.* Es erzählte mit großer Weisheit von den Tugenden, die jeder Herrscher besitzen sollte, der ein glückliches Leben führen wollte, und es erzählte von den Todsünden, die dieser zu meiden hatte – Todsünden, die alle Menschen zu meiden hatten, an denen Gott Gefallen finden sollte. König Magnus hatte bisher nur von seinen Priestern erzählt bekommen, worum es in diesem Buch angeblich ging, denn er konnte selbst nicht gut genug Latein lesen, um es zu verstehen. Doch nun bat er den isländischen Skalden, ihm aus dem Buch vorzulesen und ihm dessen Lehren zu erläutern. Der König und der Skalde saßen viele Abende zusammen. Und als der Sommer angebrochen war und man sich wieder auf das Nordmeer hinauswagen und nach Island segeln konnte, kannte Sturla sich in diesem umfangreichen Werk bestens aus und hatte König Magnus dessen wichtigste Lehren sogar in nordischer Sprache aufgeschrieben.

König Magnus verabschiedete die drei isländischen Anführer mit größten Ehren. Er ließ eines seiner besten Schiffe seetauglich machen und besetzte es mit guten Leuten, damit die drei dieses

Mal auf dem Weg nach Island keinen Schiffbruch erlitten. Thorvardur und Hrafn schenkte er je einen Silberpokal, der innen und außen mit Gold überzogen war, und je ein Fläschchen mit einem Sirup, der gegen Erfrierungen half. Sturla hingegen schenkte der König das prächtige lateinische Buch, aus dem er so viel vorgelesen hatte, und verlieh ihm erneut das Amt des Gesetzessprechers, machte ihn also zum wichtigsten Mann von ganz Island. Niemand sei dafür besser geeignet als er, sagte der König und drückte den unehelich geborenen Jungen aus dem Breiten Fjord zum Abschied lange an sich. Außerdem bekam Sturla für die Saga, die er über den König geschrieben hatte, so viel Geld, dass er sich für den Rest seines Lebens keine Sorgen mehr darum machen musste.

Das Amt des Gesetzessprechers sollte Sturla nicht lange versehen. Doch in dem *Speculum historiale* las er noch oft während der Zeit, die ihm auf dieser Welt noch bleiben sollte. Und er lernte daraus viel über das Verhalten der Menschen, was ihm für seine eigenen Werke nützlich war.

SKALDEN-STURLA

Auf der ganzen Überfahrt zurück nach Island begleitete mich ein äußerst ungutes Gefühl. Ich hatte mich so sehr an den Gedanken gewöhnt, nicht lebend nach Island zurückzukehren, dass ich die ganze Zeit damit rechnete, dass das Boot an einem Riff leckschlagen oder in einem Sturm versinken würde. Doch es kam anders. Nach einer Woche hatten wir ohne Mühen Tórshavn auf den Färöer-Inseln erreicht, wo ich meinen guten Freund Grímur wiedersah und ihm und seinen Leuten Geschenke aus Norwegen überreichte.

Wir blieben einige Tage, dann stachen wir an einem kalten, regnerischen Tag erneut in See, setzten die Segel und nahmen Kurs auf Island. Wie so oft war das Meer zwischen Island und den Färöern ziemlich rau. Es wehten starke Böen aus Nordost, sodass es uns bald ordentlich hin- und herwarf. Ich hatte mich hingelegt, hörte Planken krachen und die Segel knallen und betete zu Gott, er möge uns wohlbehalten ankommen lassen. Dann tauchten eines Morgens die zackigen Höhenzüge der Ostfjorde auf. Island!

Wir segelten nördlich um die Insel herum, und auch wenn uns der Nebel bald die Sicht nahm, kamen wir gut voran und liefen drei Tage später in den Skagafjord ein.

Auf dem Weg in den Fjord hinein kamen wir an Drangey vorbei, dieser schwer zugänglichen Felseninsel, auf der der Gesetzlose Grettir seine letzten Jahre verlebt und schließlich den Tod gefunden hatte. Ich sah all das vor mir. Im Skagafjord lagen der Bischofssitz von Hólar und Flugumýri, der Schauplatz des großen Mordbrandes. Auch die Schlacht von Örlygsstadir, bei der die

Sturlungen ihre größte Niederlage erlitten hatten, hatte in diesem Bezirk stattgefunden, ebenso wie die Schlacht von Haugsnes, bei der Kakali sich endgültig gegen seine Feinde durchgesetzt und die Macht der Sturlungen wiederhergestellt hatte.

Ich sah mein Land. Und dessen Geschichte. Ich sah meine Welt, die vielen Jahrzehnte meines langen Lebens, das Land meiner Vorfahren und meiner Nachkommen. Sobald ich den ersten Fuß auf isländischen Boden gesetzt hatte, ließ ich mich ins Gras fallen. Sog den Geruch meiner Heimaterde ein. Ich war am Leben und nicht nur das: Ich war kerngesund und hatte auf dieser Reise, von der ich fest geglaubt hatte, sie würde mir den Tod bringen, so viel geschrieben wie seit Langem nicht mehr.

Wir waren in der Nähe von Kolkuós an Land gegangen, und ich kaufte von dem dort ansässigen Bauern drei Pferde. In dieser Gegend hatten die Leute schon immer gute Pferde gehabt – und Geld hatte ich nun wirklich genug. Ich bezahlte ihn mit Silber. Lud meine Sachen auf die Pferde, lehnte dankend ab, als der Bauer mir anbot, mich zu begleiten, und ritt allein Richtung Westen. Die Sonne schien, die Vögel sangen, es roch nach Heide und nach Meer. Ich ritt um das Ufer des Svínavatn herum, durchquerte die Täler und Ebenen des Húnathing, erreichte bald den Hrútafjord und nahm den Weg, der auf der Laxárdalsheidi über die Berge führte. Als die westlichen Täler vor mir erschienen und ich meinen geliebten Breiten Fjord sah, hielt ich für einen Moment inne. Ich musste mit den Tränen kämpfen, sonderbare Freudentränen. Wer war je glücklicher gewesen? Weniger später ritt ich auf den Hofplatz von Stadarhóll. Ich hatte mich nicht ankündigen lassen. Die Knechte liefen von ihrer Arbeit herbei, dann kam Helga heraus, zögerte einen Moment, dann erkannte sie mich. Der ich noch immer mit meinen Freudentränen kämpfte. Ich war wieder zu Hause.

HELGA

Was hatten wir doch alle für ein ungutes Gefühl gehabt, als mein Mann zu dieser Reise aufgebrochen war. Sturla war so aufgewühlt, fast verängstigt gewesen, als er vor zwei Jahren abgereist war, und nun war alles besser gekommen, als wir je zu hoffen gewagt hatten, denn Sturla war wieder da und strotzte vor Kraft und Tatendrang. Es dauerte nicht lange, dann stand auch sein Gehilfe Thórdur Narfason hier auf unserem Hofplatz, und die beiden waren sofort in der Schreibstube verschwunden. Sturla hatte sogar noch andere Helfer kommen lassen, die nun von morgens bis abends Abschriften der Bücher herstellten, die Sturla in den letzten Jahren verfasst hatte, während er mit Thórdur bereits an etwas Neuem schrieb.

Dieses Mal war Sturla fest entschlossen, sich nicht ablenken zu lassen. Wir hatten zwar eigentlich alle gedacht, dass wir nach den ganzen Kämpfen der vergangenen Jahre nun friedlicheren Zeiten entgegengingen, aber diese Hoffnung wurde wieder einmal enttäuscht. Männer, die aus Dummheit und Boshaftigkeit handelten, fanden auch weiterhin Anlässe, sich gegenseitig zu bekämpfen, und schon im Herbst nach Sturlas Ankunft entzündete sich erneut ein alter Streit darüber, wer das Acker- und Weideland nutzen durfte, das unsere beiden Bischofssitze und die vielen Kirchen des Landes umgab. Bald kamen die Leute in Strömen nach Stadarhóll, brachten alle möglichen Anliegen vor und forderten, dass Sturla zu dieser oder jener Zusammenkunft mitkäme und diesen und jeden Streit schlichtete, denn er war ja nun einmal der vom König ernannte Gesetzessprecher. Ich fürchtete schon, diese ganzen Streitigkeiten würden ihm die neu gewonnene Freude an der Arbeit gleich wieder verderben. Árni, der neue Bischof von Skálholt, setzte sich mit Nachdruck dafür ein, dass die Kirche über die besagten Ländereien verfügen konnte, und obwohl Sturla und ich eigentlich eher auf der Seite der Bauern waren, die diese Ländereien selbst nutzen wollten, mussten wir zugeben, dass ihre Wortführer nicht gerade geschickt auftraten, dieser ewige Hrafn Oddsson und dann auch noch Ásgrímur, Eyjólfur Ofsis Bruder, der den Brandmord von Flugumýri angezettelt hatte. Ásgrímur war ähnlich impulsiv wie sein verstorbener Bruder – und leider ziemlich dumm. Als er zu uns kam, um um Sturlas Unterstützung zu werben, sah ich meinem Mann an, dass er von ihm sofort die Nase voll hatte. Und als er diesen dreisten, ungehobelten Kerl endlich wieder losgeworden war, versprach er mir sofort, sich auf keinen Fall in diesen Streit reinziehen zu lassen.

Ich fragte ihn natürlich, wie er das denn vermeiden wollte, schließlich war er nun einmal der Gesetzessprecher und damit der höchste Entscheider im Land. Er konnte den Leuten ja kaum verbieten, hierherzukommen und ihn um Hilfe zu bitten. Und dann ließ er den Kopf sinken und sagte kleinlaut, er könne sich ja in der Schreibstube verstecken und wir anderen könnten allen sagen, er wäre nicht zu Hause. Doch er wusste natürlich ebenso gut wie ich, dass dies ein aussichtsloses Unterfangen war.

Ich hatte eine bessere Idee.

Im Breiten Fjord, eine Seemeile vom Festland entfernt, lag eine Insel namens Fagurey. Dort gab es gutes Weideland, man konnte Vögel und Fische fangen, Robben jagen und im Frühjahr sogar Enten. Diese Insel gehörte Sturla und mir. Warum zogen wir nicht einfach dorthin und überließen die Landwirtschaft auf Stadarhóll unserem Sohn Snorri?

Sturlas Laune verbesserte sich wieder. Wir fuhren so schnell es uns möglich war auf die Insel und sahen sie uns an, einen schöneren Ort kann man sich gar nicht vorstellen! Nun wird das dortige Haus eingerichtet und vergrößert. Wenn alles gut läuft, können wir noch vor Mittsommer einziehen und endlich ein ruhiges Leben führen, fernab von allen Querelen dieses zerstrittenen Landes.

SKALDEN-STURLA

Eines Morgens im Halbschaf kam mir der folgende Gedanke: Der Mordbrand von Flugumýri, so wie ich ihn in meiner *Saga von den Sturlungen* beschrieben hatte, war zwar eine große Tragödie gewesen, und doch hatte ich mir durch meinen Anspruch, alles möglichst wahrheitsgetreu zu beschreiben, die Möglichkeit verbaut, eine noch viel reinere, größere Tragödie zu erzählen. Gissur war zwar vom Angriff der Brandmörder vollkommen überrascht gewesen – schließlich hatte er doch gerade mit allen seinen Frieden gemacht –, aber das bedeutete noch lange nicht, dass dieser Angriff einen Unschuldigen traf. Die isländischen Konflikte waren zu diesem Zeitpunkt ja längst so verworren, dass es eigentlich kein Gut und Böse, keine richtigen Freunde und Feinde mehr gab. Wenn man so wollte, hatte Gissur sein Unheil sogar selbst über sich gebracht, klebte doch an seinen Händen so viel Blut, dass Eyjólfur Ofsi und seine Brandmörder, abgesehen von ihrer Verblendung und ihrem barbarischen Blutdurst, auch ein paar gute Gründe für ihren Angriff hatten: Sie wollten Rache nehmen für die vielen guten Männer, die Gissur auf dem Gewissen hatte.

Wäre es nicht viel interessanter und kunstvoller, ein Buch über einen Mann zu schreiben, dem ein ähnliches Unheil wie Gissur widerfuhr, ohne dass er die Schuld trug an seinem Leid? Über einen Mann, der sich mit allen Menschen gut gestellt hatte, der nie etwas Böses tat, seine Nächsten liebte und Frieden stiftete, wo er nur konnte?

Und wäre es nicht noch eindrucksvoller, wenn es seine eigenen Söhne wären, die dieses Unheil über ihn bringen würden? Indem sie ohne Grund einen guten Mann töteten oder eine andere schreckliche Tat begingen, die in ihrer Grausamkeit fast an das heranreichte, was unserem Erlöser am Kreuz angetan worden war?

Es war wunderschön auf Fagurey. Hier könnte ich eine solche Geschichte schreiben.

THÓRDUR NARFASON

Im Laufe der nächsten sechs Jahre verbrachte ich viel Zeit bei meinem Lehrmeister auf seiner Insel. Er hatte dort eine regelrechte Gelehrtenschule aufgebaut, man hatte sofort das Gefühl, in einer ganz anderen Welt zu sein. Und irgendwie war man das ja auch. Schon wenn ich vom Festland nach Fagurey aufbrach, überkam mich eine ganz besondere Stimmung, und sofort nach der Ankunft fühlte ich mich über alle Dinge der profanen Welt erhaben. Hier auf Fagurey lebten wir mit Skalden-Sturla in der Welt der Dichtung. Allen schien es, als kämen ihnen hier bessere Ideen als anderswo, vielleicht war es die Nähe zum Meer, die Aussicht auf den prächtigen Gletscher Snaefellsjökull im Süden und auf die Berge im Westen, hinter denen die Sonne verschwand, wenn sie abends von uns Abschied nahm.

Seit Sturla mit all diesen ehrenvollen Titeln aus Norwegen zurückgekommen war, sprachen ihn einige mit »Mein Herr« an. Auch ich hatte das einmal versucht, doch hatte er nur gelacht und mich gefragt, was das solle, ich gehörte doch zur Familie, und abgesehen davon würden ihm diese Titel überhaupt nichts bedeuten. Es dauerte nicht lange, und wir hatten die *Saga von den Sturlungen* zum größten Teil abgeschlossen. Ich besaß eine Abschrift und las Sturlas Berichte über die blutigen Kämpfe der vergangenen Jahrzehnte wieder und wieder. Was war das doch für ein großartiges Werk! Wie es meinem Lehrmeister gelang, jede dieser vielen kleinen Geschichten sorgfältig einzuführen und sie dann aus verschiedenen Perspektiven zu erzählen, das war wirklich große Kunst – und das wurde mir erst jetzt richtig klar, als ich sie im Zusammenhang lesen konnte und nicht mehr damit beschäftigt war, das, was mein Lehrmeister mir diktierte, Satz für Satz aufzuschreiben. Es war mir weiterhin ein Rätsel, wie es einem Menschen gelingen konnte, bei all diesen Ereignissen, Kämpfen und Personen nicht die Übersicht zu verlieren. Wie Sturla das große Ganze immer im Blick behielt und doch jeder Person bis in die letzte Kleinigkeit gerecht wurde. Ich sagte Sturla, dass dieses Werk für mich keine *Saga von den Sturlungen* sei, sondern die Saga aller Isländer. Die *Íslendiga saga*. Sturla sagte dazu nichts. Lächelte nur.

Dann eröffnete er mir, dass wir ein neues Buch anfangen würden.

»Und worum soll es gehen?«, fragte ich.

»Im ersten Teil soll es um einen großen Helden und Krieger gehen, der allen anderen in Schönheit und Körperkraft überlegen ist. Er geht ins Ausland, kommt dort zu großem Ruhm und kehrt nach Island zurück, wo er ebenso bewundert wie beneidet wird. Doch dann treibt er es zu bunt, wird übermütig, dreist, und schießt die Warnungen alter, weiser Menschen in den Wind. Und so dauert es nicht lange, bis er sich viele mächtige Feinde gemacht hat, die sich schließlich zusammentun, ihn mit großer Übermacht angreifen und töten.«

Ich hörte gebannt zu und war schon bald so in der Vorstellung dieses neuen Buches versunken, dass ich alles um mich herum vergaß. Erst als Skalden-Sturla zu Ende gesprochen hatte, ging mir ein Licht auf, und ich fragte zögerlich: »Das könnte auch eine Beschreibung von Sturla Sighvatsson sein.«

»Könnte sein«, sagte mein Lehrmeister und lächelte. »Doch lass mich erst einmal erzählen, wie es weitergehen soll: Nun verstricken sich erst einmal viele Leute in gegenseitigen Vergeltungsaktionen. Voll von erbittertem Hass, gehen sie aufeinander los. Immer wieder versuchen sie, Frieden zu schließen, und das scheint sogar zu gelingen, bis eine Frau einem der für diesen Frieden wichtigen Anführer der Gegenseite vorwirft, er wäre ein Feigling. Daraufhin sieht dieser Anführer keine andere Lösung, als den Frieden zu brechen und fürchterliche Rache zu nehmen. Er ruft seine Männer zu sich, umstellt den Hof seiner Feinde und versucht einzudringen. Doch die Eingeschlossenen verteidigen sich mit großer Tapferkeit.«

»Darf ich raten, wie es weitergeht?«, fragte ich. »Die Angreifer haben nur zwei Möglichkeiten: sich zurückzuziehen oder den Hof anzuzünden.«

»Ganz genau«, sagte Sturla. »Und wenig später steht das Gehöft schon in Flammen. Alle drei Söhne des Hausherren sterben, nur ein mächtiger Mann entkommt den Flammen.«

»Und der dritte Teil dreht sich darum, wie dieser Rache nimmt«, sagte ich dann. Und als der Meister nichts antwortete, fügte ich hinzu: »Willst du etwa die halbe *Saga von den Sturlungen* noch einmal neu schreiben?«

»Nein. Diese Geschichte ist vor fast dreihundert Jahren passiert«, sagte Sturla und war aufgestanden.

Wir gingen zusammen in die Schreibstube. Auf dem Weg sagte ich: »Darf ich vorschlagen, dass zwei Rachefeldzüge gegen die Brandmörder gemacht werden und nicht einer? Und dass vielleicht auf dem ersten acht Leute getötet werden und auf dem zweiten fünf?«

»Das ist nicht das Dümmste, was ich in meinem Leben gehört habe«, sagte Skalden-Sturla.

Er arbeitete lange an dem Mordbrand, den er in Südisland in der Gegend von Bergthórshvóll ansiedelte. Doch ganz im Gegensatz zu der *Saga von den Sturlungen* schrieb er dieses Mal keinen Tatsachenbericht. Er wies den Personen mit großem, fast schon göttlichem Weitblick bestimmte Rollen zu, die sie im Laufe der Handlung erfüllen. Er erzählte von den Schicksalen ganz gewöhnlicher Menschen und nahm sie doch so ernst, als wären sie berühmte Edelleute oder Heilige, und am Schluss fügt sich alles in seinen großen Plan: Diejenigen, die sich mäßigten, Friedfertigkeit, Bescheidenheit oder gar wahre Reue zeigten, bekommen, was ihnen zusteht. Die, die ihren Größenwahn und ihre Grausamkeit nicht zügeln, müssen am Ende bitter dafür büßen. Wenn Skalden-Sturla Pausen einlegte, blätterte er manchmal in dem prächtigen lateinischen Buch, das König Magnus ihm zum Abschied geschenkt hatte.

Eine unserer Urahninnen spielte in dieser Saga eine äußerst wichtige Rolle: Hallgerdur Höskuldsdóttir, die bis heute viele unter dem Namen *Hallgerdur Langhose* kennen. Mein Lehrmeister vermutete, dass der Name ihr gegeben worden war, weil sie besonders lange Beine gehabt hat. Er hatte auch manchmal gehört, wie Leute sie die *langbeinige Hallgerdur* nannten, doch er beschloss, sie in seiner Saga lieber *Hallgerdur Langhose* zu nennen, er fand das irgendwie würdevoller. Hallgerdur war bis heute für ihre Kaltschnäuzigkeit bekannt und dafür, dass sie kaum Mitgefühl mit ihren Feinden zeigte – sie konnte ja selbst ihre Freunde kaum leiden. Skalden-Sturla erzählte von ihr in einer Weise, die mich manchmal daran erinnerte, wie er in seinem großen Buch über die Konflikte unseres Jahrhunderts den berühmten Gissur beschrieb, der den Sturlungen geschadet hatte wie kein Zweiter.

Ich erinnere mich noch gut daran, wie es Skalden-Sturla auf die Stimmung geschlagen hatte, in seiner *Saga von den Sturlungen* über die Schlachten und Kämpfe zu schreiben, an denen er selbst beteiligt gewesen war. Wie sich seine Laune und Miene verfinsterten, sobald jemand die Ereignisse dieser dunklen Zeit auch nur erwähnte. Doch nun war mir, als ob von meinem Lehrmeister ein regelrechtes Leuchten ausging. So tragisch die Geschichte auch war, die er jetzt erzählte – sie lag doch weit genug in der Vergangenheit, um ihm genug Freiheit zu geben, seine Erzählkunst voll zu entfalten.

Sturla war in seinem Element. Meist war er freundlich und in sich gekehrt, aber nicht immer. Manchmal schimpfte er auch den ganzen Tag und regte sich über alles auf. Dann ging ihm das eintönige Inselleben auf den Geist. Es langweilte ihn aber eigentlich nur, wenn er lange Zeit nichts geschrieben hatte. Ich hatte ihn einmal im Winter besucht, als er gerade in einer solchen Stimmung gewesen war. Statt mich anständig zu begrüßen, blaffte er mich nur an. Fragte, warum ich denn nichts Anständiges zu trinken mitgebracht hätte, und beschwerte sich darüber, dass es auf dieser verdammten Insel kein Brauhaus gab, so wie Snorri Sturluson auf Reykholt eines gehabt hatte. Doch so wie in der ersten Zeit auf den Färöern, hatte ich ihn nie wieder trinken sehen. Es verging nie viel Zeit, dann machte er sich wieder an die Arbeit. Und sobald er das erste Wort geschrieben hatte, war er wieder bester Laune.

Eines Tages, wir waren mitten in der Arbeit an seiner neuen Saga, gingen wir gegen Mittag auf der Insel spazieren, wie wir es oft taten, wenn gutes Wetter war. Wir waren guter Dinge, plauderten, plötzlich blieb Skalden-Sturla abrupt stehen und blickte starr in Richtung Osten auf das Meer hinaus, auf den kleinen Sund zwischen Fagurey und der Nachbarinsel Arney. Ich sah, wie das Licht in seinen Augen erlosch, und ich ahnte auch schon, warum. An dieser Stelle der Insel fühlte er sich oft an die Zeit erinnert, als Kakali mit seinen wenigen, schlecht bewaffneten Kriegern begonnen hatte, die Übermacht von Gissur und Kolbeinn dem Jungen herauszufordern, und damit bald so erfolgreich war, dass Kolbeinn der Junge mit einem Heer in die westlichen Täler zog, um das Hinterland von Kakali zu verwüsten. Dabei ging es Kolbeinn dem Jungen vor allem um eins: Er wollte Skalden-Sturla töten! Unbedingt! Als Sturla davon erfuhr, war er mit seinen wichtigsten Leuten hierher nach Fagurey geflohen. Bis heute wusste er nicht, warum Kolbeinn ihm plötzlich nach dem Leben getrachtet hatte, schließlich hatte er seinen Cousin Kakali bis zu diesem Zeitpunkt in seinen Kriegsplänen nicht unterstützt – und das gerade, *weil* er mit Kolbeinn kurz zuvor Frieden geschlossen hatte. Doch Kolbeinn den Jungen hielt das in seiner Mordlust und seiner blinden Wut offenbar nicht davon ab, mit vielen seiner Männer ein Schiff zu besteigen und Sturla bis zu dieser Insel hier zu verfolgen. Dann jedoch erwies sich das Schiff als zu groß, um die Riffe und Untiefen zu passieren, die Fagurey umgaben. Kolbeinn hätte nur mit einem Beiboot ein paar wenige Männer an Land bringen können, die den Skalden und seine Leute schnell erledigt hätten. Also dümpelte Kolbeinn eine Weile ratlos zwischen Fagurey und Arney vor sich hin, genau dort, wo Skalden-Sturla jetzt hinsah. Dort war Kolbeinn der Junge gewesen und hatte Sturla die schlimmsten Drohungen und Beschimpfungen zugeschrien, die Sturla entsprechend zurückgab, wobei sie beide anscheinend nicht an kräftigen Ausdrücken gespart hatten.

Der Meister war gesund. Er schien sogar von Jahr zu Jahr jünger zu werden. Er schwamm gern vor der Insel im Meer, inzwischen schaffte er es fast einmal um die ganze Insel herum. Manchmal schwamm ich mit ihm, doch er hängte mich jedes Mal ab, obwohl ich gerade einmal halb so alt war wie er. Sturla konnte sicherlich eine ganze Seemeile schwimmen. Wie der gesetzlose Grettir.

Das war eine wunderbare Zeit. Niemals habe ich jemanden gekannt, der war wie mein Lehrmeister Sturla Thórdarson, dieser große Gesetzessprecher und Skalde. Ich hatte nie jemanden gekannt, der so leidenschaftlich und gleichzeitig so kunstvoll erzählen konnte wie er. Möge Gott ihn wohl bewahren.

FAGUREY, 30. JULI 1284 (ENDE)

Skalden-Sturla war am Vortag siebzig Jahre alt geworden. Sechs gute Jahre auf der Insel Fagurey lagen hinter ihm. Die Arbeit war ihm gut von der Hand gegangen, große, bedeutende Bücher waren entstanden. Er selbst hätte seinen Geburtstag bestimmt nicht gefeiert, doch Helga hatte ein Fest gewollt. Sturlas Geburtstag war schließlich mitten im Sommer, und das Wetter war ruhig und mild – mehr Gründe brauchte man doch nicht, um das Leben zu feiern.

Helga und Sturla hatten Nachbarn, Freunde und Verwandte eingeladen. Viele kamen aus dem Breiten Fjord oder aus den westlichen Tälern, manche nahmen sogar die Reise aus weit entfernten Landesteilen auf sich. Den ganzen Tag über legte ein Boot nach dem anderen am Ufer an. Sturlas Töchter kamen aus Nordisland und brachten ihre Männer und Kinder mit. Sohn Snorri kam aus Stadarhóll. Überall sprangen Kinder herum, jagten im Sonnenschein den Vögeln hinterher. Beim Essen und Trinken wurde an nichts gespart, unzählige Männer und Frauen stießen mit schönsten Trinksprüchen auf den Skalden an.

Sturla hatte bereits seit einigen Monaten an einer neuen Saga gearbeitet, die in vielerlei Hinsicht anders war als alle anderen. Es ging zwar auch in seiner neuen Saga um große Helden aus vergangener Zeit, aber hier waren diese Helden so hartgesotten, so tapfer, und vollbrachten solch unglaublich große Taten, dass es einfach nur noch lächerlich wirkte. War das eine Lehre, die Skalden-Sturla aus seinem langen Leben gezogen hatte? Dass übertriebener Heldenmut bei genauerer Betrachtung einfach nur lächerlich war und niemals etwas Gutes bewirkte? Es ging um die Schwurbrüder Thorgeir und Thormódur. Sturla hatte bereits früher einmal über die beiden geschrieben – es handelte sich hier um dieselben Schwurbrüder, mit denen der gesetzlose Grettir einmal einen Ochsen in einem kleinen Boot über den sturmgepeitschten Breiten Fjord hatte rudern müssen. Skalden-Sturla hatte sein neues Buch sogar mit einem Kapitel aus der *Saga von Grettir* begonnen, doch nun erzählte er eben nicht die Geschichte von Grettir weiter, sondern von besagten Schwurbrüdern, insbesondere von Thorgeir, der dermaßen heldenhaft war, dass man ihn einfach nicht mehr ernst nehmen konnte.

Um die Gäste auf seinem Geburtstagsfest zu amüsieren, las Sturla das Kapitel aus seiner neuen *Saga von den Schwurbrüdern* vor, in dem beschrieben wird, wie Thorgeir darauf reagiert, dass sein Vater getötet worden war:

Thorgeir wurde nicht rot, weil der Zorn ihm nicht unter die Haut ging; er wurde nicht blass, weil der Hass ihm nicht in die Brust schoss; sondern er blieb unverändert bei der Überbringung der Nachricht, weil sein Herz nicht war wie der Kropf eines Vogels; es war nicht mit Blut gefüllt, so dass es vor Angst bebte, sondern vom höchsten Schöpfer in aller Tapferkeit gehärtet.

Es heißt, dass Thorgeir sich wenig aus Frauen machte; er sagte, es sei eine Entwürdigung seiner Kraft, sich mit Frauen abzugeben. Er war wenig gesprächig, lachte selten und war harsch im täglichen Umgang mit den Leuten. (…) Thorgeir und Thormódur waren die besten Freunde, sie beschafften sich ein kleines Fährboot, heuerten noch sieben andere Männer an und ließen sich den Sommer über hierhin und dorthin treiben und waren bei allen anderen Leuten mäßig beliebt.

Während der Lesung des Skalden wurde viel gelacht. So verging sein Geburtstag bei bestem und wärmstem Sommerwetter. Es wurde ein rauschendes Fest, selbst am Abend blieb es mild, und die Nacht war so hell, dass kaum jemand schlafen ging. Es gab genug zu essen und zu trinken, es wurde gedichtet und getanzt, gerungen und gespielt, und der Skalde wurde kein bisschen müde.

Am nächsten Tag hatten Helga und Sturla lange Zeit am Anlegeplatz der Insel gestanden und ihre Gäste verabschiedet. Niemand konnte sich erinnern, jemals ein schöneres Fest erlebt zu haben. Als alle abgereist waren, wurde es schon wieder Abend, ein wunderbar lauer Sommerabend am Breiten Fjord. Skalden-Sturla saß mit seiner Helga an eine Wand ihres Hauses gelehnt, und sie sahen zu, wie die rotgoldene Sonne langsam im Meer versank. In den letzten Wochen hatte der Skalde sich manchmal so kraftlos gefühlt. Als lastete ein schweres Gewicht auf seiner Brust. Er habe »so ein komisches Gefühl«, hatte er immer wieder gesagt. Während seines Geburtstagsfestes war dieses »komische Gefühl« vollkommen verschwunden gewesen, doch nun kam es zurück. Zufrieden, aber auch sehr müde, lehnte er sich an Helgas Schulter, und seine Geschichte war vorbei.

»Zeit der Schwerter« ist Halldór Gudmundsson gewidmet, der mir seit fast einem halben Jahrhundert ein treuer Freund und Ratgeber ist.

»Versöhnung und Groll« ist meinen vier Töchtern gewidmet.